HANS-ULRICH JÖRGES

AXEL VORMBÄUMEN

Abaddon – Der Schritt zum Abgrund

HANS-ULRICH JÖRGES
AXEL VORMBÄUMEN

ABADDON

DER SCHRITT ZUM ABGRUND

THRILLER

lübbe

Die Bastei Lübbe AG verfolgt eine nachhaltige Buchproduktion.
Wir verwenden Papiere aus nachhaltiger Forstwirtschaft und verzichten darauf, Bücher einzeln in Folie zu verpacken. Wir stellen unsere Bücher in Deutschland und Europa (EU) her und arbeiten mit den Druckereien kontinuierlich an einer positiven Ökobilanz.

MIX
Papier | Fördert gute Waldnutzung
FSC® C014496
FSC
www.fsc.org

Originalausgabe

Umschlaggestaltung: Massimo Peter-Bille
Umschlagmotiv: © Gubin Yury/shutterstock, Kim Seidl/shutterstock
Satz: Dörlemann Satz, Lemförde
Gesetzt aus der Adobe Caslon und der Brandon Grotesque
Druck und Verarbeitung: GGP Media GmbH, Pößneck

Printed in Germany
ISBN 978-3-7577-0009-6

2 4 5 3 1

Sie finden uns im Internet unter luebbe.de
Bitte beachten Sie auch: lesejury.de

WARNHINWEIS

Alles, was Sie in diesem Buch lesen werden, wird bzw. hat sich in der Zeit von November 2024 bis November 2025 exakt so zugetragen wie von den Autoren geschildert. Die hier zugänglich gemachten Informationen sind bis einschließlich November 2024 vertraulich zu behandeln. Bei etwaigen Abweichungen, die Leserinnen und Leser feststellen sollten, die dieses Buch erst nach 2025 in Händen halten, handelt es sich um Fake News.

Hans-Ulrich Jörges, Axel Vormbäumen

»Da erschien ein anderes Pferd; das war feuerrot. Und der auf ihm saß, wurde ermächtigt, der Erde den Frieden zu nehmen, damit die Menschen sich gegenseitig abschlachteten. Und es wurde ihm ein großes Schwert gegeben.«

(Offenbarung 6,4)

KAPITEL 1

»Sandler.«

»Einen Moment, Sir.«

Der Wachmann sah nicht einmal auf. Matt Sandler überlegte kurz, ob es sich lohnen würde, jetzt sofort die Augen zu schließen. Was genau verstand der Typ unter einem Moment? Fünf Sekunden, zehn Sekunden. Eine Zeitspanne, die zu ertragen war. Oder – eine gefühlte Ewigkeit, ein Ärgernis, jene sich aus Behäbigkeit speisende sinnlose Warterei, nach der es hier gerade aussah. Der Typ hinter der Sicherheitsscheibe, die auch schon mal bessere, also eindeutig klarere Zeiten gesehen haben musste, machte auf den ersten Blick nicht den Eindruck, dass er in seiner unerschütterlichen Gleichgültigkeit zu etwas zu bewegen war, das er, Sandler, gerne als Grundschnelligkeit bezeichnete.

Matt seufzte. Dann schloss er die Augen.

Vor ein paar Jahren noch hätte er sich in dieser Situation eine Zigarette angezündet. Oder rumgebrüllt. Wahrscheinlich beides. Aber das Rauchen war ihm verleidet worden in diesem absurden Regelwerk einer auf ihre Unsterblichkeit hinarbeitenden Gesellschaft. Eine Gesellschaft, die in ihrem ganzen Gesundheitsvorsorgefaschismus lange schon jeden Anflug von Humor und Lebensgenuss über Bord geworfen hatte. Rauchen war verboten, wo man es verboten hatte. Und geächtet, wo es erlaubt war. Man hatte die Räume für Menschen wie ihn, Freigeister, systematisch eng gemacht. Matt erinnerte sich, wie er mal mit der Kippe im Mund an einem Spielplatz vorbeigelaufen war und eine vielleicht sieben Jahre alte Göre mit dem Finger auf ihn gezeigt hatte – »Iiih, Mum, guck mal.«

Irgendwann hatte er es aufgegeben. In seinen letzten Tagen als Raucher hatte er sich hauptsächlich im zugigen Hinterhof einer Sechzigerjahre-Mietskaserne im Chicagoer Süden aufgehalten, allein mit sich und einer Packung »Gauloises Blondes«, mit der er glaubte, gegen die zunehmende Verbohrtheit seiner Umgebung anrauchen zu müssen, sich dabei insgeheim auf die Ideale der europäischen Aufklärung berufend – jede »Gauloises« ein kleiner Voltaire –, was er, spätestens nachdem er den letzten Zug getan hatte, allerdings selbst als übertriebenen Symbolismus empfand. Das war nun auch schon wieder sieben Jahre her.

Und das Brüllen war einem gepflegten Sarkasmus gewichen.

Matt überlegte. Er war schnell genug gewesen, um seine Übung starten zu können. Er hatte vor langer Zeit mal in einer Wochenendkolumne der »New York Times« gelesen, dass gelegentliches Schließen der Augen langfristig die Konzentrations- und Aufnahmefähigkeit schärfe, wenn man es denn schaffte, in einer bis dato unbekannten Umgebung mindestens zwölf Merkmale aus seinem direkten Umfeld zu memorieren. Das aber konnte natürlich nur funktionieren, wenn man sich zuvor nicht selbst beschummelte.

Matt konzentrierte sich, hatte die Augen geschlossen, also los denn: Der Typ hinter der Scheibe war Anfang, höchstens Mitte fünfzig, er hatte, obwohl das sicher im Dienst nicht erlaubt war, den obersten Knopf seines beigen Hemdes hinter einer dunkelbraunen Krawatte gelockert. Vier. An der Rückwand seiner Kabine war eine etwa DIN A3 große Aufnahme von Donald Trump, die aus der Frühzeit von dessen erster Präsidentschaft stammen musste; Trump stand auf den Stufen der »Air Force One«, seine rechte Hand erhoben, wahrscheinlich zum Abschiedsgruß bei irgendeiner Auslandsreise. Sieben. Neben dem Wachmann lag ein mittelgroßer …

»Sir, bleiben Sie bitte hinter der Linie.«

Matt öffnete die Augen. Schnell genug, um festzustellen, dass er offenkundig ein wenig aus der Form war – tatsächlich, die Linie, die sich da unter seinem linken Schuh auftat, hatte er übersehen. Schlimmer aber war: Das Hemd des Wachmanns war weiß, nicht beige. Und Trump winkte auch nicht, seine Rechte hielt sich am Handlauf der Gangway fest.

Matt beschloss, die Sache zu beschleunigen. »Sandler, mit A.« Seine Stimme war nun schon etwas lauter. Er spürte, wie langsam Wut in ihm hochkroch. Zwei Dinge konnte er auf den Tod nicht ausstehen. Das eine waren offene Badezimmertüren. Das andere kam weit häufiger vor. Es war jene Form von autoritärem Gehabe, das besonders im niederen Dienstleistungssektor gern grundlos ausgelebt wurde – beim Security-Check an Flughäfen beispielsweise oder eben hier im Foyer des »Meyer-Buildings« in Washington, D.C., in das seit einer knappen Woche das »Transition-Team« der künftigen Regierung Donald Trump eingezogen war. Ein etwas in die Jahre gekommener Funktionsbau, zwölf Fußminuten vom Weißen Haus entfernt.

Matt zog nun auch den rechten Fuß über die Linie. »Hören Sie zu, ich sag das nur einmal, das könnte für Sie wichtig sein im Hinblick auf Ihre weitere Zukunft in diesem Job: Der Laden hier will was von mir, nicht umgekehrt. Entweder Sie kommen jetzt, gerne mit meiner tätigen Mithilfe, in die Gänge. Oder Sie können Ihrem Chef ausrichten, dass ich keinen Sinn darin sehen konnte, zu viel von meiner kostbaren Zeit mit mediokren Figuren in trostlosem Ambiente zu verbringen.« Kunstpause. »Nein, streichen Sie Ambiente, sagen Sie meinetwegen: Umgebung.« Matt fand seinen Auftritt gelungen.

»Sir, bitte bestätigen Sie: Matthew Gordon Sandler, geboren am dreizehnten Februar neunzehnhundertfünfundachtzig in Bloomington, Illinois …«

»… morgens um halb vier«, ergänzte Matt selbstzufrieden und fügte hinzu: »In einer arschkalten Nacht.«

»Sir, bestätigen Sie bitte …«

»Das habe ich doch gerade. Ich habe es bestätigt, indem ich es präzisiert habe.«

Der Cola-Automat im Flur des ersten Stocks funktionierte nicht, was nun auch schon egal war. Matt ließ sich zurückfallen in einen jener unvorteilhaft gegossenen Schalensitze, die ein misanthroper Designer irgendwann einmal, der Farbe nach wahrscheinlich in den Achtzigern, entworfen haben musste, um das Warten in Behörden todsicher zur Hölle zu machen. Matt war das nicht mehr gewohnt. Unerfreuliche Ausflüge in derartige oder ähnliche Gefilde ließ er normalerweise von Sue erledigen, einer etwas korpulent geratenen Mittvierzigerin aus dem Assistententeam von »Fosters & Company«, einem auf Osteuropa und Russland spezialisierten Thinktank, der draußen am Takoma Park seinen Sitz hatte. Matt war da nun seit auch schon wieder mehr als sechs Jahren angestellt. Sechs Jahre! Zuständig zunächst für die Ukraine und Belarus, bis Putin mit seinem Überfall auf die Ukraine eine Umschichtung in der Denkfabrik notwendig gemacht hatte. Niemand interessierte sich mehr für den Weißrussen Lukaschenko. Plötzlich wollten alle wissen, was der richtige Russe, Putin, im Schilde führte. Es war seine, Matt Sandlers, Chance. Seit März 2022 war praktisch keine Woche vergangen, in der er nicht mindestens dreimal in den Networks war. Zwischenzeitlich konnte er sich schon selbst nicht mehr hören. Sogar »Fox News« war auf ihn aufmerksam geworden. Weiß der Henker, warum genau? Matt vermutete, dass es mit seiner standhaften

Weigerung zu tun hatte, Putin als durchgeknallten Endzeitler zu sehen, unwillig und unfähig zur Kommunikation mit dem Rest der Welt.

Er war ein TV-Gesicht geworden. Phasenweise hatten sich die Anfragen der Sender derart gehäuft, dass Matt seine Assistentin Sue bitten musste, ihn zu verleugnen, was diese mit einer Form von stiller Genugtuung tat. Sue hatte ihm vom ersten Tag an bei »Fosters« schöne Augen gemacht, was Matt bis zu jenem Grad beruflicher Erleichterung für sich auszunutzen wusste, der beiden irgendwann einmal Enttäuschungen und Peinlichkeiten ersparen würde.

Matt dachte nach. Für eine weitere Augen-zu-Übung war die Szenerie hier im Flur des »Meyer-Buildings« zu unergiebig, in dessen höheren Etagen er nun einen Haufen karrieregeiler Republikaner vermutete, allesamt mittelmäßig genug, die Welt in den kommenden vier Jahren nach ihren bescheidenen Maßstäben formen zu wollen. Sollte er den Designer der Schalensitze googeln? Oder diese dämliche Hilfskraft anschnauzen, die nun auf der Suche nach einem Clip war, mit dem sein Hausausweis ordnungsgemäß am Revers seines Jacketts befestigt werden konnte? Nein: musste. Es hatte mit der Anmeldeprozedur deshalb so lange gedauert, weil Matts exakter Status im Computer nicht zu finden war. Weder MTT (Member Transition Team) noch GTT (Guest Transition Team). Hinter seinem Namen war offenbar ein schnödes X verzeichnet worden – und keiner der herumwuselnden Subalternen aus den unteren Stockwerken konnte etwas damit anfangen.

Matt Sandler streckte die Beine aus, gerade so gut, wie der Schalensitz das zuließ. Genau heute in hundert Tagen würde er vierzig. Wenn man so wollte, dann begann da seine ganz persönliche zweite Halbzeit. Zwar lag die durchschnittliche Lebenserwartung für Männer in den USA gerade mal bei knapp über siebenundsiebzig Jahren. Aber erstens hatte Corona kräftig in die Statistik reingehauen. Und zweitens wurden auch Schwarze und Latinos mitgezählt. Die erwischte es im Schnitt drei Jahre früher. Matt aber war weiß. Ziemlich weiß. Auch wenn die Bräune, die er sich bei seinen gelegentlichen Surftrips zu den »Outer Banks« holte, ihm das Aussehen eines Südeuropäers verlieh. Ein paar Jahre noch, und er würde sich gegen den Topos des »alten weißen Mannes« wehren müssen.

Wahrscheinlich auch deshalb hatte Matt sich vorgenommen, offen zu sein, als ihn vor zwei Tagen, am Samstag, mehrere Nachrichten erreichten, was er mit wohlwollendem, gleichwohl amüsiertem Interesse wahrgenommen hatte. Denn den zwei wortgleichen Messages an seine private sowie dienstliche Mailadresse war morgens um kurz nach neun auch noch ein Einschreiben gefolgt. Matt hatte gerade unter der Dusche gestanden und mit nassen Haaren den Empfang quittiert. Auch später noch hatte das Schreiben an manchen Stellen jene wellige Form, die davon zeugte, dass es mal mit Feuchtigkeit in Berührung gekommen sein musste. Es war von Donald Trump.

Natürlich nicht von ihm persönlich. Aber im besonderen Auftrag des neuen »President-elect«. Donald Trump hatte es vier Tage zuvor, am 5. November 2024, ein zweites Mal geschafft. Was heißt geschafft – er hatte »Sleepy Joe« Biden weggefegt. Er hatte – anders konnte man es nicht nennen – die Demokraten pulverisiert. Sogar Matts Heimatstaat Illinois war an die Republikaner gefallen, dazu New Mexico und Colorado, ansonsten waren die Wahlen exakt so ausgegangen wie acht Jahre zuvor. CNN hatte sich so früh auf Trump als Wahlsieger festgelegt wie nie zuvor in der Geschichte des Senders. Matt hatte den Augenblick in seinem Apartment in Dupont Circle allerdings verpasst, weil er sich just in dem Moment ein Tunfisch-Sandwich in seiner Kochecke zubereitet hatte. Doch als er mit noch leicht fettigen Fingern zum Sofa zurückkehrte und die »Breaking-News-Line« mit dem Sieg Trumps auf seinem fast komplett rot leuchtenden Flachbildschirm sah, da fiel ihm nur der für seine Verhältnisse wenig originelle Satz ein: »Die Welt wird nicht mehr so sein, wie wir sie kannten.«

»Ah, da sind Sie ja«, schallte es Matt entgegen, der in seinem Schalensitz tatsächlich für einen Moment eingenickt sein musste, allen Bestrebungen des Achtzigerjahre-Designers zum Trotz. Vor ihm stand ein übertrieben blasser Mann, der sich als Spencer Drydon vorstellte, was dann auch schon mit Abstand das Extravaganteste an ihm war. Matt kannte niemanden, der auch nur im Entferntesten so hieß – außer natürlich den 2005 verstorbenen Drummer von »Jefferson Airplane«. Matt stand auf. Er musste dabei durch eine leichte Schweißwolke gleiten, die Drydon dank seines Polyesterhemdes verbreitete.

»Sandler.«

»Ich weiß. Ich weiß. Weiß ich doch«, sagte Drydon, für Matts Geschmack eine Spur zu unterwürfig, um ihm dann im Gehen überflüssigerweise seinen, Matts, eigenen leicht verunglückten Vormittag zu repetieren – das Warten in der Lobby, die Schwierigkeiten mit den Fotos für seinen Hausausweis, schließlich die Kommunikationspanne mit dem zwölften Stock, »ganz oben«, wo man längst sehnsüchtig auf ihn wartete. »Es tut uns alles quasi doppelt leid.«

»Quasi doppelt?«

»Na, weil es einerseits so schnell gehen musste, andererseits wir alle hier unnötig Zeit verloren haben«, sagte der Mann, der sich Spencer Drydon nannte. »Verrückte Zeiten! Wirklich. Verrückte Zeiten.«

Der Rest war Schweigen, worüber Matt ausgesprochen dankbar war – Drydon war ganz offensichtlich ein Mann, der nicht nur Polyesterhemden liebte, sondern auch Knoblauch. Im Aufzug zum zwölften Stock versuchte Matt, angemessen flach zu atmen. Es gelang ihm so mittelgut.

Von seinem Platz aus konnte Matt Sandler sehen, wie die späte Vormittagssonne, die sich durch die dichte November-Wolkendecke gequält hatte, für einen kurzen Moment auf das Lincoln Memorial fiel. Da unten lag Washington. Und es wirkte von hier oben so surreal friedlich, als hätte es das politische Erdbeben vor sechs Tagen nicht gegeben.

Matt sah sich um. Drydon war für einen Moment aus dem Raum gegangen, der vollgestellt war mit Trump-Devotionalien und auf Matt den Eindruck machte, als ob man ihn in erster Linie als Abstellkammer verwenden würde. Wenigstens machen sie sich keine Mühe, mich durch gediegenes Interieur beeindrucken zu wollen, dachte Matt bei sich und wollte gerade einen der herumliegenden Kartons mit dem »Make-America-Great-Again«-Logo inspizieren, als Drydon in Begleitung eines stattlichen Mittsechzigers erschien, der sich, ohne sich vorzustellen, ihm gegenübersetzte, um für die nächsten gefühlt zwei Minuten seine schwere Tom-Ford-Brille mit einem tiefblauen Einstecktuch zu polieren.

Matt Sandler schaute amüsiert zu, was seinem Gegenüber nicht zu gefallen schien, ihn aber auch nicht sonderlich aus der Ruhe brachte.

»Mr Sandler, zwei Dinge vorweg: Dieses Gespräch hat nie stattgefunden, sollte es nicht zu unserer Zufriedenheit verlaufen. Und mit ›unserer‹ meine ich nicht Ihre und meine Zufriedenheit, sondern die des künftigen Präsidenten der Vereinigten Staaten und seiner Regierung. Haben Sie das verstanden?«

»Und die zweite Sache?«, fragte Matt.

»Sie werden nur kurz Bedenkzeit haben. In dieser Zeit werden Sie niemanden ins Vertrauen ziehen. Ihren Bruder nicht, Ihre Kollegen bei ›Fosters & Company‹ nicht, ihre Freunde nicht – und auch nicht die Kleine aus der ›Hamilton-Bar‹, die Sie derzeit offenkundig gelegentlich vögeln, nachdem sie dort zwei, drei Gin Tonics zu viel genommen haben. Die nächsten zwei Tage ist das tabu. Sie haben achtundvierzig Stunden. So viel Zeit lassen wir Ihnen, damit Ihnen klar wird, dass sich Ihr Leben ändern wird. Oder eben nicht.«

Matt schaute sich um. Die herablassende Selbstgewissheit des Mannes, der da gerade sein Brillenputztuch pedantisch zusammenfaltete, um es wieder als Einstecktuch tragen zu können, ging ihm noch mehr auf die Nerven als das Odeur von Drydon, der sich gottlob ans Ende des Tisches und damit etwas außer Riechweite gesetzt hatte. Dass sich sein Leben ausgerechnet hier, zwischen all dem Plastikschrott, den die »Grand Old Party« im Wahlkampf unter die Leute brachte, dramatisch ändern sollte, konnte nur eine Laune der Geschichte sein. Matt beschloss, zu schweigen. Er fühlte sich in einer komfortablen Position. Er hatte nichts zu verlieren. Sollte doch der Tom-Ford-Mann eröffnen, der im antrainierten Stoizismus nun in einer Akte zu blättern begann, die unverkennbar die Seine war.

Hätte Matt Sandler später einmal die folgende Stunde dieses Treffens, das sein Leben verändern würde, wiedergeben sollen – es wäre ihm ein Leichtes gewesen. Denn die beiden Männer, ganz offenkundig von der CIA, die ihm da gegenübersaßen, hatten ganze Arbeit geleistet. Matt bekam eine Fassung seiner Biografie geliefert, an der nicht allzu viel fehlte, sah man mal von seiner Fan-Liebe für die »Chicago Bulls« ab, seinem offenkundig nicht so wichtigen Faible für Grunge-Bands und einer kurzen

Affäre mit der Büroleiterin des Senators aus Illinois, die abrupt zu Ende gegangen war, als er sie unvorsichtigerweise mal an einem Freitagabend mit in die »Hamilton-Bar« genommen hatte. Matt musste bei dem Gedanken schmunzeln, war ansonsten aber voller Respekt vor der Recherchekraft der Agency. Insbesondere seine Studienaufenthalte in Rostow am Don und in Moskau inklusive seiner dortigen Kontakte hatten die Jungs aus Langley präzise zusammengestellt. Und auch der Trennungsgrund von Catrin, seiner letzten längeren Beziehung, war nicht ganz falsch. Zumindest kannten sie Catrins Version der Geschichte.

»Was halten Sie von Russland?«, fragte der Tom-Ford-Mann unvermittelt, so unvermittelt, dass Matt dann doch ein wenig überrascht war von der Naivität der Frage.

»Ich denke, das wissen Sie. Ihre Archive sind doch bestimmt voll davon. CNN, Fox, ABC …, da müsste was von mir zu finden sein.«

»Das meine ich nicht. Ich meine: Kann Putin was mit Trump anfangen? Und wir mit ihm?«

Für einen Moment dachte Matt darüber nach, ob wohl seine eigene Zukunft davon abhängen würde, wie er diese Frage beantwortete. Sie war einerseits so unfassbar schlicht, dass sie wie der unbeholfene Auftakt eines Mannes wirkte, der auf einer der zahllosen Washingtoner Stehpartys mit seinem Gegenüber ins Gespräch kommen wollte. Andererseits hatte Matt mit zunehmender Dauer den Eindruck, dass nichts, was an diesem Vormittag vorgefallen war, zufällig passiert sei, Drydons Körpergeruch inklusive.

»Putin und Trump, das könnte passen«, antwortete Matt, seiner Überzeugung entsprechend. »Nicht auf Dauer. Aber anfangs schon. Und es muss schnell gehen. Wir müssen Putin etwas bieten.«

»Wir?«, unterbrach sein Gegenüber, und Matt registrierte das erste Mal so etwas wie Zufriedenheit auf der Miene des CIA-Mannes.

»Die USA.« Matt Sandler spürte, dass zumindest dieses Gespräch in eine entscheidende Phase gekommen war. Die folgenden Minuten verwandte er deshalb darauf, ein recht präzises Psychogramm des Kreml-Chefs zu geben, welches er in den ersten Tagen des Ukraine-Kriegs für eine »Late-Night«-Sendung bei ABC ausgearbeitet hatte, das er seinerzeit aber aus Zeitgründen nicht komplett hatte vortragen können. Bei späteren Auftritten hatte er sich immer wieder daraus bedient. Matt war gerade bei der Bedeutung des Eishockeys für Putin angekommen, als ihn der Tom-Ford-Mann unterbrach.

»Trump hat Sie bei Fox gesehen. Er glaubt, Sie hätten das Zeug dazu.«

»Das Zeug zu was?«, fragte Matt.

»Das Zeug, sein persönlicher Berater für die Russlandpolitik zu werden. Der Mann für die besonderen Beziehungen zwischen Washington und Moskau, abseits der öffentlichen Bühne. Trump hat sogar schon einen Namen für Sie: ›Back-Channel-Man‹.«

»Ich dachte, den gäbe es schon«, sagte Matt. »Was ist mit Stewart Conolly? Er ist eine Instanz.«

»Magenkrebs. Endstadium.«

Matts Gegenüber machte eine vielsagende Pause. »Es ist nicht mal klar, ob es der alte Knabe überhaupt noch bis zur Antrittsrede von Trump im Januar schafft. Wir wissen davon erst seit zehn Tagen. Blöderweise. Die Russen wissen noch nichts davon. Jedenfalls glauben wir, dass sie noch nichts wissen«, sagte der Tom-Ford-Mann und hob seine Augenbrauen so hoch, dass sie zum ersten Mal über dem mächtigen Gestell zu sehen waren. So buschig wie die Bärte zweier Seehunde beim Auftauchen aus dem Nordatlantik, dachte Matt unwillkürlich – und dann, dass er die Formulierung »alter Knabe« schon lange nicht mehr gehört hatte. »Conollys Ansprechpartner in Moskau heißt übrigens Rykow. Anatoli Rykow.«

Die CIA-Männer erhoben sich abrupt, als ob das entscheidende Stichwort – Rykow – gefallen wäre. »Wie gesagt: Sie haben achtundvierzig Stunden, sich zu entscheiden.« Der Tom-Ford-Mann hatte, ohne sich zu verabschieden, nun fast schon die Tür erreicht. Er drehte sich noch einmal um. »Das heißt, eigentlich sind es keine achtundvierzig Stunden. Trump will Sie sehen. Er erwartet Sie morgen in Mar-a-Lago. Spielen Sie Golf, Mr Sandler?«

Matt lächelte bedauernd. »Die Antwort müssten Sie doch in ihren Akten haben.«

Der Tom-Ford-Mann nickte. »Ja«, sagte er, »das könnte ein Problem werden.«

KAPITEL 2

Was, zum Teufel …? Rykow war darauf trainiert, hellwach vorauszuschauen, seine womöglich tückische Umgebung im Blick zu halten, Zeichen zu lesen. Flaneure, Mütter, Parkbank-Pensionäre – oder Heckenschützen, Attentäter und einfach nur Beschatter? In der Grundausbildung hatten sie das so lange geübt, bis die Wut in ihnen emporkroch. Der Militärgeheimdienst GRU, der den aufgelösten KGB an Aggressivität und Skrupellosigkeit im Ausland noch übertraf, war gefürchtet wegen seiner Pingeligkeit.

Aber das? So etwas hatte er noch nicht gesehen. Es bewegte sich, zuckte nach oben, sank wieder in sich zusammen. Schwarz. Und nicht größer als ein Schuhkarton. Mitten auf dem Weg. Der Frühnebel im feinen Sprühregen machte die Szene geradezu unheimlich. Rykow verlangsamte den Schritt, entschloss sich zu einem großen Bogen über die triefnasse Wiese. Kein Mensch zu sehen. Im Moskauer Schmierwetter zog es niemanden in den Ostankino-Park.

Er hätte auch mit verbundenen Augen hindurchfinden können. Sein Vater, in Murmansk am Polarmeer geboren und Oberst beim Militärgeheimdienst wie er selbst heute, hatte ihn immer wieder dorthin gezogen, erst in die Ausstellung der Errungenschaften der Sowjetunion, dann zum See und in den Park. Mit der Ausstellung war es vorbei wie mit der Sowjetunion. Ein einziger Jammer. In den Hallen hatte es ihm besonders die sowjetische Muttersau angetan, mächtig wie anderswo ein junger Elefant. Und die Kuh mit dem Monster-Euter, deren Milch ein ganzes Dorf hätte säugen können.

Als es darum ging, einen sicheren Treffpunkt mit dem Amerikaner zu vereinbaren, hatte sich Rykow sofort für den Ostankino-Park entschieden. Der war bei Touristen nicht sonderlich beliebt, lag weitab vom Stadtzentrum und wurde von den Fußtruppen des Inlandsgeheimdienstes FSB nur liederlich überwacht. Putin selbst hatte zwar die Anweisung gegeben, seinen wichtigsten GRU-Offizier in Ruhe arbeiten zu lassen. Rykow aber vertraute darauf nicht wirklich. Wer garantierte ihm schließlich, dass der misstrauische »Woschd«, der Führer Russlands, die erste Anweisung nicht umgehend durch eine zweite, nur für die Augen des GRU-Chefs, außer Kraft setzte?

Als er das Gebilde auf der Wiese umrundet hatte, waren seine hellbraunen Lederschuhe, Marke »Progress«, fast schwarz vor Nässe. Und seine Füße eiskalt. Rykow entschloss sich, der Kreatur von hinten näher zu treten, wieder auf dem Parkweg. Schritt für Schritt nahm das Unscharfe Kontur an. Etwas hockte da. Ein Vogel. Eine pechschwarze Krähe. Mit funkelnden, aggressiven Augen. Eines davon stets auf ihn geheftet. Der Kopf tauchte ab. Der Schnabel hackte zu. Und zog etwas nach oben. Lang und elastisch. Noch vier Schritte, vorsichtig, fast schlurfend, und Rykow erkannte, worauf die Krähe hockte.

Eine tote Ratte, groß wie ein Karnickel, lag auf dem Rücken. Die Krähe hatte ihr den Bauch geöffnet und zog mit dem Schnabel die Gedärme heraus. War der Darm endlich überdehnt, riss er, und der Vogel verschlang die Leckerei.

Rykow wurde übel, sein Magen krampfte, und Säure schoss ihm in die Backen. Ruckartig wandte er sich ab. Einen Augenblick nur noch mit dem Anblick des Widerwärtigen, und er hätte sich übergeben. So aber schaffte er es gerade noch, Haltung zu bewahren. Die Krähe schrie ihm hinterher, es hörte sich triumphierend an.

Der Oberst straffte sich, machte das Hirn frei und nahm die Parkbank in den Blick, die er als Treffpunkt mit dem Amerikaner ausgemacht hatte. Die Bank zwischen den zwei mächtigen Buchen, die einen unverstellten Blick auf den mehr als fünfhundert Meter hohen Fernsehturm erlaubte. Zweimal hatten sie da schon gesessen, Conolly und er, während der ersten Präsidentschaft Trumps. In Erwartung weltstürzender Anweisungen ihrer Chefs. Putin war bereit, bereit zu allem. Aber Trump wagte keinen Deal. Noch nicht. Jetzt, jetzt endlich, könnte es so weit sein. Und das stockende Gespräch mit dem Amerikaner, das lange Schweigen zwischen ihren knappen Bemerkungen, könnte in Verhandlungen übergehen, »straight to the point«, wie Conolly zu sagen pflegte.

In Bern hatte er den Texaner kennengelernt. Rykow war als GRU-Springinsfeld an die sowjetische Handelsmission delegiert worden. 1983, wenige Jahre vor Gorbatschow. Er bezog eine bescheidene Kammer in dem hässlichen, lang gestreckten Gebäude, die sich mit dem Fußschweiß seines Vorgängers vollgesogen hatte. Für Rykow Grund genug, ständig aushäusig unterwegs zu sein, was ja auch seinem Auftrag entsprach. Bei einem Cocktailempfang der syrischen Botschaft kamen sie miteinander ins Gespräch. Conolly stellte sich als zweiten Handelsattaché an der amerikanischen Botschaft vor, in breitem, schwer verständlichem Idiom. Rykow revanchierte sich mit seiner Karte als Öl-Experte der Handelsvertretung. Die doppelte Camouflage passte perfekt. Sie verabredeten sich zum Kaffee, dann zum Abendessen. Nach vier Monaten wagten sie sich in ein Bordell, um die Partnerschaft unter vier schweißtreibenden Prostituierten zu besiegeln. Ihr Kontakt wurde in den Geheimdienstzentralen, bei CIA und GRU, sorgfältig registriert. Und warmgehalten. Zur Aktivierung bei Bedarf.

Als Putin in Moskau herrschte und Trump in Washington, war es so weit. Zeit für ihre Treffen auf Parkbänken in Moskau und Washington. Die Geschichte indes war noch nicht satt genug, um die Welt gemeinsam anzurülpsen.

Immerhin, sie ahnten, dass sich der Globus bald wieder in die andere Richtung drehen würde, und verabredeten sich bei ihrem letzten Treffen in Washington, am Tag der Amtseinführung Bidens. Wenn Trumps Revanche gelingen sollte, wollten sie fünf Tage nach der Wahl wieder in Ostankino beieinandersitzen. Am 24. November 2024, zehn Uhr Moskauer Zeit.

Als Rykow auf der Bank Platz nahm und die Beine von sich streckte, um die vor Kälte schmerzenden Zehen zu bewegen, war es neun Uhr sechsundzwanzig. Er kam immer früher als verabredet, um in Ruhe das Terrain zu sondieren, langsam den Blick schweifen zu lassen und jede Bewegung, jedes irritierende Detail abzuwägen auf verborgene Bedrohung.

In Kiew hatte er das zuletzt praktiziert. Igor Kostjukow, der GRU-Chef, hatte ihn wegen seiner Berner Erfahrungen ausgewählt, einen Agenten aus dem engen Umfeld des ukrainischen Präsidenten zu führen. Wolodymyr Selenskyi war notorisch misstrauisch, hatte seine Leute immer wieder vom ukrainischen Geheimdienst durchsieben lassen. Diesen Mann jedoch, dem er seine vorzügliche PR-Kampagne zu verdanken hatte, übersah man. Rykow fuhr alle zwei bis drei Wochen in einem stumpfgrünen BMW mit ukrainischem Kennzeichen über die Krim nach Kiew. Die GRU öffnete ihm eine Lücke in der Front. In Kiew praktizierte er seine Parkbank-Übung mit dem Verräter. Der hatte an den Sieg Russlands geglaubt und wollte sich für diesen Fall rückversichern. Nun zappelte er am Fliegenfänger der GRU und verriet, was niemals hätte verraten werden dürfen. Dass die Amerikaner in Wahrheit den Krieg auf ukrainischer

Seite führten. Dass amerikanische Satelliten jede Bewegung, jede Schwäche der russischen Truppen scannten. Dass amerikanische Stäbe die Ziele der ukrainischen Vorstöße bestimmten. Dass die Amerikaner die Waffen dafür lieferten. Und wann die Russen womit zu rechnen hatten.

Rykows Schulter schmerzte, die rechte. Das Boxtraining im Sportzentrum der GRU war ungemein hart, zu hart für sein Alter, und immer wieder streikte die Schulter der Schlaghand. Manchmal für ein halbes Jahr. Nachts fuhr er dann hoch aus dem Schlaf und hielt den Arm mit der Linken, um die Schulter zu entlasten. Im Liegen war an Schlaf nicht zu denken. Der stämmige Mann mit dem schütteren dunkelblonden Haar und dem starken Bartwuchs, nur ein Meter sechsundsiebzig groß, verbrachte die Nacht dann im Sitzen, zusammengesunken. Zwergenhaft. Es half nichts. Er kam an Kortison nicht vorbei, obgleich er das Zeug hasste. Aber aufhören mochte er auch nicht mit dem Boxen. Also: rein mit der Spritze, in die Schulter.

Links auf dem Weg, kaum noch zu erkennen, hatte sich die Krähe von der ausgeweideten Ratte erhoben. Ein Junge mit Ball unterm Arm näherte sich dem schleimigen Torso. Seine Mutter rief, ja schrie ihn zurück. Die widerwärtige Szene weckte Rykows Erinnerung an den ukrainischen Spion. Nach einem guten halben Jahr schöpfte der Kiewer Geheimdienst Verdacht und heftete sich mit einem Beschatter an seine Fersen. Rykow entkam um Haaresbreite. Die Ukrainer wollten zunächst ihren Mann greifen, nicht ihn. Er sah den Agenten nie wieder. Der GRU-Chef in Moskau wusste, wie man in Kiew solche Fälle behandelte. Der Spion wurde einem scharfen Verhör unterworfen, bekam dann, nur Stunden später, einen Sack über den Kopf gestülpt. In einer Zelle im Keller des Geheimdienstes schoss man dem vor Angst Erstarrten dreimal in den Kopf. Alte KGB-Schule. Beide

Geheimdienste, der russische und der ukrainische, waren aus demselben Ei geschlüpft. Mit einem Handtuch über dem Kopf waren im Keller der Moskauer »Lubjanka« 1937 auch die alten Bolschewiken Sinowjew und Kamenew exekutiert worden, sofort nach ihrem Todesurteil. Stalin hatte sie auf Begnadigung hoffen lassen und damit absurde Geständnisse erpresst – nun schrien sie in ihrer Verzweiflung.

Rykow riss sich aus seinen Gedanken. Jetzt musste Conolly kommen, in diesen Minuten. Der Texaner war stets auf die Minute pünktlich gewesen, hatte sich neben den Russen gesetzt und ihm einen Schluck aus seinem silbernen Flachmann angeboten. Rye Whiskey, er stand auf das altmodische Zeug. Der Russe hatte es nicht gewagt, sich zu verweigern, und sich einen Schluck in den brennend kollabierenden Magen gegossen. Sauzeug! Wie viel angenehmer war ein sanfter Wodka bester Qualität …

Von rechts näherte sich ein Mann um die fünfzig. Rykow bemerkte auf Anhieb, dass er Amerikaner war, aber nicht Conolly. Man erkannte die Amerikaner entweder an ihren Frisuren oder an ihren Hochwasser-Hosen. Der hier hatte keine Haare mehr, aber seine Hosenbeine schwebten abenteuerlich weit über den schwarzen Lackschuhen. Sie gaben den Blick frei auf vielfarbige Ringelsocken. Rykow stöhnte leise.

Der Neue setzte sich, blickte ihn von der Seite an.

»Anatoli Rykow«, stellte sich der Russe vor.

»Ich komme in Vertretung des Mannes, den Sie heute hier erwartet haben«, antwortete der Amerikaner. »Mein Name ist unerheblich. Sie werden mich nie wiedersehen. Ich arbeite an der amerikanischen Botschaft …«

»Ich spreche mit Conolly und sonst niemandem«, widersetzte sich Rykow in fast akzentfreiem Englisch.

»Auch ihn werden Sie leider nie wiedersehen. Er hat Magenkrebs und wird demnächst von uns gehen. Conolly hat mir aufgegeben, Sie zu grüßen und ihnen dieses kleine Geschenk zu überreichen. Zur Erinnerung.«

Der Amerikaner zog Conollys silbernen Flachmann aus der Manteltasche und drückte ihn Rykow in die Linke. »Rye Whiskey, feinste Sorte. Genießen Sie ihn und denken Sie dabei an Ihren verblichenen Partner.«

»Und was wird aus unserer Verbindung?«, erwiderte Rykow.

»Der ›President-elect‹ möchte sie unbedingt erhalten. Ich bin beauftragt, Ihnen eine Botschaft an Ihren Präsidenten zu überbringen. Bitte hören Sie genau zu. Sie lautet …«

Der Amerikaner fischte einen Zettel aus der Manteltasche, entfaltete ihn und las vor, während Rykow auf seinem Mobiltelefon in der Manteltasche mitschnitt:

»Die Vereinigten Staaten und die Russische Föderation, die Präsidenten Trump und Putin, haben den Auftrag der Geschichte, den Lauf der Welt zu verändern. Im Interesse unserer beiden Nationen und der gesamten Menschheit. Um das vorzubereiten, schlage ich die sofortige Wiederaufnahme unseres ›Back-Channels‹ vor. Ich werde meinen neuen Emissär Matt Sandler zu Ihrem bewährten Sonderbotschafter Anatoli Rykow entsenden. Die beiden sollten sich nach meiner Inauguration in Washington treffen, am 28. Januar 2025 um zehn Uhr Ortszeit. Wo, ist bekannt.«

Der Amerikaner zog ein grünes Plastikfeuerzeug aus der Jackentasche, entzündete den Zettel an einer Ecke und ließ ihn zwischen seinen gespreizten Beinen abbrennen. Die letzte Asche zerrieb er zwischen den Händen.

»Fragen kann ich Ihnen nun nicht mehr beantworten. Meine Mission ist erfüllt. Vertrauen Sie uns und übermitteln Sie Ihrem Präsidenten die herzlichsten Grüße meines Präsidenten.«

Der Amerikaner erhob sich und spazierte nach links davon. Regenwasser rann von seinem blanken Schädel übers Gesicht. Als er in Höhe der Ratte war und über den Anblick erschrak, nutzte die Joggerin, die ihm aus dem Nebel entgegenkam, den Moment der Unaufmerksamkeit, um ihm im Vorbeilaufen eine Spritze ins Ohr zu stechen, tief hinein in den Gehörgang. Die Linke hielt seinen Kopf am Kinn, die Rechte spritzte. Der Vergiftete fasste sich ans Ohr, riss die Augen auf, taumelte einen Schritt nach vorne und brach zusammen. Die blonde Joggerin, Mitte dreißig, mit perfekter Figur und modischer, eng anliegender Sportkleidung, wich dem Stürzenden aus, machte kehrt und lief dahin zurück, woher sie gekommen war. In mäßigem Tempo, als wäre nichts geschehen. Cool. Professionell.

Rykow beobachtete die Liquidierung fasziniert. Dann folgten seine Augen der schönen Mörderin, bis sich die Gestalt im Nebel auflöste. Er wusste, die CIA hatte einen potenziell gefährlichen Mitwisser, einen der ihren aus der Botschaft, ausgeschaltet. Die GRU hatte kein Motiv und auch keine Ahnung, dass Conolly nicht kam. Der Ersatzmann aber kannte Trumps Einladung zum Deal, im Wortlaut sogar, und war ein zu kleines Licht, um vertrauenswürdig zu sein. Der Überbringer musste verschwinden. Um Trump zu schützen. Wie Boten in der Geschichte so häufig. Die Joggerin dagegen wusste gar nicht, worum es ging. Sie dachte vermutlich, sie habe einen Verräter liquidiert.

Rykow musste seinen Dienst informieren, schleunigst, damit die Ermittlungen der Moskauer Polizei, vor allem aber die Leichenöffnung in der Gerichtsmedizin, einen natürlichen Tod ergaben.

Der Mann mit den Hochwasser-Hosen lag neben der Ratte. Mit bizarr verrenkten Armen. Der Verwesungsgestank des Tieres kroch in seine Kleidung. Der GRU-Mann, einziger Zeuge des Mordes, warf beiden einen letzten Blick zu und stapfte nach rechts, die Fäuste in den Manteltaschen vergraben. Er musste zu Putin.

KAPITEL 3

Rykow erwachte früh. Viel zu früh. Er hatte am Vortag nach seiner Rückkehr aus dem Ostankino-Park sofort aus dem Hauptquartier der GRU im Kreml angerufen, beim Geheimdienst-Mann in der Präsidialkanzlei. »Ich muss den Präsidenten sprechen, dringend. Habe eine direkte Botschaft Donald Trumps an ihn zu überbringen.«

Sechs Minuten später kam der Rückruf. »Der Präsident erwartet Sie morgen um acht Uhr fünfundzwanzig in seinem Büro. Er hat dann Zeit für Sie, etwa anderthalb Stunden. Es gibt einiges zu besprechen.«

Also hatte Rykow den Wecker, ein blechern tickendes sowjetisches Modell, das er nach dem Tod seines Vaters von dessen Nachttisch genommen hatte, auf sieben Uhr gestellt. Aber nun, ein Blick auf das phosphoreszierende Zifferblatt genügte, war es gerade mal achtzehn Minuten nach fünf. Jemand rüttelte draußen an der Tür des Aufzugs, fluchte laut. Der Lift war kaputt, wie so vieles in Moskau seit dem Desaster in der Ukraine und den Sanktionen des Westens. Aufzüge, Rolltreppen, Autos. Fehlende Ersatzteile aus dem Westen waren längst nicht immer die Ursache. Für den Krieg waren Produktionen umgestellt worden, auf militärischen Bedarf, das traf seither die zivile Technik in Moskau hart. Die Schläge des Westens kamen hinzu. Im Hof des mächtigen Wohnblocks stand seit Monaten Rykows 5er BMW, den er vor sieben Jahren gebraucht gekauft hatte. Nun war das Einspritzsystem kaputt, und ein neues war selbst mit Geheimdienst-Beziehungen nicht zu bekommen. Das Moskauer

Schimpfen wurde immer lauter. Auch seines, wenn niemand zuhörte.

Rykows Wohnblock war nach dem Großen Vaterländischen Krieg gebaut worden, Ende der Vierzigerjahre. Von deutschen Kriegsgefangenen. Die mauerten sorgfältig, die gewaltigen Gebäude waren schier unverwüstlich. Und exakt hochgezogen. Sowjetisches Bauen war von ganz anderer Qualität. Wenn Rykow durch die Hauptstadt spazierte und sich aufmerksam umsah, sprang ihm häufig ins Auge, wie mies die alten Häuser konstruiert waren. Manchmal schien es ihm, als gebe es in ganz Moskau keinen einzigen rechten Winkel, keine mit Lot vermessene Mauer. Und dieses Land, dachte er ketzerisch, wollte die NATO besiegen? In der Ukraine waren solche Zweifel dann ja auch aufs Peinlichste bestätigt worden.

Seither fragte sich Rykow immer wieder, ob Putin nicht besser abgeräumt werden müsste. Aber er konnte keine Figur ausmachen, der er die Nachfolge zugetraut hätte. Der GRU-Chef war ein widerwärtiger Opportunist, der Putins Speichel leckte, sein Kollege beim Inlandsgeheimdienst FSB war gerade erst neu installiert worden, ein blasser Hering.

Sollte er schon aufstehen? Rykow entschloss sich, noch eine halbe Stunde im Bett zu dösen, und dachte an Irinas weichen, warmen Körper, in den er jetzt so gerne eingedrungen wäre.

Vor zwei Jahren hatten sie sich scheiden lassen. Ihre Leben waren auseinandergedriftet, obgleich auch sie bei der GRU arbeitete. Aber auf völlig anderem Terrain, sie überwachte in Moskau britische Diplomaten. Mit allen Mitteln, auch denen einer Frau. Als sie ihm berichtete, ein englischer Agent habe sie gefickt, eine ganze Nacht lang, mal stürmisch, mal zärtlich, da war es aus. Rykow tobte, er schrie, dann verstummte er für Wochen. Bis sie die Scheidung verlangte und auszog.

Irina war immer selbstbewusst gewesen, denn sie hatte bei der GRU einen höheren Rang als er. Als sie heirateten, war sie Oberleutnant, er Leutnant. Das bohrte in ihm, bis zum Schluss. Die kleine Zweizimmerwohnung in der fünften Etage des deutschen Blocks fiel an ihn. Sie ergatterte eine größere und tat sich mit einem jüngeren Kollegen zusammen. Das Bett teilte Rykow nun gelegentlich mit einer Dreißigjährigen aus der Dokumentenverwaltung des Dienstes. Die Brünette mit herrlicher Figur und festen Brüsten vögelte göttlich. So war die Einsamkeit auszuhalten.

Rykow träumte davon, wie er ihre Brüste küsste und sich die Nippel unter seinen Lippen erhoben. Dann rang er seine Erektion nieder und erhob sich. Wohin sollte das führen, jetzt? Er duschte kalt. Rührte sich einen Buchweizenbrei an und brühte einen grünen Tee. Er wusste, dass Putin ähnlich frühstückte, die Medien hatten darüber berichtet, nun tat er es womöglich auch gerade.

Von der U-Bahn-Station »Ochotny Rjad«, 1935 zum Ruhme Stalins eröffnet, waren es nur ein paar Minuten zu Fuß bis zum Roten Platz. Die steile, ungemein lange Rolltreppe aus dem Untergrund war ausgefallen. Als Rykow oben ankam, nach mehreren Pausen, rang er nach Atem, sein Puls raste. Es war kalt, nur wenige Grad über null, aber wenigstens trocken. Ein böiger Wind fegte über den magischen Platz.

Rykow steuerte das Eingangstor unterm Spasski-Turm an. Als er den beiden ersten Posten seinen Dienstausweis zeigte, trat aus dem Dunkel ein Zivilist auf ihn zu. »Herr Rykow? Bitte folgen Sie mir.«

Schweigend gingen sie im Innern des gewaltigen Komplexes zu einem dreistöckigen, ockerfarbenen Gebäude. Der Senatspalast mit Putins Büro. Rechts und links vom Eingang hatten

»Speznas«-Kämpfer mit Schnellfeuergewehren und kugelsicheren Kampfanzügen Aufstellung genommen. Zwanzig bis dreißig, schätzte Rykow. Die Sondereinheit gehörte zur GRU und war eigentlich dafür geschaffen, im Kriegsfall hinter den feindlichen Linien abzuspringen und Sabotage zu betreiben. Rykow musste sich neben dem Eingang gegen die Mauer lehnen, mit gespreizten Beinen und gestreckten Armen, um sich auf Waffen abtasten zu lassen. Im Dienst hatte es vor ein paar Monaten Gerüchte gegeben, ein Putsch gegen Putin sei gescheitert. Fünf Attentäter aus den Reihen des FSB seien schon in den Kreml eingedrungen gewesen und im letzten Moment von zwei GRU-Bewachern erledigt worden. Nun, im Angesicht der »Speznas«-Männer, glaubte Rykow die Gerüchte.

Sie stiegen die Treppe empor, durchschritten auf rotem Teppich einen langen Gang und durchquerten ein Vorzimmer mit fünf Sicherheitsleuten, zwei Referenten und drei Sekretärinnen. Rykows Begleiter brauchte nichts zu sagen. Er blickte auf seine Uhr. Acht Uhr dreiundzwanzig. Er nickte Rykow aufmunternd zu, sagte: »Wir gehen schon rein«, und klopfte. Von drinnen antwortete ein unverständlicher Laut.

Der andere trat als Erster ein, machte einen Schritt zur Seite und bedeutete dem Gast mit einer herrischen Bewegung des Kopfes, zum Schreibtisch weiterzugehen. Dann zog er sich lautlos zurück und schloss die Tür von außen.

Rykow streifte seinen Mantel ab und warf ihn über einen Stuhl an der Wand.

Putin schwieg und heftete den eisigen Blick auf den Gast. Keine Emotion kräuselte das glatte, fahle Gesicht.

Rykow trat gemessenen Schrittes nach vorn, salutierte und leierte: »Herr Präsident, Oberst Anatoli Rykow meldet sich gehorsamst zum Bericht.«

Putin erwiderte, mit tadelndem Unterton: »Guten Morgen, Herr Oberst. Sie treten nicht in Uniform vor Ihren Präsidenten?«

Rykow rang nach Worten. Es war sein erster Besuch im Kreml. Hatte er schon verschissen?

Hatte er nicht. Putin bedeutete ihm mit einem knappen Nicken, an dem Tisch mit den vier Stühlen, der mit der schmalen Seite an seinen Schreibtisch geschoben war, Platz zu nehmen. Wie viele Karrieren hatten hier begonnen, wie viele geendet?

Rykow ließ seine Augen wandern, um das aufzunehmen, was er in Sekunden speichern konnte. Putin trug einen dunkelblauen Anzug, ein hellblaues Hemd und eine ebenfalls blaue Krawatte mit unauffälligem Muster. In der Rechten hielt er einen Stift. Vor ihm, auf der Schreibmappe, lagen nur wenige Schriftstücke. Zur Linken auf einem Seitentisch waren hinter einem altmodischen Schaltpult diverse Telefone aufgereiht. Fünf oder sechs. Sie sollten stets präsente Macht demonstrieren, einschüchtern, auch wenn die Installation von vorgestern war. Mit einer vorsichtigen Wendung des Kopfes erkannte Rykow, dass das Büro mit dunkler Eiche getäfelt war. Aber nicht bis oben hin, bis zur Decke.

»Ich höre, Herr Oberst, Sie haben eine Botschaft des neuen amerikanischen Präsidenten mitgebracht«, begann Putin. »Berichten Sie!«

Rykow erinnerte an den »Back-Channel«, der während Trumps erster Präsidentschaft aufgebaut worden war. Kam dann auf den schon vor Jahren vereinbarten Treff im Ostankino-Park zu sprechen. Schilderte, dass aber nicht der auch Putin namentlich bekannte CIA-Mann Conolly erschienen war, sondern ein Unbekannter, angeblich aus der amerikanischen Botschaft, der einen Zettel hervorgezogen und Trumps Botschaft an den russischen Präsidenten verlesen hatte.

»Den Zettel hat er anschließend verbrannt. Die Botschaft

aber habe ich auf meinem Mobiltelefon aufgezeichnet.« Rykow zog das kleine Gerät aus der Innentasche seines Sakkos, legte es auf den Schreibtisch und schaltete die vorbereitete Wiedergabe ein.

Putin schnellte nach vorn, stützte die Unterarme auf den Schreibtisch und zog sich daran etwas empor. »Und dann? Was hat der Bote noch erzählt? Warum schickt Trump Conolly nicht mehr?«

Rykow vollendete seinen Bericht. Bis zu dem tödlichen Stich ins Ohr des Boten und der Kehrtwende der Joggerin.

»Ha!« Putins Überraschungsruf eröffnete eine lange Stille. Der Präsident starrte den Oberst durchdringend an, überdachte, was er gehört hatte, und erläuterte dann, mit geröteten Wangen, was das für ihn bedeutete. »Die Amerikaner haben ihren eigenen Mann liquidiert, auf unserem Territorium. Das ist mehr als frech. CIA tötet CIA, obgleich das Opfer kein Verräter war, sondern einen Befehl ausgeführt hat. Einen Befehl Trumps. Und der Befehl zur Liquidation muss auch von ihm gekommen sein. Er herrscht also schon über den Geheimdienst, obgleich er noch gar nicht im Amt ist. Erstaunlich, höchst erstaunlich …«

Rykow schwieg. Er wusste, da kam noch mehr. Und so war es auch. »Das bedeutet erstens: Der direkte Kontakt zwischen Washington und Moskau ist erstrangig für Trump. Er hat viel vor … Mit mir … Der Welt einen neuen Lauf geben … Das kann er haben, wenn wir etwas davon haben.«

Pause. Lange Pause. Putin drehte den Stift zwischen Daumen und Zeigefinger, blickte auf seine Hand und fuhr dann fort.

»Zweitens: Dafür geht er ein hohes Risiko ein. Er begibt sich in unsere Hand. Das müssen wir sofort festhalten. Hören Sie zu, Herr Oberst: Sie schreiben einen detaillierten Bericht über das Treffen in Ostankino. Sie überspielen die Botschaft Trumps auf einen Datenstick. Sie besorgen eine Gewebeprobe des Toten aus der Gerichtsmedizin, in Alkohol auf Dauer präpariert, und ermitteln das Gift, mit dem er liquidiert wurde. Auf dem Totenschein, dafür sorgen Sie, steht: plötzliches Herzversagen. Und Sie ermitteln die Identität der Mörderin, damit wir …«

»Das habe ich schon getan, Herr Präsident, gestern, sofort nach meiner Rückkehr aus Ostankino. Die Frau heißt Priscilla Wade, ist einunddreißig Jahre alt und Agentin der CIA. Sie arbeitet in der Botschaft unter der Legende einer stellvertretenden Abteilungsleiterin für Kultur und Medien. Wir haben sie schon lange im Blick, aber Vergleichbares hat sie noch nicht getan.«

»Vermutlich«, fiel Putin ein, »hat man ihr erzählt, der Tote CIA-Kollege sei ein Verräter und treffe sich im Park mit einem russischen Agenten. Was ja auch gestimmt hat. Ich wette, sie haben ihr gesagt: Sie müssen ihn ausschalten, dann werden Sie irgendwann Stationsleiterin in Moskau.« Pause. »Haben wir die Spritze?«

»Nein, die hat sie mitgenommen.«

»Und wer ist der Tote?«

»Wir kennen ihn nicht. Er hatte keine Papiere bei sich. Und auch die Einreisedokumente auf unseren Flughäfen geben nichts her. Vermutlich trug er eine Perücke bei der Einreise und hatte sich auch sonst geschickt getarnt. Womöglich ist er mit dem Pass eines anderen Landes eingereist. An der amerikanischen Botschaft hat er jedenfalls nicht gearbeitet.«

»Die Killerin darf vorläufig nicht ausreisen. Wir halten sie fest und sagen den Trump-Leuten, es gelte einen komplizierten Sachverhalt zu klären. Trump muss mir für sie etwas geben.«

Putin sank zurück auf seinem Stuhl. Überlegte. Fuhr fort: »Herr Oberst, Sie werden den gesamten Komplex exakt dokumentieren, mit Gewebeprobe, Tatortfotos, Trump-Botschaft und allem, was dazugehört. Es spricht alles dafür, dass der neue US-Präsident einen Mord in Moskau angeordnet hat. Das gehört in unser Pharaonengrab, zum Schatz der geheimen Erkenntnisse über Trump.«

Rykow staunte, unbewusst öffnete er den Mund.

»Und dann, grundsätzlich. Ich ordne an, Herr Oberst, dass Sie den ›Back-Channel‹ mit dem Amerikaner in Washington aufbauen. Das kann ungemein nützlich für uns sein. Sie werden sofort ein Büro hier in meiner Präsidialkanzlei beziehen. Sie berichten künftig mir, nur mir, nicht mehr dem Chef der GRU. Ihn werde ich informieren. Wenn Sie jetzt mein Zimmer verlassen, wird man Sie in Ihr neues Büro führen. Dort stehen zwei bewaffnete Posten vor der Tür. Aber nur vorläufig. Solange Sie Einblick nehmen in unsere geheimsten Erkenntnisse über Trump. Die müssen Sie kennen, um dem Amerikaner, den Sie in Washington treffen, erläutern zu können, wie eisern Trump in Moskau geschützt wird.«

Ein zynisches Lächeln umspielte Putins Mund. Sie müssen in Washington wissen, was ich in der Hand habe, dachte er.

»Die Dokumente und Datensticks liegen schon auf Ihrem Arbeitstisch. Ihr Ostankino-Report kommt dazu. Alles zusammen wird dann in mein Büro zurückgebracht. Morgen. Wenn Sie dafür in der Nacht arbeiten müssen, tun Sie's eben.«

Putin erhob sich, kam um den Schreibtisch und reichte Rykow, der ebenfalls aufgestanden war, die Hand. »Wir werden nun eng zusammenarbeiten, Herr Oberst. Wir werden, wie sagt Trump, der Welt einen neuen Lauf geben. Vertrauen und Verschwiegenheit sind dafür unerlässlich. Vertrauensbruch, Sie wissen das, wird beim Geheimdienst mit dem Tod bestraft. Verschwiegenheit und Vertrauenswürdigkeit dagegen reich belohnt. Ich investiere schon in Sie. Mit der U-Bahn werden Sie von nun an nicht mehr fahren. Wenn Sie den Kreml verlassen, werden Sie einen nagelneuen Volvo übernehmen.«

Rykow war wie vor den Kopf geschlagen. Benommen verbeugte er sich, machte auf dem Absatz kehrt und verließ das Büro. Draußen, vor der Tür, fiel ihm ein, dass er seinen Mantel vergessen hatte. Klopfte kurz und trat noch mal ein.

Putin stand neben dem Schreibtisch und wandte Rykow den Rücken zu. Vor der Telefonanlage stand eine halb geleerte Flasche Wodka. »СТАНДАРТ«. Der Präsident führte eben ein Glas zum Mund, ruckartig warf er den Kopf zurück. Dass Rykow auf Zehenspitzen seinen Mantel geholt und das Büro zum zweiten Mal verlassen hatte, bemerkte er nicht.

KAPITEL 4

Der schlaksige Mittvierziger mit dem schattenhaften Oberlippenbärtchen, der Rykow am Spasski-Turm abgeholt und zu Putin geführt hatte, brachte ihn nun auch in sein neues Büro. Den Gang mit dem roten Sisal-Läufer runter und dann die siebte Tür rechts. Der andere ging voran, hielt Rykow die Tür auf und trat hinter ihm ein. »Zunächst mal, es wird ja Zeit dafür: Ich bin Viktor Wadulin, erster Sicherheitsberater des Präsidenten. Es gibt noch einen zweiten und einen dritten. Werden Sie kennenlernen.«

Rykow war beeindruckt, legte respektvoll seine Rechte aufs Herz.

»Sie werden zu meinem Team gehören, Herr Rykow. Und zum engsten Umfeld des Präsidenten. Mein Team trifft sich täglich um acht Uhr dreißig zu einer Lagebesprechung in meinem Büro, drei Türen weiter vorn, auf der Linken. Wir beide gehen dann weiter zum Gespräch mit Wladimir Putin, um neun Uhr dreißig. Ich berichte Aktuelles, Sie nehmen dann am Austausch teil, ganz frei, wie Sie mögen.«

Rykow nickte. Oh Mann, jetzt war er von der Parkbank ins Zentrum der Macht gerückt.

»Bevor ich das vergesse, Rykow«, fuhr der andere fort. »Lassen Sie Ihre Dienstpistole zu Hause. Hier darf sich kein Bewaffneter – außer den Sicherheitsleuten – in der Nähe des Präsidenten aufhalten. Wir wollen keine Überraschungen erleben.«

Rykow nickte stumm. Die Makarow lag in seiner Küche in der zweiten Bratpfanne von oben. Im Park hatte er sie dabeigehabt, gesichert im Hosenbund. Sonst aber mochte er sie nicht.

»So, nun zu Ihrem Büro und zu Ihren Aufgaben.«

Wadulin ließ ihm Zeit, sich in dem Raum umzuschauen. Ein schwerer Eichenschreibtisch aus Sowjetzeiten, ein Besprechungstisch mit vier Stühlen, zwei Fenster hinter altertümlichen Spitzengardinen und Aussicht auf Baumwipfel, hinter dem Schreibtisch ein gerahmtes Porträt Putins – mit verschlagener Miene – und an der gegenüberliegenden Wand das berühmte, nachgestellte Foto von dem Rotarmisten, der auf dem Berliner Reichstag die sowjetische Fahne hisst. Patriotisches Ensemble, dachte Rykow.

»Und hier«, sagte Wadulin, »haben Sie Ihre Identitätskarte, die Sie im Kreml immer an dieser kleinen Kette um den Hals tragen müssen. Verlust ist sofort anzuzeigen.«

Die Sache war perfekt vorbereitet, Rykows Foto war auf der Karte schon eingescannt. Karten-Nummer RN 45002387. »Rykow, Anatoli. Stab des Sicherheitsberaters.« Er legte die dünne Kette mit der Karte um den Hals.

Wadulin übergab ihm feierlich noch einen Ausweis in schwarzlederner Hülle. »Damit dürfen Sie sich draußen ausweisen. Das Teil öffnet Ihnen alle Türen.«

Rykow schlug die erste Seite auf. Passbild. Rykow, Anatoli. Mitglied des Präsidialbüros der Russischen Föderation. Und dann: »Alle Inhaber staatlicher Macht sind gehalten, dem Inhaber dieses Ausweises bei der Erfüllung seiner Aufgaben behilflich zu sein.«

Die Wagenpapiere und den Schlüssel für den Volvo 740 übergab Wadulin ganz unfeierlich. »Viel Spaß. Und nun zu Ihren ersten Aufgaben. Rechts und links vor Ihrer Tür sind inzwischen zwei bewaffnete Posten aufgezogen. Sie haben Anweisung, Sie erst heute Abend oder Nacht aus dem Raum zu lassen, dabei sorgfältig zu kontrollieren und alle Besucher abzuweisen. Hier liegt schon bereit, was Sie nun brauchen.«

Auf dem hässlich klotzigen Schreibtisch lagen neben dem Laptop mit DVD-Laufwerk fünf rotbraune Ledermappen, die mit umlaufendem Reißverschluss versehen waren. Großes Format, mittlere Stärke. Die »Trump Files«! Sammlung seines Missvergnügens. Die Mappen waren nummeriert, von eins bis fünf, und die Ziffern waren in das Leder auf der Vorderseite geprägt. In Gold.

»Ich lasse Sie jetzt allein. In die fünfte Mappe legen Sie noch Ihren Bericht über den Zwischenfall in Ostankino. Die Gewebeprobe des Liquidierten besorgen Sie sich noch heute in der Gerichtsmedizin, das Fläschchen kommt ebenfalls in die Mappe Nummer fünf. Wenn Sie gehen, lassen Sie die Mappen auf Ihrem Schreibtisch zurück. Jemand wird sie ins Büro des Präsidenten tragen. Ach ja: Fotografieren oder Notizen machen ist natürlich streng untersagt. Ihr Hirn ist alles, was Sie mit sich führen.«

Wadulin hob die Rechte kurz zum Gruß und verließ das Büro.

Rykow ließ sich in seinen Schreibtischsessel fallen, und das ausgesessene, kunstlederbezogene Konstrukt seufzte leise, als die Luft aus dem Polster gepresst wurde. Rykow drehte sich sachte hin und her, ließ den Blick schweifen und saugte die Umgebung in sich auf, die ihn nun wohl für Jahre gefangen halten würde. Das Reichstagsbild würde er ersetzen durch die Unterwasseraufnahme mit den bunten Fischen, die er beim Tauchen auf der Krim gemacht hatte und die jetzt hinter der Tür seines Wohnzimmers ein Schattendasein fristete.

Er brauchte ein wenig Ablenkung von der Weltpolitik, denn er wusste, was auf ihn zukam. So viel war ja schon klar zu erkennen: Trump würde sich mit China anlegen und den pazifischen Raum beanspruchen. Dafür musste er den Rücken frei haben und Putin einen fetten Happen der geteilten Welt in den geöffneten Rachen werfen. Vermutlich einen europäischen Happen. Russland war nach dem vergeigten Krieg in der Ukraine in schrecklichem Zustand, seine dezimierte Armee ein Trümmerhaufen. Das Bündnis mit Trump könnte einen Ausweg weisen, Russland wieder zur Großmacht an der Seite Amerikas aufbauen und dafür – so viel stand fest – den Chinesen Xi vom Sockel stoßen. Rykow mochte Putin nicht sonderlich, den kalten Fisch, er hatte in der Ukraine alles falsch gemacht und Russland erst mal ruiniert. Aber beim Wiederaufbau würde er ihm helfen. Das gebot ihm sein Patriotismus. »Slava Rossija!« Ehre der Heimat!

Rykow gab sich einen Ruck, setzte sich auf und nahm die erste Mappe. Die anderen vier legte er vorsichtig auf den Boden. Als er den Reißverschluss geöffnet hatte, fiel der Blick auf acht Datensticks, die durch Gummischlaufen in zwei Reihen gehalten wurden. Rykow ahnte, womit er es zu tun hatte, atmete tief durch und steckte den ersten Datenträger in seinen Laptop. Mit einem einzigen Klick war die Datei geöffnet, und ein verrauschtes Schwarz-Weiß-Video flimmerte über den Bildschirm. Bingo! Trumps Moskauer Sex-Orgie aus den Neunzigerjahren, von Gerüchten umwuchert, aber nie hieb- und stichfest bewiesen. Hier war der Beweis. Offenbar war vom benachbarten Raum aus ein kleines Loch durch die Wand gebohrt worden, und eine Kamera-Sonde nahm auf, was sich in einer lange Nacht in Trumps Suite abspielte.

»Hotel Baltschug« stand auf der Brust des weißen Bademantels, den Trump trug, als er die Tür öffnete und drei Prostituierte einließ. Mitte zwanzig, bildschön, zwei blond, eine brünett. Zwei rasiert, eine zart behaart, wie sich zeigte, als Trump, damals noch Geschäftsmann, die Damen genussvoll ausgezogen hatte. Was dann folgte – Rykow schob einen Stick nach dem anderen ein und ließ die Bilder im Schnelldurchlauf vorüberrauschen –, war eine Lektion in Sexualpraktiken. Der Amerikaner, riesenhaft und unangenehm teigig, nahm jede Prostituierte einzeln und alle drei gemeinsam.

Die Russinnen ließen es geschehen und simulierten ihre Höhepunkte, ihr Stöhnen, Seufzen und Schreien mit Hingabe. Sie waren Absolventinnen der GRU-Sex-Akademie. Zwischendurch labten sich die vier in der Sitzgruppe an Häppchen und Champagner. Der Amerikaner warf immer wieder Tabletten ein, um die erschöpfte Manneskraft zu stählen, zerschlug Stühle und wischte Vasen von der Kommode. Die Suite wurde zum Sperrmüllplatz.

Je länger das Schauspiel dauerte, desto übler wurde Rykow. Dreieinhalb Stunden brachte er mit der Orgie zu. Die Handlung erschöpfte sich in Wiederholungen, dann steckte er den achten, den letzten Datenträger ein. Am Ende der Aufzeichnung mussten sich die drei Frauen nebeneinander aufs Bett legen, Trump stellte sich zwischen sie – und pinkelte auf alle drei herab.

Rykow hatte genug. Er verschloss die erste Mappe und nahm die zweite. Die war hochpolitisch. Vier CDs hielten jene siebeneinhalb Stunden an Telefongesprächen und E-Mail-Nachrichten fest, die am 6. Januar 2021 im Oval Office registriert worden waren, während ein rechtsradikaler Mob den Kongress stürmte und verwüstete. Nach diesen siebeneinhalbstündigen Aufzeichnungen wurde seither in Washington fieberhaft gesucht. Irgendjemand hatte sie verschwinden lassen, vermutlich in Trumps Auftrag. In Moskau lagen sie, in Kopie, in Putins Safe. Rykow konnte sich nicht verkneifen, leise zu pfeifen.

Er hörte jene siebeneinhalb Stunden komplett ab, stand zwischendurch immer wieder auf, öffnete ein Fenster und sog die kühle Moskauer Luft tief in seine Lungen. Kein Zweifel: Trump hatte den Mob damals nicht nur angestachelt, er hatte auch die Sicherheitsbehörden aufgehalten – Nationalgarde, FBI und CIA –, bis der mediale Tsunami ihn aus dem Weißen Haus hinwegzufegen drohte.

Mike Pence etwa rief ihn aus dem Kongress an, verfolgt vom Mob und mühsam versteckt, flehte Trump an: »Mr President, dies ist ein Putschversuch. Wenn Ihnen mein Leben und das Leben vieler Abgeordneter lieb ist, geben Sie der Nationalgarde Schießbefehl.«

Trump indes blieb kühl. »Mike, du warst schon immer ein Feigling. Mach dir nicht in die Hose. Diese Leute sind Patrioten, die besten, die Amerika aufzubieten hat.«

Es wurde sogar ein Rädelsführer zu ihm durchgestellt. »Herr Präsident, ich frage Sie, den Anführer der zweiten amerikanischen Revolution: Was sollen wir tun?«, und Trump antwortete: »Hängt Nancy Pelosi an den Füßen auf, wenn ihr sie erwischt. Und prügelt sie mit euren Gürteln durch, bis sie nicht mehr quiekt.« Allein diese Passage, Rykow hatte keinen Zweifel, würde Trump politisch umbringen, vermutlich sogar ins Gefängnis befördern für zwanzig oder dreißig Jahre.

Rykow war fertig. Als hätte ihm jemand das Blut in die Füße gedrückt und den Kopf leer geblasen. Die restlichen Ordner konnte er nur noch kursorisch durchgehen. Der dritte enthielt eine Auflistung der Termine aus dem Jahr 2016, an denen sich russische Agenten in New York und Washington mit Abgesandten Trumps getroffen hatten, um Unterstützung im Wahlkampf zu besprechen. Zu jedem Treff gab es ein Gedächtnisprotokoll aus russischer Feder. Daneben enthielt die Ledermappe den Nachweis, dass es sich bei jenen drei Komma fünf Millionen Dollar, die Joe Bidens Sohn Hunter angeblich aus Moskau erhalten hatte, aus der Schatulle der Milliardärin Jelena Baturina, um ein Fake der GRU handelte.

Die vierte Mappe offenbarte zahllose Dokumente über die

Millionenkredite, die Trump als Geschäftsmann aus Russland erhalten hatte. Für Hotel- und Bauprojekte, die nie verwirklicht wurden. Die Kredite indes durfte der Amerikaner behalten. Das fünfte und letzte Lederetui bewahrte jene Protokolle auf, die er selbst, Rykow, nach seinen »Back-Channel«-Treffen mit Conolly angefertigt hatte. Auch wenn er kaum noch denken konnte: Rykow nahm das zum Anlass, nun seinen Bericht über den Zwischenfall von Ostankino zu schreiben. Vorher rief er bei der GRU an, in der für Amerika zuständigen Abteilung, und fragte nach den letzten Erkenntnissen über den Toten aus dem Park.

Die Kollegen hatten ganze Arbeit geleistet. Bei der Durchsicht von Video-Aufnahmen aus den Foyers der Moskauer Luxus-Hotels erkannten sie ihn wieder, den Glatzkopf. Im »Novotel«. Er war als Harry Lyndon gemeldet, wohnhaft in New York. Bei der Öffnung seines Zimmers stießen sie unter der Matratze auf sein Mobiltelefon, das zuletzt wiederholt in der Funkzelle von Langley eingecheckt worden war. Das war nicht zu toppen: In Langley saß das CIA-Hauptquartier. Harry Lyndon wurde zudem in einem Zeitungsbericht als Mitglied von Trumps »Transition-Team« im Washingtoner »Meyer-Building« erwähnt. Auf einem Foto war er sogar hinter Trump festgehalten worden. Sie waren mit ihrer Vermutung also auf der richtigen Spur: Trump hatte offenbar Lyndons Mission in Auftrag gegeben, ebenso wie seine anschließende Liquidierung.

Rykow druckte das Protokoll aus und steckte es in die fünfte Mappe. Es war dreiundzwanzig Uhr siebzehn. Er trat aus dem Büro, hob die Hände und ließ sich von den beiden Posten geduldig untersuchen. Dann lief er zum Parkplatz hinter dem Senatspalast und suchte seinen Volvo, dunkelblau sollte er sein.

Das Türschloss schnurrte leise, als er den Knopf zur Öffnung am elektronischen Schlüssel drückte. Auf dem Fahrersitz atmete er tief durch. Und noch mal. Und noch mal. Es roch herrlich nach frischem Leder. Aber er durfte sich jetzt nicht vergessen.

Rykow stellte Sitz und Spiegel ein, dann startete er, passierte langsam den Spasski-Turm, fuhr zur Moskauer Gerichtsmedizin, die er gut kannte, fragte sich bis zum zuständigen Pathologen durch – und hatte Glück, ihn noch zu treffen. Professor Abraham Spitzman.

Ein Jude, schon wieder ein Jude, dachte Rykow, der seine antisemitischen Aversionen, vom Vater übernommen, bedenkenlos mobilisierte wie so viele »patriotische« Russen. »Herr Professor, ich gehöre dem Sicherheitskabinett des Präsidenten an. Hier ist mein Ausweis. Ich verpflichte Sie, mir eine Gewebeprobe des gestern aus Ostankino angelieferten Toten auszuhändigen. Er heißt übrigens Harry Lyndon und ist Amerikaner. Woran, meinen Sie, ist er gestorben?«

Der Arzt, ein schmächtiger Mann in hellblauem Kittel, antwortete: »Wir haben Spuren von Myotoxin in seinem Blut gefunden. Führt zu sofortigem Herzstillstand. Wie und wo das Gift in seinen Körper kam, wissen wir aber nicht.«

Rykow schlug nochmals seinen Befehlston an: »Er ist an plötzlichem Herzversagen gestorben, das können Sie sicherlich mittragen. Einen internationalen Eklat durch die Verabreichung von Gift wollen Sie gewiss nicht verantworten. Schließen Sie den Fall ab und überstellen Sie die Leiche an die amerikanische Botschaft. Aber vorher schneiden Sie mir bitte noch ein Stückchen von ihm ab.« Rykow lachte schmutzig.

Der Arzt beeilte sich: »Aber sicher. Ich habe schon Proben genommen. Bringe Ihnen gleich eine. Und ansonsten verfahren wir so wie besprochen.«

Acht Minuten später hielt Rykow das kleine Glas in der

Hand, ein blasses Häutchen trieb in der klaren Flüssigkeit. Er fuhr zurück zu seiner Wohnung. Den Skalp des Amerikaners, er grinste bei der Formulierung, würde er anderntags auf den Schreibtisch des Präsidenten legen.

KAPITEL 5

Matt Sandler wachte in vollkommener Dunkelheit auf, für ein paar Momente ohne jegliches Gefühl für Zeit und Raum. Sein rechter Unterarm wurde angenehm von einem Körperteil erwärmt, das Matt nach kurzer Irritation glaubte, als Oberschenkel identifizieren zu können. Die Kuppen seiner Zeige- und Mittelfinger berührten sanft ein Stück Haut, das nach den Gesetzen der Anatomie nur zu einem Hintern gehören konnte.

Matt versuchte sich an die vergangene Nacht zu erinnern. Ganz sicher war er nicht. Aber eigentlich sprach nicht viel dagegen, dass es sich bei der Frau, die da gerade – weitestgehend nackt – dicht an ihn geschmiegt in seinem Bett lag, um Cheng handeln musste. Matt hätte sich gerne vergewissert – an der Innenseite ihres rechten Oberschenkels hatte sie ein Muttermal, eine kleine, spürbare Erhebung, die ihm gleich aufgefallen war, als er sie das erste Mal an den Beinen berührt hatte. Wenn es Cheng war, dann war diese Stelle jetzt nur zwei Handbreit entfernt. Matt zögerte. Cheng war fantastisch, besonders in den frühen Morgenstunden. Doch wenn er jetzt anfangen würde zu fummeln, war der Vormittag im Eimer. Langsam kam die Erinnerung wieder.

Es war Samstag. Der letzte vor Heiligabend. Und so wie es aussah, der einzige freie Tag für lange, lange Zeit. Nach Wochen hatte Matt am Abend zuvor mal wieder seinen geliebten Absackabend in der »Hamilton-Bar« verbracht. In fester Absicht, sich mindestens zweimal einen Gin Tonic aufs Haus zu ertrinken, den es dort freitags nach jedem siebten Cocktail gab. Früher war er Stammgast im »Hamilton«. Aber sein neues Engagement für Trump, die Geheimnistuerei der ersten Tage, die Zeit, die mit Legendenbildung verbracht werden musste, die ganze neue Situation, all das hatte ihn aus seinem sozialen Umfeld herausgerissen wie einen Laternenpfahl, gegen den ein Siebentonner gekracht war.

Cheng war auch im »Hamilton« gewesen. Sie hatte das grüne Cocktailkleid an, das jetzt irgendwo in der Dunkelheit von Matts Apartment Kontakt mit dem Staub der letzten Wochen aufnahm, und bourbonfarbene Louboutins vorgeführt, wegen denen das Geschrei groß sein würde, sollten sie nicht sofort nach dem Aufwachen in Blickweite sein. Er liebte Chengs gespielte Hysterie. Seit sie das erste Mal miteinander geschlafen hatten, gehörten ihre wild verstreuten Klamotten und die mühsame Suche am Morgen danach zu ihrem durchaus noch ausbaufähigen erotischen Ritual, genauso wie die Tatsache, dass Cheng stets darauf bestanden hatte, in Matts Gegenwart ihren BH anzubehalten, sogar beim Sex. Matt hatte bislang nicht gefragt, warum. Entweder hatte er den Zeitpunkt dafür bereits verpasst, oder die Zeit dafür war noch nicht reif, wie auch immer. Cheng hatte andererseits nichts dabei gefunden, sich in seinem Bad in Matts Gegenwart mit seinem Rasierer die Schamhaare zu entfernen, was Matt als Zeichen besonderer Vertrautheit wahrgenommen hatte.

Die Frau, die nun, nur mit einem BH bekleidet, in Matts Bett lag, war im Alter von drei Jahren mit ihren Eltern in die USA ausgewandert, 1997, dem Jahr, als Hongkong an die Volksrepublik China überging. Ihr Vater hatte sich geweigert, »auch nur für einen Atemzug mit den Kommunisten die gleiche Luft zu teilen«. Und Cheng hatte sich fünfzehn Jahre später geweigert, dem Heimweh ihrer Eltern nachzugeben und zurück nach Fernost zu gehen. Sie hätte das als Niederlage empfunden. »Frei sein, heißt, konsequent zu sein«, hatte Cheng zu Matt gesagt, nachdem sie ihm das erste Mal große Teile ihrer Lebensgeschichte erzählt hatte, inklusive der Tatsache, dass sie beim Abschied ihrer Eltern am JFK-Airport keine Träne vergossen hatte.

»Später auch nicht?«

»Später schon«, hatte Cheng gesagt, dabei die Olive aus ihrem Martini-Glas genommen und sie in ihren Ausschnitt fallen lassen. »Kannst sie nachher suchen.«

Matt gelang es, das Schlafzimmer zu verlassen, ohne Cheng zu wecken. Die Sonne konnte gerade erst aufgegangen sein, denn von draußen fielen jene klaren Lichtstrahlen auf den vorderen Teil seiner Küchenzeile, wegen denen Matt den Winter in Washington so liebte.

Er hatte den Gasherd angestellt, in der Pfanne begannen sich der Esslöffel Butter und die zwei Teelöffel Zucker zu erhitzen, die er zur Zubereitung seines »French Toasts« brauchte, als er die Schreie aus dem Schlafzimmer hörte.

»Wo sind meine Loubou…, aaahh, da sind sie ja.« Dann war Stille. Cheng musste ins Bad gegangen sein.

Matt hatte gerade die Toastbrotscheiben ein zweites Mal in der Pfanne gewendet, da stand sie im Türrahmen, so, als wäre sie von Helmut Newton persönlich dort platziert worden: auf ihren Louboutins, ansonsten nur mit ihrem BH bekleidet.

Wahrscheinlich, dachte Matt, hätte Newton ihr nur den winzigen Rest von Schaum nicht durchgehen lassen, der an der Innenseite ihres rechten Oberschenkels zu sehen war, und der darauf hindeutete, dass sie mal wieder seinen Rasierer benutzt hatte.

»Im Ernst, du warst bei Trump in Mar-a-Lago?« Cheng verlor erst gar keine überflüssige Zeit für Begrüßungsfloskeln.

»Was war ich?«

»Bei Trump, in Mar-a-Lago. Viel mehr war gestern Abend nicht zu verstehen. Wie auch, nach neun Gin Tonics. Aber du hast dabei ein so geheimnisvolles Grinsen aufgesetzt. Als ob du nun sein bester Kumpel wärst. Ich meine …«

»Bullshit.« Matt nahm die Pfanne vom Herd und begann, um Zeit zu gewinnen, langsam Puderzucker über die »French Toasts« zu streuen. »Für ein Verhör stehst du deutlich zu lasziv hier in der Küche rum, mein liebes China-Girl.« Matt stellte die Pfanne ab und ging einen Schritt auf sie zu. »Und für ein Frühstück auch.«

Cheng hatte den Rest von Rasierschaum an ihrem Bein entdeckt und begann, ihn langsam zu verreiben. »Moment. Sandler. Du darfst erst in mich rein, wenn du mir alles erzählt hast.«

»Gegenvorschlag«, sagte Matt. »Ich darf gleich in dich rein, danach erzähle ich dir fast alles.«

Zu Matts Verblüffung willigte sie sofort ein. Als er sie von hinten nahm, hielt er sich eine Zeit lang wie ein Rodeo-Reiter am Verschluss ihres BHs fest. Er war jetzt neununddreißig, bestes Alter, und doch froh, dass die Frau, die da unter ihm lag, gerade die Anstrengungen auf seinem Gesicht nicht sehen konnte. Es war definitiv das erste Mal in seinem Leben, dass er beim Sex an seinen neuen Chef denken musste: Donald John Trump, den fünfundvierzigsten Präsidenten der Vereinigten Staaten, den Mann, der demnächst auch ihr siebenundvierzigster Präsident sein würde. In gut vier Wochen würde es so weit sein.

Matt schloss die Augen. Mar-a-Lago war ein Palast des Surrealismus. Eine Zeitreise in die Geschmackswelt der Achtzigerjahre. Der mit Marmor und Blattgold opulent ausgeschlagene Rückzugsort eines Narzissten, in dem sich Fotos, Büsten, Urkunden und Devotionalien mit dem Konterfei Trumps nur so drängten. An der Stirnseite ein Achtundneunzig-Zoll-Bildschirm, auf dem, stummgeschaltet, »Fox News« lief, irgendein

Bericht von der Überschwemmungskatastrophe in Indien, den sie dazwischengeschoben hatten, um die Nachwahlberichterstattung aufzulockern. Nein, Matt würde später, wenn er erschöpft in Chengs Armen lag, keine Schwierigkeiten haben, ihr das Domizil des demnächst wieder mächtigsten Mannes der Welt detailliert zu beschreiben.

Trump empfing ihn zur Mittagsstunde im weißen Hemd, mit perfekt geknoteter, überlanger orangeroter Krawatte – auf Socken. Ein Paar dunkelbraune Budapester war rechts auf seinem Schreibtisch abgestellt, die Laschen demonstrativ weit nach vorne gedrückt, so als wären dem neuen Besitzer die Schuhe beim ersten Tragen deutlich zu eng gewesen. Matt nahm es als ersten Hinweis darauf, dass sich Trump auch im eigenen Haus nicht lange mit Konventionen aufhielt, wenn ihn was störte.

»Kaffee.« Es war eine Mischung aus Frage an Matt und entschiedener Geste, die dem einzig sonst noch anwesenden Mitarbeiter bedeutete, sofort den Raum zu verlassen.

Trump musterte Matt. »Bei Fox wirken Sie entschieden größer.« Dann grinste er. »Aber das tun wir ja alle.«

Matt wurde aufgefordert, in einem tiefen Ledersessel Platz zu nehmen, aus dessen rechter Lehne zu seiner Überraschung ein bisschen Schaumstoff quoll. Er hatte, die kurze Begrüßung mal ausgenommen, noch kein Wort gesagt, was Trump ganz offensichtlich in keiner Weise störte.

Trump setzte sich an seinen Schreibtisch, die Budapester blieben an ihrem Platz.

»Bloomington, was? Tja, wir haben die Demokraten sogar in Illinois in die Knie gezwungen. Diese Bastarde. Diesmal hatten die Vasallen von ›Sleepy Joe‹ keine Chance, uns das Weiße Haus zu klauen. Und Sie, Matt, sind jetzt bei den Siegern. Gutes Gefühl, oder?« Matt wollte gerade antworten, doch Trump war schon weiter. »Dumme Sache mit Conolly. Da sieht man mal wieder: Am Ende hat ihm der ganze Vegetarier-Scheiß auch nichts mehr geholfen. Sein Magen ist ein einziges Schlachtfeld. Ich habe mir extra die Aufnahmen der Computertomographie kommen lassen. Horror. Sie sind doch nicht etwa Vegetarier, Matt, sonst muss ich mir die Sache mit uns noch mal überlegen. Sind Sie?« Wieder war Matt zu langsam, um zu antworten. Trump hatte den Smalltalk-Teil offenbar beendet.

Was folgte, war ein kurzer Abriss, wie sich der zukünftige Präsident seine, Matts, nächsten vier Wochen vorstellte, ein Übergabegespräch mit Conolly inklusive, ein weiteres mit ihm, Trump, im »Meyer-Building« in der Woche vor Weihnachten. Dazu: Kontaktpflege im State Department und im Russland-Referat der CIA sowie ein zweitägiger Medizincheck, der ebenfalls in Langley absolviert werden musste. Trump wirkte auf Matt Sandler konzentriert, in keiner Weise fahrig oder zerstreut, so wie sie es von ihm bei CNN in der Berichterstattung nach der Wahl immer wieder behauptet hatten. Der Ein-Meter-neunzig-Kerl strotzte vor Vitalität, trotz seiner achtundsiebzig Jahre, selbst hier in dieser schlecht ausgeleuchteten Arbeits-Suite in Mar-a-Lago. Matt hatte das Gefühl, wie von einem Sog auf seinen künftigen Arbeitsplatz gezogen zu werden. Der Mann, der da vor ihm saß, würde keinen Rückzieher mehr dulden. Und er, Matt Sandler, spürte zum ersten Mal diese undefinierbare Aura fast unbegrenzter Macht, die Donald Trump, daran hatte Matt keinen Zweifel, finster entschlossen war, in seiner zweiten Amtszeit noch entschieden zu erweitern. Matt bekam eine Gänsehaut.

Als er die Augen aufschlug, war Cheng offenbar schon gekommen, ihr lautes Stöhnen war in tiefes, ruhigeres Atmen übergegangen. Matt ließ sich Zeit, um darüber nachzudenken, was er ihr verschweigen würde.

»Was halten Sie von Russland?«

Matt hatte das Gefühl, dass sein Gegenüber das erste Mal, seitdem Matt Mar-a-Lago betreten hatte, wirklich eine Antwort erwartete. Zwanzig Minuten waren schon vergangen.

»Putin ist froh, dass es diesmal in Illinois geklappt hat, Mr President«, sagte Matt. »Und in ein paar anderen US-Staaten auch.«

Die Antwort gefiel Trump sichtlich. Er legte seine Füße auf den Schreibtisch, lehnte sich zurück und verschränkte die Hände im Nacken. »Reden Sie!«

Matt brauchte eine Viertelstunde. Wie ein Pathologe, der auf seinem Seziertisch einen Leichnam öffnet, um die noch unbekannte Todesursache zu erforschen, drang er für Trump in die schwer zugängliche Gedankenwelt des Kreml-Chefs vor. Rasch übersprang er die Aufstiegsjahre Putins unter Jelzin, als er merkte, dass Trump unkonzentriert wurde. Umso mehr interessierte sich der »President-elect« für das Desaster der Russen in der Ukraine und die strategische Neuorientierung, die Putin offenbar bereit war vorzunehmen. Matt Sandler überlegte, wie er aus der komplexen Situation, in der sich Russlands Staatschef in diesem Winter 2024 befand, einen griffigen Slogan ableiten konnte. »Putin denkt wie Machiavelli. Im Grunde hält er den Menschen für wankelmütig, unzuverlässig, ängstlich und opportunistisch. Das half ihm dabei, sich die militärische Niederlage seiner Armee im Osten der Ukraine zu erklären. Er hat daraus aber einen Schluss gezogen, der für seine Machterhaltung geradezu notwendig ist: Putin ist überzeugt, dass er nur durch noch straffere Führung Russlands Rolle in der Welt vergrößern kann.« Matt machte eine Kunstpause. »Er ist Ihnen da sehr ähnlich: Er will Russland wieder groß machen. Man kann das für legitim halten.«

Trump richtete sich auf und nahm die Budapester vom Schreibtisch.

»Mr President«, sagte Matt Sandler und nickte dabei seinen eigenen Worten hinterher, »Wladimir Putin ist bereit für einen Deal.«

KAPITEL 6

Stewart Conolly wartete bereits in der hintersten Nische eines zu dieser Zeit noch spärlich besuchten Cafés am Dupont Circle. Es hätte des Fotos nicht bedurft, das Matt Sandler am Tag zuvor von Conolly in den CIA-Akten gefunden hatte, um ihn auf Anhieb zu erkennen. An dem runden Bistrotisch saß unübersehbar ein Todkranker, der Mühe hatte, zur Begrüßung aufzustehen. Ein paar Schweißperlen standen auf seiner Stirn. Matt empfand auf der Stelle Mitleid mit dem Mann, dessen zittrige Rechte sich anfühlte, als hätte sie schon drei Tage im Kühlraum zugebracht.

»Hier also endet alles. Und alles fängt an«, sagte Conolly.

Matt bemerkte, wie Conollys Unterlippe dabei leicht zitterte. Er nahm die Speisekarte zur Hand und suchte Blickkontakt zur Kellnerin. »Lassen Sie uns erst bestellen, dann sind wir ungestört.«

Keine zwei Minuten später bestellte Matt einen Caesar Salad, eine Flasche Mineralwasser mit Kohlensäure und ein Glas Chablis Grand Cru, das, wie er später fand, mit den dafür verlangten vierzehn Dollar deutlich überbezahlt war. Conolly – »ich kann schon seit Langem kein Fleisch mehr sehen« – nahm einen Kamillentee.

Als die Kellnerin mit der aufgenommenen Bestellung Richtung Küche abrauschte und Matt ihr einen Moment zu lange hinterherschaute, bemerkte Conolly: »Puerto Rico, jede Wette.«

»Darf ich fragen, wie es Ihnen geht?«, begann Matt.

»Der verdammte Magen macht Probleme«, antwortete Conolly, »aber Unkraut vergeht nicht. Ich bin mir sicher, ich kriege noch mal die Kurve.« Conolly versuchte, einen Schluck Kamillentee zu nehmen, setzte die dampfende Tasse aber sofort wieder ab. »Ich werde wohl ein paar Wochen kürzertreten und vor allem auf meinen geliebten Rye Whiskey verzichten müssen, dann wird das schon wieder.« Dann folgte seine komplette Krankengeschichte, die nach Matts Geschmack etwas zu weitschweifig erzählt war und mit einer Überraschung endete. Sein letzter Medizincheck bei der CIA sei seinem Gefühl nach gar nicht mal so schlecht verlaufen. »Ich hab den Befund mit den jüngsten Aufnahmen der Computertomographie nur noch nicht. Dann sehen wir klarer. Aber irgendwie fühle ich, dass es langsam wieder bergauf geht. So etwas spürt man einfach.«

Matt Sandler nahm einen kräftigen Schluck Chablis, um seine Verblüffung zu verbergen. Wusste sein Gegenüber tatsächlich nicht, wie ernst es um ihn stand? Wollte er ihn nur testen? Oder hatte Conolly gar nicht Magenkrebs? Hatte der Tom-Ford-Mann beim ersten Gespräch im »Meyer-Building« gelogen? Und Trump ebenso? Gab es noch eine Geschichte hinter der Geschichte? Matt beschloss, in die Offensive zu gehen. »Ich soll für Trump den Kontakt mit Rykow aufnehmen. Das ist«, er zögerte, »… Ihr Job.«

Conollys Mundwinkel zuckten. »Es *war* mein Job. Sie sollten mit ihren Worten in Zukunft präziser sein. In unserem Job zählt jedes Wort, verstehen Sie? Meine Zeit bei Trump ist vorbei. Man kann in diesen Zeiten nicht wochenlang ausfallen, weil man sich in irgendeinem Scheiß-Sanatorium von seiner Magen-OP erholen muss. So ist das Leben. Das muss ich akzeptieren.« Er führte die Tasse wieder zum Mund, diesmal trank er einen Schluck. Für einen kurzen Moment hellte sich seine Miene auf. »Wenigstens kann ich für ein paar Wochen dieses verdammte D.C. mit seiner ganzen brodelnden Wichtigtuerei hinter mir lassen. Mal wieder

Texas-Luft schnuppern. Sie glauben nicht, wo die mich zur Reha untergebracht haben.« Conolly machte eine erwartungsvolle Pause, so, als hätte Sandler tatsächlich den Hauch einer Chance, zu erraten, wo er das letzte Kapitel seines Lebens verbringen würde. »In Corpus Christi, nicht schlecht, was? Das hört sich doch ausgesprochen hoffnungsvoll an.«

Conolly wirkte auf Matt Sandler in diesem Moment wie ein Mann, der für Trump durch dick und dünn gegangen sein musste. Ein loyaler Diener seines Herrn, bereit, sogar die eigene Demission als letzten Dienst für seinen Präsidenten zu begreifen.

»Erzählen Sie mir von Rykow.«

»Kann ich Ihnen noch was bringen?« Puerto Rico war unbemerkt an den Tisch der beiden getreten, und Matt überlegte, ob er nicht doch noch einen zweiten Chablis ordern sollte, verwarf den Gedanken aber sofort wieder. Irgendwie hätte es nicht gepasst, hätte zu sehr nach unverbindlicher Leichtigkeit ausgesehen. Das hier aber fühlte sich schon jetzt wie ein Stück Zeitgeschichte an, bevor es überhaupt richtig begonnen hatte. Matt Sandler war längst dazu bereit, den Mann ernst zu nehmen, der da gerade seine offenkundigen Schmerzen vor der Kellnerin zu verbergen suchte. »Ich nehme noch einen Tee«, sagte Conolly. »Ich bleibe beim Wasser«, ergänzte Matt.

Stewart Conolly wartete ein paar Sekunden, bis die Bedienung wieder außer Hörweite war und der schlimmste Magenschmerz offenbar nachgelassen hatte, dann begann er mit einer ausführlichen Schilderung seiner Beziehung zu dem Russen, den er während der ersten Präsidentschaft Trumps insgesamt sechsmal getroffen hatte. Das letzte Mal Ende Juli 2018 in Moskau, nur wenige Tage nach dem bilateralen Treffen Trumps mit Putin in Helsinki. »Trump war damals angereist, um das Verhältnis zu Russland ›aufzupolieren‹, wie er das mal in einem internen Treffen genannt hatte. Kurz vor Helsinki hatte er in einem Anfall von Selbstgefälligkeit allerdings sämtliche großen Player auf diesem verdammten Globus zu Feinden der USA erklärt – China, die EU und sinnigerweise auch noch Russland. Aber das wissen Sie ja.« Matt nickte. »Meine Aufgabe war es, nach Helsinki rauszufinden, inwieweit Putin sich auf den Schlips getreten gefühlt hatte. Oder ob er sich vielleicht sogar geadelt gefühlt hat, gleichberechtigt in die Phalanx der Feinde Amerikas aufgenommen worden zu sein.«

»Und?«

»Schwierig«, Conolly wiegte seinen Kopf, und Matt kam es so vor, als ob er bei seinen Versuchen, hinter die Fassaden des Kreml zu schauen, seinerzeit nicht wirklich besonders weit gekommen war. »Rykow mauerte. Ich habe mir das damals damit erklärt, dass Putin sich bei Trump offenbar noch nicht ganz sicher war, inwieweit der bereit war, seine europäischen Verbündeten vor den Kopf zu stoßen. Trump hatte ja seine Feststellung wieder zurückgenommen, dass die NATO obsolet sei. Ich habe damals fast zwei Stunden mit Rykow allein über diesen einzigen Punkt diskutiert. Es war zäh. Aber dann passierte doch etwas Erstaunliches …«

Matt hob beide Augenbrauen, so hoch er konnte, um absolute Neugier zu signalisieren. »Was?«

»Er gab mir das erste Mal, seit wir miteinander Kontakt gehabt hatten, eine Art Auftrag mit auf dem Weg. Das war vorher nie passiert. Trump sollte bei einer Wahlveranstaltung der Republikaner bei den ›Midterms‹ im Herbst 2018 seine Zweifel an der NATO wiederbeleben. Das Bündnis sei obsolet. Das habe er immer schon so gesehen. Er sollte exakt diesen Begriff wiederverwenden. Ich habe das damals als ersten großen Schritt interpretiert, den Putin bereit war, auf Trump zuzugehen. Es war ein Buhlen um Augenhöhe. Und beileibe kein besonders hoher Preis für Trump.« Conolly erhob sich bei den letzten Worten schwerfällig. »Entschuldigen Sie, ich muss mal auf die Toilette.«

Matt Sandler überlegte. Das lag nun über sechs Jahre zurück. Trump war 2018 nicht darauf eingegangen. Warum auch immer. Matt goss sich ein Glas Wasser ein, dann schloss er kurz die Augen, um seine Konzentrationsübung zu beginnen. Das Café hatte sich etwas gefüllt, Conolly und er waren nicht mehr allein. An der Längsseite, neben der Eingangstür, saßen, jeweils solo, drei Männer in dunklen Anzügen. Zwei hatten eine Cola bestellt, einer einen Kaffee. Puerto Rico, das hatte Matt schon beim Eintreten in das Lokal bemerkt, hatte den linken Ärmel ihrer Bluse bis über den Ellenbogen hochgekrempelt, eine Asymmetrie, die Matt unter anderen Umständen ganz sicher interessant gefunden hätte. Auf ihrem Unterarm trug sie ein dezentes Tattoo, das an einen Löwenkopf erinnerte. Auf dem Tresen stand eine dreilagige Vitrine mit Donuts, daneben waren in Servietten eingewickelte Bestecke zu einem stattlichen Stapel aufgetürmt, den Puerto Rico im Lauf ihres Dienstes ganz bestimmt abgebaut haben würde. Aus den Lautsprechern, aber das zählte natürlich nicht, waren leise die »Eagles« zu hören. »Oh nein, nicht die ›Eagles‹« – Matt musste an die Worte von Jeff Bridges denken, den »Dude«, der sich in »The Big Lebowski« in einem Taxi über diese Musik beschwert hatte.

Als er die Augen wieder öffnete, hatte Conolly bereits Platz genommen.

»Müde?«

»Konzentrationsübung«, sagte Matt. »Man muss ja schließlich fit bleiben, oder? Könnten Sie mal unauffällig schauen, was die drei Typen an der Längsseite des Cafés an Getränken vor sich haben?«

»Zwei Cola und einen Kaffee«, sagte Conolly.

Matt nickte. »Gut.« Dann fragte er: »Alles in Ordnung?«

»Wäre beruhigter, wenn die Kloschüssel nicht jedes Mal, wenn ich geschissen habe, so schwarz wäre wie eine Kohlenhalde«, sagte Conolly. »Aber dass gehört jetzt vielleicht nicht hierher.« Eine peinliche Pause entstand.

»Hat sich so etwas wie eine Freundschaft zu Rykow entwickelt?«, fragte Matt nach einiger Zeit.

»Nein. Aber ein Gefühl von Akzeptanz«, sagte Conolly. »Man ist in diesem Job so damit beschäftigt, die andere Seite zu verstehen, dass man aufpassen muss, nicht irgendwann mal von dieser anderen Seite verschlungen zu werden. Ich glaube, Rykow ging es genauso. Er ist ein Patriot. Uns Amis hielt er zumindest sehr lange Zeit für dekadent. Aber irgendwie hatte ich immer auch das Gefühl, dass er Putin nicht besonders mag. Würde mir an seiner Stelle nicht anders gehen.«

»Gab es Hinweise?«, fragte Matt.

»Oh ja, die gibt es.« Conolly holte eine braune Aktentasche unter dem Tisch hervor, die die ganze Zeit über an seinen Füßen gestanden haben musste.

Matt ärgerte sich, dass er sie bislang noch nicht wahrgenommen hatte, bemerkte dafür aber sofort, wie sich ein feuchter Schimmer über Conollys Augen legte, als er einen rubinroten Ordner aus der Tasche zog.

»Meine Handakte zu Anatoli Rykow, persönliche Notizen und Gedanken, die niemanden etwas angehen. Ich brauche sie jetzt nicht mehr.« Der von Magenkrebs gezeichnete »Back-Channel«-Mann straffte sich ein letztes Mal. »Es ist die Arbeit von mehr als acht Jahren, Mr Sandler. Ich habe nie aufgehört, mich mit ihm, mit Putin und mit Russland zu beschäftigen. Auch unter der Biden-Administration nicht. Ich wollte vorbereitet sein für den Tag, an dem das wieder wichtig ist. Weil ich immer noch glaube, dass wir Amerika unter Donald Trump wieder groß machen können. Aber nur, wenn wir uns mit Russland einigen.«

Conolly schaute vor sich hin. Dann schob er mit seiner Rechten die Handakte über den Bistrotisch hinüber zu Matt. »Sie sollten Sie aufmerksam lesen, Mr Sandler. Nicht jetzt. Nicht hier. Aber bald. Und – sehr aufmerksam.«

Das Gespräch war zu Ende. Matt glaubte zu bemerken, dass bei Conolly die innere Spannung abgefallen war, wie nach einem bestandenen Examen. Er hatte sich zurückgelehnt und lächelte vor sich hin.

»Vorschlag«, sagte Conolly, »wenn die Kellnerin gleich die Rechnung bringt, fragen wir sie, woher sie stammt. Wenn sie, was ich ganz sicher glaube, aus Puerto Rico kommt, geht die Rechnung auf Sie, Sandler. Ansonsten zahle ich.«

»Deal«, sagte Matt.

Die Frau mit dem tätowierten Löwenkopf auf ihrem linken Unterarm kam aus Pittsburgh, Pennsylvania. Ihre Eltern waren drei Jahre vor ihrer Geburt aus Honduras eingereist. Matt ertappte sich bei dem Gedanken, dass es ein Fehler gewesen war, auf den zweiten Chablis zu verzichten. Als er das Lokal verließ, erfasste ihn ein seltsames Stimmungshoch, so, als wäre er gerade auf ein neues Bedeutungslevel gehoben worden.

KAPITEL 7

Behutsam legte er die Handflächen auf den dunklen, kalten Stahl. Dann ließ er die Stirn nach vorne sinken, gegen den mächtigen Turm. Rykows Augen füllten sich mit Tränen, er rang ein Schluchzen nieder. Immer wenn er hierherkam, wenn er sein Trauerritual mit den Händen und der Stirn vollzog, übermannten ihn die Gefühle. Beim ersten Mal hatte er hemmungslos geweint und war nach unten gerutscht, bis er auf der feuchten Erde kniete und es aussah, als wolle er den Turm umarmen.

Vater!

Rykow stellte sich vor, wie der vollbärtige Hüne den Turm innen emporgeklettert war, um nach dem Auftauchen der »Kursk« frische Seeluft in die Lungen zu saugen. Ein glücklicher Mann, der seiner Verwendung im GRU-Hauptquartier keine Träne nachweinte. Er war in Murmansk geboren und sehnte sich zurück nach der Heimatstadt am Polarmeer. Als Anatoli, sein Sohn, schon auf eigenen Beinen stand und begann, dem Vater bei der GRU nachzueifern, bewarb er sich für den Posten des Sicherheitschefs an Bord des Atom-U-Boots K-141, genannt »Kursk«. Anatoli Rykow war stolz auf den Vater in prächtiger Uniform, der ihn einmal auch mitnahm in das gewaltige Schiff, als es im Atomhafen von Murmansk vor Anker lag. Oberst Gennadi Rykow durfte das, als Sicherheitschef, sonst niemand. Nicht mal der Kommandant.

Und dann war er, wie einhundertsiebzehn andere, in über hundert Meter Tiefe krepiert, nachdem ein Übungstorpedo noch im Schiff explodiert war und ein riesiges Loch in den Rumpf gerissen hatte. Im Sommer des Jahres 2000 war das. Die Mannschaft ertrank, bis auf dreiundzwanzig, die im hinteren Teil erstickten, direkt unter den Ausstiegsluken, die sie nicht öffnen konnten. Anatoli Rykow erinnerte sich daran, wie ein Zittern seinen Körper durchlief und er zusammenbrach im Hauptquartier der Marine, als ihm eröffnet wurde, dass auch sein Vater unter diesen dreiundzwanzig war, die zunächst noch Luft hatten, während vorne schon die ertrunkenen Kameraden im eiskalten Seewasser schaukelten.

Auch diesmal quälten ihn die Bilder. Wie der Vater im Dunkeln auf einer Pritsche lag und nach Sauerstoff rang, mit rasselnder Brust. Bis die Atemluft aufgebraucht war, und er mit stechender Lunge in den Tod trudelte. Einer der dreiundzwanzig hatte im Dunkeln einen CO_2-Filter fallen gelassen, mit denen sie versuchten, die Atemluft zu strecken. Der Filter reagierte mit Wasser und setzte ein giftiges Gas frei. Was sie retten sollte, brachte sie nun erst recht um. Vater! Anatoli Rykow zog es nicht zum Marinefriedhof, auf dem der Leichnam mehr als ein Jahr später beigesetzt worden war, nach der Bergung des Wracks.

Der zum Denkmal gewordene U-Boot-Turm in einem Park oberhalb von Murmansk erinnerte ihn an den lebenden Vater, nicht der kleine Stein unter den zahllosen Nummerngräbern der sowjetischen Marine. Der Friedhof stand für das Versagen der Marine. Das Denkmal nahe der Erlöser-Kirche mit Blick auf die Kola-Bucht barg die Erinnerung an den Mut und den Stolz der Geopferten. Der U-Boot-Turm sollte zunächst nahe der Kathedrale im Stadtzentrum in ein Mahnmal eingefügt werden. Dann wuchs Gras über das Projekt, bis der Turm acht Jahre später auf einem Schrottplatz entdeckt wurde. Von Mitgliedern einer Gruppe zur Unterstützung der Flotte. Die Empörung der

Hinterbliebenen war ungeheuer, doch die Presse spielte den Skandal herunter. Immerhin, es musste etwas geschehen, und die Verantwortlichen entschlossen sich, den Stahlkoloss mit der stumpfen Farbe, dem russischen Doppeladler an der Front und den blinden Panzerglasfenstern unter der Ausstiegsluke abseits der großen Aufmerksamkeit aufzustellen, ganz oben am Hang über der Bucht. Nur wer wirklich wollte, fand den Weg hierher.

Die Handflächen und die Stirn bildeten jenes kühle Dreieck, das für Rykow zum Symbol seiner eigenen, höchst privaten Religion geworden war. Gott, dachte er, wenn er die Handflächen und die Stirn verbunden fühlte, Gott, wenn es dich gibt, behüte den Vater, vergib mir und nimm Konstantin in deine Obhut. Die linke Hand: Vater; die Rechte: Sohn; und die Stirn: er selbst. Anatoli Rykow war alles andere als religiös erzogen, seit dem Untergang der »Kursk« aber ging er gelegentlich in eine Kirche, auch in Moskau, zündete drei Kerzen an und versank kniend in Meditation.

»Vater«, rief es nun von hinten. Rykow löste sich vom Stahl, senkte den Kopf, wischte sich mit beiden Händen übers Gesicht und wandte sich um. Konstantin. Sie hatten sich verabredet an diesem Sonntag, wie gelegentlich, in großen Abständen, »am Turm«. Anatoli war am Morgen mit einer Militärmaschine nach Murmansk geflogen. Zivilen Flugverkehr gab es seit dem Untergang der Armee in der Ukraine fast nicht mehr. Der GRU-Oberst aber konnte jederzeit die Verbindungen der Armee nutzen. Er tat es nur selten.

Als der Großvater umgekommen war, lebte Konstantin, Anatoli Rykows einziger Sohn, zehnjährig in einem Internat der GRU in Chabarowsk, nahe der chinesischen Grenze. Weit, weit weg von Moskau. Das Ehepaar Rykow legte keinen Wert auf das Kind, das ihm unterlaufen war. Als ihre Verbindung zerbrach, nahm Anatoli wieder Verbindung auf und begleitete den Jungen ein wenig durchs Leben. Er schämte sich, dass er den schluchzenden Konstantin ungerührt in den Zug nach Fernost geschoben hatte. Weg mit ihm aus Moskau, jetzt, da sein eigenes Leben Fahrt aufnahm, die Ehe aber zunehmend aus den Fugen geriet. Die GRU wusch das Hirn des Heranwachsenden, täglich aufs Neue. Doch der Junge mit dem strohblonden Schopf inhalierte reichlich Widerstand im notorisch aufsässigen Chabarowsk. Als er am Ende der Schulzeit gefragt wurde, ob er in den Dienst der GRU eintreten wolle, antwortete er mit einem knappen »Nein«. Keine Erklärung, keine Bitte um Vergebung, kein Dankeschön. Konstantin Rykow war zum Einzelgänger, zum Skeptiker, zum ewig Unangepassten geworden. Er studierte Schiffbau und verdingte sich danach im Atomhafen von Murmansk, dort, wo der Großvater, den er nie gesehen hatte, ewig zu leben schien.

Nun stand er vor dem Turm, mit melancholischem Blick, die Arme gesenkt, den olivgrünen Militärmantel geöffnet. Er trug einen groben, hellen Rollkragenpullover. Kratzig, wie auf Anhieb zu erkennen war. In der Rechten hielt er einen Beutel, in dem sich eine Thermoskanne abzeichnete.

Anatoli Rykow trat zu ihm, packte ihn rechts und links an der Schulter, mit ausgestreckten Armen, musterte ihn demonstrativ von oben bis unten und drückte ihn dann an sich. Fest. Schweigend. Rührung stieg in ihm auf, er schluckte sie herunter, doch Konstantin konnte noch den feuchten Schimmer in den Augen des Vaters erkennen, als sie sich trennten.

»Gut siehst du aus, Konstantin.«

»Du nicht.«

»Was … Warum?«

»Schätze, du machst Dinge, die du nicht machen willst. Das

kann ich an deinem Gesicht ablesen. Tiefe Furchen. Verschattete Augen. Und ein flackernder Blick. Kannst du mir nicht in die Augen schauen?«

»Na, hör mal. Aber bevor ich von mir erzähle, will ich von dir wissen, was du arbeitest, wie du lebst.«

»Ich arbeite auf einer Werft, in der Atom-U-Boote den letzten Schliff bekommen. Einzelheiten darf ich dir nicht verraten. Auch wenn du bei der GRU bist – ich bin zur Geheimhaltung verpflichtet. Nur so viel: Im Moment bin ich an einer sehr aufregenden Sache beteiligt.«

Sie schlenderten zu der Bank, auf der sie immer die erste gemeinsame Stunde verbrachten. Konstantin zog die Thermosflasche aus dem Beutel, dazu zwei hässliche blaugrüne Plastikbecher.

»Grüner Tee. Kaffee gibt's nicht mehr seit der Ukraine. Das mag in Moskau noch anders sein. Wir in der Provinz werden knappgehalten, selbst im Heimathafen der Atomflotte. Kein Kaffee, kein Obst außer Äpfeln, kein Fleisch, nur gefrorenes Geflügel.«

Konstantin schaute den Vater fragend an.

»Mir geht's prima«, begann Anatoli Rykow. »Meine Karriere ist nicht zu Ende. Ich sitze im Stab des Präsidenten, ganz nah bei Putin, und habe einen Spezialauftrag.«

»Putin?« Konstantin schrie den Namen fast heraus. »Du arbeitest für den Mann, der deinen Vater umgebracht, der Hilfe aus dem Ausland für die Mannschaft der Kursk ausgeschlagen hat?«

Anatoli Rykow bedeutete ihm mit den Händen, leiser zu sprechen, und blickte sich um. Niemand zu sehen. Keiner hatte sie gehört.

»Ich arbeite nicht für Putin, ich arbeite für unser Land. Ich trage dazu bei, es wieder groß zu machen. Wodurch, darf ich dir aber nicht sagen. Auf Verrat steht der Tod. Glaub mir bitte, dass ich einer verbrecherischen Politik nicht dienen würde.«

Sie schwiegen. Schenkten sich Tee ein. Schlürften das heiße Zeug und ließen ihre Gedanken schweifen. Nach einer Weile griff Anatoli Rykow in die kleine braune Reisetasche, die er mit sich trug, für ein paar Kleidungsstücke und Waschzeug. Aus der Seitentasche mit dem Reißverschluss zog er eine Pistole. Ein Waffentechniker der GRU hatte eine ausgemusterte Makarow, deren Seriennummer herausgefräst war, für ihn wieder aufgemöbelt, gegen zwei Kilo Rindfleisch aus dem Supermarkt des Kreml. Sie war nicht mehr registriert, aus den Archiven getilgt. Nun glänzte sie matt und irgendwie neu unter dem dick aufgetragenen Waffenöl.

»Nimm sie. Man weiß nie …«

Konstantin zögerte.

»Ich weiß doch, dass du überall aneckst. Wenn sie kommen, um dich zu holen oder gar, dich zu liquidieren, solltest du dich wehren können. Vielleicht schaffst du es ja nach Norwegen.«

Der junge Mann mit den halblangen dunkelblonden Haaren griff nach der Waffe, wog sie ehrfürchtig in der Rechten.

»Im Magazin sind acht Schuss. Munition bekommst du leicht auf dem Schwarzmarkt. Die Makarow war mal die Standardpistole der Roten Armee.«

Konstantin steckte sie in den Beutel, ließ die Thermosflasche und die Becher folgen.

»Wie lange bleibst du?«

»Morgen Vormittag muss ich zurück.«

»Dann lass uns zu mir gehen.«

Sie nahmen eine Straße, die nach unten führte, den Hang zur Bucht, zum Wasser. Sie passierten heruntergekommene, schmutzige, windschiefe Wohnblocks in einfachster Bauweise.

Fensterscheiben waren gesprungen, Haustüren aufgebrochen. Murmansk war im Großen Vaterländischen Krieg der einzige eisfreie Hafen der Sowjetunion, in dem auch im Winter Versorgungskonvois der Amerikaner und Briten anlegen konnten. Sie brachten Stalin vor allem Lastwagen und Munition, aber auch Fleisch, Reis, Nudeln und Benzin. Ohne Murmansk wäre Stalin kollabiert. Die Deutschen aber bombardierten die Stadt unablässig von Norwegen aus. Es starben auch viele Matrosen und Soldaten der Verbündeten aus dem Westen. Am Ende des Krieges war Murmansk eine einzige Ruinenlandschaft. Die Wohnblocks, die dann heraufgezogen wurden, genügten nur einfachsten Standards. Der Verfall begann sofort.

Unten am Wasser gingen Vater und Sohn an einem hohen Sicherheitszaun entlang. Obendrauf Stacheldrahtrollen mit scharfkantigen Metallplättchen.

Konstantin führte den Vater. »Hier und ein bisschen weiter oben liegen die Atom-U-Boote. Vier sind momentan im Hafen. Daneben ankern die Atom-Eisbrecher. Da vorne siehst du, orangerot, die ›Fünfzig Jahre Sieg‹. Sie hält im Winter die Route nach Asien frei. Im Sommer brachte sie früher Touristen, reiche Chinesen vor allem, zum Nordpol. Dort wurde dann auf dem Eis gegrillt, und wer wollte, konnte in der Fahrrinne des Eisbrechers schwimmen, in der Badehose bei minus zwei Grad, an der Gefriergrenze für Meerwasser. Der Schwimmer bekam eine Leine um den Bauch gebunden, um ihn bei Kreislaufproblemen zurückzuziehen. Auf dem Eis wartete der Schiffsarzt.«

»Und heute?«

»Fahrten mit Touristen sind verboten, seit die ›Fünfzig Jahre Sieg‹ auf der Rückfahrt vom Pol nachts einen Eisberg gerammt und sich den Rumpf aus superhartem Spezialstahl aufgerissen hat. Eine Havarie hätte es niemals geben dürfen. Aber alles, was nicht sein durfte, gab es in der Sowjetunion, auch diese Kollision. Obwohl der Eisbrecher mit der modernsten Technik ausgestattet war. Doch auf der Kommandobrücke hatte nachts ein anderer die Befehlsgewalt: Admiral Alkohol.«

Anatoli Rykow erinnerte sich, von dem Zwischenfall in den Tagesmeldungen der GRU gelesen zu haben. In der Tat war die Besatzung der Brücke betrunken gewesen. Die Reparatur des Schadens am Rumpf war ungemein kompliziert und teuer. Die Atomanlage im Innern musste komplett kontrolliert und durchgetestet werden. Eine brüchige Rohrleitung konnte schon genügen, um eine Lawine in Gang zu setzen und in die atomare Katastrophe zu führen, vor der die grelle Färbung des Eisbrechers warnen sollte.

»Saukerle, die besoffenen …«, murmelte er. »Und die ausgedienten U-Boote? Wo sind die? Was passiert mit denen?«

»Die liegen weit unten im Hafen. Sollen nicht ins Auge stechen. Hin und wieder wird eines nachts aus dem Hafen geschleppt und mit offener Luke weit draußen in der Barentssee versenkt.«

»Verdammt. Und die strahlenden Teile?«

»Die Brennstäbe sind entfernt, sie werden aufgearbeitet zu Atombomben. Der verstrahlte Reaktor wird vom Seewasser gewaschen. Meer verdünnt Schadstoffe ungeheuer. Keiner merkt was. Nur die Fischereischiffe ziehen in ihren Netzen immer mehr grotesk verunstaltete Fische heraus. Der Geigerzähler schnarrt, wenn du ihn dranhältst. Diese kleinen Ungeheuer werden gesammelt und wieder draußen ins Meer gekippt.«

Konstantins Block unterschied sich in nichts von den heruntergekommenen Gebäuden auf ihrem Weg. Er wohnte im vierten Stock. Wohn- und Schlafzimmer in einem, Küche in der Ecke, Bad mit Toilette und kalter Dusche in einem winzigen Raum nebenan. Anatoli Rykow überkam Mitleid. Er nahm seinen Sohn in den Arm und drückte ihn. Der machte sich frei.

»Du brauchst mich nicht zu bedauern. Hier geht's mir gut. Ich lebe für mich allein, gelegentlich schläft mein Freund bei mir.«

Der Vater begriff. Sein Sohn war – schwul! Der Oberst räusperte sich. »Ach so?«

»Mach dir keine Sorgen. Es hat noch keiner gemerkt. Wir verhalten uns vorsichtig. Du hast mich in ein Internat gesteckt. Dann brauchst du dich auch nicht zu wundern!«

Der Besucher ließ seine Tasche neben dem altertümlichen Sofa fallen, auf dem er übernachten würde. Dann setzte er sich an den groben Küchentisch mit einer merkwürdigen, kunststoffähnlichen Platte. Hell. Blank geputzt.

»Konstantin, hör mir bitte zu. Ich weiß gar nicht, wie ich dir das sagen soll ... Es war der schwerste Fehler meines Lebens, dich in das Internat zu schicken. Dafür bitte ich dich um Verzeihung.«

»Die kannst du haben. Du hast mir zwar das Herz gebrochen, als du mich in den Zug gesteckt hast. Ich habe während der ganzen Fahrt still vor mich hin geweint. Noch schlimmer hat mich Mutters Kälte getroffen. Aber nach einem halben Jahr war der Schmerz verflogen. Ich hatte mich in Chabarowsk etabliert. Schnüffelte mit den Kumpels Klebstoff aus Plastiktüten. Trank billigen Fusel. Prügelte mich nachts mit der Miliz und wurde sechsmal festgenommen. Aber zweien von denen habe ich auch Zähne ausgeschlagen – und entkam. Dann entdeckte ich meine Homosexualität und wusste anfangs nicht, wie ich damit umgehen sollte. Bis zur ersten Nacht mit einem Freund. Sie war herrlich. Und machte mich stark. Danke für deine Pistole. Sie lässt mich noch aufrechter gehen.«

Konstantin packte eine Seite geräucherten Lachs auf den

Tisch. Das Beste, was man am Polarmeer bekommen konnte. Konstantin hatte ihn in der Kantine seiner Werft gegen fünf Gramm Kokain aus den Reserven seines Liebhabers getauscht.

Sie aßen schweigend. Endlich war alles gesagt. Und sie fühlten sich dennoch näher als jemals zuvor.

»Ich akzeptiere dich, wie du bist«, sagte Rykow nach einer Weile. »Und falls es notwendig sein sollte, werde ich dich verteidigen.«

»Wenn das Herr Putin wüsste«, prustete Konstantin.

Sie verspeisten den Lachs restlos und tranken dazu anderthalb Flaschen Wodka von mittelmäßiger Qualität. Dann lagen sie sich lange in den Armen. Konstantin stieg in sein Bett, Anatoli rollte sich auf dem Sofa zusammen. Putin, dachte er beim Einschlafen. Putin ist mir egal. Ich diene ihm, weil er Russland wieder groß machen will. Das herrliche, das gedemütigte, das heilige Russland.

KAPITEL 8

Matt sah aus dem Fenster seiner Küche. Noch war alles ruhig, keine Flocke weit und breit. Für den Nachmittag war für den Großraum Washington ein Schneesturm angesagt. Die »Networks« überschlugen sich bereits. Die Hauptstadt drohte in einem Chaos zu versinken, ausgerechnet am letzten Tag des Jahres. Matt bemerkte eine seltsame innere Unruhe, die er so von sich nicht kannte.

Cheng war über die Weihnachtstage nach New York zu einer Freundin gereist, nicht ohne Matt vorher das vage Versprechen zu entlocken, sie dort auf jeden Fall zu besuchen, damit sie beide zusammen mit einer Gruppe von Bekannten Silvester im »Red Rooster« feiern könnten, tiefstes Harlem, 125te Straße. An Neujahr werde man dann gemeinsam zurück nach Washington fahren. »2025 könnte unser Jahr werden, Sandler«, hatte sie gesagt, »lass es uns richtig anfangen. Richtig, verstehst du? Verspiel deine Chance nicht leichtfertig!«

Matt musste an die Worte Chengs denken, während er hastig ein paar Klamotten in seinen Samsonite warf. Im Badezimmer überlegte er, ob er auch die Blutdrucktabletten einpacken sollte, die ihm der Arzt in Langley verschrieben hatte, nachdem beim Medizincheck leicht erhöhte Werte festgestellt worden waren. Eigentlich fühlte er sich entschieden zu jung für das Zeug. Matt warf die Pillen zurück auf den kleinen Beistelltisch neben dem Waschbecken.

Von seinem Büro im »Meyer-Building« bis zur Union Station waren es keine zwanzig Minuten. Wenn er den Zug um zehn vor vier am Nachmittag schaffte, wäre er um achtzehn Uhr achtundvierzig in New York, Penn Station. Um zwanzig Uhr könnte er bequem im »Red Rooster« sein – es blieb sogar genug Zeit, sich umzuziehen. Wenn er schon die Strecke auf sich nahm, dann wollte er zumindest lässig genug gekleidet sein, um unter der schnöseligen New Yorker Boheme nicht als Spießer aufzufallen. Ihm blieben noch ein paar Stunden Arbeit im Büro, außerdem drei Stunden Lesezeit im Zug. Das sollte reichen.

Irgendetwas war neulich bei Chengs Bitte anders gewesen als sonst, eindringlicher, bestimmter. Ihm war die Weitschweifigkeit aufgefallen, mit der sie dieses Lokal in der 125ten Straße beschrieben hatte. Die Art, wie sie übertrieben vom Publikum schwärmte, von den Leuten, die sie da bei früheren Besuchen getroffen hatte – eine Literaturprofessorin aus Antwerpen, ein Architektenpaar aus Berlin, ein schwules Pärchen aus Krakau, einen Juwelier aus Kiew –, gerade so, als handele es sich beim »Red Rooster« um einen geheimen Schicksalsort für ihrer beider Beziehung. Gerade so, als ob ihr gemeinsamer Lebensfaden von dort aufgespult werden müsste – und von nirgendwo sonst. »Wir könnten eine Europareise machen, nächstes Jahr«, hatte Cheng vorgeschlagen und sich dabei in eine regelrechte Euphorie hineingesteigert. »Wir könnten sie alle besuchen. Alle. Nacheinander. Ich hab ihre Adressen.«

»Da muss ich aber erst den Präsidenten fragen«, hatte Matt an jenem Samstag vor Weihnachten eingewandt. Kurz zuvor hatte er sie mit der leicht veränderten Version von seiner Begegnung mit Trump in Mar-a-Lago beeindrucken können. Doch in puncto Europareise hatte sie seine Bedenken nicht gelten lassen:

»Jeder Mensch hat Urlaub. So wichtig kannst du gar nicht sein.«

Auf dem Weg zum »Meyer-Building« kaufte Matt die Dienstagsausgabe der »Washington Post«. Er hatte das schon Jahre nicht mehr gemacht, auf Reisen las er grundsätzlich alles auf seinem Laptop. Aber die Aussicht, sich nachher im Zug hinter der aufgeklappten »Post« verschanzen zu können, war zu verlockend. Matt malte sich aus, wie er in wenigen Stunden durch den einsetzenden Schneefall in Richtung des neuen Jahres reisen würde. Achtlos faltete er die Zeitung zusammen, ohne auch nur einen Blick auf die Schlagzeilen zu werfen.

Sein Büro im zwölften Stock war ein Provisorium und würde es auch in den restlichen drei Wochen bis zu Trumps Umzug ins Weiße Haus bleiben. Immer mehr neue Leute waren in den letzten Tagen dazugekommen. Der künftige Regierungsapparat blähte sich auf. Matt bemerkte es auch an der Kaffeemaschine, die in der kleinen Nische auf dem Gang stand – stets war die Kanne leer. Wegen des hohen Vertraulichkeitsgrades seiner Aufgabe war Matt zwar nicht gezwungen, sein Büro mit jemand anderem zu teilen, sein Arbeitsraum war aber jedes Mal kleiner geworden und nach zweimaligem Umzug auf die Größe einer besseren Abstellkammer geschrumpft. Matt hatte darauf verzichtet, auch nur ein einziges persönliches Teil mit hierherzubringen. Aus irgendwelchen ihm nicht ganz erklärlichen Gründen hatte jemand eine Europakarte aus dem Jahr 2012 an seiner Bürowand befestigt, Abchasien und Südossetien waren darauf als unter russischer Besatzung stehend schraffiert, die Krim nicht. Nach jedem Umzug hing die Karte am anderen Morgen wieder rechts neben seinem Schreibtisch.

Matt tippte den achtstelligen Sicherheitscode ein, mit dem er sich Zugang zu dem Raum verschaffte, in dem die für ihn notwendigen Unterlagen aufbewahrt waren. Ein weiterer sechsstelliger Code – und sein persönliches Schließfach öffnete sich. Matt fiel sofort die rote Mappe mit der Aufschrift »vertraulich«

auf, die an diesem Morgen zuoberst auf einem Stapel von Putin-Analysen lag, die er in den Tagen nach Weihnachten selbst verfasst hatte.

Diesmal waren es lediglich zwei Blatt. Seite eins erkannte Matt auf Anhieb. Es war ganz offensichtlich eine Passage aus der Rede zur Amtseinführung Donald Trumps, zwei Absätze nur, die sich mit seinen außenpolitischen Ambitionen beschäftigten. Offenbar ein erster Entwurf. Blatt zwei bestand aus zwei kurzen Arbeitsanweisungen an ihn: Matt sollte die Passage zunächst mit Blick auf die Wirkung auf Putin analysieren. Arbeitsauftrag zwei indes hatte es in sich. Matt pfiff leise durch die Zähne, als er las, was außerdem noch von ihm verlangt wurde: Er hatte Carte blanche, die Passage mit dem Ziel zu verändern, Russland gewogen zu stimmen. Dafür durfte er maximal einen weiteren Satz ergänzen.

Matt überlegte, ob er sich die eingebrannte Plörre aus der Kaffeemaschine im Gang holen sollte. So viel Zeit musste erlaubt sein. Als er sich den abgestandenen Rest aus der Kanne in seinen Pappbecher goss, überkam ihn ein Anflug von Selbstironie: »Der bittere Geschmack der Geschichte«, sagte er lächelnd zu sich selbst.

Als Erstes verglich Matt den Entwurf mit der entsprechenden Redepassage Trumps aus dem Jahr 2017. Er hatte die Rede so oft gehört und gelesen, dass er die für seine Arbeit entscheidenden Botschaften ohnehin fast auswendig kannte. Trump hatte vor acht Jahren den Führungsanspruch der USA sehr geschickt als nationale Aufgabe dargestellt. Er war dabei gewissermaßen in die Rolle des ersten Dieners des Volkes geschlüpft: »Wir, die Bürger Amerikas, sind nun in einer großen nationalen Anstrengung geeint, unser Land wiederaufzubauen und seine Hoffnung für unser ganzes Volk wiederherzustellen. Gemeinsam werden wir den Kurs Amerikas und der Welt für viele, viele Jahre bestimmen.«

Dann hatte er die Sündenböcke für die amerikanische Misere ausgemacht: »Viele Jahrzehnte lang haben wir ausländische Industrien auf Kosten der amerikanischen Industrie reicher gemacht; die Armeen anderer Länder finanziell unterstützt, während wir unsere eigene Armee ausgehungert haben. Wir haben die Grenzen anderer Länder verteidigt, aber uns geweigert, unsere eigene zu verteidigen.«

Und schließlich hatte er, sehr subtil, wie Matt fand, den Boden für amerikanische Alleingänge in den folgenden vier Jahren bereitet: »Wir werden uns bei den Nationen der Welt um Freundschaft und Wohlwollen bemühen, aber wir tun dies in dem Verständnis, dass es das Recht aller Nationen ist, ihre eigenen Interessen in den Vordergrund zu stellen … Wir werden unsere alten Allianzen verstärken und neue bilden und die zivilisierte Welt gegen radikal-islamischen Terrorismus vereinen, den wir vom Erdboden auslöschen werden.«

Diesmal war Trumps Ansprache deutlich direkter, fordernder. So, als müsse er keine Rücksicht mehr nehmen auf die Würde des Augenblicks, auf historische Wurzeln, auf eingewachsene Beziehungen. So, als gelte es, keine Zeit mehr zu verlieren. »Das ist Degen statt Florett«, dachte Matt beim ersten Lesen.

Die außenpolitische Passage begann mit den Sätzen: »Unser Motto ›America First‹ wird in den kommenden Jahren konsequent auch unser außenpolitisches Handeln bestimmen. Neue Allianzen sind ausdrücklich willkommen, wenn um Selbstbestimmtheit bemühte Nationen sich dabei auf einen fairen Interessenausgleich mit den USA einlassen können. Wir werden sämtliche bilateralen Beziehungen und multilateralen Bündnisse einer eingehenden Prüfung unterziehen. Es kann nicht sein, dass die USA weiterhin auch nur einen Tag länger als Wirtstier für Staaten fungieren, die nicht bereit sind, in ihre eigene Selbstachtung und Selbstverteidigung zu investieren.«

Starker Tobak. Bisher deutete allerdings nichts darauf hin, dass Putin etwas in Unruhe hätte versetzen können. Matt machte sich ein Kreuz hinter dem Satz, in dem es um die Prüfung bilateraler Beziehungen gegangen war.

Im nächsten Absatz redete Trump von den »großen Drei« – »Die USA, China und Russland haben die Pflicht, den Lauf der Welt zu bestimmen. Sie haben daher auch die Pflicht, auf umstrittenem Gebiet untereinander einen Interessenausgleich zu suchen. Einmischungen in innere Angelegenheiten sind inakzeptabel. Eine ernsthafte Friedenspolitik ist ein wichtiges Gebot.« Matt pfiff beim letzten Satz wieder durch die Zähne. Das war der Freibrief für militärische Einsätze in den jeweiligen Einflusssphären. Da stand nicht »oberstes Gebot« oder »unabdingbares Ziel«, nein, es war auf fast schon lapidare Weise nur »wichtig«. Mit anderen Worten: Es konnte jederzeit durch »Wichtigeres« ersetzt werden. Der Frieden weggewischt wie eine lästige Fliege.

Zwei Stunden arbeitete Matt Sandler konzentriert, dann hatte er seine Analyse der vermeintlichen Rezeption Moskaus fertiggestellt. Matt klappte die Akte zu. Im Text hatte er nur an einer Stelle die Reihenfolge verändert, die »großen Drei« waren nun die USA, dann schon Russland und dann erst China. Putin sollte sich nicht abgehängt fühlen. Und er hatte einen Satz eingefügt, bei dessen Formulierung er unwillkürlich noch einmal an Stewart Conolly denken musste, den Mann, der mit Magenkrebs im Endstadium in irgendeiner Klinik in Corpus Christi seine letzten Tage fristete und von dem nicht sicher war, ob er diesen Satz noch jemals würde hören können.

Der Satz lautete: »Bündnisse haben keine Berechtigung einer

weiteren Existenz, sollten sie von unserer Seite als obsolet betrachtet werden.«

*

Sein reservierter Fensterplatz in Wagen drei war besetzt, ein gut gelaunter Latino breitete gerade sein Lunchpakt aus, bei dem der Anteil von Maiskörnern offenkundig die entscheidende Rolle gespielt haben musste. Matt hatte den Zug um fünfzehn Uhr fünfzig im letzten Moment erreicht – und das auch nur deshalb, weil der erst mit fünf Minuten Verspätung abgefahren war. Die letzten dreihundert Meter zur Union Station war er nur so durch den dichten Washingtoner Neuschnee geschliddert, der bereits eine zehn Zentimeter dicke Schicht auf Straßen und Gehwegen gebildet hatte. Matt hätte sich jetzt gerne ohne größere Komplikationen niedergelassen. Er merkte, wie er dem Latino am liebsten erzählt hätte, dass er noch vor gut einer Stunde die wichtigste Rede des zukünftigen Präsidenten der Vereinigten Staaten »präzisiert« habe. Er stellte sich vor, wie der Latino daraufhin ehrfürchtig und ohne Murren seinen Platz geräumt hätte. Doch noch im selben Moment registrierte Matt, dass der Mann, der da gerade kauend seinen Platz blockierte, wohl selbst im günstigsten Fall all die Maiskörner nicht mitgenommen hätte, die er bereits jetzt um sich und unter sich verstreut hatte. Matt zog weiter. Der Zug war gottlob nur halb voll.

Matt fand eine freie Doppelreihe im selben Wagen weiter vorn. Er zog seinen nassen Mantel aus, verstaute den Samsonite und wollte gerade den Laptop aufklappen, als sein Blick das erste Mal an diesem Tag auf die Titelseite der »Washington Post« fiel.

Die Zeitung beschäftigte sich in einer großen Analyse mit Trump: »Der Anti-Demokrat – wie weit wird er diesmal gehen?«

Anscheinend war Reportern der »Post« ein bestimmter Teil des Redeentwurfs zugespielt worden.

Matt wunderte sich, warum der Artikel noch nicht online gestellt worden war. Das, was er las, wusste er noch nicht, aber es war von höchstem Interesse. Offenbar wollte Trump seine Machtbasis dieses Mal auf allen Ebenen absichern.

Die Zeitung berichtete von Plänen, die Nationalgarde deutlich auszubauen und den Anteil der Berufssoldaten entscheidend zu erhöhen. Außerdem sollte die Befehlsgewalt der Nationalgarde »in kritischen Phasen« auch bei Einsätzen in den Bundesstaaten auf den Präsidenten übergehen. Bislang war das Sache des jeweiligen Gouverneurs.

Matt musste nicht erst zwei und zwei zusammenzählen, um zu wissen, was das bedeutete: Trump könnte die Nationalgarde künftig aufmarschieren lassen, ohne juristischen Widerstand befürchten zu müssen, beispielsweise bei ihm unliebsamen Wahlen.

Und noch etwas schien Trump zu planen. Die »Post« berichtete von einem Vorstoß, das Wahlrecht künftig an die Steuerpflicht zu koppeln. Die Reporter formulierten knochentrocken: Zwar stünde die entscheidende zu versteuernde Summe von sechzigtausend Dollar noch in eckigen Klammern, ein Verweis darauf, dass der exakte Betrag noch zu verhandeln sei. Unabhängig davon handele es sich dabei aber um einen »gravierenden Angriff« auf die Grundfesten der amerikanischen Demokratie.

Matt Sandler schaute hinaus in die einsetzende Dämmerung. Irgendeiner in Trumps direktem Umfeld musste Machiavelli aufmerksam gelesen haben. Trump selbst war es ganz sicher nicht.

Der Zug rollte durch die Vororte von Philadelphia. Matt hatte noch kurz in den Sportteil geguckt – die »Bulls« hatten am Vorabend noch eine Siebzehn-Punkte-Führung vor dem letzten Viertel gegen die »Dallas Mavericks« aus der Hand gegeben und 92:93 verloren. Matt seufzte. Auch diese Saison würde wieder kein gutes Ende nehmen. Gerade wollte er die »Post« zusammenfalten, um noch die letzte Stunde bis New York für ein Nickerchen zu nutzen, da fiel sein Blick auf eine Meldung im Vermischten: »Zwist um eine Leiche«. Die Meldung handelte von einem sich offenbar anbahnenden diplomatischen Streit zwischen Washington und Moskau bei der Überstellung eines Leichnams in die USA. Der Mann war anscheinend beim Joggen zusammengebrochen und hatte nicht mehr rechtzeitig wiederbelebt werden können.

Zwei Dinge machten Matt stutzig. Der Vorfall lag schon mehr als sechs Wochen zurück – ungewöhnlich lange und bei Weitem zu lang, um es auf die träge Moskauer Bürokratie schieben zu können. Vor allem aber der Ort, an dem der Amerikaner gefunden worden war, ließ Matt aufhorchen. Der Mann war im Ostankino-Park gestorben. Matt kannte den Park. Er hatte darüber in der Handakte gelesen, die ihm Stewart Conolly über Rykow gegeben hatte. Es war exakt der Ort, an dem sich die beiden »Back-Channel«-Männer in Moskau immer getroffen hatten.

KAPITEL 9

Cheng sah umwerfend aus. Sie trug ein hochgeschlossenes, ärmelloses schwarzes Kleid und saß in offensichtlich schon aufgekratzter Runde an einem langen gläsernen Achtertisch, links neben ihr ein Typ mit schulterlangen Haaren und bis zum Bauchnabel geöffnetem weißen Hemd, der für Matts Geschmack eine Spur zu nah an sie herangerückt war. Offensichtlich hatte die Festgesellschaft keinen Anlass gesehen, auf ihn zu warten. Auf dem Tisch standen nicht nur leer getrunkene Cocktailgläser, sondern auch schon zwei angebrochene Flaschen Wein sowie leere Vorspeisenteller. Matt hatte Cheng eine Zeit lang durch die Fensterscheibe beobachtet, während er in der Traube vor dem »Red Rooster« darauf wartete, eingelassen zu werden. Direkt vor ihm ging es nicht voran, mehrere Leute standen ganz offenkundig nicht auf der Gästeliste.

Es gibt diese Momente im Leben, in denen in einem das Gefühl hochschießt, am falschen Platz zu sein. Dies war definitiv einer davon. Matt merkte, wie sich ihm der Magen zusammenzog. Drinnen erzählte das offene weiße Hemd gerade eine Anekdote, bei der sich alle schier ausschütteten vor Lachen, ganz besonders aber Cheng. Draußen vor der Tür rückte Matt Sandler mit seinem Rollkoffer ein paar Schritte auf den Türsteher zu. Kurz hinter Philadelphia war sein Zug plötzlich stehen geblieben – und nach einer halbstündigen Pause in gemäßigtem Tempo weitergezuckelt. In New York angekommen, hatte sich die Verspätung auf anderthalb Stunden summiert. Fürs Einchecken und Umziehen in der Wohnung von Chengs Freundin war keine Zeit mehr gewesen. Matt sah exakt so aus, wie er an diesem Abend definitiv nicht aussehen wollte: wie einer dieser austauschbaren Washingtoner Bürohengste, die nach Feierabend von der Metro verschluckt wurden. Und genauso fühlte er sich auch.

Als er an den Tisch trat, machte der Typ neben Cheng eine Bemerkung, die Matt wegen des Lärms im »Red Rooster« nicht verstand, die in der Runde aber sofort für einen weiteren Heiterkeitsschub sorgte. Offenbar ging es um seinen Rollkoffer, der von einem Kellner mit dem Ausdruck höchster Missbilligung unter einen Serviertisch gequetscht worden war. Zu Matts Enttäuschung war nur noch ein Platz schräg gegenüber von Cheng frei, und sie machte auch keine Anstalten, jemandem aus der Gruppe aufzufordern, die Plätze zu tauschen.

Matt schaute auf die Cocktailkarte und wählte einen »Harlem Stoner«. Er kannte sich. Wenn er sich nicht spätestens in einer halben Stunde auf den Alkoholpegel der Gruppe »hochgelevelt« hätte, würde dieser Abend für ihn unerträglich werden. Alles deutete jetzt schon darauf hin. Er trank den ersten »Stoner« in zwei Zügen und versuchte Cheng zuzuzwinkern. Doch entweder hatte sie vergessen, dass sie vor ein paar Tagen noch das Jahr 2025 mit ihm hier in Harlem »richtig« anfangen wollte. Oder ihrer beider Vorstellungen von richtig und falsch waren an diesem Abend nicht übereinanderzubringen. Vielleicht nie.

Matt verzichtete auf die Vorspeise und orderte den dritten »Stoner«. Der Typ mit dem weißen Hemd ging ihm definitiv auf die Nerven. Aus der Nähe konnte Matt sehen, dass er sich, ganz sicher als Zeichen fortgeschrittener Exaltiertheit, den Nagel seines rechten kleinen Fingers auf eine Länge von mindestens zwei Zentimetern hatte wachsen lassen. Jedes Mal, wenn er zum Glas griff, spreizte er den Finger in einem derart unnatürlichen

Winkel ab, dass Matt hoffte, er würde damit irgendwann einmal an der Pfeffermühle hängen bleiben, die ganz in der Nähe stand.

»Und du arbeitest für das Arschloch Trump?«

Matt hatte gerade den dritten »Stoner« runtergespült. »Wenn du das so sehen willst.« Er schaute auf Cheng, doch die fand das offenbar witzig.

»Ich dachte bisher, man müsste selbst ein Arschloch sein, um für dieses Arschloch zu arbeiten, aber hier haben wir ja gerade den Gegenbeweis. Haben wir nicht?« Der Typ grinste herausfordernd.

Cheng legte ihm sanft die Hand auf die Schulter. »Dan, bitte.«

Doch Dan ließ nicht locker. »Vier Scheißjahre liegen vor uns. Und du hilfst wahrscheinlich dabei, dass sie so richtig beschissen werden, oder?«

»Wie man's nimmt«, erwiderte Matt, der, um die Situation zu entschärfen, mit seiner Tischnachbarin, einer auf den zweiten Blick durchaus attraktiven Rothaarigen, in den Small Talk einsteigen wollte. Es fiel ihm aber nichts ein.

»Lasst uns abstimmen«, forderte Dan und riss sofort die Hand hoch. »Wer sagt: Trump ist ein Arschloch?« Zu Matts Verblüffung reckten sich wie auf Kommando fünf Hände in die Höhe, darunter auch die von Cheng. »Gegenprobe«, krakelte Dan, doch der Rest der Runde ließ sich auf das Spiel nicht mehr ein. Triumphierend legte Dan seine Hand ans Kinn, den kleinen Finger wieder übertrieben abgespreizt. Er hatte jetzt eindeutig Oberwasser. »Und was machst du bei Trump-Arschloch?«

Matt überlegte, wie seine Antwort möglichst schmallippig ausfallen könne. »Russland analysieren.«

Doch es war, als hätte er einen Knopf gedrückt. Denn noch im selben Augenblick trötete Dan los: »Das Arschloch Putin. Kinder, wer Putin für ein Arschloch hält, hebt mal ganz schnell die Hand.« Diesmal waren es sogar sechs Hände, auch die Rothaarige direkt neben Matt war darunter.

»Und was gibt's da so zu analysieren?« Der Ton wurde nun schärfer.

Matt versuchte sachlich zu bleiben und – weitestgehend – unverbindlich: »Na ja, die letzten vier Jahre waren für die USA außenpolitisch kein Ruhmesblatt. Für Russland aber auch nicht. Wird Zeit für einen Neuanfang, so, dass wir unsere Interessen in der Welt wieder vernünftig wahrnehmen können. Trump wird sich, wenn er erst mal im Amt ist, ganz sicher mit den Russen arrangieren wollen. Er hatte bei seinem letzten Term schon keinen schlechten Draht zu Putin. Er kann gut mit solchen Typen. Das hat er ja selbst gesagt. Damit das wieder so wird – daran arbeite ich mit einer Menge anderer Leute.« Matt schob, wie zur Beschwichtigung hinterher: »Hört sich nach trockenem Stoff an, ist es für euch hier ja bestimmt auch. Lasst uns das Thema wechseln. Was habt ihr eigentlich für einen Hauptgang bestellt?«

Doch sein Ausweichmanöver misslang. Dan wollte das Thema nicht wechseln. Im Gegenteil. Je mehr Matt ausweichen wollte, desto mehr wurde Trump zur Zielscheibe. Und irgendwie schaffte dieser Dan es, die anderen mitzureißen. Matt kam sich abwechselnd wie im Kreuzverhör vor oder wie ein Stück Vieh, das in einen Fluss voller Piranhas getrieben worden war. Voller Neid sah er auf die Nachbartische, an denen fröhlich dem neuen Jahr entgegengetrunken wurde, angemessen unpolitisch. Manche sangen schon. Hier aber, an seinem Tisch, war jegliche Leichtigkeit verpufft. Er war gefangen in seiner Loyalität zu Donald Trump. Am schlimmsten war nicht einmal, dass er sich jeder neuen Angriffswelle schon aus Selbstachtung mit immer konservativeren Positionen erwehren musste, von denen er vor Kurzem selbst noch nicht gedacht hätte, dass er sie mal vertreten würde. Das Schlimmste war, dass Cheng nicht auf seiner Seite war.

Eine halbe Stunde vor Mitternacht stand sie abrupt auf, einen »Lenox Bramble«, bestimmt schon den fünften, in ihrer Hand, und versuchte einen Toast auszusprechen. »Auf die Spat…, auf die Spann…«. Es gelang ihr erst im dritten Versuch: »Auf die Spaltung dieses Landes!« Sie holte tief Luft. »Auf die Uneinigen Staaten von Amerika – und auf die, die auf der richtigen Seite stehen.«

Bei den Worten »richtige Seite« schaute sie zu Matt.

Der zögerte einen kurzen Moment. Dann kramte er zwei Hundert-Dollar-Noten aus seiner Hosentasche und warf sie auf den Tisch. »Das müsste reichen.«

*

Das Jahr 2025 begann für Matt Sandler an der Ecke Malcom X Boulevard/Central Park North, und es begann mit einer Zigarette in der Hand, die er sich zuvor von einem eng umschlungenen schwarzen Pärchen geschnorrt hatte. Er zog den Rauch tief in die Lunge. Dann hielt er einen Moment inne, sichtlich ergriffen darüber, nach so langer Abstinenz ohne den geringsten Hustenreiz inhalieren zu können. »Bislang definitiv der beste Moment dieses Jahres«, sagte Matt zu sich selbst und lachte bitter. Dann machte er sich zu Fuß auf den Weg zur Pennsylvania Station. Der nächste Zug zurück nach Washington ging in knapp drei Stunden. Auf seinem Weg durch den Central Park zeichneten die Rollen seines Samsonite frische Spuren in den noch jungfräulichen New Yorker Schnee.

Halb New York war auf den Beinen in dieser ersten Stunde des neuen Jahres. Matt spürte, wie die bestimmt sieben »Harlem

Stoner« in Verbindung mit der kalten Neujahrsluft ihre Wirkung entfalteten. Die Spuren, die sein Koffer in den Schnee zeichnete, waren unübersehbar Schlangenlinien. An der Ecke Fifth Avenue und 57te Straße spielte ein bärtiger Zwei-Meter-Mann auf seinem Saxofon »Moon River«. Matt war so gerührt, dass er bis zum Ende des Liedes stehen blieb und dann einen Zwanzig-Dollar-Schein in den Saxofon-Kasten warf. »Frohes neues Jahr.«

»Danke, Mann!«

Matt wollte schon weitergehen, dann aber drehte er sich noch einmal um: »Darf ich dich mal was fragen?«

»Klar!«

»Glaubst Du, dass Trump ein Arschloch ist?«

Der Saxofon-Spieler zuckte die Schultern. »Weiß nicht, Mann. Was meinst du?«

Gegen zwei Uhr morgens erreichte Matt Sandler den Times Square, aber er konnte das Gedränge und die immer noch ausgelassene Stimmung, die dort herrschte, diese Fröhlichkeit, die ihm in diesem Augenblick so flach und bedeutungslos erschien, nicht mehr ertragen. Matt beschloss, die verbleibende Stunde, die er noch hatte, bis sein Zug nach Washington abfuhr, in der »Moynihan Train Hall« der Pennsylvania Station zu warten. Das frühere Postgebäude war vor gut drei Jahren für mehr als anderthalb Milliarden Dollar renoviert worden, es war so stylisch wie dysfunktional. Eine »neoliberale und menschenfeindliche Umgebung«, hatten Leser der »New York Times« geurteilt, die sich über einen Mangel an Sitzplätzen beklagten. Jetzt, um halb drei am Neujahrsmorgen, war die Halle fast menschenleer.

Matt ließ sich auf das blaue Polster der eigenwillig geformten Wartebänke fallen, schloss einen Moment lang die Augen, hatte aber zu große Bedenken einzuschlafen und dadurch den Zug zu verpassen. Es war Zeit, Bilanz zu ziehen. In dreiundvierzig Tagen würde er vierzig Jahre alt werden. Er war von der Gründung einer Familie etwa so weit entfernt wie die »Chicago Bulls« von ihrer siebten Meisterschaft. Wie es aussah, war es mit Cheng schon wieder vorbei, bevor es so richtig angefangen hatte, was ziemlich sicher bedeutete, dass seine ganz persönlichen Dreißigerjahre ohne auch nur die geringste Aussicht auf Sex zu Ende gingen, es sei denn, er würde sich tatsächlich noch mal bei Sue von »Fosters & Company« melden. Matt beschloss, dass das nur im äußersten Notfall passieren sollte.

Matt erkannte, dass er sich Donald Trump verschrieben hatte, einem narzisstischen Autokraten, den bloß ein absurder genetischer Zufall oder im Zweifel auch Gottes Wille in den USA hatte groß werden lassen. So wie es der Zufall wollte, dass fast zeitgleich in Russland Wladimir Putin nach oben gekommen war. Matt hatte sich diesem Donald Trump schon jetzt stärker verschrieben, als er sich das jemals zuvor hätte eingestehen wollen. Er hatte seinen Bruder belogen, seine früheren Kollegen bei »Fosters & Company«, die Kumpels, mit denen er jeden zweiten Donnerstag im Monat zum Bowling gegangen war. Er hatte auch Cheng nicht die Wahrheit gesagt. Sie alle hielten ihn für einen womöglich scharfsinnigen, aber letztlich subalternen Technokraten in der kommenden Trump-Administration. Für eine bessere »Büroklammer«, die irgendwelche Papiere schrieb, die letztlich kein Mensch lesen würde. Wenn man es recht betrachtete, dann hatte er keinerlei tiefergehende soziale Kontakte mehr, und das letzte Gespräch, das von aufrichtigem gegenseitigem Interesse und wahrscheinlich auch größter Ehrlichkeit geprägt war, hatte er mit Stewart Conolly geführt, einem Mann, bei dem er nicht sicher sein konnte, ob er nicht schon gestorben war, elendig auf einer Palliativstation in einer Stadt in Texas, die tatsächlich Corpus Christi hieß.

Als Matt in den Zug stieg, der sich pünktlich um drei Uhr zwanzig Richtung Washington in Bewegung setzte, kam er zu dem Schluss, dass der Zeitpunkt nicht günstiger sein könnte, einen Cut in seinem Leben zu machen. 2025 – das würde sein Jahr. Und er, Matt Sandler, geboren am dreizehnten Februar 1983 morgens um halb vier in einer arschkalten Nacht in Bloomington, Illinois, würde es auf seine Weise machen. Er würde Geschichte schreiben.

Matt schloss die Augen. In der nächsten Minute würde er eigeschlafen sein. Es waren nicht mal mehr drei Wochen bis zur Inauguration von Donald Trump. Ja, er würde Geschichte schreiben mit dem siebenundvierzigsten Präsidenten der Vereinigten Staaten. Er war Trumps Mann. Und Trump würde »sein« Präsident. Und das Einzige, was sonst noch erledigt werden musste, war, rechtzeitig einen Kranz für Conollys Beerdigung in Auftrag zu geben. Matt wusste, was er auf der Kranzschleife drucken lassen würde – den Refrain von »American Pie«.

KAPITEL 10

»Sie ist da.«

»Halten Sie sie fest. Nehmen Sie ihr den Diplomatenpass ab und setzen Sie sie in einen Vernehmungsraum.«

»Sie tobt schon, weil wir sie angehalten haben. Ihr Flug nach New York geht in gut einer Stunde.«

»Das macht nichts. Sagen Sie ihr, es müsse etwas geklärt werden. Der zuständige Sicherheitsoffizier käme gleich. Und bleiben Sie höflich! Eine Tasse Tee und ein Glas Wasser, bitte.«

Anatoli Rykow atmete tief durch und versuchte sich zu konzentrieren. Er gab sich einen Ruck und ging aus dem Vorzimmer zurück in Putins Büro. Vor dessen Schreibtisch, um den quer dagegengestellten Besprechungstisch für Gäste saßen die Präsidenten der Geheimdienste GRU und FSB, der Verteidigungsminister und Viktor Wadulin, der Sicherheitsberater, Rykows Chef. Der nahm den fünften Stuhl an der Stirnseite und wartete, dass das Wort an ihn gerichtet würde. Back bloß kleine Brötchen, ging ihm durch den Sinn.

Wadulin brachte eben etwas zu Ende. »... werden wir aus dem Verkehr ziehen. Der kommt nicht wieder.«

Rykow fädelte problemlos wieder ein in den Vortrag. Es ging um den Gouverneur von Belgorod, als Rykow ins Vorzimmer gebeten wurde, ans Telefon. Ein Parteiloser, der aus dem Ruder lief. Jetzt hatte er Putin frontal angegriffen. »... keine Figur mehr für die Zukunft Russlands.« Nun also würde er aus dem Verkehr gezogen. Sie werden ihn aufs Kreuz legen und den Schnäbeln der Vögel seine Leber anbieten, dachte Rykow. Eine kleine Intrige und dann ab in sibirische Lagerhaft. Wegen Korruption, Betrugs, Steuerhinterziehung, Missbrauchs von Minderjährigen …

»Fünfzehn Jahre«, schloss Putin das Thema ab.

»Was gab es, Rykow? Ein Notruf am frühen Morgen …«

Der Präsident fixierte ihn mit seinen wässrigen Fischaugen, die Miene blieb teilnahmslos. Rykow fiel zum ersten Mal auf, ausgerechnet jetzt, dass Putins Haaransatz immer weiter nach hinten wanderte. Die Stirn reichte jetzt nicht mehr nur bis zur Mitte des Schädels, sondern darüber hinaus. Und: Die Haare wurden dünner.

»Anruf vom Flughafen Scheremetjewo, Herr Präsident. Die Joggerin der CIA, die in Ostankino Trumps Kurier vergiftet hat, ist dort aufgelaufen. Sie hat ihren Diplomatenpass gezückt, um unkontrolliert nach New York zu fliegen. Ich habe angeordnet, dass sie festgehalten wird, bis ich komme.«

Die Präsidenten der Geheimdienste erwachten ruckartig aus ihrem Halbschlaf, richteten sich auf und blickten Putin erwartungsvoll an. Von dem toten Amerikaner in Ostankino war ihnen berichtet worden, nicht aber von der Joggerin der Agency und dass der Tote ein Kurier Trumps war. Unerhört, dass Rykow sie nicht …

Putin übersah die empörten Blicke. »Ich habe Ihnen ja damals schon gesagt, Rykow, dass ich etwas haben möchte für diese Dreistigkeit. CIA liquidiert CIA auf unserem Territorium. Oder, um es noch brutaler zu sagen: Trump lässt Boten Trumps ermorden. Wäre eine nette Geschichte für die amerikanischen Medien-Haie, noch vor der Amtseinführung des bizarren Präsidenten.«

»Sie werden nicht zögern, sich erkenntlich zu zeigen, wenn wir das decken«, antwortete Rykow. Die Geheimen rutschten wieder zurück aus ihrer Habacht-Stellung in die Ruheposition der Nutzlosen. Sie hatten begriffen, dass es einen besonderen Draht gab zwischen Putin und Rykow. Wadulin genoss die Kapitulation der beiden, die ihn intern ewig ins Kreuzfeuer nahmen. Rykow war sein Mann … Seiner!

»Was sage ich ihr, Herr Präsident?«

Der senkte den Kopf leicht, wie es seine Art war, und blickte ihm von unten unverwandt in die Augen.

»Wir brauchen ein elektronisches Bauteil, ein ganz spezielles, für das Atom-U-Boot, das wir im Moment in Murmansk fertigstellen. Der Verteidigungsminister …«, der fuhr hoch, als er erwähnt wurde, schwieg aber ergeben, »… hat hier schon erläutert, was das Besondere daran ist. Es feuert keine Torpedos ab, ist nur mit hyperschnellen Luftabwehrraketen bestückt, um sich zu schützen. Der Bauch des Giganten ist vollgestopft mit Elektronik für den Cyberkrieg. Das U-Boot, lautlos wie ein Schwan, taucht vor die Küste eines Feindstaats und macht ihn in wenigen Minuten fertig. Strom, Wasser, Telefon, Internet, Flugzeuge, Autos – alles gelähmt. Es dauert Stunden, wenn nicht Tage, das alles wieder in Gang zu setzen. Bis er aufs Neue von unserem Elektronik-Blitz geblendet wird.«

Rykow sah Putin zum ersten Mal lächeln. Die Mundwinkel wanderten Millimeter nach oben, dann spitzte er zufrieden die Lippen.

Konstantin! Das war also sein Geheimnis, dachte Rykow.

»Wir bauen daran seit 2005. Viele Geräte und Teile haben wir in Indien und China gekauft, auch nach der Ukraine-Sache. Ein Bauteil aber, der Schlüssel zu allem, gibt es nur in Amerika. Seine Produktion wird vom Geheimdienst überwacht, und die Ausfuhr ist verboten. Niemand hat es, außer den Amerikanern. Und den Israelis. Die rücken es aber nicht raus, ich habe schon alles versucht.«

»Kann ich die Typenbezeichnung und die technischen Daten haben?«

Putin öffnete eine Schublade seines Schreibtischs und nahm einen verschlossenen Briefumschlag heraus. »Alles bereit … Das, Rykow, geben Sie der Schlampe. Sie darf erst ausreisen, wenn das Teil in unserer Hauptstadt übergeben worden ist.«

Rykow schob den Brief in die Innentasche seines Jacketts, erhob sich und ging, nach einer Verbeugung vor dem Präsidenten, ab. Die anderen würdigte er keines Blickes.

Die Fahrt nach Scheremetjewo ging schneller als gewöhnlich zu dieser Stunde am Vormittag. Zwei Streifenwagen der Miliz mit Blaulicht und Sirene fegten die Überholspur frei für ihn. Die etwa dreißig Kilometer in nordwestlicher Richtung hatte er in zwanzig Minuten bewältigt. Er nahm den Eingang für Offizielle. Dort erwartete ihn ein GRU-Offizier in Zivil, der ihn tief hineinführte in den Flughafen und schließlich die Tür zu einem Vernehmungszimmer aufstieß. Rykow war allein mit der Blondine, die sich aufreizend körperbetont gekleidet hatte. Den GRU-Offizier hätte sie fast um den Finger gewickelt. Aber ihr Name stand ganz oben auf einer Liste der nicht ausreiseberechtigten Personen. Rot eingerahmt. »Unbedingt aufhalten! Anruf: Anatoli Rykow …« und eine Nummer im Kreml. Im Kreml!

»Priscilla Wade«, begann Rykow, »ich bitte um Nachsicht für die Unannehmlichkeiten …«

»Sparen Sie sich das Gesülze! Ich verlange meine sofortige Freilassung! Ich bin amerikanische Diplomatin und verfüge über einen Diplomatenpass.« Sie war aufgesprungen.

»Ach ja, den hier.« Rykow blätterte bedächtig in dem Pass, den ihm der GRU-Offizier am Eingang des Flughafens überreicht hatte. »Er ist echt, aber er wird Ihnen nichts nützen.«

»Sind Sie verrückt geworden? Lassen Sie mich frei! Sofort!« Ihre Stimme überschlug sich.

Rykow hielt den Pass in der Rechten und schlug damit leicht

auf die Linke. Schwieg. Schaute ihr in die Augen. Bedeutete ihr, sich wieder zu setzen. Und nahm selbst Platz, direkt neben ihrem Stuhl. »Bitte!«

Priscilla Wade nahm Platz und schlug die Beine übereinander. Provozierend. Zu ihm gewandt. Der Minirock aus schwarzem Lackleder bedeckte nicht mal die Hälfte ihrer Oberschenkel.

Rykow riss den Blick von ihren Beinen los. Lieber Himmel …

»Miss Wade, wir wissen einiges von Ihnen. Sie arbeiten in der amerikanischen Botschaft unter der Legende einer stellvertretenden Abteilungsleiterin für Kultur und Medien – in Wahrheit aber für die Agency. Wir beobachten Sie schon lange.«

»Blödsinn! Und selbst wenn … Sie dürfen mich nicht festhalten.«

»Wir tun es aber. Weil wir die Ermordung eines amerikanischen Staatsbürgers durch Sie aufklären möchten.«

»Sind Sie von Sinnen? Ich bin eine Expertin für Literatur!«

»Das mag sein. Aber am vierundzwanzigsten November, neunzehn Tage nach der Wahl Donald Trumps zum neuen amerikanischen Präsidenten, haben Sie im Ostankino-Park, verkleidet als Joggerin, den amerikanischen Staatsbürger Harry Lyndon, wie Sie ein Mitarbeiter der CIA, durch eine Myotoxin-Spritze ins Ohr getötet. Obgleich – oder weil – er ein Abgesandter Donald Trumps war.«

Rykow beobachtete sie nun genau. Sie wurde eine Spur blasser, ihr Blick flackerte leicht. Wade zog den Lederrock nach unten und setzte die Beine artig nebeneinander.

Ein Abgesandter Trumps?

»Ich kenne keinen Harry … wie? Und ich war auch nicht im Ostankino-Park. Sie sind falsch informiert.«

»Nein, das bin ich nicht, ich bin exakt informiert. Einer unserer Leute hat sie an diesem Tag beschattet, bis in den Park und danach zurück zu ihrer Wohnung. Er hat auch die Spritze mit einem Rest von Myotoxin und Ihre Plastikhandschuhe sichergestellt, die Sie in der U-Bahn-Station ›Butyrskaya‹ in zwei Müllbehälter geworfen haben. Nicht zu vergessen: Er hat Sie bei allem fotografiert.«

»Ich jogge manchmal, das ist richtig. Aber ich morde nicht. Ich …«

»Ich bin Augenzeuge der Tat, Miss Wade. Ich habe Sie von einer Parkbank aus beobachtet, als Sie Lyndon entgegenkamen, sein Kinn mit der einen Hand gehalten und mit der anderen die Giftspritze in sein linkes Ohr gestochen haben. Der Mord ist lückenlos von den zuständigen Behörden dokumentiert.«

Die Amerikanerin setzte sich auf, drückte das Kreuz durch und spielte ihre letzte Karte aus, vermeintlich eine Trumpfkarte.

»Ich habe keine Lust mehr, mich mit Ihnen zu streiten. Fest steht, dass Sie eine Diplomatin nicht vor Gericht stellen und nicht mal in Haft nehmen dürfen. Geben Sie mir also meinen Pass und lassen Sie mich gehen, wohin ich will. Ich will nach New York.«

»Dahin werden Sie vorerst nicht kommen, Miss Wade. Bevor Sie Ihren Diplomatenpass zurückbekommen und die USA wiedersehen, müssen Sie uns eine kleine Gefälligkeit erweisen. Schicken Sie diesen Brief …«, Rykow zog ihn aus dem Jackett und schob ihn ihr über den Tisch, »… an Ihre Vorgesetzten in den USA, mit Diplomatenpost. An jene Vorgesetzten, die den Mord an Lyndon befohlen haben. Sie werden uns eine Kleinigkeit liefern, die für Ihr Land bedeutungslos ist, für meines aber nicht.«

»Sie sind verrückt, warum sollte ich das tun?«

»Das möchte ich Ihnen verraten, liebe Miss Wade. Diplomaten dürfen zwar wegen einer Straftat nicht in ihrem gastgebenden Land vor Gericht gestellt werden, wohl aber in ihrem eigenen Heimatland. Zumal wenn das Opfer eines Mordes auch aus diesem Heimatland stammt. Wenn wir unsere Ermittlungsakten den amerikanischen Behörden zukommen lassen, sind Sie erledigt. Und mit Ihnen, das möchte ich nur andeuten, derjenige, der den Mord in Auftrag gegeben hat. Die amerikanischen Medien, ja die Medien der Welt, das garantiere ich Ihnen, werden sich auf diesen Fall stürzen wie Piranhas auf ein blutendes Schwein.«

Priscilla Wade starrte ihn feindselig an. Und schwieg.

»Ja, Miss Wade, denken Sie in Ruhe nach. Sie werden erkennen, dass die Weitergabe des kleinen Briefes nichts ist im Vergleich zu einer lebenslangen Verurteilung und zur Zerstörung aller Ambitionen Ihres Auftraggebers. Ich möchte gar keinen feindseligen Ton anschlagen. Davon sind wir weit entfernt. Geben Sie bitte weiter, dass sich die russische Regierung nichts sehnlicher wünscht als eine enge und friedliche Zusammenarbeit mit der neuen Macht in den USA. Dem dient auch unsere kleine Bitte.«

Die Amerikanerin nahm den Brief von der Tischplatte und steckte ihn in ihre Handtasche, erhob sich zögernd und trat auf Rykow zu. »Wohin fahre ich jetzt?«

»Sie nehmen ein Taxi nach Hause, denn Ihren Pass behalte ich vorläufig. Sie bekommen ihn später wieder, wenn alles erledigt ist. Garantiert. Ich freue mich schon auf unser Wiedersehen. Das meine ich ganz aufrichtig.«

Wade versuchte einen koketten Blick über die hochgezogene Schulter, doch der wollte ihr nicht gelingen. Dann verließ sie den Raum, und Rykow blickte ihr nach. Nein, die würde er nicht mehr auslassen, weder beruflich noch persönlich. Wenn sie das Bauteil besorgt hatte, würde sie für ihn arbeiten, Informationen beschaffen in Langley und Washington. Denn der Mord im fernen Park würde in den USA nie verjähren.

Rykow fuhr in den Kreml zurück und ersuchte in Putins Sekretariat um ein kurzes Gespräch mit dem Präsidenten. Der empfing ihn sofort.

»Und?«

»Sie hat es geschluckt. Hat den Brief genommen und wird ihn weiterleiten.«

Putin nickte bedächtig. »Bravo.«

»Wir können sie wegen des Mordes nicht vor Gericht stellen, aber in den USA kann sie dafür verurteilt werden …«

»Ist das so? Auch eine Diplomatin?«

»Das habe ich ihr klargemacht. Daran hatte sie nicht gedacht. Wir haben sie in der Hand. Und wenn Sie mich fragen, Herr Präsident, dort sollten wir sie auch behalten. Sie kann in Trumps Netzwerk ungemein nützlich sein.«

»Sie sind gut, Rykow. Besser als die schläfrigen Trottel, die heute Morgen hier saßen. An einem der nächsten Wochenenden kommen Sie zum Essen zu mir nach Nowo-Ogarjowo, in mein Haus. Wir sollten schon mal darüber nachdenken, was wir Trump bei einem Deal anbieten können – und was er uns gibt, freundlicherweise.«

Rykow ging zur Tür und drehte sich noch mal um.

»Es werden auch Frauen da sein«, murmelte Putin mit Fischblick.

KAPITEL 11

Der Moskauer Silvestertag war ekelhaft. Eiskalter Wind trieb Schneegraupel fast waagerecht über den Roten Platz. Rykow hätte sich die Eisspitzen im Gesicht gerne erspart, hatte von einem faulen Tag zu Hause im Bett geträumt. Mit wohligem Gefühl in Körper und Seele. Vielleicht noch ein letztes Boxtraining im alten Jahr, im Sportzentrum der GRU. Jegor, sein Trainer, ein filigraner Techniker der Fäuste, hatte ihn gedrängt. Jegor, der Mann, der kubanischer boxte als die Kubaner. Feiner und schneller. Schneller auf den Beinen und schneller mit den Fäusten. Rykow träumte davon, eines Tages die Haken anwenden zu können, die Jegor ihm beigebracht hatte über vier Jahre. »Anatoli, du solltest noch mal … Ich halte dir die Pratzen, und du kannst den rechten Haken zur Stirn üben, bis du umfällst. Komm, gib dir einen Ruck.«

Zwei Stunden Boxtraining nach neun Stunden im Bett mit Alina, seiner Geliebten aus der Dokumentenabteilung des Dienstes, das wäre ein perfekter Jahresausklang gewesen. Er mochte Alina, weil sie klug und mutig war, nicht nur schön. Vielleicht liebte er sie sogar. Er hatte schon öfter darüber nachgedacht, wenn er eine Nacht mit ihr verbracht hatte.

»Anatoli, mein Geliebter, ich muss dir etwas erzählen«, sagte sie schließlich, als sie wieder zu Atem gekommen waren und nebeneinanderlagen. »Auch wenn ich es eigentlich nicht darf.«

Rykow stützte sich auf den linken Arm und strich ihr mit der Rechten eine Strähne aus der Stirn. Sie hatte noch nie von ihrer Arbeit erzählt, die Premiere hatte also etwas zu bedeuten.

»Hör dir an, was ich dir sage. Du solltest es nicht kommentieren. Mach dir selbst deinen Reim darauf.«

Rykow nickte zustimmend und schwieg.

»Es tut sich etwas. Etwas Großes.« Sie verfiel unwillkürlich in Flüstern. »Es werden Listen zusammengestellt. Listen von Oppositionellen und unzuverlässigen Elementen aus ganz Russland. Lange, sehr lange Listen. Dazu werden die Archive geflöht. Fünfzig handverlesene Leute sind damit beschäftigt. Und das Kommando führt nicht der GRU-Chef, der wäre auch zu blöd dafür, sondern Wadulin, der Sicherheitsberater Putins. Jeden zweiten Tag kommt er vorbei und versammelt seine Leute hinter verschlossenen Türen.«

Rykow fuhr hoch, setzte sich auf im Bett und starrte auf sie herab. Wadulin? Jeden Tag saß er mit dem zusammen im Kreml, doch er hatte kein Sterbenswort von der Aktion gesagt. Obgleich sie alles diskutierten, was sich in Putins Reich tat – und in der Weltpolitik.

»Was ... was ...«, stammelte Rykow. »Wozu ...?«

»Ich denke mir, sie bereiten eine gigantische Verhaftungswelle vor. Hinter dem Ural, bis tief hinein nach Sibirien werden Sammellager eingerichtet. Das erzählt mir Worschylow, der Lagermann, der mir ab und zu an den Hintern fasst, wenn wir in der Kantine anstehen. Er hat mir zugeflüstert, dass er von mir träumt ...«

»Aber das macht doch keinen Sinn. Putin kann es sich nach dem Desaster in der Ukraine nicht leisten, der Gesellschaft mit stählerner Faust ins Gesicht zu schlagen. Im Gegenteil, er muss sie umarmen, er muss weich werden ...«

»Es sei denn ...«, begann Alina, und brach abrupt ab.

Rykow verstand sofort, was sie meinte. »Es sei denn, er plant wieder einen Krieg, und zwar mit Deckung durch den neuen amerikanischen Präsidenten. Vielleicht sogar einen gemeinsamen Krieg. Dafür bräuchte er Ruhe im Innern. Absolute Ruhe.«

Sie schwiegen. Rykow ließ sich wieder ins Kissen fallen und hing seinen Gedanken nach. An Alina war nun nicht mehr zu denken. Die herrliche Nacht war vorüber. Nach einigen Minuten sprang er aus dem Bett, lief wortlos ins Badezimmer und stellte sich unter die Dusche. Als er den Schaum vom Körper wusch, hörte er die Wohnungstür zuschlagen. Alina, die Kluge, hatte verstanden.

Er hatte schon die Sporttasche gepackt, mit den hellbraunen Vierzehn-Unzen-Handschuhen und den weichen Boxschuhen aus gleichfarbigem Kalbsleder, als sein Mobiltelefon klingelte. Priscilla Wade, las er auf dem Display. Wurde auch Zeit. Aber ausgerechnet heute? Rangehen musste er, dafür war die Sache zu wichtig. Er meldete sich mit »Ostankino«. Sein Name ging sie nichts an.

»Ach ja, Mr Ostankino, sehr originell. Hier spricht Priscilla Wade. Ich bin Ihnen etwas schuldig und möchte Ihnen das gerne übergeben. Heute. Sofort, wenn's nach mir geht …«

»Ich kann in zwanzig Minuten am Roten Platz sein. Warte vorm Eingang des Kaufhauses GUM. Wir kennen uns ja gegenseitig.«

Rykow parkte den Volvo im Hof des Kreml, holte Wades Diplomatenpass aus seinem Schreibtisch und fragte im Vorzimmer des Präsidenten, ob Putin im Haus sei, er habe ihm etwas zu übergeben. War er nicht. Die Sekretärin bat ihn, in fünfzehn Minuten noch mal vorbeizukommen. Sie werde den »Woschd« informieren.

Rykow lief quer über den eisgraupelgepeitschten Platz zum Eingang des Kaufhauses. Einige Meter davor baute er sich auf und nahm die wenigen Menschen ins Visier, die mit gebeugten

Köpfen vorbeihasteten. Die Amerikanerin erkannte er sofort, selbst durch den milchigen Sturm. Priscilla Wade ließ es sich nicht nehmen, im wadenlangen Pelzmantel mit feuerroter Pelzmütze aufzukreuzen. Diese Frau war, so interpretierte der Geheimdienstler die prägnante Bildsprache, trotz seiner Erpressung nicht gebrochen. Vielleicht war sogar das Gegenteil der Fall.

»Miss Wade, ich freue mich sehr, Sie zu sehen …«

»Das kann ich leider nicht erwidern, auch wenn ich im allerhöchsten Auftrag hier erscheine.«

Wade streckte Rykow mit feuerroten Lederhandschuhen einen dicht verschnürten Karton entgegen, etwas kleiner als ein Schuhkarton. »Hier ist das, wonach Ihnen der Sinn steht. Der ›President-elect‹ selbst hat die Übergabe genehmigt, und er bittet Sie, Ihrem Präsidenten die freundlichsten Grüße auszurichten. Er freut sich darauf, ihn demnächst persönlich zu treffen.«

Rykow nahm den Karton und übergab ihr dafür den Pass, den sie sofort in der Manteltasche verschwinden ließ. Eben wollte sie schon abdrehen. Grußlos. Mit hasserfüllter Grimasse. Da hielt Rykow sie mit eisernem Griff um den linken Arm zurück.

»Bitte, Miss Wade, bleiben Sie noch einen Augenblick. Ich möchte Ihnen noch etwas sagen.«

Sie trat auf ihn zu und baute sich dicht vor ihm auf. Die rote Mütze leuchtete weit hinaus auf den Roten Platz. »Machen Sie's bitte kurz, Mister Irgendwer, mir ist es hier zu kalt.«

Nun trat Rykow ihr entgegen, bis ihre eisigen Gesichter nur noch zwei Handbreit voneinander entfernt waren. »Miss Wade, unsere Bekanntschaft ist hier noch nicht zu Ende. Sie können sich gewiss an das erinnern, was ich Ihnen bei unserer letzten Begegnung gesagt habe, über die Verfolgung diplomatischer Straftaten im jeweiligen Heimatland. Unsere Dokumentation Ihrer Giftspritze in Ostankino ist inzwischen vollständig – und sehr überzeugend. Wir möchten davon in den USA aber nicht Gebrauch machen, denn dann würden wir ja eine sehr nützliche Zuträgerin verlieren, die uns gelegentlich in Washington über dies und das aus dem Machtbereich des neuen Präsidenten informiert.«

Die Amerikanerin prustete schnippisch und wollte sich wieder abwenden, als Rykow sie an beiden Oberarmen griff.

»Hören Sie auf mit diesem Theater, Miss Wade! Für Sie geht es um nicht weniger als den Rest Ihres Lebens. In Washington wird sich ein freundlicher Kollege bei Ihnen melden, von Zeit zu Zeit, um sich mit Ihnen auf einen Kaffee zu verabreden. Ich sage das nur einmal: Wenn Ihnen Ihre Freiheit lieb ist, treffen Sie ihn. Es ist ganz einfach. Und nun wünsche ich Ihnen, wünsche ich uns beiden, ein prächtiges neues Jahr im Zeichen der hoffentlich erneuerten russisch-amerikanischen Partnerschaft. Happy New Year, Miss Wade!«

»Sie können mich mal«, gab sie zurück und drehte ab.

Sie konnte nicht mehr verstehen, was Rykow antwortete: »Ich träume von dem Tag, Miss Wade!«

Er klemmte den hellgrauen Karton unter den rechten Arm und eilte zum Kreml zurück. Im Vorzimmer des Präsidenten legte er ihn auf den Schreibtisch der Sekretärin, beugte sich darüber und sagte ihr mit gedämpfter Stimme ins Gesicht. »Schließen Sie diesen Karton bitte sofort in den Safe des Präsidenten. Sobald er wieder hierherkommt, muss er ihn gleich sehen.«

»Der Präsident sagte mir, er erwarte Sie in seiner Residenz Nowo-Ogarjowo. Jetzt. So rasch es geht. Ein Wagen der Miliz wird Sie dorthin führen. Er wartet schon im Hof.«

Rykow stieg in seinen Volvo und folgte dem Polizeiwagen, der ihn mit heulender Sirene und blitzendem Leuchtbalken auf dem Dach aus Moskau herauslotste, nach Westen, zu Putins opulentem Wohnsitz. Obgleich Silvester noch acht Stunden entfernt lag, waren offenbar schon zahlreiche Gäste bei Putin versammelt. Rykow war der unbedeutendste, das machte ihm schon der Vergleich seines Volvos mit den westlichen Luxuslimousinen klar, die vor dem Haus geparkt waren. Bentley, Jaguar, Mercedes, Maserati, BMW, Audi – keiner unter sechs Zylindern.

Rykow ging auf das zweigeschossige ockerfarbene Herrenhaus zu und ließ sich zwischen den vier weißen Säulen vor dem Portal von Sicherheitsleuten abtasten. Er war dem Eigentümer schon gemeldet worden. Putin kam ihm mit ausgestreckter Rechter entgegen, in seinem typischen wiegenden Schritt.

»Herr Rykow, seien Sie willkommen in meinem Haus. Ich höre aus meinem Büro, dass Sie ein mysteriöses kleines Paket gebracht haben. Das wird doch nicht …«

»Herr Präsident, es ist das Bauteil für das sehr spezielle U-Boot, das Sie aus den USA haben wollten. Ich habe es vor gut einer Stunde auf dem Roten Platz in Empfang genommen und zugleich die Überbringerin für unseren Dienst verpflichtet.«

Putin lachte schallend.

»Sie wird ein wenig denjenigen beobachten, der Sie herzlich grüßen lässt und hofft, Sie bald persönlich zu sehen.«

Putin zog ihn an sich, schlug ihm mit den Händen anerkennend auf den Rücken. »Gut gemacht, Rykow, sehr gut gemacht! Kommen Sie mit, ich möchte etwas mit Ihnen besprechen, und da wird noch jemand hinzukommen …«

Putin schritt voran, Rykow folgte, und eine blonde, schöne Frau in mittleren Jahren, die im Wohnraum in einem Sessel saß, ein Glas Champagner in der Rechten, erhob sich auf einen Wink des Präsidenten, um sich anzuschließen. In dem riesigen Raum standen ansonsten gewichtige Männer, bullig und mit weißen Haaren, und unterhielten sich flüsternd in kleinen Gruppen.

Rykow erkannte nur zwei: Jewgeni Woroschin, Chef eines Aluminiumkonzerns, und Sergej Kolobatschow, der aktuell reichste Mann Russlands, der einen gigantischen Mischkonzern sein Eigen nannte. Rykow kannte ihre Gesichter aus den Medien. Sie blickten unverwandt zu ihm herüber. An den bodentiefen Fenstern reihten sich junge Mädchen auf, in kurzen Kleidern, allesamt schön. Wie Früchte. Zum Zugreifen.

Putin führte Rykow und die Blonde in einen Nebenraum und zog die Schiebetür hinter ihnen zu. »Darf ich vorstellen: Anatoli Rykow, mein Sondergesandter zu Donald Trump. Und Valentina Anasjova, Generaldirektorin des TV-Senders RT.« Der Präsident bedeutete ihnen, an einem ovalen Tisch Platz zu nehmen, und begann einen kurzen Vortrag.

»Ich spreche heute ungeschützt zu Ihnen. Denn wir betreten ein neues Jahr, das historische Umwälzungen mit sich bringen wird. Ich gehe davon aus, dass sich Russland und die USA verständigen werden über die Neuaufteilung der Kräfte in der Welt. Ob das gelingt, werden wir bei einem Gipfeltreffen zwischen Donald Trump und mir erleben. Damit ist die Zeit der Demütigung Russlands zu Ende. Unsere Heimat wird die führende Nation in Europa werden, an der sich alle anderen orientieren müssen.«

Putin unterbrach sich und blickte seinen beiden Zuhörern durchdringend in die Augen. Anasjovas Gesicht hatte sich rosa eingefärbt. Rykow schluckte zweimal. Putin musste grinsen.

»Wir werden, lieber Rykow, in den nächsten Tagen schon mit der Planung beginnen, was das für uns politisch, militärisch und ökonomisch bedeutet. Sie werden gelegentlich daran teilnehmen. Und dann fliegen Sie, nach der Amtseinführung Trumps, nach Washington, um dort mit Ihrem Partner Kontakt aufzunehmen, der neu ist und offenbar Sandler heißt. Er ist uns, nach allem, was ich höre, wohlgesinnt. Ich weise Sie an, Rykow, dort ein russischamerikanisches Gipfeltreffen in Kairo vorzuschlagen, Mitte März. Wir sollten uns im ›Mena House‹ sehen, dem altehrwürdigen Hotel am Fuße der Pyramiden, in dem schon Winston Churchill während des Großen Vaterländischen Krieges abgestiegen ist. Einfach eine großartige Kulisse für das Auswiegen des Globus.«

Putin lächelte bei dem Gedanken. Dann wandte er sich der Fernsehfrau zu. »Valentina, Sie sind von großer Bedeutung, um unsere Medien auf das Neue umzuorientieren. Ich weise Sie an, von sofort an wohlwollend über den amerikanischen Präsidenten zu berichten. Er ist ein Freund Russlands und war schon einige Male in Moskau. Machen Sie Ihren Zuschauern – und den übrigen Medien unseres Landes – klar, dass Verständigung mit Amerika für den Wideraufstieg Russlands unabdingbar ist. Wir sind dazu bereit, Valentina! Wir sind dazu bereit ...«

Die Blonde nickte heftig. Rykow fand sie unsympathisch. Eine Kriecherin. Eine rückgratlose Kreatur. Und vermutlich gefährlich wie eine Giftschlange. Halte dich von ihr fern, sagte er zu sich.

»Und am Tag der Amtseinführung, liebe Valentina, sollten Sie die gesamte Zeremonie und alle Reden live im russischen Fernsehen übertragen. Das wird in den USA nicht unbeachtet bleiben. Ich denke, Trump wird in ein paar Sätzen freundlich über uns sprechen.«

Rykow dachte daran, was Alina ihm im Bett anvertraut hatte. Er musste es wagen, einen kleinen Testballon steigen zu lassen.

»Herr Präsident«, begann er schleppend, »wenn ich es recht verstehe, wird die neue Verständigung zwischen Russland und Amerika auch eine militärische Komponente haben. Dafür brauchen wir Vorbereitung – und Ruhe nach innen. Ich persönlich möchte keine Schwätzer und Schreihälse auf dem Roten Platz erleben, wenn die Sache konkret wird. Was können wir dagegen tun?«

Putin fixierte ihn durchdringend. Und schwieg. Hatte der Kerl etwas gehört? Hatten die Beteiligten dichtgehalten? Auf Wadulin konnte er sich verlassen. Aber in der GRU mochte es einige geben, die das Wasser nicht halten konnten.

»Ich auch nicht, Rykow«, antwortete Putin vorsichtig. »Haben Sie Ideen, einen Vorschlag?«

»Nein, noch nicht, Herr Präsident. Wir sollten darüber nachdenken. In Ihrem Sicherheitsstab. Aber nicht in der GRU. Deren Apparat ist leider nicht zuverlässig.«

Jetzt starrte Putin ihn an. Wollte Rykow ihm etwas bedeuten? Hielt Wadulin doch nicht dicht? Aber das war hier nicht zu erörtern, nicht vor der Fernsehschlampe.

Putin erhob sich. »Ich danke Ihnen. Sie haben meine Anweisungen gehört. Ich baue auf Sie. Ganz fest.«

Er küsste Valentina auf die Wangen und umarmte Rykow. Zum zweiten Mal heute, dachte der. Und beschloss, hier möglichst rasch den Abgang zu machen. Zwischen den Oligarchen war es ihm zu ungemütlich. Ein falscher Ton, und sie würden ihm den Kopf abreißen.

Putin führte die beiden zurück in den Wohnraum. Ordonnanzen brachten Champagner. Alle nahmen ein Glas und bauten sich im Halbkreis vor Putin auf.

»Freunde und Gefährten«, begann der, »ich hebe mit Ihnen mein Glas auf das große Russland, das im neuen Jahr einen steilen Wiederaufstieg erleben wird. Donald Trump, der neue amerikanische Präsident, wird uns nicht daran hindern. Ja, er wird uns vielleicht sogar behilflich sein. Und wir ihm. Wir gehen einer großen Zeit entgegen. Es lebe Russland, es lebe unsere heilige Heimat!«

Rykow mochte den letzten Satz. Doch diese Versammlung war ihm unheimlich. Als sich Putin unter seine Gäste mischte, stellte er sein Glas ab, machte auf dem Absatz kehrt und verließ das Haus. Wenige Schritte hinter ihm folgte Valentina. Bleich und nervös.

KAPITEL 12

Stewart Conolly starb am dreizehnten Januar morgens um kurz nach sechs. Er verpasste die Amtseinführung Donald Trumps um exakt eine Woche, wäre aber ohnehin nicht mehr fähig gewesen, der Rede des neuen Präsidenten aufmerksam zu folgen. Seine letzten Tage hatte er, von Schmerzen befreit, weitgehend in einem morphingetränkten Dämmerzustand verbracht, mit dem für ihn befriedigenden Gefühl, zeit seines Lebens seine Homosexualität sogar vor seiner eigenen Frau im Verborgenen gehalten zu haben.

Matt erreichte die Nachricht von Conollys Tod zwei Tage später in einem formlosen Schreiben der Verwaltung des »Christus Spohn Hospital« in Corpus Christi. Dem Brief war ein weiterer verschlossener Umschlag beigelegt, versehen mit einer handschriftlichen Notiz, diesen am Tag seines Ablebens unverzüglich an die Privatadresse Matt Sandlers in Dupont Circle zu schicken.

Matt zögerte einen Moment, bevor er den Umschlag aufriss, um sich den Inhalt anzuschauen. Conolly hatte ihm drei Fotos geschickt, auf denen jeweils ein Schwulenpaar beim Sex zu sehen war. Die Aufnahmen wirkten, als seien sie mit versteckter Kamera in irgendeiner Absteige gemacht worden, in der man keinen Sinn mehr darin gesehen hatte, nach einem Wasserschaden zu renovieren. Von den Wänden hingen Tapetenfetzen. An der Stirnseite des Zimmers war ein weitgehend blinder, zersprungener Spiegel befestigt. Beim genaueren Betrachten der Fotos registrierte Matt, dass es sich stets um den gleichen jungen Mann, vielleicht Anfang zwanzig, mit dünnem Oberlippenbart und strohblonden

Haaren handelte, der mit unterschiedlichen Sexualpartnern zugange war. Matt drehte die Fotos auf die Rückseite, sie waren unbeschriftet. Ratlos untersuchte er noch einmal den Umschlag. An der Innenseite fand er einen Zettel, den Conolly dort, warum auch immer, noch einmal extra festgeklebt hatte. Der Text begann in schwarzer Schrift. Matt bemerkte sofort, dass er in einer besonderen Form von Endzeit-Pathos verfasst worden war.

»Mr Sandler, ich habe mein Leben in den Dienst der USA gestellt, weil ich immer an die Werte unseres Landes geglaubt habe. Die Freiheit des Individuums ist ein hohes Gut. Nirgendwo auf der Welt wird das höher geschätzt als bei uns in Amerika. Jeder sollte so leben können, wie er es für richtig hält. Anbei finden Sie Fotos von einem jungen Mann aus Murmansk, der das ganz bestimmt auch so sieht. Es hat mich Jahre gekostet, an diese Fotos zu kommen. Niemand bei der CIA kennt die Bilder, Sie sind nun der Einzige. Mir blieb erspart, diese Bilder zum Wohl der USA einsetzen zu müssen, wofür ich dankbar bin.«

An dieser Stelle änderte sich die Farbe von Schwarz zu Blau. Vielleicht hatte Conollys Kugelschreiber nicht mehr funktioniert. Wahrscheinlicher aber war, dass er erst nach einigem Zögern die Mitteilung an Matt vervollständigt hatte, die da, in deutlich kraftloserer Handschrift, blau hinzugefügt war: »Der Mann, der auf allen Fotos zu sehen ist, heißt Konstantin Rykow – Rykows einziger Sohn aus seiner gescheiterten Ehe.«

Matt schaute sich den Jüngling noch einmal genauer an, in der naiven Annahme, womöglich irgendwelche Photoshop-Spuren erkennen zu können. Ihm war klar, dass das sinnlos war. Es war nicht sein Spezialgebiet. Er würde sie, wenn er die Fotos jemals gegen Rykow verwenden wollte, vorher von Experten auf ihre Authentizität hin überprüfen lassen müssen. Ein paar Minuten versuchte Matt, den Blick von Konstantin einzufangen, in der absurden Hoffnung, es würde ihm bei seiner ersten Begegnung mit Anatoli Rykow womöglich einen Vorteil verschaffen. Doch auch das misslang – und beileibe nicht nur deshalb, weil ihn da ein schwuler, bis unter die Haarspitzen zugedröhnter Russe aus allenfalls halb geöffneten Lidern anstarrte.

Matt beschloss, den Brief aus Corpus Christi samt Connollys Zettel zu vernichten. Für die kompromittierenden Fotos von Konstantin Rykow suchte er einen sicheren Platz. Er entschied sich für die ledergebundene Ausgabe von Tolstois »Krieg und Frieden«, die ihm Kommilitonen zum Abschluss seines Studienaufenthaltes in Rostow am Don geschenkt hatten. Als Matt Sandler auf die Uhr schaute, war es bereits kurz vor zehn. In einer guten Stunde musste er bei Donald Trump sein. Es war ziemlich genau der Zeitpunkt, als auf dem JFK-Airport in New York eine Maschine der »American Airlines« aus Istanbul ankam, die nach ihrer Landung vom Tower einen ungewöhnlich weit abseits gelegenen Stellplatz zugewiesen bekam und der sich nun, nachdem sämtliche Passagiere und die Crew in die abfahrbereiten Flughafenbusse gestiegen waren, ein unscheinbarer Lieferwagen näherte.

Der mit »Stars and Stripes« bedeckte Sarg von Harry Lyndon berührte exakt fünfundfünfzig Minuten später den kerosingetränkten Boden des New Yorker Flughafens. Aber das konnte Matt Sandler zu diesem Zeitpunkt nicht wissen.

*

Donald Trump war in seinem Element. Natürlich hatte Matt schon oft seine Reden verfolgt. Mehrmals sogar live, zuletzt bei seinem denkwürdigen Auftritt Ende vergangenen Oktober in Minneapolis, wo er, bereits im Gefühl des sicheren Sieges, auf der Bühne den staksigen Gang von Joe Biden nachgemacht und die Menge zum Brüllen gebracht hatte: »You better run, Joe!« – »Lauf, Joe, lauf!« Doch nie zuvor war Matt Trump so nahe gekommen wie hier in der »John Adams Presidential Suite« des »Willard-Hotels«, in die der künftige Präsident einen Teleprompter hatte installieren lassen, um für seine Amtsantrittsrede in fünf Tagen zu üben.

Matt hatte einen Zwanzig-Minuten-Slot. Trump feilte gerade in der außenpolitischen Passage seiner Rede an Mimik und Gestik. »Unser Motto ›America First‹ wird in den kommenden Jahren konsequent auch unser außenpolitisches Handeln bestimmen.« Beim »M« in America verengten sich seine Augen zu Schlitzen, und seine rechte Hand mit ausgestrecktem Zeigefinger schnellte nach vorne. »America First!« Trump war zufrieden. Er zwinkerte Matt zu. Lautlos formulierte er mehrmals hintereinander »America First!«

Dann fuhr er fort: »Wir werden sämtliche bilateralen Beziehungen und multilateralen Bündnisse einer eingehenden Prüfung unterziehen. Bündnisse haben keine Berechtigung einer weiteren Existenz, sollten sie von unserer Seite als obsolet betrachtet werden. Das gilt«, hier machte Trump eine Kunstpause, »auch für die NATO. Es kann nicht sein, dass die USA weiterhin auch nur einen Tag länger als Wirtstier für Staaten fungieren, die nicht bereit sind, in ihre eigene Selbstachtung und Selbstverteidigung zu investieren.«

Matt war baff. Trump war nicht nur seinen Ergänzungen gefolgt, er hatte sogar noch einen draufgelegt, indem er ausdrücklich die NATO erwähnt hatte. Auch die nächste Passage war so, dass im Kreml die Gläser klingen müssten, wären dort nicht Vorsicht und Misstrauen als ständige Vertreter zu Hause.

Trump straffte sich: »Die USA, Russland und China haben

die Pflicht, den Lauf der Welt zu bestimmen. Meinem Kollegen in Moskau reiche ich die Hand. Historische Zeiten sind angebrochen. Lassen Sie uns das Momentum nutzen.«

Trump verzog das Gesicht. »Welcher Idiot hat ›Momentum‹ in den Text eingefügt? Niemand sagt ›Momentum‹. Keiner versteht ›Momentum‹« Er setzte neu an. »Historische Zeiten sind angebrochen. Lassen Sie uns die historische Stunde nutzen.« Trump schaute zu Matt und nahm die Haltung an, die Matt entfernt an ein Eichhörnchen erinnerte, dann fügte er stakkatohaft an: »Historisch. Historisch. Historisch. Wiederholungen. Wiederholungen. Wiederholungen – das ist es, Sandler, klare Sprache und immer wieder die gleiche Botschaft. Was wird Putin dazu sagen?«

»Putin wird staunen. Und er wird sich geschmeichelt fühlen, Mr President.«

»Genauso sehe ich das auch! Nur diese Weicheier im State Department haben schon wieder kalte Füße. Die sagen, wir sollten vorsichtiger vorgehen, sonst könnte Moskau uns das als Anbiederung auslegen.«

Matt wartete einen Moment, so, als müsse er darüber nachdenken, dabei hatte er seine Antwort längst parat. »Mr President, Wladimir Putin ist gar nicht in der Lage, das als Schwäche zu begreifen. Er kann es sich nicht leisten, Angebote von uns auszuschlagen, selbst wenn er ihnen misstraut. Das Momentum …, pardon, … der Augenblick könnte nicht günstiger sein, ihm ein Angebot zu machen, das er nicht ablehnen kann.« Matt war nicht sicher, ob Trump die Anspielung bemerkt, ob er überhaupt jemals Francis Ford Coppolas »Paten« gesehen hatte. Wahrscheinlich nicht. Aber in diesem Moment war ihm das auch egal. »Wenn ich noch etwas anfügen darf, Mr President.« Trump nickte. »Ich würde noch den Satz anfügen: Lassen Sie uns gemeinsam Geschichte schreiben. Das hievt Putin auf Augenhöhe mit Ihnen. Es gibt nichts, das für ihn verlockender wäre.«

»Alle raus bis auf Sandler, ich brauche fünf Minuten mit ihm allein.« Donald Trump nutzte die Zeit, bis die drei Mitarbeiter, die unter anderem für die Technik des Teleprompters zuständig waren, die Suite verlassen hatten, um sich einen Kaffee einzuschenken. Er trank die Tasse in einem Zug leer, ohne zu bemerken, dass dabei ein Tropfen auf seine Manschette gefallen war. Als die Türen geschlossen waren, sagte er: »Sie werden Anatoli Rykow treffen. Am achtundzwanzigsten Januar um zehn Uhr. Hier in Washington. Sie haben noch knapp zwei Wochen Zeit, sich auf das Treffen vorzubereiten. Ich will, dass Sie fit sind, Sandler. Ich muss wissen, was Putin denkt. Ich muss wissen, was er von uns hält. Wir haben ihm ein Zeichen gegeben, dass wir auf ihn zugehen wollen. Hat er das kapiert? Sandler, ich will wissen, ob er das kapiert hat. Sie sind der Mann, der mir nach dem Treffen mit Rykow darauf eine Antwort geben muss.«

Matt wiederholte: »Achtundzwanzigster Januar, zehn Uhr. Hier in Washington. Am bekannten Ort. Ich werde da sein.« Für einen Moment überlegte Matt, ob er Trump noch auf den kleinen Kaffeefleck auf der rechten Manschette aufmerksam machen sollte, der das Erscheinungsbild des kommenden US-Präsidenten ein wenig beeinträchtigte. Er entschied sich dagegen, um die Bedeutung des Augenblicks nicht kaputtzumachen. Nicht für ihn. Nicht für Trump. Und auch nicht für die Vereinigten Staaten von Amerika.

Als er das »Willard« verließ, schaltete er sein Handy wieder ein. Matt hatte vierzehn Sprachnachrichten auf seiner Mailbox. Alle waren von Cheng. Die meisten handelten davon, dass er endlich an sein verdammtes Telefon gehen solle. In der letzten informierte ihn Cheng, dass sie nun ins Tattoo-Studio gehen würde, um sich ein mittelgroßes »A« auf den linken Oberarm stechen zu lassen. Er habe noch eine Stunde Zeit, ob ein »M« und zwei »T« hinzugefügt werden sollten – oder doch ein »D« und ein »N«.

KAPITEL 13

Der Tag der Amtseinführung Donald Trumps war auch der Tag, an dem auf dem »Woodlawn Cemetery« im Norden New Yorks der Leichnam Harry Lyndons bestattet wurde. An dem für achttausend Dollar erworbenen Einzelgrab hatte sich nur eine bescheidene Trauergemeinde versammelt: Lyndons Frau Monica, die schon erwachsenen Kinder Bert und Lester zusammen mit ihren Partnerinnen, drei Mitglieder der St.-Barnabas-Kirchengemeinde, die ihre Anwesenheit gleichsam als notwendige Kompensationsleistung für Lyndons ebenso großzügige wie verlässliche Jahresendspenden betrachtet hatten, mit denen er letztlich den Einbau einer Fußbodenheizung in St. Barnabas quasi im Alleingang finanziert hatte. Außerdem zwei ältere Damen, die ihre gemeinsamen Spaziergänge über den Friedhof an Dienstagvormittagen zur Gewohnheit hatten werden lassen. Etwas abseits stand ein Mann, der versuchte, sein Interesse an der kurzen Zeremonie hinter einer verspiegelten Sonnenbrille zu verbergen und den »Woodlawn Cemetery« vorzeitig verließ, nämlich schon in dem Augenblick, als der Sarg mit Lyndons Leichnam im Grab versenkt war – so, als wollte er sich vom ordnungsgemäßen Abschluss eines Vorganges überzeugen.

Auch das konnte Matt Sandler zu diesem Zeitpunkt nicht wissen.

Der Tag der Amtseinführung Donald Trumps war zudem der Tag, an dem Cheng ihre zweite Session bei »Fatty's Tattoo and Piercings« in der H-Street hatte, ein Termin, von dem Matt durchaus hätte wissen können, hätte er denn am Morgen rechtzeitig seine Mailbox abgehört. Cheng war von ihrem ursprünglichen Plan abgekommen, den Namen eines Mannes auf ihrem Körper verewigen zu lassen, von dem sie nicht sicher sein konnte, dass ihre Beziehung zu ihm jemals den Status einer flüchtigen Affäre überwinden würde. Stattdessen hatte sie sich für das Motiv ihres chinesischen Tierkreiszeichens entschieden, den Hahn, der, was ebenfalls eine Änderung ihres Vorhabens darstellte, nun mit leicht zurückgeworfenem Haupt auf der Außenseite ihres rechten Oberschenkels seinen Platz finden sollte.

Es war im Übrigen das gleiche Tierkreiszeichen, das auch Donald Trump hatte, was weder Cheng selbst aufgefallen war, noch Matt Sandler je auffallen würde. Er hielt Horoskope für esoterischen Quatsch.

Matt hatte es am Vormittag ausnahmsweise mal langsam angehen lassen. Bis zum Amtseid um kurz vor zwölf Uhr war ausgiebig Zeit. Er wollte die Rede Trumps in jenem Café anschauen, in dem er sich mit Conolly getroffen hatte – eine leicht sentimentale Anwandlung, die er an sich selbst überrascht feststellte. Überdies wollte er ein bisschen von der Stimmung aufsaugen, die draußen an diesem besonderen Tag herrschte.

Das Café war etwa zur Hälfte gefüllt. Auf den zwei Bildschirmen lief die Live-Berichterstattung von CNN, der Ton war nur auf mittlere Lautstärke eingestellt, sodass Sandler von seinem eigentlichen Vorhaben abkam, die Antrittsrede Trumps vom gleichen Platz aus zu verfolgen, an dem er das Gespräch mit Conolly geführt hatte. Matt überlegte kurz, ob es nicht besser gewesen wäre, sich die Zeremonie bei Fox anzuschauen, verwarf den Gedanken aber sofort wieder. Dafür war es jetzt ohnehin zu spät.

Er setzte sich an den Tresen und bestellte einen Kaffee. Trump hatte gerade den Amtseid abgelegt. Verglichen mit den Bildern von vor acht Jahren sah der neue US-Präsident deutlich weniger angespannt aus. Matt fand, dass er regelrecht alert wirkte. Trump hatte die gleiche leuchtend orange Krawatte ausgewählt wie bei seiner ersten Inauguration. Ein CNN-Kommentator hatte dies erkannt und in einem kurzen Einschub vor Beginn seiner Rede bereits als besonderes Zeichen von Kontinuität interpretiert.

Matt achtete auf die Gestik. Sie war perfekt. Die für Trump typische Handhaltung, die zusammengepressten Daumen und Zeigefinger seiner Rechten, die die entscheidenden Botschaften seiner Rede untermalten, wirkten auf eine selbstverständliche Weise ebenso locker wie eindringlich. Schon in der ersten Minute der Ansprache hatte Trump die Menge zweimal jubeln lassen mit seiner Parole »America First«. Auch im Café ertönte von einigen der Tische ein spontanes, langgezogenes »Yeahhh«.

Auf dem Bildschirm über der Bar sah man das Konterfei des Präsidenten in Großaufnahme. Matt erkannte exakt jene eingeübte Mimik wieder, die er Tage zuvor in der »Presidential Suite« des »Willard« bei Trump erlebt hatte. Als die Kamera über die dicht gedrängte Menge schwenkte, die sich auf der »National Mall« vor dem Kapitol versammelt hatte, waren die flatternden US-Fahnen, die im einsetzenden Nieselregen hochgehalten wurden, auch noch bis weit in die hinteren Reihen zu sehen. Das Weiße Haus müsste diesmal keine »alternativen Fakten« bemühen, um mit der Zuschauerzahl beeindrucken zu können, dachte Matt bei sich. Das hier war echt.

Matt merkte, wie ihn mit jeder Minute, in der Trump redete, dieser siebenundvierzigste Präsident der Vereinigten Staaten in seinen Bann zog. Das hier war Geschichte, und er, Matt Sandler, hatte bereits einen kleinen Teil dazu beigetragen. Weitere würden folgen.

Trump hatte mit einem kurzen Exkurs darüber begonnen, was es heutzutage bedeute, Patriot zu sein. »Wir müssen wieder stolz sein auf unser Land«, rief er unter dem Jubel der Menge. »Dafür werde ich sorgen. Jeder Mann in diesem Land soll schon bald wieder von sich sagen können, er sei ein ›proud boy‹. Und niemand – und ich sage ausdrücklich niemand – soll ihm dieses Gefühl jemals mehr ausreden können.«

Aus dem hinteren Teil der Zuschauer skandierte eine kleine Gruppe: »USA. USA. USA.« Der Sprechchor erfasste nach und nach die Hunderttausenden auf der Mall und übertrug sich über die Außenmikrofone bis hinein in das Café, in dem jetzt sämtliche Anwesenden gebannt auf einen der beiden Bildschirme starrten. Trump stoppte, hob seine rechte Hand und deutete minutenlang mit wippendem Zeigefinger im Takt der USA-Rufe in die Menge. Nie zuvor war die Inaugurationsrede eines US-Präsidenten in dieser Weise unterbrochen worden.

Matt nutzte die Gelegenheit, um an der Bar einen Chablis Grand Cru zu bestellen. Normalerweise trank er nicht um diese Zeit. Jetzt aber war er in Feierlaune.

Am Pult vor dem Kapitol war Trump nun bei dem Punkt angekommen, den die »Washington Post« schon enthüllt und der bei den Demokraten bereits für Stürme der Empörung gesorgt hatte – den Ausbau und die Neuorganisation der Nationalgarde samt der Ausweitung seiner präsidialen Befugnisse. Wieder wählte Trump den Dreiklang. »Wir verteidigen unsere Werte. Wir verteidigen unsere Stärke. Wir verteidigen unsere Demokratie.« Pause. Dann: »Nur ein starker Staat ist ein guter Staat. Und deshalb sollen künftig auch nur die das Recht auf Mitsprache besitzen, die sich am Aufbau Amerikas mit ihrer Arbeitskraft und ihrem Unternehmertum beteiligen. Nur wir Starken können Amerika wieder groß machen.« Es war die Stelle, an der Trump seine Wahlrechtsreform ankündigte. Die Wahl solle Bürgern vorbehalten sein, deren zu versteuerndes Einkommen mindestens fünfzigtausend Dollar im Jahr betrage. Die »Washington Post« hatte sich um zehntausend Dollar vertan. CNN änderte unmittelbar nach diesen Worten das rote Laufband am unteren Bildrand – »Trump will Wahlrecht beschränken«.

Matt spürte, wie seine Euphorie einer leichten Nervosität wich. Der frisch vereidigte Präsident war jetzt an der Stelle angekommen, an der er seine außenpolitischen Ambitionen erläuterte. »Auch in den kommenden Jahren wird unser Motto ›America First‹ unser außenpolitisches Handeln bestimmen.« Trump hatte den Satzbau leicht verändert, ansonsten aber die Rede in diesem Teil unverändert gelassen. Als er den Satz vortrug, Wort für Wort so, wie Matt Sandler ihn formuliert hatte: »Bündnisse haben keine Berechtigung einer weiteren Existenz, sollten sie von unserer Seite als obsolet betrachtet werden«, nahm Matt sein Weinglas, drehte sich kurz zu den anderen Gästen im Café um und erhob es, weitgehend unbeachtet, zu einem demonstrativ angedeuteten Toast auf sich selbst. Mein erster Satz für die Weltöffentlichkeit, dachte er und spülte den Grand Cru runter, als handelte es sich dabei um eine Cola light. Zwei Minuten nachdem Trump erklärt hatte, dass er auch die Existenz der NATO infrage stellen würde, fiel der Dow Jones an der New Yorker Börse um fast eintausendachthundert Punkte. Er erholte sich an diesem Tag nicht mehr.

Die nächsten zehn Minuten erlebte Matt Sandler wie in Trance. Er merkte nicht, wie es an der Bar einen Schichtwechsel gegeben hatte und nun Puerto Rico aus Pittsburgh, Pennsylvania mit ihrem Löwenkopf-Tattoo die Bestellungen der Drinks hinter dem Tresen entgegennahm. Er registrierte nicht, dass im hinteren Teil des Cafés eine erste hitzige Diskussion zwischen Anhängern der Demokraten und der Republikaner im Gang war, die lautstark über den »außenpolitischen Wahnsinn« Trumps debattierten, wie es eine grauhaarige Mitsechzigerin immer wieder kopfschüttelnd formulierte. Matt bekam auch nicht mit, dass sich ein Mann im hellblauen Polyesterhemd unter die Café-Besucher gemischt hatte, dessen Namen er, wenn er ihn denn wahrgenommen hätte, sofort als Spencer Drydon memoriert hätte.

Denn Matt schwelgte, für Minuten völlig gefangen genommen von seinem eigenen nun bevorstehenden Bedeutungszuwachs, in Machtfantasien. Die von Trump eben vorgeschlagene Russlandpassage würde ihn, irgendwann später einmal, in die Geschichtsbücher katapultieren. Ja, er war sogar jung genug, dass die berechtigte Chance bestand, dies selbst noch zu erleben. Er würde nun an der Schnittstelle der Großmächte seinen Platz haben und, wer weiß, in den kommenden Jahren Schmiermittel oder sogar Katalysator für die Weltläufte sein. Ein Stratege im Verborgenen.

»Noch einen Grand Cru?« Puerto Rico riss ihn aus seinem Tagtraum.

Matt nickte und lächelte in einer Weise, die er selbst als kontrollierte Offensive bezeichnen würde. Doch die Frau mit dem sorgsam freigelegten Löwenkopf-Tattoo auf dem linken Unterarm hatte sich bereits wieder umgedreht. Sie schien ihn nicht wiedererkannt zu haben. Und wenn doch, dann war sie ganz offensichtlich ohne gesteigertes Interesse an ihm.

CNN hatte den Bildschirm jetzt gesplittet. Links sah man die sich auflösende Versammlung auf der Ehrentribüne, von der die meisten nun zum Dinner ins Weiße Haus gehen würden. Rechts diskutierte die Moderatorin im Studio mit dem Washingtoner Büroleiter des Senders, was genau die Offerte Trumps an Putin bedeuten könnte. Die Antwort war deftig: »Er kriecht ihm in den Arsch. Donald Trump wertet einen Schlächter auf, einen skrupellosen Diktator, der es nur aufgrund seiner eigenen Schwäche nicht geschafft hat, Europa in den letzten zwei Jahren in den

Abgrund zu reißen. Es sieht düster aus. Lassen Sie mich es so formulieren: Der siebenundvierzigste Präsident der Vereinigten Staaten wird Geschichte schreiben, in dem er alles, was die Geschichte der USA bislang ausgemacht hat, über Bord wirft.«

Im hinteren Teil des Cafés applaudierte die Grauhaarige. Matt blickte zur Tür. Aus dem Augenwinkel sah er einen Mann das Lokal verlassen, der von hinten erstaunliche Ähnlichkeit mit Spencer Drydon hatte.

Matt schaute wieder auf den Bildschirm. Auf CNN wurde der Büroleiter gefragt, ob es danach aussehe, dass sich das künftige Verhältnis mit China verschlechtere. »Das glaube ich nicht«, war die Antwort. »Donald Trump wird auf absehbare Zeit schon genug damit zu tun haben, unsere, ich muss wohl jetzt schon sagen, ehemaligen Partner zu kalmieren. Ganz zu schweigen von der Frage, wie er die künftigen Handelsbeziehungen mit Europa gestalten will. Ich habe den Eindruck, dass sich in seinem Team da noch nicht allzu viele Gedanken gemacht worden sind.«

Die Moderatorin verdrehte vielsagend die Augen, stark genug, dass ihre demonstrative Distanz zu Donald Trump auch für ungeübtere Zuschauer als Matt nicht zu übersehen war. »Eine letzte Frage, mit einer Bitte um eine kurze Antwort, wir wollen dann gleich zu unserer Korrespondentin nach Brüssel schalten: Wird es ein baldiges Gipfeltreffen zwischen Trump und Putin geben? Was meinen Sie?«

»Nein, das ist ausgeschlossen«, antwortete der CNN-Mann. »Dazu muss hinter den Kulissen zu viel geklärt werden. Das dauert Monate. Ich rechne nicht mehr in diesem Jahr damit.«

Matt legte fünfundzwanzig Dollar für seinen Kaffee und den Grand Cru auf den Tresen in der stillen Hoffnung, bei Puerto Rico damit Eindruck hinterlassen zu können. Der Countdown lief. In acht Tagen würde er Anatoli Rykow treffen, den Vertrauten Wladimir Putins. Matt Sandler lächelte. Auf seinem Handy waren drei neue Sprachnachrichten von Cheng. Als er auf die Straße trat, drückte er sie weg, ohne sie sich vorher angehört zu haben.

KAPITEL 14

Der Regen war stärker geworden. Matt verfluchte die wahrscheinlich letzte Hinterlassenschaft von Stewart Conolly. Niemand würde an solch einem Morgen freiwillig von Downtown Washington raus zum Rock Creek Park fahren, nicht einmal die notorischen Jogger, die ihm mit ihrem keuchenden Gesundheitsgetue in freier Natur zu jeder Jahreszeit gewaltig auf die Nerven gingen. Doch der abgemachte Treffpunkt mit Anatoli Rykow, eine freistehende Parkbank, war nun einmal exakt dort, in Sichtweite von »Pierce Springhouse and Barn«. Von der alten Scheune aus waren zu Zeiten des Kalten Krieges sinnigerweise die Botschaften der Tschechoslowakei und Ungarns ausspioniert worden. Warum auch immer sich Conolly diesen Treffpunkt ausgedacht hatte – tief in sich drin musste er eine skurrile Ader gehabt haben.

Matt hatte noch etwas Zeit. Er wollte pünktlich sein, aber nicht vor der Zeit erscheinen. Wenn er auf der »Red Line« bis Cleveland Park führe und den Rest zu Fuß ginge, brauchte er alles in allem eine knappe halbe Stunde. Es war jetzt kurz vor acht. Er schaltete das Radio ein, um die Nachrichten zu hören.

Seit einer Woche beschäftigten sich die »Networks« mit nichts anderem als den Wellen, die Trump mit seiner Inaugurationsrede geworfen hatte. Es hatte erste Demonstrationen in Washington gegen die geplante Wahlrechtsreform gegeben, die Demokraten hatten ihren Ton gegenüber dem neuen Präsidenten quasi auf Knopfdruck verschärft. Der Senator aus Kalifornien, ein Demokrat, hatte Trump einen »faschistoiden Narzissten« genannt und damit wütende Gegenreaktionen der Republikaner ausgelöst. Der NATO-Generalsekretär hatte ein baldiges Treffen mit Trump als »dringend wünschenswert« bezeichnet, der deutsche Bundeskanzler an die »nach wie vor unverbrüchlichen transatlantischen Beziehungen« erinnert. Frankreichs Präsident sah sich veranlasst, einen demonstrativen Besuch im Operationszentrum der »Force de Frappe«, der Atomstreitmacht Frankreichs, in der Nähe von Lyon abzuhalten, samt live übertragener Pressekonferenz zur besten Sendezeit. Ein erster EU-Sondergipfel war für das kommende Wochenende geplant. China hatte bislang keine Reaktion gezeigt, was zu heftigsten Spekulationen unter den Kommentatoren der großen TV-Anstalten geführt hatte. Und tags zuvor war der Dow Jones auf ein Fünf-Jahres-Tief gefallen, tiefer als zu Beginn der Corona-Pandemie im April 2020.

Doch offenbar holte die Welt genau an diesem 28. Januar 2025 einen Moment lang Luft. Denn die Nachrichten begannen mit einer Erinnerung an das »Challenger«-Unglück vor neununddreißig Jahren. Die Raumfähre war damals mit sieben Astronauten an Bord dreiundsiebzig Sekunden nach dem Start explodiert. Es war das größte Unglück in der Geschichte der US-Raumfahrt. Der Vize-Präsident würde am Nachmittag zur »Cape Canaveral Air Force Station« reisen – wo die Trümmerteile des Space-Shuttles aufbewahrt wurden –, um an einer Gedenkfeier teilzunehmen. Matt rechnete nach. Das Unglück hatte sich damals sechzehn Tage vor seinem ersten Geburtstag ereignet. Er hatte davon in der Schule gehört, im Geschichtsunterricht. Es hatte ihn nie so recht interessiert. Er hatte nicht einmal ein Bild dazu im Kopf.

Rykow war schon da. Matt sah ihn, als er den Weg zur Scheune hochlief, punkt zehn Uhr. Der Russe hatte sich etwa drei Meter abseits der Parkbank gestellt, in Höhe eines Mülleimers.

»Mr Sandler? Ich hoffe nicht, dass Ihr Präsident für dieses Wetter verantwortlich ist.« Rykow lächelte freundlich, so als müsse er unterstreichen, dass seine Eingangsbemerkung als Scherz gemeint war.

Matt nickte, fuhr mit dem Finger über das nasse Holz der Parkbank und schaute gen Himmel. »Ich glaube nicht, dass es Sinn hat, sich hier niederzulassen. Ich möchte unbedingt vermeiden, dass Sie nächste Woche die USA für Ihre Blasenentzündung verantwortlich machen können.«

Rykow lächelte, diesmal fast amüsiert. Offenkundig hatte dieser Amerikaner etwas, was Conolly abgegangen war – Sinn für Ironie.

»Zehn Fußminuten von hier ist der ›Cleveland Park Grill‹. Das ist ein Lokal, das ist so spektakulär durchschnittlich, da fallen wir beide nicht auf«, sagte Matt.

»Und warum nicht?«, fragte Rykow.

»Weil da niemand auffällt.«

Sie waren die einzigen Gäste. Der »Park Grill« hatte gerade erst geöffnet, die Küche war noch geschlossen. Matt bestellte einen Kaffee, Rykow schloss sich an.

»Conolly ist vor gut zwei Wochen gestorben«, eröffnete Matt.

»Ich weiß«, sagte Rykow, »wirklich nette Idee mit Ihrer Kranzschleife. Und sehr subtil, dafür den Refrain von ›American Pie‹ zu verwenden – er trank ja gerne Rye. Er hat mir sogar einen Flachmann hinterlassen. Ganz ehrlich – Wodka ist mir lieber.«

Matt fixierte sein Gegenüber. Der Mann war eine Generation älter als er. Er machte auf ihn einen durchtrainierten Eindruck, auch wenn irgendetwas mit seiner rechten Schulter nicht zu stimmen schien. Die Art, wie er zur Kaffeetasse griff, wirkte etwas ungelenk. Matt überlegte, ob sich Rykow ihm gegenüber wohl überlegen fühlte, ein alter Hase, der umständehalber in einer historischen Situation auf einen Novizen traf. Wollte er ihn gleich zu Beginn testen?

»Respekt, Sie sind gut informiert«, sagte Matt. »Das ehrt mich.«

»Ich denke, dass auch Sie sehr genau wissen, wen Sie vor sich haben«, antwortete Rykow. »Wir haben wenig Zeit, uns kennenzulernen. Das könnte ein Problem sein. Aber es ist ganz sicher nur dann eines, wenn wir nicht offen miteinander umgehen.« Rykow hielt dem Blick von Matt Sandler stand. »Sie werden mit Conolly gesprochen haben. Wir hatten eine Metapher für unser Verhältnis. Sie lautete: Wir sitzen im selben Boot, und es ist für uns beide definitiv besser, wenn wir in die gleiche Richtung rudern.«

»Gutes Bild«, sagte Matt.

»War von Conolly«, erwiderte Rykow.

Das Gespräch nahm Fahrt auf. Matt hatte das Gefühl, dass es Rykow jeweils in die Richtung lenkte, die ihm wichtig war. Er ließ ihn gewähren. Es war ganz offensichtlich seine persönliche Form von »vertrauensbildender Maßnahme«. Rykow gab ein bisschen was von sich persönlich preis, erzählte beispielsweise, wie er in seiner Jugend von seinem Vater gezwungen worden war, an Neujahr in einem frei gestemmten Loch des zugefrorenen Baikalsees ins eiskalte Wasser zu tauchen. »Ich habe es gehasst. Einmal hatte ich mein Handtuch vergessen. Da hat er mich gezwungen, so nass wie ich war, in meine Klamotten zu steigen. So etwas härtet ab, Mr Sandler, in jeder Hinsicht.« Rykow hielt kurz inne. »Ich habe auch einen Sohn …« Eine weitere kleine Pause entstand.

»Konstantin, er lebt in Murmansk«, sagte Matt.

»Respekt«, sagte Rykow.

Der Russe erzählte von seinen Jugendjahren in der Sowjetunion und wie ihn die Umbruchzeit in der letzten Phase unter

Gorbatschow und die ersten Jahre unter Jelzin fast aus der Bahn geworfen hätten.

Matt Sandler berichtete von seiner behüteten Kindheit in Bloomington, Illinois, und davon, dass seine erste intensivere Begegnung mit Russland Ende der Neunzigerjahre aus der Lektüre von Dostojewskis »Schuld und Sühne« herrührte. Von da an sei er von diesem Land fasziniert gewesen, »von seiner Kultur, nicht von seinem System«, fügte Matt an.

»Wie beurteilen Sie unsere Spezialoperation in der Ukraine?«, fragte Rykow unvermittelt.

Matt sah ihn fest an, konnte aber beim besten Willen weder an Rykows Stimme noch an seiner Mimik feststellen, ob er den Begriff aus Putins zynischem Vokabular sarkastisch verwendete oder nicht.

»Ein Fehler. Aber das wissen Sie doch schon. Ich habe mit meinen Analysen darüber, dass sich Putin bei seinem Feldzug in der Ukraine verkalkuliert hat, ja ganze TV-Sendungen bestritten. Der größte Fehler war allerdings die übers Knie gebrochene Teilmobilisierung im September 2022. Unter uns: Was da passiert ist, das war einer Großmacht nicht würdig, schon gar nicht einer Großmacht, die autokratisch geführt ist. Ich war, ehrlich gesagt, fassungslos, dass Hunderttausende über die Grenzen abhauen konnten.«

Wieder stellte er bei dem Russen keine Reaktion fest. Matt fuhr fort. Das hier war die erste Gelegenheit, auch politisch die Karten auf den Tisch zu legen, mal sehen, wie weit er gehen konnte. »Der Krieg war für Russland verloren, als Putin seine Ziele umdefinierte. Ein grober Fehler. Das macht man nicht. Putin kann heilfroh sein, dass sich seine Generalität damals nicht offen gegen ihn gestellt hat. Aber dafür waren eure Militär-Gerontokraten wohl zu schwach.« Matt hatte jetzt auf Provokation geschaltet. Er wollte testen, inwieweit Rykow in seinem Stoizismus zu erschüttern war.

Er hatte Erfolg. Rykows Augen begannen kurz zu flackern. Offenbar hatte er ihn bei seiner russischen Ehre gepackt. Doch sein Gegenüber fing sich sofort wieder. »Sehr interessant. In ruhigeren Zeiten lade ich Sie mal zu einem Vortrag vor unserer Militärakademie in Moskau ein. Mal sehen, ob Sie mit diesen Thesen wieder heil aus dem Hörsaal kommen. Aber die Zeiten sind ja nicht ruhig.« Rykow räusperte sich.

Matt bemerkte, dass er sich vergewisserte, ob tatsächlich immer noch niemand in Hörweite war. Dann setzte Rykow zu seiner entscheidenden Botschaft an: »Mr Sandler, auch wenn das für ein erstes derartiges Treffen unüblich ist, lassen Sie mich zum Punkt kommen: Wir haben in Moskau, wie Sie sich denken können, die Rede Ihres Präsidenten analysiert. Sie ist hochinteressant. Und wenn wir uns nicht komplett täuschen, dann enthält sie Sätze, die wir als Zeichen des amerikanischen Kooperationswillens schon im Herbst 2018 gerne gehört hätten. Nun sind sie gefallen. Und wer immer sie da auch im Trumps Rede reingeschrieben haben mag, es könnte sein, dass er sich um die amerikanisch-russische Freundschaft verdient gemacht hat. Wenn das alles denn ehrlich gemeint ist.«

Matt lächelte. Er konnte für einen Moment nicht anders, als sich geschmeichelt zu fühlen, und es war ihm egal, dass Rykow dieses Lächeln bemerkt hatte. Der Russe fuhr fort: »Dass Ihr Präsident offenbar gewillt ist, die für die Weltordnung in jeder Hinsicht ärgerliche militärische Bindung der USA an Europa, sagen wir, zu überprüfen, wird von meinem Präsidenten ausdrücklich mit Wohlwollen bedacht. Bitte seien Sie gewiss, dass es sich dabei nicht nur um taktische Rhetorik handelt. Wladimir Putin, und das sage ich Ihnen jetzt als Anatoli Rykow, der Mann, der mit Ihnen im selben Boot sitzt, Wladimir Putin also wird zu außerordentlichen Gegenleistungen bereit sein.«

Rykow wartete einen Moment, weil der Kellner Anstalten machte, sich ihrem Tisch zu nähern, dann aber durch eine Handbewegung Matt Sandlers auf Distanz blieb.

»Mr Sandler, würden Sie bitte Ihrem Präsidenten mitteilen, dass Putin schon sehr bald für ein persönliches Vier-Augen-Gespräch zur Verfügung steht. Trotz aller umfänglichen Vorbereitungsarbeiten auf Ihrer und unserer Seite schlagen wir einen Termin bereits Mitte März in Kairo vor.«

Matt überlegte, ob er sein dünnes Notizbuch aus der Innentasche des Mantels kramen sollte, kam dann aber von dem Gedanken ab. Zu albern erschien ihm der Vorgang an sich. Ort und Zeit würde er sich auch so merken können. Und von den fast drei Stunden, die er mit Rykow im »Cleveland Park Grill« verbracht hatte, würde er schon in einer Stunde ein ausführliches Gesprächsprotokoll anlegen.

Es hatte aufgehört zu regnen. Das Gespräch hatte seinen Höhepunkt gehabt. Was nun noch folgte, war Geplänkel. Matt hätte in diesem Moment nicht sagen können, ob er Rykow besonders sympathisch fand. Er hatte ein professionelles Interesse, ihn in seine Gedankenwelt vorzulassen, und glaubte, dass es dem Russen ebenso erging. Conolly hatte ihn präzise beschrieben. Matt fühlte sich seiner Aufgabe gewachsen, ja, doch, so konnte man das sagen, er hatte sich gut geschlagen.

Rykow öffnete seine Ledertasche und holte einen kleinen Umschlag heraus. Wortlos schob er ihn zu Matt rüber.

»Was ist das?«

»Ein kleines Präsent unserseits, Mr Sandler. Sagen wir so: Wenn auch Mitte März ein großes Ereignis für uns alle anstehen sollte, so sollte man darüber nicht vergessen, dass Mitte Februar ein für Sie persönlich nicht minder wichtiger Tag im Kalender steht.«

Matt nahm den Umschlag entgegen und sah Rykow fragend an.

»Zwei Karten für die ›Chicago Bulls‹ gegen die ›San Antonio Spurs‹, VIP-Lounge, dritte Reihe Mitte, am Tag nach Ihrem vierzigsten Geburtstag.« Rykow machte eine Pause, um die Bedeutung der Geste zu unterstreichen: »Sie sollten hingehen, Mr Sandler. Es hat mich zwei komplette Arbeitstage gekostet, die Tickets zu besorgen. Und wenn ich etwas hasse, dann ist es, wenn ich umsonst für etwas gearbeitet habe.«

KAPITEL 15

Matt Sandler betrat das Oval Office zum ersten Mal in seinem Leben, exakt siebenundzwanzig Minuten nachdem der NATO-Generalsekretär seinen Antrittsbesuch beendet hatte. Matt hatte noch die Wagenkolonne gesehen, die sich auf der 15ten Straße Richtung Ronald Reagan Airport in Bewegung setzte.

Trump war aufgekratzt. Der Präsident hatte die Krawatte gelockert, sodass sie mit ihrer Spitze jetzt definitiv vor seinem Gemächt endete. »Machen Sie ruhig ein Fenster auf, wenn es hier muffig riechen sollte, Sandler, hier hängt noch der Angstschweiß dieses NATO-Clowns in der Luft. Was für ein Weichei!«

»Sir?«

»Beim Abschiedshändedruck hatte er so feuchte Hände, als hätte er zuvor an der Pussy seiner Sekretärin rumgefummelt. Ich hab mir danach erst mal die Hände desinfizieren müssen. Wahrscheinlich hockt er den halben Rückflug nach Brüssel mit Magenschmerzen auf dem Klo.« Trump schüttelte sich theatralisch.

»Das Gespräch war unergiebig?«, fragte Matt.

»Im Abschluss-Kommuniqué haben wir uns auf die Formulierung ›ernst und konstruktiv‹ geeinigt. Das sagt doch alles. Ihm geht jetzt schon der Arsch auf Grundeis, weil ich ihm angekündigt habe, dass wir bereits in der kommenden Woche mit der Prüfung beginnen werden, welche Truppen wir zuerst aus Europa abziehen.« Trump kramte in einer Box mit Feuchttüchern, die links auf seinem Schreibtisch stand, und wischte sich abermals die Hände damit ab. »Ich habe ihm klargemacht, dass es nicht darum geht, ob wir abziehen – sondern nur noch wann und wie.«

»Was hat er gesagt?«

»Dass die NATO dann halb nackt dastehen würde. Sandler, das müssen sie sich mal vorstellen! Der Typ sagt tatsächlich: halb nackt! Dabei hat sich sein fetter Wanst ganz aufgeregt hin und her bewegt. Der Typ ist ein Clown, ein Mann ohne jegliche Selbstachtung. Putin wird ihn in der Pfeife rauchen, wenn er nicht mehr das Back-up der USA hat.«

»Wir haben immerhin über eins Komma drei Millionen Soldaten für das Bündnis zu bieten«, sagte Matt. »Das ist schon mehr als ein herber Verlust. Das bricht der NATO das Rückgrat. Ich kann den Mann verstehen, wenn er um die Zukunft des Bündnisses besorgt ist.«

Trumps Blick auf Matt wurde eisig. »Es spart uns Milliarden von Dollar, die wir besser verwenden können. Wollen Sie sagen, das sei ein Fehler?«

»Das kann ich noch nicht sagen. Das hängt davon ab, was wir in den Verhandlungen mit Putin gewinnen können, Mr President. Darf ich Ihnen, bevor ich darauf ausführlicher antworte, zuvor von meinem Treffen mit Anatoli Rykow berichten?«

»Na sicher, deshalb habe ich Sie ja kommen lassen. Legen Sie los.«

Matt straffte sich. Er gehörte gerade definitiv zu der Handvoll Männer, die davon wussten, dass die Weltgeschichte schon bald Fahrt aufnehmen würden. Und ja, er genoss es. Matt mühte sich, seinen Ton nicht zu feierlich, aber auch nicht zu lapidar werden zu lassen. »Putin schlägt ein Vier-Augen-Treffen mit Ihnen bereits Mitte März in Kairo vor, also in etwa sechs Wochen. Er hat die Botschaften in Ihrer Antrittsrede mit großem Wohlwollen registriert. Wenn ich mir eine analytische Bemerkung erlauben darf, Mr President …«

»Nur zu, Sandler.«

»Sie haben ihn mit Ihrer neuen Weltordnungsoffensive überrumpelt. Putin kann das aber, schon aus Gründen der Selbstachtung, nicht zugeben. Er ist aufgrund des Desasters in der Ukraine geschwächt, kann aber Stillstand nicht ertragen. Er träumt ja immer noch vom großrussischen Reich, zumindest davon, dass Russland vom Westen nicht bedroht wird. Er ist von seinem ganzen Naturell her jemand, der nur nach vorne gehen kann. Ein Krokodil.«

»Ein Krokodil?« Trump schaute Matt irritiert an.

»Das Krokodil ist das einzige Tier auf der Welt, das nicht rückwärtsgehen kann. Wussten Sie, dass er mal ein gläsernes Krokodil zu seinem fünfzigsten Geburtstag vom Präsidenten der Republik Moldau geschenkt bekommen hat?«

Trump schüttelte den Kopf. »Ich wusste bis eben nicht mal, dass es die Moldau auch als Republik gibt, ich dachte, das sei bloß ein schmaler Fluss in Tschechien. Dieses Land, wo sich die Männer mit Knödeln vollfressen und so lange dunkles Bier trinken, bis sie nicht mehr merken, wie scharf ihre Frauen eigentlich sind. Aber genau für solche Wissenslücken habe ich ja Sie, Sandler.« Der Präsident nahm sein Mobiltelefon zur Hand.

Matt erhob sich, aber Trump bedeutete ihm mit einer Handbewegung, sich wieder hinzusetzen.

»Bleiben Sie da, Sandler. Wir bringen mal den Apparat hier in D.C. ein bisschen in Bewegung, vor allem die Jungs im State Department, die ständig auf der Bremse stehen. Ich twittere jetzt, dass ich mir schon Mitte März ein Treffen mit Putin vorstellen kann. Wir sind in der Vorhand, Sandler. Das ist wichtig. Von mir aus können dann die Russen offiziell vorschlagen, dass der Treffpunkt Kairo ist. Das soll mir recht sein, auch wenn ich die Araber nicht mag.«

Trump drückte auf die Entertaste. Der Tweet war in der Welt.

Er lautete: »Worauf warten? Zeit für Deals. Treffen mit #Putin schon im März möglich.«

Der Präsident richtete seinen Krawattenknoten und reckte sein Kinn nach vorne. »Ich hab gleich eine Videoschalte mit dem Franzosen. Der hat wenigstens einen vernünftigen Händedruck, das weiß ich noch aus meiner ersten Amtszeit. Aber auch der quatscht immer ellenlang am Telefon, und am Ende weiß man nicht mehr, was genau er eigentlich gesagt hat.« Trump deutete auf Matt. Es war die gleiche Bewegung mit dem rechten Zeigefinger, mit der er bei seiner Amtseinführung die USA-Sprechchöre der Menge dirigiert hatte. »Ich will, dass Sie in Kairo dabei sind, Sandler. Seien Sie in Form.«

Als Matt wieder draußen auf der 15ten Straße stand und sein Handy anschaltete, dachte er darüber nach, welches Tier wohl Donald Trump am ehesten sei, ihm wollte aber nichts Passendes einfallen. Er hatte zwei Sprachnachrichten. Cheng teilte ihm mit, dass sie Freitagabend aller Wahrscheinlichkeit nach in der »Hamilton-Bar« sein würde, so ab zwanzig Uhr. Und Herb Moffet bat um ein baldiges Treffen, am besten heute noch. Matt kannte den pensionierten Brigadegeneral und passionierten Islamhasser aus zwei oder drei Talkshows, in denen er mit ihm zusammengesessen hatte. Trump hatte ihn zum Planungschef im Pentagon befördert. Moffet war ein Militär alter Schule, sturzkonservativ, aber nicht unsympathisch, der die Angewohnheit hatte, sich bei jeder sich bietenden Gelegenheit das schüttere Haar mit einem dunkelbraunen Silikonkamm zu scheiteln. Matt beschloss, ihn noch am Nachmittag aufzusuchen.

*

Moffet begrüßte Matt mit jener Zackigkeit, die Matt an Militärs insgeheim bewunderte, wissend, dass er selbst niemals so werden würde. Der ehemalige General musste schon weit in den Sechzigern sein, doch die ganze Körperhaltung und die Art, wie er sich in den Sessel einer kleinen Sitzgruppe setzte, deutete darauf hin, dass Moffet bestimmt fünfmal die Woche den Tag mit Workout begann; wahrscheinlich morgens um halb sechs, dachte Matt.

»Sie sind ja jetzt ein Star geworden, die heißeste Nummer hier in D.C. Die Leute zerreißen sich schon das Maul, nur die eingeweihten Kreise natürlich«, begann Moffet. »Darf ich fragen, wie alt Sie sind?«.

»In ein paar Tagen werde ich vierzig.«

»Vierzig! Mein Gott! In dem Alter war ich mit der KFOR für die Operation ›Joint Guardian‹ im Osten des Kosovo. Schreckliche Gegend. Schreckliches Essen. Ständig Knoblauch. Aber eines habe ich da schätzen gelernt. Und wissen Sie, was, Sandler?« Moffet nahm einen Schluck Wasser, behielt das Glas noch in der Hand, wartete aber Matts Antwort erst gar nicht ab. »Die Kraft der NATO.«

Moffet trank nun den Rest. »Sie halten davon nicht so viel?«

»Wie kommen Sie darauf?«

»Es war eine Frage«, sagte der Pentagon-Mann. »Ich habe mir heute Morgen die Pressekonferenz von Trump mit dem NATO-Generalsekretär angeschaut und seit einer guten Stunde das De-Briefing aus dem Weißen Haus auf dem Tisch. Wenn ich nicht mittlerweile komplett verblödet bin, dann sieht das danach aus, als ob Trump diesmal so richtig die Axt an die NATO legen wollte. Da dachte ich, es könne nicht schaden, zu dem Mann einen Kontakt aufzubauen, der ihm offenbar einflüstert, wie man mit den Russen umzugehen hat.«

Matt sagte: »Sie überschätzen meine Rolle«, aber Moffet unterbrach ihn sofort und unerwartet barsch.

»Jetzt hören Sie auf. Es kann ja sein, dass Trump selbst auf dem Trip ist, Deals mit Moskau einfädeln zu können. Aber er braucht auch jemanden, der ihm einträufelt, dass das die richtige Strategie ist. Und dieser Jemand sind Sie.«

Jetzt griff auch Matt Sandler zu einem Glas Wasser auf dem kleinen Beistelltisch neben seinem Sessel. »Putin ist geschwächt, das brauche ich Ihnen doch nicht zu erklären. Es ist kurz- und auch mittelfristig besser, ihn nicht als Paria zu behandeln, sondern ihm mit einer vermeintlichen Großzügigkeit unsererseits zu begegnen. Russland wird ein Jahrzehnt brauchen, bis es sein marodes Militär auch nur einigermaßen auf einen modernen Standard gebracht hat. Diese Zeit sollten wir nutzen. Und in zehn Jahren gibt es Putin ohnehin nicht mehr.«

»Ich kann noch nicht erkennen, warum wir in dieser Situation den Druck von Moskau nehmen und die NATO schwächen sollten. Man schießt sich doch auch nicht ins eigene Knie, nur weil in der Straße, in der man wohnt, zufällig gerade ein Prothesenladen eröffnet hat.« Moffets Ton wurde belehrend.

Matt dachte kurz darüber nach, ob er die Metapher kontern konnte. Er mochte solche Vergleiche. Ihm fiel aber nichts ein. Im Pentagon, das wurde Matt allerdings schlagartig bewusst, war die Zahl der Freunde des neuen Präsidenten ziemlich überschaubar. Der Laden war strukturkonservativ. Im Außenministerium war es mutmaßlich nicht viel besser. Mit Trumps Sprunghaftigkeit kam man hier wie dort nur schwer klar.

Herb Moffet räusperte sich. »Und dann hat unser Präsident Twitter wiederentdeckt, um Außenpolitik zu machen. Wie schön! Was hat es mit dem Tweet auf sich, dass er Putin schon im März treffen will?«

Matt beschloss, den Planungschef einzuweihen. Eine gewisse Vertrautheit zu Moffet würde sich womöglich irgendwann einmal noch als hilfreich erweisen. »Es ist eine Idee der Russen«, sagte er. »Sie wollen ein Vier-Augen-Treffen in Kairo.«

»Fuck. Wenn das so ist, dann kann ich mir meinen geplanten Skiurlaub in den Rockys in diesem Winter wohl in die Haare schmieren. Und wie soll ich das meiner Frau erklären?«, sagte Moffet. »Sieht ja schwer danach aus, als käme der Ausflug der großen Jungs tatsächlich zu Stande. Und wieso muss das ausgerechnet bei diesen Dattelkernspuckern stattfinden?«

»Keine Ahnung«, sagte Matt.

Sie verabredeten, in regelmäßigem Kontakt zu bleiben – ein Telefonat pro Woche, ein Abendessen pro Monat. Bei der Verabschiedung fiel Matt der feste Händedruck von Herb Moffet auf. Kein Angstschweiß, nicht ein Tropfen. Wahrscheinlich war das so ziemlich das Einzige, was Trump am Planungschef des Pentagons gefallen würde. Als Matt aus der Tür ging, sah er, wie Moffet seinen Kamm aus der Innentasche seines grauen Jacketts holte und sich damit akkurat durchs Haar fuhr.

*

Matt beschloss, die »Blue Line« bis Farragut West zu nehmen und die paar Meter bis zu seinem Apartment in Dupont Circle zu laufen. Er hatte keine Lust mehr, etwas für den Abend einzukaufen, kam aber nicht drum herum, seine Brooks-Brothers-Hemden aus der Wäscherei abzuholen. Fünf weiße, fünf hellblaue. Weitere zehn Hemden hingen zu Hause im Schrank. Jeden zweiten Freitag ging er zu den »Midtown Cleaners«, das hatte er schon in seiner Zeit bei »Fosters & Company« so gemacht. Als er die Ladentür öffnete, wurde ihm bewusst, dass dies im Prinzip das Einzige war, was ihm an Struktur aus seinem alten Leben noch geblieben war.

Matt legte die üblichen dreiundzwanzig Dollar fünfzig auf den Tisch und warf sich die beiden Tüten mit den Hemden über den Arm. Im Rausgehen dachte er an Anatoli Rykow und daran, ob der Russe wohl auch über diese Gewohnheit von ihm Bescheid wusste. Matt vermutete es, aber eigentlich war er in diesem Moment darüber eher geschmeichelt als empört.

KAPITEL 16

»Hören Sie gut zu, Mister Sandler, ich sage es nicht zweimal. Und ich versichere Ihnen, ich meine es gut mit Ihnen – und mit Ihrem Präsidenten.« Rykow neigte sich zur Seite und schob sein Kinn an Matts Ohr. Raunen genügte nicht, er musste richtig laut werden, fast schreien, denn der Lärm ringsum war ohrenbetäubend. Gigantische Lautsprecherboxen spuckten die aktuellen Hits aus, Werbespots ballerten von den riesigen Videowänden, und geschätzte hundertzwanzigtausend Zuschauer – das Stadion war rappelvoll – grölten ihre Fangesänge. Unten, auf dem unnatürlich grünen Rasen, liefen sich die »Chicago Bulls« und die »San Antonio Spurs« warm. Die »Bulls« trugen Hammer und Sichel auf ihren Trikots, die »Spurs« waren mit Kalaschnikow-Attrappen vor dem Bauch eingelaufen. Das Spiel wurde live von RT übertragen, und Wladimir Putin sprach persönlich ein Grußwort an die Kommunisten Amerikas. »… Spaß, Genossen!«, endete er eben.

Matt Sandler konnte Rykow kaum verstehen, er war nur in der Lage, ein paar Worte aufzunehmen, wenn er sich größte Mühe gab. »… herab gepinkelt …« Er wandte den Kopf zur Seite und blickte Rykow in die Augen. »Ja, ja, Millionen …« Matt schrie etwas zurück, doch er war nicht zu verstehen. Seine Lippen bewegten sich in Zeitlupe. »Prügelt sie durch … quiekt!«

Rykow sprang auf und zog Matt am Revers in die Höhe. »Begreifen Sie, Mister Sandler?« Sein Gesicht war verzerrt. »… beschützen … Präsidenten.« Matt schaute wie vom Donner gerührt. »… könnten ihn umbringen … Mord … Ostankino.« Rykow spreizte die Finger seiner Rechten und hielt sie dem Amerikaner vor die Nase. »Fünf Mappen …«

Matt Sandler reichte es. Er zog den Russen aus der dritten Reihe der VIP-Lounge. Stolpernd, am Ende japsend. Und brüllend. »… schlag dich tot!« Ein ekstatischer Schrei ging durchs Stadion. Der Star der »Bulls« war eben aufgelaufen. Matt Sandler und Rykow taumelten aus der dritten Reihe. Niemand beachtete sie. Selbst die Sitzenden, denen die Vorbeitaumelnden den Blick nahmen, schienen sie nicht wahrzunehmen, blickten durch sie hindurch. Verflucht, dachte Rykow, als er am Ende der Reihe stolperte und lang hinschlug auf der grün bespannten Treppe neben den Sitzreihen. Verflucht, ich schlag dich tot, du armseliger Amerikaner!

Im Nullkommanichts stand er wieder auf den Füßen, duckte sich nach links ab und prügelte Matt die rechte Faust an die Stirn. Dem schoss Blut aus der Nase, er taumelte, verdrehte die Augen und ging in die Knie. Langsam, ganz langsam. Rykows Faust wiederholte den Schlag, traf diesmal etwas tiefer, weiter vorn und zertrümmerte Matt Sandlers Nasenbein. Es knirschte, als sich die Nase vom Gesicht löste und nach rechts wegkippte. Die Haut war aufgerissen, Blut quoll hervor.

Rykow packte Matt am Revers und riss ihn hoch. Zog ihn an sich. Und stieß ihn dann von sich. Im letzten Moment öffnete er den Griff am Revers. Matt taumelte mit blutbesudelter Brust nach hinten, ruderte mit den Armen, um irgendwo Halt zu finden, fand den nicht und kippte dann nach hinten weg. Kerzengerade. Als er auf den Treppenstufen aufschlug, grölte die Menge gerade »High … way to hell«, und von oben stieg eine mächtige Gestalt die Treppe herab. Blond, Fönfrisur, nackt. Komplett nackt. Nur eine riesige Krawatte, die nach unten immer breiter wurde und schließlich das Gemächt des Riesen verbarg, kleidete den neuen Präsidenten der Vereinigten Staaten von Amerika. An der Leine führte er ein kleines hellblaues Krokodil. Niemand beachtete ihn, niemand schien ihn überhaupt bemerkt zu haben. Bis auf Rykow, dem Trump eine schallende Ohrfeige verpasste. So heftig, dass er auf dem linken Ohr nichts mehr hörte. Nur noch ein schrilles Pfeifen.

Der Russe schüttelte den Kopf, nahm die Fäuste hoch und setzte Trump mit der Rechten einen beinharten Jab auf die Nase. Mittendrauf. Die Fönfrisur zerbröselte und rieselte auf den Boden. Links war der Schädel des Präsidenten schon blank, vollkommen. Doch die Menschen ringsum schauten weiter nur hinunter auf den Rasen. Der nackte Mister President interessierte niemanden. Rykow packte ihn an der orangeroten Krawatte, zog ihn an sich und biss ihm die Nasenspitze ab. Blut schoss ihm ins Gesicht, das Blut des Amerikaners, der nun aufheulte wie ein getretener Hund. Der Russe zog seine durchgeladene Makarow aus dem Hosenbund, setzte sie Trump an die Stirn und feuerte das Magazin leer. Acht Schuss. Trump gab keinen Laut mehr von sich.

Rykow wusste: Das heißt Krieg. Er musste sofort Putin erreichen, mit dem Mobiltelefon, damit der die russischen Langstreckenraketen aus den Silos holte, bevor die amerikanischen Atomraketen alle Langstreckenwaffen vernichtet hatten. Putin nahm das Telefonat sofort an. Rykow versuchte, ihm die fatale Lage klarzumachen. Er schrie. Und schrie. Und schrie. Doch der Lärm war zu laut, in Moskau war er nicht zu verstehen. »… starten … sofort!«, war alles, was aus dem Hörer drang.

Rykow machte eben Anstalten, die Treppe nach oben zu eilen, um im Innern des Stadions einen neuen Anlauf zum Telefonieren zu unternehmen, da spürte er kalten Stahl hinter seinem rechten Ohr. Klein und rund. Matt Sandler! Er hatte Sandler vergessen.

Der stand nun hinter ihm, blutbesudelt, und drückte ab. Viermal. Rykow spürte nur die erste Kugel. Ein wenig. Sie fuhr ihm ins Hirn und setzte ein Erinnerungsgewitter frei. Rykow schaukelte Konstantin auf den Knien – Schnitt –, dann zog er die nasse Leiche seines Vaters aus dem Turm der »Kursk« – Schnitt –, Putin saß auf einem gesattelten Rentier und schaute von unten zu. Schnitt. Rykow spürte, wie ihm die Kugel heiß durchs Hirn fuhr, die Erinnerung versaftete und an der linken Stirn wieder aus seinem Schädel trat. Als die sowjetische Hymne erklang, wurde es stockdunkel in seinem Kopf.

Doch er hörte die Hymne noch. Sie schmetterte durch … durch … wo war er nur? Rykow fuhr aus dem Schlaf empor und blickte sich um in seinem Schlafzimmer. Doch es war nichts zu erkennen. Nur zu hören. Draußen, am kaputten Aufzug, spielte jemand die Hymne. Ein Techniker? Ein Agent, der ihn im Auge behalten sollte? Ein Kommunist, der Geburtstag hatte und sich in Erinnerungen verlor?

Rykow ließ sich erschöpft aufs Kopfkissen sinken. Starrte in die Dunkelheit und versuchte, die Versatzstücke zu ordnen, die ihm zuletzt durch den Kopf geschossen waren. Der Jab auf Trumps Nase, die Schüsse aus Sandlers Pistole. Das Stadion. Die Schreie der Menge und ihr Desinteresse an dem nackten Präsidenten. Er atmete tief durch, langsam. Ganz langsam. Tief hinein in die Lungenflügel.

Der Traum hatte etwas zu bedeuten. Was will dir dein Hirn damit sagen?, fragte er sich. Und schob sich noch tiefer hinein in die wärmenden Daunen, die er vor Jahren auf einem Markt in Taschkent erstanden hatte. Er durfte Sandler nicht erpressen mit dem Moskauer Trump-Archiv, schoss es ihm sofort durch den Kopf. Schon der Versuch würde die überaus nützliche Verbindung zerreißen und die beiden Präsidenten gegeneinanderhetzen. Xi, der Chinese, würde sein Glück kaum fassen können, die beiden Feinde ohne eigene Anstrengung loszuwerden. Russland und Amerika wollten sich verbünden, wollten den Globus neu ordnen und ihre Interessensphären abgrenzen, das lohnte jede Anstrengung. Schon ein kurzer Ausschnitt aus dem bizarren Pinkelfilmchen aber würde Sandler irreparabel gegen ihn aufbringen und, wenn er im Weißen Haus Bericht erstattet hatte, Trump zum Erzfeind Putins wandeln.

Kein Wort würde er Sandler von dem Moskauer Pharaonengrab verraten. Auch wenn ihm Putin das befohlen hatte. Putin ... Wie dumm war der?

KAPITEL 17

Als Matt Sandler an diesem besonderen Donnerstag den Briefkasten öffnete, quoll ihm eindeutig mehr Post entgegen als sonst. Für einen kurzen Augenblick wertete er das, durchaus erfreut, als Zeichen dafür, dass offenkundig doch nicht alle Brücken zu früheren Bekannten und Freunden abgebrochen waren. Dann erkannte er schnell, dass die Ausbeute für jemanden, der nun in der Mitte seines Lebens angekommen war, eher als spärlich bezeichnet werden musste. Neben der obligatorischen Glückwunschkarte seiner Eltern, die das vorwurfsvolle Versprechen enthielt, ihn im Lauf des Tages anrufen zu wollen – wobei das ja erfahrungsgemäß sehr schwer sei, weil er sein Handy so selten anmache –, bestand ein Großteil der Geburtstagspost aus standardisierten Glückwunschschreiben von Leihwagenfirmen, Kreditkartenanbietern und Fitnessclubs, in denen Matt irgendwann in seinem Leben einmal Mitglied gewesen war. Immerhin – die »Midtown Cleaners« hatten einen einmaligen Rabattgutschein über satte vierzig Prozent beigelegt, der allerdings verfalle, wenn er nicht bis zum Ende des Monats eingelöst sei.

Bis auf den Gutschein war Matt gerade im Begriff, alles, auch die Post seiner Eltern, sofort in den Papiermüll zu werfen, als sein Blick noch einmal auf die Karte seiner Ex-Kollegen von »Fosters & Company« fiel. Unten rechts hatte auch Sue unterzeichnet, ergänzt um einen kleinen, in eine Klammer gesetzten Hinweis, dass er sie jederzeit anrufen könne, wenn ihm danach sei, sehr gerne und ganz besonders auch an seinem Geburtstag. Matt legte die

Karte zusammen mit dem Gutschein auf den Schreibtisch, dann sprach er leise vor sich hin: »Keine Chance, Sue, heute nicht.«

Er hatte es tatsächlich geschafft, sich den morgigen Freitag freizuhalten, und würde heute noch am frühen Abend nach Chicago fliegen und seinen Bruder Mike treffen, der eigens aus Bloomington anreisen würde. Sie hatten sich eine halbe Ewigkeit nicht mehr gesehen. Eine lange Barnacht stand ihnen bevor. Dann ein Tag zum Abhängen und Ausnüchtern am Lake Michigan – und dann, als Höhepunkt, das Spiel der »Bulls« gegen die »San Antonio Spurs« am Abend. Matt sah dem Match mit gemischten Gefühlen entgegen, die »Bulls« hatten drei Spiele in Serie verloren, ihr letztes gegen die »Boston Celtics« sogar mit zweiundzwanzig Punkten Unterschied. Sie waren unter Druck.

Sein Bruder hatte sich am Telefon gewundert, dass Matt überhaupt an Karten gekommen war, was Matt mit einer Notlüge abräumte, eine Methode, die er »mit der Wahrheit lügen« nannte. Jemand aus dem »außenpolitischen Komplex« sei ihm noch einen besonderen Gefallen schuldig gewesen. Und dieser Gefallen sei anlässlich seines runden Geburtstages halt ein bisschen größer ausgefallen. Er werde sich bei dem Mann aber mit einer Cap der »Bulls« revanchieren, und Mike müsse unbedingt darauf achten, dass er das nicht vergesse. Matt war mit der Formulierung sehr zufrieden. Rykow gehörte definitiv zum »außenpolitischen Komplex«.

Der Leitartikel der »Washington Post« vom selben Tag war eine einzige Abrechnung mit Trump. Der Autor griff die seit Tagen anschwellenden Proteste im Süden der USA auf, nannte den US-Präsidenten einen »Spalter« und verstieg sich zu der These, dass die USA auf dem direkten Weg zu einer »One-Bullet-Democracy« wären. Man sei in Wahrheit nur noch einen Schuss entfernt von einer Autokratie, deren Machthaber, wenn sie sich herausgefordert fühlten, sich demnächst nicht mal mehr einen pseudodemokratischen Anstrich geben würden. Der Leitartikel schloss, höchst ungewöhnlich für die »Post«, mit der ebenso sarkastischen wie pathetischen Formel: »God bless America«. Matt Sandler seufzte.

Die Kugel, die der Leitartikler prophezeit hatte, flog noch am Morgen von Matts Geburtstag. Sie flog um elf Uhr achtzehn durch die East Houston Street von San Antonio. Sie prallte gegen die innere der beiden Säulen links vom Haupteingang des »Majestic Theatres«, veränderte von dort in einem Winkel von etwa hundertfünfunddreißig Grad ihre Flugbahn und zertrümmerte das rechte Auge der gerade mal sechzehnjährigen Camila Fernandez, einer mexikanischstämmigen Schülerin, deren Familie in dritter Generation in den USA lebte. Das Gummigeschoss hatte sich aus der Waffe eines achtundzwanzigjährigen Nationalgardisten gelöst, der, offenbar als Warnung, vielleicht aber auch in Panik, in Richtung eines Demonstrationszuges gefeuert hatte, auf dem gegen die Wahlrechtsreform protestiert wurde.

Es war ein Fanal. Die schwere Verletzung der jungen Frau, das Bild von ihrem schmerzverzerrten, blutüberströmten Gesicht, verbreitete sich unter dem Hashtag #Trumplässtschießen in Rekordgeschwindigkeit. Innerhalb von anderthalb Stunden blockierte eine beständig anwachsende Menge die wichtigsten Kreuzungen der Innenstadt San Antonios, die Ausfallstraßen, die Zentrale der Polizei sowie das Hauptquartier der Republikaner. Eine weitere Stunde später hatte sich eine gewaltbereite Gruppe von etwa dreihundert Jugendlichen Zugang zum Rollfeld des San Antonio International Airport verschafft, um den Flugbetrieb zu stören. Etwa zwanzig Randalierern gelang es, in den Tower des Flughafens einzudringen, die Fluglotsen zu vertreiben und sich dort zu verbarrikadieren. Gegen fünfzehn Uhr vermeldete CNN, dass der Flugbetrieb bis auf Weiteres eingestellt werden müsse. Wegen Beschädigungen am Tower sei mit einer Inbetriebnahme in den kommenden Tagen nicht mehr zu rechnen.

Matt Sandler erfuhr von den Unruhen, als in den Agenturmeldungen bereits von Dutzenden von Verletzten und einer Totalblockade San Antonios die Rede war, die auch Auswirkungen auf den Spielplan der NBA haben würde. Das für den anderen Tag angesetzte Spiel der »San Antonio Spurs« bei den »Chicago Bulls« sei abgesetzt, weil das Team nicht mehr rechtzeitig anreisen könne.

»Fuck! Fuck! Fuck!« Matt brüllte, als er die Nachricht hörte. Rykows Geschenk hatte sich damit schlagartig in Luft aufgelöst. Er musste sofort seinen Bruder anrufen, damit sie noch rechtzeitig ihr Treffen verschieben könnten. Matt brauchte einen Moment, um zu begreifen, dass all das bizarrerweise mit den Plänen jenes Mannes zu tun hatte, für den er jetzt seit gut zehn Wochen ebenso eng wie in geheimer Mission arbeitete. Wie es aussah, hatte sein Präsident einen ersten schweren Fehler gemacht. Trumps Idee, seine Macht über das veränderte Wahlrecht langfristig zu sichern, hatte binnen weniger Tage in zahlreichen großen Städten der USA zu Protesten geführt. Keine Nachrichtensendung kam mehr ohne eine Live-Reportage aus, in der sich »die Erniedrigten und Beleidigten«, wie Matt sie spöttisch nannte, zu Wort meldeten.

Auf Twitter äußerte sich Trump prompt zu den Vorfällen in San Antonio: »Starke Zweifel an der Integrität des alten Wahlsystems. Proteste gegen neues #Wahlrecht können schmerzhaft sein. Nicht gut!«

Es war, als hätte der US-Präsident mit diesem Dreizeiler endgültig den Geist aus der Flasche gelassen. Die Agenturen vermeldeten landesweite Proteste, dazu schwerere Krawalle in den Städten Detroit, Minneapolis, Dallas und San Diego. In Louisville, Kentucky, war die örtliche Zentrale der Republikaner verwüstet worden. Bei der Erstürmung der Büros wurden vier Menschen verletzt. Mehrere Verfassungsrechtler appellierten in einem offenen Brief an den Justizminister, mäßigend auf Trump einzuwirken. Die letzte Meldung, die Matt am Nachmittag wahrgenommen hatte, war, dass landesweit die Studenten an den juristischen Fakultäten einen einwöchigen Streik erwogen, beginnend am kommenden Montag.

Matt packte seine Sachen, um für zwei, drei Stunden nun doch noch ins Büro zu gehen. Die außenpolitischen Bulletins Moskaus der letzten zwei Wochen waren liegen geblieben. Nichts Dramatisches, aber Matt wollte sie noch einmal durchgehen, um auch nicht die minimalsten Signale Putins in diesen wichtigen Tagen zu verpassen. Beim Verlassen des Zimmers fiel sein Blick auf die Glückwunschkarte von »Fosters & Company«. War es ein Sieg oder eine Niederlage, wenn er den Abend seines vierzigsten Geburtstags mangels Alternativen mit einer etwas drall geratenen Sekretärin verbringen würde, die ihm in der Teeküche von »Fosters« einmal anvertraut hatte, dass sie jeden Tag den Anfahrtsweg von Fairfax, Virginia, ins Büro in Kauf nehme, damit ihre beiden Katzen Tom und Hanks im Grünen leben könnten?

*

Sue verspätete sich eine gute Viertelstunde. Sie hatte sich, wie Matt fand, auf etwas unvorteilhafte Weise schick gemacht, was ursächlich mit einer Perlenkette zu tun hatte, die sie offensiv über einem dunkelblauen Rollkragenpullover trug. Sie hatte nach Matts Anruf das Büro früher als gewöhnlich verlassen, um noch einmal rasch nach Hause zu fahren und dort unter hohem Zeitdruck die Katzen zu versorgen.

»Matt, alles, alles Gute! Tut mir leid für die Verspätung, aber schneller war das wirklich nicht zu schaffen. Du hättest ja auch eine Stunde früher anrufen können.« Sue umarmte ihn eine Spur zu innig, ließ dann aber, leicht irritiert, von Matt ab, weil der ihre Umarmung nur andeutungsweise erwiderte.

»Wie geht's Tom und Hanks?«

»Ach, wie süß, das willst du wirklich wissen?«, säuselte Sue im Setzen – und schon in diesem Moment wusste Matt, dass er einen Fehler gemacht hatte, streng genommen sogar zwei. Er hätte diese Frau gar nicht erst einladen dürfen, die nun ellenlang und recht detailgetreu von den Folgen von Toms Magenverstimmung und dem dadurch ausgelösten sehr fürsorglichen Sozialverhalten von Hanks zu berichten wusste.

Sue redete und redete, und Matt war froh, sich über weite Teile des Vortrags hinweg hinter der Speisekarte verschanzen zu können. Das Ernsthafteste, mit dem er sich in diesem Moment beschäftigen konnte, war wahrscheinlich die Frage, ob er die Vorspeise lieber gleich weglassen sollte, damit er sich schneller volllaufen lassen könnte.

Sue kramte in ihrer Tasche und legte ein kleines Paket auf den Tisch. »Für dich, Matt. Noch mal, alles Gute!«

Matt war gerührt. Und gespannt. Bei dem Geschenk handelte es sich, wie unschwer zu erkennen war, um ein Buch.

»Pack es aus, bitte, Matt. Ich hoffe, du hast es noch nicht.«

Matt machte sich in gespielter Feierlichkeit daran, die schwarz-grüne Schleife vorsichtig zu lösen. Er kannte diese Art von farbigen Bändern. Bei »Fosters & Company« verpackten sie damit vor Weihnachten immer die Geschenke für ihre Geschäftspartner.

Das Buch trug den Titel: »Twenty-Five Sides of a Post-Communist Mafia State« und war von dem Ungarn Balint Magyar. Matt kannte es noch nicht.

Sue strahlte. »Ich dachte, das wäre was für dich,« sie schaute sich vorsichtig um, »wo du doch weiterhin so viel mit Russland zu tun hast.«

»Ja, das sieht schwer danach aus«, sagte Matt. »Das Leben nimmt manchmal seltsame Wendungen.« Er hatte mit der Bestellung von Gin Tonics begonnen, die sie im Lauf des Abends beide synchron und in doch erstaunlicher Zahl zu sich nehmen würden. Sue hatte sich ohne größere Mühe Matts Trinkgeschwindigkeit angenähert, ganz offensichtlich dazu entschlossen, die Fahrt zurück nach Fairfax nicht mehr bewältigen zu können.

Matt erzählte ein bisschen von Trump, ohne zu viel zu verraten. Sue berichtete, wie die Stimmung bei »Fosters & Company« sich nach seinem Weggang geändert hatte. Matt erklärte, wie sein analytischer Blick auf Putins Politik sich verändert habe, weil alles, was Moskau tue, nun unter dem Gesichtspunkt bewertet werden musste, ob es Trump zum Vor- oder zum Nachteil gereiche. Sue erwiderte, dass sie das ganz toll fände. Matt berichtete, dass ihn das neue Arbeitsleben auffresse. Sue erwiderte, dass das aber schade sei. Matt fragte, wie ihr Leben bislang verlaufen sei. Sue sagte: »Nicht so doll.«

»Ich habe keine Kinder.«

»Habe ich auch nicht.«

»Mir gehört nicht mal meine Wohnung.«

»Ich wohne auch bloß zur Miete.«

»Und wenn ich am Samstagmorgen umkippe und mich nicht mehr bewegen könnte, würde das frühstens am Montag bemerkt, weil sie bei ›Fosters‹ alle selbstständig an ihre Telefone gehen müssten.« Sue seufzte.

Matt schaute ihr tief in die Augen. Es war unschwer zu erkennen: Sie führten im Prinzip das gleiche Leben. Mit dem einzigen Unterschied, dass er die berechtigte Aussicht hatte, schon sehr bald Weltgeschichte zu schreiben. Matt beschloss, dass das als Halbzeitbilanz seines Lebens gar nicht mal so schlecht sei.

Als er die Rechnung kommen ließ, war er mit dem Gedanken beschäftigt, ob es ihm wohl gelingen würde, Sue dazu zu überreden, gleich in seiner Wohnung die Perlenkette anzulassen.

KAPITEL 18

Das Tier fokussierte ihn, glotzte ihn an, unablässig. Mit dem linken Auge. Rykow nahm den stillen Zweikampf an, schaute hinüber aus dem Rückfenster des schäbigen Taxis und versank in dem Gedanken, welches Schicksal den Ochsen auf der offenen Ladefläche des Pick-ups nebenan wohl heute erwartete. Wird er geschlachtet, auf einem staubigen Hinterhof zusammenbrechen, mit aufgeschlitzter Kehle? Wird er nach Alexandria gefahren und im Hafen von einem Kran auf einen rostigen Seelenfänger verladen, für den Export in den Libanon? Oder endet er in einem windschiefen Stall am Rande Kairos, um seinem Tod entgegengemästet zu werden?

Zwei, drei Meter vor – und stopp. Der Pick-up verschwand aus dem Gesichtsfeld, blieb zurück. Und schloss wieder auf. Kairo in der Mittagshitze. Ein einziger gigantischer Stau, eine heillos verstopfte Innenstadt, ein schrilles Hupkonzert. Der hellbraune Ochse mit dem eigentümlichen Buckel, durch Seile stehend festgezurrt auf der Ladefläche, begleitete ihn zwanzig Minuten, dann trennten sich ihre Wege an einer Kreuzung. Das Tier bog nach links ab – und der Sondergesandte des Präsidenten der Russischen Föderation bedauerte die Trennung. Zutiefst. Der Fleischberg war ihm schon ein wenig ans Herz gewachsen. Menschen in psychischer Not suchen Halt an anderen Kreaturen. Auch Tieren. Hunden, Vögeln – Ochsen.

Rykow war mit dem Vorauskommando Putins nach Kairo gekommen. Das Angebot des ägyptischen Außenministeriums, ihn mit einer Staatskarosse auf dem Flugfeld abzuholen, hatte er ausgeschlagen. Er wollte beweglich bleiben, nicht angekettet werden ans Protokoll, das erst am nächsten Tag greifen würde. Der Taxifahrer beobachtete ihn im Rückspiegel, an dem eine bunte Perlenkette schaukelte. Er wagte es nicht, seinen Fahrgast anzusprechen. Amerikaner war er nicht, das sah er sofort. Dafür war der Anzug zu altertümlich geschnitten. Brite, Franzose oder Deutscher auch nicht. Ein Russe? Einer, der Putin begleitete und schon einen Tag früher hier war? Weil er für den Geheimdienst arbeitete oder fürs russische Protokoll?

Rykow bemerkte den bohrenden Blick und wich ihm aus. Kein Wort. Das Gewäsch von Taxifahrern hasste er. Überall. Auch in Moskau. Er wollte sich noch einmal entspannen, in seinen Gedanken versinken, bevor ihn der Stress des Gipfels emporreißen würde. Kairo! Das chaotische Gewusel um ihn herum fesselte den Blick. Menschen, die durch die Metropole hasteten, um zu erledigen, was immer für ihr Leben unabdingbar war. Es war Rykows erste Reise in die ägyptische Hauptstadt. Deshalb saugte er die fremden Eindrücke ein wie ein Erstickender den Sauerstoff.

Als sie das Zentrum verließen und den breiten Boulevard in Richtung Gizeh nahmen, zu den Pyramiden, lief der Verkehr flüssiger. Rykow kurbelte das Rückfenster ein wenig nach unten und nahm den Geruch auf, der über der Stadt lag. Scheiße! Es roch nach Scheiße. Überall. Ein feiner Duft von Fäkalien lag über der Stadt, sobald man das Zentrum verlassen hatte. Kanalisation war den Menschen hier offenbar fremd, der Unrat wurde, nachts vermutlich, von Dächern und aus Fenstern, zwischen die Häuser gekippt. Und trocknete dann aus, in der Gluthitze des folgenden Tages. Das unterschied Ägypten von Tunesien und Marokko, wo Rykow bereits gewesen war und wo Hygiene wie eine Staatsreligion gepredigt wurde.

Sie fuhren eine kleine Erhebung hinauf und bogen nach rechts ab, in die Auffahrt des »Mena House«. Die war verstopft von Übertragungswagen der Fernsehstationen, die den Gipfel covern wollten, amerikanischen vor allem. Rykow erkannt CNN, Fox und CBS – außerdem die BBC und RT. Das Hotel hatte eine ehrwürdige Geschichte, Putins Vorschlag hatte Trump deshalb sofort akzeptiert. Im Krieg gegen Hitler war Winston Churchill hier abgestiegen, später Menachem Begin und Jimmy Carter. Zudem die Elite der Schauspieler und Schriftsteller der Welt.

Für Putin, Trump und ihre Apparate war der alte, der historische Teil des Hotels reserviert, in den Neubauten, ein paar hundert Meter entfernt, hatten sich die »Networks« eingenistet.

Rykow checkte ein und wurde auf sein Zimmer geleitet, drei Türen links von der Suite des russischen Präsidenten. Zwei Türen zur Rechten Putins sollte Trump wohnen, die unbewohnte Suite in der Mitte war für spontane, unbeobachtete Treffen der Präsidenten gedacht. Wenn ein Funke überspringen sollte zwischen den beiden, dann würde es hier passieren, nicht während der Konferenzen der Delegationen unter den Objektiven Hunderter von Kameras.

Der russische Gast betrat sein Zimmer und ließ sich von der Atmosphäre verzaubern. Der Boden und die Wände waren von dicken Orientteppichen bedeckt, der Fußboden in mehreren Schichten. Das breite Himmelbett wurde von feiner Gaze vor Mücken geschützt. In der Mitte des Zimmers war eine Tür zu einem Balkon geöffnet. Rykow trat hinaus und erlebte einen spektakulären Blick. Auf eine Pyramide, nur einige hundert Meter entfernt. Und Stallungen auf der anderen Seite der Straße, in denen Araber-Pferde zum Ausritt um die Pyramiden verliehen wurden. Wunderschöne schlanke, temperamentvolle Pferde. Reiter aus der Region, hatte Rykow einmal gehört, hielten den Zügel stets mit der linken Hand, um in Kämpfen mit der Rechten den Säbel führen zu können.

Er trat in den halbdunklen, kühlen Raum zurück und ließ sich in einen tiefen Sessel fallen. Er konzentrierte sich auf sein Treffen mit Matt Sandler, das für diesen Abend verabredet war. Um Trump noch wichtige Botschaften Putins zukommen zu lassen. Die russische Delegation hatte einen Tisch für Rykow reserviert, um einundzwanzig Uhr, in dem herausragend guten indischen Restaurant, das zum »Mena House« gehörte. Man aß dort Currys, Rykow lechzte förmlich danach.

Er würde Matt Sandler aber nicht alles offenbaren können, was in den letzten Wochen in Moskau besprochen worden war. Putin hatte ihn unter anderem zu einem Treffen mit dem Verteidigungsminister und den Chefs der drei Waffengattungen geladen. Außerdem war der politische Kopf der Atomstreitkräfte hinzugezogen worden, Gennadi Woroschenkow, von dem Rykow noch nicht mal etwas gehört hatte. Ein merkwürdiger Mensch, groß, asketisch dürr, leichenblass. Seine Gesichtszüge wirkten wie eingefroren, bis auf die Wange und das Auge auf der rechten Seite, die unablässig zuckten. Auch der rechte Arm war auffällig, er hing schlaff nach unten, musste mit der Linken auf den Tisch gehoben werden. Rykow fühlte sich an einen berühmten Film erinnert, der zu Gorbatschows Zeiten einmal im russischen Staatsfernsehen gelaufen war: »Dr. Seltsam oder: Wie ich lernte, die Bombe zu lieben«. Er war sicher, auch dieser russische Dr. Seltsam liebte die Bombe, auch wenn sein gesunder Arm nicht zum Hitlergruß in die Höhe schnellen würde.

»Meine Herren«, hatte Putin begonnen, »das neue Jahr wird ein entscheidendes für das Schicksal Russlands. Ich möchte nicht lange herumreden: Mein Gipfeltreffen mit dem amerikanischen

Präsidenten könnte ein stilles Bündnis begründen und den Wiederaufstieg Russlands einleiten. Das Machtgefüge der Welt wird zwischen unseren beiden Nationen neu geordnet. Wenn Trump uns verlässlich den Rücken stärkt, wird es keine Allianz mit China mehr geben. Europa ist unser.«

Der Zuckende wollte zu einer Bemerkung ansetzen, Putin schnitt ihm das Wort ab. »Hören Sie mir weiter zu. Mein Punkt kommt erst noch. Hören Sie bitte genau hin, was ich jetzt sage: Russland muss in einem halben Jahr kriegsbereit sein. Konventionell, hybrid und atomar. Beginnen Sie umgehend mit den Vorbereitungen. Eines aber müssen Sie wissen: Einen Krieg wie in der Ukraine mit veralteten Panzern und demoralisierten Truppen werde ich nicht mehr führen. Wir bereiten uns auf Kriege beziehungsweise Attacken neuer Qualität vor. Und zwar in Europa, nur in Europa. Ich erwarte dazu Ihre Vorschläge in vier Wochen. Nach Kairo werden wir noch definieren, welche Länder wir uns nehmen werden.«

Dem Zuckenden hatte es nun die Sprache verschlagen, wie den anderen auch.

»Haben Sie keine Angst. Die NATO wird keine Rolle mehr spielen, wenn es so weit ist. Und Sie, Woroschenkow, werden die atomaren Kurzstreckenraketen von ›Belgorod-22‹ nahe der ukrainischen Grenze mobilisieren. Ich denke, wir brauchen sie nicht einzusetzen. Aber man weiß nie.«

Rykow beugte sich über den Tisch und schenkte sich ein Glas Wasser ein. Kriege! Plural! Putin hatte das Wort ganz unbefangen in den Mund genommen. Und er, Anatoli Rykow, sollte dabei eine entscheidende Rolle spielen. Noch am selben Abend würde er Matt Sandler in die Planungen verstricken. Rykow schleppte sich erschöpft zum Bett und ließ sich darauf fallen. Zwei Minuten später war er eingeschlafen.

Der Amerikaner saß schon am Tisch, als Rykow zehn Minuten verfrüht »The Moghul Room« betrat. Die Aussicht aus den bodentiefen Fenstern war spektakulär. Die Silhouetten dreier Pyramiden zeichneten sich vor dem Abendhimmel ab. Matt Sandler war vor ihm angekommen, das behagte dem GRU-Mann nicht. Warum? Hatte er ein Mikrofon unterm Tisch versteckt, ein Mini-Tonbandgerät in seinem Sakko eingeschaltet?

Unsinn! Fang nicht an zu spinnen, beschwor sich Rykow. Einen Tag vor dem Gipfel, auf dem alles ausgesprochen werden sollte, was die beiden Kriegsherren dachten, gab es keine Geheimnisse mehr zu ergründen.

»Matt«, murmelte Rykow, und deutete eine Umarmung an, als sich der Amerikaner erhob und ihn seinerseits in die Arme nahm. »Wir sind auf dem Gipfel angekommen. Unser Weg hat sich gelohnt, trotz aller Anstrengungen. Außer Atem sind wir nicht.«

Sie nahmen gegenüber Platz und bestellten zwei Gin Tonic. Der Kellner brachte die Speisekarten. Als er wieder verschwunden war, begann Matt. »Anatoli, unsere Chefs brauchen noch ein paar Botschaften, bevor sie sich morgen sehen. Meine ist zunächst mal eine Botschaft guten Willens. Die USA beginnen mit der Rücknahme der Sanktionen, die wegen der Ukraine verhängt worden waren. Ab sofort wird Russland wieder Ersatzteile für Flugzeuge im Westen kaufen können. Ganze Zivilflugzeuge übrigens auch. Der amerikanische Präsident wird das zu Beginn des Gipfels verkünden und am Ende, wenn alles gut geht, die vollständige Beseitigung der Strafmaßnahmen ankündigen.«

Rykow durchrieselte ein Schauer des Glücks. Wenn er das noch in der Nacht Putin eröffnen würde, als Ergebnis seines Treffens mit Matt Sandler, würde der ihn wieder belohnen.

»Matt«, erwiderte Rykow, »das erfreut mich außerordentlich. Und es wird Wladimir Putin geradezu entzücken. Ich möchte mich mit der Preisgabe der vier neuen Grundsätze russischer Außenpolitik revanchieren ...«

Matt zog ein Blöckchen und einen Kugelschreiber aus der Innentasche seines Sakkos und notierte schon mal, untereinander:

1, 2, 3, 4.

»Erstens«, fuhr Rykow fort, »Europa ist auf absehbare Zeit unser einziges Interessengebiet. Zweitens: China überlassen wir den USA.«

Matt pfiff leise durch die Zähne.

»Drittens: Die NATO sollte künftig nicht mehr zwischen den USA und Russland stehen. Sie ist überflüssig. Und viertens: Die amerikanischen Truppen sollten aus Europa abgezogen werden.«

Matt behielt den Kugelschreiber in der Hand. »China habe ich vernommen. Und was ist mit dem großen asiatisch-pazifischen Raum?«

»Amerikanisch«, antwortete Rykow. Kürzer und prägnanter ging es nicht.

Matt Sandler blickte ihn mit leicht zusammengekniffenen Augen an. Wiegte den Kopf. Und zog dann ein Grinsen auf. Der Kellner brachte die Getränke. »Cheers, mein Freund«, sagte Matt, hob das Glas und leerte den Drink zur Hälfte. »Auf den Gipfel der Freundschaft.«

KAPITEL 19

Der Anblick traf ihn wie ein Schlag ins Gesicht. Hätte er bloß nicht geschaut. Nach nebenan, ins Schlafzimmer des Präsidenten. Rykow war für acht Uhr in Putins Suite bestellt, zwei Stunden später sollte das erste Treffen der beiden Präsidenten beginnen. Putin bestand auf einem letzten Trommelwirbel, er wollte hören, was Rykow bei seinem Abendessen mit dem amerikanischen »Back-Channel«-Partner gehört hatte. Der Präsident öffnete auf Rykows Klopfen selbst die Tür und ließ ihn ein. Der GRU-Mann ließ routiniert den Blick schweifen und erfasste eben noch das breite Bett im Nachbarraum, das eben vom Zimmerservice in Ordnung gebracht wurde.

Er war geschult. Wichtige Dinge entgingen ihm nicht, auch scheinbar nebensächliche. Ein einziger Blick aufs Bett genügte ihm nun, um zu erkennen, dass neben Putin noch eine andere Person gelegen hatte. Das zweite Kopfkissen war eingedrückt, die zweite Decke zerwühlt. Er hatte also … Rykow wusste aus der eigenen Schulung, dass von Sex in der Nacht vor einem wichtigen Einsatz abzuraten war. Störte die Konzentration. Erweichte die Muskulatur. Benebelte das Hirn. Putin aber … Putin hatte offenbar das Angebot der Ägypter angenommen, ihm in der Nacht zur Zerstreuung eine begabte Prostituierte ins Bett zu legen. Die Protokollstäbe beider Seiten pflegten bei Staatsbesuchen auch das abzustimmen. Rykow wusste aus Moskau, dass Frauen zum Standard-Angebot gehörten. Das Außenministerium hielt sich eine kleine Abteilung dafür. Und mehrere Fahrer, die mit der Überstellung der schwer parfümierten Kokotten beauftragt waren. In mehr oder weniger allen Hauptstädten hielt man es so. Selbst in der Mongolei. Manche Gäste ließen sogar danach fragen, bevor sie kamen.

Putin also … Aber Rykow merkte ihm nichts an. Der Präsident trug einen taubengrauen Anzug und eine weinrote Krawatte. Die dünnen Haare waren mit Kamm und Wasser in Form gelegt.

Auf dem arabisch-barocken Sofa im Wohnraum, das offene Fenster mit der Pyramide im Hintergrund, saßen schon, wie Schulbuben nebeneinander, die Hände im Schoß gefaltet, der Außenminister und die Minister für Verteidigung und Wirtschaft. Sie schwiegen und hatten harmlose Gesichter aufgesetzt.

Rykow musste im Stehen Vortrag halten. Trump, das war seine Kernbotschaft, werde noch vor dem ersten Meeting mit Putin, jeden Moment also, das Ende des Lieferverbots für Flugzeuge und Flugzeug-Ersatzteile an Russland verkünden. Ende der Gipfel erfolgreich, werde er sogar die schrittweise Aufhebung aller Sanktionen ankündigen.

Ein Ruck ging durch die drei Schulbuben, Hände schossen an die Krawatten-Knoten.

Putin lächelte. Zum ersten Mal sah Rykow ihn wirklich lächeln. Wenn auch nur dünn. »Gutes Ergebnis, Anatoli, sehr gutes Ergebnis.« Und nach einer kurzen Pause. »Ich wollte Ihnen schon lange anbieten: Möchten Sie eine Ferienwohnung auf der Krim? Haben Sie sich verdient. Ich werde …«

Auf dem Schreibtisch in der Ecke klingelte das Telefon. Putin nahm den Hörer ab. Die drei Schulbuben flüsterten erregt miteinander. »Ja, bitte? Stellen Sie ihn durch …« Putin hielt die Linke auf die Sprechmuschel, wandte sich um und zischte: »Meine Herren, lassen Sie mich allein. Xi. Nur Rykow bleibt.«

Die Schulbuben schälten sich schwerfällig aus den Sofa-Polstern und staksten aus der Suite. Sie würden schon noch Gelegenheit haben, es diesem GRU-Emporkömmling heimzuzahlen.

Putin bedeutete Rykow, sich in einen Sessel zu setzen und zu schweigen.

»Herr Präsident«, rief er in den schweren Hörer und schaltete das Gespräch zum Mithören frei, »es war gewiss nicht einfach, mich zu erreichen. In noch nicht mal zwei Stunden werde ich Trump zum ersten Mal sehen.«

Putin sprach Englisch, auch Xi beherrschte die Sprache. Sie brauchten keine Dolmetscher.

»Ihre Präsidialkanzlei in Moskau hat mir den Weg geebnet nach Ägypten. Ich beneide Sie, Herr Präsident. Kairo! Ich wäre auch gerne dort. Was haben Sie vor mit dem Amerikaner?«

»Wir müssen unser Verhältnis klären. Das ist alles. Spezielle Pläne habe ich nicht. Und von Trump erwarte ich das auch nicht. Russland muss wieder die Weltbühne betreten. Es wird Zeit!«

»Aber ich lese und höre anderes«, fuhr Xi fort. Seine Stimme war hell, fast weiblich. Rykow mochte den Ton überhaupt nicht. »Gerade heute Morgen hat man mir einen Leitartikel der ›New York Times‹ vorgelegt, in dem der Chefredakteur schrieb, Trump wolle einen Deal mit Ihnen machen, um selbst freie Hand gegen China zu bekommen.«

»Ich kenne dieses Getöse. Spekulationen, nichts als Spekulationen. Ich werde keinen Deal mit Trump abschließen, der sich gegen China richtet.«

Rykow strich sich mit den Fingern durch die Haare, der Bewegung war anzumerken, wie angewidert er war. Lüge gehörte zum Repertoire jedes GRU-Offiziers, aber ein Präsident ... Gingen die auch so miteinander um? In Wahrheit hatte Putin den Chinesen längst zur Seite geschoben.

»Ich erwarte das auch, Herr Präsident«, flötete Xi. »Wir haben uns das in die Hand versprochen, als Sie die Ukraine holen wollten und ich hinter Ihnen stand.«

Der Mithörer im Sessel wusste, dass das nicht stimmte. Putin hatte um Xi gekämpft, hatte ihm alles Mögliche versprochen, Gas und Öl vor allem zu Vorzugspreisen, aber der Chinese war auf Distanz geblieben. Lieferte nicht mehr als Munition. Alltagsware. Er wollte seine Geschäfte mit dem Westen nicht ruinieren. Und er wusste sehr früh, dass der Feldzug in der Ukraine gescheitert war. Bloß in einem hatte er sich getäuscht: Putin wurde nicht gestürzt durch einen Putsch in Moskau. Ein Attentatsversuch war kläglich gescheitert.

Rykow verachtete Xi. Er hatte Russland hängen lassen, ja feige verraten. Und nun wollte er sich bauchpinseln lassen?

»Ich weiß, Herr Präsident, ich weiß«, wiegelte Putin ab. Er wollte raus aus dem Telefonat. Schnell. Rykow beobachtete, wie er unruhig von einem Bein aufs andere trat. »Ich muss nun langsam, leider …«

»Warten Sie noch einen Moment, Wladimir.« Xi hatte den Russen noch nie beim Vornamen genannt. Das war ein Zeichen großer Not. »Ich möchte Ihnen noch etwas zurufen.«

»Na, dann rufen Sie mal!«

»Die politische Führung meines Landes hat beschlossen, Russland ein Jahrhundertprojekt vorzuschlagen. Die Gaspipeline ›Sila Sibiri – Kraft Sibiriens‹ ist für uns beide zu klein. Zweitausendzweihundert Kilometer für sechzehn Milliarden Kubikmeter im Jahr, das ist ein ökonomischer Fehlschlag. Auch die geplante zweite Röhre macht die Sache nicht besser. ›Sila Sibiri zwei‹ soll sogar zweitausendsechshundert Kilometer lang werden. Aber auch sie würde nur fünfzig Milliarden Kubikmeter transportieren, weniger als Nord Stream 1 und 2 zusammen. Wir denken nun größer, Wladimir, viel größer.«

»Lassen Sie hören, mein Freund.«

»Wir verlegen gleich drei Röhren nebeneinander, mit einer Kapazität von einhundertfünfzig Milliarden Kubikmeter. Und wir zahlen die Verlegung von zwei der drei Pipelines alleine. Es würde ein echtes Band der Freundschaft. Was halten Sie davon?«

Du wirst nichts mehr verlegen, dachte Rykow und biss die Zähne aufeinander. Trump wird dich umhauen. Und zum ersten Mal mag ich den Amerikaner dafür. Chinesen sind noch schlimmer als Amerikaner. Arroganter. Verlogener. Gieriger.

»Keine schlechte Idee, Herr Präsident. Ich werde sie mit meinen Leuten in Moskau erörtern, sobald ich zurück bin. Glauben Sie einstweilen nichts, was Sie lesen in den Lügenblättern des Westens. Sie wollen Zwietracht säen. Aber Russland wird nur tun, was Russland nützt. Nichts, was China schadet. Danke für den Anruf. Bis bald!«

Putin hatte schon aufgelegt, als Xi noch überlegte, was er zum Abschied sagen sollte. Der Präsident wandte sich um und blickte Rykow mit eisigem Blick in die Augen.

Der sprang aus dem Sessel, ballte die Rechte zur Faust und riss sie empor, wie zu einem Haken unters Kinn eines imaginären Gegners.

Putin lächelte nun fein. Er wusste, wem die Faust galt. Der hatte sie verdient.

KAPITEL 20

»CNN BREAKING NEWS – Trump and Putin shake hands in Cairo«. Das Mobiltelefon, auf stumm geschaltet, vibriert so stark, dass Rykows Blick magisch nach unten gezogen wird, auf das Gerät in seiner Rechten, obgleich ihn die Szene, die er gerade beobachtet, eigentlich fesseln müsste. Er ist nicht so benebelt von den Ereignissen, dass er nicht reflektieren würde, einen Moment lang, was sich da gerade abgespielt hat. Er steht rechts hinter Putin, nur zwei Schritte entfernt von ihm, und sieht den Händedruck der beiden Präsidenten doch nicht persönlich, sondern liest davon bei CNN. Verfluchtes Scheißding! Rykows Ärger flammt in ihm empor, am liebsten hätte er ausgespuckt, so wie er es häufig tut, wenn er einen Fehler macht und das im selben Moment erkennt. Matt Sandler, zwei, drei Meter links von ihm, hinter Trump, blickt fragend herüber, hat den Ruck wahrgenommen, der durch den Körper des Russen gegangen war. Rykow beruhigt ihn mit einer Geste der Linken. Verflucht, verflucht, verflucht, jetzt hat er die gesamte Szene verpasst.

Eben kann Rykow noch von schräg hinten erkennen, wie Trump seine Hand zurückzieht und ein stählernes Lächeln aufsetzt. Die Augen des Amerikaners sind zu dünnen Schlitzen zusammengezogen. Mit der Linken streicht er die Krawatte herab nach unten. Er hat sich für Orangerot entschieden an diesem historischen Morgen und die Hellblaue zur Seite gelegt. Das Objekt seiner Zuneigung ist selbst für Trumps Verhältnisse lang gebunden, länger hat er wohl nie einen Schlips getragen. Der hier verdeckt fast den gesamten Hosenschlitz. Trumps Augen sind zusammengekniffen wie die eines Revolverhelden kurz vor dem Showdown.

Putins Gesicht kann Rykow von hinten nicht erkennen. Er ist aufgeregt, das ist unübersehbar. Die Ohren sind feuerrot, der Nacken roter als der eines entspannten Mannes. Der Russe wirkt schmächtig neben dem hünenhaften Amerikaner, er zählt zu den kleinsten Staatenlenkern der Welt. Selbst spezielle Einlegesohlen in den Schuhen ändern daran nichts. Putin lässt die Rechte sinken, Daumen und Mittelfinger knubbeln nervös aneinander.

Mit dem Handschlag hat der Russe schon gewonnen. Es war sein erster mit einem amerikanischen Präsidenten seit der Ukraine. Jetzt hat ihn Trump wieder politisch auf die Weltbühne gehievt. Das Bild rast um den Globus. Vor den beiden haben sich sieben Fernsehteams, sechs Fotografen und sieben schreibende Reporter im Halbkreis aufgebaut. Vier Lampen tauchen die Szene in grelles Licht. Die Pressemeute gehört dem ersten Pool an, der zur Beobachtung des Gipfels gebildet wurde. Die neuen Gebäude des »Mena House« sind komplett mit Journalisten belegt, vierhundertsiebenunddreißig sind akkreditiert. Mehr als tausend wurden abgewiesen. Zu dem Treffen im alten, historischen Flügel des Hotels werden nur kleine Gruppen vorgelassen, ausgelost und zu jeweils zwanzig Presseleuten zusammengestellt. Sie haben ihre Bild- oder Wortbeute anschließend mit den Wartenden zu teilen. Die sind naturgemäß immer zu spät. Nur »Fox News« und RT sind ständig zugelassen.

Matt Sandler und Anatoli Rykow sind die einzigen permanenten Begleiter der Präsidenten. Die Sicherheitsberater und Minister dürfen nur am Mittagessen und der Delegationssitzung am Nachmittag teilnehmen. Darauf folgt die gemeinsame Pressekonferenz mit kurzen Statements beider Präsidenten und zehn vorab genehmigten Fragen. Trump und Putin essen dann noch zu Abend, zu zweit, und verlassen Kairo gegen Mitternacht.

Jetzt präsentieren sie sich im Foyer des Hotels, wortlos. Putin war zuerst da und musste vier Minuten auf den verspäteten Trump warten. Er schlenderte erkennbar missgelaunt im Kreis.

Ein amerikanischer Reporter ruft Trump zu, ob er Putin nun zum Freund gewinnen wolle. Es arbeitet in Trump, doch der Großmäulige hält an sich. Ein Zucken umspielt seinen Mund. Dann fasst er Putin am Arm und zieht ihn zum Aufzug in den ersten Stock. Zwei Leute passen noch in den Lift, Trump winkt Matt Sandler herbei, und Rykow folgt.

Mit einem Ruck setzt sich der winzige Aufzug in Bewegung, langsam, nervtötend langsam.

Trump gibt Rykow flüchtig die Hand – »Ich kenne Sie, Sie sind dieser andere …« – und schaut auf Putin herab. »Wladimir, werden wir heute Freunde?«

Der schaut empor zu dem Riesen und antwortet in ziemlich flüssigem Englisch: »Wenn wir das nicht schaffen, Donald, sind wir keinen Schuss Pulver wert.«

Der Amerikaner lacht schallend und wirft den Kopf zurück.

Rykow hält noch immer das Telefon umklammert, das nun wieder heftig vibriert. Verstohlen blickt er nach unten, Putin tut es ihm gleich. »CNN BREAKING NEWS – Stock markets surge as summit starts in Cairo«.

Matt und Rykow müssen als Erste aussteigen, um den Präsidenten Platz zu schaffen. Die eilen nebeneinander zum Konferenzraum, ihre Helfer im Schlepptau.

Auf der Etage ist es still, drei Kellner in weißen Jacketts sind auszumachen, außerdem zehn Sicherheitsleute, davon vier mit Maschinenpistolen vor dem Bauch.

Trump und Putin setzen sich am Konferenztisch gegenüber, vor ihnen liegen Schreibblocks und Stifte.

Matt und Rykow nehmen in zweiter Reihe Platz, an der Wand des holzgetäfelten Raums. Sie sitzen nicht hinter ihrem jeweiligen Präsidenten, sondern nebeneinander, an der Stirnseite des Raums. Der Russe drückt dem Amerikaner die Hand – und blickt auf sein zum dritten Mal vibrierendes Telefon. »CNN BREAKING NEWS – Shanghai stock exchange closed for three days as summit starts in Cairo«.

Trump und Putin fixieren sich über den Tisch hinweg. Der Amerikaner soll eröffnen, das ist vorab vereinbart. Doch Putin bittet mit einer sanften Handbewegung ums erste Wort. Die Spontaneität ist kalkuliert. Alles muss passen heute. Auch das Menschliche. Rykow ist stolz auf diese Idee. Sie ist ihm gekommen, als er am Morgen beim Blick aus dem Hotelfenster eine Kamelstreife der Wüstenpolizei gemessenen Schrittes die Anhöhe hinaufschreiten sah.

Putin spricht leise, beugt sich über den Tisch. »Herr Präsident, ich danke Ihnen für diese Begegnung. Ich schätze das sehr nach den Jahren der Feindschaft und der Konfrontation. Diese ungute Phase soll heute enden. Ich bin aufrichtig bereit zu einem Neustart unserer Beziehungen. Die Welt bietet genug Herausforderungen für uns beide, um die Vereinigten Staaten und die Russische Föderation auf gemeinsamer Grundlage getrennte Wege gehen zu lassen. Amerika hat seine Interessengebiete, und wir sind bereit, die zu respektieren. Bei Russland verhält es sich ebenso. Ich kann keine Frage erkennen, die uns ernstlich trennen könnte. Auch die Ukraine ist nicht mehr von Bedeutung. Ich schätze Sie sehr, Donald. Sie haben vorhin gefragt, ob wir heute Freunde werden. Ich antworte Ihnen nun in aller Ernsthaftigkeit: Ich bin dazu entschlossen.«

Eine kleine Pause entsteht. Sechs Augenpaare sind nun auf Trump gerichtet. Der steht, zur Überraschung von Putin, Rykow und Matt, unerwartet auf und beginnt langsam, sein Jackett aufzuknöpfen, das er während des Aufstehens gerade erst wieder zugemacht hatte. »Wladimir, dann lassen Sie uns doch gleich zu Beginn gemeinsam dafür sorgen, dass dieses Treffen in möglichst angenehmer Atmosphäre stattfinden kann. Wollen wir nicht beide unsere Jacketts ausziehen?«

Vorteil Trump, denkt Matt. Denn das hier war schon mehr als eine rhetorische Frage. Es war kurz vor einer Anordnung. Aus den Augenwinkeln sieht er, wie sich auch Putin seines Jacketts entledigen muss. Sein weißes Hemd, das nun zur vollen Geltung kommt, kann unmöglich den Wäscheservice des »Mena House« kennengelernt haben, so zerknittert ist es.

»In meinen Hotels lasse ich die Klimaanlage auf zweiundzwanzig Grad einstellen«, sagt Trump. »Keine Ahnung, warum die das hier offenbar nicht hinbekommen.« Für einen Moment sieht es so aus, als wollte sich der US-Präsident nun seinen goldenen Manschettenknöpfen zuwenden, doch dann fixiert Trump den Russen: »Herr Präsident, ich schätze ausdrücklich, dass Sie die Initiative zu diesem Treffen ergriffen haben. Nehmen Sie die wirklich kurze Vorbereitungszeit auf unser Gespräch hier als doppeltes Zeichen. Erstens: Es gibt in der Tat viel zu besprechen. Zweitens: Es gibt aus unserer Sicht nichts, was so gravierend ist, dass es ein derartiges Treffen ausgeschlossen hätte.«

Trump gießt sich ein Glas Wasser ein. »Und damit wir nicht zu viel unserer knapp bemessenen Zeit mit Floskeln vertun, kommt hier mein erstes Angebot an Sie: Die USA werden die Sanktionen, die wegen der Ukraine verhängt worden sind, vom morgigen Tag an zurücknehmen. Das bedeutet auch, dass Russland ab sofort wieder Ersatzteile für Flugzeuge im Westen kaufen kann.«

Eins zu null für den Amerikaner, denkt Rykow. Der ist einfach spontaner, flexibler, überraschender als Putin, der trotz der umwerfenden Eröffnung immer noch fischäugig über den Tisch stiert. Unbewegt. Wie erstarrt. Sag was, denkt Rykow, als Putin immer noch schweigt, eine ewige halbe Minute. Sag was!

»Das ist eine gute Eröffnung, Donald«, ringt er sich schließlich ab. »Ich darf Ihnen im Gegenzug versichern, dass die Russische Föderation fortan ihre Zivilflugzeuge in den USA kaufen wird, nicht mehr in Europa. Wenn Sie mögen, dürfen Sie das später auf der Pressekonferenz auch als meine Entscheidung verkünden.«

Trump krempelt sich umständlich die Ärmel hoch. Als wolle er nun über den Tisch hinweg zupacken, Putin herüberziehen und schütteln, um ihn zum Leben zu erwecken. »Gut, Wladimir, gut …«

»Und wenn wir schon über Europa sprechen«, fährt Putin fort, »dann lassen Sie mich Ihnen sagen: Europa ist unser Kontinent. Russland hat keine vitalen Interessen außerhalb Europas. Weder in Afrika noch in …«, Putin legt eine Kunstpause ein, »… noch in Asien. Lassen Sie uns bitte zu Beginn den Versuch unternehmen, unsere Interessensphären abzugrenzen. Zug um Zug. Ich beginne mit Europa.«

Trump zögert. Dann willigt er ein. »Gut, Wladimir, so können wir verfahren. Lassen Sie uns die nächste halbe Stunde auf Europa verwenden. Sie können sich bestimmt vorstellen, dass ich mir Ihre Vorstöße in die Ukraine so nicht hätte bieten lassen, wenn ich vor drei Jahren Präsident gewesen wäre. Lassen Sie uns beide mal davon ausgehen, dass wir schon zu einem Deal gekommen wären. Dann wäre Ihrem Volk und den armen Ukrainern vieles erspart geblieben. Aber das ist vergossene Milch. Gibt es das Sprichwort bei Ihnen in Russland eigentlich auch?«

Putin stiert auf Rykow. Der nickt.

Trump fährt fort: »Was ich damit sagen will: Die Tatsache, dass Russland an Europa interessiert ist, nehme ich zur Kenntnis. Die USA werden einen entschlossenen Schritt dafür tun, Russland das Bedrohungsgefühl zu nehmen, das es offensichtlich immer noch hat. Wir werden große Teile unserer auf dem europäischen Kontinent stationierten Soldaten abziehen und ein Moratorium unserer NATO-Mitgliedschaft verhängen. Ich werde das auf zwei Jahre befristen. Und es als Testphase verkaufen, um den guten Willen Moskaus zu testen. Was ich nicht will, Herr Präsident, ist, dass es in dieser Zeit irgendwelche Unannehmlichkeiten in der Ukraine gibt.«

Trump lehnt sich zurück. Matt findet, dass er genau den Ton getroffen hat, der Putin beeindruckt.

Und der geht auf den Ton ein. »Ich darf Ihnen versichern, Donald, dass die Ukraine für mich erledigt ist. Die Spezialoperation ist abgeschlossen, weitere Truppenbewegungen wird es unsererseits nicht geben. Ich möchte das bei dieser Gelegenheit verallgemeinern: Die Kriege der Vergangenheit sind vorüber, Kriege mit Panzerarmeen und Artillerie. So etwas wie die Ukraine wird sich nicht wiederholen. Kriege der Zukunft werden modern geführt, möglichst ohne Blutvergießen. Das ist möglich. Ich glaube daran …«

Trump blickt überrascht über den Tisch. Möchte etwas einwenden, doch Putin fährt fort.

»Wenn Sie es nicht von sich aus angeboten hätten, Donald, hätte ich nun danach verlangt. Weg mit der NATO. Nach Hause mit den amerikanischen Truppen. Ich finde, Sie sollten sie komplett abziehen, nicht nur einen großen Teil, wie Sie sagen. Ich garantiere Ihnen im Gegenzug, bitte hören Sie genau zu: Russland wird kein anderes europäisches Land erobern oder zum

Zwecke der Eroberung angreifen. Ich habe keine territorialen Forderungen, mit einer kleinen Ausnahme: Wir brauchen eine Landverbindung zu unserer Exklave Kaliningrad an der Ostsee. Dafür müssen uns Belarus und Litauen entgegenkommen, vor allem Litauen. Diese Frage kann friedlich, aber auch gewaltsam gelöst werden. Ich bevorzuge die friedliche Variante, bin im Notfall aber auch zu Gewalt bereit. Das ist, ich wiederhole es, die einzige Ausnahme von meinem Grundsatz der Unterwerfung ohne Blutvergießen. Ich ...«

Trump fährt nun dazwischen. »Litauen habe ich verstanden. Geschenkt. Wir finden da eine Lösung in Ihrem Interesse. Aber: Wenn Sie Europa sagen, meinen Sie doch mehr als nur Litauen. Europa folgt Ihnen nicht, hört nicht auf Sie. Werden Sie konkret: Was wollen Sie?«

Putin schnellt nach vorne, liegt nun mit dem Oberkörper auf dem Tisch. »Ganz unverstellt und ehrlich: Ich muss in Europa drei feindliche Kraftzentren umstoßen, ohne sie zu besetzen. Das sind Polen, das ganz Osteuropa im Schlepptau hat, Deutschland, an dem auch Frankreich hängt, Großbritannien, auf das Sie einen erheblichen Einfluss haben, und ... wie schon gesagt: Litauen, das gewiss kein Kraftzentrum ist. Georgien wird klein beigeben, wenn Europa befriedet ist. Ich habe also vier Ziele. Vier! Um ganz Europa auf Russland auszurichten.«

Matt Sandler schaut zu Rykow. Der hebt, unbemerkt von den beiden Präsidenten, die Augenbrauen. Das hier ist Weltgeschichte im Schnelldurchlauf. Matt würde gerne das Gespräch für ein paar Minuten unterbrechen. Mit Trump hatte er dazu vorher ein Zeichen verabredet. Wenn es so weit sei, dann sollte er, Matt, zur Keksschale greifen, die auf dem Tisch steht, und Trump zuerst einen Keks anbieten. Doch der US-Präsident geht darauf nicht ein. Trump ist in seinem Element. Das alles ähnelt jetzt ein bisschen der Situation bei einem Gebrauchtwagenhändler, bei dem ein Kunde das Auto zwar kaufen will, aber noch zusätzlich zwei Spoiler, eine Klimaanlage und einen neuen Kühlergrill eingebaut haben möchte. Der Kunde ist Putin. Das kostet.

»Wladimir, das ist eine Menge Holz. Sagt man in Russland so?«

Putin stiert wieder auf Rykow. Der zuckt die Schultern. »So ähnlich. Mr President. Aber wir wissen, was gemeint ist.«

»Gut«, sagt Trump. »Dann soll mich die Aufregung, die entstehen wird, wenn Sie Litauen davon ›überzeugen‹, dass Russland einen direkten Zugang nach Kaliningrad braucht, nicht weiter stören. Das ist meine Zusage. Alles andere aber wird Europa in erhebliche Unruhe versetzen. Ich brauche für diese Lage ein Argument, das mir den Rücken freihält. Ich erwarte von Ihnen, Herr Präsident, dass Sie binnen sechs Wochen die OPEC davon überzeugen, die Förderquote für Öl in diesem Jahr zu verdoppeln. Das schafft ein wenig Ruhe auf dem internationalen Energiemarkt. Und bei mir zu Hause an den Tankstellen sieht es dann auch wieder deutlich freundlicher aus.«

Putin will zur Gegenrede ansetzen, doch Trump unterbricht ihn noch einmal. »Sollten Sie es nicht schaffen, die Araber zu überzeugen, muss es seitens Russlands direkte Kompensationsleistungen geben.«

Rykow holt tief Luft. Unglaublich. Er ist schon bei Putins Monolog unruhig hin und her gerutscht auf seinem Stuhl. Was tut der da? Legt alle Karten auf den Tisch. Alle auf einmal! Und muss nun Trumps Forderungen schlucken. Mit dem Öl geht's los. Was soll er da sagen?

Rykow unterschätzt Putin. Für den Gebrauchtwagenhandel ist er geeignet. Legt noch ein paar Schonbezüge drauf.

»Donald, ich danke für Ihre Aufrichtigkeit. Und ich verspreche Ihnen: Ich werde für die Verdoppelung der Ölförderung in den Kampf ziehen. Russland selbst kann seine Förderung verdreifachen. Das nehmen Sie bitte als vereinbart. Was die Araber angeht: Ich muss ihnen etwas bieten. Dafür brauche ich Sie, Donald. Sie müssen dafür sorgen, dass Israel den Iran nicht bombardiert. Wir beobachten genau, dass dafür schon Vorbereitungen getroffen werden – und ich nehme an, mit Ihrer Rückendeckung. Der Iran aber ist russisches Einflussgebiet am Rande Europas. Ich lasse ihn mir nicht wegbombardieren. Wenn die Unverletzlichkeit des Irans garantiert ist, werden auch die Mullahs ihre Ölförderung verdreifachen. Das braucht eine Weile, ihre Anlagen sind alt, aber es wird passieren. Der Preis ist nicht zu hoch für ihr Überleben.«

Putin zögert einen Moment. Er ringt mit sich, ob er etwas anfügen soll, etwas von höchstem Interesse. Trump liest ihm das vom Gesicht ab und schweigt. Soll er kommen, der Russe …

»Ich habe ganz offen von Europa gesprochen, Donald. Ich möchte so offenbleiben. Wenn der Kontinent seine feindselige Haltung uns gegenüber hinter sich gelassen hat, mit unserer freundlichen Unterstützung …«

Trump lacht schallend, schlägt sich die Krawatte über die Schulter.

»Wenn Europa mit uns wieder freundlich umgeht, werden wir den ganzen Kontinent mit unserer Energie fluten. Wir werden wieder Öl nach Westen pumpen und Gas durch Nord Stream 2 pressen. Die Pipeline lässt sich rasch reparieren. Dann sinken die Preise auf dem Weltmarkt.«

Trump grunzt zufrieden.

»Und auch das geht mir nun durch den Kopf: Ich garantiere Ihnen, Donald, dass wir die Wirtschaftsbeziehungen Amerikas zu Europa nicht unterbrechen werden. Dafür wäre es höchst angenehm, wenn Sie die Sanktionen gegen Russland aufheben. Sie passen nicht mehr in die neue Welt. Ich meine: alle. Komplett!«

Matt Sandler ist irritiert. Hat der Russe nicht aufmerksam zugehört? Das kann eigentlich nicht sein. Trump hat doch schon ganz zu Beginn des Gesprächs angedeutet, dass er vor der Weltpresse das Aussetzen der Sanktionen verkünden wolle. Wieder greift er zur Keksschale. »Mr President, vielleicht einen Keks?«

Diesmal geht Trump darauf ein. Er nimmt eine mit Schokolade überzogene Waffel, steckt sie sich in den Mund und beginnt zu reden, noch bevor er die Süßigkeit runtergeschluckt hat. »Lassen Sie uns eine kurze Pause machen, Wladimir. Männer in unserem Alter müssen auch mal auf ihre Prostata Rücksicht nehmen, oder?«

Putin rührt sich nicht.

Trump und Matt stehen auf. Trump muss sich tatsächlich erleichtern, Matt wäscht sich derzeit am marmornen Waschbecken die Hände.

»Das wird nicht leicht, die Israelis zu überzeugen. Was meinen Sie?«, sagt Trump.

»Es ist auch nicht unsere vordringlichste Baustelle, Mr President.«

»Wie meinen Sie das, Sandler?«

»Es ist wichtig, dass uns die Option der iranischen Bedrohung durch Israel erhalten bleibt. Wir sollten im Gegenteil darauf dringen, ob Russland nicht seinerseits Versuche unternehmen sollte, das Mullah-Regime in Teheran zu destabilisieren. Ideologisch trennen die doch sowieso Welten. Mein Vorschlag: Wir setzen für heute die Iran-Frage in eckige Klammern. Man muss das erste Treffen auch nicht überfrachten.«

Trump schüttelt sich das Wasser von den Händen und sieht

Matt kurz ins Gesicht. »Sie sind ein guter Mann, Sandler. Lassen Sie uns wieder reingehen.«

Putin ist an ein Fenster getreten und blickt auf die Pyramiden von Gizeh. Rykow steht schweigend neben ihm.

»Was ist, Rykow, sind Sie unzufrieden?«

»Im Prinzip nicht, Herr Präsident. Sie werden bekommen, was Sie wollen. Aber der nochmalige Vorstoß wegen der Sanktionen war höchst irritierend. Das hatte uns Trump doch schon …«

Putin knufft ihn mit der Faust an den Oberarm. »Halten Sie mich für blöd? In solche Gespräche muss man ein paar Irritationen einbauen. Sie sollen ruhig glauben, dass ich nicht immer auf der Höhe bin. Jetzt muss jedenfalls Trump kommen. Und dann werde ich ihn in die Mangel nehmen.«

Als alle vier wieder am Tisch sitzen, macht Putin eine einladende Handbewegung. »Bitte sehr, Mr President. Wo waren wir stehengeblieben? Beim Iran.«

»Der Iran wird uns noch eine Weile beschäftigen, Wladimir. Unser Treffen hier in Kairo wird in die Weltgeschichte eingehen, aber ganz sicher nicht, weil wir alle Konflikte dieses Planeten in ein paar Stunden lösen werden. Wir werden Israel nicht im Stich lassen. Und zu dieser Haltung gehört auch, dass sich Israel nicht wegen unnötiger Vorstöße unsererseits irritiert fühlen muss. Mit anderen Worten, ich schlage vor, die Iran-Frage auszuklammern. Wir sind beide an einer Stabilität in der Region interessiert, aber ich möchte Sie ermuntern, Wladimir, in den kommenden Monaten darüber nachzudenken, ob diese Stabilität nicht auch durch eine andere Führung in Teheran erreicht werden kann.«

Trump hat offensichtlich Gefallen an den Schokoladenwaffeln gefunden. Er stopft sich eine weitere in den Mund. »Mein Vorschlag: Wir klammern das Thema nachher auf der Pressekonferenz aus. Auch auf Nachfragen antworten wir beide, dass die Situation im Iran, überhaupt im gesamten Nahen Osten in unserem Gespräch keine Rolle gespielt hat. Den Rest überbrücken wir mit Floskeln. Wie wichtig es ist, auch in dieser Region Frieden und Stabilität zu bewahren. Einverstanden?«

Putin wirkt verstockt. »Ich muss da einen Vorbehalt machen, Donald. Wer sagt mir, dass Israel nicht bombardiert, während wir ausklammern? Die Verdoppelung der Ölförderung, die Sie so dringend wünschen, hängt an einem seidenen Faden. Ich appelliere deshalb an Sie: Überraschen Sie mich nicht mit Bomben auf Teheran.«

Trump fühlt sich gemaßregelt. Sein Gesicht läuft rot an, und er genehmigt sich einen kontrollierten Ausbruch.

»Wladimir, ich ermahne Sie. Kehren Sie zurück zu Ihrer konstruktiven Gesprächsführung. Sie verlangen viel von mir, ich habe Ihnen weitreichende Hoffnungen gemacht. Aber ich bin nicht Ihr Pudel! Ich springe nicht auf Ihren Schoß! Auch die Vereinigten Staaten von Amerika haben Interessen!« Trump hat einen feinen Spucknebel auf dem Tisch niedergehen lassen. Nun wischt er ihn mit dem bloßen Unterarm ab. Hin und her. Hin und her.

Putin glotzt. Rafft sich dann auf. Und greift über den Tisch nach Trumps Hand.

»Donald, klammern wir den Iran aus. Wir beide wissen um das Risiko. Schauen wir nun wieder auf die Welt. Ich habe Ihnen völlig ungeschützt meine strategischen Überlegungen geschildert. Jetzt möchte ich von Ihnen hören: Was wollen Sie?«

»Gut, Wladimir. Ich nehme das als sehr konstruktiven Beitrag an. Und ich verspreche Ihnen, auf die Israelis einzuwirken, sollten dort akute Pläne gewälzt werden, den Iran zu bedrohen. Damit sind wir beide einen Schritt aufeinander zugegangen. Sehen das alle hier am Tisch so?«

Trump schaut in die Runde. Matt Sandler fühlt sich geschmeichelt. Er nickt zeitgleich mit Rykow. Putin breitet beide Hände zu einer versöhnlichen Geste aus. »Na bitte!«

»Dann lassen Sie mich jetzt zu meinen Zielen kommen, Herr Präsident«, sagt Trump. »Es sind weniger als Ihre, nämlich nur drei – vorausgesetzt, unsere Abmachung gilt und Ihre Aktivitäten werden in Europa nicht zu einer großen kriegerischen Auseinandersetzung führen. Verstehen Sie mich nicht falsch, Wladimir, mein Vorgänger trug zwar zu Recht den Spitznamen ›Sleepy Joe‹, aber die Modernisierung unserer Waffen hat er doch vorangetrieben.«

Putin runzelt die Stirn, doch Trump breitet nun seinerseits die Arme aus. »Wladimir, dieses Treffen basiert auf Vertrauen und unserem gemeinsamen Willen, dass unsere Nationen den ihnen angemessenen Platz in der Welt auch in Zukunft einnehmen werden. Sie wissen, wie wenig ich von Multilateralismus halte. Je weniger Personen bei einem Deal am Tisch sitzen, desto besser ist es. Das gilt auch für die Weltpolitik.« Putin nickt.

»Jetzt zu meinen erklärten Zielen, Herr Präsident«, sagt Trump. »Das erste kennen Sie schon. Es heißt: ›America First‹. Russland wird uns dabei nicht im Wege stehen, wenn wir beide bei dem bleiben, was wir heute verabreden. Und wir werden im Gegenzug Russland nicht im Wege stehen, seine legitimen Interessen zu wahren. Das ist ein fundamentaler Bruch mit den bisherigen Prinzipien der US-Außenpolitik. In den abgegrenzten Interessensphären wird es kein Containment, keine Eindämmung geben.«

Trump schaut auf Putin. Auch Matt guckt den russischen Präsidenten an. Er glaubt, ein kurzes Flackern in dessen Augen entdeckt zu haben.

»Zweitens«, fährt Trump fort. »Das russische Verhältnis zu

China muss in den wichtigen Bereichen Energieversorgung und Technologietransfer zurückgefahren werden. Die Aufhebung der Wirtschaftssanktionen gegenüber Russland muss zu einer deutlichen Belebung der russisch-amerikanischen Handelsbilanz führen. Zu erwartende russische Handelsbilanzdefizite können durch eine Erhöhung der russischen Rohstofflieferungen an die USA kompensiert werden. Dies kann jederzeit durch einen reduzierten Rohstofftransfer nach China erreicht werden.«

Putin wirkt nun unruhig. »Und drittens?«

»Drittens«, sagt Trump, »jegliche amerikanischen Aktivitäten im indopazifischen Raum bleiben von russischer Seite unbeantwortet. Und ich meine damit: unbeantwortet. Keine Verbalnoten im UN-Sicherheitsrat. Keine mahnenden Appelle seitens des Kreml. Nicht mal ein Statement des Außenministeriums. Ich will, dass das russische Schweigen die Chinesen verunsichert. Und ich denke, Herr Präsident, das ist nicht zu viel verlangt.«

Putin blickt Trump hinter gesenkten Augenlidern an. Er muss erst verarbeiten, was er eben gehört hat. Er entschließt sich, laut zu denken.

»Wenn ich Sie richtig verstehe, Donald, erwarten Sie von mir, dass ich Ihnen den Schweiß von der Stirn tupfe, während Sie Xi die Zähne mit einem Hammer einschlagen.«

Schweigend stieren sich die beiden an. Rykow wird unruhig. Das war direkt.

»Aber Sie sagen das nicht. Sie möchten sich alle Optionen offenhalten und verlangen Carte blanche im asiatisch-pazifischen Raum.« Der Russe hält einen Augenblick inne, damit das, was nun folgt, umso größere Wirkung hat.

»Xi können Sie haben, Donald. Er ist ein Falschspieler. Ich habe nie etwas von ihm gehabt. Er belügt die Europäer, er betrügt die Amerikaner, und er belächelt die Russen. So sind die

Chinesen heute. Ungeheuer arrogant. Sie glauben wirklich, ihnen gehört die Welt. Treiben Sie denen die Flausen aus, Donald! Ich falle Ihnen nicht in den Arm.«

Trump klatscht vor Freude in die Hände. »Das ist großartig, Wladimir, großartig!«

»Und auch Nordkorea und Vietnam, Donald, sind für mich nicht unverzichtbar. Planieren Sie Asien. Mit einer Ausnahme: Indien. Das ist unser Interessengebiet, das verdient Respekt und Schonung. Pakistan überlasse ich dagegen Ihnen. Machen Sie mit dem muslimischen Schlangennest, was Sie möchten. Wenn Sie mich fragen, rate ich Ihnen aber: Lassen Sie lieber die Finger davon. Das ist ein Puppentheater mit Atomwaffen ... Ich war mal im Präsidentenpalast, da flogen Fledermäuse durch den goldenen Saal, in dem ich warten musste. Und die Offiziere, die vorbeistaksten in hohen Reitstiefeln, klingelten wie chinesische Fahrräder vor lauter Orden an der Brust. Einige hielten die Dinger mit der Linken fest, während sie liefen, weil ihnen das Geklimper peinlich war.«

Trump klatscht wieder in die Hände, glucksend vor Vergnügen.

Nun wollte auch Putin zum Ende kommen. Trump hatte sich geistig schon verabschiedet.

»Ich schlage vor, Donald, dass wir auf der Pressekonferenz nur unsere Vereinbarungen zu den Sanktionen verkünden und ansonsten dabei bleiben, dass wir einen Epochenbruch für die Welt besprochen haben. Amerika und Russland werden Freunde, es gibt nichts mehr, was sie trennt.«

Trump nickt gönnerhaft.

»Stimme Ihnen völlig zu, Wladimir. Die beiden Jungs hier ...«, er deutet auf Matt und Rykow, »... diese beiden Jungs werden ein knappes Ergebnisprotokoll unserer Besprechung anfertigen und zum Zeichen ihrer Übereinstimmung beide unterzeichnen. Die Blätter verschwinden in unseren persönlichen Safes. Da steht drauf: Not even for eyes.« Trump lacht sich schlapp über seinen Scherz.

»Einverstanden, Donald. Und die beiden werden weiter unseren ›Back-Channel‹ pflegen. Aber nicht mehr auf Parkbänken, da ruinieren sie sich bloß die Prostata. Für andere ist es sogar lebensgefährlich dort. Das nächste Treffen findet im April im Kreml statt. Wir beide, Donald, unterrichten uns zuverlässig und frühzeitig über alle politischen und militärischen Manöver, die wir unternehmen. Irgendwann wird die Zeit auch reif sein für einen Staatsbesuch Donald Trumps in Moskau.«

Putin nickt über den Tisch, erhebt sich. Trump schnellt förmlich empor, und als er sich schon abwendet, murmelt er, aber für alle verständlich: »Erst, wenn Sie Ihr Erpressungsmaterial gegen mich vernichtet haben, Wladimir. Vollständig.«

KAPITEL 21

Das Telefon klingelte, als es draußen noch stockdunkel war. Rykow tastete nach seinem Nachttischchen. Die Augen hielt er geschlossen. Sowieso sinnlos, überlegte er trübe, sie jetzt zu öffnen. Du siehst doch nichts. Dafür hörte er umso mehr. Aus dem Wohnblock drangen Schreie und das Krachen einer zersplitternden Tür zu ihm empor. Was …? Wer …? Doch nicht etwa der Junge im zweiten Stock? Der zu jeder Protestaktion lief und immer ungeschoren davonkam, als hielte der Geheimdient seine Hand über ihn. Tat er nicht. An diesem Morgen, sein Schreien wurde schriller, holten sie ihn ab. Und die dumpfen Schläge lederbezogener Holzknüppel auf seinen Schädel kündeten davon, wer das tat. Staatliche Abholer. Zweifellos. Miliz oder Geheimdienst. Oder beide.

Rykow riss sich aus den Gedanken und griff nach seinem noch immer schrillenden Mobiletelefon. Konnte eigentlich nur der Dienst sein. Oder jemand aus dem Kreml.

»Hallo …«

»Anatoli Rykow?«

»Ja, der bin ich. Mit wem spreche ich?«

»Meinen Namen sage ich an diesem beschissenen Morgen lieber nicht. Ich rufe Sie aus Murmansk an. Konstantin hat mir für solche Fälle Ihre Nummer gegeben. Ich bin sein Freund und wohne gleich nebenan. Vielleicht können Sie noch etwas für ihn tun. Er ist eben abgeholt worden.«

»Wie, abgeholt?«

»Die Miliz hat seine Tür eingetreten und ihn in einem

Schwarzen Raben, einem dieser furchterregenden Gefangenentransporter, davongefahren. Da saßen schon einige andere drinnen. Ich habe ihre Rufe gehört.«

»Wohin haben sie ihn gebracht?«

»Keine Ahnung.«

»Wer war das? Trugen die Uniform?«

»Es waren Zivilisten und Uniformierte. Aus meinem Fenster habe ich gesehen, dass sie die Kragenspiegel der GRU hatten. Die Zivilen trugen schwarze Anzüge und schwarze Hemden.«

Rykow wimmelte den Anrufer ab. Er ahnte, dass es einen Zusammenhang gab zwischen Konstantins Verhaftung und dem Geschrei in seinem Moskauer Wohnhaus. Das war womöglich die große landesweite Verhaftungsaktion, über die Putin schon um die Jahreswende gesprochen hatte. Sie sollte den militärischen Aktionen in Europa vorausgehen. Rykow musste jetzt schnell sein. Wenn Konstantin erst mal in der Verhörmaschine steckte, in irgendeinem primitiven Lager, würde er ihn kaum noch herausholen können. Jetzt aber, im chaotischen Übergang vom Zugriff zur Zerstörung des Widerstands, könnte er noch eine Chance haben.

Das GRU-Hauptquartier war hell erleuchtet, als er in den Hof fuhr. Drinnen herrschte ein beispielloses Durcheinander. Uniformierte eilten über die Gänge, riefen und wedelten mit Papieren. Rykow schlängelte sich mit seinem GRU-Ausweis durch alle Absperrungen und platzte schließlich ins vollgestopfte Lagezentrum. Die Stimmen verschmolzen zu einem einzigen Summen. Bienenkorb, dachte Rykow. So muss es in einem Bienenkorb zugehen.

Er erkannte Wolychin, den Generalleutnant, der an der Stirnseite des Saales thronte und den Blick über die Köpfe schweifen ließ. Arrogant. Ruhig. Und eiskalt bis ins Herz. Rykow schlängelte sich zu ihm und bezog neben dem Schreibtisch des Offiziers Position. Der beachtete ihn nicht, bis Rykow das Wort an ihn richtete.

»Das also ist die Aktion, die wir in der Präsidialkanzlei geplant haben. Was kann ich im Kreml berichten, Gen… äh, Herr Generalleutnant?«

Wolychin wandte den Kopf um dreißig Grad, vermied aber den Blickkontakt. »Habe schon gehört, Rykow, dass Sie Ihre Eier jetzt im Kreml schaukeln. Die Aktion verläuft planmäßig. ›Bienenkorb‹ haben wir sie genannt. Wir fangen alle Bienen des Widerstands, des Verrats und der antirussischen Hetze von den Blüten des Landes und sperren sie in den Korb. Den schütteln wir dann ordentlich durch und zünden ihn an. Das wird ein Gesumme …«

Rykow hätte dem Befehlshaber am liebsten ins Gesicht geschlagen. Rechter Haken an die Stirn. Aber es musste beim Traum bleiben.

»Wie viele standen denn am Ende auf den Listen?«

Wolychin beugte den Kopf über den Schreibtisch und blätterte in ein paar Papieren. »Ich kann es Ihnen ganz genau sagen, Rykow. 87324. Und von denen haben wir schon mehr als 50000. Mein Ziel ist: 85000. Die Übrigen werden in der Kanalisation verschwinden. Sollen sie. Am Ende kriegen wir sie alle.«

»Ich bin hierhergekommen, um nach ein paar speziellen Figuren zu schauen. Wo finde ich die Namenslisten?«

»Sie gehen zu dem Computerspezialisten da vorne am Bildschirm und sagen ihm die Namen. Er popelt sie raus. Schönen Gruß von mir.«

Rykow löste sich von Wolychin und ging zu dem IT-Arbeitsplatz vier oder fünf Meter weiter zur Mitte des Saales. Der Glatzköpfige vor dem Schirm blickte kurz zu ihm auf.

»Oberst Rykow, Sonderberater des Präsidenten der Russischen Föderation. Ich muss nach ein paar Leuten schauen, die Generalleutnant Wolychin nicht auf dem Schirm hat.«

»Legen Sie los«, antwortete der Glatzköpfige, offenkundig ganz begierig, seine Fähigkeiten zu beweisen.

Rykow musste die Namensgleichheit mit seinem Sohn überspielen. Deshalb nannte er zunächst andere Namen, die ihm spontan durch den Kopf gingen. Darunter den seines Chefs aus der Präsidialkanzlei. Da können wir doch gleich mal sehen …

»Wadulin.«

Die Glatze hämmerte den Namen in die Tasten und drückte auf einen Knopf.

»Wadulin, Grigori. Jüdische Zersetzung. Um vier Uhr fünfundzwanzig in Sankt Petersburg verhaftet. Sitzt schon im Speziallager ›Peter-und-Paul-Festung‹. Das Verhör läuft.«

»Sehr gut. Danke. Und nun: Rykow.«

»Davon habe ich fünf. Wen brauchen Sie?«

»Konstantin.«

»Rykow, Konstantin. Um drei Uhr fünfzehn in Murmansk verhaftet. Rowdytum. Kokain. Homosexuelle Zersetzung. Wird im Moment überstellt ins Speziallager Sektor vierzig.«

Sektor vierzig? Das war ein Friedhof. Rykow kannte ihn. Er hatte dort mal das Grab eines Briten gesucht, den die Deutschen ins Jenseits bombardiert hatten. Er sollte einen Bericht verfassen für die britische Marineleitung. Vermutlich hatten sie dort, auf der riesigen Fläche, nun ein Speziallager für die Feinde Putins hochgezogen.

»Könnten Sie diesen Rykow nach Moskau überstellen lassen, zu uns?«

»Das überschreitet meine Kompetenzen. Es gilt Paragraf siebzehn des heutigen Verhaftungsbefehls …«

Die Glatze wühlte in den Papieren auf dem Tisch. »Ah ja … Die Verhafteten sind ohne Verzögerung und ohne Berücksichtigung von Eingaben oder Appellen in die vorbereiteten Lager zu überführen. Ausnahmen dürfen nur von der Präsidialkanzlei veranlasst werden.«

Rykow wischte dem Glatzköpfigen mit der Hand über die Schulter, bedankte sich flüchtig und drehte ab. Zum Ausgang. Er musste in den Kreml. Mit Wadulin reden. Für den hatte er ja eine Information. Und der durfte in die stählerne Mühle der Verhaftungen eingreifen. Auch im eigenen Interesse. Egal, wer dieser Wadulin in der Festung »Peter und Paul« auch war. Für Konstantin aber konnte er ganz sicher etwas tun.

Wadulin war nicht in seinem Büro. Rykow erfuhr von der Sekretärin, dass er einen Einsatzstab im Konferenzzentrum leitete. Die bewaffneten Posten an der Tür ließen den Gast passieren. Drinnen saß etwa ein Dutzend junger Männer – wie üblich im Kreml: keine einzige Frau – um einen langen Tisch. Jeder hatte einen Bildschirm vor sich und hantierte am Keyboard. Keiner sprach ein Wort. Wadulin spazierte auf und ab, erkannte Rykow und winkte ihn zu sich heran.

»Ich habe nicht viel Zeit, muss dem Präsidenten in genau …«, Wadulins Blick ging zu seiner Armbanduhr, »… siebzehn Minuten Bericht erstatten über den Erfolg der Aktion.«

»Und?«

»Alles reibungslos. Das Geschrei von einigen Familien und Freunden haben wir rigoros erstickt. Bis zwölf Uhr ist alles erledigt. Unseren Medien haben wir einen Maulkorb verpasst. Das Internet ist abgeschaltet. Die Auslandsmedien ahnen etwas, tappen aber im Dunkeln. Es gibt ein paar Fotos von Schwarzen Raben, die durch die Stadt fahren. Aber das war's auch schon. Das Weiße Haus hat auf Anfrage verkündet, man solle nicht auf abenteuerliche Parolen hereinfallen, die nur zum Ziel hätten, das gute Einvernehmen zwischen Trump und Putin zu zerstören.«

Rykow rang sich ein blasses Lächeln ab. Er durfte keine Zeit mehr verlieren. Sonst war Konstantin verschwunden.

»Das ist ein großartiger Erfolg. Aber, lieber Herr Wadulin, es gibt natürlich immer auch ein paar bedauerliche Fehler, wenn solche Großaktionen in Szene gesetzt werden ...«

»Die wären?« Der Sicherheitsberater zog misstrauisch die Augenbrauen zusammen.

»Nun, ich komme gerade aus dem GRU-Hauptquartier und habe mal einen kleinen Test gemacht. Unter den Verhafteten sind auch ein Grigori Wadulin, in Sankt Petersburg, und ein Konstantin Rykow, in Murmansk. Den jungen Herrn Wadulin kenne ich nicht, aber Konstantin Rykow ist mein Sohn. Und für den kann ich die Hand ins Feuer legen. Er wurde in einem Internat der GRU erzogen und arbeitet an einem hochgeheimen U-Boot-Projekt des Präsidenten. Wie bekommen wir die beiden wieder frei, bevor sie die Maschine gänzlich verschlungen hat?«

Wadulin war rot angelaufen, begann zu stottern. »Grigori ... ist ... ist ... äh ... ein Sohn ... meines ... meines ... Bruders. Ganz harmlos. Aber Jude. Mit den Kosmopoliten hat er ... äh ... nichts zu tun. Ich werde die beiden ... frei ... freisetzen ... lassen.«

»Konstantin ist in Murmansk noch auf der Fahrt ins dortige Speziallager. Am besten geben Sie Anweisung, dass man ihn sofort freilässt, wenn der Schwarze Rabe auf den Hof fährt.«

Wadulin nickte, eilte an die andere Stirnseite des Tisches und beugte sich zu einem der Männer herab. Der griff zum Telefon und erteilte Anweisungen.

Rykow hob grüßend die Hand und schälte sich zur Tür hinaus. Auf dem Flur kam ihm Putin entgegen. Allein. Mit dem wiegenden, dynamischen Schritt, den man von feierlichen Empfängen im Kreml kannte. Er wollte offenbar zu Wadulin.

»Und, Rykow? Was sagen Sie zu der Aktion?«

»Großartig, Herr Präsident. Ich konnte mich heute Morgen schon persönlich vom Erfolg überzeugen. Aus meinem Wohnhaus wurde ein Schreihals in den Schwarzen Raben verfrachtet.«

»Ich freue mich, dass Sie diesen traditionsreichen Begriff wieder verwenden, Rykow. Als ich beim KGB begonnen habe, wurde dieser Begriff geradezu zärtlich benutzt. Volksfeinde gehören einfach in den Schwarzen Raben. Und dann ab …« Putin klatschte in die trockenen Hände.

KAPITEL 22

»Ist das sein Ernst?« Herb Moffet wartete Matt Sandlers Reaktion gar nicht erst ab. »Ist er senil? Oder ist er größenwahnsinnig? Oder treibt ihn am Ende seine Senilität in den Größenwahn?«

Matt bekam die volle Breitseite des Sarkasmus eines Militärs ab, der auf seine alten Tage mit seinen Überzeugungen nicht mehr hinter dem Berg halten wollte.

Moffet knallte seine Kaffeetasse auf den Tisch, derart energisch, dass auf der Untertasse ein kleines Fußbad entstand. Seine Laune wurde davon nicht eben besser.

Matt hatte schon nichts Gutes geahnt, als er von Moffets Sekretärin am späten Nachmittag angerufen und für den frühen Abend ins Pentagon mehr einbestellt als gebeten worden war. Es sei wichtig im Sinne der nationalen Sicherheit und ein Aufschub nicht akzeptabel. Der Ton war ungewöhnlich. Sie hatten sich einander angenähert in den letzten Wochen, der knorrige Planungschef und der aufstrebende Russland-Stratege in der Trump-Administration. Ein Vertrauensverhältnis war entstanden. Sie waren essen gewesen, und einmal hatte der Abend sogar mit einer Cohiba und einem Whisky in einer Bar geendet, und Moffet hatte ihm von seinen Einsätzen im Kosovo und in Afghanistan erzählt, von seinem Geborgenheitsgefühl in der Armee und der Kraft des Slogans »No one left behind«.

Jetzt war er geladen. Gerüchte über Trumps Pläne mit der NATO machten in D.C. die Runde, und Matt sah ein, dass der Präsident bei seinen Ambitionen, die Welt neu zu ordnen, eines vergessen hatte – die Trägheit des Apparates. Vielleicht hatte auch er, Matt, das unterschätzt, doch darüber nachzudenken war jetzt nicht der richtige Augenblick.

Er schaute seinem Gegenüber direkt in die Augen. Matt hatte das Gefühl, dass er diesem Mann eine ehrliche Antwort schuldig war. »Herb, ich will es Ihnen erklären.«

Moffet ließ den übergeschwappten Kaffee aus seiner Untertasse zurück in die Tasse laufen, dann nahm er ein Taschentuch und tupfte mit großer Sorgfalt das Geschirr trocken. »Nur zu. Ich bin gespannt.«

Wo anfangen?, dachte Matt. Doch er kam recht schnell zu dem Schluss, dass er dem Pentagon-Mann dort, wo es um Trumps Strategie ginge, nichts zu verheimlichen brauchte. »Der Präsident wird in der Tat schon bald den Abzug der US-Soldaten aus Europa veranlassen und ein Moratorium der amerikanischen NATO-Mitgliedschaft verkünden, Letzteres befristet auf zunächst zwei Jahre.«

»Das ist doch Wahnsinn!«, entfuhr es Moffet.

»Ich würde es Kalkül nennen«, sagte Matt.

»Und ich nenne es: Bullshit!«, sagte Moffet scharf. »Es ist geschichtsvergessen, unnötig und gefährlich. Wir präsentieren Putin freiwillig unsere Weichteile. Er braucht nur noch reinzutreten.«

»Es ist in der Tat ein Entgegenkommen der USA, der Teil eines Deals, der Russland allerdings zwingt, sich in den Regionen der Welt nicht einzumischen, die für die USA in den nächsten beiden Jahrzehnten die interessanteren werden.«

»Jetzt kommen Sie mir bloß nicht mit dem indopazifischen Raum. Den Quatsch habe ich schon seit den Zeiten Obamas gehört.« Moffet schaute Matt fassungslos an. »Und alles nur, damit sich dieser Russen-Rüpel in seinem viel zu groß geratenen, muffigen Dritte-Welt-Land nicht zu unkomfortabel fühlt?«

»Nicht ganz«, sagte Matt.

Herb Moffet horchte auf. »Was? Da ist noch mehr?«

Matt holte Luft. »Herb, das, was ich Ihnen jetzt sage, ist hoch vertraulich. Ich schätze an Ihnen, dass Sie in Ihrem ganzen Tun stets um die Sicherheit und das Wohlergehen der Vereinigten Staaten bemüht sind. Deshalb, und nur deshalb vertraue ich Ihnen an, dass Trump Russland gewähren lässt, wenn Moskau sich um einen Korridor nach Kaliningrad bemüht.«

»Bemüht?«, brüllte Moffet. »Sie sprechen ernsthaft von – bemüht? Das ist doch absurd. Dazu muss Putin durch Litauen. Das ist NATO-Gebiet. Damit ist Artikel fünf berührt. Der Beistandspakt. Sie wissen, was das bedeutet!«

»Nicht mehr unser Business«, antwortete Matt kühl.

»Nicht mehr unser Business? Nach über fünfundsiebzig Jahren NATO-Mitgliedschaft? Wir nehmen einen möglichen Krieg in Europa in Kauf, weil wir angeblich gerade was Besseres zu tun haben?« Moffet hielt inne. Dann schlug seine Stimme überraschend ins Versöhnliche um, so, als ob er einen letzten Versuch unternehmen müsste: »Matt, ich bitte Sie.«

»Es muss so nicht kommen, Herb. Putin hat zugesagt, dass er eine gewaltfreie Lösung bevorzugt.«

»Wissen das auch die schon, die überfallen werden?«, fragte Moffet, nun wieder sarkastisch.

»Es ist ein kleines Land. Und es sollte ein kleines Problem sein«, antwortete Matt. »Das ist doch einmal eine schöne Aufgabe für unseren Außenminister, die Litauer davon zu überzeugen, dass es besser ist, diesen Scheiß-Korridor für die Russen zuzulassen. Was ist denn schon dabei? Im Zweifel können sie sogar noch ein paar Gebühren raushandeln. Es sind doch nur lumpige fünfundsechzig Kilometer. Das ist nicht mal ein Drittel der Strecke von Bloomington nach Chicago.«

»Na, wenn das so ist.« Moffet blieb für einen bitteren Moment noch bei seinem Sarkasmus. »Vielleicht sollten wir dann schon mal vorab unsere Jungs von der CIA einsetzen, damit sie in Europa die Friedensbewegung wiederbeleben. Wie war das? Frieden schaffen – ohne Waffen! Ich glaube, der Slogan hat was, wenn Putin demnächst im Baltikum am Zaun rüttelt.« Moffet sah Matt fest an. »Im Ernst, Matt. Wir leben in Krisenzeiten. Das ist so. Und es wird sich auf absehbare Zeit nicht mehr ändern. Aber das hier trägt alle Züge eines hausgemachten Desasters. Was immer sonst noch passieren wird, überlegen Sie bitte genau, ob es am Ende nicht exakt diese Form von Naivität ist, die die Welt an den Abgrund führt.«

Matt stand auf. »Wir bleiben in Kontakt.«

Moffet nickte müde. »Das müssen wir sogar, Matt. Die nationale Sicherheit ist in Gefahr.«

Matt war bereits in der Tür, dann drehte er sich noch einmal zu dem besorgten Pentagon-Mann um. »Was ist aus Ihrem Skiurlaub in den Rockies geworden?«

Moffet hob die Hände. »Was schon? Wir haben ihn storniert. Ich musste meiner Frau als Ersatz versprechen, dass ich irgendwann in diesem Frühjahr zu einer Woche Heilfasten mit nach Massachusetts komme. Sieht ganz danach aus, als ob 2025 nicht mein Jahr wird.«

*

Donald Trump hatte den Beginn des Abzugs amerikanischer Soldaten aus Europa auf den ersten April festgesetzt. Die breite Öffentlichkeit erfuhr es durch einen Tweet, der lautete: »#bringtheboysback – Mission erfüllt. Zeit für neue Herausforderungen.« Die Entscheidung war gefallen. Unmissverständlich. Der

US-Präsident ließ sich nicht beirren. Nicht durch Stimmen aus dem Pentagon, die davor warnten, dass allein das avisierte Tempo des Rückzugs ein »logistischer Wahnsinn« sei. Nicht von Bedenken, die im Außenministerium formuliert wurden, wonach der Rückzug aufgrund der enormen Geschwindigkeit bei den Partnern in Europa »fast wie eine Flucht« wirke.

Die »Networks« hatten seitdem kein anderes Thema mehr. Matt wurde zweimal für TV-Shows angefragt, einmal von CNN, einmal von ABC. Beide Sender hatten ihn noch in seiner alten Funktion bei »Fosters & Company« verortet. Matt Sandler sagte beiden ab.

Die Dinge nahmen an Fahrt auf. In der neuen Weltordnung, so wie Donald Trump sie sah, gab es Phasen des Gebens und des Nehmens. Dies hier war ausdrücklich eine Phase des Gebens. Die USA waren in Vorleistung gegangen. Zwei Dinge, so lautete Matts Analyse, dürften nun nicht passieren. Erstens: Die Phase des Gebens dürfte sich nicht zu lange hinziehen. Zweitens: Während dieser Phase war es unbedingt notwendig, dass sich die andere Seite »respektvoll« und »vernünftig« verhielt. Matt unterstrich die beiden Adjektive eigens noch einmal in einem Memo, das er für sein nächstes Treffen mit Rykow ausarbeitete. Sollten die Russen zu früh an die Umsetzung ihrer Pläne in Europa gehen, drohten unvorhersehbare Missverständnisse und Konflikte.

Matt nahm eine Europakarte zur Hand. Bei »Fosters & Company« hatte er sich ausführlich mit der Suwalki-Lücke beschäftigt. Seit der Besetzung der Krim war diese schmale Stelle zwischen Belarus und der russischen Exklave Kaliningrad immer wieder von Militärstrategen als einer der gefährlichsten Punkte überhaupt bezeichnet worden, an denen sich tatsächlich eine direkte Konfrontation zwischen Russland und der NATO entzünden könnte. Auch Matt hatte noch vor drei Jahren immer wieder so argumentiert. Doch das war zu einer Zeit, da er die hemdsärmeligen Verabredungen aus dem »Mena House« noch nicht kannte. Wie hatte Trump gesagt? »Litauen? Geschenkt.«

Beim Blick auf die Karte beschlich Matt das ungute Gefühl, ob dieses »geschenkt« nicht zu voreilig gewesen war. Sämtliche Optionen lagen nun bei Putin, Trumps Hände waren in dieser Angelegenheit de facto gebunden, ansonsten wäre seine Zusage sofort wieder hinfällig, und das komplette in Kairo gezimmerte Konstrukt würde wie ein Kartenhaus zusammenfallen. Matt nahm sich vor, bei seinem schon bald anstehenden Moskaubesuch bei Rykow Litauen ganz oben auf die Agenda zu setzen. Er lächelte. Ganz oben auf die Agenda – eigentlich hasste er diesen Politiker-Sprech.

Für den Abend hatte er sich mit Sue verabredet. Sie hatte ihm versprochen, ihm einige Unterlagen, die sich noch immer in seinem alten Büro bei »Fosters« stapelten, zu bringen. Außerdem hatte sie gefragt, ob er Sushi möge, dann könnten sie es sich noch ein bisschen gemütlich machen. Matt hatte eingewilligt. Er mochte Sushi nicht besonders. Aber die Vorstellung, dass er Sue dazu überreden könnte, sie ihm zwischen ihren Brüsten zu servieren, ließ ihn sogar für Minuten den Suwalki-Korridor vergessen.

Matt wollte gerade seine Sachen packen, als sein Telefon klingelte. Er schaute aufs Display. Die Nummer war unterdrückt. »Drydon hier. Spencer Drydon. Mr Sandler, Sie erinnern sich noch an mich?«

»Jedes Mal, wenn ich einen Song von ›Jefferson Airplane‹ höre. Was kann ich für Sie tun?«

»Es gibt jemanden, der Ihren Rat braucht. Ich muss Sie bitten, sich heute Abend zwei Stunden frei zu nehmen.« Drydon machte eine kurze Pause. »Und, ja, Mr Sandler, es ist eine Angelegenheit von nationaler Dringlichkeit.«

KAPITEL 23

»Vater?«

»Konstantin!«

»Ich bin wieder frei. Nehme an, dass ich dir das zu verdanken habe. Stand noch auf dem Hof von Sektor vierzig, mit einigen Hundert anderen, da wurde ich ausgerufen, über Lautsprecher. Zur Lagerleitung! Und dann raus.«

»Haarscharf, bevor dich die Maschine zermalmt hätte.«

»Hat sie schon ein bisschen. Ich wurde in einem Schwarzen Raben ins Lager gefahren. Da war früher ein großer Friedhof. Auf dem wurden unbemerkt etwa dreißig Holzbaracken hochgezogen. Im Raben aber haben sie uns geschlagen und zusammengetreten. Ich habe einen Schneidezahn gelassen und pisse jetzt Blut, weil sie es lieben, in die Nieren zu treten.«

»Sei froh, dass es so abgegangen ist …« Rykow fühlte sich mitschuldig und gab sich Mühe, die Sache ein wenig herunterzuspielen.

»Bin ich auch. Andere sind mit dem Zug angekarrt worden. Ich stand auf dem Hof neben einem, der war mit elf anderen in eine winzige Zelle gepfercht, ›Stolypins‹ werden sie seit Josef Stalin genannt. Dreieinhalb Quadratmeter für sieben Kojen. Der neben mir hat Blut gehustet.«

Rykow verkrampfte innerlich. Die Schwarzen Raben, Gefangenentransporter aus dunkler Zeit, gingen ja noch. Aber die »Stolypin«-Waggons bei der Bahn waren schlimmer als Viehtransporter. Dass sie heute noch benutzt, ja offenbar sogar neu gebaut wurden, war ungeheuerlich, eigentlich nicht mehr vorstellbar nach der Abrechnung Chruschtschows mit Stalin. Rykow musste das Thema wechseln.

»Darfst du jetzt wieder aufs U-Boot?«

»Bin ich schon. Ich bin als IT-Experte unabkömmlich, sie finden so schnell keinen Ersatz. Das Boot ist jetzt einsatzbereit. Wir haben ein elektronisches Teil eingebaut, das wir jahrelang wegen der Sanktionen nicht bekommen konnten. Jetzt haben es die Amerikaner freigegeben – und sogar geliefert.«

»Wann werdet ihr zum ersten Mal auslaufen?«

»Das weiß ich nicht. Aber der Erste Offizier hat mir gesteckt, dass ich auf der Liste derjenigen stehe, die mitdürfen. Es wird schon gebunkert. Gerüchteweise heißt es, wir üben im Nordmeer und fahren dann in den Atlantik, nahe an die europäische Küste. Irgendwas haben die dort vor.«

»Ruf mich bitte an, bevor ihr ablegt. Ach ja, fast vergessen. Was ist mit dem kleinen Geschenk, das ich dir mitgebracht habe?«

»Keine Sorge, das hab ich noch. Liegt unter dem Fensterbrett in der Toilette, schön gepolstert durch ein paar Lumpen.«

Rykow brach das Gespräch ab und blickte auf die Uhr. Drei Minuten vor zehn. Er musste sofort in den Konferenzsaal, wo Putin die Spitzen des Militär- und Sicherheitsapparats versammelt hatte. Er hatte dafür einen großen goldverzierten Saal ausgewählt, in dem die Konferenzteilnehmer um einen runden Tisch saßen. Das wertete sie auf, vermittelte ihnen die Illusion, sie verkehrten auf Augenhöhe mit dem Herrscher.

Wadulin saß rechts von Putin, Rykow links. Kaum hatte er Platz genommen, kam der »Woschd« auch schon hereingefedert. Dynamisch. Drängend. Unerbittlich. Sein Gesicht war leicht gerötet. Als er saß, konnte Rykow den sanften Duft von gutem Wodka wahrnehmen. Na dann …

»Meine Herren, werte Genossen …« Ein Ruck ging durch die

Runde. »Ja, ich erlaube mir diese Anrede jetzt wieder, ab und zu, hinter verschlossenen Türen, denn die meisten von Ihnen haben die Macht und den Ruhm der von Gorbatschow und Jelzin verratenen Sowjetunion nicht vergessen. Ich auch nicht ...«

Ein zustimmendes Raunen antwortete ihm.

»Nun haben wir die historische Chance, Russland wieder die Achtung in der Welt zu verschaffen, die unser Vaterland verdient. Wir werden Europa, unseren Kontinent, auf uns ausrichten. Und der amerikanische Präsident, das habe ich in Kairo mit ihm verabredet, wird es dulden. Dafür kommen wir ihm in Asien entgegen.«

Putin blickte vom einen zum anderen. Er hielt sie alle für Würstchen, aber musste sie hinter sich versammeln, wenn das große Spiel begann. Den Verteidigungsminister, den Generalstabschef, die Chefs aller Waffengattungen und der Atomstreitmacht sowie die Präsidenten der Geheimdienste GRU und FSB.

»Eines möchte ich noch vorausschicken. In unserer Runde sitzt einer, der sich außerordentlich verdient gemacht hat um die Verständigung mit Trump ...«

Wadulin sackte leicht in sich zusammen, er wusste, dass er nicht gemeint war. Rykow hingegen straffte sich.

»Es ist der Genosse ... äh ... Rykow, Oberst der GRU, der als mein Sondergesandter unterwegs war.«

Der GRU-Chef lief rosa an und warf Rykow einen kalten Blick zu. Der ahnte, warum Putin das gesagt hatte. Es machte ihm Spaß und eröffnete Machtoptionen, in seinem Umfeld den einen gegen den anderen auszuspielen, Missgunst und Eifersucht zu säen.

»So, und nun zur Sache, meine Herren. Ich bitte Sie, mir Fragen zu stellen oder Klarstellungen zu verlangen, wenn Sie das für erforderlich halten, denn es darf nach dieser Konferenz nicht der geringste Zweifel zurückbleiben über den Fortgang der Ereignisse.«

Der Verteidigungsminister nickte bedächtig. »Es geht um viele Leben, am Ende auch um unsere …«

Putin blickte ihn irritiert an. War das eine Drohung? Es war vielleicht Zeit, den Kerl auszuwechseln, aber nicht jetzt. Gerade jetzt nicht.

»Strategisch, meine Herren, werden wir in Europa vier Staaten brechen. Ich sage brechen, nicht erobern. Denn seit der Operation in der Ukraine habe ich die Lust an Panzerarmeen, deren Türme nur so durch die Gegend fliegen, und Artillerie ohne Munition verloren. Restlos. Wir werden intelligent Krieg führen, mit modernen Methoden. Man nennt das gewöhnlich hybrid. Bei den vier Zielen kommt es auf die Auswahl, die richtige Reihenfolge und die wirksamsten Methoden an.«

Der Fischäugige musterte einen nach dem anderen.

»Wir beginnen mit den Polen. Die sind militärisch wertlos, aber politisch von höchster Bedeutung. Sie haben in Mittel- und Osteuropa einen festen Block gegen Russland geformt. Wer Polen bezwingt, wirft sie alle nieder. Ohne Polen und ohne amerikanische Truppen in Europa ist auch Litauen wehrlos. Wir werden uns dort einen Korridor zu unserer Exklave Kaliningrad holen. An Litauen selbst bin ich gar nicht interessiert. Die schwulen Balten sollen über unseren Korridor hinweg ruhig Kusshändchen an die Polen werfen.«

Aus der Männerrunde war die Antwort Keuchen und Krächzen.

»Danach holen wir uns die Deutschen. Wir werden das ganze Land lähmen, mehr möchte ich dazu noch nicht sagen, und ihnen dann wieder Nord Stream 2 aufdrücken. Sie werden unser Gas widerspruchlos abnehmen, das garantiere ich Ihnen. Und wenn Deutschland gefallen ist, steht auch Frankreich nicht mehr. Könnte gut sein, dass der dortige Präsident bei der nächsten Wahl stürzt und die Nachfolgerin unser großes Russland lobpreist.«

Putin nahm einen Schluck Wasser und schielte dabei zu Rykow. Der war ratlos, was das zu bedeuten hatte. Denn was folgte, hatte mit ihm nichts zu tun. Oder sollte er besser denken: noch nichts?

»Nummer vier, meine Herren, ist Großbritannien, die vereinsamte Atommacht. Die Briten haben unsere Faust verdient, denn sie haben in der Ukraine Verheerendes angerichtet. Sie werden auf dem Kontinent künftig keine Rolle mehr spielen. Und auch Trump wird ihnen den Hintern zukehren. Schwul Britannia …«

Putins verächtliche Formel begeisterte die Herrenrunde. Immer, wenn es gegen Schwule und Juden ging, blühten echte Patrioten auf. Witze über schwule Juden waren der Gipfel des Vergnügens.

»So, nun kennen Sie die strategische Marschrichtung. Die Amerikaner weg, die NATO aufgelöst, Polen, Deutschland, Großbritannien und Litauen umgestoßen – das ist unser Triumph. Bis Ende des Jahre 2025. Und ich erlaube mir hier noch eine höchst geheime Ergänzung: Trump wird sich an China die Zähne ausbeißen. Dann werden wir ihn uns auch noch vorknöpfen. Ich werde den Angeber quer schnupfen.«

Die alten Männer klopften begeistert auf den Tisch.

Putin ließ sie gewähren. Dann setzte er wieder an. »Aber, aber, aber …« Der Lärm verebbte. »Wir müssen wachsam sein. Wir können uns nicht erlauben, dass wir uns strategisch verkalkulieren. Oder dass Trump uns reinlegt. Deshalb …«, Putin hielt ein wenig inne, um die Dramatik auf den Gipfel zu treiben, »… deshalb werden wir unsere Truppen, und zwar alle, restlos alle, ab dem ersten Mai in erhöhte Gefechtsbereitschaft versetzen. Ich wiederhole: Wir planen keinen konventionellen Feldzug, aber wir werden in der Lage sein, blitzschnell in einen konventionellen Krieg einzutreten.«

Die Herren stierten ein wenig enttäuscht vor sich hin. Rykow fuhr aus seinem Grübeln über Putins englische Bemerkung hoch. »Es lebe Russland«, rief der nun, »es lebe unsere heilige Heimat!«

KAPITEL 24

Crystal City. Wo auch sonst? Matt Sandler schlug den Kragen seines Mantels hoch, zog die Mütze tiefer ins Gesicht. Washington entfaltete an diesem letzten Donnerstagabend im März noch einmal seinen ganzen winterlichen Charme; drei Grad, Nieselregen. Er hatte seinen Schirm vergessen und fluchte innerlich über die unwirtlichen Häuserschluchten dieses Büro- und Verwaltungskomplexes, der vor über vierzig Jahren begonnen hatte, seine anonyme Gestalt anzunehmen. Der Wind pfiff ihm eisig ins Gesicht. Crystal City? Wo auch sonst? In einem Zwanzig-Meilen-Radius um das Weiße Haus konnte man nirgendwo besser in der Unkenntlichkeit versinken als hier. Die CIA war in dieser Hinsicht so zuverlässig wie einfallslos.

Spencer Drydon wartete auf ihn, wie verabredet, an den drei Fahnenstangen auf der kleinen Verkehrsinsel vor dem »M-Club«. Drydon begrüßte ihn mit dem gleichen »Ah, da sind Sie ja, da sind Sie ja«, wie an jenem Tag, an dem Matt im »Meyer-Building« für Trumps »Transition-Team« rekrutiert worden war. Drydon hatte in dem knappen halben Jahr, in dem sie sich zumindest offiziell nicht mehr begegnet waren, etwas zugelegt. Sein Polyesterhemd, das unter dem offenen Jackett zu sehen war, spannte jedenfalls deutlicher als im letzten November.

Drydons Lächeln fror ein. »Ernste Sache, Mr Sandler. Das wird gleich ein unangenehmes Gespräch für die Person, mit der wir uns treffen werden. Ich wünschte, wir alle hätten ein wenig mehr Vorbereitungszeit gehabt, aber das war nun leider nicht möglich.« Drydon sah Matt an. »Genau wie damals, nicht wahr?«

Dann schüttelte er den Kopf. »Aber was rede ich denn? Was rede ich denn? Damals war es ja in keiner Weise unangenehm. Ich meine natürlich nur die Eile, in der wir auch heute alle zu einer guten Entscheidung kommen müssen. Bitte …« Drydon deutete auf einen achtstöckigen Block, der dreißig Meter rechts der Verkehrsinsel lag. »Die Dame wartet schon. Alle Vorkehrungen sind getroffen.«

Matt Sandler zog eine Zigarettenpackung aus seiner Manteltasche. »Darf ich noch kurz? Oder ist es drinnen auch erlaubt?«

Drydon tippelte auf der Stelle und zog die Luft mit einem Zischlaut ein. »Fffffh, da bin ich überfragt, wie in diesem Fall die genauen Regeln … Besser, Sie machen hier noch zwei, drei schnelle Züge.«

Matt zündete sich eine Zigarette an. Er warf einen Blick in die Schachtel. Drei waren noch drin, und der Abend war noch lang. Er schaute zu Drydon. »Gut, gehen wir.«

Im Aufzug versuchte Matt unwillkürlich, dem Geruch von Spencer Drydon auszuweichen. Doch der CIA-Mann hatte entweder vorher geduscht, oder das nasskalte Märzwetter hatte ihn vor übermäßiger Transpiration bewahrt. Es war auszuhalten. Matt musterte ihn von der Seite. Der klassische Erfüllungsgehilfe stand da neben ihm, einer, dessen Leben darin bestand, die Aufträge, die man ihm gab, ordnungsgemäß auszuführen. Ein Bürohengst, dessen Mittelmäßigkeit aus jeder Pore strömte, und dessen Selbstwertgefühl nur dadurch gespeist wurde, dass er im Geheimen arbeitete.

Der Raum, in den sie beide eintraten, war nüchtern, funktional. Er wirkte wie eine Kulisse, an der nichts stimmte. Die offene Wohnküche war unbenutzt. Mitten im Zimmer standen ein grauer Resopaltisch sowie sechs Stühle. Zu Matts Überraschung saß der Tom-Ford-Mann mit dem Rücken zum Eingang bereits am Tisch.

»Das gleiche Team, fast wie in alten Zeiten«, sagte Matt lakonisch, doch der CIA-Mann tat so, als sei er in die Unterlagen vertieft, die er vor sich ausgebreitet hatte.

»Setzen Sie sich bitte, unser Gast macht sich gerade noch frisch.«

Aus dem Bad, das offensichtlich hinter einer der beiden Türen, die von der Wohnküche abgingen, liegen musste, war eine Toilettenspülung zu hören. Eine knappe Minute später war sie da. Eine elegante Erscheinung, wie Matt auf den ersten Blick fand, Mitte, höchstens Ende vierzig, und schon körpersprachlich mit einem Selbstbewusstsein versehen, das deutlich näher am Tom-Ford-Mann war als an Spencer Drydon.

»Das ist Miss Wade, Priscilla Wade. Darf ich Ihnen vorstellen, das ist Matt Sandler, ein, wie soll ich sagen, in Russland-Angelegenheiten versierter Mitarbeiter unseres Präsidenten.«

Der Tom-Ford-Mann hatte bei alldem immer noch nicht aufgeschaut, und Matt fragte sich, ob er diese seltsame Attitüde wohl in einem Grundkurs für heikle Kommunikationsführung bei der CIA gelernt hatte. Matt fand das Verhalten merkwürdig aufgesetzt. Als hätte der Typ zu viele Agenten-Thriller gelesen. Drydon schien nicht übertrieben zu haben. Das hier war unangenehm.

»Bringt mich jemand vielleicht mal auf den Stand?«, fragte Matt. »Dann hätte ich einen Begriff davon, zu welchem Nutzen meine Anwesenheit sein könnte.«

Der Tom-Ford-Mann machte eine fast unmerkliche Kopfbewegung zu Spencer Drydon. Der legte wie auf Kommando los: »Miss Wade ist in eine unangenehme Lage geraten, wenn man das so sagen kann. Ja, das kann man so sagen. Sie wird von jemandem erpresst, der in enger Verbindung zu Ihnen steht, Mr Sandler. Sie können sich vielleicht denken, von wem?«

»Drydon!« Der Tom-Ford-Mann wurde unwirsch. »Wir sind hier nicht beim Quiz. Liefern Sie bitte die Fakten, damit wir vorankommen.«

Spencer Drydon lief rot an. »Entschuldigung, Sir. Miss Wade wird von Anatoli Rykow erpresst. Sie soll das Umfeld unseres Präsidenten ausspionieren. Sie hat Moskau bereits ein Modem aus unseren Beständen zukommen lassen, das die Russen für eines ihrer Atom-U-Boote dringend benötigten.«

»Ein Modul! Drydon! Ein Modul! Kein Modem.«

Drydons Gesichtsfarbe verfärbte sich abermals, sein Rot gewann deutlich an Tiefe. »Entschuldigung, Sir!«

Matt Sandler sah fragend in die Runde, sein Blick machte bei Priscilla Wade halt. »Darf man erfahren, womit Sie erpresst werden?«

Jetzt griff der Tom-Ford-Mann das erste Mal ein: »Es gab einen Vorfall in einem Moskauer Park, an dem Miss Wade beteiligt war. Unglücklicherweise gab es einen Zeugen dafür, und dieser Zeuge heißt Anatoli Rykow. Miss Wade ist nun in der unkomfortablen Situation, dass ihre Zukunft vom Goodwill der Russen abhängig ist. Und, ganz ehrlich, Mr Sandler, wer will das schon sein. Sie etwa?«

»Welcher Park?«, fragte Matt, der meinte, aus den Formulierungen eine leise Kritik an seiner Rolle entnehmen zu können. »Ostankino?«

»Ostankino.« Das war wieder Drydon.

Matt sah Priscilla Wade fragend an: »Dann haben Sie offenbar mit dem Tod eines Amerikaners auf russischem Boden zu tun – und es trotzdem geschafft, heute hier in Crystal City zu sein. Darf ich denn mal Ihre Sicht der Dinge hören?«

Priscilla Wade griff sich mit Daumen und Zeigefinger ihrer rechten Hand an die Unterlippe. Es war eine Bewegung, die in diesem Moment alles hätte ausdrücken können: Nachdenklichkeit, Ruhe, gespielte Überlegenheit. Matt interpretierte es so, dass die Frau, die in diesem tristen Raum nun über ihre eigene Zukunft verhandeln und jedes ihrer Worte mit Bedacht wählen musste, Zeit gewinnen wollte. Der Anfang war allerdings nicht besonders verheißungsvoll. »Es war ein Missverständnis oder, nein, anders: Ich bin benutzt worden. Nein, missbraucht.«

Matt beobachtete sie wortlos.

Priscilla Wade fuhr fort. »Es gibt in der Agency Leute, die Trump misstrauen, Mr Sandler. Als klar war, dass er schon kurz nach seinem Wahlerfolg im November einen Emissär zu Rykow schicken würde, sollte noch vor Trumps Amtseinführung unter allen Umständen herausgefunden werden, was er mit Russland vorhat. Leider sind sämtliche Kontaktaufnahmen in den USA und in Moskau gescheitert, bevor der Mann Rykow traf. Er hieß Harry Lyndon.«

»Und ruht jetzt in Frieden auf dem ›Woodlawn Cemetery‹ in New York«, warf der Tom-Ford-Mann ein. »Die Witwenrente kostet den US-Steuerzahler eine Stange Geld, aber da wollen wir mal nicht kleinlich sein.«

»Sie haben ihn umgebracht?«, fragte Matt und sah Priscilla Wade unvermittelt an.

»Es war ein Unfall. Mein Auftrag lautete, ihn zu betäuben, damit ihn Mitarbeiter der Agency später in einer konspirativen Wohnung unter Druck setzen könnten. Ich habe ihm eine Spritze verpasst, aber die Dosis war falsch berechnet.«

Matt sah den Tom-Ford-Mann zweifelnd an. »Und das soll ich glauben? Das ergibt doch alles keinen Sinn.«

Der Ton des Tom-Ford-Mannes wurde sofort eisig. »Und ich

glaube nicht, dass es von gesteigerter Bedeutung ist, ob oder was genau Sie in dieser Angelegenheit glauben, Mr Sandler. Gehen Sie bitte mal davon aus, dass Sie sich seit ein paar Monaten in einer Sphäre bewegen, die mit Ihrem vorherigen Analyse-Quatsch nicht mehr allzu viel zu tun hat Es geht um Macht, Mr Sandler. Um Macht!«

»Wir haben eine Lage«, warf Drydon ein, und Matt sah, wie Drydon förmlich wuchs, weil er an der richtigen Stelle eine CIA-Standard-Formulierung benutzt hatte, die kurze Zeit später auch der Tom-Ford-Mann wählte: »Richtig, wir haben eine Lage. Lassen Sie es mich so beschreiben, Mr Sandler. Es ist uns wichtig, dass Sie vor Ihrem nächsten Treffen mit Anatoli Rykow wissen, dass sich die Russen überall dort, wo sie es können, eine zweite Handlungsoption offenhalten. Die Lage ist nun wie folgt: Die Russen haben ein Erpressungspotenzial gegen Miss Wade in der Hand. Und wir wissen um dieses Erpressungspotenzial, ohne dass die Russen davon wissen. Jedenfalls ist es im Moment so. In der Spieltheorie nennt man diese Konstellation übrigens doppelte Reflexivität.«

»Die Theorie ist von John Forbes Nash, einem Mathematiker«, warf Drydon stolz ein.

»Und wir alle sind hier in einer Einführungsvorlesung für Erstsemester in Mathematik?« Matt versteckte seine Ungeduld hinter wohldosiertem Sarkasmus.

»Wir wollen, dass aus einem vermeintlichen Nachteil für uns ein Vorteil wird, Mr Sandler«, sagte der Tom-Ford-Mann, der just in diesem Moment das erste Mal seine Brille abnahm, ein Einstecktuch aus dem Jackett holte und mit seinen kreisförmigen Reinigungsarbeiten begann. Matt hatte schon auf diese Geste gewartet. Jetzt wurde es wichtig. »Im Klartext: Wir lassen Rykow noch ein paar Wochen in dem Glauben, dass er die Verfügungsgewalt über Miss Wade hat. Das verschafft uns Zeit und, wer weiß, vielleicht einen kleinen Vorsprung in diesen unsicheren Zeiten. Und in ein paar Wochen …«, an dieser Stelle setzte er seine Brille wieder auf und sah die Frau an, »wird unsere Miss Wade hier einen bedauerlichen Unfall haben.«

Matt verstand. Alles, was die Russen glaubten gegen Priscilla Wade und damit auch gegen Trump in der Hand zu haben, würde sich damit in Luft auslösen.

Der Tom-Ford-Mann schien seine Gedanken erraten zu haben. »Miss Wade wird eine neue Identität erhalten. Die Art und Weise, wie sie von der Bildfläche verschwinden wird, ist unser Business. Das muss Sie alles nicht kümmern, Sandler.«

Matt nickte. »Und wie verhindern wir, dass die Russen den Ostankino-Mord trotzdem an die große Glocke hängen?«

»Nicht wir, Mr Sandler – Sie!« Der CIA-Mann sah Matt eindringlich an. »Das ist Ihre Aufgabe. Sie werden verhindern, dass Russland den Auftragsmord einer Amerikanerin an einem Amerikaner mitten in Moskau an die große Glocke hängt. Machen Sie Rykow gefügig. Machen Sie Putin gefügig. Machen Sie den Russkis klar, dass sie sich tief ins eigene Fleisch schneiden, wenn sie glauben, den Präsidenten der Vereinigten Staaten von Amerika ficken zu können.«

Der Tom-Ford-Mann schaute wieder in die Unterlagen. »Es geht um Macht, Mr Sandler. Um Macht. Suchen Sie die geeigneten Instrumente. Auf Wiedersehen, Mr Sandler. Wir haben hier jetzt noch ein paar lästige Formalitäten mit Miss Wade zu erledigen. Damit möchte ich Ihre kostbare Zeit nicht strapazieren.«

Es hatte aufgehört zu regnen, dafür hatte der Wind deutlich aufgefrischt. Matt hatte Schwierigkeiten, sich eine Zigarette anzuzünden, als er wieder draußen auf der Verkehrsinsel vor dem

»M-Club« stand. Erst beim vierten Versuch klappte es. Er würde irgendwo auf dem Heimweg noch eine Packung kaufen müssen. Es sah verdammt nicht danach aus, als ob er mit den restlichen zwei Zigaretten durch die Nacht käme.

KAPITEL 25

Auf dem Weg zur U-Bahn hörte Matt plötzlich ein schwaches Keuchen hinter sich, das schnell immer lauter wurde. Offenbar versuchte jemand, ihn einzuholen. Als er sich umdrehte, stand Spencer Drydon direkt hinter ihm, die Hände in die Hüften gestemmt und dabei hörbar nach Atem ringend. »Mr Sandler …« Matt sah ihn fragend an. »Ich wollte nur, dass … äh … Sie … äh … wissen, dass wir auf Ihrer Seite sind.« Den zweiten Teil des Satzes stieß Drydon wie einen Wasserschwall aus. Dann zog er wieder ruckartig Luft ein.

Matt hob die Augenbrauen. »Müsste ich daran zweifeln?«

Drydon schüttelte den Kopf. Langsam fing er sich wieder. »Aber nein, aber nein. Ganz gewiss nicht. Ich wollte nur sagen: Seien Sie vorsichtig. Sie sind in einer Position, die sehr einflussreich ist. Und das gefällt längst nicht jedem hier in D.C.« Drydon grinste selbstzufrieden, anscheinend war ihm gerade eine Formulierung eingefallen, die er für besonders gelungen hielt: »Sie sind zwar ein ›Back-Channel‹-Mann, aber Sie haben hier kein Back-up.«

Der Regen setzte wieder ein. Der CIA-Mann mit dem so unpassenden Namen wirkte auf Matt Sandler hier, in dieser Szenerie zwischen den anonymen grauen Betonblöcken von Crystal City, noch eine Spur unbeholfener.

»Was war ihr bester Song?«, fragte Matt unvermittelt.

»Sir?«

»Der beste Song der ›Jefferson Airplane‹?«

»Wie kommen Sie da drauf?« Drydon wurde unruhig. Man

hatte ihn offenbar durchschaut. Wäre das Licht nicht so ungünstig gewesen, hätte Matt jetzt sehen können, wie er abermals rot anlief. Eine kurze Pause entstand, dann sagte Drydon: »›White Rabbit‹.«

»Guter Song.«

»Ja.« Drydon nickte. »Obwohl. Ich habe ja selbst nie LSD oder andere Drogen genommen. In meinem ganzen Leben nicht. Ich habe mich nicht getraut. Und meine Mutter hätte das auch niemals erlaubt. Das würde sie auch heute nicht tun. Ich wohne noch bei ihr, ich konnte ihr einfach nicht antun, sie zu verlassen.«

»Wie alt sind Sie denn?«, fragte Matt.

»Ich werde nächsten Monat zweiundfünfzig.«

»Und Ihre Mutter?«

»Sie ist fünfundachtzig. Aber noch sehr rüstig. Vegetarierin. Gott sei Dank!«

Beide schwiegen. Nach einer Weile beschloss Matt, dass es besser sei, nicht nach Drydons wahrer Identität zu fragen. Es war nicht sein richtiger Name, das wusste er jetzt sicher. Und Drydon wusste, dass er es wusste. In der Spieltheorie, dachte Matt und musste schmunzeln, nannte man das doppelte Reflexivität. Gut möglich, dass er gerade einen Freund fürs Leben gefunden hatte, jemanden, der ihm noch nützlich sein könnte – wenn er jetzt alles so ließ, wie es war. Er klopfte dem CIA-Mann auf die Schulter. »Gut. Geben Sie mir Ihre Nummer?«

Drydon sah ihn erstaunt an. Matt sagte: »Na, falls ich mal eine dringende Frage schnell klären muss. Und …«, er machte eine Kunstpause, »um Ihnen zum Geburtstag gratulieren zu können. Natürlich.«

*

Matt Sandler blätterte noch einmal die Unterlagen durch, die Conolly ihm über Anatoli Rykow hinterlassen hatte. Es war ein aufwendiges, präzises Psychogramm. Und dennoch: Jahre waren seitdem vergangen. In vier Tagen würde er nach Moskau fliegen. Er hatte noch kein originelles Geschenk für den Russen, und Conollys Unterlagen war zwar viel zu entnehmen, aber den wahren Vorlieben seines »Back-Channel«-Kollegen war er doch längst nicht so nahegekommen, wie er geglaubt hatte. Sonst hätte er ihm nicht den Rye untergejubelt.

Priscilla Wade ging Matt nicht aus dem Kopf. Was war wirklich im Ostankino-Park passiert? Was hatte Rykow gesehen? Und wie hatte er den Vorfall interpretiert?

Matt machte sich Notizen. Rykow hatte diese Frau in allerkürzester Zeit »umdrehen« können. Das deutete darauf hin, dass Wade wirklich in der Klemme war. Aber warum hatte sie sich überhaupt darauf eingelassen, noch einmal nach Moskau zurückzukehren und US-Hochtechnologie für Putins Atom-U-Boote zu schmuggeln? Matt konnte sich keinen Reim darauf machen. Priscilla Wade hätte auch ohne dieses für sie hoch riskante Manöver sofort unter die Fittiche der CIA schlüpfen und sich eine neue Identität besorgen können. Hatte er etwas übersehen?

Matt unterstrich die Initialen P.W. in seinen Notizen und machte ein Fragezeichen dahinter. Rykows Rolle in dieser Angelegenheit warf einen Schatten auf ihrer beider Beziehung, so oder so. Er war nicht naiv. Nicht alles, was ihm Rykow vor gut zwei Monaten im »Cleveland Grill« erzählt hatte, hatte er geglaubt. Aber es bedurfte nun eines Beweises, dass Rykows Beteuerung, man säße im selben Boot, zumindest situativ ernst gemeint gewesen war. Matt beschloss, in Moskau eine solche Situation zu kreieren.

*

Donald Trump war in aufgeräumter Stimmung. Auf dem großen Bildschirm, der eigens im Oval Office installiert worden war, verfolgte er die Live-Berichterstattung des beginnenden Abzugs amerikanischer Soldaten aus Europa. Matt registrierte sofort, dass er CNN eingestellt hatte und nicht etwa Fox. Trump schien seine Gedanken erraten zu haben.

»Manchmal muss man sich auch anschauen, was das andere Lager zu sagen hat, Sandler. Ich amüsiere mich darüber. Ja, tatsächlich. Das amüsiert mich.«

Matt schaute auf den Bildschirm. Ein Reporter hatte sich mit einem Mikrofon vor der Air Base in Ramstein aufgebaut und beantwortete Fragen der Heimatredaktion. Der verantwortliche Redakteur der Sendung muss ein Faible für seltsame historische Analogien haben, dachte Matt, denn auf dem Schirm hatte CNN jetzt rechts oben die berühmte Szene vom Abzug der Amerikaner aus Saigon eingespielt. Der Hubschrauber auf dem Dach der US-Botschaft. »Fast auf den Tag genau – fünfzig Jahre danach«, formulierte der Reporter in Ramstein mit Emphase.

Trump schaltete weg.

»Mir geht dieses Geheul der Europäer auf die Nerven.«

»Mr President?«

»Man ahnt ja gar nicht, wie viele Länder diese EU tatsächlich hat. Und soll ich Ihnen was sagen, Sandler? Ich habe den Eindruck, denen geht allen der Arsch auf Grundeis, nur weil wir demnächst unsere schützenden Händchen nicht mehr über sie halten. Ständig ruft einer an. Heute Morgen erst der Belgier, der hat Angst, Putin könnte zu aggressiv werden. Ich meine, Belgien! Ich habe meine Zeit auch nicht gestohlen. Einzige Ausnahme, das muss ich wirklich sagen: die Finnen. Die lamentieren nicht rum. Die haben noch einen Arsch in der Hose. Kann sein, dass ich das heute noch twittere: ›Better don't fuck with the #Finns‹. Was meinen Sie, Sandler?«

Matt räusperte sich. »Ich bin mir nicht sicher, Sir. Man sollte in dieser Situation nicht noch zusätzlich Öl ins Feuer gießen. Es kann kein Fehler sein, wenn wir unsere traditionellen Beziehungen zu Europa nicht komplett kappen.«

Matt hätte jetzt einen ganzen Katalog jener Bedenken vortragen können, die seit dem Kairoer Treffen zwischen Putin und Trump die außenpolitische Community beherrscht hatten. Aber er sah darin wenig Sinn. Europa, dazu brauchte man kein Analyst zu sein, war wirklich mit sich selbst beschäftigt in diesen Wochen. In den Fluren des NATO-Hauptquartiers, das hatte ihm Herb Moffet gesteckt, herrschte blanke Panik. Das sicherheitspolitische Vakuum, das die USA durch ihren Abzug entstehen ließen, würde in Jahren nicht gefüllt werden können. Dass das alles diesen gut gelaunten Präsidenten, der da hinter seinem Schreibtisch gerade einen Donut aß, offenbar nicht die Bohne interessierte, irritierte Matt Sandler zunehmend.

Matt nahm sich zusammen. »Sir, unser strategisches Ziel muss sein, dass in Europa in den nächsten Wochen und Monaten stabile Verhältnisse herrschen. Nur so haben wir die Chance, dass das Misstrauen der Europäer gegenüber Putin dort nicht zu irrationalen Aktionen führt.« Matt wartete, bis Trump den letzten Bissen heruntergeschluckt hatte. »Meine Empfehlung: Telefonieren Sie in den nächsten Tagen mit Putin und wirken Sie mäßigend auf ihn ein.«

Trump schüttelte den Kopf. »Nicht bevor Sie sich mit Rykow getroffen haben. Wir müssen ein paar Dinge ventilieren. Ich brauche wirtschaftspolitische Erfolge. Ein paar klassische Good News. Wir können das zu einem Paket-Deal machen.«

»Und wie genau, Sir?«

»Erinnern Sie sich, dass ich 2019 den Vorschlag gemacht habe, Grönland zu kaufen?«

Matt nickte. »Die meisten dachten, es sei ein Scherz.«

»War es aber nicht«, sagte Trump. »Hinterher haben das einige auch kapiert. Es war ein Versuch, an seltene Erden ranzukommen. Es hat nicht geklappt, weil sich die Dänen quergestellt haben.« Trump machte eine wegwerfende Handbewegung.

»Und jetzt wollen Sie das wiederholen?«, fragte Matt.

»Genau, aber mit der Mongolei. Ich werde denen ein Kaufangebot unterbreiten. Land- und Explorationsrechte für neunundneunzig Jahre. Die bekommen einen guten Preis, und wir haben einen unschätzbaren Vorsprung vor China bei der Chip-Herstellung. Die Mongolei, Sandler, ist mein erstes Ziel.«

»Und worin liegt der Deal?«

»Wir werden Putin ermuntern, sich den Zugang zu Kaliningrad zu erkaufen. Er soll diesen Korridor, wie heißt der noch …«

»Suwalki-Korridor«, fiel Matt ein.

»Richtig. Putin soll diesen Suwalki-Korridor in Litauen kaufen. Faires Angebot. Guter Preis. Geld genug hat er ja noch mit seinem Gas. Wichtig: Wir geben die Angebote zeitgleich ab, Putin für Litauen und ich für die Mongolei. Putin hält still, wenn die Chinesen sich aufregen. Und ich halte still, wenn die Europäer rumheulen.«

»Wir brauchen dazu jemanden, den wir ins Vertrauen ziehen müssten, Sir«, sagte Matt. »Und ich weiß auch schon, wen.« Er dachte an Herb Moffet. Wenn es ihm gelänge, den Pentagon-Mann davon zu überzeugen, dass ein Korridor durch Litauen eine Frage der Handels- und weniger der Sicherheitspolitik sei, dann könnten sich günstigenfalls auch die Europäer auf diesen Deal einlassen. Matt sah Trump an. »Das wird alles nicht einfach sein. Wir brauchten dazu ein bisschen Zeit.«

»Die haben wir nicht«, antwortete Trump. »Ich habe in Kairo von den drei Zielen gesprochen, die ich den vier Zielen Putins entgegensetzen will. Es ist ein Ziel weniger, dafür aber will ich in die Vorhand kommen. Das zweite Ziel ist Nordkorea. Wir müssen den Rocketman in die Schranken weisen. Gelingt das, dann steigt auch mein internationales Ansehen als Friedensstifter. Das geht aber nur, wenn ich ihn überzeugen kann, dass er zehn Jahre Ruhe hält und auf seine lächerlichen Machtdemonstrationen verzichtet, indem er ständig irgendwelche Mittelstreckenraketen ins Meer ballert. Genauere Details lasse ich von einer Spezialeinheit ausarbeiten, die ich mit Experten aus dem Außen-, Verteidigungs- und Wirtschaftsministerium besetzen werde. Aber das ist nicht Ihr Business, Sandler. Es geht nur darum, dass die Russen frühzeitig unser Ziel Nummer zwei kennen.«

»Und das dritte Ziel?«, fragte Matt.

»Dafür ist es noch zu früh. Aber Sie werden einer der Ersten sein, die davon erfahren«, sagte Trump. »Passen Sie in Moskau auf sich auf. Und nehmen Sie sich vor den Nutten in Acht. Ich will Ihren Schwanz nicht später auf irgendwelchen Videos sehen, wenn die politische Großwetterlage hitziger werden sollte.«

Trump hatte den Fernseher wieder eingeschaltet. In Brüssel gab der NATO-Generalsekretär gerade ein Statement ab. »Die Welt ist heute wieder ein Stück unsicherer geworden.« Trump feixte, dann holte er sein Handy hervor und fing an zu tippen. »Eigentlich ein sehr guter Zeitpunkt für den Tweet über die Finnen.«

KAPITEL 26

»Sofort ins Krisenzentrum!« Rykow sah den Zettel mit der schroffen Anweisung schon von der Tür aus auf seinem Schreibtisch liegen, als er das Büro betrat. Der Befehl brauchte keine Unterschrift. Er stammte von Wadulin, das war klar. Und er erlaubte keine Tändelei. Rykow warf seine Tasche auf den Schreibtisch und eilte zum Büro des Präsidenten. Krisenzentrum? Er hatte noch nie davon gehört. Wadulin hatte sich offenbar in stillem Triumph auf seinem Herrschaftswissen ausgeruht. In Putins Sekretariat wies man ihn umstandslos vier Türen weiter. Den Flur nach rechts. Die Sekretärin klatschte in die Hände. »Der Präsident ist schon dort …«

Das Krisenzentrum war abgedunkelt. Es brannte keine Lampe. Der Raum, so groß wie eine bequeme Küche, wurde von der riesigen Videowand an der Stirnseite erhellt. Aber es gab noch kein bewegtes Bild. Das Siegel des strategischen Kommandos der Atomflotte mit dem Doppeladler Russlands versprach indes Geheimnisvolles. Drei Männer saßen vor dem Schirm, ein vierter lederner Drehsessel wartete auf ihn, den Sondergesandten des Präsidenten. Rykow quetschte sich zwischen die drei anderen und erfasste mühsam, mit wem er die Ehre hatte. Putin, klar. Wadulin, ebenso. Dann der Oberkommandierende der Seestreitkräfte, der auch die Videoanlage bediente. Offenbar hatte Putin die Einrichtung des Krisenzentrums befohlen, weil ihm die Bilder aus dem »Situation Room« des Weißen Hauses imponiert hatten, in dem Obama und seine Entourage die Liquidierung Bin Ladens live verfolgt hatten. So etwas wollte er auch.

»Wir sind komplett, Admiral«, begann Putin. »Geben Sie uns einen Überblick.«

Der Uniformierte, sieben Ordensspangen an der Brust, holte ein Livebild auf den Schirm. Grobkörnig zunächst, dann zunehmend klar.

»Wir sind mit dem Atom-U-Boot ›Vepr‹ in der Barentssee. Das Schiff gleitet dicht unter der Wasseroberfläche dahin, und das Bild, das wir sehen, stammt aus dem Beobachtungsperiskop ›System drei‹. Der Kommandant hat sein eigenes Periskop. Wir sind dabei, die Insel ›Ostrov Si-Smita‹ gleitend zu umfahren, um dann, wenn wir uns hervorschieben, die große Bucht der Insel ›Ostrov Gukera‹ auszumachen, die man im Westen ›Hooker Island‹ nennt. Unser Boot gleitet fast lautlos, die Maschine ist abgestellt, das Boot wird nur noch von zwei Impellern an der Unterseite bewegt, angetrieben von Elektromotoren mit nicht mehr als vierhundert PS.«

Putin unterbrach. »Sagen Sie uns ein paar Sätze zu unserem Boot.«

»Es gehört der ›Akula‹-Klasse der Nordflotte an, hat dreiundsiebzig Mann Besatzung und vier Torpedorohre. Die ›Vepr‹ ist dauerhaft in der Region stationiert, wir nennen es ihre Bastion. Ein paar unserer atomaren Einheiten kreuzen dort ständig auf der Suche nach feindlichen Eindringlingen in unser Hoheitsgebiet. Das Schiff ist gut einhundertzehn Meter lang und seit 1995 im Dienst. 2020 wurde die ›Vepr‹ grundlegend modernisiert und durch spezielle Propeller extrem geräuscharm.«

»Wer führt das Kommando?«

»Generalleutnant Nikolai Woroschin, ein sehr erfahrener Soldat.«

»Warum schauen wir jetzt aus seinem zweiten Periskop, was ist sein Ziel?«

Auf der Videowand war zu erkennen, wie sich der Bug der ›Vepr‹ extrem verzögert um die Südseite der Insel schob. Brütende Seevögel kreischten davon, der Buckel eines Wals erhob sich aus den Wellen. Nur wenige Kilometer voraus war die breite Bucht der Hauptinsel ›Ostrov Gukera‹ auszumachen, in der gerade ein Überwasserschiff Anker warf.

Putin wurde unruhig. »Erklären Sie …«

»Das ist die polnische Korvette ›Kaszub‹ unter dem Kommando von Kapitän Szymon Bartuk. Das Schiff ist vor ein paar Tagen in Gdynia ausgelaufen, hat Skandinavien passiert und fährt nun, wenn man so will, Streife durch russische Gewässer. Das ist eindeutig eine Verletzung unseres Hoheitsgebiets. Die Korvette, die in den USA gebaut wurde und etwa achtzig Mann Besatzung hat, taugt nichts, ist militärisch fast wertlos. Die Amerikaner haben Schrott an die dummen Polen geliefert, die natürlich stolz darauf waren. Das Schiff soll U-Boote jagen, aber Sie sehen ja: Ein fettes Atom-U-Boot nähert sich von der Seite, und die Polen merken nichts. Wir schauen jetzt mal ein bisschen zu, was sie so treiben …«

Putin drängte. Er wollte keine Zeit verlieren. »Warum ankern sie hier?«

»Auf ›Ostrov Gukera‹ ist eine mehr als hundert Jahre alte russische Polarstation. Seit Jahrzehnten verlassen. Wenn Sie genau hinschauen, erkennen Sie die Holzhütte im Zentrum. Sie wird gelegentlich noch genutzt. Drum herum finden sich Reste der technischen Anlagen, außerdem gut erhaltene Hundehütten und sogar eingerostete Fressnäpfe für die Tiere. Die Hunde sollten die Forscher nachts vor der Annäherung hungriger Eisbären warnen.«

Durch das Periskop war zu erkennen, wie zwei motorgetriebene Schlauchboote von der ›Kaszub‹ losmachten und mit je fünf

Mann Richtung Strand fuhren. Auf der Brücke zeichnete sich die Silhouette des Korvettenkapitäns ab, der ihnen nachblickte.

»Im arktischen Sommer«, fuhr der Admiral fort, »ist die Insel ungemein reizvoll. Es blühen Flechten, Moose und Gräser. In vielen Farben. Man kann Stunden damit verbringen, sich hineinzusetzen und die Pracht zu inspizieren. Ich war auch schon dort. Die Polen wissen offenbar, was sie dort erwartet.«

Das war das Stichwort für Putin. »Nein, das wissen sie nicht. Geben Sie mir den Kommandanten der ›Vepr‹.«

Es dauerte keine zwanzig Sekunden, und er hörte dessen Stimme.

»Herr Präsident, es ist mir eine Ehre, Ihnen zu dienen.«

»Woroschin, Sie haben einen exzellenten Ruf als Offizier. Ich erwarte heute, dass Sie Ihrem Vaterland einen ungemein wertvollen Dienst erweisen. Sie werden den polnischen Eindringling vernichten.«

»Zu Befehl, Herr Präsident. Wenn Sie erlauben, schlage ich vor, diesen alten Pott mit zwei Torpedos auf den Grund zu schicken. Einen in den Maschinenraum, den zweiten in die Waffenkammer.«

»Prächtig, Kapitän. Lassen Sie die Torpedorohre laden. Und warten Sie dann auf meinen Befehl.«

Zum ersten Mal blickte sich Putin in dem kleinen Raum um. Wadulin nickte. Der Admiral verbeugte sich leicht. Rykow fühlte eine aufsteigende Übelkeit. Die Besatzung eines arglosen Schiffes aus dem Hintergrund in den Tod schicken?

Zum ersten Mal war Widerspruch zu vernehmen. »Dient uns das wirklich, Herr Präsident?«

»Sie werden später erkennen, wozu es dient. Es ist ungeheuer nützlich. Und es schont viele andere Leben, vor allem russische. Sind Sie loyal, Rykow?«

»Selbstverständlich, Herr Präsident. Sie haben den Überblick und die Perspektive.«

Putin sprach wieder zum Kommandanten des U-Boots. Die zwei Schlauchboote, war auf der Videowand zu erkennen, hatten angelegt, die Seeleute umrundeten die Holzhütte. Zwei knieten nieder und pflückten offenbar Blüten.

»Woroschin, ich gebe Ihnen den Befehl, die polnische Korvette, die in unser Hoheitsgebiet eingedrungen ist, zu versenken. Wenn ich ›Feuer frei‹ sage, schicken Sie die Torpedos los.«

»Zu Befehl, Herr Präsident. Die ›Vepr‹ ist kampfbereit.«

Putin zögerte einen Moment, ließ Sekunden verstreichen. Der Kapitän der ›Kaszub‹ verließ eben die Kommandobrücke.

»Feuer frei!«

Die Nase des U-Boots hatte sich um die Insel geschoben und wies auf die Korvette. Das Periskop gab den Blick auf die Spur der Geschosse frei. Rykow faltete im Halbdunkel die Hände. Möge Gott diesen armen Burschen gnädig sein.

Es dauerte neun Sekunden, bis das erste Geschoss den Maschinenraum traf und den Kessel explodieren ließ. Eine Sekunde später jagte der zweite Torpedo die Waffenkammer in die Luft. Große Teile der Aufbauten des Schiffs wurden emporgeschleudert und zertrümmert. Lichterloh brennende Seeleute stürzten an Deck und sprangen über Bord. Die Silhouette verriet unverkennbar, dass der Kapitän einen Arm verloren hatte. Er kollabierte an der Reling. Wer nicht unter Deck gestorben war, stürzte schreiend ans Tageslicht und sprang ins Meer.

Die »Kaszub« brannte mittschiffs und nahm durch die Treffer Wasser auf. Die Männer auf der Insel standen wie gelähmt und beobachteten das Ende ihrer Kameraden – und ihres Schiffes. Das senkte sich rasant nach der Seite, an der die Torpedos eingeschlagen waren. Am Ende drehte es sich um die Längsachse, kurz war der Kiel oben, dann wurde die »Kaszub« mit einem stählernen Seufzer vom Meer verschluckt. Brennendes Öl auf den Wellen war alles, was noch von ihr zu erkennen war. Im Öl brannten Menschen.

»Perfekt, Woroschin! Ich belobige Sie und werde Ihnen eine Prämie anweisen. Wenn Sie zurück sind in Murmansk, erhalten Sie vier Wochen Sonderurlaub am Südchinesischen Meer.«

»Es war ein Vergnügen, unter Ihrem Kommando zu dienen, Herr Präsident. Ich bin stolz darauf.«

Putin machte mit ein paar Handbewegungen Schluss. Der Admiral beendete die Übertragung und schaltete das Licht ein im Krisenzentrum. Putin hatte die fischigsten Augen, die Rykow je an ihm gesehen hatte. Wadulins Ohren waren feuerrot. Der Admiral war blass wie ein kirgisischer Käse. Rykow war übel. Plötzlich sehnte er sich nach Matt Sandler. Er musste mit ihm reden. Bald.

Putin erhob sich abrupt. »Meine Herren, wir werden die Versenkung der ›Kaszub‹ in einer halben Stunde bekannt geben und mit der Verletzung unseres Hoheitsgebiets begründen. Morgen Vormittag um neun Uhr dreißig, meine Herren, sehen wir uns hier wieder. Ich erwarte unbedingte Pünktlichkeit, Rykow.«

Der verließ den Kreml sofort. Im Hof taumelte er an eine Hausecke und übergab sich. Würgte. Spuckte. Würgte. Was ist mit dir los? Du hast doch schon viel erlebt in deiner Zeit bei der GRU. Du hast auch Tote gesehen. Und Tote produziert. Und jetzt?

Zu Hause nahm er einen Schluck Milch aus dem Kühlschrank und ließ sich aufs Bett fallen. Was wurde jetzt aus den Seeleuten, die auf der Insel zurückgeblieben waren? Zu essen gab es dort nichts. Vielleicht ein wenig Regenwasser in den Hundenäpfen. Die Polen würden nach diesem Eklat gewiss kein Schiff mehr dorthin schicken. Und Putin?

Rykow erwachte sehr früh aus einem Schlaf voller Albträume. Er sah sich im Rumpf der »Vepr« gefangen, ein polnischer Atomtorpedo hatte den Reaktor zerstört, geschmolzenes Blei lief ihm über den Unterleib. Er schreckte hoch. Es war noch dunkel. Rykow ließ sich aus dem Bett gleiten, kniete davor, legte die Stirn auf die Matratze und weinte lautlos.

Um neun Uhr zwanzig betrat er, frisch rasiert und geduscht, das Krisenzentrum. Wadulin kam direkt nach ihm. Der Admiral war durch den Chef der GRU ersetzt worden. Der bediente die Videowand.

Putin wirkte blass und unausgeschlafen. Die Versenkung der Korvette hatte international einen Hexentanz ausgelöst. Xi, der Verräter, hatte sich distanziert und von einer unglücklichen Entscheidung gesprochen. Nur Trump war ihm eine Stütze. »Hätte nicht nach Russland fahren sollen, der Pole«, twitterte er. Und: »Verstehe Putin.«

Der Präsident schwang sich auf seinen Sessel und begann schnörkellos.

»Warum sind wir hier? Weil die Versenkung der ›Kaszub‹ nur die Vorbereitung dessen war, was wir heute erleben werden. Der Chef der GRU wird uns gleich Bilder vom Präsidentenpalast in Warschau zeigen. Dort sitzen noch der Staatspräsident und der Regierungschef beieinander, bevor sie gemeinsam ins Parlament fahren, in den Sejm. Bin eigentlich gespannt, was der Premier dort sagen möchte. Kriegserklärung an Russland? Ausrufung des NATO-Verteidigungsfalles? Dafür bräuchte er Trump.«

Putin musste sich plötzlich ausschütten vor Lachen. Seine Nerven lagen blank. Er wischte sich mit einem Taschentuch den Speichel aus den Mundwinkeln.

»Leider werden wir all das nicht mehr erleben. Sondern das,

was uns der Chef unseres verdienten Militärgeheimdienstes nun vorführen wird.«

Auf der Videowand erschien der Präsidentenpalast mit dem Reiterstandbild des Fürsten Poniatowski. Rechts davon, im Hintergrund, öffnete sich nun die Ausfahrt des Gebäudes, und die schwarze Limousine des Staatsoberhaupts glitt heraus.

»Beide sitzen drin«, murmelte der GRU-Chef. »Habe die Bestätigung aus dem Palast bekommen.«

Die Limousine schob sich eben zwischen die beiden steinernen Löwen, die am letzten Meter der Ausfahrt wachten, da wurde der Wagen vorne emporgerissen, und eine mächtige Detonation war zu hören. Die steinernen Löwen wurden zerrissen, ihre Bruchstücke zersiebten die Karosserie. Der Wagen schoss nun nach vorne, der Fahrer musste das Gaspedal durchgetreten haben, und der Wagen drehte sich in der Luft um die eigene Längsachse. Einmal, zweimal, dreimal … dann krachte er aufs Dach und rutschte noch etwa zweihundert Meter weiter. Die Limousine war vollkommen zerstört. Drei Räder abgerissen, die Karosserie zersiebt.

Die beiden Insassen hätten wohl trotzdem überlebt, denn der Mercedes war schwer gepanzert. Wenn nicht der Präsident bei der Konstruktion des Wagens darauf bestanden hätte, hinten die schweren Scheiben nicht elektrisch, sondern mit Handkurbel versenken zu können. Der Chauffeur vorne überlebte schwer verletzt, die beiden Insassen hinten aber wurden förmlich zerschnitten. Denn die Explosion riss die scharf geschliffenen Scheiben um die Fensterkurbeln aus der Türverkleidung und schoss sie durch den Fahrgastraum. Quer durch die Gesichter, über die Oberkörper … Arme wurden abgeschnitten, Augen herausgetrennt.

Der Staatspräsident und der Ministerpräsident Polens verbluteten. Putin hatte das Land politisch enthauptet.

Er sprang auf und riss die Faust nach oben. Jaaaa! So hatte er sich das vorgestellt.

»Wadulin, sofort ein Beileidstelegramm an die Präsidentin des Sejm. Laden Sie sie nach Moskau ein. Und Sie, Rykow, fahren nach Warschau und suchen zwei Nachfolger nach unseren Vorstellungen. Polen frisst uns nun aus der Hand, ohne Krieg.«

KAPITEL 27

Die vierzehn Särge wurden von russischen Matrosen auf das Flugfeld getragen. In tadellosen Uniformen, gemessenen Schrittes. Die Särge waren mit polnischen Fahnen bedeckt. Eine Ehrenformation der russischen Marine war angetreten und präsentierte das Gewehr, mit aufgepflanztem Bajonett. Die Militärkapelle, unsichtbar im Hintergrund, spielte die polnische Hymne. Hinter der langen Reihe der Särge folgten die zehn polnischen Matrosen, die überlebt hatten und nach zwei Tagen mit Hubschraubern von der Insel geholt worden waren. Die übrigen polnischen Seeleute hatten ihren Frieden im Wrack der »Kaszub« gefunden, auf dem Grund der Barentssee vor der Insel »Ostrov Gukera«.

Perfekt, dachte Rykow. Sie haben sich wirklich Mühe gegeben. Er verfolgte die Übergabe der Opfer und der Überlebenden vom Bett seiner Suite aus live im polnischen Fernsehen. Am vergangenen Sonntag war die »Kaszub« von Wladimir Putin auf den Grund des Meeres geschickt worden. Schon am folgenden Morgen wurde Polen politisch enthauptet, als der Staatspräsident und der Ministerpräsident bei der Ausfahrt aus dem Präsidentenpalast miteinander in die Luft gesprengt wurden. Nun, am Donnerstag, lag Rykow im formidablen Warschauer Hotel »Bristol«, um am folgenden Tag sein höchst delikates Gespräch in der Redaktion der »Gazeta Wyborcza« zu führen und dann am Samstag Trauerfeier und Beisetzung der Toten in der Krypta der Johanneskathedrale zu erleben. Geschichte im Zeitraffer. Und er mittendrin.

Aber nicht als Anatoli Rykow, Oberst des russischen Militärgeheimdienstes. Sondern als Ivo Simanovic, Reporter der Belgrader Zeitung »Politika«. Die Geheimdienste hatten die plötzliche Verwandlung des russischen Agenten in üblicher Routine miteinander in Szene gesetzt. Rykow flog von Moskau nach Belgrad, wo er von einem serbischen Kollegen an der Tür des Flugzeugs abgeholt und unkontrolliert herausgeschleust wurde. Im Hauptquartier der Serben war ein Raum für ihn reserviert, zum Umziehen und Verwandeln. Rykow kleidete sich neu ein, von Kopf bis Fuß, serbisch. Die Kleidermarken mussten einfach stimmen. Wie auch sein Mobiltelefon, zugelassen auf einen Anbieter vom Balkan. Als Simanovic das Sakko übergestreift hatte und prüfend die Taschen abklopfte, entdeckte er in der Brusttasche den echten falschen Pass, den echten falschen Presseausweis und echte falsche Visitenkarten des Inhabers: Ivo Simanovic, »Politika«, Beograd …

Die Kollegen überließen ihm für einen halben Tag ein Büro mit Schreibtisch, Telefon und Laptop. Rykow-Simanovic rief bei der »Gazeta Wyborcza« in Warschau an und ließ sich mit Bartosz Piotrowski verbinden, dem Chef des Politik-Ressorts. Der war zunächst nicht zu erwischen, rief aber nach zwölf Minuten zurück. Mit der »Politika« in Belgrad hatte er noch nie Kontakt gehabt. Rykow-Simanovic stellte sich als politischer Reporter vor, der zu den nationalen Trauerfeierlichkeiten nach Warschau kommen würde und um ein Hintergrundgespräch bat, bei einer Tasse Kaffee. Am Samstag, beschied ihn Piotrowski, sei das leider nicht möglich, denn da habe er über die Feierlichkeiten vom Vortag zu schreiben. Aber am Freitag könne er sich eine halbe Stunde frei machen, vormittags um elf in der Redaktion. Bevor um zwölf die Totenmesse in der Kathedrale begann. Rykow, der sich schon wie Simanovic zu fühlen begann, zeigte sich dankbar und versprach Pünktlichkeit.

Auf dem Fernsehschirm seiner Suite erlebte Rykow eben, wie die Särge in den offenen Bauch der riesigen Transportmaschine getragen wurden. Die russischen Seeleute kamen, einer nach dem anderen, wieder heraus, formierten sich zu einer langen Reihe und nahmen die Ehrenbezeugung des polnischen Offiziers entgegen, der den Evakuierungstrupp im Feindesland kommandierte.

Rykow hatte genug. Er wechselte das Programm und zappte einmal quer durch. BBC, CNN, Fox, RT, Deutsche Welle, ARD, ZDF … Das russische Programm fiel völlig aus dem Rahmen. Nichts aus Warschau, nur ein paar knappe Einstellungen aus Murmansk. Für elf Uhr dreißig wurde plötzlich eine Ansprache Wladimir Putins angekündigt, in gut zehn Minuten also. Das ließ ihm Zeit, sich einen groben Eindruck der Stimmung im Westen zu verschaffen. Der Dreh- und Angelpunkt aller Debatten und Kommentare war die Frage, ob die USA wieder in die NATO zurückkehren sollten und der mutmaßlich russische Angriff den Bündnisfall auslösen müsse. Krieg also.

Die Kommentatoren in New York und London waren geteilter Meinung. Man müsse Putin jetzt die Eisen anlegen. Man dürfe die Welt jetzt bloß nicht ins Desaster stürzen. Die BBC enthielt sich einstweilen und schaltete in andere Hauptstädte. Berlin war das Zentrum der Friedensbewegung. Vom Brandenburger Tor bis zur Siegessäule schoben sich mehr als siebenhunderttausend Demonstranten, die nur eine Botschaft hatten: Frieden. »No war«, »Talk to Putin«, »Russia is part of Europe«. Auf der Kundgebung vor dem Brandenburger Tor rief eben der Vorsitzende der Sozialdemokraten: »Es sind wieder Schlafwandler unterwegs. Fallt ihnen in den Arm! Sie dürfen nicht erneut den Kontinent in einen Weltkrieg stürzen.«

In Paris hingegen war es still. Der französische Präsident hatte in einer schriftlichen Erklärung zu Besonnenheit aufgerufen. Gerüchte wollten wissen, Frankreichs Präsident bemühe sich um ein Gespräch mit Putin in Moskau, sei aber bislang nicht erfolgreich gewesen.

Putin! Rykow schaltete auf CNN und erwischte gerade noch den Beginn der Live-Übertragung aus Moskau. Putin musste sich erklären, er brauchte eine Erzählung von den Ereignissen. Schweigen ging nicht mehr. Auch wenn die Töne aus den westlichen Hauptstädten offenbarten, dass sich Europas Nationen mit dem Beginn des amerikanischen Truppenabzugs wie Eisenspäne dem Magneten in Moskau zuwandten. Putin wirkte auf dem Fernsehschirm überaus gelassen, wenn auch sein Teint etwas gerötet war.

»... Verleumdung Russlands nicht tolerieren«, vernahm Rykow. »Wir haben es mit einem eklatanten Fall der Umkehrung von Ursache und Wirkung zu tun. Die polnische Korvette ›Kaszub‹, schwer bewaffnet und auf der Jagd nach russischen Atom-U-Booten, ist in der Barentssee vor der Insel ›Ostrov Gukera‹ in eindeutig russisches Hoheitsgebiet eingedrungen. Das russische Atom-U-Boot ›Vepr‹, das dort sein routinemäßiges Einsatzgebiet hat, wurde vom Zielsystem des Kriegsschiffs erfasst und musste dem Angriff zuvorkommen. Die ›Vepr‹ hat die ›Kaszub‹ also mit zwei Torpedos ausgeschaltet, um sich selbst zu retten. Zehn polnische Seeleute haben wir gerettet. Sie sind heute, zusammen mit den Särgen von vierzehn gefallenen Matrosen, in Murmansk an polnisches Militärpersonal übergeben worden. Im Namen des russischen Volkes spreche ich den Angehörigen der Toten mein tiefempfundenes Beileid aus. Die Verantwortlichen für diese Katastrophe sitzen in Warschau und gehören vor ein internationales Gericht, statt nun die Kriegstrommel zu rühren.«

Putin hob ein Glas und nahm einen Schluck Wasser.

»Soweit die russische Selbstverteidigungsoperation in der Barentssee. Etwas völlig anderes ist der terroristische Mordanschlag auf den Staatspräsidenten und den Ministerpräsidenten Polens in Warschau. Die Russische Föderation hat damit nichts zu tun. Gar nichts. Wir verabscheuen Terrorismus und verurteilen dieses monströse Verbrechen. Mein Mitgefühl gilt dem gesamten polnischen Volk. Offenbar haben interessierte Verschwörerkreise den Zwischenfall in der Barentssee zum Anlass genommen, um Polen politisch zu enthaupten und die Schuld auf Russland zu schieben. Wir bieten unsere Hilfe an, um die Täter zu fassen. Ich warne jedoch davor, die Kriegstrommel gegen Moskau zu rühren. Wer das tut, wird die Folgen zu tragen haben. Russland ist unangreifbar. Wir reichen den Völkern Europas die Hand, um nun, da amerikanische Truppen abgezogen werden, eine neue stabile Friedensordnung zu schaffen. Russland will Frieden! Spassiba.«

Der Kerl kann lügen, dachte Rykow. Aber er macht es einfach gut. Als er sich im Bett aufsetzte, bemerkte er, dass ihm Tränen in die Augen gestiegen waren. Er musste ein wenig durch Warschau spazieren, um die Stimmung dieses schwer geprüften Volkes aufzunehmen. Rykow zog sich Schuhe an und spazierte in strahlendem Sonnenschein vors Hotel. Der Präsidentenpalast lag quasi vor der Haustür. Er fragte nach dem Weg und zog los.

Die Straßen waren schon gestopft voll. Unablässig trafen Busse und Sonderzüge ein, um Menschen aus der Provinz zur Trauerfeier am Samstag heranzuschaffen. Der Präsidentenpalast mit dem Reiterstandbild davor war schon von Weitem auszumachen, Hunderttausende von Menschen schoben sich daran vorüber. Rykow reihte sich ein in den menschlichen Mahlstrom und ließ sich voranschieben. Es herrschte Stille. Keiner sprach ein Wort. Die Polen waren traumatisiert. Wieder mal. Wie schon so oft in ihrer Geschichte. Rykow versuchte, Umstehenden in die

Augen zu schauen, doch die schlugen den Blick nieder, wenn sie es bemerkten.

Polen war gebrochen. Das war Putin gelungen. Ohne großen Krieg. Mit nicht mal siebzig Toten. Rykow hatte tiefstes Mitgefühl mit den ertrunkenen Matrosen empfunden, doch nun ging ihm auf, dass sie ihr Leben gegeben hatten, um einen Krieg zu vermeiden.

Nach fast zwei Stunden wurde Rykow im Hefeteig der trauernden Polen vor die Ausfahrt des Präsidentenpalastes geschoben, ganz dicht an den riesigen Krater, den die Bomben gerissen hatten. Es mussten wohl zwei gewesen sein, unter den Sockeln der Löwen, die an der Ausfahrt gewacht hatten. Die mächtige Grube, fünf Meter tief etwa, war mit Blumen gefüllt. Jeder der Trauernden, die vorbeikamen, warf eine Blume oder einen Strauß hinein. Rykow war als Einziger nicht präpariert. Man hätte daran erkennen können, dass mit ihm etwas nicht stimmte. Doch niemand schien das zu bemerken. Die Menschen waren mit sich selbst beschäftigt. Mit ihren Gefühlen. Ihren Tränen.

Rykow ließ sich zurücktreiben zum Hotel und aß mit großem Appetit ein Steak an der Bar. Den Abend verbrachte er auf dem Zimmer und setzte seine Fernseh-Beobachtung fort. Deutsch-französische Friktionen waren nun das Thema. Der deutsche Kanzler rief in einem Fernseh-Interview zur Mäßigung auf. Was das Attentat in Warschau angehe, müsse man in alle Richtungen denken. Der französische Präsident hingegen ließ durchsickern, er sei über die deutsche Weigerung zur Abstimmung der Reaktion verstimmt. Paris werde sich nun Richtung Rom und Madrid orientieren. Die kleinen europäischen Staaten waren ratlos – und verstummten.

Rykow schlief unruhig und träumte blutig. Eine riesige europäische Reiterarmee galoppierte in Moskau ein, mit gezückten

Säbeln. Die Reiter spalteten alle russischen Schädel, die ihnen über den Weg liefen, und erreichten schließlich den Roten Platz. Der GRU-Kommandant trat den Reitern aus dem Spasski-Tor entgegen und schubste den gefesselten Putin vor sich her. Der schrie unartikuliert, bis ihm einer der Reiter, offenkundig ein Holländer, denn er trug Holzschuhe, zunächst die Ohren abschnitt, dann die Nase und schließlich, bei heruntergerissener Hose …

Rykow schreckte hoch, wischte sich den Schweiß von der Stirn und griff nach seiner Armbanduhr. Acht Uhr siebenundvierzig, er musste sich beeilen. Rykow zog sich den dunklen serbischen Anzug an, verspeiste im Frühstückssaal vier prächtige Spiegeleier und ließ sich dann von einem Taxi zum Redaktionsgebäude der »Gazeta Wyborcza« fahren. Vier Minuten vor elf betrat er das Vorzimmer von Bartosz Piotrowski.

Der war klein und dicklich, hatte nicht mehr viele Haare auf dem glänzenden Schädel und trug einen formidablen Anzug, silbern schimmernd. Gottlob musste Rykow dem Polen nicht viel erklären. Der hatte im Impressum der »Politika« vergeblich nach seinem Namen gesucht und verschwieg das auch nicht. Doch Rykow-Simanovic überreichte ihm eine Visitenkarte, die der Pole eingehend studierte, und erklärte, er sei erst kürzlich vom Staatsfernsehen zur »Politika« gewechselt und sei eben dabei, sich dort einen Namen zu machen.

»Deshalb bin ich auch sehr dankbar, lieber Kollege, dass Sie mich in diesen Tagen empfangen. Was das Attentat angeht, liegt die Schuldfrage für mich auf der Hand. Ich möchte Sie damit nicht behelligen. Mich interessiert nur Ihr Blick nach vorne. Krieg gegen Russland? Und wer soll den beiden Toten im Amt nachfolgen?«

»Es wird keinen Krieg gegen Russland geben«, antwortete

Piotrowski flink. »Die Amerikaner sind schon fast weg aus Europa. Und bei den Europäern geht's drunter und drüber. Haben Sie von dem Geheimtreffen in Brüssel gehört?«

Rykow schüttelte stumm den Kopf.

»Die Außen- und Verteidigungsminister der NATO – mit Ausnahme der USA, die nicht mehr dazugehören wollen – sind vorgestern in Brüssel zusammengekommen. Sie mussten doch mal klären, ob sie den Beistandspakt der NATO auslösen oder was sie sonst so gegen Russland tun werden …«

Der Pole hielt inne und studierte sein Gegenüber. Es machte ihm offenkundig Spaß, den ahnungslosen Serben zu beeindrucken.

»Was den Beistandspakt respektive den Verteidigungsfall angeht, war nicht mal Polen eindeutig. Die beiden Minister aus Warschau bezogen jedenfalls nicht Position und gaben klar zu erkennen, dass ihr Land nicht die geringste Chance gegen Russland sieht. Obgleich die Russen in der Ukraine … na ja.«

»Also ist nichts beschlossen worden?«

»Nichts. Wie man so sagt in diesen Kreisen: Das Fenster der Gelegenheit ist wieder geschlossen.«

»Da wird sich Putin freuen. Und wer könnte nun die beiden Toten von Warschau ersetzen? Scharfmacher oder Friedensfürsten?«

»Weder noch. So einfach sind die Erben der Toten nicht mehr zu katalogisieren. Ich sage Ihnen jetzt mal, was ich durch viele vertrauliche Gespräche für gesichert halte, ziemlich gut gesichert. Zunächst mal: Niemand drängt sich nun nach vorne. Niemand möchte als Nächster sterben. Es geht also sanfter voran.«

»Halten Sie die Lösung für überzeugend, die Sie nun erkennen?«

»Nein, um es klar zu sagen. Aber ich kann keine Alternative

erkennen. Ich denke mir, dass die Parlamentspräsidentin das Staatsoberhaupt ersetzt. Sie ist ja auch schon kommissarisch im Amt, nach der Verfassung die Nummer zwei. Das ist eine vorsichtige Frau. Sie wird Putin nicht herausfordern, sondern darauf achten, dass die Dinge nicht weiter eskalieren. Niemand in Polen will einen Krieg.«

»Und wer soll die Regierung führen, Ministerpräsident werden?«

»Im Sejm erkenne ich niemanden. Nichts als Schwachmaten. Nein, hier muss Polen kreativer sein. Mein Tipp ist der polnische UN-Botschafter. Der Mann ist sehr erfahren, kein Dummkopf und auch kein ideologischer Hardliner.«

»Käme Putin mit ihm zurecht?«

»An Putins Stelle würde ich ihn nach Moskau einladen und dort einen Beistandspakt abschließen.«

»Käme er?«

»Unbedingt. Davon bin ich überzeugt.«

»Eine sehr spannende Idee, lieber Kollege Piotrowski. Ich sehe auf meiner Armbanduhr, dass Sie in die Kathedrale müssen. Ich möchte das auch nicht verpassen …«

»Wissen Sie was? Ich nehme Sie mit rein.«

Rykow hatte das nicht zu träumen gewagt. Er wartete in Piotrowskis Vorzimmer, bis der sich in Schale geworfen hatte, und eilte dann stumm hinter ihm her, in den Hof, zum Dienstwagen des Polen. Ein Polizeiwagen mit Blaulicht und Sirene fuhr voran. Die Straßen waren überfüllt. Es mussten Millionen sein, die sich im Glockengeläut aller Warschauer Kirchen auf den Straßen drängten. Der Pole nahm Rykow vor der Kathedrale an der Hand und zog ihn hinein, zu zwei reservierten Plätzen in der siebten Reihe. »Meine Frau kann nicht, ihr Herz ist zu schwach.«

Sie hatten kaum Platz genommen, hinter den Reihen mit den

Staatsgästen aus ganz Europa, da brüllte die Orgel auf, und junge Offiziere in Paradeuniformen trugen die beiden Särge auf ihren Schultern herein. Dahinter folgten die zehn Überlebenden der Schiffskatastrophe im Eismeer. Sie trugen dunkelbraune Kampfanzüge und hielten die Köpfe gesenkt.

An eines der Gesichter konnte sich Rykow vom Bildschirm im Kreml erinnern. Er dachte einen Augenblick an sein Gespräch mit dem Polen. Wenn es so käme, wie der es für richtig hielt, hätte Putin seinen ersten Sieg errungen.

KAPITEL 28

Er spürte, wie sein Herz einen Sprung machte, als er Matt Sandler erblickte, der eben aus der Passkontrolle kam. Schon erstaunlich, dachte Rykow, wie ihm dieser Amerikaner zum Freund geworden war. Freund? Er streifte diesen Begriff gleich wieder ab. Ein Freund durfte er nie werden. Denn jederzeit musste er in der Lage sein, ihn zu verstoßen, ja sogar zu eliminieren. Matt Sandler durfte für ihn nicht mehr sein als ein Funktionskontakt. Und dennoch …

Matt sah Rykow lächeln, als er ihm entgegentrat. Der Russe hatte noch nie gelächelt, wenn sie sich unter anstrengendsten Bedingungen getroffen hatten. Seine Mundwinkel kannten nur eine Richtung: nach unten. Nun aber lächelte er. Und dieses Lächeln spiegelte sich in Matts Miene. Der Amerikaner trug einen leichten Sommeranzug, hielt eine kleine Reisetasche in der Hand und darüber gerafft einen hellen Sommermantel. Sie traten aufeinander zu und deuteten eine Umarmung an.

»Willkommen in Russland, Matt. Ich werde Ihnen Ihren Aufenthalt so angenehm und ertragreich wie möglich machen. Habe mich auf Sie gefreut …« Den letzten Satz bereute er schon, als er noch dabei war, ihn auszusprechen. Wollen doch nicht gleich übertreiben …

Rykow führte den Gast zum Parkplatz des Flughafens Wnukowo, wo sie schweigend in seinen Volvo kletterten. »Ich werde Ihnen gleich etwas Interessantes zeigen, Matt. Es dient Ihrem Verständnis von meiner Heimat.«

Sie fuhren eine Weile auf der breiten Magistrale Richtung

Moskau, als neben der Fahrbahn eine eher unscheinbare Panzersperre auftauchte. Stahlträger, zu einem Kreuz verschweißt. »Hier«, sagte Rykow, »exakt hier wurde 1941 der erste deutsche Panzer abgeschossen, der auf dem Weg in die Moskauer Innenstadt war. Hier wurde die Wucht des faschistischen Angriffs gebrochen. Das Moskauer Regierungsviertel war da schon halb evakuiert.«

»Ach, Anatoli«, antwortete Matt, »die Geschichte ist so schwer. Lassen Sie uns etwas heiterer in diese Begegnung gehen.«

Der Russe schielte zur Seite und sah, wie der Amerikaner ein flaches Päckchen aus seiner Tasche zog. Es war eingeschlagen in den amerikanischen Nationalfarben.

Rykow war gespannt, und der breit lächelnde Amerikaner animierte ihn: »Na, dann machen Sie das Päckchen doch mal auf, Anatoli.«

Eine CD kam zu Vorschein, eine offenkundig selbst produzierte. Rykow blickte Matt fragend an.

»Das ist ein privater Mitschnitt des Sting-Konzerts von 2012 in Moskau, das Sie damals nicht besuchten konnten. Ein Freund hat mir das seltene Stück besorgt. Für Sie.« Matt war von sich selbst gerührt. Er spürte, wie ihm ein Kloß den Hals verschloss und Tränen in die Augen stiegen. Verflucht, warum bist du nur so nah am Wasser gebaut … »Wenn ich recht informiert bin, hat Sting damals Putin kritisiert wegen der Strafandrohung für Pussy Riot. Aber deswegen, glauben Sie mir das bitte, habe ich den Mitschnitt nicht besorgt.«

Rykow legte Matt die Rechte auf den Arm und drückte leicht zu. Sein Dank kam krächzend.

»Ich muss dabei an meinen Sohn denken. Er war schon verhaftet bei dem großen Fischzug Putins. Schon im Lager. Aber ich habe ihn noch freibekommen. Nun geht er wieder seiner

Arbeit für die russische Marine in Murmansk nach. Eben noch Volksfeind – jetzt Kämpfer für die Heimat. Wir leben in verrückten Zeiten.«

»Das ist bei uns nicht anders, Anatoli. Mein Präsident hat einen großen Teil des Volkes mit seiner Wahlrechtsreform von der Politik ausgeschlossen. Das Blutvergießen auf den Straßen hat ja dafür gesorgt, dass wir nicht zum Basketball gehen konnten – mit Ihren Karten. Es könnte in Amerika bald so zugehen wie in Russland …«

Nach einer knappen Stunde hielt Rykow vor dem Hotel »Metropol«, dem fabelhaft glamourösen Kasten unweit des Roten Platzes, in dem er Matt Sandler eingebucht hatte. »Checken Sie ein, ich warte im Foyer, und dann laufen wir zum Roten Platz.«

Er hatte schon Karten besorgt für den Gang entlang der Kremlmauer. Zahllose Revolutionäre waren hier beigesetzt, die meisten in Urnen. Der Heerführer Michail Frunse zum Beispiel, der amerikanische Kommunist John Reed und Clara Zetkin, die deutsche Revolutionärin. Dazwischen, mit Büste: Josef Stalin.

»So gehen wir mit unserer Geschichte um«, bemerkte Rykow. »Der Massenmörder liegt an der Kremlmauer, seine unschuldigen Opfer sonst wo. Ich möchte nur die Alt-Bolschewiken Sinowjew und Kamenew erwähnen. Sie wurden 1936 währen des Großen Terrors zum Tode verurteilt, obgleich ihnen Stalin persönlich versprochen hatte, es werde nicht dazu kommen, wenn sie vor Gericht kooperierten. Sie wurden nach der Urteilsverkündung sofort in den Keller der ›Lubjanka‹ geschafft, wo sie tobten und schrien. Man warf ihnen kurzerhand Handtücher über den Kopf und erschoss sie. Sinowjew und Kamenew, die einst gemeinsam mit Stalin in der Troika die Sowjetunion regiert hatten.«

Matt blieb einen Moment vor Stalins Büste stehen und blickte dann Rykow an. »Wie sehen Sie Stalin heute, Sie persönlich?«

»Er hat die Heimat gegen die Faschisten verteidigt. Das bleibt. Deshalb liegt er hier. Aber er ist ein Massenmörder, noch schrecklicher als … als Hitler.« Rykow hatte die Stimme gesenkt, damit niemand den skandalösen Vergleich hören konnte. Dann wandte er sich ruckartig zu Matt Sandler um.

»Wie denken Sie heute über das, was wir beide tun? Dienen wir dem Bösen? Trump und Putin, ist das nicht so ähnlich wie Hitler und Stalin, als die den Nichtangriffspakt schlossen und Europa aufteilten?«

Matt schluckte. Er wusste keine Antwort.

»Ich denke immer wieder darüber nach, wann ich aufhören sollte«, fuhr Rykow fort. »Was, wenn man meinen Sohn erschossen hätte? Durchaus denkbar. Und ich sitze neben dem Mörder im Kreml …«

»Anatoli«, versuchte Matt zu beschwichtigen. »Ich gebe zu, dass Putins Operation in Polen …«, er dachte einen Moment nach, »… in Polen fast das Ende unseres Bündnisses bedeutet hätte. Das ist meine wichtigste Botschaft an Sie: Bleiben Sie auf dem Teppich! Ein Doppelmord wie in Warschau, die Enthauptung einer ahnungslosen Nation, dazu darf mein Präsident eigentlich nicht schweigen.«

»Braucht er auch nicht«, erwiderte der Russe. »Jede Seite muss bewegungsfähig bleiben. Aber niemand fällt dem anderen in den Arm, sonst erleben wir den Jüngsten Tag.«

»Haben Sie nicht gewusst, Anatoli, was in Polen kommen wird?«

»Nein, und nun folgt meine wichtigste Botschaft an Sie: Der Präsident der Russischen Föderation plant und entscheidet alles von großer Tragweite selbst, ganz persönlich. Ich wusste, dass Polen an der Reihe war. Aber nicht wann und womit. Ich saß an diesem Tag ahnungslos im Krisenzentrum des Kreml und sah live, wie unser Atom-U-Boot das polnische Kriegsschiff in der Barentssee versenkt hat. Am nächsten Vormittag war ich wieder in dieses Zentrum bestellt und beobachtete, wie der Präsident und der Ministerpräsident in Warschau auf dem Weg ins Parlament in die Luft gesprengt wurden.«

»Wie hat Putin das ...?«

»Putin«, Rykow flüsterte, »ist ein Killer. Er freut sich, wenn er andere umbringen kann. Aber – das ist das Neue: Er wird keinen Krieg mehr beginnen, konventionell mit Panzern und Artillerie. Nach Polen folgt demnächst Litauen, um eine Landbrücke nach Kaliningrad zu bekommen. Ich weiß nicht, was Putin vorhat, aber es dürfte wieder überraschend sein. Seien Sie auf alles gefasst in Washington.«

»Sind wir auch, sind wir«, antwortete Matt Sandler rasch, und die beiden beendeten ihren Gang entlang der Kremlmauer.

»Sie zweifeln schon, Anatoli?«

»Sie nicht, Matt?«

»Die Wahlrechtsreform ist Trumps erste Untat, es ist viel Blut geflossen deshalb. Ich verabscheue das. Aber keines der drei Ziele, die der Präsident in Kairo reklamiert hat, ist bislang militärisch angegriffen worden. Er wird demnächst beginnen, seine Agenda abzuarbeiten. Mir geht es da wie Ihnen, ich erfahre erst davon, wenn es schon passiert. In gewisser Weise schont das doch auch unser Gewissen, oder, Anatoli?«

Rykow schluckte und lotste Matt durch das Spasski-Tor in den Kreml, zu seinem Büro. Der Amerikaner war angemeldet, er wurde bedenkenlos eingelassen. Auf dem Gang vor Rykows Büro begegnete ihnen Wadulin. Der trat höflich zur Seite und ließ sich von Rykow vorstellen. »Freut mich, Mr Sandler, freut mich sehr. Seien Sie nach Ihrer Besprechung Gast im Restaurant des Präsidialbüros.«

Rykow wies dem Amerikaner den Platz vor seinem Schreibtisch zu. Dann öffnete er eine Schublade und nahm eine kleine, abgegriffene Schachtel heraus. »Dies hier, Matt, ist mein Präsent für Sie. Es ist ganz persönlicher Natur.« Matt öffnete die dunkelgrüne Schachtel vorsichtig und nahm eine flache Spange heraus. Ein halb aufgetauchtes U-Boot war zu erkennen, in den Nationalfarben Russlands.

»Diese Auszeichnung hat mein Vater einst erhalten, der bei der Flotte der Atom-U-Boote in Murmansk diente. Sie machten eines Tages eine hoch geheime Übung und fuhren vor die Küste der USA, mit sieben Booten. Mein Vater lag vor der Hafeneinfahrt von New York und probte die Versenkung von Frachtschiffen. Der amerikanische Küstenschutz hat nichts bemerkt.«

Matt schluckte, seine Augen wurden feucht. »Aber das können Sie doch nicht mir …«

»Doch, kann ich. Ich habe noch mehr wertvolle Erinnerungsstücke. Dieses hier möge Ihnen immer zeigen, wie nah unsere beiden Nationen mal am Atomkrieg waren. Wir haben schon darüber gesprochen, wie lange wir noch dem Bösen dienen können. Zunächst mal, lautet meine Antwort, dienen wir unseren Völkern und verhindern, dass sie Krieg gegeneinander führen.«

»Wir sollten einen Weg finden, Anatoli, um uns Entwicklungen zu signalisieren, die nicht in Kairo besprochen wurden. Ich möchte dabei vorangehen. Es kann gut sein, Anatoli, dass die israelische Luftwaffe, mit Rückendeckung unseres Präsidenten, demnächst den Iran bombardiert. Alle Atomanlagen. Russland hat da Interessen, aber Russland müsste das ertragen …«

Rykow sog die Luft hörbar zwischen den Zähnen ein. »Das … das kann mein Präsident eigentlich nicht …«

»Doch, kann er. Muss er. Er hat auch Polen enthauptet, ohne uns zu warnen. Oder gar zu fragen. Auch im Iran wird ein Enthauptungsschlag folgen. Und dann dürfte Trump selbst sein erstes Ziel ins Auge fassen.«

Rykow erhob sich und nahm Matt mit ins Kremlrestaurant. Es war noch früher Mittag. Nicht mehr als ein halbes Dutzend Bürokraten war in dem Saal verteilt. Rykow hatte schon vorab ein Menü für sie bestellt. Sie begannen mit Kaviar auf Blini, aßen dann einen kleinen Borschtsch und danach russischen Fisch geschichtet mit einem Rote-Bete-Salat. Als der Fisch kam, ließ Rykow Wodka folgen. Sie genossen ihre Zweisamkeit im Herzen der Macht und verzichteten auf ein Dessert.

»Anatoli, ich habe noch ein Problem«, knüpfte Matt wieder an ihr Gespräch an. »Genauer gesagt: Ich habe zwei Probleme. Erstens: Sie kennen das Erpressungsmaterial gegen meinen Chef. Lassen Sie es verschwinden. Sollte es jemals auf den Markt kommen, stehen wir kurz vor einem Krieg …«

Rykow nickte bedächtig. »Keine Angst. Ein Teil des Materials ist ohnehin gefälscht. Ganz unter uns, Matt, bitte höchst vertraulich: In den Aufnahmen mit diversen Prostituierten in einem Moskauer Hotel steht der gewisse Herr auf dem Bett und uriniert herab auf die Täubchen. Man erkennt in dieser Einstellung nur die Beine. Ich habe die Sache von Spezialisten meines Dienstes prüfen lassen. Es ist ein Fake. Ganz unzweifelhaft. Ich fasse das Zeug nicht an.«

»Und zweitens«, fuhr Matt fort, »Sie haben ganz persönlich Priscilla Wade für Ihren Dienst angeworben … oder soll ich besser sagen: erpresst. Diese junge Dame ist seinerzeit im Auftrag ihres Präsidenten in einen gewissen Park gelaufen, um einen Amerikaner zu eliminieren, der von seiner Aufgabe überfordert war. Vermutlich waren Sie Augenzeuge …«

Rykow verzog keine Miene.

»Ich weiß, wie schwer es Ihnen fällt, Ihre Hände von Miss

Wade zu lassen. Aber mein Präsident hat mich ausdrücklich beauftragt, Ihnen zu sagen: Miss Wade hat sich uns offenbart. Wir wissen alles. Sie ist damit wertlos für Sie. Lassen Sie sie also vom Haken … oder wir müssen sie beseitigen. Das ist doch unnötig, Anatoli, oder?«

Rykow hob sein Wodkaglas und blickte Matt tief in die Augen. »Verstanden, Matt. Zwischen uns darf kein Blatt Papier passen …«

»… sonst geht die Welt unter.«

KAPITEL 29

»Wadulin, schaffen Sie mir den litauischen Botschafter herbei! Sofort! Egal, was er im Moment treibt. Sagen Sie ihm, es geht um Krieg und Frieden …«

Der Sicherheitsberater sprang beflissen auf und stürmte aus Putins Büro. Der blieb mit Rykow zurück, griff zum Telefon und ließ sich mit einem Unbekannten verbinden. »Hier spricht Ihr Präsident. Heute ist der Tag. Ich erteile Ihnen den Befehl, die Operation ›Hornisse‹ zu starten. In spätestens einer Stunde melden Sie mir Vollzug.«

Putin nahm wieder Rykow in den Blick. Der hatte eben von seinem Gespräch mit Matt Sandler in Moskau berichtet. Tenor: Alles in Ordnung, obgleich die polnische Operation die Amerikaner schon schwer unter Druck gesetzt hatte.

»Wir dürfen so etwas nicht zu häufig machen«, riet Rykow und handelte sich umgehend einen Tadel des Präsidenten ein.

»Das zu beurteilen, Rykow, ist nicht Ihre Aufgabe. Ich brauche Ihre Ratschläge nicht. Fahren Sie fort.«

»Was ich Ihnen nicht ersparen kann, Herr Präsident«, sprach Rykow ungerührt weiter, »ist die Warnung Sandlers, dass die Israelis demnächst versucht sein könnten, den Iran zu bombardieren und die Atomanlagen zu zerstören.«

Der Präsident straffte sich hinter seinem Schreibtisch. »Den Iran? Das haben wir in Kairo nicht verabredet. Der Iran ist unser Verbündeter!«

»Ich schätze«, bohrte Rykow weiter, inzwischen mit so etwas wie Lust an der Provokation, »dass Amerikaner und Israelis darauf keine Rücksicht nehmen werden. Wir haben ein robustes Bündnis, und unsere Militärapparate werden wohl noch öfter aneinanderrumpeln, ohne gleich einen Krieg auszulösen.«

Putin stierte ihn über den Schreibtisch hinweg an. Schwieg und dachte nach. »Wir wollen das mal im Moment so stehen lassen. Ich werde mir eine Revanche für den Iran überlegen. Aber wir können aus diesem ruchlosen Plan lernen, dass wir uns beeilen müssen. Kein Zögern mehr! Wir haben keine Zeit zu verschenken. Wadulin …«

Rykow war klar, was das bedeutete. Nun war Litauen an der Reihe. Er war gespannt, was Putin sich überlegt hatte.

»Rykow, wir werden uns heute unsere Landverbindung zur Exklave Kaliningrad beschaffen. Und zwar sehr elegant, Sie werden sehen.«

Putin griff in seinen Schreibtisch und holte eine halb ausgetrunkene Flasche Wodka hervor. Dazu zwei Gläser. »Wollen uns erst mal stärken. Das wird ein langer Tag, ich sage es Ihnen.« Schenkte ein, schob eines der Gläser über den Tisch, hob sein eigenes und prostete Rykow zu.

»Sie sind ein guter Mann, Rykow. Sie halten die Amerikaner bei Laune. Aber ich sage Ihnen: Werden Sie nicht übermütig! Manchmal habe ich den Eindruck, Sie gehen auf Distanz zu mir. Sollte das der Fall sein, ist es bald vorbei mit Ihnen.«

»Herr Präsident, ich stehe loyal zu Ihnen. Nach wie vor. Denn ich sehe, dass Sie unserem Land dienen und ihm wieder den verdienten Respekt verschaffen. Sie haben mich an Ihrer Seite.«

Putins Telefon klingelte. »Sollen reinkommen.«

Die Tür wurde vorsichtig geöffnet, und Wadulin führte den Gast herein. Der war kreidebleich, und als er auf einem Stuhl vor dem Schreibtisch Platz nahm, schüchtern, auf einer Arschbacke, konnte Rykow erkennen, dass seine Hände zitterten.

»Herr Botschafter«, begann Putin und schoss mit dem Oberkörper über den Schreibtisch auf ihn zu, »ich werde Ihnen gleich etwas demonstrieren. Das wird Sie ganz sicher beeindrucken. Dann nehmen Sie sofort Kontakt zu Ihrer Regierung auf und berichten aus dem Kreml. Ob Ihr Land zerstört wird oder in sicherem Frieden mit der Russischen Föderation lebt, liegt heute an Ihnen. Nur an Ihnen.«

Der Präsident erhob sich und gebot den anderen, ihm zu folgen. Sie durchquerten das Vorzimmer, der glatzköpfige Botschafter dicht hinter Putin, und betraten ein paar Türen weiter das Krisenzentrum.

»Platz nehmen! Schweigen! Ich muss telefonieren.« Putin wählte eine Nummer und ließ sich, unhörbar für die anderen, berichten. »Gut so. Gut gemacht. Legen Sie los!«

Wadulin schaltete die Videowand an, und nach ein paar Augenblicken war ein großer Militärkomplex zu erkennen, aufgenommen vermutlich von einer Spionagedrohne. Um einen gewaltigen Kasernenhof waren graue Wohnblocks errichtet. Davor waren Militärfahrzeuge abgestellt, und ein paar Dutzend Soldaten gingen ihrer Beschäftigung nach.

»Sie sehen den litauischen Militärstützpunkt Rukla«, erläuterte Wadulin. »Es ist der größte des Landes. Dort sind auch ausländische NATO-Truppen stationiert, darunter eine deutsche Brigade. Wir werden sie jetzt ein wenig aufwecken.«

Das Geräusch von nahenden Hubschraubern wurde hörbar, die Soldaten unten achteten nicht darauf, denn sie glaubten, es seien eigene.

»Dummköpfe«, freute sich Putin, »das sind unsere. Sie bringen kleine Kämpfer, von denen die unten noch nie etwas gesehen haben.«

Ein vielstimmiges metallisches Summen wurde hörbar. Dann

war der Schwarm auch zu sehen. Er senkte sich nach unten, auf das Kasernengelände.

Putin war aufgesprungen. Er triumphierte. Boxte sich mit der rechten Faust klatschend in die linke Handfläche. »Meine Herren, Sie sehen unsere fortschrittlichste militärische Errungenschaft. Die autonome Minidrohne ›Kalugina‹, oder auch technisch nüchtern M-137. Ich habe sie sofort nach dem Versagen unserer konventionellen Truppen in der Ukraine zu Ende entwickeln lassen. Mit Hochdruck. Priorität eins. Im Forschungszentrum ›M.M. Gromov‹, in der Moskauer Region. Die ›Kalugina‹ ist offenbar gelungen. Die Minidrohne ist so programmiert, dass sie Menschen sucht, sich auf sie stürzt, durch die Weichteile in den Körper eindringt und dort solche Verheerungen anrichtet, dass das Opfer in Minuten verblutet. Man braucht bloß zuzuschauen.«

Die Beobachtungsdrohne war tiefer gegangen und filmte nun, wie die käfergroßen ›Kaluginas‹ ihre Opfer fanden. Ein deutscher Offizier stand da wie angewurzelt, hob den Kopf und versuchte sich klar zu werden, was er sah. Er sah es nur einen Moment mit zwei Augen. Eine Minidrohne bohrte sich durch sein rechtes Auge in den Kopf und verquirlte sein Gehirn. Der Mann knickte in den Knien ein und sank dann langsam in sich zusammen. Um ihn herum war das böse Schauspiel vielfach zu erkennen. Einem litauischen Soldaten bohrte sich eine Killerdrohne durchs Ohr in den Kopf, er schrie und griff sich an den Schädel. Es war seine letzte Bewegung. Anderen Opfern drang ›Kalugina‹ in den Hals oder in den Bauch. Ein Soldat mit Panzermütze versuchte sich in einem Lastwagen in Sicherheit zu bringen und schlug rasch die Fahrertür hinter sich zu. Das rettete ihn nicht. Wenn die Drohne ihr menschliches Opfer gefunden hatte, ließ sie nicht mehr von ihm ab. Diese sprengte die Fensterscheibe an der Fahrerseite und schoss dem Soldaten ins entsetzte Gesicht.

Putin stand mitten im Raum. Erstarrt. Fasziniert. Die Beobachtungsdrohne stieg nun wieder auf und erlaubte eine Draufsicht. Über das Kasernengelände waren viele Opfer verstreut, die meisten tot, einige zuckten noch.

»Meine Herren, Sie sind Zeugen der Premiere unseres Todesschwarms. Das ist die Technologie von morgen. Wir haben uns in Israel und Amerika ein wenig umgesehen. Und die besten unserer Nanotechnologie-Forscher zu ›M.M. Gromov‹ geschafft. In Rukla haben wir zweihundertfünfzig autonome Minidrohnen freigesetzt.«

»Sind die nicht wahnsinnig teuer?«, fragte Rykow.

Putin blickte ihn wieder strafend an. »Das ist ein Staatsgeheimnis, Rykow, geht Sie nichts an. Ich sage nur: wesentlich billiger als ein konventioneller Krieg mit Panzern und Granaten. Weit weniger als hunderttausend Dollar pro Stück. Weit weniger! Außerdem: Wir verlieren keinen einzigen Soldaten.«

Putin bedeutete Wadulin, die Übertragung abzuschalten, schwang sich auf seinen Chefsessel und nahm den Botschafter in den Blick.

Rykow spürte Übelkeit in sich aufsteigen, das Bild des zermatschten Kopfes in dem Lastwagen war zu viel gewesen. Er schluckte den Speichel herunter, der ihm den Mund füllte. Aber es half nichts, er musste raus. Raus hier!

»Verzeihung, Herr Präsident. Ich bin gleich zurück.« Rykow wartete nicht auf Antwort, sondern rannte hinaus, auf die große Toilette der Präsidialkanzlei. In der obersten Reihe der Kacheln war der russische Doppeladler eingebrannt. Rykow stürzte in eine Toilette, kniete sich vor den Trichter, umarmte ihn und übergab sich. Viermal. Dann kam nur noch gelblich transparenter Schleim. Er sank auf den Hosenboden und atmete tief durch. Sein Kopf dröhnte. Er war einer Ohnmacht nahe. Doch das ruhige, tiefe

Atmen half. Nach ein paar Minuten konnte er sich wieder aufrappeln, wusch sich das Gesicht, spülte den Mund aus und kehrte ins Krisenzentrum zurück. Was würde wohl noch kommen in den nächsten Monaten? Wollte er wirklich dabeibleiben und Putin bei seinen Blutbädern begleiten?

»Wir haben auf Sie gewartet, Rykow. Denn nun geht's um Politik. Hören Sie gut zu, Herr Botschafter. Ich mache Ihrer Regierung ein ungeheuer großzügiges Angebot. Litauen wird der Russischen Föderation einen zwanzig Kilometer breiten Korridor entlang der polnischen Grenze bis zur Exklave Kaliningrad zur Verfügung stellen. Durch diesen Korridor werden wir eine zweigleisige Bahnverbindung und eine vierspurige Autobahn bauen. Wir beginnen noch heute. Das Gebiet wird durch einen Grenzzaun abgetrennt. Zwanzigtausend russische Spezialisten und Sicherheitsexperten werden in dem Korridor tätig sein.«

Der Präsident blickte in die Runde und blieb am Gesicht des Botschafters hängen. Er beugte sich nach vorne, blickte nach unten und sprach weiter.

»Sollte Litauen kooperationsbereit sein, werde ich mir das Territorium nicht aneignen. Ich pachte es für neunundneunzig Jahre mit der Option, die Pacht noch einmal um neunundneunzig Jahre zu verlängern. Ich bin bereit, pro Jahr drei Millionen Dollar Pachtgebühr zu zahlen. Litauen und Russland werden einen Nichtangriffspakt unterzeichnen. Polen, das wissen Sie nur zu gut, verehrter Herr Botschafter, ist kein Rückhalt mehr für Ihr Land. Polen ist enthauptet. Und die NATO existiert de facto nicht mehr. Sollten Sie sich dennoch nicht fügen, werde ich tausend Minidrohnen über Ihrer Hauptstadt Vilnius freisetzen. Das wäre das Ende Litauens.«

Der Botschafter schwieg. Er starrte Putin an. Seine Hände zitterten heftig. Schweiß war auf seine Stirn getreten.

»Sie brauchen jetzt gar nichts zu sagen, Herr Botschafter. Hier ist der Pachtvertrag für die Landbrücke …« Putin zog das Schriftstück aus einer Aktenmappe. »Sie fahren jetzt zurück in Ihre Botschaft, übermitteln den Vertrag nach Vilnius, und in fünf Stunden geben Sie den unterzeichneten Vertrag in meiner Kanzlei ab. Herr Wadulin wird Sie empfangen. Und nun: Gott befohlen, Herr Botschafter!«

Der Diplomat erhob sich schwankend, griff nach dem Papier und schob sich mit einer tiefen Verbeugung rückwärts aus der Tür. Putin lachte schallend und klatschte mit der Rechten auf die Tischfläche. »Und dieses, meine Herren, war der zweite Streich!«

KAPITEL 30

Wnukowo. Matt ließ sich auf einen der Sitze fallen, schloss die Augen und lockerte seine Krawatte. In einer knappen halben Stunde würde sein Rückflug in die USA aufgerufen. An die riesige Fensterfront des Flughafengebäudes prasselte der Moskauer Frühlingsregen. Matt spürte ein aufkommendes Hungergefühl, beschloss aber, sich auf die Verpflegung, die es gleich an Bord geben würde, zu verlassen. Für eine vernünftige Mahlzeit war die Zeit ohnehin zu knapp. Er überlegte kurz. Die an diesem Abend gut gefüllte Abflughalle wäre der perfekte Ort, um mal wieder seine Beobachtungsfähigkeiten zu testen. Matt fing an: Schräg rechts gegenüber von ihm, dieser Typ mit dem Stalin-Bärtchen hatte eine schwarze … Er brach ab. Er konnte sich nicht konzentrieren. Die Bilder verschwammen, die Szenen und Gesprächsfetzen des Tages mischten sich mit den Erinnerungen von früher. Fast zwanzig Jahre war es her, dass er als Stipendiat das erste Mal genau auf diesem Flughafen gelandet war. Er musste lächeln bei dem Gedanken, dass sein Russisch damals gerade so ausgereicht hatte, um den Namen »Sandler« in kyrillischer Schrift auf jenem tiefroten Schild zu entziffern, das eine gouvernantenhafte Studienleiterin hochhielt, einigermaßen grimmig, weil er erst anderthalb Stunden nach der Landung seiner Maschine in die Ankunftshalle gekommen war.

Was für einen Weg hatte er zurückgelegt seit damals!

Matts Gedanken wanderten unwillkürlich zu Anatoli Rykow. Es hätte dieses Mal nicht viel gefehlt, und sie hätten sich geduzt. In seinem Handgepäck tastete er nach der dunkelgrünen Schachtel, die ihm sein, ja was eigentlich – Freund? – gegeben hatte. Die Auszeichnung für Rykows Vater war nun ein Zeichen besonderer Wertschätzung, das sein Partner ihm hatte zukommen lassen. Ja, er hatte einen Partner. Das stand definitiv fest, und das Wort »Partner« traf es sehr gut. Sandler beschloss, sich gleich im Flugzeug einen Rye zu bestellen – auf Stewart Conolly, Gott hab ihn selig, und seine gelungene Metapher. Kein Zweifel, er und dieser Russe, der vom Alter her fast sein Vater hätte sein können, saßen tatsächlich im selben Boot. Rykows Einlassungen über Putins Absichten und seinen Charakter waren nicht nur präzise, sie waren auch in einer Weise distanziert, dass Matt sich fragte, ob er damit wohl eine Botschaft an ihn hatte senden wollen. Das Treffen in Kairo. Die vier Ziele Putins. Die drei Ziele Trumps. Der Deal. War das wirklich alles so komplikationslos miteinander zu vereinbaren, dass die Welt darüber nicht aus den Fugen geriet?

Matt lehnte sich zurück, die Augen noch immer geschlossen. Zum ersten Mal seit jenem Tag, als er im »Meyer-Building« vom Tom-Ford-Mann und von dem Mann, der definitiv nicht Spencer Drydon hieß, für Donald Trump rekrutiert wurde, überfielen ihn Zweifel, ob er sich in seiner Rolle als Trumps Mann für die besondere Beziehung zu Russland nicht gnadenlos überschätzt hatte. Und es war Anatoli Rykow, der diese Zweifel in ihm geweckt hatte.

Sein Flug wurde aufgerufen, fünf Minuten vor der Boarding-Zeit, die auf seinem Ticket angezeigt war. Sofort hatte sich eine Schlange am Counter gebildet. Matt hasste das. Er hatte es verpasst, sich frühzeitig ganz vorne anzustellen. Nun merkte er, wie seine Laune mit jedem Passagier, um den die Schlange anwuchs, schlechter wurde. Er würde sich im Flugzeug gleich zwei, nein, besser sogar drei Rye bestellen.

Vierzig Minuten später war er in der Luft. Als er seine Bestellung aufgab, hob die Flugbegleiterin die Augenbrauen und sagte: »Na, hoffentlich ist das für unseren Flug kein schlechtes Omen. Ich würde heute ungern abstürzen.« Matt sah sie fragend an, begriff aber sofort, als sie noch im selben Moment leise zu singen anfing:

»Them good old boys were drinking whiskey and rye. Singing ›this'll be the day that I die, this will be the day that I die‹.«

*

Herb Moffet betrat als Letzter den Raum. Es war kurz vor acht Uhr. An dem großen ovalen Eichentisch waren nur noch zwei Plätze frei. Einer war erkennbar für Donald Trump reserviert, der am Morgen in einer Mail um punkt sechs Uhr dreißig zu der Dringlichkeitssitzung dieser Gruppe geladen hatte, deren genaue Zusammensetzung und deren Zweck Moffet noch immer nicht ganz begriff. Auf dem Stuhl rechts neben dem für ihn vorgesehenen Platz saß bereits der Planungschef vom State Department, ein Typ mit aggressiv zurückgegeltem Haar, den Moffet für einen aufgeblasenen Wichtigtuer hielt. Außerdem waren der frühere US-Botschafter in Südkorea da, der Nordkorea-Beauftragte aus Trumps erster Amtszeit sowie zwei fast identisch aussehende Goldrandbrillenträger, die Moffet meinte im Dunstkreis jener Trump-Berater verorten zu können, die sich der Präsident aus der Republikaner-Zentrale mit ins Weiße Haus geholt hatte. Moffet hielt nicht viel von ihnen. Zwei weitere Anwesende kannte er nicht. Matt Sandler fehlte; offenkundig, so dachte Moffet, war der noch in Moskau zugange.

Die neuesten Nachrichten aus Polen und Litauen machten dem Planungschef des Pentagons Sorgen. Der Abzug der US-

Soldaten war im vollen Gange. Jegliche Verzögerung würde als Zeichen wachsender Spannungen in Europa und als Schlingerkurs der USA interpretiert werden. Moffet hatte die Ausstiegspläne Trumps zwar für komplett falsch gehalten, doch er war noch immer Militär genug, um zu wissen, dass es ein Fehler wäre, diese Operation jetzt rückgängig zu machen. Trotzdem hatte er fast täglich seine aufgeregten NATO-Kollegen aus Brüssel am Telefon. Es waren fast therapeutische Gespräche, die er führen musste. »Wenn ich in Pension bin, überlege ich mir, ob ich noch ein paar Stunden ehrenamtlich bei der Telefonseelsorge mache«, hatte er neulich abends seiner Frau mitgeteilt. »Genug Übung hätte ich.«

Trump kam zehn Minuten verspätet. Zu Moffets Überraschung begann der Präsident seine Bemerkungen weder mit einer Begrüßungsformel, noch ging er auch nur in einem Nebensatz auf die sich verschärfende Lage in Europa ein. Stattdessen ließ er mit einer knappen Handbewegung den Raum verdunkeln, um ein kurzes Video zu zeigen, das ihn zusammen mit Nordkoreas Machthaber beim Überschreiten der Demarkationslinie zeigte.

»Ich und der Rocketman.« Herb Moffet nutzte die Pause, die der US-Präsident machte, um die Wirkung des Videos in den Mienen der Anwesenden ablesen zu können. Die beiden Goldrandbrillenträger grinsten so beflissen wie synchron. Der Nordkorea-Beauftragte nickte, wohl um zu dokumentieren, dass er sich an die Szene in Panmunjeom vor knapp sechs Jahren noch gut erinnern konnte. Der Typ aus dem State Department zog die Luft ein, so wie manche es im Kino machen, wenn der Film eine unerwartete Wendung nimmt. Trump genoss die aufkommende Spannung sichtlich.

»Ich und der Rocketman«, wiederholte er. »Das war Geschichte – damals.« Wieder machte er eine Pause. Dann kam er zum Punkt: »Es wird Zeit, dass sich diese Geschichte wiederholt.«

»Hoffentlich nicht als Farce«, murmelte der Typ vom State Department leise, aber doch mit einer so offenkundigen Portion an Widerwillen, die Moffet ihm gar nicht zugetraut hätte.

Trump schien die Bemerkung überhört zu haben. »Es gibt keinen besseren Platz als Nordkorea, um den Friedenswillen der USA in den Zeiten der neuen Weltordnung zu dokumentieren. Ich werde dem Rocketman noch in dieser Woche ein Angebot unterbreiten, das ihm erlaubt, als großer Führer in die Geschichte seines Volkes einzugehen, und mir, meine Herren, beste Aussichten eröffnet, den Friedensnobelpreis zu erhalten.«

Trump reckte das Kinn nach vorne. Jeder im Raum konnte erkennen, wie sich der US-Präsident in diesem Moment direkt zur Preisverleihung in den Festsaal nach Oslo imaginierte. Moffet suchte Blickkontakt zum ehemaligen US-Botschafter und hob die Augenbrauen, doch der wich seinem Blick aus.

»Nordkorea wird sich auf einen zehnjährigen Verzicht jeglicher Raketentests einlassen. Sie werden, wie damals versprochen, ihr komplettes Atomwaffeninventar einer permanent in Pjöngjang anwesenden US-Prüfungskommission vorlegen. Außerdem werden sie sich verpflichten, ihren Verteidigungshaushalt zu halbieren.« Trumps Vortrag klang so, als würde er bereits aus einem Kommuniqué vorlesen.

»Großartig, Mr President«, entfuhr es einem der Goldrandbrillenträger.

Und Moffet musste sich das erste Mal an diesem Tag beherrschen, um seine Fassungslosigkeit über so viel zur Schau gestellte Naivität zu verbergen. Er beschloss, seine eigene Skepsis mit einem jahrzehntelang eingeübten militärischen Jargon zu tarnen.

»Was sind unsere nächsten Schritte, Mr President? Wie wollen Sie den Mann in Nordkorea überzeugen? Meines Wissens haben die Nordkoreaner bislang jegliche Inspektionen ihrer Atomwaffen verweigert.«

»Der Rocketman ist nicht dumm. Er hat keine andere Wahl, als sich auf unsere Bedingungen einzulassen, wenn er noch ein paar Jahre an der Macht bleiben will. Das bekommt er von uns garantiert. Lässt er sich nicht darauf ein, werden wir schon beim nächsten Test seine Raketen von Himmel holen. Danach werden wir diesen Test als feindlichen Akt und als Verbrechen gegen die Menschlichkeit vor den Vereinten Nationen deklarieren und mit gezielten Schlägen auf den Präsidentenpalast in Pjöngjang antworten. Aber so weit wird es nicht kommen. Ihm muss nur klar sein, dass wir es ernst meinen.«

Herb Moffet meldete sich mit einer knappen Handbewegung. Trump erteilte ihm nickend das Wort. »Das ist nicht ohne Risiko, Sir. Sämtliche unserer Szenarien im Pentagon gehen davon aus, dass wir an der Westküste der USA mit exorbitanten Schäden zu rechnen hätten, sollte es zu einer atomaren Konfrontation kommen.« Moffet vermied bewusst das Wort katastrophal.

Doch Trump wiegelte ab. »Niemand will einen Krieg mit diesem bizarren Marionettenstaat, schon gar nicht die USA. Wir müssen nur in den nächsten Jahren geschickt die Aggressionen Nordkoreas auf China lenken. Es wird Zeit, dass sich der Knoten löst und dieser Staat als Faktor in der Weltpolitik auf seine wahre Größe gestutzt wird. Das Land hat nicht mal ein Fünftel der Größe von Texas.«

»Es hat Atomwaffen«, wandte Moffet ein.

»Die es nicht mehr einsetzen muss«, entgegnete Trump. »Wir werden Nordkorea vertraglich zusichern, dass wir dem Land gegen feindliche Attacken seiner Nachbarn beistehen.«

»Das ist militärischer …«, Moffet verschluckte das nächste Wort.

Und Trump legte nach. »Dazu werden wir im Norden des Landes einen Militärstützpunkt aufbauen, für den wir den Rocketman gut bezahlen werden. Wir kaufen uns damit langfristig strategisch in diese Region ein.«

Trump bog nun in die Schlusskurve ein. »Meine Herren, diese Runde hat die Aufgabe, sämtliche zu dieser Operation notwendigen Schritte zu koordinieren. Ich will gute Lösungen. Wer dagegenarbeiten sollte, handelt den Interessen der USA zuwider. Ich hoffe, Sie wissen, was das bedeutet.«

Der US-Präsident stand auf, sämtliche Anwesenden erhoben sich im selben Moment. Herb Moffet beeilte sich, als einer der Ersten den Raum zu verlassen. Er musste Matt Sandler treffen. Am besten heute noch.

KAPITEL 31

»Wohin, Sir?«

»Dupont Circle.« Matt ließ sich auf den Rücksitz des Taxis fallen und griff in die Innentasche seines Jacketts. Erst jetzt merkte er, dass er sein Handy immer noch auf Flugmodus geschaltet hatte. Als er ihn deaktivierte, kamen die Mitteilungen im Sekundentakt. Herb Moffet hatte in den vergangenen Stunden mehrfach versucht, ihn zu erreichen. Es war später Nachmittag. Eigentlich hatte sich Matt auf eine heiße Dusche und ein Abendessen mit Sue gefreut, aber Moffets letzte Textnachricht verhieß nichts Gutes. »Treffen so schnell wie möglich – unbedingt!«

Es war Rushhour. Matt kalkulierte eine gute Dreiviertelstunde ein, vorher würde er es nicht bis in Moffets Büro schaffen. Er tippte in sein Handy: »Bin noch am Flughafen. Kann in einer Stunde da sein.« Augenblicklich kam Moffets »o. k.« zurück.

»Planänderung. Ich muss ins Pentagon.«

Der Taxifahrer verzog keine Miene. »Alles klar, Chef. Überfallen wir mal wieder Grenada? Oder ist es diesmal was Ernstes?«

Ihre Blicke begegneten sich im Rückspiegel. Matt zuckte mit den Schultern. »Wer weiß das schon so genau?«

*

Herb Moffet empfing ihn mit militärischer Knappheit, so, als sei keine Zeit für große Vorreden. »Mutmaße, Sie kommen gerade aus Moskau?«

»So ist es«, antwortete Matt ebenso knapp.

»Dann könnte ich ja das Vergnügen haben, der Erste zu sein, der einen Blick aufs Weltgeschehen werfen darf. Aber vermutlich haben Sie Schweigepflicht.«

Matt sah den Pentagon-Mann durchdringend an. »Wollen Sie mir nicht lieber zuerst sagen, was unser Treffen so dringlich macht? Ich bin seit über vierzehn Stunden unterwegs und eigentlich hundemüde.«

Moffet nickte verständnisvoll und deutete auf die kleine Bar, die in der Ecke hinter seinem Schreibtisch ihren Platz hatte. »Whisky?«

»Warum nicht«, sagte Matt, »wenn es dem Weltfrieden dient.« Sein Blick wanderte durch den Raum. Zum ersten Mal registrierte er, dass Moffet zahlreiche Fotos ins Regal gestellt hatte, die ihn in jungen Jahren auf den verschiedensten Stationen zeigten. Auch ein Bild aus dem Kosovo war dabei. Überall musste anscheinend für den Weltfrieden gesorgt werden. Nirgendwo ging es ohne die USA. Und fast überall war Herb Moffet dabei gewesen. Unwillkürlich fiel Matt der Song »We didn't start the fire« von Billy Joel ein.

Moffet hatte sich bereits hingesetzt. Der Whisky war mindestens ein Doppelter. Gemessen daran, dachte Matt, muss es mit der Welt tatsächlich nicht zum Besten stehen.

»Trump will Nordkorea gefügig machen«, begann der Militär. »Es soll demnächst sogar einen US-Stützpunkt in diesem Scheißland geben, irgendwo in Steinwurfweite zu China. Ich halte das für Wahnsinn – und zwar in jeder Hinsicht. Ganz egal, ob der Plan klappt oder nicht. Denn wenn die Nordkoreaner sich nicht darauf einlassen, stehen wir mit unserem unnötig angefangenen Drohszenario vor einem Atomkrieg. Und wenn doch, was ich mir nicht vorstellen kann, dann haben wir die Chinesen am Arsch. Dann können Sie schon mal googeln, was ›Armageddon‹

auf Chinesisch heißt.« Moffet nahm einen tiefen Schluck. »Matt, Sie müssen mir sagen, was los ist. Ich will Sie nicht zu einem Vertrauensbruch auffordern. Es langt, wenn Sie nicken oder mit dem Kopf schütteln. Weiß Putin von Trumps Nordkorea-Plänen?«

Matt schüttelte den Kopf.

Moffet schlug mit der Hand auf die Lehne seines Sessels. »Fuck! Ich habe weiß Gott schon Präsidenten gedient, die von Außen- und Sicherheitspolitik keinen Schimmer hatten. Aber noch nie einem von sich selbst besoffenen Vollidioten!« Moffet redete sich in Rage: »Er glaubt tatsächlich, er bekäme den Friedensnobelpreis für diesen Unsinn. Wahrscheinlich glaubt er auch, er könne das Feuer höchstpersönlich mit seinem eigenen Schwanz auspissen, wenn mal sein dämlicher Trump-Tower brennt.«

Matt sah, wie sich sein Gegenüber keinerlei Mühe mehr gab, die Contenance zu wahren.

Moffets Gesicht hatte einen fahlen Grauton angenommen, gerade so, als ob der Mann nun die Trümmer seiner Militärlaufbahn betrachten müsste.

Matt beschloss, ihm vorsichtig das zu schildern, was er den »Geist von Kairo« nannte – das Abgrenzen der gegenseitigen Einflusssphären, die Garantie des Stillhaltens, die beiderseitige Hoffnung, die Chinesen damit in die Schranken weisen zu können. »Beide, Trump und Putin, glauben, dass sie sich in ihrem gegenseitigen Streben nach Größe nicht im Weg stehen müssen. Das ist die Grundlage für die neue Weltordnung.« Matt nannte es »die Politik der neuen Maßstäbe«.

Moffet schwieg. In seinem Glas war nur noch der Boden leicht bedeckt. Er stürzte den letzten Schluck Whisky in einem Ruck herunter. Dann sah er Matt lange an: »Aber so funktioniert

Politik nicht. So funktioniert sie schon lange nicht mehr. Trump hat schon während seiner ersten Amtszeit einen Scherbenhaufen hinterlassen mit seiner Pseudonähe zu Autokraten. Es ist damals nur deshalb nicht zur Katastrophe gekommen, weil Putin wegen seiner Vorbereitung auf den Ukraine-Krieg stillgehalten hat.«

Moffet schenkte sich weiteren Whisky nach. »Schauen Sie sich nur an, was aus unserem Land geworden ist! Die Lüge gehört zum politischen Geschäft. Andersdenkende werden zu Gegnern, nicht selten zu Feinden erklärt. Dabei waren wir mal der Garant für die freie Welt, auch wenn unsere Methoden nicht immer die allerfeinsten waren. Und heute? Heute machen wir Hinterzimmerdeals mit Autokraten und halten das für Politik. Und Sie, Matt, sind dabei ein williger Helfer.«

Matt merkte, wie ein Unwohlsein ihn ergriff. »Die Systemauseinandersetzung mit China ist keine Idee von Trump, die gab es …«

Moffet unterbrach ihn. »Das weiß ich. Aber niemand ist bislang auf die Idee gekommen, den Chinesen am helllichten Tag in den Hinterhof zu pissen. Sollten wir tatsächlich Truppen in Nordkorea stationieren, stehen wir Auge in Auge mit dem chinesischen Militär. Das ist ein Himmelfahrtskommando. Am besten, die Logistikabteilung im Weißen Haus lässt für diesen Fall schon mal Särge bestellen.«

Der Pentagon-Mann stand abrupt auf, holte seinen Kamm aus der Jacketttasche und fuhr sich damit durch die Haare. Es schien, als wolle er mit dieser Geste wenigstens etwas Ordnung in die in Unordnung geratene Welt bringen.

Auch Matt leerte nun sein Glas. »Was soll ich tun, Herb? Oder besser: Was kann ich tun? Ich bin nur sein Mann für die besonderen Beziehungen zu Moskau. Trump will von mir nur vorher wissen, ob es zu Reaktionen Putins kommen kann, die er selbst nicht auf dem Schirm hat. Das kann ich nach bestem Wissen und Gewissen analysieren. Mehr nicht. Ich bin nicht Trumps Einflüsterer.«

»Sie könnten vor Putin warnen, Matt.« Moffet sah sein Gegenüber eindringlich an. »Haben Sie das getan? Hatten Sie auf dem Schirm, dass Putin sich Polen und das Baltikum unter den Nagel reißt wie ein Raubtier?«

Nein, das hatte er nicht. Innerlich musste sich Matt längst eingestehen, dass er von der Aggressivität Putins überrascht war. Er hatte an das Gleichgewicht der Stärksten geglaubt. Aber er hatte nicht gesehen, dass es so dramatisch schnell und so gnadenlos auf Kosten der Schwächeren gehen würde. Er hatte in Kairo das Raubtierhafte dieser beiden nach absoluter Macht strebenden Männer nicht gesehen. Oder hatte er es einfach nicht sehen wollen? Er sah Moffet an und wiederholte seine Frage: »Was soll ich tun, Herb?«

»Trump muss seinen Ton gegenüber Putin verändern«, sagte Moffet. »Es kann nicht sein, dass die USA in Desinteresse verharren, wenn Moskau sich halb Europa gefügig machen will. Matt, es ist das Mindeste, was Sie tun können. Bringen Sie Trump dazu, mit Putin direkt in schärferem Ton zu reden. Er muss ihm Grenzen setzen, bevor es zu spät ist. Schlagen Sie ein Telefonat vor. Vielleicht«, Moffet seufzte hörbar, »hat die Welt ja noch einmal Glück. Andernfalls sehe ich schwarz, wenn ich zusätzlich noch höre, was unsere Dienste aus Israel melden.«

»Was melden sie denn?«, wollte Matt wissen.

»Die Israelis sind hochgradig nervös. Sie haben den Finger schon am Abzug, weil der Iran kurz davorsteht, die Bombe basteln zu können. Es kann sich nur noch um Tage handeln.« Moffet erhob sich. »Nein, Matt, es sieht wirklich nicht danach aus, als ob 2025 mein Glücksjahr würde. In Nordkorea droht ein Atomkrieg, im Iran auch. Und meine Frau besteht nach wie vor darauf, dass ich sie zum Heilfasten nach Massachusetts begleite.«

Moffet lächelte. Aber Matt konnte nicht erkennen, ob es ein ironisches oder ein gequältes Lächeln war.

*

Im Taxi vom Pentagon nach Hause konnte Matt kaum noch die Augen offen halten. In den letzten vierundzwanzig Stunden hatten gleich zwei Personen, auf deren Einschätzung er Wert legte, vor Putin gewarnt. Erst Rykow, dann Moffet. Und der Pentagon-Mann hatte zudem noch Trump als gravierendes Sicherheitsrisiko für die Welt ausgemacht. Putin. Und Trump. Waren das tatsächlich zwei apokalyptische Reiter, die die ganze Welt in den Abgrund reißen würden? Matt war zu müde, um die Frage jetzt rational beantworten zu können.

Morgen würde er Trump kontaktieren. Vielleicht sollte er dem US-Präsidenten tatsächlich raten, mit Putin in schärferer Sprache zu kommunizieren. Matt machte die Tür zu seinem Apartment auf. Er würde gleich eine Dusche nehmen, und dann käme schon Sue. Er freute sich, beschloss aber, für einen Moment auf dem Sofa die Augen zuzumachen. Doch als Sue keine zwanzig Minuten später erst in großer Vorfreude auf ihn, dann immer wütender Sturm klingelte, war er so tief eingeschlafen, dass er sogar einen Raketeneinschlag überhört hätte.

KAPITEL 32

»Herr Präsident, der deutsche Kanzler möchte Sie sprechen!« Putins Chefsekretärin hatte die Dringlichkeit erkannt und streckte den Kopf durch Putins Bürotür.

»Wadulin, lassen Sie das Gespräch aufzeichnen. Ich möchte es dokumentieren. Hier wird Geschichte gemacht. Und dieses Gespräch ist der Auftakt zu etwas Großem.« Putin holte ein Glas aus seinem Schreibtisch, goss sich einen Wodka ein und kippte den weg, mit ruckartig zurückgeworfenem Kopf, ohne zu zögern.

Ach, dachte Rykow, der Weltenlenker trinkt sich wieder Mut an.

Wadulin eilte aus dem Büro. Wie immer: ganz Sekretär.

»Rykow, Sie bleiben hier und hören zu. Übermorgen fliegen Sie nach Berlin und beobachten, was dort passiert. Sie werden Ihren Spaß haben. Sie nehmen die bewährte Route: mit serbischem Pass über Belgrad.«

Putin straffte sich, griff zum Hörer und stellte das Gespräch auf Mithören. »Guten Morgen, Herr Bundeskanzler«, eröffnete er in trägem Deutsch. »Was verschafft mir die Ehre?«

»Herr Präsident«, war der Deutsche zu hören, sehr viel lebendiger als der Russe. Geradezu erregt. »Sie können es sich schon denken. Es ist für mein Land und für mich persönlich empörend und unerträglich, dass russische Streitkräfte auf fremdem Territorium, in Litauen nämlich, deutsche Soldaten töten. Ohne Warnung. Mitleidlos. Siebzehn Tote haben wir nach Hause fliegen müssen. Dafür erwarte ich eine öffentliche Entschuldigung und Kompensation für die Familien der Opfer.«

Putin drehte auf. »Um es klar zu sagen: Sie haben nichts zu erwarten. Schon gar keine Entschuldigung. Deutsche Soldaten haben vor unserer Grenze nichts verloren. Und wenn sie dort in Stellung gebracht werden, müssen sie damit rechnen, erledigt zu werden.«

»Die Soldaten haben nichts, gar nichts gegen Russland …«

»Ach, schweigen Sie! Die Zeit der Demütigung und Beleidigung Russlands ist vorüber. Ich bitte auch nicht mehr, ich nehme mir, was Russland zusteht. Im Herbst 2001 habe ich im Deutschen Bundestag in einer Rede auf Deutsch, mit ausgesuchter Höflichkeit also, einen gemeinsamen europäischen Wirtschaftsraum von Wladiwostok bis Lissabon vorgeschlagen. Man hat mir stehend applaudiert, hat sich abgewendet und niemals dazu Stellung bezogen.«

»Das war ja auch keine einfache …«

»Die Dinge verändern sich, Herrn Bundekanzler, das werden Sie schon bemerkt haben. Ich verändere die Dinge! Der antirussische Block in Mitteleuropa ist schon zerschlagen. Polen habe ich so gezüchtigt, dass der neue Ministerpräsident, ein realistisch denkender Mann aus der Diplomatie, demnächst zu Besuch nach Moskau kommen wird. Das wussten Sie noch nicht, nehme ich an.«

»Nein, aber …«

»Die Enthauptung des Rädelsführers Polen – Rädelsführer, so sagt man doch im Deutschen, oder? –, diese Enthauptung und die Belehrung der polnischen Streitkräfte waren die Bedingung dafür, dass sich die baltischen Staaten nun mit ausgesuchter Höflichkeit Richtung Moskau wenden. Litauen …«

»Es war ein Verbrechen, in Litauen …«

»Litauen hat den Pachtvertrag für unseren Korridor entlang der polnischen Grenze nach Kaliningrad unterzeichnet. Jahrzehnte hat Russland um diesen Korridor gebeten. Niemand hat uns zugehört. Nun haben wir uns das Land genommen, und ich sage Ihnen, wir werden es nie wieder hergeben. Litauen wird sogar einen Freundschaftsvertrag mit uns abschließen. Estland und Lettland dürften folgen. Sie zittern um ihre Existenz.«

»Nun lassen Sie mich endlich einmal ausreden, Herr Präsident!« Der Kanzler war laut geworden. »Nichts rechtfertigt die Anwendung von Gewalt in den internationalen Beziehungen. Und erst recht nichts legitimiert die feige Ermordung …«

»Feige Ermordung?« Putin war aufgesprungen. »Der Einsatz unserer autonomen Drohnen war das rücksichtsvollste, schonendste Mittel, das wir nutzen konnten. Kein russischer Stiefel, keine russische Panzerkette hat litauischen Boden aufgewühlt. Eine kleine Demonstration überlegener Technik hat genügt. Holen Sie Ihre Soldaten nach Hause, Herr Bundeskanzler! Ohne zu zögern!«

»Ich denke gar nicht daran, Herr Präsident, mich Ihrer Unverfrorenheit zu beugen. Die USA haben die NATO verlassen und ziehen ihre Soldaten aus Europa ab. Aber Europa ist auch allein handlungsfähig. Wir werden …«

»Sie werden nur eines tun, Herr Bundeskanzler. Hören Sie mir jetzt genau zu.« Putin sank wieder auf seinen Sessel. »Ich fordere Sie auf, die zerstörten Gas-Pipelines Nord Stream 1 und zwei wieder zu reparieren – Spezialschiffe, Technik und Röhren können Sie von uns kaufen oder mieten – und dann wieder Gas aus Russland zu importieren. Das verbindet unsere Länder dauerhaft.«

»Danke für dieses Angebot, Herr Präsident. Seit dem russischen Vernichtungskrieg in der Ukraine ist Gas aus Ihrem Land für uns keine Option mehr.«

»Sie hören nicht genau zu, Herr Bundeskanzler. Ich habe

nicht von einem Angebot gesprochen. Ich biete nichts mehr an. Ich verlange. Und nun verlange ich die Wiederaufnahme des Gasimports aus Russland. Hören Sie? Ich verlange!«

»Wie sollte das gehen, Herr Präsident? Sie träumen. Sie bringen deutsche Soldaten um, und dann kaufen wir zur Belohnung wieder Gas bei Ihnen?«

»Das werden Sie, Herr Bundeskanzler. Ich bin ganz sicher. Die Neuordnung Europas hat gerade erst begonnen. Sie wird vor Deutschland nicht haltmachen. Die Deutschen werden das rasch kapieren.«

»Ich wiederhole, Herr Präsident: Sie träumen. Dieses Gespräch hat keinen Sinn mehr, fürchte ich. Sie werden bald gegen eine vereinte europäische Front stehen …«

»Gewiss nicht, Herr Bundeskanzler. Sie werden allein dastehen, wenn Sie nicht sogar umgeworfen werden. Denken Sie über meine Anweisung zum Import von russischem Gas nach. Es wäre nur gut für Sie, wenn Sie selbst die Entscheidung verkünden.«

»Gott befohlen, Herr Präsident. Falls Sie an Gott glauben, was ich ein wenig bezweifle. Dennoch: Gottes Rat kann Ihnen nicht schaden.«

»Spassiba, Herr Bundeskanzler. Ich denke, Sie werden mich schon in Kürze wieder anrufen, weil Gott Ihnen nicht geholfen hat.«

Putin war erregt. Er sprang auf und wanderte im Büro hin und her. »Was sagen Sie zu diesem Ignoranten, Rykow?«

»Ich habe das Gespräch nicht verstanden, Herr Präsident, mein Deutsch ist dafür zu dürftig.«

»Sie müssen es aber verstehen, weil Sie übermorgen nach Berlin fliegen. Lassen Sie es sich von Wadulin übersetzen.«

Der schaute eben zur Tür herein, hatte die letzte Bemerkung Putins gehört und bedeutete Rykow mit dem Kopf, ihm zu folgen.

In Wadulins Büro saßen sich die beiden Männer lange schweigend gegenüber. Dann gab der Sicherheitsberater einen Abriss des Telefongesprächs und hob die entscheidenden Wendungen interpretierend hervor.

»Ich soll nach Berlin fliegen, ohne zu wissen, warum. Was hat Putin vor?«

»Ich weiß es, aber ich darf es Ihnen nicht sagen. Es wird einen ungeheuren Schlag geben, aber keinen blutigen. Das muss man ihm ja schon zugutehalten: In Polen und in Litauen hätte es viel schlimmer kommen können. Dennoch …«

»Dennoch?« Rykow beobachtete, wie Wadulins bleiche Züge verfielen.

Der wich dem Blick aus und zögerte lange. Dann immerhin presste er sich zwei Sätze ab. »Dennoch verwüstet unser Präsident Europa. Und sorgt dafür, dass wir …« Wadulin brach ab.

»Dass wir gehasst werden? Für ewige Zeiten?«

Der Sicherheitsberater gab keine Antwort.

»Ich sehe, dass Sie so zweifeln wie ich selbst«, wagte Rykow zu sagen. Er wusste, der andere hatte ihn nun in der Hand.

»Haben Sie keine Sorge, Rykow. Jeder Mensch, der unserem Präsidenten dient, hat die gleichen Empfindungen.«

In das lange, düstere Schweigen hinein flüsterte Wadulin schließlich: »Zweimal hat man mich angesprochen, ob ich nicht ein Attentat unterstützen möchte. Mir war klar, dass ich ablehnen musste, denn es konnte ja eine Falle sein, ein Versuch Putins, meine Loyalität zu testen. Ich habe die Kontakte also angezeigt, beim Präsidenten persönlich. Der eine Verschwörer kam aus der Armee, der andere aus dem Militärgeheimdienst. Die Männer wurden ohne Prozess erschossen.«

KAPITEL 33

Es war noch stockdunkel, als Matt Sandler aufwachte. Im ersten Moment wusste er nicht, wo er war, dann registrierte er, dass er am Abend zuvor komplett bekleidet auf dem Sofa eingeschlafen sein musste. Matt zog die Krawatte über den Kopf, so, dass der Knoten erhalten blieb. Als er auf seine Uhr schaute, war es halb fünf. Jeder Versuch, jetzt sofort wieder einzuschlafen, das wusste er, wäre zwecklos.

Er hatte das Klingeln von Sue nicht gehört, was er in diesem Moment zutiefst bedauerte. Er würde jetzt gerne neben ihr liegen, ihren Atem spüren. Die drei Mal, die sie bislang miteinander geschlafen hatten, waren aus seiner Sicht verheißungsvoll. Sue hatte eine Weichheit, in die er sich fallen lassen konnte, gleichzeitig das Selbstbewusstsein einer Frau, die spürte, wie scharf er auf ihren Körper war. Ja, wenn er es recht betrachtete, war die Frau, die er so lange nicht beachtet hatte, weil sie ihm zu aufdringlich erschien, derzeit der einzige Anker in seinem Leben. Ein Anker, der an einer dünnen Kette hing.

Er musste an Herb Moffet denken. Nein, 2025, den starken Anschein hatte es, würde auch sein Jahr nicht werden. Die »Bulls« hatten die »Playoffs« verpasst. Bis auf zwei dürre Mails hatte er von seinem Bruder seit Wochen nichts mehr gehört. Um seine Eltern anzurufen, fehlte ihm definitiv die Kraft. Cheng war spurlos verschwunden. In der »Hamilton-Bar« hatten sie sie schon eine halbe Ewigkeit nicht mehr gesehen. Die Kumpels vom Bowling hielten es nicht mal mehr für nötig, sich über sein permanentes Nichterscheinen zu beklagen. Und zu allem Überfluss hatten die »Midtown Cleaners« coronabedingt seit zwei Wochen ihren Laden geschlossen. Matts Hemden-Rhythmus drohte durcheinanderzugeraten, sollte die Wäscherei auch nur noch eine weitere Woche zu haben.

Matt machte sich einen Tee. Dann zündete er sich eine Zigarette an. Das Treffen mit Moffet ging ihm nicht aus dem Kopf. Hatte der alte Kämpfer am Ende recht, dass Politik tatsächlich nicht so funktioniere, wie sie sich das im »Mena House« in Kairo vorgestellt hatten? Hatte ihn die Art, wie Trump Putin in Kairo anpackte, zu sehr fasziniert? So sehr, dass er aus dem Auge verloren hatte, wie Trump sein Land in zwei miteinander verfeindete Gesellschaften verwandelt hatte?

Der Silvesterabend im »Red Rooster« fiel ihm wieder ein. Seine Flucht aus Harlem, die natürlich in erster Linie damit zu tun hatte, dass Cheng ihn so kalt behandelt hatte – aber eben auch mit der Abneigung vieler am Tisch, die den letzten Abend des Jahres nicht mit einem verbringen wollten, der ein Trump-Helfer war.

Matt nahm einen tiefen Zug. Ja, er war ein Trump-Helfer. Er öffnete ein Fenster und überlegte, es in die morgendliche Stille von Dupont Circle zu schreien, wo die meisten Fenster noch dunkel waren. »Ich bin ein Trump-Hellll-ferrrr!« Doch was ein Schrei sein sollte, kam nur halblaut über seine Lippen, wie ein verunglückter Sprechgesang. Dupont Circle blieb zu dieser frühen Stunde von seiner Erkenntnis unbehelligt.

Aus der Dusche tröpfelte das Wasser. Irgendetwas stimmte mit der Mischbatterie nicht. Das Wasser kam entweder kochend heiß aus dem Duschkopf oder so schwach, dass er kaum das Shampoo von seinem Kopf bekam. Matt griff zur Seifenschale. Unter der Seife lag ein Haargummi von Sue. Es war das erste Mal, dass sie etwas bei ihm liegen gelassen hatte. Matt merkte, wie sehr ihn das in diesem Moment freute. Er überlegte, ob er ihr beim nächsten Treffen den Schlüssel zu seinem Apartment geben sollte. Er brauchte eine Vertrauensperson. Eine, mit der er darüber reden konnte, ob das, was er tat, richtig oder falsch war. Es gab keine andere als Sue, die dafür infrage käme. Matt griff zum Handtuch. Es war noch nicht einmal sechs Uhr. Er würde Sue anrufen. Heute noch.

*

Das Letzte, was Priscilla Wade in ihrem Leben hörte, war das Splittern ihres linken Schienbeins, unterlegt vom satten Sound des 6,2-Liter-Hemi-Motors eines metallic-blauen Dodge Durango, der sie an der Kreuzung Wisconsin Avenue und M-Street in Georgetown seitlich erfasste. Den Bruchteil einer Sekunde später hatte der linke Vorderreifen des 2,5 Tonnen schweren Wagens ihr Stammhirn zerquetscht, dessen Masse sich jetzt mit ihrem Blut und dem »Flat White«, den sie sich Minuten zuvor in einem Öko-Becher aus dem »Capitol One Café« geholt hatte, auf der M-Street vermischte.

Obwohl das Herz von Georgetown zu dieser morgendlichen Stunde schon einigermaßen belebt war, vermochte keiner der Zeugen eine präzise Beschreibung des Fahrers abzugeben, der mit hoher Geschwindigkeit in Richtung Foggy Bottom geflüchtet war. Auch an das Nummernschild konnte sich keiner erinnern, zwei Zeugen gaben zu Protokoll, dass der Wagen keines gehabt habe. Einer schwor, dass der Wagen schwarz gewesen sei, zwei andere beteuerten »blau«, wiederum zwei andere sagten, es sei alles so schnell gegangen, sie hätten nur auf die am Boden liegende Frau gestarrt.

Matt Sandler wurde am späten Abend durch einen Anruf

von Spencer Drydon über den Tod Wades informiert, versehen mit dem Hinweis, dass es nicht verkehrt sei, dies bei nächster Gelegenheit auch Anatoli Rykow mitzuteilen. Die gedrechselte Wortwahl Drydons war ihm aufgefallen, der vom »Ende einer unglücklichen Episode« sprach, die »in unserem Job bedauernswerterweise von Zeit zu Zeit, wenn auch höchst selten« vorkomme. Drydon bot Matt am Ende des Telefonats an, die »Akte Wade« für ihn besorgen zu können, was dieser insgeheim als besonderen Freundschaftsdienst des CIA-Mannes wertete, dann aber, womöglich etwas vorschnell, mit den Worten »nicht nötig« ablehnte.

Doch das alles sollte Matt erst Stunden später erfahren. Zu dem Zeitpunkt, an dem der Leichnam Priscilla Wades in einem schwarzen Plastiksack von der Kreuzung in Georgetown weggefahren wurde, durchforstete Matt gerade seinen Kleiderschrank auf der Suche nach einer passenden Krawatte zu seinem letzten faltenfreien hellblauen Hemd.

*

Der Security-Check in einem Nebenraum des Weißen Hauses war für Matt Sandler mittlerweile Routine geworden, so sehr, dass er sich angewöhnt hatte, sein Handy jedes Mal im gleichen Schließfach zu verstauen. Er hatte sich dafür das zweite von rechts in der obersten Reihe ausgesucht.

Auf dem kurzen Weg ins Oval Office überlegte Matt, ob ein Psychologe wohl irgendeine Charaktereigenschaft von ihm aus genau dieser Schließfachwahl herausdestillieren könnte. Ehrgeiz und Aufstiegsstreben etwa (oberste Reihe), gepaart mit einem gewissen Sicherheitsbedürfnis (nicht ganz am Rand) und gleichzeitiger instinktiver Distanz zum Mainstream (dann doch recht nah am Rand). Einen Moment lang hatte Matt das erste Mal seit

Tagen bei diesem Gedanken wieder gute Laune. Er lächelte, als er ins Oval Office eintrat.

Trump telefonierte noch und bedeutete ihm mit einer Handbewegung, Platz zu nehmen. Matt versuchte über Trumps Wortwahl herauszufinden, wer am anderen Ende der Leitung war. Er mutmaßte, dass es einer der Gouverneure aus den Südstaaten war, mutmaßlich Georgia, denn es ging um die Verstärkung der Nationalgarde, weil sich die Proteste gegen die Wahlrechtsreform immer stärker ausgeweitet hatten. Ganz sicher war er sich aber nicht.

Trump legte auf und machte sich noch ein paar Notizen, bevor er Matt musterte. »Neue Krawatte?«

»Nein, Sir. Ich glaube, die müssten Sie eigentlich schon mal gesehen haben.«

Trump streifte mit der rechten Hand seine eigene tiefblaue Krawatte glatt, die wie immer so gebunden war, dass sie im Sitzen direkt auf seinem Gemächt auflag. »Habe ich Ihnen eigentlich schon mal verraten, warum ich meine Krawatten so binde, wie ich sie binde?«

»Nein, Mr President.«

»Weil es mir so gefällt. Und wissen Sie, warum es mir so gefällt?«, fragte Trump.

»Nein, Sir.«

»Weil es so viele Leute stört. Aber noch nie hat es in meiner Gegenwart jemand gewagt, mir das auch zu sagen. Und wissen Sie was, Sandler? Das ist Macht. Ich genieße es.« Trump hielt inne. »Na los, sagen Sie mir, was Sie von meiner Krawatte halten.«

»Ich finde, die Farbe steht Ihnen ausgezeichnet, ich persönlich bevorzuge allerdings dezentere Töne.«

Trump sah Matt eindringlich an. »Sie sind ein Berater-Typ, Sandler. Sie taktieren. Alle Berater-Typen sind über kurz oder lang so. Ich kenne euch. Irgendwann seid ihr alle austauschbar, weil ihr euch nicht mehr traut, das zu sagen, was ihr wirklich denkt. Weil ihr versucht, in der Nähe der Macht kleben zu bleiben. So lange wie möglich. Sie, Sandler, sind hoffentlich noch ein Stück davon entfernt. Sonst könnte ich Sie ja gleich gegen einen der Trottel aus dem Pentagon austauschen, die mir seit Wochen in den Ohren liegen, dass wir zu lax mit Putin umgehen. Das tun wir doch nicht, oder?«

»Wir geben ihm den Raum, den wir ihm in Kairo versprochen haben, Mr President«, sagte Matt. »Aber wir halten nicht mit seinem Tempo Schritt. Ich persönlich würde für die kommenden Wochen eine doppelgleisige Strategie vorschlagen. Ihr Ton, Mr President, muss schärfer werden. Die USA können es sich nicht leisten, auf der Weltbühne wie eine zu groß geratene Schweiz aufzutreten und so zu tun, als seien sie neutral.« Matt nahm einen Schluck Wasser. »Und zweitens würde ich Ihnen raten, aktiv zu werden – schon deshalb, um Putins Loyalität zu den Verabredungen von Kairo zu testen.«

Matt Sandler hatte sich in Lauerstellung begeben. Wenn Trump sich ihm jetzt nicht offenbarte, dann war er nicht mal mehr ein Berater. Dann war er auch nicht mehr als ein mittelmäßiger, subalterner Analyst – mit dem einzigen Unterschied, dass er seine Schlussfolgerungen über die politische Weltlage nicht in irgendwelchen Dateien festhielt, sondern sie dem Präsidenten direkt vortrug.

»Es wird noch diese Woche losgehen, Sandler«, sagte Trump. »Ich werde dem Rocketman ein Angebot machen, das er nicht ablehnen kann. Und dann werden wir die Seewege zu den chinesischen Häfen blockieren. Die Chinesen sollen zu spüren bekommen, dass wir es sind und nicht sie, die die Bedingungen für den Welthandel diktieren.«

Matt musste wieder an Moffet denken, an dessen Bitte, Trump zu stoppen. Das hier war seine Chance. Vielleicht die einzige, die er je haben würde, um ins Rad der Geschichte zu greifen.

»Großartige Idee mit der Seeblockade, Mr President. Darf ich auch noch etwas mehr über Ihren Umgang mit Nordkorea erfahren?«

Er hatte Trump. Der Präsident fühlte sich geschmeichelt und erzählte fast wortgleich das, was Herb Moffet ihm am Abend zuvor anvertraut hatte. Die Stützpunktpläne. Der Stopp der Raketentests. Die Drohungen mit Angriffen auf Nordkorea. Schließlich: die Hoffnung auf den Friedensnobelpreis. Trump verfiel bei der Schilderung seiner Pläne in den typischen Trump-Singsang, diese altväterliche Mischung aus Überheblichkeit und Realitätsverlust. Er mäanderte. Er wiederholte sich. Matt spürte, wie Trump sich bei all dem, was er da vortrug, nach Anerkennung sehnte. Der Präsident schloss mit den Worten: »Wie finden Sie das, Sandler?«

Matt hätte jetzt gerne mit »Wahnsinn« geantwortet. Er merkte, wie sich der Schweiß langsam in seinen Handflächen sammelte. Er war froh, dass er sie in einem unbemerkten Moment an seinen Hosenbeinen trockenreiben konnte. Wie hatte sein verstorbener Vorgänger Stewart Conolly gesagt? »In unserem Job kommt es auf jedes Wort an, man muss präzise sein.« Stimmt, dachte Matt, und auf die richtige Reihenfolge.

Er atmete tief aus.

»Was ist, Sandler, warum zögern Sie?«, fragte Trump.

»Weil ich Ihre Nordkorea-Pläne bemerkenswert finde, aber, mit allem Respekt, Mr President, für zu früh. Darf ich mich erklären?«

»Ich bin gespannt«, sagte Trump.

»Die Stationierungspläne werden nicht nur die Chinesen

stören, sie werden auch Putin nicht gefallen. Nordkorea grenzt ja auch an Russland. Ein derartiger militärischer Vorstoß unsererseits ist von den Vereinbarungen von Kairo meiner Erinnerung nach nicht gedeckt. Putin könnte das zum Anlass nehmen, sich auch seinerseits nicht an Vereinbarungen zu halten. Das halte ich für ein unnötiges Risiko, zumal …« Matt machte eine Pause. Jetzt war der Moment gekommen, in dem er seinen größten Trumpf ausspielen musste, das Spiel mit Trumps Eitelkeit.

»Zumal?«, fragte Trump neugierig.

»Zumal ich die Chancen auf einen Friedensnobelpreis für Sie für außerordentlich hoch halte – allerdings nicht mehr in diesem Jahr. Dazu ist die Zeit zu knapp. Außerdem wären die Chancen deutlich höher, wenn Ihre Initiative von einer diplomatischen Offensive gegenüber Nordkorea begleitet würde.«

»Wie meinen Sie das?«.

Matt konnte Trump nun beim Nachdenken zuschauen. Er entschloss sich, alles auf eine Karte zu setzen. »Mr President, Sie haben nur einen Schuss frei, wenn Sie tatsächlich den Nobelpreis bekommen wollen, was mich sehr freuen würde. Sie hätten ihn verdient. Aber Nordkorea läuft uns nicht weg. Und wenn Sie sich den Frieden in diesem Teil der Welt tatsächlich zum Ziel gesetzt haben, dann muss ich das mit meinem Kollegen Anatoli Rykow vorbereiten. Wir brauchen Zeit.« Matt merkte, wie gerne er sich jetzt eine Zigarette angezündet hätte. Die Spannung war mit Händen zu greifen. Seine Stimme vibrierte. »Wenn ich Sie um etwas bitten darf, Mr President, dann geben Sie uns diese Zeit. Es wird zu Ihrem und unser aller Schaden nicht sein.« Er schluckte. Ausgerechnet beim letzten Satz war der Satzbau zu kompliziert.

Trump stand auf und kam hinter seinem Schreibtisch hervor, augenblicklich erhob sich auch Matt Sandler. Für einen Moment standen sie sich dicht an dicht gegenüber, und Matt machte es merkwürdigerweise nichts aus, dass er ganz leicht zu Trump aufschauen musste. Das war schon in Ordnung so.

Der Präsident packte ihn an der Schulter. »Sie sind ein guter Mann, Sandler. Und vielleicht haben Sie recht. Nordkorea läuft uns nicht weg. Ich werde Sie künftig an einer Strategiegruppe zu Nordkorea teilnehmen lassen. Die werden Sie mit Ihren Analysefähigkeiten bezüglich Russlands bereichern. Und nun lassen Sie mich allein. Ich muss mich um China kümmern.«

KAPITEL 34

Verdammt, wer ruft so früh an? Rykow schälte sich aus den Kissen und warf einen Blick auf seine Armbanduhr. Vier Uhr dreiundzwanzig. Verdammt! Doch er nahm das Gespräch auf seinem Smartphone entgegen. Verschlafen knurrte er in das Gerät. Was, blieb unverständlich. Durch die Vorhänge fiel das Licht der aufsteigenden Sonne. Es war Frühsommer und der Tag klar. Keine Wolke am Himmel.

»Vater? Entschuldige, dass ich dich wecke. Du sollst nur wissen, dass wir heute auslaufen, in zweieinhalb Stunden. Ich weiß nicht, wohin. Sie machen ein großes Geheimnis draus und haben schon jede Menge Experten für Elektronik an Bord geholt.«

Rykows Stimme klang rostig, doch nun war er zu verstehen. »Komm heil wieder, Konstantin! Lass dich nicht zu Widerspruch hinreißen. Sie machen kurzen Prozess. Ich reise übrigens auch. Fliege heute nach Belgrad und von dort aus nach Deutschland. Vielleicht begegnen wir uns ja.«

Er hatte den Satz kaum ausgesprochen, da bereute er ihn auch schon. Sein Lachen verblühte. Kann ja in der Tat gut sein, dass sie sich begegnen, dass Konstantin zu einem Einsatz gegen Deutschland fährt. Das war die Nummer drei auf Putins Feindesliste. So viel stand fest. Wenn sie also nicht in ein Manöver fuhren …

»Wie heißt dein Boot eigentlich?«

»Es ist die ›Omsk‹. Das Modernste vom Modernen. Ich arbeite im hintersten Segment, wie dein Vater auf der ›Kursk‹.«

Rykow spürte einen Kloß im Hals. Das hätte er besser nicht gesagt. »Gute Fahrt, melde dich sofort, wenn du wieder da bist!«

Sein Flugzeug ging erst um zwanzig nach elf. Er beschloss, ruhig und ausführlich zu frühstücken. Er briet sich drei Eier und lud sich eine geräucherte Makrele auf einen zweiten Teller. In Berlin, hatte Putin gesagt, solle er nur beobachten. Der Angriff, wie immer er auch vonstattengehen würde, sollte also unblutig bleiben. Mehr beschäftigte ihn deshalb die dann folgende Attacke gegen Großbritannien. Putin hatte ihm eine direkte Beteiligung in Aussicht gestellt – und ihn dabei so merkwürdig angeschaut. Wie lange sollte er dieser Offensive noch dienen? Immer, wenn er Putin sah, wuchs sein Widerwille. Andererseits: Er war dem üblichen Geschäft der GRU enthoben. Das war ein Segen. Diplomaten beschatten, westliche Agenten kaltstellen – es hing ihm zu Halse raus.

Am frühen Nachmittag betrat er die Zentrale des serbischen Partnerdienstes und ließ sich in den Umkleideraum führen, den er schon von seinem Einsatz in Warschau kannte. Alles verlief wie gehabt. Die Kollegen waren überaus hilfreich. Am Ende überreichte man ihm seinen serbischen Pass und Visitenkarten eines fiktiven Computerhändlers. Sie fuhren ihn sogar zum Flughafen.

Am Abend checkte er im Hotel »Adlon« ein, am Brandenburger Tor. Er kannte das Luxushotel schon, in dem man komfortabel schlafen und miserabel essen konnte. Im Restaurant bloß nichts Ambitioniertes, das würde schiefgehen. Rykow orderte ein Filetsteak mit Gurkensalat. Das erwies sich als essbar. In seinem Zimmer zappte er sich durchs Fernsehprogramm und blieb bei CNN hängen. Dort wurde von Gerüchten berichtet, dass Trump nun frontal gegen China vorgehen wolle. Das verhieß nichts Gutes für die Welt, auch nicht für Russland. Rykow war eben noch in der Lage, den Fernseher abzuschalten und das Licht zu löschen, da war er auch schon eingeschlafen.

Am Morgen weckte ihn Geschrei auf dem Flur vor der Tür.

Schon wieder so früh! Rykow schaute auf seine Digital-Armbanduhr, doch die war um fünf Uhr stehengeblieben. Punkt fünf. Merkwürdig. Er hatte keine Zeit, weiter darüber nachzudenken, denn nun entdeckte er, dass sich das Licht nicht einschalten ließ. Er tastete sich durch das abgedunkelte Zimmer ins Bad, auch da fielen die Lampen aus. Und der Versuch, einen Schluck Wasser zu trinken, scheiterte an dem trockengefallenen Hahn. Rykow drehte die Dusche an – mit demselben Ergebnis. Er pinkelte in die Toilette, die ließ sich noch spülen, doch es war zu hören, dass kein Wasser mehr nachlief. Er lief ins Zimmer zurück, zog die Vorhänge auf und blickte hinunter zum Brandenburger Tor. Unbeleuchtet. Wie das Kanzleramt. Und die gläserne Kuppel des Reichstags. Auf dem Pariser Platz vor dem Hotel standen, kreuz und quer, ein paar Autos und blockierten die Fahrbahn. Unter die geöffneten Motorhauben waren die Fahrer gekrochen, um herumzuhantieren. Nur ihre Beine waren noch zu sehen. Rykow fiel auf: Die Stadt war totenstill. Keine Autos unterwegs, keine Menschen auf der Straße.

Er ging zurück in sein Zimmer und versuchte, den Fernseher einzuschalten. Nichts. Die Mattscheibe blieb dunkel. Auch sein Mobiltelefon machte keinen Mucks mehr. Als er seine Zimmertür öffnete und nach draußen sah, begriff er die Ursache des Geschreis. Menschen waren im Aufzug stecken geblieben, es gelang nicht, die Tür zu öffnen oder die Kabine mechanisch zu bewegen.

Das war es also. Deutschland war durch einen russischen Cyberangriff vollständig gelähmt. Vermutlich stand die »Omsk« im Nordatlantik und zersetzte Kraftwerke, Wasserwerke, Fernsehsender und Telefongesellschaften. Nicht nur in Berlin. Überall. Das Atom-U-Boot und die Spezialwerkstätten in Sankt Petersburg hatten das Land in die Zange genommen, von der Weltkarte getilgt. Industrie und Gewerbe standen still. In Stuttgart,

München und Wolfsburg rollten keine Autos mehr vom Band. Die Arbeiter liefen bedrückt nach Hause.

*

Der deutsche Kanzler machte an diesem Morgen dieselben Erfahrungen wie der russische Agent. Kein Strom, kein Wasser, kein Telefon, keine Medien. Er öffnete die Tür seines Hauses und suchte die beiden Personenschützer, die nachts immer am Zaun standen. Sie waren noch da. Und waren erleichtert, ihn zu sehen.

»Herr Bundeskanzler, Deutschland erlebt einen kompletten Blackout. Wir haben keine Verbindung mehr zu unserer Zentrale. Und unser Wagen springt nicht mehr an. Vermutlich sind alle Autos mit Vernetzung ins Internet blockiert.«

»Was tun wir? Ich muss ins Kanzleramt. Das geht von hier aus kaum mit dem Fahrrad. Und Sie müssen bei mir sein.«

»Wir haben darüber schon nachgedacht. Mein Kollege wird zu Fuß zu einer Autowerkstatt in der Nähe gehen und dort einen alten Gebrauchtwagen ausleihen, der keine elektronischen Teile hat. Nur Benzinmotor und simple Elektrik. Mit dem fahren wir Sie ins Kanzleramt. Obwohl Sie dort auch nichts ausrichten können.«

»Macht nichts, ich muss erreichbar sein, und sei es für Menschen, die zu Fuß kommen.«

Der Kanzler lief zurück ins Haus und zog sich an, ungewaschen. Der Kühlschrank hatte noch Restkälte, ein Glas Milch schmeckte köstlich. Er setzte sich an den Küchentisch und hing seinen Gedanken nach. Putin. Das hatte er also gemeint, als sie kürzlich telefoniert hatten. Folgten nun die Panzer? Vermutlich nicht. In der Ukraine hatte er gerade erst erlebt, dass die russische Panzertruppe ein Trümmerhaufen war.

Nach einer guten Stunde klopfte es an der Tür. »Wir haben ein Auto.« Der Kanzler sah es, vor der Gartentür. Ein VW »Bulli«, mindestens vier Jahrzehnte alt. Garantiert ohne jede Elektronik. Unten hellblau, oben eierschalenfarben. Der Kanzler kletterte hinten hinein, und sie fuhren los, langsam und in Schlangenlinien um die liegen gebliebenen Autos auf den Straßen herum. Als sie durch Charlottenburg kamen und dann weiter in die Mitte der Stadt, waren die Straßen gepackt voll von Menschen. Viele weinten und schrien. Sie dachten offenbar: So fängt der Krieg an.

Im Kanzleramt war der Hausherr weitgehend allein. Die Staatsdiener hatten kein Verkehrsmittel gefunden, um zur Arbeit zu kommen. Nur die mit Fahrrad waren präsent und blickten ihm mit grauen Gesichtern entgegen. Er machte spontan eine segnende Handbewegung. Peinlich, dachte er dann und bereute seinen Spott.

Einen Steinwurf entfernt im Hauptbahnhof waren alle Gleise mit Zügen gefüllt. Doch keiner schaffte die Ausfahrt. Die Passagiere waren geflüchtet, denn sie fürchteten einen Bomben- oder Raketenangriff. In den unbeleuchteten Tunneln zum Bahnhofsgebäude waren Züge liegen geblieben, Fahrgäste hatten mit den Hämmern für den Notausstieg Fenster eingeschlagen und waren hinausgeklettert. Viele hatten sich dabei geschnitten und liefen wie in Trance, blutüberströmt, über die Rolltreppen nach oben. In den Tunneln der Berliner U-Bahnen ging es noch traumatischer zu. Menschen drängten sich an den feststeckenden Zügen vorbei, schlugen und traten sich nach vorne. Das Geschrei war ohrenbetäubend.

*

Rykow verließ das Hotel ungeduscht und lief am verwaisten Kanzleramt vorüber, wo inzwischen Sicherheitsleute am Zaun bewaffnet Posten bezogen hatten. Es war noch immer totenstill. Hier, in der Mitte des Regierungsviertels, schrie niemand. Vom Kanzleramt war es nicht weit bis zur Charité, deren mächtiger Turm aus den umliegenden Gebäuden herausragte. Als er sich dem Eingang näherte, machte Rykow Hunderte von Patienten aus, die in Nachtwäsche und Morgenmänteln gruppenweise diskutierten. Drinnen hatten die Operationen schon begonnen, als der Strom ausfiel. Das Notstromaggregat versagte. Die Ärzte konnten im Halbdunkel nichts mehr erkennen und mussten ihre narkotisierten Patienten mit geöffnetem Torso liegen lassen. Auch die Beatmung fiel aus. Binnen einer Stunde waren alle gestorben. 1427 Menschen starben an diesem Tag auf deutschen Operationstischen.

Die russische Botschaft Unter den Linden verschloss von innen ihre Türen. Bewaffnete Posten bezogen dahinter Stellung. Der Botschafter saß an seinem Schreibtisch, ganz allein, und stierte ins Leere. Er wusste: Das waren wir. Er fürchtete und er schämte sich. Das würden die Deutschen niemals vergessen.

Der Frankfurter Flughafen, das mächtige internationale Drehkreuz, war gegen Mittag verwaist. Keine einzige Maschine hatte an diesem Morgen abgehoben. Die einschwebenden Flugzeuge, deren Funkverkehr abgerissen war, mussten schleunigst wieder Höhe gewinnen und ins Ausland entkommen. Zwei Passagiermaschinen, denen der Treibstoff ausging, landeten auf Frankfurter Autobahnen. Eine rasierte mit der rechten Tragfläche sieben Lastwagen, die andere schrottete mehr als dreißig Autos, die im Weg standen. Vierzehn Menschen wurden getötet, siebenunddreißig verletzt.

Die Fluglotsen saßen verzweifelt vor ihren erloschenen Bildschirmen. Sie waren blind, konnten nur ahnen, was sich im Luftraum über Deutschland abspielte. Beim Notanflug auf den Züricher Flughafen kollidierten in der Luft eine Maschine aus Norwegen und eine aus Tschechien. Sie schlugen brennend auf die Felder am Rhein und schleuderten ihre Trümmerteile über zwei Kilometer hinweg. Niemand überlebte.

Im Hamburger Hafen fuhr ein gewaltiges Containerschiff ein, die »Global Pride« aus Japan, als sich die russische Glocke auch hier niedersenkte. Die elektronische Steuerung wurde unterbrochen. Bei gleichbleibendem Tempo, doch immer krasser schräggestellt, bahnte sich der rostrote Koloss seinen Weg in einen Arm des Hafens. Er rammte sieben Schiffe in Folge, die dort vertäut waren. Die metallenen Schläge der Kollisionen waren noch im Büro des Bürgermeisters im Hamburger Rathaus zu hören. Zwei der angerempelten Schiffe, denen das Heck aufgerissen worden war, versanken bis zur Reling im brackigen Hafenwasser.

Die deutschen Börsen waren aus dem globalen Finanzsystem getilgt. Sie existierten einfach nicht an diesem Tag. Deutsche Aktien wurden nur im Ausland gehandelt, dann aber rasch ausgesetzt, als sie rasend schnell abstürzten. Fünf Prozent minus, dann fünfzehn, dann siebenundzwanzig, dann dreiundvierzig. Aus. Die Banken hatten keinen Kontakt mehr zu den Finanzmärkten. Sie türmten – wehrlos, wie sie waren – Verluste in irrwitzigen Dimensionen auf. CNN meldete den ganzen Tag den »Blackout in Germany« als Eilmeldung. Reporter berichteten live aus Paris und Amsterdam. Die ganze Welt nahm Anteil und gruselte sich über das Land, das plötzlich komplett vom Schirm verschwunden war. Frankreichs Präsident rief am Nachmittag Putin an, plauderte ein wenig über die deutsche Malaise und lud den Russen zu einem Staatsbesuch in seine Hauptstadt ein. Putin willigte erfreut ein.

Der Kanzler saß in seinem Büro, schweigend, versteinert, und biss die Zähne aufeinander. Wie lange würde Putin das Land im Würgegriff halten? Und wie lange würde Trump den gewalttätigen Eskapaden seines Moskauer Kumpanen zuschauen? Mindestens die Wall Street musste Trump doch in Bewegung setzen.

Unten, vor dem Zaun des Kanzleramts, schlenderte Rykow vorüber. Er hatte nur die vergleichsweise beschauliche Szenerie in Berlin besichtigt und wollte zurück ins Hotel, eine Stunde schlafen. Als er die Drehtür des »Adlon« erreichte, gingen die Lichter wieder an, und die Autos auf dem Pariser Platz starteten. Das Hotelpersonal strahlte, als er die Lobby betrat.

Der Kanzler indes blickte wütend und entschlossen, als er zum Telefon griff und seine erschrockene Sekretärin, die Einzige, die es ins Amt geschafft hatte, anherrschte: »Geben Sie mir den NATO-Generalsekretär. Sofort!«

KAPITEL 35

»›CSCL Globe‹ in Sichtweite, macht langsame Fahrt Kurs Süd-Südost. Überquerung der Zwölf-Meilen-Zone erwartet für Null-Achthundert. Das wäre in siebzehn Minuten, Sir.«

Auf der Brücke der »USS Stethem« ließ sich Marc Riley, seit fast zwei Jahren Kommandant des US-Zerstörers, von seinem Ersten Offizier das Fernglas geben. »Verdammt. Kann beim besten Willen nichts erkennen, Scally. Aber das wundert mich auch nicht. Ich plage mich seit Tagen mit einer Bindehautentzündung rum. Werde heute Nachmittag mal den Doc aufsuchen. Lassen Sie einen Funkspruch an die ›CSCL Globe‹ absetzen: sofortiger Maschinen-Stopp. Andernfalls ernsthafte Konsequenzen. Bei dem Bremsweg, den der Riesenpott hat, wird das eh schon knapp.«

»In Ordnung, Sir.« Der Erste Offizier wandte sich zum Gehen. Riley sah ihn aufmunternd an. »Wird schon schiefgehen, Scally. War beim letzten Mal vor acht Jahren genauso, damals haben wir mit der ›Stethem‹ die Zwölf-Meilen-Zone um die Insel Triton durchkreuzt, im Prinzip nur ein Felsbrocken im Südchinesischen Meer. Mehr nicht. Ich war als junger Offizier auch an Bord. Die Chinesen haben seinerzeit riesiges Gewese gemacht. Ich kann die Erklärung aus dem Außenministerium in Peking noch im Wortlaut runterleiern.« Riley imitierte nun den Sprecher mit übertrieben hoher Stimme und zusammengepressten Zähnen: »China ruft die USA dringend auf, sofort die Provokation zu beenden, die Chinas Souveränität verletzt und ein Sicherheitsrisiko für China darstellt. Die Volksrepublik wird alle nötigen Schritte unternehmen, um sich zu verteidigen.«

Scally lachte. Sein Vorgesetzter war ein guter, ein verlässlicher Kommandant. Scally schätzte an ihm Ruhe und Besonnenheit. Das Beste aber war, dass Riley die oft öden Tage auf See gelegentlich verkürzte, indem er prominente Schauspieler oder Politiker parodierte. Riley war grandios als Robert de Niro und Sean Penn, auch bei Joe Biden traf er den Sound perfekt, nur den breiten Singsang von Donald Trump hatte er noch nicht ganz drauf.

Das Ostchinesische Meer lag an diesem Morgen glatt wie ein Tuch vor der »USS Stethem«. Eigentlich ein klassischer »Badetag«, wie Riley derartige Wetterlagen nannte. An solchen Tagen hielt er manchmal nach Delfinen Ausschau, heute war dazu keine Zeit. Der Befehl aus Washington hatte ihn vor nicht einmal neun Stunden erreicht, beim Zähneputzen. Er hatte gerade ins Bett gehen wollen, doch daraus wurde in dieser Nacht nichts mehr. Sein Kriegsschiff war aufgrund seiner Position fünfundsechzig Seemeilen südöstlich von Shanghai plötzlich die Speerspitze bei der Operation »Silk Road«. Es galt, den Frachtverkehr vom größten Containerhafen der Welt für zunächst unbestimmte Zeit zu blockieren. Riley schmiss vor Wut die Zahnbürste ins Waschbecken, als er das codierte Schreiben gelesen hatte. Er hätte gern den Sesselfurzer im Pentagon kennengelernt, der sich ausgerechnet diesen vergifteten Namen für die Militäraktion ausgedacht hatte. Schlimm genug, sich mit den Chinesen anzulegen. Man musste sie nicht auch noch verhöhnen.

Sein Erster Offizier kam wieder auf die Brücke. »Die ›Globe‹ macht unverändert Fahrt und antwortet nicht.«

»Scheiße, Scally. Dann geben Sie mir jetzt das Pentagon. Im Befehl von heute Nacht steht, dass wir für diesen Fall Feuererlaubnis haben. Das sollen mir die noch mal persönlich ins Ohr brüllen, bevor wir hier ›Schiffe versenken‹ spielen, nur weil die bescheuerten Hillbillys in unserer Heimat nichts Besseres zu tun hatten, als ein machtgeiles Arschloch ins Weiße Haus zu wählen.«

»Sir?«

»Donald Trump.«

»Ich weiß, wer US-Präsident ist«, sagte der Erste Offizier.

»Ja«, sagte Riley, »und genau dieser Präsident will ab heute einen Krieg führen. Aber das halbe Volk wollte das anscheinend auch so, sonst hätten sie ihn ja nicht wählen müssen. Und ich? Ich muss mir jetzt überlegen, ob ich das vielleicht größte Containerschiff der Welt auf den Boden des Ostchinesischen Meeres schicke, nur weil dieser Donald Trump seinem ganzen ›America-First‹-Gequatsche auch einmal Taten folgen lassen muss. Aber nach mir fragt ja keiner. Und jetzt geben Sie mir das Pentagon.«

Das von der »USS Stethem« am selben Abend nach Washington übermittelte Protokoll verzeichnete, dass der erste Warnschuss um acht Uhr vier und fünfundzwanzig Sekunden abgegeben worden war. Nach zwei weiteren von der »Global« unbeantwortet gebliebenen Funksprüchen traf der erste Torpedo der »Stethem« das Containerschiff backbord um acht Uhr zwölf und achtundzwanzig Sekunden, knapp über der Wasserlinie, etwa acht Minuten nach der ersten Warnung. Zwei weitere folgten im Fünf-Minuten-Abstand. Das mit über neunzehntausend Containern beladene Schiff war etwa vierzig Minuten später in Schieflage geraten. Riley hatte um neun Uhr zweiunddreißig und fünf Sekunden ein Rettungsboot ausbringen lassen, um die Mannschaft der »Global« aufzunehmen. Der Kapitän, ein Norweger, hatte sich zwei Stunden lang geweigert, in der Hoffnung, von in der Nähe befindlichen Handelsschiffen aufgenommen zu werden. Nach einer weiteren Stunde gab er seinen Widerstand auf und setzte mit vierzehn Männern seiner insgesamt achtzehnköpfigen Besatzung auf den US-Zerstörer über. Vier Seeleute galten als vermisst. Die Wahrscheinlichkeit, dass sie von der um elf Uhr achtunddreißig vollständig gesunkenen »CSCL Global« mit in die Tiefe gerissen wurden, gab das Protokoll der »Stethem« mit »nahe einhundert Prozent« an.

*

Matt Sandler sah es bei CNN. Der Sender zeigte die Luftaufnahmen von der Abschussstelle in Dauerschleife – ein riesiges Areal, in dem Hunderte von Containern in einer ständig größer werdenden Öllache vor sich hindümpelten. Rechts oben auf dem Bildschirm waren zwei Archivbilder der »USS Stethem« und ihres Kommandanten Marc Riley eingeblendet. Matt schätzte, dass der Kapitän dem Foto nach zu urteilen ungefähr in seinem Alter sein müsste. Zur »Prime-Time«, etwa gegen halb neun Uhr abends, war ein Statement des Präsidenten angekündigt. Bis dahin war noch eine Stunde Zeit. CNN überbrückte die Aktualitätslücke mit einer im Viertelstundenrhythmus wiederholten Erklärung aus dem Pentagon, dass der Vorfall aufgeklärt werden müsse, es aber noch zu früh sei, um den genauen Hergang zu schildern.

Nach und nach tröpfelten die Reaktionen aus den Hauptstädten in aller Welt ein. Matt fand sie allesamt von seltsam verhaltener Routine. Es war, als ob die Welt für einen kurzen Moment noch in Schockstarre verharren würde, bevor sie begriff, was da im Ostchinesischen Meer passiert war. Nur aus Peking war zu vernehmen, dass der »inakzeptable Angriff ernsthafte Konsequenzen« haben werde. Greenpeace warnte angesichts der austretenden Ölmenge vor einer »Umweltkatastrophe unvorstellbaren Ausmaßes«. Aus Oslo war die Ehefrau des norwegischen Kapitäns der »CSCL Globe« telefonisch mit dem Moderator im Studio verbunden. Sie war in großer Sorge um ihren Mann. Die Börse hatte mit einem Kurssturz von historischem Ausmaß reagiert, aber ausgerechnet die Leitung aufs New Yorker Börsenparkett brach ständig zusammen.

Es klingelte an der Tür. Sue hatte Sushi mitgebracht. Sie strahlte. Matt strahlte auch. Gestern hatte er die Welt gerettet. Heute würde er es der Frau, die vielleicht die Frau seines Lebens werden könnte, erzählen. Aber wie? Er umarmte sie noch in der Tür und überlegte, ob das einer dieser Tage würde, an denen sich alles zum Guten fügte. Oder würde er diesen Abend womöglich überfrachten – er wollte Trumps Auftritt nicht verpassen und Sues Brüste mit den Sushis garnieren. Er wollte ihr von Nordkorea erzählen, von seiner wahren Beziehung zu Rykow, und er wollte ihr erklären, warum er ihr die Schlüssel zu seiner Wohnung geben wollte. »Sex and Drugs and Politics«, dachte Matt, warum sollte das nicht zusammenpassen?

Sue machte es ihm unerwartet leicht. »Hast du gehört, Trump gibt gleich eine Erklärung ab wegen China. Das müssen wir uns unbedingt ansehen. Die Sushis können wir auch nachher noch essen, die werden ja zum Glück nicht kalt.«

Matt nickte.

Sue berichtete, dass seine früheren Kollegen bei »Fosters & Company« nach Bekanntwerden des Vorfalls den halben Tag in Meetings gesessen hätten, um zu analysieren, was das für das amerikanisch-chinesische Verhältnis bedeutete. »Sie haben gesagt, schade, dass du nicht mehr da bist, Matt. Bestimmt hättest du eine plausible Erklärung, warum sich die Russen zu dem Vorfall noch nicht gemeldet haben.«

Matt nahm zwei Gläser und goss zwei Rye ein. »Du musst doch nicht mehr fahren, du bleibst heute Nacht hier, oder?«

Sue antwortete mit einer innigen Umarmung.

Trump verlas seine Erklärung im Rosengarten des Weißen Hauses – fünf Minuten vor der erwarteten Zeit. Um aktuell auf Sendung sein zu können, brach CNN dafür sogar die Werbepause ab. Matt fand, dass sich das milde Abendlicht vorteilhaft für den Präsidenten erwies. Er wirkte gebräunt, ausgeruht, konzentriert, entschlossen. Doch seine Augen flackerten.

»Heute ist es bei der Operation ›Silk Road‹ zu einem unnötigen Zwischenfall im Ostchinesischen Meer gekommen, der bei größerer Kooperationsbereitschaft Chinas hätte vermieden werden können. Es ist bedauerlich, dass vier Seeleute beim Untergang der ›CSCL Globe‹ ums Leben gekommen sind. Die Vereinigten Staaten werden die mit dem heutigen Tag begonnene Blockade nichtsdestotrotz fortsetzen. Niemand hat das Recht, den USA die Handelsbedingungen zu diktieren. Ich habe wegen der sich womöglich zuspitzenden Situation angewiesen, die ›USS Theodore Roosevelt‹ in die Region zu verlegen. Der Flugzeugträger wird dafür sorgen, dass alle Optionen auf unserem Tisch liegen.«

»Mein Gott, wie kalt er ist«, sagte Sue.

Trump stand jetzt in der Abendsonne und hatte das Kinn nach vorne gereckt. Die knappe Erklärung war zu Ende. Die Journalisten im Rosengarten reckten die Arme nach oben. Drei Fragen waren erlaubt.

»Haben Sie schon Kontakt zu Präsident Xi aufgenommen?«, fragte die Frau von Fox.

»Warum sollte ich?«, fragte Trump zurück. »Er hat meine Nummer. Er kann mich jederzeit erreichen – vorausgesetzt, er hat etwas Konstruktives dazu beizutragen, die amerikanisch-chinesischen Handelsbeziehungen ins Lot zu bringen. Und zwar zu unseren Bedingungen. Wenn nicht, dann ist jeder Anruf Zeitverschwendung.« Trump deutete auf den Mann von ABC. »Bill!«

»Wie weit sind wir von einem Krieg entfernt?«

»Blödsinn, Bill. Du hast auch schon intelligentere Fragen gestellt. Nächste Frage.«

Er fuhr mit dem Finger durch die Reihen und blieb bei CNN hängen. »Na gut, weil es ein besonderer Tag ist, CNN, bitte.« Der Präsident machte eine ruckartige Bewegung mit dem Kopf nach oben, es war die Aufforderung, die Frage zu stellen.

»Mr President, es gibt Gerüchte, dass Sie sich mit Wladimir Putin bei Ihrem Treffen in Kairo die Welt aufgeteilt haben. Das würde das Schweigen der Russen zum heutigen Vorfall im Ostchinesischen Meer erklären. Und auch Ihr Schweigen zu den sich häufenden ungeheuerlichen Vorgängen in Europa.« Für einige Sekunden behielt der Reporter noch das Mikrofon in der Hand, so, als würde er gerne später noch nachlegen. Doch Trump bedeutete einem Mitarbeiter des Pressestabs des Weißen Hauses, dem Mann das Mikro abzunehmen.

Auf dem Sofa hielt Matt den Atem an.

Auf dem Bildschirm verengten sich Trumps Augen zu zwei Schlitzen. »Ich schlage vor, Sie benennen Ihren Sender in FNN um – ›Fake News Network‹. Das sind Fake News, die Sie hier verbreiten wollen. Fake News. Die Welt ist sicherer geworden, seit ich wieder Präsident bin. Die Vereinigten Staaten und Russland, ich und Wladimir Putin, handeln im gegenseitigen Vertrauen und Respekt. Kriege sind obsolet. Niemand hier …«, Trump machte eine ausholende Armbewegung von links nach rechts, »… ich sage, niemand hier wird bestreiten können, dass die Welt seit meiner Wahl friedlicher geworden ist.«

»Was für ein Narzisst«, stöhnte Sue.

Trump hatte sich von einem Mitarbeiter des Weißen Hauses eine rote Baseball Cap mit dem Aufdruck »MAGA«, »Make America Great Again« geben lassen.

Sue ereiferte sich. »Ich kann diesen Typen schon jetzt nicht mehr sehen – und dabei ist er nicht einmal ein halbes Jahr im Amt. Und du arbeitest auch noch für ihn, Matt. Na, Gott sei Dank kommst du ihm ja dabei bestimmt nicht zu nah.«

Matt legte seine Hand auf ihren Arm. Wenn er es tatsächlich ernst mit ihr meinte, dann war jetzt der Moment gekommen. »Ich bin sein ›Back-Channel‹-Mann nach Russland, Sue. Ich weiß Dinge, die sonst niemand weiß. Ich war in Kairo dabei. Ich war Anfang der Woche in Moskau. Und ich habe gestern Abend höchstwahrscheinlich einen Atomkrieg mit Nordkorea verhindert. Danach war ich so fertig, dass ich dein Klingeln nicht mehr gehört habe. Und weil du jetzt alles weißt, na, fast alles, kannst du auch gleich, wann immer du magst, hier bei mir sein. Ich möchte dir gerne einen Schlüssel für mein Apartment geben. Hier ist er.«

Sue hielt einen Moment inne. Ein Lächeln war in ihrem Gesicht, doch Matt war sich nicht sicher, ob es ein ironisches Lächeln war, denn sie drückte ihm die Tüte mit den Sushis in die Hand und begann, langsam ihre Bluse aufzuknöpfen. »Sieht ja ganz danach aus, als hätte ich mir einen Superhelden geangelt«, sagte sie, öffnete ihren BH und lehnte sich auf dem Sofa zurück. Mit ihren Händen presste sie ihre Brüste zusammen und schloss die Augen. »Na, dann deck mal den Tisch, auch Superhelden müssen schließlich was essen.«

Matt griff zur Fernbedienung und schaltete den Fernseher aus. Nur wenig später wechselte CNN das Laufband. Eilmeldung: Hauptquartier der Marine der Volksbefreiungsarmee in Ningbo versetzt gesamte Ostflotte in Gefechtsbereitschaft. Es war ungefähr zu dem Zeitpunkt, an dem Matt darüber zu staunen begann, wie viele Sushis er dann doch auf Sues Brüsten unterbringen konnte.

KAPITEL 36

Der NATO-Bürokrat war kleinlaut, schuldbewusst.

»Wo waren Sie eigentlich, als mein Land durch einen Cyber-Angriff, wie ihn die Welt noch nicht gesehen hat, gelähmt wurde? Komplett gelähmt! Gibt es die NATO noch, nachdem sich Trump vom Acker gemacht hat? Das wüsste ich gerne!« Der Kanzler schrie seine Anklage ins Telefon.

»Herr Bundeskanzler, die NATO ist noch funktionsfähig«, antwortete der Holländer. »Und das werden Sie bald erleben. Ich gebe Ihnen mein Wort als Generalsekretär, dass wir den Urheber dieser Attacke jagen und stellen werden.«

»Es wäre besser gewesen«, schäumte der Kanzler, »wenn die NATO den Angreifer rechtzeitig erkannt und abgewehrt hätte. Wozu brauche ich das Bündnis sonst? Wer ist denn der Urheber? Wissen Sie das wenigstens?«

»Wir glauben es zu wissen, verehrter Herr Bundeskanzler. Es ist ein hypermodernes, mit Elektronik vollgestopftes Atom-U-Boot, das die Russen ›Omsk‹ nennen. Es ist gerade fertig geworden und vorgestern aus dem Hafen von Murmansk ausgelaufen. Wir haben das mit Satellitentechnik aus dem All beobachtet. Dann haben wir das Boot allerdings aus den Augen verloren. Das Verfolgen getauchter und in großer Tiefe entschwindender U-Boote ist nur mit Spezialtechnik der Amerikaner möglich. Aber Sie wissen ja, darauf haben wir keinen Zugriff mehr.«

»Und«, schnappte der Deutsche zurück, »was wollen Sie nun tun? Ich möchte eine militärische Operation sehen, die Bestrafung der Russen! Mein Volk dürstet nach Wiedergutmachung …«

»Wir stellen gerade einen Flottenverband zusammen, der in den Nordatlantik fährt und die ›Omsk‹ schnappt – und, wenn möglich, auf den Grund des Meeres schickt. Für diesen Verband, verehrter Herr Bundeskanzler, brauchen wir auch zwei deutsche U-Boote, U32 und U35. Sie sind die momentan besten.«

»Wie groß soll der Flottenverband sein?«

»Geführt wird er von dem britischen Flugzeugträger ›HMS Prince of Wales‹, das größte Kriegsschiff, das je für die ›Royal Navy‹ gebaut wurde. Es kommen drei norwegische, zwei dänische und zwei niederländische Schiffe dazu. Die Polen haben abgelehnt, sind nach den jüngsten Ereignissen vor Putin in die Knie gegangen. Die Balten ebenso. Litauen zittert geradezu.«

»Gut, Sie bekommen die deutschen U-Boote. Geben Sie unserer Marineleitung Nachricht, wo sich der Flottenverband wann trifft.«

Er traf sich zwei Tage später in einem exakt umrissenen Seegebiet etwa sechshundert Seemeilen südlich von Spitzbergen. Hier irgendwo vermuteten sie die »Omsk«, denn das U-Boot war bislang nicht wieder in Murmansk eingelaufen. Der britische Flugzeugträger, drei Komma zwei Milliarden Pfund teuer, hatte, wie sooft, technische Probleme. Er konnte nicht mit voller Kraft geradeaus laufen, und die Elektronik versagte an der einen oder anderen Stelle. Die Schiffe der Verbündeten indes waren technisch einwandfrei, insbesondere die deutschen Jagd-U-Boote.

Sie begannen auch sofort mit ihrer Jagd und suchten das Seegebiet systematisch ab. Sie ahnten nicht, dass sie in eine Falle liefen. Denn die »Omsk« lag still, fast auf Grund, und erwartete die Jäger. Sie war ja auch nicht alleine gekommen, sondern fuhr unter der Bedeckung zweier russischer Jagd-U-Boote mit Atomantrieb, die sich in gehöriger Entfernung, aber rasch mobilisierbar, bereithielten.

Am 27. Juli 2025, einem Sonntag mit extrem stürmischem Wetter über dem Nordatlantik, um siebzehn Uhr sechzehn entdeckte U35 mit seiner elektronischen Ortung den Schatten der »Omsk«. Das deutsche Boot fuhr langsam und fast geräuschlos darauf zu und schob zwei Torpedos vom Kaliber 533 in die Rohre. Um achtzehn Uhr zwei war der Russe klar auszumachen, er ruhte noch immer. Doch nun störte eine Alarmmeldung von der »Prince of Wales« die Konzentration. Ein anderes, offenbar ebenfalls russisches U-Boot näherte sich mit großer Geschwindigkeit der U35.

»Erbitte Anweisung«, meldete sich der Kommandant von U35 auf der Brücke der »Prince of Wales«. Was tun? Der Befehlshaber des Flottenverbandes befahl, die »Omsk« zu versenken. »Feuer frei!«

U35 schoss zunächst nur einen Torpedo ab. Er traf die »Omsk« mittschiffs, zerstörte das Boot aber nicht, sondern explodierte am Rumpf. Das russische U-Boot war aus schwer zu knackendem Spezialstahl geformt und wies den deutschen Torpedo ab. Der allerdings deformierte die U-Boot-Hülle beträchtlich und richtete drinnen schwere Schäden an der Technik an.

Aber auch an der Mannschaft. Ein junger Seemann, der an einem Steuerpult für die Schiffspumpen saß, wurde von seinem Stuhl gerissen und quer durch das U-Boot an die stählerne Wand auf der anderen Seite geschleudert, wie es später im offiziellen Einsatzprotokoll der russischen Marine hieß. Er war sofort tot. Schädel und Genick waren gebrochen, ein Blutfleck blieb an der Wand des U-Boots zurück.

Als der Kommandant die Schäden besichtigte und den Toten fand, ließ er dessen Kabine durchsuchen. Man fand eine Makarow-Pistole mit ausgefräster Seriennummer, so das Protokoll, die der junge Mann an Bord geschmuggelt hatte. Er sei nicht mehr dazu gekommen, den Kommandanten zu erschießen, wie er es sich vorgenommen habe, um ein Fanal gegen Putin zu setzen. Er war selbst auf der Strecke geblieben. Und der Kommandant entzifferte auf dem Dienstausweis den Namen des Opfers. Konstantin Rykow.

Es blieb nicht viel Zeit, sich mit dem Fall zu beschäftigen. Das deutsche U-Boot konnte jeden Moment noch einmal nachlegen. Das wollte es auch. Doch U35 wurde von dem zweiten russischen Jagd-U-Boot, dessen bloße Existenz der NATO-Einheit entgangen war, torpediert, voll getroffen. Das Boot zerbrach in zwei Teile, im Bug explodierten die Torpedos, und die Trümmerteile sanken auf Grund.

Die »Omsk«, beschädigt, aber nicht wehrlos, mobilisierte unterdessen ihre elektronischen Waffen und stülpte eine Cyber-Glocke über den Flottenverband des Gegners. Augenblicklich war dessen Kommunikation unterbrochen und der Kommandant des Flugzeugträgers blind, orientierungslos. Er wurde erst wieder aus seiner Verwirrung gerissen, als er in der Nähe die Fontäne aufsteigen sah, mit der auch U32 von dem russischen Jagd-U-Boot versenkt wurde. Die »Prince of Wales« wiederum wurde verstümmelt, ein sehr gezielt abgefeuerter Torpedo zerstörte die Schiffsschrauben und das Ruder am Heck. Der Flugzeugträger war manövrierunfähig, ohne wegen des Cyber-Angriffs Hilfe herbeirufen zu können. Die Norweger, die Dänen und die Niederländer drehten ab, um sich in Sicherheit zu bringen. Sie ließen den verwundeten »Prinzen von Wales« allein zurück.

Die Rest-NATO, ohne Amerikaner, hatte eine verheerende Niederlage erlitten. Deutschland hatte zwei seiner ohnehin nur sechs U-Boote verloren und der Schmach der Cyber-Lähmung noch die Schande der gescheiterten Revanche hinzugefügt.

Am nächsten Vormittag musste sich der Kanzler dem Parlament stellen. Zur Ehrung der umgekommenen U-Boot-Fahrer erhoben sich die Abgeordneten und sangen die Nationalhymne. Als der Regierungschef ans Rednerpult trat, um den Cyber-Angriff auf die größte Wirtschaftsmacht Europas und die Versenkung eines Drittels der deutschen U-Boot-Flotte zu erklären, ging ein verächtliches Zischen durch die Reihen.

Keine Hand rührte sich, als der Kanzler stockend seine Regierungserklärung vortrug. Sie endete mit dem aufsehenerregenden Satz: »Ich empfehle, unser Verhältnis zu Russland neu zu begründen.«

Der Oppositionsführer, der danach sprach, nahm den Ball auf und fügte hinzu: »Wir haben unsere Verbindungen zu Russland sträflich abreißen lassen. Das muss sich ändern. Ich möchte durchaus auch konkret werden: Wir sollten die zerstörte Nord-Stream-2-Pipeline reparieren und wieder Gas aus Russland importieren.«

Der folgende Tumult im Parlament war unbeschreiblich. Der Kanzler indes nickte dem vom Rednerpult abtretenden Oppositionsführer knapp zu.

Die NATO zerfiel noch am selben Tag. Die Briten, die Franzosen, die Skandinavier, die Balten, die Südeuropäer und die Polen kündigten ihren Austritt an. Die Türkei schwankte. Und aus Deutschland rief der Kanzler in Moskau an, verlangte im Kreml den Präsidenten zu sprechen. Nach wenigen Minuten hatte er Putin am Apparat.

»Herr Bundeskanzler«, begann der mit triefendem Zynismus, »Sie haben ein wenig Pech gehabt in jüngster Zeit. Aber Sie wollten mir ja nicht glauben …«

»Herr Präsident«, antwortete der Deutsche mit rostiger Stimme, »ich komme mit einer klaren Botschaft. Alle Parteien des Deutschen Bundestages haben mich beauftragt, Ihnen die

Reparatur der zerstörten Nord-Stream-2-Pipeline durch die Ostsee und die Wiederaufnahme des Gasimports aus Russland vorzuschlagen. Wir wollen uns unverbrüchlich mit Russland verbinden.«

»Verbünden?«

»Nein, bitte, verbinden. Verbinden mit einem i. Das geht schon weit genug. Wir möchten uns mit Russland verbinden, denn gegen Russland können wir Deutschen nicht leben.«

»Hm. Und wie machen wir das?«

»Ich schlage vor, Herr Präsident, dass ich schon in den nächsten Tagen nach Moskau komme, um die entsprechenden Verträge mit Ihnen auszuhandeln und zu unterzeichnen.«

»Das ist mir recht, Herr Bundeskanzler. Kommen Sie übermorgen.«

Putin erhob sich von seinem Sessel, reckte sich feierlich und blickte Rykow mit blitzenden Augen an. Der verbeugte sich mit der Rechten auf dem Herzen und ging schweigend ab. In Putins Vorzimmer wurde er aufgehalten. Jemand verlangte am Telefon nach ihm.

»Anatoli Rykow, Sie sind der Vater von Konstantin Rykow?«

»Ja, mit wem spreche ich?«

»Sie sprechen mit dem Kommandeur der Nordflotte. Ich habe die traurige Pflicht, Ihnen zu eröffnen, dass Ihr Sohn Konstantin auf dem Spezial-U-Boot ›Omsk‹ in tapferer Erfüllung seiner Pflicht vor dem Feind gefallen ist. Wir werden Ihnen den Toten zustellen. Es lebe das heilige Russland!«

Rykow schwankte. Er spürte, wie seine Beine nachgaben und Übelkeit in ihm aufstieg. Für einen Gedanken reichte es nicht mehr, bevor er das Bewusstsein verlor und zusammenbrach.

KAPITEL 37

Er lag angezogen auf dem Bett, als er am Morgen erwachte. Und er musste lange nachdenken, bis er begriff, wo er war und unter welchen Umständen. Konstantin war tot! Die Erinnerung an den Anruf aus Murmansk ließ seinen Kreislauf schockartig absacken und trieb Tränen in seine Augen. Konstantin tot – jetzt, ausgerechnet jetzt, da er zum ersten Mal sein Verhältnis zu dem Jungen geklärt hatte und ihm so nahe war. Rykow erinnerte sich, dass ihn zwei Männer aus dem Sicherheitsapparat des Präsidenten aufs Bett gehoben und sich dann das mitfühlende Gesicht Wadulins über ihn gebeugt hatte. Dessen tröstende Worte hatte er aber schon nicht mehr gehört. Ein Blick auf die Armbanduhr zeigte ihm, dass er etwa vierzehn Stunden geschlafen haben musste.

Es fiel ihm unendlich schwer aufzustehen. Sein Körper war kraftlos, und seit er wach geworden war, weinte er still vor sich hin. Unter der heißen Dusche wurde ihm klar, dass er nun allein war auf der Welt. Ganz allein. Vater tot, Sohn tot. Und weder Verwandte noch wirkliche Freunde. Alina vielleicht, die Wunderbare. Sie war mehr als nur eine Bettgeschichte. Rykow beschloss, das Verhältnis zu ihr neu zu begründen, liebevoller, fürsorglicher. Auch sie war allein.

Als er sich abtrocknete, klingelte das Telefon. »Hier ist die Polit-Abteilung der Nordflotte in Murmansk. Herr Rykow, wir möchten Ihnen mitteilen, dass Sie morgen die Leiche Ihres Sohnes bei uns abholen müssen. Andernfalls lassen wir ihn beerdigen. Sein Grab auf einem Marine-Friedhof ist so oder so reserviert.«

Rykow versprach, dass er kommen werde. Er musste Konstantin abholen, noch einmal sehen und sich von ihm verabschieden.

Er nahm nur eine Tasse Tee zum Frühstück, im Küchenschrank fand er dazu einen harten Keks. Er wollte und er konnte nicht mehr. Er würde sich heute in Moskau frei nehmen und morgen mit der Frühmaschine der GRU nach Murmansk fliegen. Heute wollte er schon innerlich Abschied nehmen. Er wusste auch, wo und wie.

Eine gute Stunde später betrat er die Christ-Erlöser-Kathedrale mit den fünf vergoldeten Türmen unweit der Moskwa. Die Kirche spiegelte die Geschichte Russlands auf besonders prägnante Weise. Stalin hatte das prächtige Gotteshaus 1931 sprengen lassen, um an seiner Stelle einen Palast des Kommunismus errichten zu lassen, auf den nie verwirklichten Plänen das damals höchste Gebäude der Welt. Aber der Untergrund trug ein so gewaltiges Bauwerk nicht, aus der Grube wurde ein Freibad. Bis Boris Jelzin die Rekonstruktion der Kathedrale anordnete, die am 31. Dezember 1999 eröffnet wurde – zum zweitausendsten Geburtstag Christi. Wladimir Putin besiegelte damit seinen Pakt mit den Popen, die er als Stützen seiner Macht brauchte. Rykow hatte immer bezweifelt, dass der ehemalige KGB-Offizier zu aufrichtigem Glauben gefunden hatte, obgleich er häufig die Kathedrale besuchte und sich immer spektakulär bekreuzigte.

Er selbst war als Atheist aufgewachsen, im Jugendverband »Komsomol« hatten sie die Popen verhöhnt. Deren religiöse Rituale waren für ihn reiner Hokuspokus. Daran hatte sich bis heute nichts geändert. Rykow mied das irdische Personal des Himmels, das vom Kreml mit Wohlleben gekauft war. Doch je älter er wurde, desto ausgeprägter entwickelte er seinen ganz persönlichen Zugang zu – ja, wie sollte er sagen? –, zu einer höheren Macht, zu dem, was andere Gott nannten.

Rykow ertappte sich dabei, wie er im Innersten zu ihm sprach, wenn er ernsthafte Probleme hatte. Wie er um Hilfe bat. Und wie er den Eindruck gewann, dass der andere wirklich half. Herrgott, falls es dich gibt, steh mir bei. Oder: Herrgott, das darfst du nicht zulassen. Manchmal bedankte er sich auch für den Beistand, mit einem tiefen inneren Seufzer. Herr, ich danke dir, du stärkst meinen Glauben.

Doch er glaubte nach wie vor nicht. Nicht wirklich. Seine gelegentliche Zwiesprache mit dem anderen blieb eine Selbstbeschwörung. Sagte er sich. Und ahnte doch, dass es inzwischen vielleicht mehr war. So wie jetzt, da er dem anderen Konstantin anempfehlen wollte.

Rykow nahm am Eingang zwei schmale, lange Kerzen aus einem Holzkasten und steckte dafür ein paar Scheine in die Spendenbox daneben. Dann nahm er den Duft und die Stille der prächtig geschmückten Kathedrale in sich auf. Es waren nur vier, fünf alte Frauen anwesend, vertieft in ihre Rituale.

Er nahm auf einer Bank in der vierten Reihe Platz und versank in seinen Gedanken an den Vater und den Sohn. Beide waren von der eigenen Heimat erschlagen worden, bedenkenlos, brutal. Der Vater in seinem U-Boot erstickt. Der Sohn in seinem U-Boot zerschmettert. Warum, zum Teufel, hatte sich Konstantin noch in ein U-Boot gesetzt, wo doch schon sein Großvater darin umgekommen war? Und warum, warf sich Rykow vor, hatte er ihn nicht daran gehindert? War sein Gehorsam gegenüber der Macht blind?

Er nahm die Stille der Kathedrale tief in sich auf und spürte, wie er seine innere Ruhe wiederfand. Vielleicht waren die beiden ja bei … bei … bei Gott. Und er würde sie eines Tages … wiedersehen. Unsinn! Verlier dich nicht in religiöse Spekulationen! Tu lieber etwas für ihr Andenken!

Rykow lief zum Altar, überkletterte das hüfthohe Metallgitter davor und trat unter die prächtig geschmückte Innenkapelle, die Ikonostase, die den Altar an drei Seiten umgab. Niemand hatte bemerkt, dass er in den innersten Schutzraum der Kathedrale eingedrungen war. Er trat an die rechte Seite des Altars, entzündete mit einem Feuerzeug die beiden weißen Kerzen und klebte sie mit etwas Wachs auf den Marmor. Davor senkte er den Kopf, gab seinen Tränen freien Lauf und appellierte an seinen halben … Gott, er möge sie bewahren, bis er zu ihnen komme.

Als er sich umwandte, um den Altarraum wieder zu verlassen – mit den Händen wischte er sich die Tränen vom Gesicht –, erblickte er das Buch. Es war in hellbraunes Leder gebunden und lag aufgeschlagen vor dem Kreuz. Die Bibel.

Rykow trat heran und blätterte darin. Es war das letzte Buch des Neuen Testaments, das auf ihn gewartet hatte. Die Offenbarung des Johannes. Rykow hatte schon davon gehört, aber nie darin gelesen. Nun nahm er sich die Zeit dafür und begriff, dass er ein ungemein packendes Stück Prosa las, das stärkste in der Bibel.

»Denn die Zeit ist nahe«, »und aus seinem Mund ging ein scharfes, zweischneidiges Schwert hervor«, »da, wo der Thron des Satans ist«. Hier wurde nicht weniger als die Apokalypse beschrieben, das Ende der Welt, das Jüngste Gericht.

Das Buch mit den sieben Siegeln erschütterte ihn geradezu. »Und ich sah, und siehe, ein weißes Pferd. Und der darauf saß, hatte einen Bogen; und ihm wurde eine Krone gegeben; und er zog aus sieghaft, und dass er siegte.«

»Und es kam heraus ein zweites Pferd, das war feuerrot. Und dem, der darauf saß, wurde Macht gegeben, den Frieden von der Erde zu nehmen, dass sie sich untereinander umbrächten, und ihm wurde ein großes Schwert gegeben.«

»Und ich sah, und siehe, ein fahles Pferd. Und der darauf saß, dessen Name war: der Tod, und die Hölle folgte ihm nach.«

Rykow folgte den Siegeln, bis zum siebten.

»Und in jenen Tagen werden die Menschen den Tod suchen und nicht finden, sie werden begehren zu sterben, und der Tod wird vor ihnen fliehen.«

Und schließlich: Heuschrecken kamen aus dem Schacht des Abgrunds, um die Menschen fünf Monate lang zu quälen. »Sie hatten über sich einen König, den Engel des Abgrunds; sein Name heißt auf Hebräisch Abaddon …«

Abaddon – Rykow hatte den Namen noch nie gehört. Er vergaß ihn nicht mehr. Denn nun las er von den sieben Engeln, den sieben Schalen des Zorns, auf die Erde ausgegossen. »Und es geschah ein großes Erdbeben, wie es noch nicht gewesen ist, seit Menschen auf Erden sind … ein solches Erdbeben, so groß.«

Rykow las nicht weiter. Seine Hände zitterten leicht, die beiden Kerzen waren fast heruntergebrannt. Er stieg zurück über das Gitter ins Kirchenschiff und nahm in der ersten Reihe Platz. Die Analogie war ihm schon beim Lesen aufgegangen, hatte ihn wie ein Blitz getroffen: Der Prophet schrieb von den sieben Schalen des Zorns, die über die Erde gegossen würden – Trump und Putin hatten sieben Länder ausgewählt, die sie mit ihrem Zorn überziehen wollten, teils schon überzogen hatten. Polen, Litauen, Deutschland, China … Diente er einem Bündnis des Bösen, das die Welt vernichten würde? Fand das Erdbeben, von dem Johannes geschrieben hatte, seine Entsprechung in einem Beben der Welt unter atomarem Feuer? Und hatte sein Sohn sterben müssen, weil er, Anatoli Rykow, Abaddon diente?

Er atmete tief durch, blickte empor in die Kuppel und suchte seinen inneren Halt wiederzufinden. Abaddon. Sieben Schalen des Zorns. Dass die Bibel aufgeschlagen auf dem Altar lag, als er daneben die Kerzen aufstellte, dass es die Offenbarung des Johannes war, die ihn in seinen Bann zog, das nahm er als Zeichen, als Warnung an ihn. Er musste sich schlüssig werden, ob er Putin weiter zu Diensten sein wollte oder ob er sich entziehen und abtauchen sollte. Bloß: wann und wohin?

Als er die Kathedrale verließ, trat er draußen in gleißendes Sonnenlicht. Matt Sandler! Er musste Matt von Konstantins Tod unterrichten. Matt, seinen einzigen … Freund? Sie hatten den Befehl, nicht miteinander zu telefonieren, wenn es um ihren Auftrag ging. Denn abhörsicher konnten sie nicht sprechen. In diesem Fall aber … Es war kurz nach fünf Uhr in Washington, als Matt Sandler aus dem Schlaf fuhr und das Gespräch annahm.

»Matt, ich duze Sie ab jetzt, wenn ich darf …«

»Aber selbstverständlich, Anatoli. Dafür ist es schon lange Zeit.«

»Matt, ich kann nur kurz sprechen, aber du sollst wissen, dass mein Sohn Konstantin ums Leben gekommen ist. Im Einsatz auf einem atomar getriebenen U-Boot. Ich hole ihn morgen in Murmansk ab und beerdige ihn.«

Als Matt nach tröstenden Worten rang, merkte er, dass Rykow das Gespräch schon beendet hatte. Die Tränen hatten seine Stimme erstickt. Würde das Folgen haben für ihre Verbindung, am Ende vielleicht sogar für das Bündnis der USA mit Russland? Matt war zutiefst beunruhigt. Er musste Rykow sehen, bald.

Der kaufte auf dem Heimweg gedankenversunken etwas Lachs, eingelegtes Gemüse und frisches Brot ein. Als Alina kurz nach sieben bei ihm klingelte, hatte er schon in der Küche den Tisch gedeckt und Tee aufgesetzt. Er wollte der jungen Frau eben den Schicksalsschlag eröffnen, da legte sie ihm ihre Rechte auf die Lippen und umarmte ihn. Lange und fest. »Du musst nichts sagen, ich weiß …«

Als sie schweigend eine Tasse Tee getrunken hatten, begann sie sich zu erklären. »Liebster Anatoli, du solltest skeptisch sein, wenn sie dir die offiziellen Todesumstände Konstantins schildern. Ich glaube nicht daran. Denn heute haben wir in unserer Abteilung einen versiegelten Brief mit dem wahren Sachverhalt bekommen, den wir im Geheimarchiv ablegen sollten. Ich konnte den Brief natürlich nicht öffnen, aber ich denke, allein seine Existenz beweist schon, dass hier etwas nicht stimmt. Tut mir sehr leid, dass das nun auch noch dazu kommt.«

»Ich werde Konstantin morgen in Murmansk abholen und beerdigen. Da werde ich fragen. Bis alle Fragen gestellt sind …«

KAPITEL 38

Sie hatten sich im »Old Europe« in der Wisconsin Avenue in Georgetown verabredet, obwohl Matt lieber zu einem Italiener gegangen wäre. Herb Moffet hatte am Telefon darauf bestanden, und Matt hatte irgendwann keine Energie mehr gehabt, ihn umzustimmen. Erstens sei es da gemütlich, zweitens passe der Name des Restaurants sehr gut zu den Themen, die sie beide an diesem Abend zu besprechen hätten – »und drittens gibt es da ›Jägerschnitzel vom Schwein nach Art des Hauses‹ für dreiundzwanzig Dollar auf der Karte. Das erinnert mich an die zwei Jahre in den frühen Neunzigern, in denen ich in Ramstein stationiert war.« Ein bisschen Sentimentalität könne in diesen Zeiten schließlich nicht schaden.

Matt war vor der Zeit da. Der Speisesaal verströmte jene Atmosphäre bajuwarischer Gemütlichkeit, wegen der es Zehntausende seiner Landsleute jedes Jahr nach Deutschland zog – und die, die sich das nicht leisten konnten, waren offenkundig alle an diesem Abend zum Ersatz ins »Old Europe« gekommen. Es war proppenvoll. Matt fühlte eine gewisse Schwere angesichts der zahlreichen Landschaftsgemälde, die in Doppelreihen an den Längsseiten des Lokals angebracht waren. Die Häufung der in matten Farben gehaltenen Sonnenuntergänge verursachte in ihm eine schwer zu fassende Melancholie. Ihm kam es so vor, als hätten Horden von Hobbymalern mit diesem Naturkitsch die Nazivergangenheit eines ganzen Landes übertünchen wollen, aber vielleicht war das auch unfair.

»Und, fantastisch, was?« Herb Moffet hatte sich Matt von

hinten genähert, ohne dass dieser es bemerkt hatte. Er klopfte ihm kräftig auf den Rücken. »Haben Sie schon in die Karte geguckt? Der ›traditionelle Sauerbraten‹ ist auch der Hammer. Ich muss allerdings sagen, nicht so gut wie der von der Mutter meiner Freundin, die ich damals in Ramstein hatte. Die hat dazu Klöße gemacht, die mit gerösteten Weckbröckchen gespickt waren – deretwegen hätte ich damals fast die Tochter geheiratet. Sie hieß Monika.«

Matt schaute Moffet an: »Weckbröckchen?«

»Ja. Fragen Sie mich aber nicht, wieso die so heißen.«

Moffet drängte Matt, den Sauerbraten zu bestellen, und der gab nach. Kein Zweifel, ihre Beziehung zueinander war im vergangenen halben Jahr enger geworden. Und Matt dachte einen Moment darüber nach, ob Moffet bei ihm wohl auch jenes Gefühl entstehen lassen wollte, »im selben Boot zu sitzen«, das ihn mit Rykow verband. Die Notwendigkeit eines emotionalen Bündnisses um der größeren Sache willen.

Moffet hatte einen vertraulichen Lagebericht aus dem Pentagon mitgebracht, der detailliert die Situation im Ostchinesischen Meer in den acht Tagen nach der Versenkung der »CSCL Globe« schilderte. Matt sah ihn in den wenigen Minuten ein, in denen sie auf den »Matjes Hausfrauenart« warteten, den sie beide, wiederum auf Anraten Moffets, als Vorspeise bestellt hatten. Die weltpolitische Situation hatte sich bedrohlich zugespitzt.

»Die Chinesen verstehen keinen Spaß«, sagte der Pentagon-Mann, während Matt las, »aber das hätte ich Trump auch vorher sagen können. Sie haben nicht nur ihre gesamte Ostflotte mobilisiert, sondern auch Teile ihrer Nordflotte. Und sie sind gerade dabei, ihren Flugzeugträger ›Liaoning‹ in die Region vor Shanghai zu verlegen. Kein gutes Zeichen. Wissen Sie übrigens, wo sie den gekauft haben?«, fragte Moffet.

»Keine Ahnung.«

»Ukraine«, sagte Moffet. »Verrückt, was?«

Der »Matjes nach Hausfrauenart« kam. Für fünf Minuten ließen sie China China sein. Dann hatte Moffet als Erster die Vorspeise aufgegessen. »Wenn ich daran denke, wie sich Joe Biden noch im November zweiundzwanzig mit Xi darum bemüht hat, die berühmten ›Roten Linien‹ zwischen den USA und China zu definieren, damit es nicht zu einer großen kriegerischen Auseinandersetzung kommt, dann muss ich sagen, die Versenkung der ›Global‹ war die aggressivste Aktion unseres Militärs, seit wir damals in Bagdad Saddam die Kloschüssel unterm Arsch weggeschossen haben. Nächste Woche wird die UN-Vollversammlung nach langer Zeit mal wieder über uns herfallen. Wir liegen auf der weltweiten Sympathieskala mittlerweile mit Russland auf einem Level. Das will was heißen.«

Matt schwieg.

»Was ist?«, fragte Moffet.

Matt war in Gedanken versunken. Er sah den Kommandanten der »USS Stethem« vor sich, Marc Riley, der in dem vertraulichen Protokoll fürs Pentagon vorsichtige Zweifel am Sinn der Aktion hatte durchblicken lassen. Die vier toten Seeleute lasteten erkennbar auf der Seele des Mannes, das konnte man zwischen den Zeilen klar herauslesen.

Matt schaute Moffet an. Langsam begann er zu sprechen: »Ich kann Trump nicht stoppen, Herb. Das liegt nicht in meiner Gehaltsklasse. Und ich bezweifle, ob es irgendjemanden hier in D.C. gibt, der das im Alleingang schafft. Trump ist ein Narzisst. Nur deshalb habe ich es wahrscheinlich erreicht, dass er seine Nordkorea-Pläne vertagt hat, sonst stünden wir jetzt in Asien gleich an zwei Fronten vor einem Krieg. Noch bei meinem Abgang aus dem Oval Office hat er gesagt, dass er sich nun um China kümmern müsse. Es ist nicht mal so, dass ich sagen könnte, dass Trump diesen Krieg will. Er sieht in seiner verzerrten Wahrnehmung nur nicht, welch fatale Konsequenzen sein sprunghaftes Handeln hat.«

Matts Blick streifte durch den Raum über Moffet hinweg und blieb an einem der öligen Sonnenuntergänge hängen. Er konnte immer noch nicht begreifen, was der alte Militärknochen an diesem Restaurant fand. »Er ist Wladimir Putin sehr ähnlich. Vielleicht hat er nicht ganz dessen Skrupellosigkeit. Aber mit seiner arroganten Selbstgefälligkeit richtet er nicht weniger Schaden an.«

Er sah Moffet direkt in die Augen. »Für übermorgen ist ein Telefonat mit Putin geplant. Es ist das erste direkte Gespräch zwischen den beiden seit Kairo. Ich werde dabei sein. Aber ich habe vor dem Telefongespräch nur einen Zehn-Minuten-Slot mit dem Präsidenten, um ihm Putins Handeln in den letzten Monaten zu analysieren. Das ist nichts, Herb. Ich zermartere mir schon das Hirn, was meine beiden zentralen Botschaften sein werden.«

Am hinteren Ende des Lokals hatte ein Pianist, von Matt und Moffet weitgehend unbemerkt, bislang leichte Barmusik gespielt. Nun schlug er, offenbar aufgefordert von einer Gruppe bereits stark angeheiterter Texaner, die in unmittelbarer Nähe des Klaviers saßen, die ersten Akkorde von »Ein Prosit der Gemütlichkeit« an. Sofort erhoben sich sämtliche Gäste im Lokal und prosteten sich laut singend mit ihren steinernen Bierkrügen zu. Auch Moffet stand auf. »Mitmachen, Matt, sonst fallen wir hier nur unangenehm auf.« Matt hätte sich für das Anstoßen keinen unpassenderen Moment vorstellen können.

Das Lokal beruhigte sich wieder. Der Pianist stimmte »The Entertainer« an. Moffet wartete noch ein paar Sekunden, die er mit einem Blick auf die Speisekarte überbrückte, vorgeblich, um nachzuschauen, was es an Desserts gab. »Was Putin in Europa macht, ist schon jetzt eigentlich nicht mehr hinnehmbar, Matt. Bei mir im Pentagon, aber das ist jetzt streng vertraulich, gibt es eine erste Gruppe, die ihre Loyalität zum Präsidenten infrage stellt. Trump hat unsere militärische DNA zerschnitten. Die Leute fragen sich, wieso wir jahrzehntelang unsere Identität daraus bezogen haben, Russland Einhalt zu gebieten – und genau das nun innerhalb von ein paar Monaten nicht mehr gelten soll. Putin muss aufhören, in Europa zu wüten, Matt. Das musst du Trump klarmachen.«

»Es ist noch kein einziger Schuss gefallen«, wandte Matt ein. Doch er wusste, dass das ein schwaches Argument war. Obendrein stimmte es nicht. Das polnische Schiff war Opfer eines russischen Handstreichs geworden. So wie die »CSCL Global« auch versenkt worden war – aus einer imperialen Laune heraus. Moffet legte nach: »Wir müssen den Europäern noch in die Augen gucken können, wenn der Spuk mit Trump vorbei ist. Bis dahin gilt es, das Schlimmste zu verhindern.«

In den folgenden anderthalb Stunden besprachen die beiden die Strategie, mit der Matt in zwei Tagen in das Vorgespräch mit Trump gehen sollte, unterbrochen von immer kürzeren Intervallen, in denen sich das ganze »Old Europe« erhob, um sich der Gemütlichkeit wegen zuzuprosten. Und als sich Matt kurz vor Mitternacht in seinem Apartment neben die bereits tief schlafende Sue legte, hatte er das Trinklied als Ohrwurm im Kopf, derart intensiv, dass ihm jeglicher Gedanke an die Rettung der Welt genauso absurd wie unmöglich vorkam.

*

Das Telefonat mit Putin war für elf Uhr Washingtoner Zeit avisiert, in Moskau war es bereits früher Abend. Matt hatte seinen Sicherheitscheck am Eingang des Weißen Hauses extra auf neun Uhr dreißig vorgezogen, um jede Chance zu nutzen, wenigstens ein paar Minuten mehr als die verabredete Zeit mit dem Präsidenten rausschlagen zu können. Seit kurz nach zehn Uhr wartete er im Vorzimmer des Oval Office; weil er sein Handy wegschließen musste, hatte er sich wohlweislich für die Wartezeit die »Washington Post« gekauft.

Der Leitartikler machte Trump zur Schnecke. Er geißelte dessen Chinapolitik, sprach von einem moralischen Desaster und einem »immer offensichtlicher werdenden Pakt des Bösen mit dem Autokraten aus Moskau.« Der Artikel las sich wie eine Gebrauchsanweisung für den Umgang mit Putin. Je mehr Matt las, desto klarer wurde es, dass der Autor offenbar vom bevorstehenden Telefonat zwischen Trump und Putin etwas ahnte, wenn nicht gar Wind bekommen hatte. Matt beschlich ein Verdacht: Moffet hatte seine Drähte spielen lassen und den Termin der »Post« durchgestochen. Der alte Fuchs ließ anscheinend nichts unversucht, Trump wieder zurück in die Spur zu bringen.

Gegen Viertel vor elf ging die Tür zum Oval Office auf. »Sandler, da sind Sie ja schon. Na, dann kommen Sie mal rein.«

Trump sah selbstzufrieden aus. Er reckte das Kinn vor, musterte Matt, dann ließ er einen fahren, ohne auch nur das geringste Anzeichen von Peinlichkeit zu zeigen. »Die Chinesen sind beeindruckt, Putin hält still. Es könnte nicht besser laufen, was, Sandler?«

»Ein bisschen schon.« Matt schaute verstohlen auf die Uhr. Ihm blieben noch exakt acht Minuten. Um zwei Minuten vor elf Uhr würde die Verbindung nach Moskau aufgebaut, danach hatte er still zu sein. »Sir, was Putin gerade in Europa macht, ist durch die Vereinbarungen von Kairo nur zum Teil gedeckt. Ich hatte bei unserem letzten Treffen ja schon gesagt, dass Ihr Ton gegenüber Moskau schärfer werden sollte. Lassen Sie ihn spüren, was ›America First‹ im Alltag tatsächlich bedeutet.« Matt hoffte, dass er das richtige Reizwort gewählt hatte. »Und noch etwas, Mr President, bleiben Sie in der Vorhand. Denken Sie an das Bild vom Krokodil. Es kann nicht rückwärtsgehen. Das, was passiert ist, wird er nicht rückgängig machen. Aber es ist Zeit, ihm Grenzen zu setzen. Sonst haben wir bald ganz Europa gegen uns. Das kann nicht unser strategisches Ziel sein.«

Matt hätte das gerne noch ausgeführt, doch seine Zeit war um. Auf dem Bildschirm war bereits das Präsidialbüro in Moskau und ein riesiger Schreibtisch zu sehen. Noch war der Platz verwaist. Matt erkannte, dass im Hintergrund bereits ein Mann Platz genommen hatte. Es war Rykow. Er hätte seinem Partner gerne signalisiert, dass auch er im Oval Office dabei war, doch dazu war keine Gelegenheit. Trump hatte die Kamera so einstellen lassen, dass lediglich sein Kopf sowie sein halber Oberkörper den Bildschirm ausfüllten.

Punkt elf Uhr tauchte auch Putin auf. Matt wertete das als Zeichen seiner Kooperationsbereitschaft. Offenbar wollte er Trump unter keinen Umständen auf dieser Ebene einen Vorwand für Verstimmung geben.

Trump eröffnete: »Guten Tag, Herr Präsident, lieber Wladimir. Gut, Sie mal wieder direkt zu sprechen. Sie haben sich, wenn ich das hier via Bildschirm sagen darf, seit unserem Treffen in Kairo gar nicht verändert.«

Putin war jetzt mit halb geöffneten Lidern in Nahaufnahme zu sehen, das Bild war eingefroren. Der Kreml-Chef sah wie eine aufgedunsene Wasserleiche aus, fand Matt.

Die Verbindung hakte. Nichts bewegte sich.

Trump wurde ungehalten. »Können die uns noch hören? Verdammt. Was ist dieses Russland bloß für ein erbärmliches Land, nichts funktioniert da, so wie es soll. Kein Wunder. Die haben ja nicht mal die Ukraine in den Griff gekriegt.« Trump wirkte unschlüssig.

Ein Techniker kam ins Oval Office. »Sorry, Mr President. Wir müssen die Verbindung noch mal neu starten. Wir haben leider hier bei uns technische Probleme. Es wird fünf Minuten dauern.«

Matt nutzte die Zeit. »Beginnen Sie mit der Lage in China, Mr President. Da bleiben Sie in der Vorhand.«

Auf dem Bildschirm tauchte Putin wieder auf. Diesmal in fast dem gleichen Ausschnitt, den auch Trump gewählt hatte. Rykow war nicht mehr zu sehen. Matt überlegte für einen kurzen Moment, ob wohl auch er die Unterbrechung dazu genutzt hatte, seinen Präsidenten noch einmal strategisch für das Gespräch fit zu machen.

Wieder setzte Trump an. »Lassen Sie uns beginnen, Wladimir. Wer weiß, ob die Verbindung noch einmal zusammenbricht. Ich wollte Ihnen eine kurze Lageeinschätzung aus China geben. Unsere Blockade zeigt Wirkung. Die Chinesen sind nervös. Sie werden ihren Widerstand nicht lange durchhalten können. Dass sie ihren Flugzeugträger ins Ostchinesische Meer geschickt haben, hatte ich erwartet. Es ist diese typische Form der ›Show of Force‹, was anderes fällt denen nicht ein. Ich erwarte schon in der nächsten Woche Verhandlungsangebote auf diplomatischem Weg. Meinen ausdrücklichen Dank, Herr Präsident, für Ihre außerordentliche Zurückhaltung in dieser Angelegenheit.«

»So, wie wir es in Kairo abgemacht haben«, sagte Putin knapp.

Matt versuchte eine Regung im Gesicht des Kreml-Chefs auszumachen. Da war aber keine. Das Krokodil wäre auch ein guter Poker-Spieler, dachte Matt.

Trump wechselte nun den Kontinent. »Lassen Sie uns auf Europa zu sprechen kommen.«

Putin unterbrach ihn sofort: »Auch da entwickelt sich alles so, wie wir es in Kairo abgemacht haben.«

»Nicht ganz, Wladimir«, fuhr Trump dazwischen und fiel in seinen belehrenden Singsang. »Das Tempo Ihres Vorgehens missfällt mir. Sie bringen mich in keine gute Situation, Wladimir. Keine gute Situation. Es geht zu schnell. Wenn es in dem Tempo weitergeht, dann zwingen Sie mich, Partei für die Europäer zu ergreifen. Es geht zu schnell, Wladimir. Viel zu schnell.«

»Was soll das heißen?«, fragte Putin scharf.

»Dass ich Ihnen empfehle, Ihre Aktivitäten auf Osteuropa zu konzentrieren. Auch da werden Sie noch Ärger genug mit der Rest-NATO bekommen, aber das soll mir egal sein. Aber so etwas wie der Cyberangriff auf Deutschland darf sich westlich der ehemaligen Oder-Neiße-Grenze nicht mehr wiederholen, sonst …«

»Sonst?« Putins Stimme wurde schrill.

Matt sah das Flackern in seinen Augen. Doch kein so guter Poker-Spieler, dachte er.

»Sonst werden die Vereinigten Staaten von Amerika Maßnahmen ergreifen müssen, die das Gleichgewicht der Kräfte auf dem europäischen Kontinent wiederherstellen«, sagte Trump.

»Sie drohen mir, Donald? Das sind ganz neue Töne«, sagte Putin, dessen Stimme jetzt eine süßlich-ironischen Ton angenommen hatte. »Ich kann Ihnen von meiner Seite aus nur raten, sich nicht zu verheben. Ich hatte gestern ein Gespräch mit Chinas Staatspräsident, das bedauernswerterweise vertraulich ist. Bedauernswerterweise für Sie, Donald. Aber so viel kann ich vielleicht verraten: Es hörte sich nicht an, als sei Xi gewillt, schnell klein beizugeben. Sie sollten mit Ihren Kräften haushalten, Mr President.«

Matt merkte, wie Trump rot anlief. Das Gespräch hatte jetzt etwas von der Schlichtheit einer Schulhofschlägerei. Wie absurd, dachte Matt, weltweit sitzen Analysten in ihren »Think Tanks« und machen sich monatelang Gedanken um die noch so kleinsten Verästelungen auf dem Feld der internationalen Politik – und dann schnurrt Weltgeschichte in einem ungünstigen Moment doch zusammen auf eine Frage der Eitelkeit zweier alter Männer.

Trump schnaubte jetzt, auch er kein guter Poker-Spieler. Ganz und gar nicht. »Jetzt drohen Sie mir, Wladimir. Das ist nicht gut. Nicht gut. Das ist gar nicht gut. Wir sollten auf einen Pfad der gegenseitigen Verständigung zurückkehren. Ich bin ein Mann des Friedens, Wladimir. Des Friedens. Fordern Sie mich nicht heraus.«

Eine Pause entstand. Matt glaubte für ein paar Sekunden, dass das Bild wieder eingefroren war. Doch dem war nicht so. Putin verharrte regungslos. Er spielt das »Chicken-Game«, dachte Matt. Wer sich jetzt zuerst bewegen würde, der hatte verloren. Matt wollte Trump einen Hinweis geben, seinerseits zu schweigen. Doch der US-Präsident hielt die Stille offenbar nicht aus.

»Lassen Sie uns zum Abschluss noch zu einem Thema kommen, das wir in Kairo ausgeklammert haben, Herr Präsident. Auch die Entwicklung im Iran ist nicht gut. Ich kann nicht garantieren, dass Israel ...«

Putin fuhr Trump ins Wort. »Sie müssen nichts garantieren, Mr President. Wir haben in Kairo dazu nichts vereinbart. Sie sollten nur wissen, dass Russland in dieser Frage auch nichts garantieren kann.« Putin schaute auf die Uhr, demonstrativ. »Es ist spät geworden, Mr President. Auch heute Nacht wird im Kreml noch Licht brennen. Und ich werde weiter an der Größe Russlands arbeiten. Da können Sie sicher sein.«

Auf dem Bildschirm tauchte der Hinweis auf »Teilnehmer

hat die Verbindung beendet«. Trump schlug mit der Faust auf den Tisch. »Was glaubt er, wer er ist? Was glaubt er, was passiert, wenn ich zu dem Ergebnis komme, dass Kairo ein mieser Deal war?«

Trump schaute Matt an. »Ich will noch für morgen früh ein Treffen des Nationalen Sicherheitsrates. Und Sie, Sandler, werden dabei sein.«

KAPITEL 39

Die Frühmaschine des Militärgeheimdienstes war schon um sieben Uhr zehn in Murmansk gelandet. Sechzehn GRU-Männer waren an Bord, einer fragte Rykow beim Aussteigen, was er denn in der Stadt am Eismeer zu tun habe.

Rykow hatte keine Lust zu lügen, also antwortete er ohne Zögern: »Mein Sohn ist auf einem Atom-U-Boot ums Leben gekommen, ich möchte ihn abholen.«

Die Gesichtszüge des anderen sackten nach unten, wortlos wandte er sich ab und ging davon.

Rykow lechzte nach einem Tee, doch er fand keinen Imbiss, in dem ihm der verkauft worden wäre. Die Militärstadt war abweisend, lebensfeindlich. Sein Termin war erst um zehn, also passierte er mit seinem GRU-Ausweis den scharf bewachten Einlass durch den mächtigen Drahtzaun zum U-Boot-Hafen und spazierte am Wasser entlang. Die Sonne hatte sich längst über die Hügel geschoben und begann schüchtern die Szene zu erwärmen.

Der Hafen war noch unbelebt. Nur wenige Gestalten turnten auf den festgezurrten Booten herum. Ein paar der stählernen Wale waren erkennbar stillgelegt, verwittert und stumpf ragten sie aus dem Hafenwasser. Rykow hätte gerne gewusst, ob sie noch atomar beladen waren. Irgendwann, das hatte er schon gehört, würden sie bei Nacht und Nebel aus dem Hafen geschleppt und auf dem offenen Eismeer bei geöffneter Luke versenkt werden.

Nach zwanzig Minuten näherte sich Rykow einer Reparaturwerft, auf der sich die Arbeiter bereit machten, ihre Schicht zu beginnen. Ein mächtiges U-Boot war aus dem Wasser gehoben worden. Als er vor dem Trockendock stand, erkannte er den gewaltigen Schaden an der rechten Flanke des Bootes. Als hätte die Faust eines Riesen eine Delle hineingeschlagen. Doch der Stahl am Rumpf des Bootes war nicht gebrochen. Vermutlich würde man nun das mittlere Segment des Bootes herausschneiden und ein neues einfügen. Wie es drinnen aussah, welche Verwüstungen der Schlag gegen den Rumpf verursacht hatte, ließ sich nur ahnen.

Rykow war sofort klar, dass dies die »Omsk« sein musste, das Boot, auf dem Konstantin den Tod gefunden hatte. Hinter der Delle im Rumpf war es wohl geschehen – jedenfalls nach der amtlichen Darstellung. Er hielt inne und versetzte sich ins Innere des Bootes, an die Stelle, an der sein Sohn umgekommen war. Nun war er ihm nah, bevor er ihn überhaupt abgeholt hatte.

Rykow blickte sich um und setzte sich auf einen Stapel Holzbalken, um die Arbeiten an der »Omsk« zu beobachten und die Zeit totzuschlagen. Schweißer begannen mit gewaltigen, automatisch dirigierten Maschinen von oben nach unten den beschädigten Teil des Rumpfes abzutrennen. Der Turm des Bootes wurde eben von einer Gruppe hochrangiger Offiziere erklommen, die sogleich im Innern verschwanden. Es gab viel zu inspizieren und zu besprechen. Eine historisch haltbare Version der Feindfahrt musste her, für Moskau.

Kurz vor halb zehn spazierte Rykow zurück, zum Gebäude der Marineleitung mit der GRU-Dependance im zweiten Geschoss. In dem Büro, das ihm genannt worden war, saßen drei Offiziere mit versteinerten Gesichtern. Rykow salutierte und nahm auf dem Stuhl Platz, den man ihm anwies.

»Herr Oberst«, begann der Sprecher der Offiziere, »was wissen Sie von der Pistole, die Ihr Sohn auf dem Boot bei sich trug?«

Rykow gab den Verwirrten. »Nichts, Herr Oberstleutnant. Mein Sohn hat mir nie davon erzählt. Und eine Pistole mit an Bord zu nehmen, war vermutlich nicht nur verboten, sondern auch völlig nutzlos.«

»So ist es, Herr Oberst. Es ist eine Makarow mit herausgefräster Seriennummer. Das ist auch die Dienstwaffe der GRU, wie Sie wissen. Haben Sie ihm die Waffe besorgt?«

»Nein, Herr Oberstleutnant. Ich wiederhole – und bitte, dies im Protokoll festzuhalten: Ich habe mit der Pistole, die bei meinem Sohn gefunden wurde, nichts zu tun. Unser Kontakt war auch nicht sonderlich eng. Gelegentlich haben wir miteinander telefoniert …«

»Das wissen wir, er hat sie zuletzt angerufen, bevor die ›Omsk‹ auslief …«

Rykow erschrak und konnte das nicht verbergen. Die Offiziere schauten ihn triumphierend an.

»Ja, wir bemühen uns, den Überblick zu behalten. Sie arbeiten ja für unseren Dienst. Das kann Sie eigentlich nicht überraschen.«

»Als Oberst der GRU, der mit einem Sonderauftrag für den Präsidenten der Russischen Föderation arbeitet, hätte ich das dennoch nicht für möglich gehalten.«

»Sie sehen ja anhand der kleinen Geschichte mit der Pistole, wie notwendig die ungeteilte Aufmerksamkeit ist. Das weiß übrigens auch der Präsident …«

Rykow biss die Zähne aufeinander. Verfluchter Schweinehund! »Es macht keinen Sinn, weiter auf der Pistole herumzureiten. Sagen Sie mir lieber, wie mein Sohn ums Leben gekommen ist!«

»Ein deutscher Torpedo hat das Boot während eines Einsatzes im Nordatlantik an Steuerbord getroffen, ist aber nicht eingedrungen, sondern hat die Hülle des Bootes nur schwer deformiert. Drinnen jedoch hat die Druckwelle einen großen Teil der Technik zerstört und die Männer, die dort arbeiteten, an Backbord geschleudert. Vierzehn Matrosen wurden verletzt. Ihr Sohn aber hat sich das Genick und den Schädel gebrochen …«

»Das habe ich soweit gehört. Das allein aber wäre kein Grund, einen Geheimbericht zu verfassen und im Spezialarchiv unseres Dienstes in Moskau zu deponieren. Was also ist noch geschehen?«

Nun waren die Drillinge überrascht und blickten sich verstört an. Bis der Sprecher wieder das Wort ergriff: »Wir wissen nicht, dass mehr geschehen sein könnte. Was denn auch? Das Boot befand sich mitten im Einsatz. Wir wissen nichts von einem Geheimbericht. Falls es ihn doch geben sollte, dann kann er nichts anderes enthalten als die amtliche Darstellung der Todesumstände, die wir Ihnen eben geschildert haben. Plus der Fund der Pistole in der Koje des Konstantin Rykow. Sie wissen alles, was wir wissen.«

Sie schwiegen sich an. Es hatte keinen Sinn, die Situation weiter zu strapazieren. Die Offiziere würden das verteidigen, was zu verteidigen ihr Auftrag war.

Rykow erhob sich, dankte, salutierte und fragte im Hinausgehen, wo er seinen Sohn in Empfang nehmen könne.

»In der großen Fahrzeughalle rechts neben dem Gebäude wartet ein Leichenwagen auf Sie. Er bringt Sie mit Ihrem Sohn zum Marinefriedhof Nummer zwei.«

Der Fahrer setzte den Leichenwagen wortlos in Bewegung, als Rykow im Fond Platz genommen hatte und sich umwandte. Da stand der Sarg, schmucklos, aus hellem Holz, ohne Blumen oder gar Fahne auf dem Deckel. Konstantin! Ich bin bei dir! Ich bringe dich zu deinem Großvater.

Der Marinefriedhof Nummer zwei lag weit außerhalb von

Murmansk, jenseits der Hügel, die die Stadt umgaben. Der Leichenwagen fuhr hinter dem Tor in eine kleine Halle, wo schon zwei Männer in Marineuniformen warteten und den Sarg herauszogen.

»Warten Sie! Wir gehen noch nicht zur Beisetzung. Bitte öffnen Sie den Sarg. Ich möchte meinen Sohn noch einmal sehen.«

»Das widerspricht unseren Befehlen …«

»Dann stellen Sie den Sarg auf diesen Tisch, und ich öffne ihn selbst.«

Nun schämten sich die beiden und lösten die Flügelschrauben, mit denen der Deckel auf dem Sarg befestigt war. Als sie den Deckel abhoben, entfuhr Rykow ein heiserer Schrei. Sie hatten ihn nicht geschminkt, da sie annahmen, der Sarg würde nicht mehr geöffnet. Nun schaute Rykow auf das grünlich-wächserne Gesicht seines Sohnes, ungemein schmal, asketisch. Sie hatten ihm eine einfache Uniform angezogen und die Hände auf die Decke über dem Leichnam gelegt. Die Fingernägel wirkten unnatürlich lang. Rykow stützte sich auf den Tisch und beugte den Kopf über den Rand des Sarges, um ihn auf Konstantins Brust zu legen. So verharrte er einige Minuten und weinte still.

Als er aber den Kopf des Sohnes umfasste, mit beiden Händen, um sich mit einem Kuss auf die Stirn zu verabschieden, spürte er etwas Merkwürdiges. Hinten, am Nacken, wo seine Fingerspitzen lagen. Er tastete ein wenig aufmerksamer mit dem Mittelfinger der Rechten und spürte … ja, was? Zweifellos … ein Loch. Klein und rund. Ein Einschussloch. Jemand musste Konstantin mit einem Schuss ins Genick umgebracht haben. Und da die Marineleitung nicht annahm, dass der Leichnam noch einmal inspiziert werden würde, hatten sie das Loch nicht verschlossen. Mit Wachs. Oder einem anderen Material.

Typisch russisch, dachte Rykow, typische Schlamperei. Verfluchte Schweinehunde! Nun würde er sein Lebtag keine Ruhe mehr finden. Er war bleich geworden und musste sich am Sarg festklammern, um nicht auf die Knie zu sinken. Dann nestelte er eine abgegriffene Schachtel aus der Sakkotasche, entnahm ihr den Orden, den sein Vater posthum für den tödlichen Einsatz auf der »Kursk« erhalten hatte, von Wladimir Putin, und legte ihn seinem Sohn auf die Brust.

»Schließen Sie den Deckel wieder. Bitte«, flüsterte er. »Und bringen Sie ihn zum Grab.«

Rykow war der Einzige, der im hellen Sonnenlicht folgte. Als das Grab geschlossen war, legte er einen Stein auf den Erdhügel, einen schönen, glatten, interessant gemusterten Stein, den er vor der Christ-Erlöser-Kathedrale in Moskau aufgesammelt hatte. »Leb wohl, Konstantin, wir sehen uns wieder.«

Die Wohnung seines Sohnes wollte er nicht mehr betreten, das hätte ihn vollends zerstört. Er rief Konstantins Freund an und bat ihn, die Wohnung zu übernehmen oder aufzulösen und sich zu nehmen, was er wollte. Am späten Nachmittag war Rykow wieder in Moskau und fuhr sofort zum Kreml.

»Wadulin, bitte sagen Sie mir die Wahrheit! Ich weiß, dass mein Sohn auf der ›Omsk‹ anders ums Leben gekommen ist, als man mir erzählt. Im Archiv meines Dienstes ist dazu ein Geheimbericht abgelegt worden.«

Wadulin war hinter dem Schreibtisch aufgefahren, als Rykow eintrat. Man sah seiner Miene an, dass er mit sich kämpfte. Schließlich begann er zu sprechen, stockend.

»Rykow, es ist, wie Sie vermuten. Ihr Sohn ist nicht durch die Druckwelle eines deutschen Torpedos ums Leben gekommen. Ein Unteroffizier, der auf Kontrollgang war, hat mitten im Einsatz die Makarow in Kontantins Koje entdeckt. Er hat das umgehend dem Kommandanten gemeldet. Der hat nicht gezögert, ist zu Ihrem Sohn geeilt, hinter ihn getreten und hat ihn durch einen aufgesetzten Genickschuss getötet ...«

»Wadulin!«

»Hören Sie mir noch einen Moment zu! Das entspricht dem geheimen Befehl für alle Kommandanten derartiger Schiffe. Wer auf einem atomar getriebenen oder atomar bewaffneten Boot unserer Marine mit einer verbotenen Waffe erwischt wird, ist sofort standrechtlich zu erschießen. Es könnte ja sein, dass es sich um eine Verschwörung handelt und noch andere Männer an Bord dazugehören. Ein solches Feuer muss sofort ausgetreten werden.«

Wadulin hatte den letzten Satz kaum ausgesprochen, da bereute er ihn auch schon. Feuer ausgetreten ... Er schwieg einen Moment und bat Rykow dann um Verzeihung. »Der Präsident übrigens ist informiert. Er hat befohlen, dass Sie weiter bei uns bleiben.«

Rykow wandte sich um und eilte aus dem Kreml.

KAPITEL 40

Spencer Drydon wartete exakt an demselben Tisch, an dem sich Matt damals mit Stewart Conolly getroffen hatte. Gut acht Monate war das nun her. Puerto Rico bediente wieder, mit demselben desinteressierten Lächeln wie damals, und der einzige Unterschied war, dass sie diesmal bloß ein eng anliegendes Feinripp-Unterhemd trug, das den Blick auf ein weiteres Tattoo in Schulterhöhe freilegte – das Wappen der »Chicago Bulls«.

Matt hatte das Gefühl, als würde sich sein Leben runden. Eine leichte Melancholie überkam ihn. Er hätte jetzt gerne exakt das bestellt, was er damals zu sich genommen hatte, als ihm Conolly die Unterlagen über Rykow übergeben hatte, doch er konnte sich nicht mehr erinnern.

»Da drüben haben Sie gesessen, als Trump seine Inaugurationsrede gehalten hat. Zwanzigster Januar.« Drydon deutete auf den Bartresen. »Sie waren ziemlich von ihm eingenommen.« Matts Gegenüber konnte sich eine gewisse Selbstzufriedenheit nicht verkneifen.

Matt ließ ihn in dem Glauben, ihn damals übersehen zu haben. Wie ein Flashback tauchte vor seinen Augen jener Moment auf, in dem er gesehen hatte, wie der CIA-Mann damals das Lokal verlassen hatte.

»Sie haben mich beschattet?«

»Routine-Sache. Die Agency ist dafür bekannt, vorsichtig zu sein. Sie waren schließlich erst ein paar Wochen dabei.«

Matt zuckte die Schultern, so, als machte ihm das nichts aus oder als hätte er es auch nicht anders erwartet. Er war in neue Sphären vorgestoßen, in denen andere Spielregeln galten. Regeln, an die er sich immer noch nicht vollständig gewöhnt hatte. »Es kommt mir vor, als seien seitdem Jahre vergangen«, sagte Matt. »Und die Welt ist kein besserer Ort geworden seit damals.«

»Ach, sagen Sie das nicht. Sagen Sie das nicht. Wer weiß, wie es ohne unser Zutun auf diesem Planeten aussehen würde«, antwortete Drydon in jenem typischen Flöten-Ton, der zum ersten Mal an Matts Ohr gedrungen war, als er im »Meyer-Building« auf sein Einstellungsgespräch wartete. Drydon setzte nach: »Wir bemühen uns doch alle, nicht wahr? Jeder, wie er kann. Auch ich versuche ständig, meinen bescheidenen Beitrag dazu zu leisten, dass die Welt ein bisschen besser wird.«

Er sah sich nach allen Seiten um. Dann holte er eine Mappe aus seiner Aktentasche, vergewisserte sich abermals, dass sie von niemandem beobachtet oder belauscht werden konnten, und schob sie Matt über den Tisch zu. Der blickte ihn fragend an. »Der Fall Wade«, flüsterte Drydon. »Lesen Sie. Die Unterlagen sind vertraulich. Ich muss sie nachher wieder mitnehmen.«

Das also war die Akte Wade. Matt blätterte unlustig durch die Unterlagen. Eigentlich hatte ihn die Frau, die er lediglich ein einziges Mal in seinem Leben getroffen hatte – vor ein paar Wochen in jenem absurd sterilen Apartment in Crystal City – nie so recht interessiert. Was hatte sie mit ihm zu tun, Matthew Gordon Sandler aus Bloomington, Illinois? Die CIA hatte über zwanzigtausend Mitarbeiter – zu viele, um für jeden Einzelnen kollegiale oder gar familiäre Gefühle zu entwickeln. Nur mäßig interessiert sah er einer Frau ins Gesicht, die sich vor acht Jahren, im Alter von sechsunddreißig, mit dem US-Geheimdienst eingelassen hatte und vor ein paar Tagen von einem Auto Ecke Wisconsin Avenue und M-Street zerquetscht worden war. Für das

Bewerbungsfoto hatte sie sich eine Spur zu kokett geschminkt, wie Matt fand, aber daraus irgendwelche tieferen Motive abzuleiten, wegen denen es die Frau, die mit vollständigem Namen Priscilla Elisabeth Wade hieß, zur CIA verschlagen hatte, fehlte Matt jegliche Neugierde. Und auf ihrem Leichenfoto war sie nicht mehr zu erkennen. Hastig überschlug Matt den Obduktionsbericht, dessen »Lingua Medica« er nicht verstand, nur so viel war klar: Sie musste sofort tot gewesen sein.

Matt vertiefte sich in den Part der Akte, der sich mit den Umständen des Mordes im Ostankino-Park beschäftigte. Wade musste den Auftrag dazu unmittelbar vor Harry Lyndons Ankunft in Moskau erhalten haben. Offenbar hatte sie bei dem Treffen in Crystal City die Wahrheit gesagt – oder zumindest das, was sie für die Wahrheit hielt. Denn der Auftrag, der anonymisiert unter dem Codenamen »Blow up – Calm down« erteilt worden war, lautete auf »Betäubung und anschließende Verbringung in die US-Botschaft«.

Aus den Akten war nicht zu entnehmen, was im Ostankino-Park genau schiefgegangen war – vor allem nicht, wer genau dahintersteckte. Wer hatte die Spritze so präpariert, dass es für Lyndon zu einer tödlichen Dosis wurde? Dafür gaben die Unterlagen allerdings einen exzellenten Einblick darüber, wie eng sich nach der Tat das Netz der CIA über der eigenen Agentin zusammengezogen hatte. Kein einziger Schritt Priscilla Wades war in den folgenden Wochen mehr unbemerkt geblieben – und wenn Matt zwei und zwei richtig zusammenzählte, dann war sogar der Schmuggel des Moduls für das russische Atom-U-Boot mit Billigung der Agency passiert. Warum?

Immer tiefer wühlte sich Matt jetzt in die Akten. Es war das Protokoll einer Frau, die nach dem Attentat von Moskau in Panik geraten war. Wade hatte in der letzten Woche ihres Lebens versucht, Kontakt zum syrischen, iranischen und venezolanischen Geheimdienst aufzunehmen und in der Botschaft von Angola um Asyl gebeten, was aber abschlägig beschieden worden war. Wenn Matt es richtig verstand, dann hatte sie ihr eigenes Todesurteil spätestens in dem Moment unterzeichnet, als sie via Mail versuchte, Kontakt mit dem sicherheitspolitischen Experten der »Washington Post« aufzunehmen. In den Unterlagen fanden sich fingierte Mails, die die CIA unter Wades Account später an den Journalisten der »Post« verfasst hatte. Darin bat sie zunächst um eine längerfristige Verschiebung des Termins und schließlich um eine Absage, da sich die Beschaffung brisanter Informationen nach näherer Prüfung doch als belanglos herausgestellt hätte. Zu ihrem Verhängnis wurde ihre Gewohnheit, sich morgens stets zur selben Zeit einen »Flat White« im »Café Number One« zu besorgen.

Der Akte anhängig war schließlich noch ein kurzer Schriftwechsel zwischen CIA und FBI, wonach die Unfallflucht des Fahrers nach dem Verfahren »X-38« zu behandeln sei.

Matt schaute auf. »X-38?«

»Schleichende Einstellungen der Ermittlungen aufgrund nationalen Sicherheitsinteresses«, antwortete Drydon wie ein Prüfling.

»So geht der Laden also mit seinen eigenen Leuten um, wenn sie ihm nicht mehr nutzen«, sagte Matt.

»So geht der Laden mit seinen eigenen Leuten um, wenn sie ihm gefährlich werden«, verbesserte Drydon.

Matt nickte. »Warum zeigen Sie mir das, Spencer? Ich darf Sie doch Spencer nennen? Und wer genau steckt dahinter?« Matt sah Drydon forschend an. Konnte er dem Mann trauen, der in seinem Leben angeblich noch nie Gras geraucht hatte, noch bei seiner Mutter lebte und den Namen eines Drummers angenommen hatte, der so ziemlich das exakte Gegenteil von dem Mann war, der nun, anscheinend doch etwas nervös geworden, unsinnig in seiner fast leeren Kaffeetasse herumrührte.

Drydon schaute nicht auf. Am Tresen flirtete Puerto Rico mit einem bärtigen Surfer-Typen, der sein Haar zu einem Pferdeschwanz gebunden hatte.

Wenn Drydon ihm nicht sagen wollte, warum genau Priscilla Wade hatte sterben müssen, dann hatte sich sein Besuch in diesem Café just in diesem Moment trotzdem gelohnt – er wusste nun definitiv, dass er nicht Puerto Ricos Typ war.

Drydon löste sich langsam aus seiner Starre. Es schien, als hätte er in den vergangenen Minuten innerlich mit sich gerungen, nun wandte er sich Matt Sandler zu. »Trump hat nicht viele Freunde bei den Diensten, Matt. Um ehrlich zu sein: Er hat sogar ziemlich wenige Freunde. Und die Freunde von Trump sind nicht unbedingt die Freunde von großen Teilen der CIA. Verstehen Sie, was ich meine, Matt?«

Matt seufzte. »Es wäre hilfreich, wenn es ein bisschen präziser ginge.«

Drydon schnaufte. »Präziser, Matt, präziser. Donald Trump ist der erste Präsident seit JFK, bei dem nicht klar ist, dass er das Ende seiner Amtszeit lebend erreicht. Ich würde jedenfalls nicht darauf wetten. Das hat er mit Putin gemeinsam, Matt. Mit Putin.« Drydon schaute sich erschrocken um, seine Stimme war lauter geworden, doch im Café nahm niemand Notiz. »Es ist ein schmaler Grat, Matt, verstehen Sie«, fuhr Drydon fort. »Und auf diesem schmalen Grat wandeln auch Sie. Es gibt nicht viele in der CIA, die den Russland-Deal für richtig halten. Und je mehr sich das in diesen Wochen bestätigt, desto unruhiger wird es im Laden. Und Sie, Matt, gelten bei Trumps Verbindung zu Putin als zentrale Figur.«

Matt schaute Drydon an. »Und warum vertrauen Sie mir das alles an, Spencer?«

»Weil ich Ihre Analysen seit dem Ukraine-Krieg verfolge, Matt. Weil ich Sie in der Tat für einen brillanten Analytiker Putins halte. Weil ich aber gesehen habe, wie Sie sich von Trump haben vereinnahmen und auf die falsche Fährte haben setzen lassen. Und weil ich glaube, dass sie das Spiel noch immer nicht begriffen haben. Hören Sie auf meinen Rat. Sichern Sie sich ab, Matt. Gehen Sie auf Distanz zu Trump, sodass das in der Agency bemerkt wird. Andernfalls machen Sie sich zum Handlanger des Bösen. Die Geschichtsbücher sehen für solche Figuren nur traurige Fußnoten vor.«

Drydon nahm die Akte Wade zurück. »Arme Frau. Überfordert. Wie so viele von uns.«

Matt bemerkte erst jetzt, wie sich die Körperspannung des CIA-Agenten in den vergangenen Minuten verändert hatte. Nein, das hier war kein blasser Handlanger, ganz und gar nicht. Das hier war ein Profi.

»Danke für die Warnung«, sagte Matt. »Sagen sie mir nur eines noch – wieso musste es ausgerechnet der Drummer von ›Jefferson Airplane‹ sein?«

»Fand den schon immer cooler als mich«, sagte Drydon.

»Und darf ich fragen, wie Ihr richtiger Name lautet?«

»Klar. Ich heiße Borchman. Andrew Borchman. Meine Urgroßeltern sind Anfang des letzten Jahrhunderts aus Deutschland in die USA ausgewandert, aus dem Karlsruher Raum, ist im Süden. Sie hießen Borchers, haben aber ihren Namen geändert, weil das hier kein Mensch vernünftig aussprechen konnte.«

»Interessant«, sagte Matt.

»Wie man's nimmt.«

Andrew Borchman verstaute die Akte Wade in seiner Tasche.

»Und wissen Sie was? Ich verstehe eigentlich überhaupt nichts vom Fußball. Aber ich besorge mir trotzdem jedes Wochenende die Ergebnisse vom KSC. Ganz genauso wie Henry Kissinger das immer mit den Ergebnissen von Greuther Fürth macht.«

KAPITEL 41

Die Angriffe wurden zur selben Zeit gestartet. Als die chinesischen Truppen in die Vororte von Wladiwostok vordrangen, Heimathafen der russischen Pazifik-Flotte am Japanischen Meer, rammte vierhundertzwanzig Kilometer über der Erde ein russischer Killersatellit die chinesische Raumstation. Die chinesischen Elitetruppen hatten das Ziel, den schmalen russischen Landzipfel südlich von Wladiwostok bis zur Grenze Nordkoreas abzuschneiden und als Faustpfand für Verhandlungen zu nutzen. Sie waren mit ihrer Invasion blitzkriegartig vorangekommen, denn die russischen Marine-Truppen in Wladiwostok sollten zum Meer hin verteidigen. Dass ihnen der Feind in den Rücken fallen könnte, war in den strategischen Planungen nicht vorgesehen.

Die Chinesen kamen grimmig und in altertümlicher Aufmachung, mit aufgepflanzten Bajonetten. Sie überwanden das spärliche russische Abwehrfeuer mit großen Verlusten und nahmen dann blutig Rache. In einer Autowerkstatt, die Lastwagen der russischen Armee reparierte, hatten sich siebzehn Mann mit Maschinenpistolen und einem Granatwerfer verschanzt. Die Waffen waren in der Stadt in Windeseile ausgeteilt worden, als klar war, dass die russischen Luftangriffe die chinesische Angriffswelle nicht brechen würden. »Jeder erwehrt sich seiner Haut. Für das Vaterland!« Die Chinesen beschossen die Werkstatt mit Panzerfäusten und Mörsern, dann brachen sie herein und töteten die letzten vier Verteidiger mit Bajonetten. Der kommandierende Offizier gönnte ihnen keine Pause. »Schnell! Weiter! Wir müssen die Stadt nehmen!«

Im »Himmelspalast« hatte der Tag geradezu idyllisch begonnen. Die sechs Taikonauten frühstückten gemeinsam, jeder eine Fischpaste aus der Tube, dazu ein Saft aus dem Alu-Beutel, dabei blickten sie aus den Fenstern auf die Erde herab. Der Planet wirkte friedlich, atemberaubend schön und strahlend. Das Kommandozentrum hatte den Kommandanten angewiesen, die Station über Asien zu steuern und dort zu halten. Warum, wurde ihnen nicht erklärt. Sie hatten keine Ahnung von den umwälzenden Feindseligkeiten auf der Erde. Schon gar nicht hielten sie einen Angriff auf sich selbst im vermeintlich friedlichen All für denkbar. Zwei Taikonauten zwängten sich in ihre Raumanzüge und stiegen aus, hakten ihre Halteleinen an die Station und begannen, eine defekte Antenne abzumontieren. Das Radar, das Annäherungen gefährlicher Trümmerteile anderer Raumfahrzeuge melden sollte, blieb drinnen unbeachtet. Bis der Alarmton für akute Gefahr die Köpfe der Taikonauten herumfahren ließ. Der Kommandant trat an den Bildschirm, schaute zwei, drei Sekunden darauf, und schrie dann mit schriller Stimme: »Alarm! Alle auf Notstation!«

Die beiden Monteure draußen erstarrten in der Bewegung und blickten sich um. Als sie den dunkelgrauen Koloss erblickten, der auf sie zugeschossen kam, war es schon zu spät. Sie wurden von ihren Leinen gerissen und ins All geschleudert, mit zerfetzten Raumanzügen. Den Schmerz ihrer Verletzungen zu spüren, blieb keine Zeit mehr. Nach wenigen Sekunden waren sie tot und trudelten wie Puppen ins All. Es wurde für ewig zu ihrem Friedhof.

Der russische Killersatellit »SR 351« wurde durch die Kollision mit den beiden Raumfahrern nicht vom Kurs abgebracht. Er drang in die Mitte der Raumstation vor und sprengte die beiden T-förmigen Forschungsstationen ab. Der Sauerstoff entwich explosionsartig, die vier Taikonauten wurden herausgerissen und ungeschützt ins All gespuckt. Die Raumstation war zerstört, ihre Trümmer kamen ins Trudeln und entfernten sich voneinander. »SR 351«, schwer gepanzert und im Weltraum geparkt, um bei Bedarf die Spionage-Satelliten von Feindstaaten zu zerstören, war indes noch funktionsfähig. Er durchpflügte das Trümmerfeld und flog auf der anderen Seite auf stabilem Kurs weiter.

Im chinesischen Raumfahrtzentrum machte sich Panik breit. Es herrschte ein unbeschreibliches Chaos. Die Techniker waren aufgesprungen und schrien »Sabotage« oder »Krieg«. Der Kommandant telefonierte mit Peking, der Verteidigungsminister am anderen Ende erlitt einen Kreislaufkollaps. Seit vier Jahren hatten sie an der Raumstation gearbeitet, sie war der ganze Stolz der Nation. Und nun war sie in wenigen Sekunden zertrümmert worden, die sechs Raumfahrer verloren. Wer konnte das getan haben? Die Amerikaner! Es konnten nur die Amerikaner gewesen sein! An Russland dachte nur einer: Xi. Er ließ die Atomstreitkräfte in Kampfbereitschaft versetzen, musste aber feststellen, dass die Militärs und die Verantwortlichen in der Ständigen Kommission des Politbüros nur amerikanische Ziele programmiert hatten.

Wer hätte auch je gedacht, dass ein einziges verunglücktes Telefongespräch zwischen Xi und Putin solche verheerenden Folgen haben könnte? Es lag nicht einmal eine Woche zurück. Xi rief Putin an und meldete sich in erregtem Ton. Der Russe war die Ruhe selbst und sprach provozierend träge.

»Wladimir, nun ist die Stunde der Bewährung für unsere strategische Partnerschaft gekommen.«

»Ach ja? Ich wüsste nicht, warum. Erklären Sie mir das bitte, Herr Präsident. Das Problem mit den Amerikanern vor Ihrer Küste kann es doch nicht sein, oder?«

»Doch, natürlich! Was denken Sie denn? Unsere Wirtschaft ist gelähmt, wir können weder importieren noch exportieren …«

»Verhandeln Sie mit Trump. Der ist doch kein Unmensch.«

»Ich falle nicht vor ihm auf die Knie, Wladimir. Würden Sie auch nicht.«

»Dann kämpfen Sie sich Ihre Schifffahrtsrouten frei. Sie haben doch eine fähige Volksbefreiungsmarine, wie ich höre.«

»Eine frontale Auseinandersetzung würde unsere Streitkräfte überfordern, Wladimir. Noch sind uns die USA militärisch überlegen. Und atomar möchte ich vorläufig nicht werden.«

»Was möchten Sie dann von mir, Herr Kollege?« Putin betonte das »Herr Kollege« so ironisch, dass der Chinese an sich halten musste.

»Ich erwarte von Ihnen als Verbündetem Chinas, dass Sie Ihre Pazifikflotte von Wladiwostok aus in Bewegung setzen, um den Amerikanern in den Rücken zu fallen. Wenn wir sie zwischen uns nehmen, können wir sie schlagen.«

Putin schwieg.

»Außerdem erwarte ich, dass Sie uns Ihre Bahnlinien durch Sibirien zur Verfügung stellen, um darüber vorläufig mit Güterzügen im Halbstunden-Takt unseren Export nach Europa aufrechtzuerhalten.«

»Aber Herr Kollege«, wieder war der Ton triefend ironisch, »das geht doch technisch gar nicht. Wir haben in unserem Schienennetz Breitspur. Sie nicht. Das heißt, alle Waggons müssen an der Grenze umgehoben werden. In Europa übrigens ein zweites Mal.«

»Wir liefern unsere Waren nach Wladiwostok und setzen sie dort gleich auf russische Waggons.«

»Ach, und welche Güterwaggons bleiben dann für Russland? Nein, Kollege …«, Putin wurde grob, »… schlagen Sie sich das aus dem Kopf. Ich hole für Sie nicht die Kohlen aus dem Feuer. Und ich beginne erst recht keinen Krieg mit Trump. Ich komme gut mit ihm aus. Wie Sie gesehen haben, kann ich in Europa tun und lassen, was ich will. Ihn stört das nicht. Sagen wir mal: Ihn stört das nicht massiv.«

Xi schwieg eine Weile. Dann schrie er ins Telefon. »Jetzt begreife ich, Wladimir. Die westlichen Medien vermuten das ja schon lange. Sie sind mit Trump in Wahrheit verbündet. Auch gegen uns!«

»Ist das ein Fehler, Xi?« Das war nun ungehörig grob.

»Wer mit meinem Feind verbündet ist, ist auch mein Feind! Sie werden sehen, Wladimir, was Sie davon haben. Wenn Sie sich die Sache noch mal überlegen, wissen Sie, wo sie mich erreichen können. Aber bitte in einem anderen Ton!«

Putin hörte das schon nicht mehr. Mit gespitzten Lippen, geradezu genüsslich, hatte er aufgelegt. So wollte er den arroganten Chinesen schon lange mal auflaufen lassen. Und holte den Wodka aus dem Schreibtisch.

Es dauerte indes nur wenige Stunden, da kam von der Ostgrenze die Nachricht, chinesische Truppen hätten den Ussuri überschritten und kämpften sich weiter voran. Die russischen Grenzsoldaten seien zu schwach, um sie aufzuhalten. Das war von hoher Symbolik. Am Ussuri! Dort hatten sich Chinesen und Russen schon 1969 Gefechte geliefert – damals noch beide auf dem leuchtenden Pfad des Kommunismus –, und die Chinesen hatten die umstrittene Insel Zhenbao Dao im Ussuri als Preis des Waffenstillstands erhalten.

Die Ussuri-Front indes war diesmal nur ein Ablenkungsmanöver. Am folgenden Tag schon, früh am Morgen, stürmten chinesische Elitetruppen Richtung Wladiwostok und überrannten alles, was die Russen ihnen entgegenzusetzen versuchten. Putin saß mit düsterer Miene an seinem Schreibtisch, zehntausend Kilometer entfernt, und erkannte, dass er sie nicht würde aufhalten können. Welche Blamage, ganz besonders in Europa, das er gerade Mores gelehrt hatte. Verflucht, verflucht …

Der Präsident versammelte die Chefs der Waffengattungen und der Geheimdienste, dazu Wadulin und Rykow, seine treuen Hofhunde, an seinem Konferenztisch und fragte schnörkellos: »Und, was tun?«

Die hölzernen Herren in Uniformen schlugen die Augen nieder. Nur der Chef der Marine machte sich bemerkbar: »Wir können nicht die Amerikaner von hinten angreifen, auf dem Meer. Wollen wir einen Krieg mit Trump? Für den arroganten Xi? Ich denke nicht. Außerdem müssen wir unsere Schiffe in Wladiwostok umdrehen und die Geschütze aufs Land richten, dorthin, woher die Hauptwelle der Chinesen kommt. Wir müssen sie pulverisieren.«

Putin schwieg und blickte sich in der Runde um. Als er Rykow in die Augen schaute, nahm der seinen Mut zusammen und dachte sich, diesen Spaß werde er sich erlauben.

»Herr Präsident, Sie haben in Europa sehr klug gesiegt, ohne großes Blutvergießen. Auch Xi lässt sich elegant eine Eisenstange zwischen die Zähne schlagen …«

Putin richtete sich gespannt auf.

»Geben Sie unserem Weltraumkommando den Befehl, die chinesische Raumstation zu rammen. Diese Lektion werden sie nicht vergessen. Und die ganze Welt wird staunen.«

Putin schlug mit der rechten Faust auf den Tisch. »Bravo, Rykow, bravo! Sie sehen, meine Herren, was taktische Kreativität ermöglicht. Ich werde Xi den ›Himmelspalast‹ unterm Arsch wegschießen. Und ich wette, dass sich Trump an seinem Lachanfall verschluckt. Danke, meine Herren, ich werde das Weitere veranlassen. Und die Marine feuert bitte über Wladiwostok hinweg in die chinesischen Horden hinein!«

Die Runde löste sich auf. Rykow aber bekam den Befehl zu bleiben. »Das vergesse ich Ihnen nie! Kommen Sie am Samstag zu mir auf die Datscha. Ich habe etwas Wichtiges mit Ihnen zu besprechen.«

KAPITEL 42

Die Nachricht von der schweren Beschädigung der »USS Stethem« erreichte Matt Sandler unter der Dusche. Er hatte den Anfang nur erahnt, weil er das Radio nur auf halbe Lautstärke gedreht hatte, doch als er den Kopf wie elektrisiert unter dem Wasserstrahl hervorzog, hörte er noch, wie der Sprecher sagte: »… unbestätigten Meldungen zufolge sind bei der Militäraktion acht amerikanische Seeleute ums Leben gekommen, vier werden vermisst. Sollte die ›Stethem‹ sinken, wäre es der erste Verlust eines Kriegsschiffes für die USA seit Mai 1964. Damals wurde der Geleitflugzeugträger ›USS Card‹ durch eine Mine im Hafen von Saigon versenkt. Eine Stellungnahme des Pentagons steht noch aus. – Miami. Bei Protesten gegen die Wahlrechtsreform von US-Präsident Donald Trump wurde gestern in …«

Hastig trocknete Matt sich ab. In der Küche hatte Sue das Frühstück gemacht und dabei zwei Spiegeleier auf seinem Teller zusammen mit einer nach oben geschwungenen Linie gehackter Petersilie so drapiert, dass sie ein Smiley ergaben. Für einige Sekunden verharrte Matt regungslos in der Tür und starrte auf den gedeckten Küchentisch. Natürlich wusste er, was er am Morgen des 11. September 2001 gemacht hatte, als die Nachricht vom Anschlag auf das World Trade Center kam. (Er hatte in Downtown Chicago im Fitnessstudio in der Lincoln Street gerade seine Straßenklamotten im Schließfach 112 verstauen wollen, aber der Schlüssel klemmte.) War dies ein ähnlich unheilvoller, ein historischer Tag? Dann würde der Moment eines womöglich beginnenden Dritten Weltkriegs für immer mit Sues liebevollen

Frühstücksvorbereitungen verbunden sein – zwei lustigen Spiegeleiern, die in dieser Situation so grotesk wirkten, als hätte ein Kardinal im Trauergottesdienst für den Papst einen Blondinenwitz erzählt.

Sue sah ihn an. »Was ist, Matt?«

»Ich weiß noch nichts Genaues, Liebes, es hat einen dramatischen Zwischenfall im Ostchinesischen Meer gegeben. Wenn das stimmt, dann stehen wir kurz vor einem Krieg. Das wird die Sitzung des Nationalen Sicherheitsrates gleich völlig durcheinanderwirbeln. Ich muss sofort los, Sue. Vielleicht kann ich vorher noch Herb Moffet treffen.«

»Aber die Spiegeleier …« Sue wollte protestieren.

»Keine Zeit.« Matt holte sein Handy und machte ein Foto vom Teller. »Zur Erinnerung an einen glücklichen Moment an einem – tja, was eigentlich? – besonderen Tag.« Er versuchte ein Lächeln. Es misslang. Dann zog er mit seinem rechten Zeigefinger die Petersilien-Mundwinkel des Spiegelei-Smileys nach unten, umarmte Sue und verließ die Wohnung.

*

Er hatte Moffet nicht mehr kontaktieren können. Auf dem Weg zum Weißen Haus erreichte Matt die Mitteilung, dass die Sitzung des Nationalen Sicherheitsrates um eine Stunde vorgezogen werde. Sie war in den »Situation Room« im Westflügel des Weißen Hauses verlegt worden. Offenbar wollte sich der Präsident während der Sitzung des Gremiums direkt ein Lagebild aus dem Ostchinesischen Meer verschaffen.

Als er den Raum betrat, musste Matt an das Bild denken, das der Fotograf Pete Souza im Mai 2011 hier gemacht hatte, als die Regierung von Präsident Obama die Tötung Osama bin Ladens im pakistanischen Abbottabat live verfolgte. Das Bild sollte die Stärke der USA demonstrieren, Obamas Entschlossenheit. Damals. Diesmal fehlte ein Fotograf.

Trumps Miene war ernst. Er sah übernächtigt aus, faltig. Das Alter forderte erkennbar seinen Tribut. Matt hatte den Eindruck, dass der Präsident, wenn überhaupt, höchstens zwei Stunden geschlafen haben musste. Trump hatte sich keine Mühe gegeben, frischer zu wirken. Entweder fehlte ihm die Zeit dazu, dachte Matt, oder die Kraft.

Die illustre Runde erhob sich. Alle waren anwesend, unter anderem natürlich die Außenministerin, der Verteidigungsminister, die Geheimdienstkoordinatorin. Einzig der Energieminister hatte es nicht rechtzeitig von einem Termin in Austin, Texas, zurück nach D.C. geschafft, immer noch gelang es den Demonstranten bei ihren Protesten gegen die Wahlrechtsreform, Inlandsflughäfen lahmzulegen.

Herb Moffet kam als Letzter, gerade noch rechtzeitig, bevor Trump den Raum betrat. Moffet quetschte sich neben Matt. Es gab ein kurzes Stühlerücken, was dem Verteidigungsminister sichtlich gegen den Strich ging. Dann starrten alle auf den Bildschirm, auf dem ein verwaister Kommandostand zu sehen war. Im Hintergrund, in bedrohlicher Nähe, ein Kriegsschiff, auf dem deutlich erkennbar die Flagge der chinesischen Marine gehisst war.

Auf der Brücke kam nun ein Mann ins Bild, den Matt irgendwann schon einmal gesehen hatte.

»Commander Ramsey, Sie haben das Wort«, sagte Trump.

»Riley, Sir. Commander Marc Riley von der ›USS Stethem‹. Wir wurden heute Morgen um Null-vierhundert von einem Zerstörer der chinesischen Marine gerammt, ein Versuch der Chinesen, unsere Blockade für ein Containerschiff zu durchbrechen, das sich mit langsamer Fahrt der Zwölf-Meilen-Zone näherte. Wassereintritt im Maschinenraum, Leck an Backbord auf etwa drei Meter Länge. Acht Tote, drei Vermisste, ein weiterer Vermisster mittlerweile schwer verletzt geborgen. Situation kritisch. Erste Stufe des Evakuierungsplans in Kraft.« Riley machte eine kurze Pause. »Mr President, noch bleibt Zeit. Wir versuchen weiterhin, das Schiff zu retten.«

Matt bewunderte die Fassung, die der Kapitän in dieser kritischen Situation wahrte. Er schaute auf Trump. Der wirkte fahrig, fast desinteressiert. Mehr als eine Floskel fiel ihm nicht ein. »Danke, Commander Ramsey, seien Sie versichert, die gesamte US-Navy steht an Ihrer Seite.« Die Verbindung wurde beendet.

Niemand sagte ein Wort. Trump blickte ernst, dann erhob er sich von seinem Sessel, so, als wollte er diesem Moment eine zusätzliche, fast feierliche Aufladung geben. »Das war ein feindlicher Akt, der von uns nicht unbeantwortet bleiben darf. Ich erbitte Vorschläge in drei Szenarien. Denken Sie daran: Das Ziel, das über allem steht, muss dabei Amerikas Größe sein!«

Herb Moffet blickte seinen Minister an, der erteilte ihm das Wort, indem er in Moffets Richtung nickte. »Mr President, die Lage im Ostchinesischen Meer ist angespannt, sie ist aber auch noch übersichtlich. Noch können wir uns diese Übersichtlichkeit zunutze machen. Ich schlage zwei Szenarien vor, die unser Interesse an einer für alle gesichtswahrenden, gleichwohl deeskalierenden Reaktion dokumentieren. Szenario eins: Wir verurteilen den ›Vorfall‹ aufs Schärfste, erhöhen unsere Truppenpräsenz, sprechen aber bis auf Weiteres nicht von einem feindlichen Akt und fordern eine internationale Untersuchungskommission. Das gibt uns Zeit, die Reaktion der Chinesen zu testen. Es kommt im Übrigen Ihrer Politik am nächsten, internationale Konflikte ohne Kriege zu lösen, Mr President.«

Moffet schaute Matt an, als wollte er ihm sagen: Neulich hast du den Krieg mit Nordkorea verhindert, heute verhindere ich den mit China. Es war ein Ritt auf der Rasierklinge. Matt spürte die Anspannung beim Planungschef des Pentagons. »Szenario zwei«, sagte Moffet, »ist Folgendes: Wir erklären das Rammen der ›USS Stethem‹ zum ›feindlichen Akt‹, ziehen einen zweiten Flugzeugträger ins Ostchinesische Meer, mobilisieren unsere Luftwaffe, schießen aber vorerst nicht und verlangen von der chinesischen Marine den Rückzug in die Zwölf-Meilen-Zone. Ich würde allerdings zu bedenken geben, Mr President …«, Moffet machte eine Pause. Trump wurde ungeduldig.

»Was?«

»… dass wir in diesem Fall und durch die sich daraus ergebenden Eventualitäten an unsere Belastungsgrenze kommen. Anders ausgedrückt: Es darf woanders auf der Welt nicht mehr allzu viel passieren. Wenn wir uns militärisch mit den Chinesen anlegen, sind uns auf Jahre die Hände gebunden. Und wenn ich an die Situation in Europa denke …«

Trump unterbrach ihn. »Dazu kommen wir gleich. Ich brauche das dritte Szenario.«

Die Außenministerin meldete sich zu Wort: »Wir spielen die diplomatische Karte. Meine Kontakte nach Peking sind glänzend. Ich traue mir zu, in dieser schwierigen Situation eine Übereinkunft mit China zu erreichen, Mr President. Sie müssten allerdings einen ersten Schritt auf Xi zugehen …«

Weiter kam die Ministerin nicht. Trump schnitt ihr brüsk das Wort ab. »Das kommt nicht infrage. Ein Donald Trump hat es nicht nötig, auf jemanden zuzugehen. Ein Donald Trump lässt solch windige Figuren wie den chinesischen Präsidenten allenfalls antanzen!«

Wieder entstand eine Pause. Matt räusperte sich. Das hier

war jetzt die Gelegenheit, die Aufmerksamkeit auf eine andere Baustelle der Weltpolitik zu lenken. »Mr President, lassen Sie mich, wenn ich darf, einen Gedanken beisteuern, der mit der Perspektive Putins zu tun hat.« Matt wusste, dass es sich bei der Wortmeldung in diesem Moment im Grunde um eine Anmaßung handelte. Aus dem Augenwinkel sah er, wie sowohl die Außenministerin als auch der Verteidigungsminister abfällige Handbewegungen machten.

Trump bewegte ruckartig den Kopf in seine Richtung. »Sandler.«

»Die Situation im Ostchinesischen Meer spielt Putin in die Karten, je stärker sie eskaliert«, sagte Matt. »Gerade angesichts des sich verschärfenden Tons im jüngsten Telefo…«, Matt hätte sich auf die Zunge beißen können, denn er sah, wie sich in der Runde ruckartig alle Köpfe Richtung Trump wandten. Offensichtlich hatte es der noch nicht für nötig gehalten, das vertrauliche Protokoll dieses Gesprächs an die Mitglieder des Nationalen Sicherheitsrates weiterzuleiten. Matt beschloss, sich nicht beirren zu lassen. »… im jüngsten Telefonat halte ich es für dringend notwendig, unser konventionelles Drohpotenzial in Europa aufrechtzuerhalten.«

»Ist schwer genug, seit unserem Abzug«, warf Moffet ein.

»Wenn ich noch abschließend ergänzen darf«, sagte Matt. »Es braucht die Option einer militärischen Antwort, sollte sich Putin in Westeuropa in ähnlicher Weise weiterhin so aggressiv zeigen, wie er es schon in Osteuropa getan hat.«

Jetzt witterte Herb Moffet seine Chance. Nahtlos fiel er ein: »Und weil alles mit allem zusammenhängt, wäre es klug, die Sache im Ostchinesischen Meer auf kleiner Flamme zu halten. So wie wir im Moment aufgestellt sind, haben wir nur eine Option, Putin konventionell richtig wehzutun.«

»Und die wäre?«, fragte Trump.

»Wir drohen mit der kompletten Versenkung seiner Schwarzmeerflotte.«

Im »Situation Room« nahm der US-Präsident plötzlich Feldherrenpose an.

Unglaublich, wie schnell sich ein Mensch verwandeln kann, wenn die Situation, in der er ist, sich zu wandeln scheint, dachte Matt.

Trump schaute auf seinen Verteidigungsminister. »Sind wir denn dazu in der Lage?«

»An jedem verdammten Tag, Sir. An jedem verdammten Tag.« Der Minister lehnte sich im Sessel zurück und verschränkte die Arme vor der Brust. Eine Selbstzufriedenheit spiegelte sich nun auch auf seiner Miene.

Matt blickte einem Mann ins Gesicht, der zum ersten Mal an diesem Vormittag durch und durch den Eindruck machte, dass da womöglich eine Aufgabe auf ihn zukommen werde, die er problemlos bewältigen könnte.

Als Matt Sandler gemeinsam mit Moffet das Weiße Haus verließ, blickten sie beide zeitgleich in den strahlend blauen Himmel.

»Fast zu schön, um wahr zu sein«, sagte Moffet.

Matt sah den Pentagon-Mann, der sich mit seinem Kamm gerade durch die Haare fuhr, fragend an.

»Die Sonne«, sagte Moffet. »Irgendwie habe ich das Gefühl, dass wir Momente wie diesen hier bewusster genießen sollten. Könnte sein, dass uns nicht mehr allzu viele davon bleiben.«

KAPITEL 43

Schreie. Stimmengewirr. Geräusche eines Handgemenges. Dann flog die hohe Flügeltür auf, und herein stürmte ein Uniformierter. Eine Gruppe anderer Militärs folgte, ein Dutzend vielleicht, davon die Hälfte bewaffnet mit Maschinenpistolen. Die Rangabzeichen wiesen den Anführer als Offizier aus, als Mann aus der Führung der Volksbefreiungsarmee.

Xi kannte ihn. Schwerfällig erhob er sich von seinem Sitz, was schon deshalb außerordentlich war, weil er sich sonst nie zu erheben veranlasst sah, um einem anderen die Ehre zu erweisen. Doch er spürte, er wusste, dass sich hier Historisches anbahnte. »Marschall Wu, was führt Sie zu uns?«

Der so Titulierte baute sich vor dem hufeisenförmigen Tisch auf, an dem Xi mit sechs anderen saß. Sie bildeten das höchste, demokratisch indes nicht legitimierte Führungsorgan Chinas. Hier tagte der Ständige Ausschuss des Politbüros der Kommunistischen Partei. Handverlesen von Xi. Wer an den Eindringlingen vorbeischauen konnte, erblickte draußen, vor der Tür, mehrere Menschen, die am Boden lagen. Offenbar das ausgeschaltete Sicherheitspersonal für die Führung der KP. Ob tot, verletzt oder nur ohnmächtig, war nicht auszumachen. Jedenfalls waren sie leblos.

»Genosse Xi, es ist jetzt das letzte Mal, dass ich Sie als Genossen anspreche … Genosse Xi also, Sie sind abgesetzt. Ich entledige Sie aller Ämter und Funktionen. Ich bin Vorsitzender des Rats für Nationale Errettung, der nun Partei und Staat führt. Jedenfalls bis zur Wahl eines neuen Parteivorsitzenden in zwei oder drei Jahren. Die Kommunistische Partei braucht etwas Zeit, um ihre Fehler zu reflektieren und …«

Xi unterbrach ihn schroff. »Was gibt Ihnen das Recht, so unverschämt …?«

»Das will ich Ihnen sagen. Es ist das Recht desjenigen, der für die Volksbefreiungsarmee spricht und der die Nation vor dem Untergang bewahrt. Sie, Herr Xi, haben schwerwiegende Fehler begangen, die nicht toleriert werden können. Sie haben die Armee und das Land in einen Zweifrontenkrieg gegen die USA und gegen Russland geführt. Ein solcher Krieg ist nicht zu gewinnen und wird unsere stolze Armee demütigen …«

»Der Krieg gegen die USA, Marschall Wu, ist uns aufgezwungen worden von Donald Trump. Die militärischen Strafaktionen gegen Russland habe ich veranlasst, weil sich Putin mit Trump verbündet und China schmählich verraten hat. Das durfte nicht ohne Antwort bleiben. Wir sind ein stolzes …«

»Aber inzwischen, Herr Xi, schlägt Russland zurück. Unsere Truppen, die Sie über den Ussuri geschickt haben, wurden mit russischen Luftschlägen überzogen, die viele Gefallene verursacht haben. Und die Einheiten, die bis Wladiwostok vorgestoßen waren, werden auf den Versorgungswegen mit Raketen angegriffen. Der Nachschub ist unterbrochen, in der Stadt wird die Munition knapp. Wenn das auch nur eine Woche so weitergeht, sind die Truppen in Wladiwostok verloren.«

Wu war vor Zorn dunkelrot im Gesicht. »Wie kann man nur solche Fehler begehen? Hitler ist an einem Zweifrontenkrieg gescheitert. Xi tut es ihm nach. Und er gleicht ihm auch sonst …« Der Marschall schrie nun. »In mancher Hinsicht! Die Stimme der Armee jedenfalls hört er nicht mehr, er ist offenbar entschlossen, sie zu verheizen! In Wladiwostok darf nicht unsere Sechste Armee stehen! Niemals! Hören Sie? Deshalb ist Ihre Zeit abgelaufen …«

Xi war wieder auf seinen Stuhl gesunken, die anderen waren erstarrt. Wu wandte sich um und gab den Bewaffneten ein Zeichen mit der Rechten. Sechs von ihnen traten nach vorn, gingen zu Xi, zogen ihn vom Stuhl und führten ihn hinaus. Der Gestürzte schwieg. Er ahnte, was da kommen würde.

Wu wandte sich unterdessen an die übrigen Mitglieder des Ständigen Ausschusses. »Auch Sie sind von allen Ihren Funktionen entbunden. Sie stehen ab sofort unter strengem Hausarrest und dürfen mit niemandem kommunizieren. Verstoßen Sie gegen die Auflagen, werden Sie liquidiert. Gebraucht werden Sie nicht mehr. In allen Provinzen übernehmen Räte für Nationale Einheit die Verantwortung. Geführt werden sie von Patrioten aus der Armee. Bleiben Sie hier sitzen und verhalten Sie sich still, Sie werden in Kürze abgeholt und nach Hause gefahren.«

Wu wandte sich ruckartig um und stapfte aus dem Saal.

Draußen, vor dem Gebäude, hatten Bewaffnete Xi schon an eine Wand gestellt. Ein Erschießungskommando aus sechs Soldaten mit Karabinern baute sich vor ihm auf, Wu trat zu ihnen und gab die Befehle. »Achtung! Anlegen! Feuer!«

Der Exekutierte brach zusammen. Seine Gefolgsleute drinnen hatten die Salve gehört. Und verstanden, dass es ernst war. Sehr ernst.

Wu verließ eiligen Schrittes Zhongnanhai, das streng abgeschirmte Machtzentrum Chinas. Traditionelle und moderne Gebäude waren hier locker um zwei Seen gruppiert. Wer Zhongnanhai, den Kreml Chinas, betreten durfte, gehörte zur Elite der Volksrepublik. Wu hatte bislang nicht dazugehört. Er hatte sich den Zugang mit gezogener Pistole und mit den Waffen seiner Begleiter verschafft. Vor dem Eingangstor stieg er in seinen bescheidenen olivgrünen Wagen und ließ sich zur Großen Halle des Volkes fahren, am Platz des Himmlischen Friedens. Auf der

Strecke erkannte er, dass der Coup gelungen war, jedenfalls in Peking. Entlang der Magistralen, an den wichtigsten Kreuzungen und vor staatlichen Gebäuden waren Panzer aufgefahren, bewaffnete Posten in Stellung gegangen. Neugierige sammelten sich darum, diskutierten, fragten, doch es gab keinen Widerstand und keine Proteste.

Wu stürmte in das Büro, das für ihn vorbereitet worden war, und ließ sich von seinem Adjutanten knapp Bericht erstatten. Der Putsch war überall gelungen. Nirgendwo Widerstand, vor allem nicht in Shanghai. Frieden in der quirligsten, westlichsten Stadt Chinas, das war schon die halbe Miete. Das Kalkül war aufgegangen. Die Chinesen mochten Xi nicht, den Diktator, der ihnen während der Pandemie rücksichtslos die Freiheit genommen hatte. Niemand würde ihm eine Träne nachweinen. Sein Leichnam würde irgendwo anonym verscharrt werden.

Der Marschall wies den Adjutanten an, in einer halben Stunde eine Fernsehansprache zu arrangieren. Vorher wollte er noch mit Putin telefonieren. »Geben Sie ihn mir, sofort. Und sagen Sie denen in Moskau, sie sollen ihn rausholen, wo immer er gerade konferiert. Ich kann Russisch mit ihm sprechen, denn ich bin in der Sowjetunion ausgebildet worden.«

»Wie darf ich Sie ansprechen, Herr Wu?«, meldete sich nach acht Minuten der Moskauer Diktator. »Man hat mir gesagt, Sie seien Marschall der Volksbefreiungsarmee, jener Streitkräfte, die uns so schändlich in den Rücken gefallen sind. Aber nun sind Sie vermutlich mehr als nur ein Marschall …«

»Herr Präsident, verzeihen Sie, dass ich mich kurzfassen muss, es gibt viel zu regeln. Gerne würde ich mich ausführlicher mit Ihnen austauschen. Das müssen wir auf später verschieben. Aber ich verspreche es. Ich möchte Ihnen nur mitteilen, dass ich China politisch führe, mit einem Militärrat zur nationalen Errettung. Er wird mindestens zwei Jahre regieren. Herrn Xi gibt es nicht mehr, und der Ständige Ausschuss des Politbüros steht unter Hausarrest. China ist ruhig, ich denke, das Volk wird den Umschwung begrüßen.«

»Was wollen Sie, warum haben Sie Xi gestürzt?«

»Ihnen das zu erläutern ist der eigentliche Grund meines Anrufs. Xi hat das Land in der großen militärischen Krise verhängnisvoll geführt. Statt sich auf den wichtigsten Feind zu konzentrieren, die Amerikaner nämlich, hat er völlig grundlos einen Zweifrontenkrieg angezettelt, auch noch gegen Russland. Aus reiner Arroganz …«

»Sehr richtig, Herr Wu«, war Putin zu vernehmen. »Übrigens schätze ich es sehr, dass Sie meine Sprache sprechen.«

»Ich möchte nicht dabei stehen bleiben, Xis Fehler zu kritisieren. Ich möchte sie korrigieren. Deshalb teile ich Ihnen mit, dass die chinesischen Truppen sofort wieder hinter den Ussuri zurückgeführt werden und dass wir Wladiwostok und die umliegenden Regionen an Russland zurückgeben. Schäden, die unsere Einheiten angerichtet haben, werden ausgeglichen, und für die Opfer auf russischer Seite entschuldige ich mich bei Ihnen im Namen meines Volkes.«

»Das ehrt Sie sehr, Herr Präsident. Ich werde Sie von jetzt an so nennen, der Einfachheit halber. Ich werde die russischen Truppen anweisen, Ihren Abzug nicht zu stören. Wir sollten gemeinsam verkünden, dass wir einen Waffenstillstand vereinbart haben und die chinesischen Truppen von russischem Territorium abgezogen werden.«

»Einverstanden.«

»Was tun Sie aber mit den Amerikanern?«

»Da liegt der Fall viel komplizierter. Wir haben die Feindseligkeiten nicht eröffnet. Die Amerikaner waren es! Sie haben die Blockade verhängt. Ich werde mich bemühen, auch diesen Krieg zu beenden, aber ich krieche vor Trump nicht zu Kreuze. Ich denke, ich werde einen Flottenverband losschicken, um den Riegel vor unserer Küste zu sprengen. Das chinesische Volk soll wieder stolz sein auf seine Armee. Und auf jene, die sie führen.«

Putins Herz war aufgegangen. Dass er diesen Krieg so rasch loswerden würde, hatte er nicht um Traum gedacht. Also ließ er sich zu einem Versprechen hinreißen, das bei näherer Betrachtung wohl nicht so klug war. »Herr Präsident, ich werde Sie unterstützen. Ich werde den amerikanischen Präsidenten, zu dem ich einen guten Kontakt pflege, von Ihren Absichten unterrichten und ihm nahelegen, die Seegefechte vor Chinas Küste zu beenden.«

»Dafür bin ich Ihnen dankbar, Präsident Putin. Ich muss nun Schluss machen, leider. Ich melde mich wieder bei Ihnen, wenn das Wichtigste geregelt ist.«

Putin legte auf und verlangte nach Wadulin und Rykow. Die saßen in einer Besprechung und ventilierten gerade die aufregenden Nachrichten aus China. Panzer in Peking! Offenbar ein Putsch. Im Büro des Präsidenten wurden sie rasch von dem Anruf aus Peking in Kenntnis gesetzt.

»Das ist ideal für uns«, triumphierte Putin mit geröteten Wangen. »Rykow, rufen Sie sofort Ihren Partner in den USA an, wir müssen einfach mal eine Ausnahme von Ihrem Telefonverbot machen. Wie heißt er noch mal? Wandler … Sandler? Er soll Trump vor dem chinesischen Flottenverband warnen und ihm raten, die Fahne ein wenig einzuholen. Sonst handelt er sich womöglich hohe Verluste ein. Und Sie, Wadulin, sprechen mit dem nordkoreanischen Staatschef und warnen ihn davor, dass die Amerikaner ihre militärischen Anstrengungen auf sein Land verlagern könnten, weil sich China gerade den Rücken frei macht und frontal gegen die Blockade vorgehen will.«

KAPITEL 44

»Sir, es wird Zeit zur Evakuierung. Die ›USS Stethem‹ hat eine Neigung von mehr als dreißig Grad nach Backbord angenommen. Die Lenzpumpen kommen gegen den Wassereinbruch nicht mehr an. Jegliches weitere Verbleiben an Bord ist lebensgefährlich.«

Wie durch Watte drangen die Worte von Scally an das Ohr von Marc Riley. Sein Erster Offizier versuchte weiterhin Haltung anzunehmen, doch seine Stimme war brüchig. Riley stand nun schon seit einer halben Stunde fast regungslos auf der Brücke, die Beine mittlerweile weit auseinander, um die immer bedrohlicher werdende Neigung des Schiffes auszugleichen.

Der Kommandant würde sein Schiff verlieren. Er hatte es geahnt, seit der chinesische Zerstörer an jenem Morgen tatsächlich den Kollisionskurs gehalten hatte, um die »Stethem« aufzuschlitzen wie einen fetten Fisch. Er hatte es gewusst, als noch am selben Abend klar wurde, dass der Wassereinbruch nicht mehr zu stoppen war. Drei seiner Männer waren bei dem Versuch draufgegangen, weitere Pumpen in der Nähe des Lecks zu installieren. Ein letzter, verzweifelter Kampf. Sinnlose Opfer.

Und er, Riley, war dafür verantwortlich, weil er, allen Wahrscheinlichkeiten zum Trotz, die erfolglose Rettungsaktion angeordnet hatte. So wie er dafür verantwortlich war, die »Global« versenkt zu haben, um einen ihm sinnlos erscheinenden Befehl auszuführen. Der stählerne Koloss lag nun am Grund des Ostchinesischen Meeres, und es kam Riley in diesem Moment vor wie ein Akt absurder Gerechtigkeit, dass sein Schiff, die »Stethem«, sich in den nächsten Stunden neben das riesige Containerschiff zur letzten Ruhe legen würde. War das das Ende? Oder war es der Anfang? Mit der Beantwortung dieser Fragen fühlte er sich überfordert. Und diese Überforderung machte ihn wütend.

Auf dem Radar der »Stethem« sah die Umgebung in einem Radius von fünfzig Seemeilen aus wie ein Streuselkuchen. China hatte ganz offenkundig seine gesamte Ostflotte mobilisiert. Riley kam es so vor, als würde die Zahl der Punkte auf dem Radar von Stunde zu Stunde zunehmen. Und die US-Navy hielt dagegen. Er wusste, was das bedeuten konnte. Dutzende Male hatten sie solche Szenarien vor Jahren während seiner Ausbildung an der »United States Naval Academy« in Annapolis durchgespielt. In fünfundachtzig Prozent aller Fälle hatte es mit schweren Gefechten geendet, hervorgerufen meist durch Missverständnisse oder Kommunikationspannen, durch Nervosität oder den Ausbruch eines Aggressionsstaus, weil irgendjemand die Spannung nicht mehr ausgehalten hatte. Dies hier – Riley lachte bitter, weil ihm bei all dem Wasser um ihn herum nur diese schiefe Metapher einfiel – war ein Pulverfass. Womöglich der Beginn des Dritten Weltkriegs.

Er griff zum Funkgerät. Den letzten Funkspruch wollte der Kommandant selbst absetzen. Irgendwie, das glaubte Riley wirklich, war er das seinem Schiff schuldig: »›Stethem down‹. Wir evakuieren. Gott schütze die US-Navy.«

Riley ging das Fallreep runter. Unten, im Rettungsboot, das im leichten Seegang schwankte, hatte jener Teil der Mannschaft, der gemeinsam mit dem Kapitän die »Stethem« verließ, Haltung angenommen. Mit jedem Schritt in die Tiefe stieg der Abschiedsschmerz stärker in ihm hoch. Schweigend berührte der Kommandant die Außenwand des sinkenden Schiffes, als er auf der untersten Stufe angekommen war. Es war der Moment der größten Niederlage seines Lebens. Alles schien sich in Luft aufzulösen. Seine Augen brannten. Seine Hand zitterte. Doch außer Scally, der sich mit seiner Linken an der Reling des Rettungsbootes festhielt und seine Rechte ausstreckte, um seinem Kapitän einen sicheren Übergang zu ermöglichen, bemerkte das niemand.

*

Matt Sandlers Handy klingelte. Die Nummer war ihm unbekannt. Der Vorwahl nach – +381 – musste der Anruf mutmaßlich irgendwo aus Europa stammen, Matt wusste nicht genau von wo. Aber wenn das so war, dann versuchte ihn jemand von dort zu nachtschlafender Zeit zu erreichen. Wahrscheinlich ein Irrtum. Matt drückte die Nummer weg, googelte interessehalber aber die Vorwahl. Der Anruf kam aus Serbien.

Zwei Minuten später erschien dieselbe Nummer wieder auf seinem Display. Genervt griff Matt zum Handy: »Ja, bitte?«

Es war Rykow. Matt spürte es, noch bevor der andere etwas gesagt hatte. Und er machte sich Vorwürfe, dass er so unprofessionell gewesen war, den Anruf nicht gleich anzunehmen.

Rykow kam sofort zum Punkt. »Wir haben nicht viel Zeit, Matt. Der Kanal hier ist nicht sicher. Die Dringlichkeit erfordert aber, dass wir das Risiko eingehen. Sag deinem Chef, dass er vor der chinesischen Küste kühlen Kopf bewahren soll. Die Dinge wandeln sich gerade dramatisch.«

Matt hatte bis eben auf einem Sessel gesessen, die Füße dabei bequem auf einem kleinen Couchtisch ausgestreckt. Jetzt stand er auf, so als erfordere der Ernst der Lage eine angemessene Körperhaltung. »Wir haben die ›USS Stethem‹ verloren, Anatoli. Ein Kriegsschiff im Einsatz. Es ist schwer, das nur als ›ernsten Vorfall‹ zu deklarieren und nicht als ›feindlichen Akt‹.«

Matt vermied aus Sicherheitsgründen den Namen Trump, obwohl ihm das im selben Augenblick so sinnlos vorkam wie jener Sicherheitshinweis aus den Sechzigerjahren des zwanzigsten Jahrhunderts, wonach man sich mit einer Aktentasche auf dem Kopf am besten vor radioaktivem Fallout schützen könne. »Mein Chef wird eine Reaktion befehlen, die gesichtswahrend für die Vereinigten Staaten ist. Er kann das so nicht auf sich beruhen lassen.«

Rykows Ton wurde lauter.

Matt versuchte sich zu erinnern, wann dies in den letzten Monaten einmal der Fall gewesen war.

Sein Moskauer Partner zog jetzt tatsächlich alle Register. »Dein Chef muss bei seiner Entscheidung wissen, dass die neue Führung in Peking entgegen allen offiziellen Verlautbarungen nicht an einer Eskalation interessiert ist, Matt. Das haben die meinem Chef signalisiert. Er hat mir das anvertraut, Matt. Du musst mir glauben. Du kannst dich darauf verlassen.«

Matt Sandler schwieg. Rykow hatte das Wort »verlassen« mit leicht russischem Akzent ausgesprochen. Es bekam dadurch einen weichen, ja, fast einen romantischen Klang. Verlässlichkeit – das klang nach großer Freundschaft in einem entscheidenden Moment von großer Gefahr. Wenn das hier eine Filmszene wäre, dann hätte Sue jetzt wahrscheinlich feuchte Augen bekommen, und er hätte vorgeschlagen, das Kino zu verlassen. Zu kitschig, zu unrealistisch, um mit dem realen Leben Schritt halten zu können.

Rykow legte nach. »Ich muss Schluss machen, Matt. Das Gespräch dauert schon zu lange. Friert den Konflikt ein. Friert ihn ein. Das nutzt uns allen. Auf bald, Matt.« Rykow hatte aufgelegt, noch ehe Matt Sandler antworten konnte.

Matt warf sich hastig sein Jackett über und zog sich eine seiner bereits gebundenen Krawatten über den Kopf. Im Rausgehen tippte er eine geheime Nummer des Pentagons in sein Handy, die er für dringliche Fälle erhalten hatte. Er musste zu Moffet.

*

Moffet empfing Matt mit einem Gesichtsausdruck, als hätte ihm jemand vor seinen Augen in den Whisky gepisst. »Wir haben die ›Stethem‹ verloren, Matt. Siebzehn Tote. Ein Schiff auf Grund. Wir stehen mit anderthalb Beinen in einem Seekrieg mit China. Es sieht nicht mehr nach Szenario eins aus, das können wir uns abschminken. Unter uns: Wir können froh sein, wenn es in dieser Woche noch bei Szenario zwei bleibt.«

Matt wollte den Pentagon-Mann unterbrechen. Aber es gelang ihm nicht. »Und weißt du was, Matt? Ich bin Militär genug, um zu wissen, dass auch das zu wenig ist. Wir sind jetzt mittendrin in der Logik des Krieges. Wenn ich heute noch mal Trump etwas empfehlen müsste, dann wäre es das Mindeste, den Chinesen eins vor den Bug zu schießen. Wir sind die Vereinigten Staaten von Amerika, Matt. Wir sind nicht die Schweiz, die zufällig an eine Marine gekommen ist.«

»Ich hatte gerade Kontakt mit Rykow, Herb«, sagte Matt. »Die neuen Machthaber in Peking haben sofort mit den Russen telefoniert. Sie haben kein Interesse an einer Eskalation im Ostchinesischen Meer.«

»Sagt wer?«

»Sagt Rykow.«

»Pfffff, Rykow.« Moffet stieß einen verächtlichen Ton aus.

»Ich vertraue ihm«, sagte Matt.

Die beiden Männer schauten sich an. Matt hätte wetten können, dass Moffet gleich wieder seinen Kamm aus dem Jackett holen würde, um seinen Scheitel nachzuziehen. Aber er ließ es, seltsamerweise. Vielleicht war die Situation zu ernst.

»Was riskieren wir?«, fragte Matt. »Trump muss an diese Informationen kommen, um seine Entscheidung abwägen zu können. Und das Pentagon muss wissen, auf welchen Informationen diese Entscheidung fußt. Nur deshalb bin ich hier, Herb. Du kannst dich auf mich verlassen.«

Matt erschrak über seine eigene Wortwahl. Im Prinzip verlangte er von Moffet in diesem Moment nichts anderes, als Anatoli Rykow zu glauben, einem Oberst der GRU, der treu im Dienst von Wladimir Putin stand, dem Kreml-Chef, der sich gerade skrupellos halb Europa unter den Nagel riss.

Es klopfte. Ein Mitarbeiter Moffets trat ins Zimmer, drückte dem Planungschef eine dunkelgrüne Mappe in die Hand. »Dringend, Sir.«

Moffet klappte die Mappe augenblicklich auf, dann sah er Matt eindringlich an. Sein Blick war jetzt noch ernster als zu Beginn des Gesprächs. »Ich fürchte, Matt, unsere Bemühungen kommen zu spät. Der Präsident hat gerade ein Ultimatum nach Peking übermitteln lassen. Sämtliche Schiffe der chinesischen Flotte sind danach verpflichtet, sich binnen sechsunddreißig Stunden in die chinesische Zwölf-Meilen-Zone zurückzuziehen. Danach hat die US-Navy Feuererlaubnis. Das gilt bei ›feindlichen Annäherungen‹ auch innerhalb dieser Frist. Sie läuft seit achtzehn Uhr ›Eastern Time‹. Das heißt«, Moffet schaute auf seine Armbanduhr, »seit einer Viertelstunde.«

KAPITEL 45

Auf dem Bahnsteig wirkte er viereckig, fast quadratisch. Wie eine Figur aus dem Comic. Langer schwarzer Übergangsmantel, schwarze, extrem weite Hose, schwarze Schuhe, schwarze, an den Seiten kurz geschorene Haare. Und im Zentrum des Sonderbaren ein feistes, glattes, babyhaftes Gesicht. Warum er, ausgerechnet er der starke Mann Nordkoreas werden konnte, war durch seinen Anblick nicht zu beantworten. Doch er war es nun mal, und er war nach Peking geeilt, um den neuen Machthaber dort in Augenschein zu nehmen.

Doch Wu war nicht gekommen, um ihn willkommen zu heißen. Er hatte einen Offizier geschickt, ohne Delegation, ohne Ehrenformation auf dem Bahnsteig, ohne Hymnen und Fotografen, um Kim Jong-un auf dem schnörkellosesten Weg in die Große Halle des Volkes zu transportieren. Der Kleine aus Pjöngjang hatte ihm jetzt noch gefehlt, in seiner Schlacht gegen die USA und inmitten der ungemein komplizierten Umstellung des chinesischen Machtsystems vom Alt-Diktator Xi auf den Neu-Diktator Wu. Doch Kim hatte sich nicht abweisen lassen, er fragte gar nicht erst, sondern gab einfach bekannt, dass er in drei Tagen nach Peking kommen werde.

In seinem Sonderzug mit den verhängten Fenstern, den Kim bei Reisen nach Peking oder Moskau stets benutzte, weil ihn Flugangst plagte und er ums Verrecken nicht in einen Jet zu bringen war. Die gut tausend Kilometer nach Peking hatte er über Nacht zurückgelegt, nun, am späten Vormittag, war er endlich da. Ein wenig erschöpft, doch um einige Erkenntnisse reicher. Denn unterwegs waren ihm die massiven Truppenkonzentrationen an der Grenze, an den Bahnhöfen und entlang der wichtigen Straßen nicht verborgen geblieben. Tausende von Soldaten in Kampfanzügen, dazu Panzer und leichtere Schützenpanzer. Aber keine Demonstranten. Der Coup war zupackend und mitleidlos inszeniert worden, so zupackend, dass der schütteren Opposition in der Volksrepublik keine Zeit blieb, um über öffentliche Aktionen nachzudenken. Im Internet dominierte die Kritik an Xi. Er hatte sich keine Freunde gemacht. Nun war er verbrannt, und seine Asche wurde nachts weit außerhalb von Peking in einen reißenden Bach gestreut. Von Xi blieb nichts zurück. Seine Witwe stand unter Hausarrest.

Kim beeindruckte diese Effizienz der Beseitigung einerseits. Das war ganz sein Stil. Andererseits war der Putsch beim großen Bruder eine Bedrohung für ihn selbst. Eine massive Bedrohung. Denn seine Generäle mochten sich nun anschauen, wie man einen Machthaber beseitigte. Und er wusste: Sie taten es. Daher musste er sie auf andere Gedanken bringen, beschäftigen. Militärisch unter Spannung setzen. Gegen den Erzfeind und früheren Beinahe-Freund Amerika. Das dürfte wohl ohne Komplikationen zu arrangieren sein, denn der Sicherheitsberater Putins hatte ihn ja gerade am Telefon davor gewarnt, dass sich die Amerikaner bei einer See-Offensive der Chinesen auf Nordkorea stürzen könnten.

Kim schritt die Stufen zu Wus Büro hinauf, und selbst oben begrüßte der ihn nicht. Er erhob sich erst vom Schreibtisch, als Kim die neue Kammer der Macht betrat. Ja, Kammer. Denn der in Bescheidenheit gedrillte Marschall mochte keine protzigen Räume. Er arbeitete am liebsten in übersichtlichen Stuben, in denen er vom Schreibtisch aus fast die Wände berühren konnte.

»Herr Generalsekretär«, begrüßte er den etwas betreten wirkenden Koreaner und wies ihm einen ledergepolsterten Stuhl zu.

»Sie werden mir nachsehen, dass ich nicht zum Bahnhof gekommen bin, der Krieg gegen die Amerikaner beansprucht meine ganze Aufmerksamkeit. Wir haben ein amerikanisches Kriegsschiff versenkt, wussten Sie das?«

Kims Geheimdienst hatte das längst aus Peking nach Pjöngjang gemeldet. »Ich gratuliere Ihnen dazu, Marschall Wu! Mögen Ihnen Glück und Erfolg treu bleiben!«

»Es ist ja nur der Anfang, Herr Generalsekretär. Lassen Sie uns zunächst über die Beziehungen unserer beiden Länder sprechen, bevor wir uns wieder dem Militärischen zuwenden. Ich möchte Ihnen versichern, dass die Volksrepublik China unverbrüchlich an ihren Sicherheitsgarantien für die Koreanische Volksdemokratische Republik festhält. Wir stehen eng an Ihrer Seite – und erwarten das auch umgekehrt von Ihnen. Das setzt Offenheit und Ehrlichkeit voraus. Ich verabscheue Lüge und Betrug, Herr Generalsekretär, lassen Sie mich das in aller Direktheit sagen. Soldaten sind nun mal direkt. Das macht die Kommunikation mit ihnen so einfach.«

»Ich danke Ihnen, Marschall Wu. Ich weiß diese Sicherheitsgarantie sehr zu schätzen. Und ich möchte das Bündnisversprechen auch von meiner Seite aus bekräftigen. Sie werden das demokratische Korea in Ihrem Krieg mit den USA an Ihrer Seite erleben. Die Volksrepublik China hat uns mit Millionen von Soldaten geholfen, als wir vor sieben Jahrzehnten von den amerikanischen Imperialisten angegriffen wurden. Das werden die Koreaner niemals vergessen. Und das werden sie mit Treue und Opferbereitschaft vergelten.«

Wu erhob sich hinter seinem Schreibtisch, trat neben Kims Stuhl und legte ihm die Rechte auf die Schulter. Schwieg einen Moment, dachte nach und fuhr dann fort, langsam und bedachtsam formulierend.

»Sie werden dazu Gelegenheit erhalten, Herr Generalsekretär. Chinas Flotte wird in wenigen Tagen von Shanghai aus einen starken Stoßkeil bilden, um die amerikanische Umklammerung zu durchbrechen. Unser Land kann es sich nicht erlauben, von diesem Irren in Washington isoliert und vom gesamten Außenhandel abgeschnitten zu werden. Wir werden den Stolz unseres Landes verteidigen. Sie können dabei an unserer Seite stehen.«

Kims Gesicht hellte sich auf, ein leichter Schweißfilm hatte sich darauf gebildet. Wenn seine Armee gegen die Amerikaner zu kämpfen hatte, dann kam sie nicht auf dumme Gedanken. Und sie könnte den Amerikanern zuvorkommen, die neben der Volksrepublik China vielleicht auch gleich noch die Volksdemokratische Republik Korea erledigen wollten. China, das riesige, bärenstarke, atomar bewaffnete Reich, war nicht zu besiegen, davon war Kim überzeugt. Also konnte auch der nicht besiegt werden, der sich auf Chinas Seite stellte.

»Ich werde überlegen, was wir beitragen können«, antwortete Kim. »Ich werde nicht abwarten, bis die Amerikaner meine Haustür eintreten. Ich werde ihnen die Tür ins Gesicht schlagen, wenn sie einzutreten versuchen. Den Plan werde ich in Pjöngjang mit meinen Generälen besprechen. Ich wollte eigentlich noch einen Tag bleiben, aber nun werde ich schon am Abend zurückfahren, falls Sie gestatten.«

Kim erhob sich und stand nun dicht vor Wu. Die beiden Männer, die sich vierzig Minuten zuvor noch nicht gekannt hatten, umarmten einander nun vorsichtig.

»Versprechen Sie mir bitte, Marschall Wu, dass Sie sich nicht in innerkoreanische Angelegenheiten einmischen werden. Das hatte mir Xi auch garantiert.«

Wu zögerte nicht. »Sie können sich darauf verlassen, Herr Generalsekretär. Ich verstehe, was Sie meinen. Aber ich habe kein Interesse an koreanischen Generälen. Denn ich weiß, wie Generäle ticken.«

Beide lachten und gingen dann untergehakt zum Mittagessen, um sich – in grell geschminkten Versionen – aus ihrem jeweiligen Leben zu erzählen.

Am frühen Abend kletterte Kim wieder in seinen Sonderzug und nahm im üppig gepolsterten Salonwagen Platz. Gut, dass er nach Peking gefahren war. Diese Reise hatte sich gelohnt. Nun galt es, Wu Verlässlichkeit zu demonstrieren. Als der Zug über die Grenzlinie gerollt war, im Schritttempo, griff Kim zum Telefon und rief seinen Generalstabschef an.

»Hier spricht Ihr Führer. Ich bin wieder im Land, und ich habe weitreichende fruchtbare Vereinbarungen mit Marschall Wu getroffen. Die wichtigste ist, dass wir Chinas Kampf gegen die USA unterstützen. Haben Sie mich verstanden?«

»Selbstverständlich, mein oberster Führer! Was befehlen Sie?

»Ich befehle, den amerikanischen Flugzeugträger ›Carl Vinson‹, der am Eingang des Gelben Meers zwischen China und Korea kreuzt und den wir seit Langem im Blick haben, mit einer präzise platzierten Rakete zu versenken – oder wenigstens außer Gefecht zu setzen. Sie melden mir in höchstens drei Stunden Vollzug. Glück sei mit Ihnen! Für unsere Heimat!«

Der Chef des Generalstabs ließ sofort den Befehlshaber der Marine antreten und besprach sich mit ihm. »Wie sollen wir den Flugzeugträger ausschalten? Mit Torpedos? Mit Raketen? Mit der Luftwaffe?«

Der Marine-Mann dachte nicht lange nach. »Wir schieben eines unserer beiden U-Boote, die mit Raketensilos ausgestattet sind, an den Amerikaner heran und schlagen ihm, ehe er sich versieht, auf den Kopf.«

»Wir lange dauert das?«

»Das U-Boot beschattet den Flugzeugträger ohnehin schon. Wir gehen auf Schleichfahrt näher heran – und feuern dann die Rakete ab. Das dauert höchstens zwei Stunden.«

Der militärische Apparat in Pjöngjang begann zu schnurren. Stäbe tagten, Armee-Einheiten wurden in Alarm versetzt, die Atomstreitkräfte gefechtsbereit gemacht. Siebenundsiebzig Minuten später hatte das koreanische U-Boot, altmodisch mit Diesel getrieben, den Amerikaner auf dem Schirm, erschien kurz unterhalb der Wasserlinie und drehte sich in die perfekte Lage für den Raketenschuss.

»Achtung, wir treten ins Gefecht ein!« Der Kommandant sog die Lungen voll Luft und drückte dann auf den großen, beleuchteten Knopf, der in diesem Fall nicht rot, sondern gelb war. Das Silo öffnete sich, und die Rakete schoss fauchend aus dem Wasser, schraubte sich auf Kurs.

Auf der Brücke der »USS Carl Vinson« hatte man diesen Fall schon oft durchgespielt. Der Flugzeugträger war in den Meeren Asiens zu Hause, und seine Offiziere wussten, dass Angriffe nur aus zwei Ländern drohten. Den aus Nordkorea, gestartet von einem altertümlichen U-Boot, hatten sie in großer Ruhe durchgespielt. Mehrfach. Immer siegreich.

Die Rakete vom Typ »Pukguksong-3« war für koreanische Verhältnisse modern, am 2. Oktober 2019 erstmals erfolgreich getestet worden. Sie hatte eine Reichweite von etwa zweitausend Kilometern. Die brauchte sie bei diesem Angriff nicht auszuspielen. Zur »Carl Vinson« waren es nur gut zweihundert Kilometer. Auf dem Flugzeugträger, atomar angetrieben von zwei Reaktoren, wurde Alarm ausgelöst, mit nervenzerfetzendem Dauerton, kaum war das Geschoss auf dem Radar erschienen.

Die Luftabwehrsysteme wurden aktiviert, die hyperschnellen Raketen auf das heranfliegende Ziel ausgerichtet, doch sie brauchten nicht abgefeuert zu werden. Mit bloßem Auge war auf der Brücke des Flugzeugträgers zu erkennen, dass das feindliche Geschoss auf dem Meer zerschellte und mit einer großen Fontäne explodierte. Das war die Schwachstelle aller koreanischen Raketen, oft getestet, doch nie voll zufriedenstellend: Sie waren nicht treffsicher. Von fünf Geschossen traf nur eines ins Ziel. Dieses nicht.

Als Kim die Nachricht erhielt, war er gerade in seinem Wohnhaus in einem geheimen Teil Pjöngjangs angekommen. Er fluchte. Tobte. Schrie. Jetzt hatte er sich vor aller Welt blamiert. Den Angriff mit einer anderen Rakete zu wiederholen war sinnlos, denn die gesamte amerikanische Flotte vor der chinesischen Küste war nun alarmiert. Und die chinesischen Schiffe würden, wenn sie Shanghai verließen, in die stählerne Faust des Feindes laufen. Er war schuld. Er! Er! Er!

Der Kommandant der »Carl Vinson« hatte inzwischen mit dem Pentagon Kontakt aufgenommen. Er musste wissen, wessen Rakete da eben auf ihn abgefeuert worden war. Ein Geschoss der Chinesen oder der Koreaner? Die Satelliten-Überwachung aus dem All gab die Antwort in vier Minuten: ein koreanisches U-Boot, das man schon lange beobachtete.

Befehle waren nun unnötig. Trump hatte den Kommandanten angegriffener Einheiten per Runderlass freie Hand gegeben, sofort danach Revanche zu nehmen. In Nordkorea waren drei Raketen-Startgelände ausgewählt worden, deren Koordinaten in den Waffenleitsystemen des Schiffes eingegeben waren. Der Kommandant entschied sich für Tongchang-ri an der Küste des Gelben Meeres. Es lag am nächsten, war schnell und mit großer Präzision zu treffen.

Es dauerte nur wenige Minuten, bis sieben »Marine F/A-16 Super Hornet«-Kampfjets in der Luft waren und Kurs auf die koreanische Küste nahmen. Als die nordkoreanische Luftabwehr sie entdeckte, stießen sie schon herab auf das Raketengelände und feuerten ihre Luft-Boden-Raketen ab. Eine mächtige Interkontinentalrakete vom Typ »Taepodong-2«, die mit atomarem Sprengkopf gen Amerika geschickt werden konnte, nun aber nicht bewaffnet war, allerdings komplett betankt, explodierte in einem riesigen Feuerball und fiel in sich zusammen. Die Startrampe glühte im Feuer und verbog sich bis zur Unkenntlichkeit. Die Anlagen und Gebäude ringsum wurden von der Explosion hinweggefegt. Tongchang-ri gab es nicht mehr.

Die »Hornets« kehrten zum Flugzeugträger zurück. Und Donald Trump, der die Nachricht über den gefährlichen Zwischenfall sofort erhalten hatte, postete über sein Netzwerk »Truth Social« heraus: »Rocket man tried to sink USS Carl Vinson. In vain. We destroyed his rocket base Tongchang-ri. Great victory!«

Marschall Wu in Peking erbleichte.

KAPITEL 46

CNN Studio Peking sendete praktisch rund um die Uhr. Matt hatte den Ton seines Fernsehers leise gestellt. Er brauchte Ruhe, um eine Lageanalyse über Putins jüngste Aktivitäten in Europa zu erstellen. Alle paar Minuten schaute er trotzdem auf das Laufband, um sich zu vergewissern, ob es nicht schon den nächsten schweren Schlag gegen die US-Marine gegeben hatte.

Seitdem die Nordkoreaner den Flugzeugträger »USS Carl Vinson« beschossen hatten, drohte die Situation im Ostchinesischen Meer zu einem Flächenbrand zu werden. Matt wollte sich erst gar nicht ausmalen, wie Donald Trump schon bald seine Irrsinnspläne gegen den Rocketman in Nordkorea zur Wiedervorlage bringen würde. Nur diesmal ohne jeglichen Anflug von freundlicher Umarmung zwecks späterer Erlangung des Friedensnobelpreises. Matt Sandler hatte dieses Gefühl, das man hat, wenn gerade von allen Seiten das Wasser in den Keller läuft.

Noch beließen es beide Seiten im Ostchinesischen Meer bei eher symbolischen Gefechtsaktionen. Die US-Navy hatte ein chinesisches Versorgungsschiff manövrierunfähig geschossen, die Chinesen eine US-Fregatte bei einer vorsätzlichen Kollision schwer beschädigt.

Die siebzehn Toten von der »USS Stethem«, die am Wochenende mit militärischen Ehren in Arlington beerdigt werden sollten, waren die einzigen Opfer. Noch. Doch jeden Moment konnte die Lage eskalieren. Die beiden stärksten Armeen der Welt standen sich gegenüber. Noch nicht zu Lande, aber schon zu Wasser – und demnächst auch in der Luft. Und die Analysten auf CNN überboten einander förmlich mit immer neuen Weltuntergangsszenarien.

Matt fühlte sich leer. Wie er das angehäufte Halbwissen, das mit bedeutungsschwerer Stimme im Fernsehstudio vorgetragen wurde, plötzlich hasste. Jahrelang war dieses Jonglieren mit Eventualitäten, dieses Geraune, was möglich wäre, wenn der eine das täte und der andere damit gezwungen wäre, das andere zu tun, exakt sein Geschäft gewesen. Jetzt konnte er es nicht mehr hören.

Aber da war noch etwas anderes, das diese Leere in ihm verursachte: Wenn er ehrlich zu sich war, dann hatte sich in den vergangenen vier Monaten seit Kairo nichts so entwickelt, wie er sich das erhofft hatte. Schlimmer: Nichts hatte sich so entwickelt, wie er es strategisch geplant hatte. Die Welt war ein Tollhaus geworden, jedenfalls stand sie kurz davor, es zu werden.

Das, was CNN da in Endlosschleife in die amerikanischen Wohnzimmer sendete, erinnerte fatal an die Bilder von der Kuba-Krise Anfang der Sechzigerjahre des zwanzigsten Jahrhunderts. Mit dem feinen, aber womöglich katastrophalen Unterschied, dass sich diesmal nicht ein kühl kalkulierender Sowjet und ein analytisch denkender US-Präsident gegenüberstanden, sondern ein chinesischer Militär, der so unbekannt wie unerfahren war, in Allianz mit einem weltfremden Diktator aus Nordkorea – sie beide forderten gemeinsam einen US-Präsidenten heraus, der über den Jähzorn eines Vierjährigen verfügte.

Ausgerechnet China! Donald Trump hätte sich nie auf derartige Weise mit China anlegen dürfen! Und er, Matthew Gordon Sandler aus Bloomington, Illinois, hätte diesem Mann niemals so zuarbeiten dürfen.

Auf dem Bildschirm war nun eine junge Reporterin zu sehen, der die Navy offenbar gestattet hatte, direkt vom Flugdeck der »USS Carl Vinson« zu senden. Die Bilder waren imposant.

Gerade nötigte ein startender Hubschrauber, der sich zu einem Aufklärungsflug aufmachte, die Reporterin allerdings zu einer kurzen Pause. Mit zerzaustem Haar stand sie in der Kriegskulisse, sinnloserweise damit beschäftigt, sich wieder und wieder die feuchten Haarsträhnen aus dem Gesicht zu streichen.

Eher gelangweilt drehte Matt den Ton lauter. Die Reporterin berichtete von einer »ernsten, angespannten Lage«, referierte über die rein defensive Bewaffnung des Flugzeugträgers, um dann auf das enorme »Vernichtungspotenzial« zu kommen, über das die derzeit auf der »Carl Vinson« stationierten vierzig Jagdflugzeuge und Jagdbomber verfügten.

Matt schüttelte den Kopf. Er wollte es nicht glauben. Die CNN-Frau hatte tatsächlich von »Vernichtungspotenzial« gesprochen, so, als wären die USA bereits drauf und dran, halb Asien in Schutt und Asche zu legen. Aus der CNN-Zentrale in Atlanta wurde die Reporterin prompt gefragt, ob es Hinweise gebe, wonach die an Bord befindlichen Atomraketen unter bestimmten Bedingungen zum Einsatz kommen könnten.

Der Klassiker, dachte Matt. Gleich wird sie antworten, dass man in der gegenwärtig angespannten Situation nichts ausschließen könne. Geschliffenes Polit-Blabla. Schön unverbindlich. Und fürs ungeübte Ohr schön dramatisch. Er nahm die Fernbedienung, um wieder stumm zu schalten, verharrte aber noch einen letzten Moment, weil er wissen wollte, wie professionell sich die Reporterin aus der Affäre ziehen würde.

Im Hintergrund flog der Hubschrauber aus dem Bild. Die CNN-Frau straffte sich: »Ja, und das kann ich auch aus hohen Militärkreisen bestätigen: Ein Einsatz von Atomwaffen ist mit hoher Wahrscheinlichkeit nurmehr eine Frage von Tagen.«

Matt ließ wie elektrisiert den Stift fallen. Die nukleare Option! Ganz offen angekündigt! Entweder war die Frau, die sich auf dem Bildschirm gerade wieder ihre Frisur richtete, eine aufgeblasene Wichtigtuerin, die die Tragweite dessen, was sie da gerade von sich gegeben hatte, nicht erkannte. Oder, was Matt weit wahrscheinlicher erschien: Sie war exakt zur Verkündung dieser Botschaft auf den Flugzeugträger gebracht worden. Eine weitere »Botin des Bösen«, dachte Matt bitter. Willkommen im Club! Wir werden anscheinend immer mehr.

Er hätte jetzt gerne Herb Moffet angerufen, um zu erfahren, ob es eine Direktive aus dem Weißen Haus gegeben habe und ob Trump sich eine besondere Volte überlegt habe, die Drohung mit Atomwaffen ausgerechnet via CNN zu verkünden. Aber er konnte sein Handy nicht finden. Und wenn er es in der nächsten halben Stunde nicht finden würde, dann würde er auch zu betrunken sein für ein vernünftiges Gespräch.

Matt goss sich einen Rye ein. Er dachte an Rykow, seinen Partner in Moskau. An das erste Treffen im »Cleveland Grill«. An seinen Moskau-Besuch. An Rykows persönliches Geschenk. An all ihre offenbar sinnlosen gemeinsamen Bemühungen, die Welt im Gleichgewicht zu halten, immer getrieben von dem irrtümlichen Gedanken, dass dies überhaupt möglich gewesen sei.

Matt goss sich einen zweiten Rye ein. Er fühlte sich ein bisschen wie Robert Redford in »All is lost«. Ja, Redford. Das passte gut. Schließlich hatte in »All is lost« ein dümpelnder Container Redfords Segeljacht stark beschädigt – und dann zog ein schwerer Sturm auf. Ein Sturm!

Matt nahm den dritten Rye. Ein Sturm ist ein Sturm ist ein Sturm, sagte er halblaut, aber auf die Richtung kommt es an. Er blies die Backen auf und pustete seine Putin-Analyse vom Schreibtisch, er kicherte, als ob er den besten Witz seit Jahren gemacht hätte, wollte sich überhaupt nicht mehr einkriegen. Mit einer Zigarette im Mundwinkel nahm Matt den vierten Rye.

Minuten verharrte er regungslos mit dem leeren Glas in der Hand, bis er merkte, dass die Asche seiner Zigarette aufs Sofa gefallen war. Er kniff die Augen zusammen. Auf dem CNN-Laufband war nun von einem Angriff zu lesen, aber irgendein Idiot im Studio musste die Nebelmaschine angeworfen haben, und überdies hatten sie eine derart vor seinen Augen verschwimmende Schrift gewählt, dass nichts Genaues zu erkennen war. Egal. Matt fühlte eine Wärme in sich aufsteigen, die die Leere in ihm angenehm verdrängte. Er musste das verdammte Handy finden. Er musste Sue anrufen, um ihr zu sagen, dass er sie heiraten wolle, solange diese Welt noch existierte. Seine Augen füllten sich mit Tränen. Er war von seinen eigenen Worten gerührt.

Matt wollte aufstehen. Er stolperte, doch es gelang ihm, sich gerade noch so zu fangen, dass er sich auf das nahe stehende Sofa fallen lassen konnte. Neben dem Sofakissen lag ein glatter Gegenstand – sein Handy. Er führte es dicht vor seine Augen. Auf dem Display sah er, dass er eine Sprachnachricht hatte. Sie war von Cheng. »Wir müssen uns treffen, Matt. Es ist nicht privat. Es ist dringend.«

*

Sie hatten sich ein halbes Jahr nicht mehr gesehen, seit jener so fatal verlaufenen Silvesternacht im »Red Rooster«. Cheng sah wieder fantastisch aus, gar keine Frage. Matt hatte aber den Eindruck, dass sie älter geworden war, erwachsener, was womöglich auch an dem auf Taille geschnittenen grauen Hosenanzug lag, der ihr ein Aussehen verlieh, als hätte man sie für eine Anwaltsrolle in einer Vorabendserie gecastet.

Es war kurz nach sieben Uhr. Washington erwachte. Cheng hatte darauf bestanden, dass sie sich zum frühestmöglichen Termin treffen müssten. Und als Matt sie an dem kleinen Ecktisch in einem Frühstückscafé in Downtown sitzen sah, wurde ihm schlagartig die Paradoxie bewusst, dass es Termine im Leben gab, an denen man gleichzeitig zu früh und zu spät sein konnte. Die vielen Rye machten sich noch immer definitiv in seinem Schädel bemerkbar (zu früh), die Liaison mit Cheng war definitiv zu Ende (zu spät). Als er auf Cheng zuging, beschloss Matt, auf jegliche erotischen Anspielungen zu verzichten – zumindest vorerst.

Sie umarmten sich. Matt legte die Hand flach auf ihren Rücken. Sofort fiel ihm auf, dass sie keinen BH trug.

»Du siehst mitgenommen aus«, sagte Cheng.

»Schwere Zeiten«, antwortete Matt.

Sie sah ihm in die Augen. »Ich hab hier etwas für dich, das könnte vielleicht interessant sein.« Cheng schob ihm eine blaue Mappe über den Tisch. Drinnen: vier, vielleicht fünf bedruckte Seiten, dazu mehrere Fotos einer jungen Frau, wahrscheinlich Anfang dreißig, die sich dem ersten Eindruck nach eher auf der Sonnenseite des Lebens befand und ganz offenkundig chinesischer Abstammung war. Mehrere Aufnahmen zeigten sie in typischer Jetset-Pose, mit einem Champagner-Glas in der Hand, auf einer Segeljacht oder beim Shoppen in einer Dior-Boutique.

Matt blätterte zurück zur ersten Seite und las: Wu Dan, geboren am 26. Juni 1995 in Shenzhen. Derzeitiger Wohnort: Biscayne Boulevard, Miami.

Fragend sah er zu Cheng.

»Sandler, du hast mich nie gefragt, was ich an jenen Abenden gemacht habe, und das waren die meisten in der Woche, an denen ich nicht in der ›Hamilton-Bar‹ war. Ich arbeite schon lange für eine NGO von in den USA lebenden Exil-Chinesen, die sich seit Jahren darauf kapriziert hat, die Angehörigen kommunistischer Kader aufzuspüren, die im Ausland mit veruntreuten Geldern ein

Luxusleben führen. Es sind Hunderte.« Cheng schaute Matt intensiv an, so, als wollte sie eine Spur von Anerkennung in seinem Gesicht lesen.

Doch da war nur Skepsis. »Davon habe ich noch nie gehört.«

»Wir arbeiten im Verborgenen.«

»Warum das denn?«

Cheng wurde ungehalten. »Weil wir zu gegebenem Zeitpunkt einen wasserdichten Bericht vorlegen wollten, der dem Regime in Peking größtmöglichen Schaden zufügt. Aber jetzt haben sich die Dinge geändert.«

Matt hob die Schultern. »Ich verstehe immer noch nicht, worauf du hinauswillst. Wer ist diese Frau?« Matt schaute sich eher lustlos noch einmal ein Porträt an, so, als könne er irgendeine Ähnlichkeit zu einer ihm bekannten Person entdecken. Aber da war nichts. Natürlich nicht.

»Das ist Wu Dan …«, setzte Cheng an.

»Das habe ich gelesen«, unterbrach Matt.

»… die ›rote Wu‹, die Tochter von Marschall Wu, dem neuen starken Mann in Peking.« Cheng machte eine Pause. »Es ist seine einzige Tochter. Sie lebt seit zehn Jahren inkognito in den USA.«

Matt griff in seine Jackentasche, holte eine Packung Zigaretten raus und zündete sich eine an – dies alles in einer einzigen, fließenden, geistesabwesenden Handbewegung.

»Sir, hier ist Rauchverbot.« Sofort näherte sich ein Kellner mit schnellen Schritten.

Matt nahm noch einen tiefen Zug, dann drückte er die Zigarette neben seiner Tasse Kaffee direkt auf der Tischdecke aus. »Setzen Sie es auf die Rechnung, Arschloch. Das geht aufs Weiße Haus.«

Dann wandte er sich wieder an Cheng. »Ist das gesichert? Sind die Quellen seriös? Kann ich damit arbeiten?«

Cheng nickte. »Es ist das Ergebnis von jahrelanger harter Recherche.«

Matt stand auf. »Ich fürchte, dann muss ich sofort los. Ich würde gerne noch bleiben, aber es ist keine Zeit zu verlieren. Ich muss damit zu Donald Trump. Wenn das hier was taugt, dann hast du was bei mir gut, Sweetheart. Dann lade ich dich zu einem Dinner im Weißen Haus ein.«

Cheng klappte die Mappe zusammen und drückte sie Matt in die Hand. »Vermassele es nicht, Sandler. Ich zähl auf dich.«

Matt legte einen Zwanzig-Dollar-Schein auf den Tisch, warf dem Kellner einen finsteren Blick zu und umarmte Cheng ein letztes Mal. »Eine letzte Frage habe ich dann doch, so viel Zeit muss sein – du trägst keinen BH mehr?«

»Nein, Sandler. Ich trage keinen BH in den Phasen, in denen ich gerade mit einer Frau zusammen bin. Hatte ich dir das nie erzählt?«

*

Washington flimmerte. Im Radio hatten sie am Morgen den bislang heißesten Tag des Jahres angekündigt. Für den späteren Nachmittag wurden Temperaturen bis achtunddreißig Grad erwartet. Als Matt Sandler das Oval Office betrat, traf er auf einen Präsidenten, der mit hochrotem Kopf hinter seinem Schreibtisch saß, das Hemd so weit aufgeknöpft, dass Matt sogar erkennen konnte, dass Trump sein Feinripp verkehrt herum angezogen hatte. Schweißperlen standen auf seiner Stirn. Matt hätte sich nicht gewundert, wenn der Präsident seine Füße in eine Schüssel mit kaltem Wasser gestellt hätte. Trump machte den Eindruck eines übel gelaunten Rentners, der durch das Klingeln an der Tür um seinen Mittagsschlaf gebracht worden war. Es war, als hätte eine unbekannte Hand die Aura der Macht mit einem Vakuumsauger aus dem Oval Office entfernt.

Matt reichte ihm die Mappe mit den Informationen zu Wu Dan. Trump legte sie auf einen Stapel Akten, der am rechten Rand seines Schreibtisches schon eine bedrohliche Höhe erreicht hatte und stierte in Richtung seines »Back-Channel«-Mannes. »Ihre neuesten Erkenntnisse zu Putin, Sandler? Da komme ich heute nicht mehr dazu. Ich bereite ein Statement vor, mit dem ich diesen Marschall Wu in die Schranken weisen werde. In drei Stunden gebe ich eine Erklärung im Rosengarten ab. Wenn nur diese verdammte Hitze nicht wäre.«

Matt deutete auf die blaue Mappe. »Dann würde ich an Ihrer Stelle vielleicht doch vorher noch einen Blick da reinwerfen, Mr President. Könnte sein, dass Sie hier einen ›Game Changer‹ in den Händen halten.« Matt konnte förmlich sehen, wie die Neugier Trump am ganzen Körper erfasste. »Was ist das, Sandler?«

»Das sind Informationen über eine junge Frau namens Wu Dan, die seit zehn Jahren in Miami lebt. Wu ist in China ein sehr oft zu findender Nachname. Diese Frau hier ist aber doch eine Besonderheit: Sie ist die Tochter von Chinas neuem starken Mann, Marschall Wu. Es ist übrigens seine einzige Tochter.«

Trumps Gesichtszüge verzerrten sich. Nur – da war weder Erleichterung noch Freude noch Genugtuung oder Triumph. Matt hätte diesen Augenblick gerne in einem Foto festgehalten. Denn er blickte in das Gesicht eines Mannes, dessen ganze Skrupellosigkeit sich in diesem Moment in seinem Blick widerspiegelte. Offenbar ging der Präsident vor seinem geistigen Auge schon durch, wie er Pekings neuen Machthaber unter Druck setzen würde.

»Ich will Sie in zwei Stunden hier wiedersehen, Sandler. Die

Erklärung im Rosengarten wird verschoben. Diese Wu Dan muss festgenommen werden. Aber das ist nicht Ihr Business, Sandler. Das machen unsere Jungs von der CIA. Wird Zeit, dass die auch mal was tun.«

Trump stand auf, um das Oval Office zu verlassen, ohne sich von Matt zu verabschieden. Als Matt aus dem Raum ging, schaute er verstohlen auf die Füße des Präsidenten. Er lief auf Socken, an deren Bund Matt deutlich das Symbol der »Stars & Stripes« erkennen konnte.

*

Trump war wie ausgewechselt. Der Präsident musste die vergangenen zwei Stunden nicht nur für eine Dusche und die komplette Änderung seines Outfits genutzt haben. Offenkundig wirkte auch die Nachricht von der in Miami festgesetzten Wu Dan auf ihn wie ein Lebenselixier. Keine Spur mehr von Müdigkeit oder Resignation. Trump war im Angriffsmodus.

»Setzen Sie sich, Sandler. In fünf Minuten steht die Verbindung nach Peking.«

Matt nahm Platz, fest entschlossen, schon am kommenden Freitag der gesamten Mannschaft in der »Hamilton-Bar« einen auszugeben, wenn sich hier jetzt gleich herausstellen sollte, dass dort der Lauf der Welt verändert worden war. Hätte er Cheng nicht in dieser Bar getroffen, würde er schließlich jetzt hier nicht sitzen …

Wu riss ihn aus seinen Gedanken. Der Marschall war auf dem Bildschirm aufgetaucht und wartete offenkundig, dass der US-Präsident das erste Wort an ihn richtete.

Der begann, zu Matts Überraschung, erstaunlich staatsmännisch: »Marschall Wu, dies ist unser erstes Gespräch, und ich nehme zur Kenntnis, dass ich mit dem neuen Machthaber in Peking spreche. Unsere beiden großen Nationen sind gegenwärtig in einer ernsten Konfrontation, die wir gesichtswahrend für unsere beiden Staaten lösen müssen.«

Respekt, dachte Matt. Er lässt ihm wenigstens noch am Anfang Luft zum Atmen.

Wus Antwort merkte man an, dass er vom Ton Trumps durchaus geschmeichelt war. »Mr President, ich bedauere, dass wir uns unter diesen Umständen das erste Mal sehen. China kann aber die von den USA ausgehenden Feindseligkeiten auf keinen Fall akzeptieren. Unsere ruhmreiche Marine wird jeden Angriff mit doppelter Kraft beantworten. Nur der vollständige Rückzug der US-Flotte aus dem Ostchinesischen Meer kann dazu führen, dass wir Verhandlungen über die Zukunft unserer Handelsbeziehungen aufnehmen können.«

»Das ist nicht gut, Marschall Wu, nicht gut.« Trump verfiel jetzt wieder in jenen Singsang, der beim US-Präsidenten automatisch immer dann kam, wenn er sich in einer vorteilhaften Position wähnte.

Trump kam Matt in diesem Moment vor wie ein Revolverheld, der wusste, dass er beim Shootout eine Patrone mehr in seinem Colt hat.

»Ich möchte Sie auf eine unangenehme Sache hinweisen, Marschall Wu, eine unangenehme Sache.« Trump hielt inne und kostete die Situation merklich aus. Auf dem Bildschirm sah Matt einen Mann, der sichtbar unschlüssig war, was er tun sollte.

Wu behielt aber die Contenance. »Ich höre Ihnen zu, Mr President.«

Trump ließ weitere Sekunden verstreichen, so, als ob das, was nun kommen würde, auch ihm persönlich unangenehm sei. »Ich habe keine gute Nachricht für Sie, Marschall Wu, keine gute

Nachricht. Die US-Behörden haben heute Morgen Ihre Tochter in Miami festgenommen. Dumme Sache. Es ist allerdings noch zu früh, um sagen zu können, wie das weitere Schicksal von Wu Dan aussehen wird. Ich wollte sie nur fairerweise darüber rechtzeitig in Kenntnis setzen, damit Sie ein realistisches Bild von der Lage haben, in der Sie sich im Augenblick befinden.«

Wus Gesichtsausdruck versteinerte. »Es gibt viele US-Amerikaner, die sich derzeit in China aufhalten. Es braucht nur eine Handbewegung von mir, um sie unter Spionageverdacht festsetzen zu lassen.«

Trump veränderte seinen Tonfall, er sprach jetzt in überheblicher Schärfe. »Tun Sie, was Sie nicht lassen können, Marschall Wu. Das sind die Methoden des Krieges. Ich kann damit leben und werde es politisch überleben. Sie nicht. Und auf das Leben ihrer Tochter würde ich an Ihrer Stelle auch nicht allzu viele …«, Trump wandte sich fragend um, »… wie heißt die Währung bei denen noch mal? Ach ja, Yuan. Also ich würde nicht allzu viele Yuan setzen.«

Wu blieb regungslos. Matt zog insgeheim seinen Hut vor diesem Grad an Beherrschtheit.

»Was ist Ihr Vorschlag, Mr President?«

Trump wurde im selben Moment versöhnlich: »Die chinesische Flotte zieht sich innerhalb der nächsten vierundzwanzig Stunden in die Zwölf-Meilen-Zone zurück. Die US-Navy wird in dieser Zeit ihre Aufklärungsflüge über der Zwölf-Meilen-Zone stoppen. In einem zweiten Schritt des guten Willens wird die US-Marine drei Containerschiffe aus dem Hafen in Shanghai passieren lassen. Als Begründung werde ich dann in einer Erklärung vor dem Weißen Haus auf den überzeugenden Verhandlungswillen Ihrerseits verweisen. Weitere Verhandlungen über ein neues Handelsabkommen beginnen am Ende des Monats.

Die Erklärung für den Rückzug Ihrer Flotte überlasse ich Ihnen. Die Zeit läuft, Marschall Wu.«

»Was wird aus meiner Tochter?« Wus Stimme klang gepresst.

»Was soll aus ihr werden?«, antwortete Trump. »Sie hat allerbeste Chancen, als unbekannte Heldin in die Geschichte einzugehen – als die Frau, die einen Krieg zwischen China und den USA verhindert hat.«

KAPITEL 47

Der Präsident war halb verschwunden. Als Rykow in seinem Volvo in Nowo-Ogarjowo vorfuhr, Putins Villa im Westen Moskaus, ragten nur Unterleib und Beine das Hausherrn aus dem Heck des himmelblauen Autos hervor, das in der großen Einfahrt geparkt war. Ein »Saporoschez«, erkannte der Besucher, der zu Sowjetzeiten auch mal einen gefahren hatte und dem sich die vielen Pannen ins Gedächtnis gegraben hatten. Putin hörte den Volvo und schälte sich aus dem Motorraum, der beim »Sapo«, wie Eingeweihte sagten, hinten lag.

»Rykow, schön, dass Sie gekommen sind. Wir gehen gleich rein. Ich möchte nur noch den Wechsel der Zündkerzen zu Ende bringen. Die Dinger verrußen ständig. Der ›Sapo‹ ist meine Leidenschaft, müssen Sie wissen. Meine Mutter hat ihn mir geschenkt, sie hatte ihn im Lotto gewonnen. Ich habe darin unheimlich lange Strecken zurückgelegt, dann hab ich ihn an einen KGB-Kameraden verkauft und ihn mir schließlich zurückgeholt. Nun steht er hier in der Garage, und gelegentlich erschrecke ich die Nachbarn damit.«

»Lassen Sie sich Zeit, Herr Präsident. Ich hab die auch.« Rykow baute sich schweigend neben dem Auto auf, blickte hinein und sah im geöffneten Handschuhfach eine Pistole liegen. So ganz vertrauensselig mochte sich der berühmte Fahrer wohl doch nicht unter die Nachbarn begeben.

»Fertig«, tönte es von hinten. Putin wischte sich die öligen Hände an einem Tuch ab, schlug die scheppernde Heckklappe zu und ging voran ins Haus. Er führte Rykow in den riesigen Wohnraum, wies ihm die Ecke eines Sofas zu und nahm selbst auf einem Sessel daneben Platz. Ein livrierter Diener brachte ihnen selbstgemachte Limonade.

»Ich freue mich, Rykow, dass wir mal ein wenig ausgeruhter plaudern können. Wir haben viel miteinander erlebt, und Sie waren mir eine verlässliche Stütze. Dafür danke ich Ihnen. Nun nähert sich unsere Kampagne zur Unterwerfung Europas dem Ende, aber auch dem Höhepunkt. Dafür sind Sie in besonderer Weise unverzichtbar.«

Putin blickte ihm prüfend in die Augen und erwartete ein Zeichen, ein kleines Lächeln oder Falten des Unwillens um die Mundwinkel. Doch Rykow hatte sich im Griff. Er wahrte eisern Disziplin. »Das freut mich sehr, Herr Präsident, lassen Sie mich wissen, was Sie von mir erwarten.«

»Zunächst«, Putin legte eine besorgte Miene auf, »lassen Sie mich nach Ihrem unglücklich verstorbenen Sohn fragen. Sein Tod betrübt mich. Er hatte eine Makarow mit im U-Boot. Hatte er Verbindungen zu antirussischen Hetzern und Verschwörern?«

Rykow war klar, was dieser Auftakt zu bedeuten hatte. Putin wollte ihn unter Druck setzen, gefügig machen für das, was nun kommen würde. »Nein, Herr Präsident, mein Sohn war ein Patriot. Auch seine Pistole ist wohl so zu verstehen. Vielleicht haben Sie auch eine …« Diesen kleinen Ausfall mochte er sich nicht verkneifen, Putin beantwortete ihn mit einem versteinerten Gesicht. »Ich habe ihn in Ehren auf einem Marinefriedhof in Murmansk beigesetzt.«

»Nun gut, Rykow. Ich möchte Sie mit zwei besonderen Aufträgen ehren. Sie können beide auf einer einzigen Reise erfüllen.« Putin nahm einen Schluck von seiner Limonade und dachte nach. »Zunächst beauftrage ich Sie, nach Tel Aviv zu fliegen und dort vertraulich einen Verbindungsmann des israelischen Geheimdienstes zu treffen. Der GRU-Chef wird Ihnen den Treffpunkt sagen. Wir kennen ihn seit Langem und vertrauen ihm. Nathaniel Galon, Oberst wie Sie.«

»Das klingt sehr interessant«, streute Rykow ein, um den Monolog zu einem Gespräch zu machen. »Was soll ich ihm übermitteln? Oder hat er eine Botschaft für mich?«

»Sie werden ihm etwas ungemein Wichtiges übermitteln, lieber Rykow. Hören Sie mir genau zu. Wir haben vertrauenswürdige Informationen, dass Israel einen harten Luftschlag gegen den Iran vorbereitet. Man will alle Atomanlagen und die bedeutendsten militärischen Einrichtungen zerstören, um den Iran in dieser Hinsicht um dreißig bis vierzig Jahre zurückzuwerfen.«

»Das geht nicht ohne Rückendeckung der Amerikaner«, bemerkte Rykow trocken.

»Sehr richtig. Sie haben den Punkt. Der Iran ist unser Verbündeter, hat uns während der Spezialoperation gegen die Ukraine mit Waffen- und Drohnenlieferungen verlässlich zur Seite gestanden. Trump weiß das sehr wohl. Wir haben in Kairo aber nicht über den Nahen Osten gesprochen. Er ist ein weißer Fleck auf unserer Landkarte der Neuordnung der Welt. Die Amerikaner versuchen sich daher Vorteile zu verschaffen. Das dürfen wir nicht zulassen.«

»Was also tun wir?«

»Sie werden dem Mossad-Mann die Botschaft an seine Regierung überbringen, dass Russland die proiranische Hisbollah im Gaza-Streifen und im Süden Libanons mit modernsten Kurzstreckenraketen ausstatten wird. Die ›Iskander‹ 9K720 hat eine Reichweite von vierhundert bis fünfhundert Kilometern und kann daher von den beiden Standorten aus jeden Winkel Israels erreichen – und zerstören. Ich werde zunächst zweihundertfünfzig Raketen liefern, auf fahrbaren, hochmobilen Abschussrampen. Die Israelis würden zwar einige abfangen, doch es würden immer noch sehr viele ihre Ziele erreichen.«

Rykow pfiff leise durch die Zähne.

»Ja, das ist eine Botschaft! Israel riskiert die eigene Zerstörung, wenn es unseren Verbündeten Iran angreift. Da Trump mich nicht informiert hat, werde ich mich ihm gegenüber genauso verhalten. Er soll es aus Jerusalem hören und dabei lernen, dass er mich nicht betrügen kann. Verstanden, Rykow?«

Der nickte – und Putin fuhr fort. »Von Tel Aviv aus fliegen Sie nach London und bereiten einen spektakulären Einsatz vor, der die Briten für ihren Hass während der Ukraine-Krise bestrafen wird. Sie werden in London viel mit der U-Bahn fahren und sich einen Plan machen, zu welcher Tageszeit und wo Sie am besten eine tödliche Biowaffe ausbringen werden.«

»Ich?« Die Frage war dämlich, doch der Oberst brachte nicht mehr hervor.

»Es gibt dafür keinen Besseren, Kühleren und Verlässlicheren als Sie. Ich erteile Ihnen den Befehl dazu. Sie werden Ihre Treue nicht bereuen, das verspreche ich Ihnen. Auf Ihrer ersten Reise nach London werden Sie sich ein Bild machen – und einen Plan. Auf der zweiten werden Sie ein Glasfläschchen mit dem hochbrisanten Kampfstoff in der U-Bahn unter Ihrer Sohle zertreten und dann schnell das Weite suchen. Sie werden gegen das tödliche Virus, das sich rasend schnell verbreiten wird, vorher hier in Moskau geimpft. Ihnen wird also nichts geschehen. Mit dieser Operation ist unsere Kampagne zur Auferstehung Russlands in Europa abgeschlossen.«

»Es hakt doch an verschiedenen Stellen, Herr Präsident, es hakt. Wir werden nicht zur Ruhe kommen in Moskau …«

»Wollen Sie mir widersprechen, Rykow?«

»Nein, ich möchte nur auf Komplikationen aufmerksam machen. In Polen wurde eine neue antirussische Partei gegründet, die rasend schnell Zulauf findet. In Litauen sickern Bewaffnete aus Estland und Lettland ein, die unseren Korridor nach Kaliningrad abschnüren wollen. Sie erhalten heimlich Unterstützung von den Behörden. Und in Deutschland gibt es inzwischen wöchentliche Großkundgebungen gegen die russlandfreundlichen Parteien und gegen Sie persönlich, Herr Präsident. ›Kein Gas von Mördern‹, lautet das Motto. Vergangene Woche waren im ganzen Land mehr als zwei Millionen Menschen auf den Beinen. Die Regierung schwankt und denkt, wie es in den Zeitungen heißt, darüber nach, Trump gegen Sie zu Hilfe zu rufen.«

»Der kommt nicht mehr zurück«, antwortete Putin kühl. »Er ist in China schwer unter Druck. Provokationen gehören zum Geschäft, Rykow. Wenn es nötig werden sollte, schlagen wir den Widerstand noch einmal zusammen. Ich bin kühl bis ins Herz. Russland oder Tod!«

Rykow trank von seiner Limonade und schwieg.

»Sie fliegen morgen nach Tel Aviv. Wie üblich via Belgrad, diesmal mit einem wertvollen Schweizer Pass.«

»Ich verstehe, Herr Präsident. Ich fliege nach Tel Aviv und dann weiter nach London.«

»Sofort nach Ihrer Rückkehr melden Sie sich bei mir. Wir besprechen dann im Detail den Einsatz an der Themse.« Putin lächelte, erhob sich und verabschiedete ihn mit einem festen Händedruck.

Anderntags spazierte der Russe entspannt durch die warme Nachmittagssonne Israels. Er liebte Tel Aviv – das lockere Leben, die kultivierten, freundlichen Menschen, das Essen –, insbesondere die Weiße Stadt im Zentrum, die Ansammlung fantastischer Jugendstilhäuser aus den Dreißiger- und Vierzigerjahren. Entworfen und gebaut insbesondere von deutschen Juden, die Hitler gerade noch entkommen waren. Die Zeiten waren kurios damals. Bei der Sanierung eines Hauses in der Weißen Stadt wurde auf dem Dachboden die Einladung einer NSDAP-Ortsgruppe Tel Aviv zum Vortrag eines deutschen Nazi-Funktionärs gefunden.

In dem Café, das als Treffpunkt verabredet war, setzte sich Rykow auf die Terrasse, die malerisch von Efeu umschlungen war.

Der Israeli kam auf die Minute pünktlich. Er reichte ihm die Hand und stellte sich vor: »Nathaniel Galon.«

Rykow antwortete mit seinem Klarnamen.

Sie bestellten zwei Cappuccino und schwiegen sich an, bis die Kellnerin den Rückzug angetreten hatte.

»Herr Galon, ich habe einen persönlichen Auftrag meines Präsidenten, den ich Ihnen zur sofortigen Weitergabe an Ihre Regierung übermitteln soll. Israel bereitet offenbar einen Luftschlag gegen den Iran vor …«

Galon schaute erschrocken.

»Wir verstehen zwar in Moskau, dass die Situation günstig ist, weil das Regime durch die jahrelangen Proteste von Frauen und jungen Männern geschwächt ist. Teheran ist abgelenkt von seinen Atomanlagen. Aber, lieber Herr Galon: Der Iran ist ein wertvoller Verbündeter Russlands, und wer den Iran angreift, greift auch uns an. Im Falle eines Schlags gegen Teheran wird Russland daher zweihundertfünfzig moderne Kurzstreckenraketen vom Typ ›Iskander‹ an die Hisbollah im Gaza-Streifen und im Südlibanon liefern. Die Hisbollah wäre im selben Moment keine Guerilla-Truppe mehr, sondern eine hochwirksame Armee. Mit den Raketen könnte jeder Zipfel Israels zerstört werden. Die Raketen haben eine Reichweite von vierhundert bis fünfhundert Kilometern, Israel hat eine Länge von vierhundertsiebzig Kilometern. Reichen die zweihundertfünfzig Geschosse nicht, liefern wir nach. Es ist also ein Gebot der Klugheit und der Verantwortung, lieber Herr Galon, dass Israel den Angriff abbläst. Auch wenn Trump ihn mitträgt, was extrem dumm ist.«

Galon stützte das Kinn in seine Fäuste und dachte nach. Schweigend. Dann erwiderte er kurz: »Ich danke Ihnen für Ihre Offenheit, Herr Kollege. Ich möchte keine Zeit vertrödeln. Sie Sache eilt. Deshalb lasse ich Sie jetzt allein und wünsche Ihnen noch eine gute Reise.« Er schüttelte Rykow kurz die Hand und verschwand hinter dem Efeu-Vorhang.

Der Russe atmete tief durch. Das dürfte geklappt haben. Aber: Was mochte Trump nun tun?

Er musste … mit Matt Sandler sprechen. Nicht am Telefon. Direkt. Er wählte die New Yorker Nummer und hatte auch sofort eine Verbindung. »Matt? Ich rufe dich aus Tel Aviv an und bin morgen in London. Dort brauche ich dich. Sehr dringend. Hörst du? Sehr dringend!«

KAPITEL 48

Als Anatoli Rykow am frühen Morgen in Tel Aviv auf die Startbahn rollte und augenblicklich einschlief, hob in gut dreitausend Kilometer Entfernung auf dem russischen Militärflugplatz »Engels zwei« südöstlich von Saratow ein schwerer strategischer Schwenkflügel-Überschall-Bomber vom Typ Tu-160 ab. Die Besatzung, zwei Piloten, ein Bordingenieur und ein Waffenoffizier, wusste, dass sie einen Spezialauftrag zu erfüllen hatte und nicht Teil eines umfassenderen Einsatzes der Luftwaffe gegen ein feindliches Land war. Auch die furchteinflößende Bombe, die sie im Rumpf mit sich trug, ein Bunkerknacker neuester und verheerendster Bauart, zeugte davon, dass es bei diesem geheimen Einsatz nicht gegen ein übliches Ziel ging – ein Kraftwerk, eine Raketenbasis oder einen Flugplatz –, sondern gegen eine Person, einen Menschen, der eben noch lebte, vermeintlich gut verbunkert, und in kurzer Frist tot sein würde.

Viktor Bajannow, der Chefpilot, hatte darüber angestrengt nachgedacht, ja gegrübelt, als ihn um drei Uhr sein Wecker aus dem Schlaf riss und seine Frau im Dunkeln flüsterte: »Komm gesund wieder.« Er hatte kein Problem damit, kriegswichtige Ziele zu zerstören, ja selbst eine Atombombe irgendwohin zu tragen. Das war selbstverständlich für einen Soldaten, einen Oberstleutnant wie ihn. Das hatte er sich genau überlegt, als er aus Patriotismus zur Luftwaffe gegangen war. Aber womöglich einen einzelnen Menschen zu töten, gezielt, buchstäblich aus blauem Himmel, ohne Warnung und Abwehrmöglichkeit, das beschäftigte, ja quälte ihn. Erst hinterher, nach dem tödlichen

Einsatz, würde er erfahren – vielleicht –, um wen es sich gehandelt hatte.

Den Einsatzbefehl hatte er erst um ein Uhr in der Nacht erhalten. Der Anruf kam aus Moskau, aus dem Verteidigungsministerium, und das durfte als Beleg dafür gelten, dass er sogar von »ganz oben« kam.

Wladimir Putin wollte gerade in Nowo-Ogarjowo zu Bett gehen, als ihn der Anruf Wadulins erreichte. »Er ist da, hat unser Mann gemeldet«, sagte der bloß, und Putin verstand sofort. »Dann schicken Sie den Flieger los«, antwortete er. Ein Telefonat aus zwei Sätzen, die das Leben eines Menschen beendeten. Der Präsident nahm auf der Bettkante Platz und dachte über diesen Menschen nach. Er hatte es verdient. Keiner hatte den Tod so verdient wie dieser hier. Er war der Erzfeind Russlands und gehörte von der Erde getilgt. Entschlossen, ja trotzig warf sich Putin aufs Kissen und löschte das Licht. Er schlief mit dem Gedanken ein, dass der andere nur noch ein einziges Mal die Sonne würde aufgehen sehen.

Die Tupolew-160, NATO-Code »Blackjack«, stieg auf sechstausendfünfhundert Meter Höhe und verfiel in eine Marschgeschwindigkeit von achthundertfünfzig Kilometer pro Stunde. Die Crew entspannte sich. Weit unter ihr lag die Wolkendecke. Es gab keinen Funkverkehr, der hätte bei solchem Einsatz verräterisch sein können. Auch die Mannschaft schwieg, vom knappen Austausch technischer Daten abgesehen. Der Flug führte nach Westen. Und dort, im Westen, hatte man den Punkt auf den Radarschirmen wohl bemerkt. Denn Amerikaner und Briten hatten den Luftraum über Russland – und davor – stets im Blick. Doch man dachte sich nicht viel dabei. Ein einzelnes Flugzeug …

Bajannow hatte die Zielkoordinaten elektronisch gespeichert.

Ein Summen riss ihn aus seiner Erstarrung. Sie näherten sich. Die Maschine mit den vier mächtigen Triebwerken, das kostbarste Flugzeug der russischen Luftwaffe, grundlegend modernisiert, sollte zum Anflug Schleifen fliegen, und zwar so, dass die letzte beim Aufstieg wieder nach Osten führen würde. Die Elektronik erledigte das. Der Chefpilot hatte dennoch die Hand am Steuergerät, zur Sicherheit, aus Gewohnheit. Als sie die Wolken durchstießen, sahen sie unter sich die große alte, schöne Stadt. Je tiefer sie kamen, desto deutlicher waren sie unten am Boden zu hören, und viele Menschen blieben auf den Straßen stehen, um nach oben zu blicken. Ein Verkehrsflugzeug war das nicht. Verkehrsflugzeuge durften nicht über dem Stadtzentrum fliegen. Was also …

Am Ende ging es rasend schnell. Bajannow konnte den sechsstöckigen Wohnblock mit bloßem Auge erkennen, wenn auch nur als winzig kleine Schachtel unter vielen Schachteln. Auf dem Display war das Ziel-Schächtelchen rot umrahmt auszumachen.

Der Waffenoffizier an seinem elektronischen Kampfstand hinter den Piloten setzte die Laser-Steuerung der Bombe in Gang. Der Schacht, hinter dem sie verborgen war, öffnete sich elegant, und einen Wimpernschlag später wurde sie ausgeklinkt. Die riesige, überschwere Bombe kippte mit der Spitze voran nach unten, wurde per Funk scharf gemacht und raste mit wachsender Geschwindigkeit auf ihr Ziel zu. Lautlos. Auf tödlicher Mission. Der Waffenoffizier konnte den Anflug auf seinem Sichtgerät verfolgen. Die Anflugkurve war rot gestrichelt markiert und wurde per Laser an die Steuereinheit der Bombe übermittelt, bei Bedarf korrigiert. Doch es gab nichts zu korrigieren. Die Bombe funktionierte perfekt.

Als sie das Dach des sechsgeschossigen Gebäudes durchschlug, wurde die Bewohnerin des Apartments darunter im

Badezimmer zermalmt. Ihr Mann, im Wohnzimmer daneben, kippte mit dem einbrechenden Fußboden ins Nichts. Die beiden, ein erfolgreicher Grafiker und seine Lebensgefährtin, eine Kunststudentin, hatten sich eben gestritten, wie so häufig. Sie stürzte ins Badezimmer, schlug die Tür hinter sich zu und schloss ab. Es war das Letzte, was sie tat. Es blieb ihr kein Gedanke an den streitsüchtigen Idioten nebenan.

Die Bombe hatte das sechste Geschoss durchschlagen in der Spanne eines Wimpernschlags – wie auch das Stockwerk darunter. Das war unbewohnt wegen eines gewaltigen Wasserschadens, den der Grafiker darüber angerichtet hatte, als er die einlaufende Badewanne im Handgemenge mit seiner Lebensgefährtin vergessen hatte. Das Wasser war an allen Wänden heruntergelaufen.

Im vierten Stock wurde die Wohnung einer Familie mit zwei Kindern vernichtet, die zwei Jahre zuvor gen Westen emigriert und nie zurückgekehrt war. Sie lebte nun in Warschau, wo sie rasch Wurzeln geschlagen und sich die Eltern einer antirussischen Organisation angeschlossen hatten. Nie wieder zurück! Nie wieder in Putins Einflussbereich! Von dem, was sie in der Wohnung hinterlassen hatten, existierte nun nichts mehr. Das vergessene Fotoalbum wurde vom Sog der Bombe mit in die Tiefe gerissen. Das Hochzeitsfoto einer glücklich lächelnden, in Formation aufgestellten Familie flatterte im Staub hinterher.

Auch die Wohnung im dritten Geschoss war verlassen. Aber aus ganz anderen Gründen. Hier hatte der russische Agent gelebt, der nicht mal einen halben Tag zuvor nach Moskau gemeldet hatte: »Er ist da.« Man wusste beim Militärgeheimdienst, dass ER immer wieder in dem gut getarnten gewaltigen Bunker unter dem Haus übernachtete. Aber es brauchte lange Monate, Jahre sogar, bis die Zeiten so günstig waren, dass ein anfliegender Überschallbomber noch rechtzeitig da sein konnte, um dem

Opfer das Amen zu sprechen. Nun war der Agent schon auf der Rückfahrt gen Osten.

Im zweiten Stock knieten drei Kinder, zuckersüß gewandete Mädchen, auf dem abgewetzten Teppich im Wohnzimmer und setzten ein Puzzle zusammen. Die Skyline von New York war das Motiv. Alle drei waren hellblond, drei, fünf und sechs Jahre alt, und hatten von der Mutter, die nun in der Stadtverwaltung arbeitete, Schleifen ins Haar gebunden bekommen. Die Kinder hörten den Lärm über sich und hoben synchron die Gesichter zur Zimmerdecke, als das Ungeheuer mit dem superharten Stahlkopf hindurchbrach und mitten aufs Puzzle platzte. Von den Mädchen blieb nichts übrig, gar nichts, als die Bombe weiter nach unten raste.

Ins Wohnzimmer einer Rentnerin. Die Siebenundachtzigjährige war so schwerhörig, dass sie völlig unvorbereitet in den Tod gerissen wurde. Sie hätte sich vielleicht nicht einmal beklagt, wenn sie es geahnt hätte. Denn ihr Geld reichte eigentlich nur noch zum Sterben. Der Kühlschrank war ausgestellt und geöffnet. Drinnen lag ein kleines Stück Speck. Sonst nichts. Sterben, im Bruchteil einer Sekunde, schmerzlos – welche Erlösung! Als später der Schutt des Hauses durchwühlt wurde, konnte sich niemand mehr an die alte Frau erinnern. Sie ging, ohne einen Schatten geworfen zu haben.

Die Bäckerei im Erdgeschoss dagegen war gut besucht und vom Geschnatter der Kunden erfüllt, als den Menschen der Stecker gezogen wurde. Augenblicklich war alles still – und alle waren tot. Vom Regal an der Wand lachten zwei Brote. Für die Götter.

Der rasenden Bombe nahmen die sechs Stockwerke nichts an Wucht und tödlicher Brisanz. Nun ging das Monster daran, die sieben Meter dicke Betonschicht über dem Bunker zu durchbrechen, zu zermalmen. Die bunkerbrechenden Gleitbomben alter Bauart, noch aus sowjetischen Ursprüngen, hatten nicht mehr als vier Meter geschafft. Die neueste Version indes, von Putin vor drei Jahren in Auftrag gegeben, war auf der Höhe der Zeit. Sie konnte bis zu vierzehn Meter durchschlagen.

Der Bewohner des Bunkers hatte vom Lärm der Vernichtung über sich nicht das Mindeste gehört. Er saß gedankenversunken an dem Tisch in seinem Schlafraum – nackt, wie üblich, wenn er zu Bett ging – und dachte zurück an die Konferenz vom Vorabend. Er hatte mit dem russischen Exilparlament zusammengesessen, das sich »Kongress der Volksdeputierten« nannte. Ein gutes Dutzend ehrenhafte, doch verwirrte Leute – keine einzige Frau war darunter –, so verwirrt, dass sich Putin vor ihnen nicht fürchten musste. Vielmehr stellte sich die Frage, ob nicht für ihn Anlass zur Furcht sein müsste, da er diesen Widerborstigen in seiner Hauptstadt eine vorübergehende Heimat gegeben hatte.

Ja. Müsste. Hätte. Welcher Zufall, dass er gerade daran dachte, als der Beton über ihm mit einem Höllenlärm zerrissen wurde, die Bombe in einem Feuerball explodierte. Und der Teelöffel in der Hand des ganz und gar verbrannten Mannes verdampfte.

Als Anatoli Rykow in Heathrow landete, schrie ihm schon die Eilmeldung von einem elektronischen Laufband entgegen. »Ukraines Präsident bei Bombenangriff in Kiew getötet.« Er blieb wie angewurzelt stehen, mitten im Gedränge der Passagiere. Putin! Dass er dieses Verbrechen befohlen hatte, wunderte Rykow nicht. Dass er es ihm aber verschwiegen hatte, traf ihn ins Mark.

KAPITEL 49

Mein Gott, die Krise wird wirklich zur Routine, dachte Matt, bestimmt sind sie gleich alle wieder da und beanspruchen ihre angestammten Sitzplätze.

Wieder hatte es Trump dringend gemacht, wieder war Matt kaum Zeit fürs Frühstück geblieben und dafür, die passende Krawatte umzutun. Doch als er – gerade noch rechtzeitig – den »Situation Room« im Westflügel des Weißen Hauses an diesem frühen Donnerstagmorgen betrat, fehlte zu seinem Erstaunen ein erheblicher Teil des Nationalen Sicherheitsrates. Trump hatte auf einige Kabinettsmitglieder verzichtet. Matt sah es mit innerer Genugtuung: Die Welt war zwar aus den Fugen geraten, aber wenigstens stand er, Matt Sandler, in Sachen Krieg und Frieden recht weit oben auf der Leiter. Trump zählte auf ihn. Wenn es dafür noch irgendeines Beweises bedurft hätte – hier war er.

Sie waren nur zu fünft, als der Präsident den Raum betrat: der Verteidigungsminister, Herb Moffet, die Geheimdienstkoordinatorin, ein CIA-Mann und er, Matt Sandler, der Putin-Versteher, der Putin-Erklärer, der Mann, der vorhersagen sollte, wie lange die USA und Russland diese Phase der imperialistischen Koexistenz noch aushalten könnten.

Trump war erstaunlich gesammelt. Auf Matt wirkte der Präsident so, als hätte er sein weiteres Vorgehen längst mit sich selbst abgemacht. Wieder verzichtete er auf die Begrüßung.

»Wir haben eine halbe Stunde. Danach habe ich ein Telefongespräch mit Putin. Die Weltlage ist angespannt. Was China angeht, so ist es uns allerdings gelungen, durch eine außergewöhnliche Recherchearbeit von Matt Sandler in eine sehr gute Verhandlungsposition mit dem neuen Machthaber, Marschall Wu, zu kommen.«

Trump schaute Matt an und hielt einen Moment inne.

Herb Moffet begann, als Zeichen der Zustimmung, mit seinen Fingerknöcheln auf den Tisch zu klopfen. Erkennbar widerwillig folgten ihm die anderen nach.

Trump fuhr fort. »Es sieht nach einem Rückzug der Chinesen aus, was uns für die anstehenden Verhandlungen über unsere zukünftigen Handelsbeziehungen in eine vorteilhafte Lage versetzt. Alles Weitere dazu werden wir besprechen, wenn es so weit ist. Die Situation in Asien hält uns den Rücken frei, um Putins widerwärtigem Feldzug in Europa etwas entgegenzusetzen. Die Sache in der Ukraine hätte nicht passieren dürfen. Sandler, erläutern Sie der Runde bitte noch einmal den Krokodil-Vergleich.«

Er hat ihn sich tatsächlich gemerkt, dachte Matt, durchaus stolz auf den so nicht zu erwartenden Lernerfolg beim US-Präsidenten. »Das Krokodil kann nicht rückwärts gehen – und Putin kann das auch nicht«, dozierte er. »Für die gegenwärtige Situation in Europa bedeutet das nichts Gutes. Der russische Präsident bewegt sich weiter kontinuierlich auf der Eskalationsleiter nach oben. Bislang …«, Matt machte eine Kunstpause, »… fühlt er sich von uns dabei weder gestört noch bedroht.«

Matt schaute auf Trump. Doch zu seiner abermaligen Überraschung schien der Präsident auch dieser Einschätzung zuzustimmen.

»Ich hatte heute Morgen in aller Herrgottsfrühe den NATO-Generalsekretär am Apparat. Die Europäer sind im Baltikum bereit, sich auf ein Kräftemessen mit den Russen einzulassen. Sie wären froh, wenn wir an anderer Stelle Putin ein wenig auf die Füße treten könnten. Welche Optionen haben wir?«

Wie beim letzten Treffen des Nationalen Sicherheitsrates nickte auch diesmal wieder der Verteidigungsminister Herb Moffet zu.

Offenbar ist auch der gute Herb ziemlich weit oben auf der Leiter angekommen, dachte Matt und konnte ein leichtes Schmunzeln nicht verbergen.

Moffet antworte militärisch knapp: »Da haben wir zwei Optionen, Mr President. Option eins: Wir bewegen uns auf Stellvertreterebene und entscheiden uns für chirurgische Schnitte gegen Belarus. Das ließe sich sehr gut mit dem Beistandspakt des Landes gegen Litauen begründen und würde Putin die Gelegenheit geben, sein Handeln zu überdenken. Option zwei ist nicht nur der symbolisch, sondern auch militärisch weit empfindlichere Schlag für Putin. Es ist die Eliminierung seiner Schwarzmeerflotte. Auch dies ließe sich politisch vor der Weltöffentlichkeit legitimieren. Es birgt allerdings die deutlich größere Eskalationsgefahr. Es wäre eine Demütigung für Putin und der Beweis unserer eindeutigen militärischen Überlegenheit.«

Moffet sah Matt an.

Matt wurde den Eindruck nicht los, als bevorzugte der Planungschef des Pentagons ganz eindeutig diese zweite Variante. Er erinnerte sich an den Vortrag, den ihm Moffet über die Identität des US-Militärs beim Sauerbraten im »Old Europe« gehalten hatte. Anscheinend hatten fünfundvierzig Jahre Kalter Krieg doch Spuren hinterlassen. Im Pentagon hatten seit Monaten all diejenigen Oberwasser, die immer schon gesagt hatten, dass Russland nicht zu trauen sei.

»Gut«, sagte Trump. »Wie groß sind die Vorlaufzeiten für die beiden Militäroperationen?«

Das war das Zeichen, auf das der Verteidigungsminister gewartet hatte: »Wir brauchen achtundvierzig Stunden.«

*

In knapp fünf Stunden würde er im Flugzeug nach London sitzen. Er musste dorthin. Sein Freund brauchte ihn. Ja, Anatoli Rykow war mehr als nur sein Partner, er war sein Freund geworden. Und die Weltlage änderte sich gerade derart rasant und dramatisch, dass es für den Begriff »Partner« ohnehin keine Berechtigung mehr geben würde. Womöglich nie mehr. Was sollte ihr eigentümliches Duett noch, wenn ihre jeweiligen Chefs schon bald aufeinander losgehen würden wie zwei Straßenköter, die sich in die Enge getrieben fühlten?

Das Schlimmste verhindern? Matt Sandler kam der Gedanke in diesem Moment so absurd vor, als würde er versuchen, einen anfahrenden Güterzug mit eigener Muskelkraft zu stoppen. Er überlegte, ob er Trump von seiner bevorstehenden Reise nach England unterrichten sollte? Eigentlich müsste er das. Es wäre das erste Mal, seit er in Diensten des US-Präsidenten stand, dass er für mindestens zwei volle Tage unerreichbar wäre. Ein Abtauchen, das in dieser angespannten Situation wie Hochverrat wirken könnte. Ein Amerikaner, der sich an neutralem Ort in die Arme eines Russen flüchtete.

Matt dachte an die Warnungen, die er von Andrew Borchman alias Spencer Drydon erhalten hatte. Ein Mann, dessen Warnungen er trotzdem sehr ernst nahm. Wahrscheinlich war die CIA immer noch über jeden einzelnen seiner Schritte bestens informiert. Doppelt genäht hält besser. Wie würde sein Geheimtreffen mit Rykow in Langley interpretiert werden? Matt sah sich schon in jenem leblos eingerichteten Apartment in Crystal City, in dem Priscilla Wade vom Geheimdienst in »Obhut« genommen worden war. Nein, er wollte nicht so enden wie Wade. Auf gar keinen Fall.

Die Verbindung nach Moskau stand. Der Kameraausschnitt, den Putin von seinem Kreml-Büro gewählt hatte, ließ keine Erkenntnis darüber zu, ob noch weitere Personen in dem Raum zugegen waren. Rykow jedenfalls nicht. Der war in London und wartete auf ihn, seinen Freund Matt.

Putin hatte einen dunkelblauen Anzug und ein weißes Hemd an. Das Jackett spannte. Matt hatte den Eindruck, dass der Kreml-Chef im letzten halben Jahr mindestens fünf Kilo zugelegt haben musste. Entweder hatte er Wasser eingelagert. Oder er hatte sich die Vitalität, auf die er sich Zeit seines Lebens so viel zugutegehalten hatte, weggefressen. Der Mann, dem Matt Sandler sein halbes Berufsleben gewidmet hatte, wirkte auf einmal zutiefst unsympathisch. Das war Matt zuvor noch nie so gegangen. Stets hatte er versucht, ihn in analytischer Kühle zu sezieren, so emotionsfrei wie nur eben möglich.

»Wladimir«, begann Trump, »die Sache in der Ukraine war nicht gut. War gar nicht gut. Sie war respektlos und unzivilisiert. Ich werde das noch heute in einem Statement scharf verurteilen. Es wird absichtlich den gleichen Wortlaut haben wie die Stellungnahme des NATO-Generalsekretärs. Ergänzt um die Passage, dass die USA nicht hinnehmen werden, dass Russland sich in Europa weiterhin so aggressiv verhält.«

»Sonst?« Putin sagte nur dieses eine Wort. Sonst. Er presste es tonlos heraus. Nicht aggressiv, nicht einmal sonderlich empört. Nicht in Frage- und nicht in Befehlsform. Aber eiskalt. So, als gäbe es für ihn keine andere logische Fortsetzung dieses Dialogs.

SONST?

Matt schaute auf Trump. Doch der US-Präsident war offenbar darauf vorbereitet, dass der Kreml-Chef in Angriffsstellung ging.

»Sonst, Herr Präsident, werden die Vereinigten Staaten von Amerika zeigen, was es bedeutet, wenn man sich nicht an Absprachen mit ihnen hält. Die USA paktieren nicht offen mit Terrorstaaten.«

»Große Töne, Donald, wenn ich Sie noch Donald nennen darf«, erwiderte Putin. »Der ›Dealmaker‹ von Kairo pocht ganz plötzlich auf das Kleingedruckte eines Vertrages, den niemand gesehen hat. Ich glaube nicht, dass es sich die USA – mit Blick auf China – gerade leisten können, sich mit Russland anzulegen. Aber, wie sagt ihr so schön in eurer Sprache: ›Up to you‹, Mr President. Seien Sie nur gewiss: Russland lässt sich durch nichts und niemanden einschüchtern.«

Das ist jetzt der Moment, in dem sie beim Duell im Wilden Westen den Knopf vom Halfter öffnen, um freien Zugriff auf den Colt zu haben, dachte Matt. Wer jetzt nachgibt, der verliert in der Welt dieser Polit-Rambos sein Gesicht. Doch eine Volte hatte der US-Präsident offenbar noch parat.

»Ein guter Deal, Wladimir, zeigt sich immer erst am Ende. Einen guten ›Dealmaker‹ erkennt man aber daran, ob er seine Lage richtig einschätzt. Die USA werden sich in nächster Zeit verstärkt um ihren Nachschub an seltenen Erden kümmern, wir werden dazu der Mongolei ein attraktives Angebot machen, das von demonstrativem Stillhalten Russlands begleitet wird. Sollte das nicht der Fall sein …« Doch Trump kam nicht weiter.

In seinem Kreml-Büro hatte sich Wladimir Putin erhoben, vom Vorschlag des US-Präsidenten derart verärgert, dass er nicht mehr an sich halten konnte.

»Der Westen, Donald, rückt dem russischen Bären an keiner

Stelle mehr auf den Pelz. Im Westen nicht, im Osten nicht. Und auch nicht im Süden. Wir betrachten allein schon die Unterbreitung dieses Vorschlags als unfreundlichen Akt und werden uns mit allen dafür nötigen Mitteln zur Wehr setzen.«

Matt schloss die Augen, so wie man die Augen schließt, wenn man merkt, dass ein Autounfall nicht mehr zu vermeiden ist. An seine Ohren drang der Singsang des US-Präsidenten, der dem Russen auch in der für ihn fremden Sprache wie eine Suada der Überheblichkeit vorkommen musste. Mit jedem Wort, mit jedem Halbsatz steigerte sich Trump in einen Russland verachtenden Zynismus. Hollywood, dachte Matt, hätte ein Drehbuch nicht besser schreiben können.

Trump endete mit den Sätzen: »Dann verabschieden Sie sich am besten schon mal von Ihrer Operettenmarine im Schwarzen Meer, Wladimir. Ich muss dafür nicht mal auf den Knopf drücken. Das erledigen meine Militärs an einem Vormittag und sind immer noch pünktlich zum Mittagessen in der Kantine. Ich habe auch schon einen Namen für die Operation: ›Slava Ukraini‹ – Ruhm der Ukraine.«

Der Kontakt war abgebrochen. Matt war nicht sicher, ob Putin die letzten Worte Trumps noch gehört hatte und ob das überhaupt noch eine Rolle spielen würde. Er stand auf, tonlos. Er hatte hier im Weißen Haus nichts mehr zu tun. Bis auf Weiteres nicht. Und vielleicht nie mehr. Er wartete noch einen Moment, ob Trump noch eine bewertende Analyse des Gesprächs von ihm haben wollte. Doch da kam nichts. Matt Sandler sah einen Mann, der in großer Selbstzufriedenheit begann, seine Manschettenknöpfe zu lösen und seine Hemdsärmel hochzukrempeln. Trump, das war mehr als deutlich, war bereit für den Krieg.

Der Güterzug rollte an. Sinnlos, sich ihm nun noch entgegenzustellen.

Matt beschloss zu gehen. Mit jeder weiteren Minute hätte er sich nur lächerlich gemacht. In ein paar Stunden würde er nach London fliegen. Und Donald Trump würde davon nichts erfahren.

KAPITEL 50

Er starrte die Frau auf der Bank gegenüber an. Mitte siebzig mochte sie sein, schwarz, mit gebeugtem Rücken und unzähligen tief eingeprägten Falten im Gesicht. Das Haar war grau und ungepflegt, auf der Nase trug sie eine Brille mit dunkelgrünem Gestell. Wollte sie zur Arbeit – und falls ja, was arbeitete sie? Toilettenfrau? Garderobiere? Spülkraft in einem Lokal? Die Alte war arm, daran gab es keinen Zweifel. Eine Handtasche konnte sie sich nicht leisten, ein Jutebeutel musste genügen. Sie hatte die Augen niedergeschlagen und blickte abwesend auf ihre Hände, war in Gedanken versunken.

Rykow versuchte sich auszumalen, wie sie wohnte und lebte. Das schäbige Ein-Zimmer-Apartment war sparsam und altmodisch möbliert. Ein Bett, ein Sessel, ein Tischchen, eine Küchenecke. Auf dem Sessel lag zusammengerollt ihre Katze und schlief, bis die Chefin zurückkehren würde. Wie jeden Tag. In der Küchenecke stand ein Alu-Tellerchen auf dem Boden, bedeckt von verhärteten Resten des Katzenfutters. Auf der Fensterbank war eine blütenlose Pflanze dabei, ihr letztes Blatt zu verlieren. Rykow versuchte, dem Blick der Schwarzen zu begegnen. Gelegentlich sah sie auf, doch sie nahm ihn nicht wahr. Den Mann, der den Auftrag hatte, sie umzubringen.

Wie das Pärchen, das in der U-Bahn stand und sich an Haltestangen festklammerte, um nicht vom Schlingern des Zuges aus dem Gleichgewicht gebracht zu werden. Sie kannten sich schon lange, die Mittzwanziger, sie blond, er dunkelhaarig. Sie suchte Halt an ihm, klammerte sich an seine Jacke. Beide waren leger gekleidet, kaum anzunehmen, dass sie zur Arbeit fuhren. Vielleicht studierten sie, vielleicht aber waren sie auch zu Besuch bei jemandem in London. Noch lachten sie, wenn sie Mitfahrer leise verspotteten. Dabei konnten sie jeden Moment sterben, die Liebenden …

Den meisten Spott zog offenbar der steife Spießer im Nadelstreifenanzug auf sich, Typ Banker, der mit starrem Blick über den Pöbel hinwegschaute, der mit ihm den Wagen der »Central Line« teilte. Er umklammerte einen schwarzen Aktenkoffer mit der Linken und hielt sich mit der Rechten fest auf seiner Fahrt in die City, wo er an seiner Karriere in der Finanzindustrie arbeiten würde. Welcher Schnösel!

Rykow begriff, dass die U-Bahn ein klassenloses Verkehrsmittel war. Ein Auto in der City mit Maut und Parkgebühr konnte sich kein normaler Mensch leisten. Der Mann in Nadelstreifen verließ die Bahn an der Liverpool Street. Bevor ihn der Tod ereilen konnte.

Eine Schulklasse stieg dafür ein, lärmend und lachend. Ein gutes Dutzend Teenager auf Klassenreise, Franzosen oder Belgier offenbar, denn sie sprachen Französisch. London, die Erfüllung eines Traums für Halbwüchsige. Der Blick des Lehrers, dem es nicht gelang, sich locker zu machen, und der ungemein peinlich wirkte bei seiner Anbiederung, traf sich mit Rykows Augen. Er hielt einen Moment inne, als wollte er sagen: Wenn du wüsstest, was es in diesen disziplinlosen Zeiten heißt, Gymnasiallehrer zu sein, lass uns tauschen. Rykow erwiderte den Blick eiskalt. Mach dir keine Sorgen, bald bist du tot.

Er war schon fast drei Stunden mit der U-Bahn durch London gefahren. Die »Central« und die »Northern Line«, die »Piccadilly« und die »Circle Line«. Von West nach Ost – und zurück, von Süd nach Nord. Lief durch Tunnel, fuhr auf steilen Rolltreppen und nahm an den Ausgängen zwei Stufen auf einmal. King's Cross, wo sich mehrere Linien begegneten, würde sich für einen Anschlag besonders eignen. Die tödliche Substanz würde sich in verschiedene Richtungen verteilen und in dem Gedränge reiche Ernte halten. Die U-Bahn war ohnehin wie gebaut dafür. Sie passte gerade so in die Tunnel. Wenn etwas schiefging und der Zug mitten auf der Strecke stehen blieb, war es unmöglich auszusteigen und zu Fuß im Tunnel zurück- oder voranzulaufen. Die Menschen waren gefangen in dem Zug. Rykow wunderte sich, dass dieser Umstand keine Debatten, keine Ängste auslöste.

In Highgate stieg er aus und spazierte zu dem Friedhof, von dem er schon so viel gehört hatte. Es war ein herrlicher, wolkenloser, sonnendurchfluteter Tag. Am Eingang musste er laut auflachen. Ein dunkelgraues Hinweisschild war dort aufgestellt. Oben: »Toilets«, Pfeil nach rechts; unten »Marx«, Pfeil geradeaus. Die Briten bewiesen subtilen Humor. Den Schöpfer des wissenschaftlichen Kommunismus mit dem Abtritt des Proletariats zu vereinen, das machte ihnen niemand nach. Sie mochten das Gewese um den großen Deutschen nicht, das war auch an der Broschüre über den Friedhof abzulesen, die Rykow am Eingang kaufte. Marx wurde erst auf der einundvierzigsten von fünfundvierzig Seiten erwähnt. Ihn zog es dennoch zu dem berühmten Grab. Der Komsomolze in ihm regte sich manchmal noch. Vor der gewaltigen steinernen Büste des Mannes mit dem Vollbart hatten sich fünf Touristen eingefunden. Zwei Asiaten, Chinesen vermutlich, und eine Familie aus Südamerika.

Am Fuß der Büste waren Blumen abgelegt. Einige mit Zetteln, auf denen chinesische Schriftzeichen zu erkennen waren. Ganz am Rand lag, eingeschlagen in einer transparenten Plastikhülle, ein Blatt Papier mit einem handgeschriebenen Text. Rykow kniete nieder und las:

»No Zero-Covid but Life
No Lockdown but Freedom
No Lies but Dignity
No Culture Revolution but Reform
No Dictatorship but Votes
Be a Citizen not a Slave«

Atemberaubend. Rykow erinnerte sich, dass er diesen Text schon mal in einem GRU-Bericht aus Peking gelesen hatte. Demonstranten gegen den inzwischen gestürzten Parteichef Xi hatten ihn mit sich geführt und auf einer Brücke hinterlassen. Irgendjemand hatte ihn kopiert und in London auch zu Karl Marx getragen. Wenn man so wollte, zum Urheber der Parteidiktatur. »Return to sender«. Rykow, der aus dem Irrtum herausgewachsene Jungkommunist, lächelte. Ihm gefiel das sehr. Es hatte ja auch mit ihm zu tun, gerade jetzt.

Er ließ Marx hinter sich und spazierte ziellos in dem riesigen Friedhofspark herum. Der Anblick war umwerfend romantisch. Unter großen alten Bäumen, im Halbschatten dieses wunderbaren Tages, lagen uralte Gräber aus viktorianischer Zeit. Dicht beieinander, steingesäumt und großenteils schräg im Erdreich eingesunken. Ein Fest für Fotografen. Besonders angetan hatte es ihm das Grab eines jüdischen Freimaurers, auf dessen Stein die Symbole von Judentum und freimaurerischer Aufklärung vereint waren.

Rykow hatte schon einige eindrucksvolle Friedhöfe besucht, unter anderem den in Havanna, der mit dem Auto befahren werden durfte. Dieser aber, Highgate, war mit Abstand der schönste. Ein Kunstwerk.

Er suchte sich eine Bank am Rand einer Wiese, blinzelte in die Sonne und grübelte darüber nach, was er in den letzten Stunden gesehen hatte. Die Schwarze, das Liebespaar, der Banker, die Schulklasse: alltägliche Fahrgäste in der Londoner U-Bahn. Am frühen Morgen mochten solche Menschen dicht gedrängt in den Wagen stehen. Und die sollte er töten? Normale Menschen, Menschen ohne politische oder militärische Funktionen, Menschen ohne Feindschaft zu Russland? Die Emotionen, die in ihm aufstiegen, verdichteten sich zu einem Gedanken, zu dem Gedanken, den er schon lange in sich trug, seit ihm Putin den Auftrag eröffnet hatte: Ich tue es nicht. Das nicht. Ich bringe keine Menschen um, die mir oder meinem Land nichts getan haben. Das ist keine Kriegsführung, das ist Terrorismus. Und für Putin mache ich mich nicht zum Terroristen, zum Massenmörder. Und wenn es mich mein eigenes Leben kostet.

Rykow ließ sich eine Stunde von der Sonne wärmen, dann nahm er ein Taxi zum Hotel. Die U-Bahn wollte er nicht mehr betreten. Im »Shangri-La«, gebaut wie eine riesige Glasscherbe an der Themse, warf er sich aufs Bett im fünfundzwanzigsten Stock und ließ den Blick durch die bodentiefen Fenster über die Stadt wandern. Er musste sich in Putins Vorzimmer für diese Reservierung bedanken. Einfach großartig!

Wenige Minuten nach sieben klingelte sein Telefon, Matt Sandler war da. Sie hatten sich für halb acht verabredet, um im Restaurant des Hotels asiatisch zu essen.

Der Amerikaner wartete an der Rezeption. Rykow trat wortlos auf ihn zu und umarmte ihn. »Matt, ich freue mich sehr, dich zu sehen, wirklich sehr. Heute brauche ich dich.«

Als sie im Restaurant platziert waren und ihren Gin Tonic bestellt hatten, schaute ihn Matt prüfend an. »Du siehst nicht gut aus, Anatoli. Du hast dunkle Schatten um die Augen, und diese Augen blicken trüb. Was belastet dich?«

Rykow nippte an seinem Glas, beugte sich vor und raunte: »Matt, ich muss dir etwas anvertrauen, das du aber im Weißen Haus unter gar keinen Umständen erwähnen darfst, sonst schließt sich der Zirkel, und Putin erfährt, dass ich geplaudert habe. Das würde meinen Tod bedeuten.«

Matt Sandler nickte leicht und schwieg.

»Der Präsident hat mich beauftragt, demnächst in der Londoner U-Bahn einen Anschlag mit einem biologischen Kampfstoff zu verüben. Heute sollte ich mir die U-Bahn anschauen und einen Plan entwickeln. Ich bin viel in der Bahn gefahren und bin sehr vielen Menschen begegnet, normalen, ganz harmlosen Menschen. Und ich habe beschlossen, diesen Befehl zu verweigern. Das werde ich Putin auch sagen. Kann sein, dass mich das mein Leben kostet …« Rykow schossen Tränen in die Augen. Er schämte sich dafür und nahm alle Kraft zusammen. »Verzeih bitte …«

Matt packte seinen Freund am Arm. »Es fällt mir schwer, davon in Washington nichts zu erwähnen. Denn ich weiß nun, dass Putin hier viele Menschen töten will. Die Briten sind seit jeher unsere engsten Alliierten. In allen großen Kriegen haben wir Seite an Seite gekämpft.« Matt sah Rykow eindringlich an. »Wie kann ich schweigen, Anatoli? Das darf ich doch nicht!«

»Doch, du musst. Sonst sterbe ich als Erster. Ich werde versuchen, den Anschlag im Gespräch mit Putin abzuwenden. Wenn er hört, dass ich mich weigere, wird er ohnehin vermuten, dass wir miteinander gesprochen haben.«

»Aber …«

»Bitte, gib mir diese Chance, Matt.«

Matt zögerte lange, dann nickte er vorsichtig. »Gut. Bitte ruf mich gleich aus Moskau an. Ich muss wissen, wie es dir geht.«

Sie verzichteten auf das Essen, ihnen war der Appetit vergangen. Sie schlenderten zur Bar und retteten sich zum Whisky. Matt Sandler nahm einen Rye, Rykow einen Single Malt.

Nach dem ersten Glas fand Matt, es sei Zeit, Bilanz zu ziehen: »Weißt du, Anatoli, wir müssen heute der Wahrheit ins Auge schauen. Wir haben dem Bösen gedient, und wir haben versagt.« Ohne eine Reaktion seines Freundes abzuwarten, fuhr er fort: »Putin und Trump sind politische Verbrecher, Putin ist schon jetzt ein Massenmörder. Es ist eine gefährliche Illusion zu glauben, man könne sie zähmen und das Schlimmste verhindern.«

»Du hast recht, Matt.« Rykow hatte inzwischen einen zweiten Single Malt bestellt. »Das sehe ich genauso. Putin hat mir noch nicht mal reinen Wein eingeschenkt, was er vorhat. Ich habe von allen kriegerischen Akten erst dann erfahren, als sie schon liefen. Ich konnte ihm nicht mal einen Rat erteilen. Es war immer zu spät. Ich bin ein Trottel, dass ich nicht viel früher hingeworfen habe und abgetaucht bin.«

Er holte tief Luft und atmete langsam aus. »Auch meinen Sohn hätte ich retten können, wenn ich ihn weggeholt hätte aus Murmansk, von diesem fürchterlichen Boot.«

Matt überlegte, ob nun nicht genau der richtige Moment gekommen sei, Rykow endlich die Fotos von Konstantin zu geben. Eigentlich war es überfällig. Wie eine Last trug er seit Wochen schon die Bilder mit sich herum. Er fasste in die Innentasche seines Jacketts, um zu überprüfen, dass der Umschlag noch da war, in dem er die Fotos aufbewahrt hatte. Absurd. Natürlich war er da. Genauso wie sein Reisepass. Matt zog den Umschlag ein, zwei Zentimeter aus der Tasche. Er schaute zu Rykow, der sah unsagbar traurig aus.

»Anatoli«, setzte Matt an. Seine Stimme zitterte leicht. Was er jetzt tun würde, kam ihm vor wie ein Vergehen aus einer anderen Zeit. Diese Fotos waren als Druckmittel gedacht, als Erpressungsmaterial. Würde sein Freund ihn verstehen? Würde er ihm verzeihen können?

»Ja?« Rykow bemerket Matts Zögern. »Was ist?«

Matt leerte sein Glas Rye. Er schob den Umschlag zurück ins Jackett. Er konnte es nicht tun. Er brachte es nicht übers Herz. Das, was er da in seinen Händen hatte, waren keine Erinnerungen, es war das Schnüffeln in der Intimsphäre eines Unbekannten. Sein Entschluss stand fest: Noch heute Abend würde er die Fotos von Rykows Sohn in seinem Hotelzimmer vernichten.

Er versuchte sich zu fangen, so, als hätte er eben noch einmal intensiv über die Worte Rykows nachgedacht.

»Ich beurteile meine Rolle nicht ganz so verheerend«, antwortete Matt gedehnt. »Trump hat Europa ausgeliefert, die NATO zerstört und China abgeschnürt. Außerdem lässt er ungeniert auf Demonstranten gegen sein neues Wahlrecht schießen. Doch ein struktureller Massenmörder ist er eigentlich nicht. Dafür gibt es bei uns in Amerika auch noch zu viel offenen Widerspruch. Aber: Auch ich bin so weit, lieber Anatoli, zu erkennen, dass mich nichts mit Trump verbindet. Gar nichts. Der Mann ist geistesgestört.«

Jetzt war es Rykow, der Matt am Arm packte und eindringlich auf ihn einredete: »Wenn es mir gelingt, Putins Zugriff in Moskau zu entkommen, lieber Matt, kann es sein, dass ich deine Hilfe brauche, um außerhalb Russlands unterzutauchen. Bitte halte dich bereit …«

Sie tranken, bis die Bar schloss. Das war um halb fünf morgens. Heftig schwankend und überaus sentimental nahmen sie am Aufzug Abschied voneinander. Nahmen sich in die Arme und ergaben sich ihrer Sentimentalität. Dann drehte Rykow ab und torkelte zu seinem Zimmer.

Anderntags traf er kurz vor achtzehn Uhr im Kreml ein. Das Wetter war trüb und kühl, ganz anders als in London. Rykow ging in sein Büro, trank in drei Etappen eine Flasche Wasser aus und ging dann zu Putin. Der ließ ihn sofort herein und wies ihm einen Platz an, vor dem Schreibtisch. Sie waren allein.

»Rykow, berichten Sie. Ich bin sehr gespannt, welchen Plan Sie entworfen haben.«

»Herr Präsident …«, Rykow schluckte, räusperte sich, dachte angestrengt nach.

»Was ist? Legen Sie los!«

»Herr Präsident, ich kann Ihren Befehl in London nicht ausführen. Ich bin in der U-Bahn nur ganz normalen Menschen begegnet, vielen Menschen, die ich nicht umbringen kann …«

»Umbringen? Liquidieren!«

»Das ist kein Unterschied, Herr Präsident. Ich bin bereit, im Krieg oder im geheimdienstlichen Einsatz Menschen für mein Land zu töten. Aber nicht irgendwo, aus blauem Himmel Unschuldige.«

»Irgendwo? Blauer Himmel? Die Briten, Rykow, haben uns in der Ukraine schwer geschadet, sie haben vielen russischen Soldaten das Leben genommen. Weil sie Waffen und Munition in Mengen geliefert haben, auf dem neuesten technischen Stand. Und weil sie mit Satelliten aus dem All gespäht und die ukrainische Armee dirigiert haben. Die normalen Menschen in London, wie Sie sie nennen, haben daran ihr Vergnügen gehabt. Sie werden deshalb gehorchen, Rykow!«

»Das kann ich nicht, Herr Präsident. Das ist Terrorismus.«

»Das ist ja unerhört!« Putin war aufgesprungen und schrie. »Sie sind ja ein Verräter, ein ganz verkommener Charakter! Scheren Sie sich raus! Augenblicklich! Raus!«

Rykow rannte in sein Büro. Wadulin begegnete ihm auf dem Gang und sprach ihn an, doch Rykow antwortete nicht und rannte weiter. An seinem Schreibtisch rief er Alina an. Er hatte Glück, sie nahm das Gespräch sofort an.

»Alina, Wunderbare, kann ich heute bei dir übernachten? Ich kann nicht mehr in meine Wohnung. Bitte frag nicht …«

»Natürlich. Ich bin gegen zwanzig Uhr zu Hause. Und dann kannst du mir erzählen.«

Rykow ging über den Roten Platz ins Kaufhaus GUM, setzte sich in ein Café und bestellte einen doppelten Wodka. Er kippte ihn in einem Zug. In seinen Körper zog wohlige Wärme ein. Noch lebte er.

KAPITEL 51

An diesem Morgen erhielten gleich zwei Flugzeugträger-Kommandanten Anrufe ihrer Oberbefehlshaber aus den fernen Hauptstädten.

Auf der »Fujian« meldete sich Marschall Wu, der neue Machthaber Chinas. »Genosse Admiral, ich höre, Sie führen eine kampfstarke Flottille aus dem Hafen von Shanghai ins Gelbe Meer, um den Amerikanern eine Lektion zu erteilen?«

Der jugendlich wirkende Admiral, gerade fünfzig Jahre alt geworden, eine seltene Erscheinung unter den vergreisten Würdenträgern der roten Marine, schlug buchstäblich die Hacken zusammen, obgleich der Marschall in Peking das weder sehen noch hören konnte. »So ist es, Marschall Wu, wir haben das offene Meer fast schon erreicht. Was befehlen Sie?«

Fast zeitgleich, der Anruf kam nur sieben Minuten später, rief Donald Trump den Kapitän der atomgetriebenen »USS Carl Vinson« an.

»Hier spricht Ihr Oberbefehlshaber ...«

Der Soldat blieb locker, sein Selbstbewusstsein hatte gerade mit dem erfolgreichen Angriff auf die nordkoreanische Raketenstartbasis Tongchang-ri einen mächtigen Auftrieb erfahren: »Ich weiß, Mr President, Sie wurden mir angekündigt. Freue mich, von Ihnen zu hören. Was kann ich für Sie tun, hier am anderen Ende der Welt?«

Der Chinese fackelte nicht lange. Es durfte jetzt keine Missverständnisse geben mit den Amerikanern. Seine Tochter war in einer Art luxuriöser Geiselhaft, und der jähzornige Donald

Trump hatte noch nicht mit der eisernen Faust auf den Tisch geschlagen.

»Genosse Admiral, die politisch-militärische Lage hat sich grundlegend verändert. Wir haben die Amerikaner schon durch das bloße Auslaufen unserer Kampfgruppe beeindruckt. Es wird Verhandlungen geben. Deshalb befehle ich Ihnen: Stoppen Sie Ihre Maschinen und fahren Sie zurück in den Hafen von Shanghai. Das funken Sie auch dem Anführer der amerikanischen Flottille vor unserer Küste auf dem Flugzeugträger ›Carl Vinson‹.«

Der Admiral beeilte sich mit seiner Antwort: »Wie Sie befehlen, Marschall Wu!« Er wandte sich um und schrie den Offizieren auf der Brücke zu: »Maschinen stopp! Funkspruch an alle Einheiten unseres Verbandes: Wir kehren nach Shanghai zurück. Großer Sieg für unsere Volksbefreiungsmarine …«

Der Präsident wurde jovial. Er wusste, er hatte eine gute Nachricht für den Mann auf der »Carl Vinson«.

»Hören Sie zu, Captain, Sie können sich erst mal entspannen. Ich habe erzwungen, dass die chinesischen Kriegsschiffe in den Hafen von Shanghai zurückkehren. Das müsste in diesen Minuten schon befohlen worden sein. Großer Sieg für die Vereinigten Staaten von Amerika. Großer Sieg. Ich habe es getan. Ja, ich.«

»Schade, sehr schade«, lautete die ernüchterte Antwort. »Wir hätten uns gerne mit den Schlitzaugen gemessen und ihre modernsten Schiffe auf den Grund des Gelben Meeres geschickt. Und nun?«

»Ich habe einen anderen Auftrag für Sie. Einen großartigen Auftrag. Sie werden Ihren Spaß damit haben …«

»Spaß, Mr President?«

»Ich glaube schon. Habe mir das gut überlegt für Sie …«

»Und das wäre? Soll ich die Kampfbereitschaft aufrechterhalten?«

»Nicht nur das, Captain. Hören Sie zu. Jetzt, da Sie nicht mehr mit China beschäftigt sind, ordnet Ihr Oberbefehlshaber an, dass Sie morgen früh, wenn die Sonne aufgegangen ist, alle Raketenstartbasen Nordkoreas in Schutt und Asche legen. Das sind außer Tongchang-ri, wo Ihre Bomber schon waren, noch Musudan im Nordosten und Kittaeryeong in der Mitte des Landes. Mehr große Startplätze sind uns nicht bekannt. Schießen Sie dem Rocketman die Raketen unter dem Arsch weg! Schicken Sie Ihre ›Super Hornets‹ los und von Ihren Begleitschiffen Marschflugkörper. Ordentlich drauf! Da darf kein Grashalm mehr wachsen. Die Einzelheiten überlasse ich Ihnen. Sie werden das schon hinkriegen. Und dann melden Sie mir Vollzug. Vollzug! Geht etwas schief, will ich's gar nicht hören. Machen Sie Ihrem Oberbefehlshaber Ehre!«

Das Telefonat war kaum beendet, da brachte eine Ordonnanz einen Funkspruch. »Nachricht von der ›Fujian‹.«

Der Amerikaner zog erstaunt seine Augenbrauen in die Höhe und pfiff durch die Zähne, sodass es seine Offiziere hören konnten. Der Text war knapp und eindeutig, fast freundlich im Ton: »Melde dem Kommandanten der ›Carl Vinson‹, dass die chinesische Flottille unter Führung der ›Fujian‹ in den Hafen von Shanghai zurückkehren wird. Wünsche Ihnen eine gute Fahrt.«

Der Chinese war froh, dass ihm die Konfrontation erspart worden war, das war deutlich herauszuhören.

»Antworten Sie dem Mann …«, die Ordonnanz schrieb mit: »Verstanden. Kommen Sie gut nach Hause. Und legen Sie sich nicht mehr mit der amerikanischen Flotte an.«

Er lachte trocken. Und schob sich eine Zigarre in den Mund. »Meine Herren …«, die Offiziere wandten sich ihm zu. »Die

Schlitzaugen kneifen und verziehen sich wieder nach Shanghai. Nun können wir Rocketman ein wenig in den Arsch treten. Folgen Sie mir ins Lagezentrum.«

Am nächsten Morgen, die Sonne ging gerade auf und tauchte den blitzblanken Himmel in leuchtend oranges Licht, starteten drei Staffeln von jeweils sieben »Super Hornets« von der »Carl Vinson«. Sieben für jeden Startplatz, das würde reichen, dachte der Captain, der den routinierten Ablauf von der Brücke aus beobachtete.

Jeweils sieben Marschflugkörper würden eine halbe Stunde später von Kreuzern in der Nähe hinterhergeschickt. Die Frage war nicht, ob die »Hornets« ihre Ziele erreichen würden, die Frage war, ob sie zurückkehren würden auf die »Carl Vinson«.

Der Captain hatte sich in der Messe mit Handschlag von allen Piloten verabschiedet. Einer drückte ihm dabei einen Brief an seine Frau in die Hand. »Just in case …« Der harte Hund hatte feuchte Augen.

Die erste der drei Staffeln wurde direkt zum Ziel geführt, nach Tongchang-ri, das an der Küste zum Gelben Meer lag. Ganz in der Nähe also. Die beiden anderen flogen einen Umweg, um die Überquerung Nordkoreas zu vermeiden. Ihre Ziele lagen an der gegenüberliegenden Küste. Diese beiden Staffeln nahmen den Umweg über das verbündete Südkorea, drehten dann nach Norden und stürzten sich vom Japanischen Meer aus auf die Basen des Nordens. Sie waren folglich später am Ziel.

Der schwarz gekleidete Quadratische, den Trump seinen Rocketman nannte und dessen eigene Umgebung Marschall, wurde an diesem Morgen alarmiert, als er gerade die drei Tage alte Ausgabe der »Neuen Zürcher Zeitung« lesen wollte. Er tat das jeden Morgen, in nostalgischer Erinnerung an seine Internatszeit in der Schweiz.

Fast lautlos näherte sich da von der Seite, aus dem Speisezimmer, sein livrierter Diener. »Marschall, der Oberkommandierende der Raketenstreitkräfte bittet Sie um ein Gespräch. Er wartet draußen.«

Das war mehr als ungewöhnlich. Der Quadratische winkte wortlos mit vier Fingern seiner Rechten. Zwanzig Sekunden später trat der Offizier herein, die gewaltige Tellermütze unterm Arm.

»Was wollen Sie, General? Irgendwas passiert?«

»Herr Marschall, ich melde: Amerikanische Flugzeuge bombardieren Tongchang-ri.«

Der Kleine sprang auf und schoss auf den General zu.

»Was sagen Sie da? Können wir sie abschießen?«

»Dafür ist es zu spät. Sie kamen aus dem Nichts und sind schon wieder fort.«

»Und? Schäden?«

»Die Basis ist vollkommen zerstört, Marschall. In den Bunkern haben wir noch vier intakte Raketen, die übrigen sechzehn sind explodiert.«

Der »Man in Black« griff sein Wasserglas vom Tisch und schmetterte es an die Wand. »Verflucht! Ich will wissen, wer da versagt hat. Er wird erschossen!« Mit herabgesunkenen Schultern stand er einen Moment da, wie betäubt. Dann ging ein Ruck durch seinen Körper.

»Lassen Sie sofort von Musudan aus drei atomar bestückte ballistische Raketen in die USA schießen. Über den Pol hinweg. Ich werde dem Schlipsträger in Washington mit der Eisenstange zwischen die Zähne schlagen. Das soll er mir büßen. Weg mit Ihnen! Beeilen Sie sich!«

In Tongchang-ri hatte man mit dem Wiederaufbau der Basis begonnen, als der zweite »Hornet«-Angriff kam. Die Techniker und Arbeiter zwischen den Trümmern hörten die angreifenden Flugzeuge früher als den Alarm ihrer eigenen Streitkräfte. Als die ersten Raketen trafen und die noch intakten Bunker zerstörten, stoben die Koreaner nach allen Seiten auseinander. Etwa ein Drittel von ihnen wurde durch die Explosionen getötet. Auch der Kommandant der Basis überlebte den amerikanischen Angriff nicht. Er stieg gerade aus seinem Wagen, um die Schäden zu besichtigen, als die »Cruise-Missiles« heranbrummten, dicht überm Land, und die Basis noch einmal umpflügten. Es blieben nur tiefe Krater zurück.

Der Viereckige lief in seinem Arbeitszimmer auf und ab wie ein frisch gefangener Tiger. Ja, das war der letzte Countdown. Nach diesem Raketenangriff auf die USA würden die Amerikaner sein Land plattmachen. Und ihn atomar versaften. Aber das war ihm die Sache wert. Wozu hatte er schließlich die Atomsprengköpfe? Abgeben würde er sie nie. Das hatte er von der Ukraine gelernt. Die hatte ihre Atomwaffen aus den Sowjet-Arsenalen an Russland abgegeben, gegen Sicherheitsgarantien, die – wie sich zeigte – das Papier nicht wert waren, auf dem sie standen.

Die Tür öffnete sich. Herein schob sich wieder der General mit der Tellermütze unterm Arm. Die Ordensspangen an der Brust hatte er inzwischen abgenommen. Sein Gesicht war gerötet, die Ohren leuchteten geradezu.

»Und, sind unsere Raketen unterwegs?«

»Marschall … äh … ich muss Ihnen melden: Musudan ist auch zerstört worden von den Amerikanern. Die drei Raketen, die wir gerade aus den Bunkern holen wollten, sind explodiert.«

»Und die Atomsprengköpfe?«

»Waren noch nicht montiert. Liegen noch tief unter der Erde.«

Rocketman, der nicht mehr Rocketman war, hatte den Kopf gesenkt und dachte nach. »Geben Sie sofort Alarm in Kittaeryeong! Die Amerikaner werden auch die dritte Basis angreifen!«

Der Offizier schob sich zurück zur Tür, mit dem Rücken voran. Die Augen waren ängstlich aufgerissen.

»Ich … bin noch nicht … dazu gekommen, Ihnen das zu melden …«

»Was?«

»Auch die dritte Basis wurde bombardiert. Und zerstört.«

Der Kleine stand mit offenem Mund mitten im Raum und starrte vor sich hin.

»Inzwischen sind den Bombern … auf allen drei Basen Marschflugkörper gefolgt. Sie haben zerstört, was nur beschädigt war.«

»Die Luftstreitkräfte!« Der Marschall war ins Schreien verfallen. »Alle Luftabwehr-Batterien gefechtsbereit, und alle Abfangjäger in die Luft! Die Amerikaner dürfen wenigstens nicht zurückkehren. Und wenn wir nur wenige vernichten, das sind wir uns schuldig.«

Der General war erleichtert, dass er aus dem Raum stürmen durfte. Er hatte überlebt, zunächst mal … Zurück in seinem Stab, löste er Alarm aus. Die Befehlskette funktionierte noch.

Einundzwanzig amerikanische Flugzeuge waren von der »Carl Vinson« gestartet. Die sieben von Tongchang-ri waren schon wieder auf dem »Carrier« gelandet. Die anderen vierzehn flogen wieder im Bogen über Südkorea, wurden auf der anderen Seite, über dem Gelben Meer, aber von nordkoreanischen Abfangjägern erwartet. Fünf Geschwader der altertümlichen MiG-21 waren in der Luft. Der Jet war schon 1959 in der Sowjetunion eingeführt worden. Jetzt flog das Modell, x-mal modernisiert, immer noch. Aber langsamer, unbeweglicher und schwächer bewaffnet als die »Super Hornet«.

Die Amerikaner ahnten die Falle und teilten sich auf. Jede Maschine flog ihren eigenen Kurs. Das machte die Sache einerseits schwieriger für die MiG, andererseits aber auch einfacher. War eine einsame »Hornet« entdeckt, konnten sich mehrere MiG auf sie stürzen. Vier Amerikanern passierte das. Sie hatten keine Raketen für den Luftkampf an Bord und wurden von den Billigraketen der Koreaner erwischt.

Dem Piloten mit dem Brief wurde die rechte Tragfläche abgerissen, er ließ den Steuerknüppel fahren, schloss die Augen und ergab sich seinem Schicksal. »Herrgott, nimm mich auf …«, war sein letzter Gedanke.

Der Captain stand mit dem Brief in der Hand auf der Start- und Landebahn des Flugzeugträgers und wartete auf ihn, den Unvergesslichen. Mehr als eine Stunde wartete er im Sturm, mit flatternden Hosenbeinen, und seine Offiziere beobachteten das Schauspiel schweigend von der Brücke aus. Dann stieg er zurück zu ihnen und befahl: »Geben Sie mir den Präsidenten.«

»Mr President, ich melde: Alle drei Raketenstartbasen vernichtet. Einschließlich der Raketen. Vier ›Hornets‹ verloren, mit ihren Piloten. Von koreanischen MiG abgeschossen über dem Gelben Meer. Ein Pilot hat einen Brief an seine Frau hinterlassen. Ich wäre Ihnen dankbar, Mr President, wenn Sie ihn zustellen lassen könnten.«

»Gratulation, Captain. Großartig! Ganz großartig! Ruhmvoller Sieg. Werde ihn jetzt bekannt machen. Den Brief schicken Sie mir ins Weiße Haus. Ich werde eine Schule nach dem Piloten benennen.«

Der Viereckige hatte die Erfolgsmeldung etwa eine Stunde früher erhalten. »Vier abgeschossen? Nicht viele, aber besser als keiner! Die Ehre der koreanischen volksdemokratischen Streitkräfte ist gewahrt. Und nun, General, schicken Sie mir den Kommandanten der Nuklearstreitkräfte und den Chef des Auslandsgeheimdienstes. Ich habe etwas mit ihnen zu besprechen.«

KAPITEL 52

Er hatte noch ein bisschen Zeit. Eine innere Stimme sagte ihm, dass es wenig Sinn haben würde, vor elf Uhr bei ihr zu sein. Andrew Borchman überlegte, ob er die ihm verbleibende gute halbe Stunde nutzen sollte, um schnell noch seine Mutter anzurufen, entschied sich dann aber dagegen. Er ließ sie ungern über Nacht allein. Er hatte ein schlechtes Gewissen, so, als hätte er sich auf ihre Kosten einen schönen Tag gemacht. Wenn er ganz ehrlich zu sich gewesen wäre, hätte es auch diesmal eine Tagesreise getan. Er hätte einfach den Sechs-Uhr-dreißig-Flug nach Miami nehmen können, auch dann hätte er seinen Auftrag noch zeitgerecht erledigt. Problemlos.

Doch Borchman war noch nie zuvor in Miami gewesen. Und die Aussicht, wenigstens einen Abend mal Washington mit seiner ganzen bürokratischen Verstaubtheit hinter sich zu lassen, wenigstens für einen Abend das zu spüren, was er für karibisches Lebensgefühl hielt, war zu verlockend.

Und obwohl der Spesensatz der CIA Hotels nur bis zu einem Preis von hundertachtzig Dollar die Nacht zuließ, quartierte er sich ins »Life House« in Little Havanna ein. Borchman legte den Restbetrag von einundsechzig Dollar aus eigener Tasche drauf und bereute es nicht. Ihm hatte der schwarz-weiß gekachelte Frühstücksraum gefallen, den er im Internet entdeckt hatte, als er nach Hotels in der Nähe des Biscayne Boulevard gegoogelt hatte.

Jetzt, um Viertel nach zehn, beschlich ihn das gute Gefühl, endlich einmal alles richtig gemacht zu haben. Borchman holte sich noch ein letztes Glas frisch gepressten Orangensaft vom Buffet. Er trank es im Stehen und straffte seine Schultern. Dann machte er sich auf den Weg.

Sie öffnete schon beim ersten Klingeln.

Der »Doorman«, ein wie aus dem Ei gepellter Puerto-Ricaner, hatte ihn anstandslos in den sechzehnten Stock fahren lassen, nachdem er im marmornen Foyer seinen CIA-Ausweis gezeigt hatte.

Kein Zweifel, die Frau, die da mit nackten Füßen in einem tiefblauen Morgenmantel vor ihm im Türrahmen aus Tropenholz stand, war dieselbe Frau, deren Fotos er aus der CIA-Akte kannte: Es war die Tochter des chinesischen Machthabers.

Wu Dan drehte sich wortlos um, als hätte sie ihn schon erwartet, womöglich aber auch, als hätte sie ihn nicht erwartet, nur dass seine Anwesenheit ihr völlig egal sei. Er war sich da nicht sicher. Sie ließ sich vor seinen Augen auf ein weißes Ledersofa fallen, das vor einer riesigen Fensterfront auf einem glutroten Teppich stand. Der Blick auf die Biscayne Bay war atemberaubend.

Borchman war unschlüssig, ob er sich ungefragt setzen durfte. Aber Wu Dan bedeutete ihm mit einer ausschweifenden Bewegung ihrer Rechten, dass er sich einen der drei Krokodilledersessel aussuchen könnte, um sich niederzulassen. Mit dem Daumen und Mittelfinger ihrer Linken knetete sie sich die Stirn, so, als könne sie die Kopfschmerzen wegmassieren, die in diesem Moment das Einzige waren, das sie an die Party der vergangenen Nacht erinnerte.

»Champagner?«

Andrew Borchman schüttelte den Kopf. »Nicht im Dienst.« Er griff in die Innentasche seines Jacketts und holte seinen CIA-Ausweis heraus, wobei nicht ganz klar war, ob er seine dienstliche Legitimation eher vor ihr oder doch eher vor sich selbst beglaubigen wollte. Auf dem Bild sah er nicht besonders vorteilhaft aus. Schon deshalb beeilte sich Borchman, den Ausweis wieder einzustecken.

Wu Dan räkelte sich auf dem Sofa. Sie hatte ihr Haar hochgesteckt.

Borchmans Blick fiel auf ihre Beine. Weit unten, an ihrem rechten Knöchel, waren rote Striemen zu sehen, so, als hätte sie sich an irgendetwas wundgescheuert.

Mittlerweile hatte sie ihre komplette Handfläche über die Augen gelegt, offenbar unfähig, das gleißende Tageslicht zu ertragen. Sie stöhnte, für Borchman allerdings eine Spur zu theatralisch.

»Was wollen Sie denn noch? Ihre Jungs aus Miami haben hier doch schon alles auf den Kopf gestellt. Ich kenne meine Rechte, was in meinem besonderen Fall heißt, dass ich keine Rechte mehr habe. Mir ist meine Situation klar. Man hat mir meinen Pass abgenommen. Ich interessiere mich nicht für Politik. Und Ihr Präsident kann mich mal. Richten Sie ihm das aus.« Bei den letzten Worten hatte sie die Finger ihrer linken Hand so bewegt, dass nur noch der Mittelfinger gestreckt war. Er deutete in Borchmans Richtung.

»Wir wissen Ihre Kooperation zu schätzen«, sagte Borchman ohne einen Anflug von Süffisanz. »Und Sie wissen, dass Sie unter Beobachtung stehen. Je weniger Sie Ihren Alltag verändern, desto zufriedener sind wir. Und solange Sie nicht versuchen, dieses Land illegal zu verlassen, sind wir Ihnen ausgesprochen freundlich gesinnt.«

Wu Dan öffnete kurz die Augen. »Und um mir das zu sagen, sind Sie allen Ernstes eigens von Washington hierhergeflogen?«

Borchman strich mit seiner Hand über die Lehne aus Krokodilleder. »Nicht ganz. Ich wollte Ihnen persönlich übermitteln, dass die sich verbessernden amerikanisch-chinesischen Beziehungen unter Umständen erlauben, dass auch Ihre Bewegungsfreiheit erleichtert wird. Wie gesagt: unter Umständen. Sie haben dazu beigetragen, eine international komplizierte Situation für alle befriedigend zu lösen. Eine gute Nachricht also, oder?«

Wu Dan schloss ihre Augen wieder.

Für eine Sekunde dachte Andrew Borchman darüber nach, ob er nun doch auf das Champagner-Angebot eingehen sollte. Sozusagen zur Feier des Tages. Er verwarf den Gedanken aber im selben Augenblick. »Darf ich fragen, wie Sie Ihre Zeit verbringen?«

»Das müssten Sie doch wissen. Steht das nicht in Ihren Akten?« Wu Dan richtete sich auf. »Ich bin Performance-Künstlerin.«

Betont lässig griff sie zur Fernbedienung, die auf einem Art-déco-Tisch lag. Im gleichen Moment verdunkelten Jalousien die Fensterfront, und ein riesiger Bildschirm senkte sich langsam von der Decke herab. Wu Dan drückte den Startknopf.

»Das ist meine neueste Aufführung.«

Auf dem Bildschirm begann eine längere Dunkelphase, bevor nach etwa zwei Minuten stroboskopartige Lichtblitze einsetzten, die einen mit chinesischen Schriftzeichen beklebten nackten Frauenkörper erleuchteten, der zusammengekauert am Boden lag – ganz eindeutig Wu Dan. Langsam wurde die Frau an einem schweren Hanfseil, das um ihren rechten Knöchel gebunden war, nach oben gezogen, bis sie, leicht pendelnd, kopfüber in einem komplett leeren Raum hing.

»Konfuzius und Mao«, sagte Wu Dan. »Die Zitate sind absichtlich von beiden gewählt, ohne dass man sofort erkennen kann, welches von wem ist. Der Geist der beiden verschmilzt auf meinem Körper dadurch gewissermaßen zu einer spirituellen Einheit. An meinem linken Oberschenkel sehen Sie zum Beispiel den Satz: Der Weg entsteht, wenn man ihn geht.«

»Ist das von Mao?«

»Von Konfuzius.«

»Ich kann leider keine chinesischen Schriftzeichen lesen«, sagte Borchman.

»Das geht vielen so«, sagte Wu Dan. »Ganz ehrlich, ich habe ohnehin den Eindruck, dass die meisten bloß auf meine Titten starren, weil die herabbaumeln, wenn ich da so rumhänge.« Wu Dan zuckte mit den Schultern, als ob auch das ihr letztlich egal sei. Sie blickte zu Borchman. Der fühlte sich in der Tat ein wenig ertappt. »Neulich war ein Kunstkritiker der ›New York Times‹ anwesend. Ausgerechnet da sind zwei Schriftzeichen abgefallen, die ich vorher auf meine Möse geklebt hatte. In seinem Artikel hat er dann geschrieben, dass die Grenzen zwischen Provokation und Pornografie fließend seien und ich damit ein Zeichen gegen die Unterdrückung des Frauenkörpers durch den Kapitalismus setzen wollte. Was für ein Bullshit! Die Dinger haben nur nicht richtig gehalten.«

»Wie lange hängen Sie da noch?«

»Etwa zwanzig Minuten. Aber wir können das auch anhalten. Sie haben ja nun einen Eindruck bekommen.«

Wu Dan drückte wieder auf die Fernbedienung. Sie sah Borchman jetzt an, als ob sie ihn das erste Mal an diesem Morgen überhaupt wahrnehmen würde. »Wenn Sie schon da sind, kann ich Sie eigentlich auch direkt fragen: Ich will nächste Woche für ein paar Tage nach New York. Ich habe da eine Wohnung in der Nähe des Times Square. Spricht unter Berücksichtigung der sich neuerdings so positiv entwickelnden amerikanisch-chinesischen Beziehungen irgendetwas dagegen?«

»Nein«, sagte Andrew Borchman nach einer kurzen Pause. »Ich glaube, das lässt sich einrichten.«

*

Der Präsident wirkte ungehalten. »Wo ist Sandler?«

Der Platz zwischen Herb Moffet und dem Verteidigungsminister war erkennbar unbenutzt. Sein »Back-Channel«-Mann nach Moskau fehlte – ausgerechnet jetzt! Ausgerechnet in dem Moment, in dem sein Geduldsfaden mit Moskau endgültig gerissen war. Trump blickte zu Moffet. Der zuckte nur mit den Achseln, so als könne sich jede Bemerkung über die Nichtanwesenheit seines Partners ungünstig auf sein weiteres Standing im Nationalen Sicherheitsrat auswirken.

»Meine Herren«, begann Trump, »ich habe beschlossen, Ihren Ratschlägen zu folgen. Die Zeit der Deals mit Moskau ist bis auf Weiteres vorbei. Der menschenrechtswidrige Imperialismus Russlands in Europa macht es unabdingbar, Putin deutliche Grenzen aufzuzeigen. In diesen Minuten ergeht mein Befehl an das ›Air Force Global Strike Command‹, sich im Rahmen unserer Operation ›Slava Ukraini‹ auf das Äußerste gefasst zu machen. Wir werden heute mit einem Überraschungsangriff auf konventionellem Weg die russische Schwarzmeerflotte komplett vernichten.« Trump machte eine Pause, so als wollte er den Nachhall seiner Worte abwarten. Dann fuhr er fort: »Sollte Putin diese Lektion missinterpretieren, legen wir nach.«

In die Stille hinein meldete sich Herb Moffet. »Sir, nur um Klarheit zu haben, eine Nachfrage: Sie behalten sich die nukleare Option bereits in dieser Frühphase des Militärschlags gegen die Schwarzmeerflotte vor?« Moffet schaute eindringlich auf Trump.

»Mir bleibt keine andere Wahl.« Trump blickte entschlossen

in die Runde, fühlte sich durch die Frage aber offenbar zu einer weiteren Erklärung veranlasst. »Es ist an der Zeit, mit Mythen aufzuräumen. Es gibt eine besondere Geschichte über Putin, die er selber immer wieder von sich erzählt hat. Sie handelt davon, wie er angeblich einmal in einem Keller in St. Petersburg eine Ratte in die Enge getrieben hat, so sehr, dass sie ihm schließlich in die Hand gebissen hat. Ich frage Sie: Warum erzählt er uns das? Weil wir glauben sollen, dass auch er sich wie diese Ratte verhalten wird. Dass er sich wehren wird, wenn er in die Enge getrieben wird. Aber wissen Sie was? Das ist Fake! Das ist nur ein Mythos! Denn er hat sich bislang noch nie mit Stärkeren angelegt. Und deshalb prophezeie ich Ihnen: Putin, diese Ratte, wird den Schwanz einziehen!«

Der US-Präsident erhob sich und legte seltsamerweise seine rechte Hand zum militärischen Gruß an die Stirn.

»Meine Herren, ich erwarte Sie zu Beginn der Operation ›Slava Ukraini‹ in gut drei Stunden im ›Situation Room‹. Punkt vierzehn Uhr. Gott schütze Amerika.«

Im Gehen wandte er sich Herb Moffet zu. »Und Sie, Moffet, treiben bis dahin Sandler auf. Ich will ihn an meiner Seite haben, wenn das große Schiffe-Versenken losgeht.«

*

Künftige Historikergenerationen werden womöglich darüber streiten, ob es der erste Einschlag einer US-Mittelstreckenrakete am 1. November 2025 um zwölf Minuten nach zweiundzwanzig Uhr Ortszeit im Hafen von Sewastopol war, der den Beginn des Dritten Weltkriegs markierte.

Gesichert ist das nicht.

Gesichert ist nur, dass von der kleinen Runde, die im »Situation Room« des Weißen Hauses nachmittags um zwei Uhr zwölf »Eastern Time« den Beginn des Angriffs auf Russland verfolgte, in diesem Moment niemand auch nur ansatzweise auf diesen Gedanken kam. Trump nicht. Sein Verteidigungsminister nicht. Die Geheimdienstkoordinatorin nicht. Und auch Herb Moffet nicht, der innerlich noch viel zu stark damit beschäftigt war, wie er seinem Präsidenten Matt Sandlers abermalige Abwesenheit erklären sollte, als dass er in dieser Situation historische Deutungen hätte vornehmen können oder wollen. Moffet hatte Matt nach mehrmaligen vergeblichen Versuchen schließlich in London am Flughafen erwischt, kurz vor der Rückreise von seinem Geheimtreffen mit Anatoli Rykow.

Draußen hatte Nieselregen eingesetzt. Drinnen war die Luft stickig, der Raum war deutlich überheizt, aber entweder fiel das niemandem auf, oder Moffet war der Einzige, der sich daran störte. Es ist in historischen Situationen oft so, dass die großen Zusammenhänge verschwimmen, das kleinste Detail aber deutlich sichtbar zum Vorschein kommt. Später – aber das genauer zu schildern würde hier zu weit führen – wird Herb Moffet noch oft davon erzählen, wie er sich gewundert hatte, dass Donald Trump in jenen entscheidenden Minuten mehrfach zum Wasserglas griff und zum Trinken ansetzte, obwohl es leer war.

Die erste Rakete, die um zweiundzwanzig Uhr zwölf über Sewastopol niederging, verwandelte die am Pier vertäute »Kostjantyn Olschanskyi«, das größte Landungsschiff der russischen Schwarzmeerflotte, in einen Feuerball, der, offenbar über auf dem Pier liegende Versorgungsleitungen, schon wenig später auch ein Öllager in Flammen aufgehen ließ.

Es war ein verheerender Erstschlag. Von geradezu chirurgischer Präzision – so wie das sein muss, dachte Moffet. In Minutenabständen waren nun im »Situation Room« des Weißen

Hauses auf den von einem Spionagesatelliten in Echtzeit zur Verfügung gestellten Bildern neue Detonationen zu sehen. Anscheinend war der in Sewastopol ankernde Teil der russischen Schwarzmeerflotte, der Stolz Putins, vom Angriff vollständig überrascht worden. Weder war der russische Abwehrschirm aktiviert worden, noch waren auch nur ansatzweise Vorbereitungen für Gegenschläge erkennbar.

Schemenhaft waren einzelne Personen auszumachen, die versuchten, sich in Sicherheit zu bringen. Manche Soldaten sprangen als brennende Fackeln ins eisige Hafenbecken.

»Da haben ja selbst die Leibwächter Bin Ladens damals in Abbottabad mehr Widerstand geleistet«, raunte Moffet seinem Minister ins Ohr.

Der grinste selbstzufrieden.

Gleiches galt für die Angriffe auf jene Kriegsschiffe, die in Noworossijsk vor Anker gegangen waren und die nun der kleinen Gruppe um den US-Präsidenten zeitversetzt in den »Situation Room« gespielt wurden. Scheinbar widerstandslos nahm Russland die militärische Demütigung hin.

Trump feixte. »Wenn das so einfach geht, dann machen wir das jetzt jeden Samstag zur Kaffeezeit. Vielleicht sollte ich Putin schon mal eine Nachricht schicken, dass er schnell noch ein paar Erinnerungsfotos von seiner Nordmeerflotte machen sollte, bevor es zu spät ist …«

Der Präsident fiel bei den letzten Worten in dröhnendes Gelächter, das nahtlos in einen Hustenanfall überging und der Runde ein wenig die Konzentration für jene fehlgeleitete Rakete nahm, die ein paar Kilometer fernab vom Hafen Sewastopols in die Wladimir-Kathedrale einschlug, jene Kirche, die auch im Zweiten Weltkrieg komplett zerstört und erst zwanzig Jahre später zu Sowjetzeiten wieder aufgebaut worden war.

Moffet erinnert sich, dass erst dies der Moment gewesen war, in dem jemand, mutmaßlich war es die Geheimdienstkoordinatorin, zu einer auf dem Tisch stehenden Flasche Wasser gegriffen habe, um Trump einzuschenken. Die Erleichterung über Trumps gestoppten Hustenanfall habe sich in jenen Minuten mit der Erleichterung über die geglückten Militärschläge vermischt. Das eine sei von dem anderen nicht mehr zu trennen gewesen.

Nach anderthalb Stunden war der Spuk vorbei. Bis auf die »Krasnodar«, ein Jagd-U-Boot der Kilo-II-Klasse, das sich auf einer Tauchfahrt im Schwarzen Meer befand, war die komplette Schwarzmeerflotte versenkt oder manövrierunfähig geschossen.

Auch daran wird sich Herb Moffet sein Leben lang erinnern: Wie Donald Trump sich ein Foto von der »Krasnodar« habe zeigen lassen und wissen wollte, wie lange ein U-Boot dieses Typs maximal unter Wasser bleiben könne. Doch die Antwort – fünfundvierzig Tage – habe den Präsidenten schon nicht mehr interessiert, denn exakt in diesem Moment sei die Meldung gekommen, dass die Hisbollah Israel bombardiere. Eine erste Welle von 9K720-Iskander-Raketen sei um fünfzehn Uhr zweiundvierzig über dem Zentrum von Jerusalem niedergegangen.

KAPITEL 53

Als die U-Bahn in die Station King's Cross einfuhr, nahm er das Fläschchen mit der transparenten Flüssigkeit aus der Sakkotasche, bückte sich und tat so, als würde er sich den Schnürsenkel am rechten Schuh neu binden.

Niemand beachtete ihn. Eine junge Frau und ein Asiate erhoben sich von der gegenüberliegenden Sitzbank und machten sich zum Aussteigen bereit. Der Zug bremste. Als er stand und sich die Tür öffnete, schob er das Fläschchen unter den Absatz des dunkelbraunen, sorgfältig polierten Schuhs und stand ebenfalls auf.

Das feine Splittern des Glases war in dem Bahnhofstumult nicht zu hören. Er beeilte sich, den Zug zu verlassen, und spürte, kaum war er draußen, wie ihm schwindelig wurde und die Atmung aussetzte. Er rang nach Luft, immer panischer, und brach dann zusammen.

Die Menschen um ihn herum wichen erschrocken zurück. Der seltsame Mann zwischen ihnen röchelte am Boden, weißer Schaum war ihm vor den Mund getreten, und er kroch mit letzter Kraft voran. Ganz langsam, ungemein mühselig. Fingernägel brachen an den schmutzigen Steinplatten. Dann blieb er leblos liegen. »Die Impfung … ist doch nur …«, war der letzte Gedanke, den er zu denken imstande war, bevor ihm schwarz wurde vor den Augen.

Die anderen, die herabsahen auf den Sterbenden und nicht ahnten, dass er aus Moskau gekommen war, kollabierten binnen weniger Sekunden ebenfalls. Die junge Frau, der Asiate und ein halbes Dutzend andere. Allen war die Atmung gelähmt, und sie schmeckten den bitteren Schaum, der ihnen über die Zunge trat. Der Asiate sank auf die Knie und kippte dann nach vorne, aufs Gesicht. Die junge Frau fiel nach hinten, kerzengerade, und schlug hart auf den Hinterkopf, der aufplatzte und Blut verspritzte. Im Nu war der Bahnsteig von Toten und Sterbenden übersät.

Der todbringende Kampfstoff, den der Russe in einem Fläschchen mit sich geführt und dann am Absatz herausgetragen hatte, war am Forschungszentrum für Virologie und Biotechnologie in Koltsovo bei Nowosibirsk entwickelt worden. Die Wissenschaftler hatten ein Pocken-Virus gentechnisch so radikal verändert, dass es kaum mehr wiederzuerkennen war. Sie nannten es VX-17, denn es war die siebzehnte Variante ihres Geheimprogramms, einen ausnahmslos tödlichen Bio-Kampfstoff zu entwickeln, der sich rasend schnell vermehrte und verbreitete. VX-17 war die verheerendste Biowaffe, die es gab auf Erden, doch erst jetzt, in London, an diesem Dienstagmorgen um acht Uhr zwölf, nahm die Menschheit von ihr Notiz.

Die U-Bahn, die den Russen, die junge Frau und den Asiaten ausgespuckt hatte, sirrte planmäßig aus der Station King's Cross. In dem Wagen, den die drei verlassen hatten, lebte niemand mehr. Die Toten saßen, lagen oder knieten in ihrem schaumig Erbrochenen und starrten ins Nichts.

Jedes Mal, wenn die U-Bahn hielt und sich die Türen öffneten, wurde ein warmer Hauch des Todes in die Station geblasen. Jeder, der ihn roch, war todgeweiht. Der Zugführer wurde erst dahingerafft, als er aus der übernächsten Station ausfuhr. Er beschleunigte und sackte dann auf seinem Stuhl zusammen. Die U-Bahn stoppte automatisch, mitten im Tunnel. Niemand konnte aussteigen, um sein Leben in Sicherheit zu bringen. Es lebte ja auch niemand mehr in dem Zug zwischen Moorgate und Liverpool Street.

VX-17 hatte sich inzwischen gestärkt an den vielen Passagieren, die es im morgendlichen Berufsverkehr in den Tod geschickt hatte. VX-17 kroch über die Bahnsteige, durch die Tunnel, glitt die Rolltreppen empor und sprang über die Treppen ins Freie. VX-17 schwebte in die Straßen Londons. Hinter sich: Tote. Vor sich: Todgeweihte. Es war der bösartigste Angriff mit einer Biowaffe, den die Welt je gesehen hatte.

Binnen zwei Stunden war das U-Bahn-Netz verseucht, und die Kamerateams, die von den Sendern eilig zum Schauplatz der unheimlichen Katastrophe geschickt worden waren, filmten Spezialisten in hellgrünen Ganzkörper-Sicherheits-Anzügen mit Sauerstoffgeräten auf dem Rücken, die in die U-Bahn hinabstiegen. Um zu helfen, falls noch zu helfen war. Die Anzüge waren innen aufgepustet, standen unter Überdruck, um das Eindringen von Schadstoffen zu verhindern. Die Sender hatten inzwischen – »News Alert« – auf Dauerberichterstattung umgeschaltet, Sprecher von Polizei und Sicherheitsbehörden versuchten zu beruhigen. Und hatten faktisch nichts zu berichten.

Die Bilder der Katastrophe, die Interviews, die hilflosen Kommentare der Reporter gingen um die Welt. Überall wurde live berichtet. Auch von vier CNN-Teams. Bis deren Bilder zu wackeln begannen, die Kameras auf den Boden fielen und die Reporter hinterhersanken. Auch die Fernsehteams hatte der Schnitter gefällt. Die BBC strahlte zehn, zwanzig Sekunden lang eine gefrorene Dauereinstellung aus, das gebrochene Auge einer gestorbenen Reporterin in Nahaufnahme einer gefallenen Kamera.

Großbritannien stand unter Schock. Die Welt folgte. Am späten Vormittag wurde der König mit einem Hubschrauber ausgeflogen. Der Premierminister floh aus 10 Downing Street und kletterte in eine schwarze Jaguar-Limousine, die ihn mit Dauersirene aus der Stadt fahren sollte. Rasend. Das Virus erwischte ihn am Stadtrand. Der Sterbende kotzte dem um Luft ringenden Chauffeur schaumig über den Ledersitz in den Nacken.

Der Innenminister, der nicht in London war, übernahm in Birmingham das Regiment. Ohne jemanden zu fragen, ohne sich zu erklären. Die Abgeordneten des Unterhauses hatten sich in alle Winde zerstreut. Sieben, die geblieben waren, hingen tot in ihren Stühlen. Die BBC verlegte ihr Sendezentrum nach Manchester, bevor alle noch in London ausharrenden Angestellten ausgelöscht waren. Am Mittag wurden die Börsen weltweit geschlossen. Sie waren bis dahin um mehr als achtzig Prozent abgestürzt.

Live-Bilder aus London gab es nun nicht mehr. Der regierende Innenminister wies die Armee an, London zu evakuieren, und um die Metropole einen zwanzig Kilometer breiten Sicherheitsgürtel zu legen, den niemand betreten durfte. Wer noch in London lebte, sollte seine Wohnung nicht mehr verlassen und Radio hören. Die Evakuierung wurde nach zweieinhalb Stunden abgebrochen, weil mehr Soldaten starben, als Zivilisten herausgeholt wurden. Die Hauptstadt wurde aufgegeben. Es gab dort nichts mehr zu tun. Der Flugverkehr war längst eingestellt, kein Schiff durfte die Themse rauf- oder runterfahren.

Für London aber weinten viele. Auch in Moskau. Rykow war im Apartment Alinas und stöhnte laut auf, als er die Bilder im Fernsehen sah. Der putintreue Staatssender RT suhlte sich darin.

Alina war am Morgen zum Dienst gefahren, in der GRU wusste ja niemand von ihrer Verbindung zu dem in Ungnade gefallenen Berater Putins.

Er indes mied den Kreml. Womöglich würde er dort verhaftet und wegen Befehlsverweigerung vor ein Militärgericht gestellt. Kurz nach zehn schaltete Rykow den Fernseher an und erstarrte bei den Bildern, die in Endlosschleife immer wieder gezeigt wurden, mit schrillem Kommentarton. Tote über Tote. Ausgangspunkt: U-Bahn. Er wusste: Das war der Anschlag, für den er ausersehen war. Putin musste also einen anderen GRU-Mann losgeschickt haben.

Am frühen Nachmittag blendete RT ein Foto des mutmaßlichen Täters ein, das die britischen Anti-Terror-Einheiten veröffentlicht hatten. Spezialisten in Sicherheitsanzügen hatten den Toten exakt an der Stelle gefunden, wo sich der Wagen in King's Cross zum ersten Mal geöffnet haben musste, um die tödliche Fracht freizusetzen. Bei dem Toten hatte man einen serbischen Pass gefunden.

Rykow fluchte. Jetzt war der Weg über Belgrad versperrt. Die serbischen Kollegen würden sich nicht mehr von der GRU einspannen lassen. Er starrte auf das Bild des mutmaßlichen Täters. Und brauchte nicht lange nachzudenken, um Putins Verschwörung in ihrer ganzen Verworfenheit zu erkennen. Er musste ja auch dem Ersatzmann versichert haben, dass ihn eine Impfung schützen würde. Zum Komplott aber gehörte natürlich, dass auch der Kronzeuge, der Bote des Todes, sterben musste, um Putin zu schützen. Rykow erkannte, dass ihm das gleiche Schicksal zugedacht war. Auch ihm hätte man nur den Placebo-Impfstoff verpasst. Auch er läge jetzt tot in King's Cross.

Er sprang aus dem Bett und zog sich an. Packte seine kleine Tasche und wartete auf Alina. Er konnte sie nicht einfach so zurücklassen. Man würde sie erschießen. Er aber musste weg, schleunigst. Denn Putin wusste, dass er alles wusste. Er war nun der Kronzeuge gegen den Präsidenten. Ein Wunder, dass er noch lebte. Nur die Hinterhof-Schlägerei mit Trump hatte Putin in den letzten Tagen abgelenkt. Nun aber würde er nach ihm fahnden lassen.

Kurz nach acht kam Alina, verstört von den Nachrichten aus London. Rykow setzte sie provisorisch ins Bild, packte sie an den Oberarmen, blickte ihr in die Augen und appellierte an sie: »Alina, geh mit mir! Wir setzen uns in die USA ab, wo wir beschützt und angenehm leben werden. Wenn du hierbleibst, werden sie dir auf die Spur kommen, und du wirst sterben.«

Sie löste sich aus seinem Griff und ging zum Fenster, ließ den Blick über die Fassaden der Wohnblocks gegenüber streifen und drehte sich dann ruckartig um. »Ich komme mit. Ich mag nicht mehr für Putin arbeiten – und sterben noch weniger.«

Sie warf ein paar Sachen in ein altes Pappköfferchen, und Rykow fuhr sie zur GRU, wo sie Rykows Diplomatenpass aus dem Panzerschrank ihres Abteilungsleiters holte. Sie selbst benutzte einen finnischen.

Dann fuhren sie mit Rykows Volvo über Sankt Petersburg zur finnischen Grenze. Am nächsten Vormittag waren sie dort, todmüde, ließen den Wagen auf einem Waldweg stehen und gingen zu der Stelle, wo die Grenze auf russischer Seite garantiert unbewacht war, um Agenten den Übertritt zu erlauben. Jeder GRU-Agent von Bedeutung war darauf geschult worden.

Sie passierten den Grenzpfosten ungestört und wanderten weiter ins nächste Dorf, von wo aus die Bahn mit zweimaligem Umsteigen nach Helsinki führte. Am Abend bestiegen sie das Flugzeug nach New York.

Rykow rief Matt Sandler an und sprach ihm auf die Mailbox: »Matt, ich komme mit einer vertrauenswürdigen Begleiterin nach New York, fliege jetzt in Helsinki ab. Bitte besorg uns ein Hotelzimmer und unternimm was für unser Asyl. Ich habe euren Diensten einiges über London und Putin zu erzählen.«

Der saß an diesem Abend in seinem Büro, sah Fernseh-Nachrichten und hatte eine fast ausgetrunkene Flasche Wodka mit einem gefüllten Glas vor sich stehen. Er war betrunken und sah sich die Bilder aus London immer wieder an. Sie ließen ihn kalt. Dann griff er zum Telefon und verlangte Professor Kortyrow in Koltsovo. Wenige Minuten später hatte er ihn am Telefon.

»Herr Professor, sehen Sie Fernseh-Nachrichten? Die Bilder aus London?«

»Selbstverständlich. Ich frage mich …«

»Das ist Ihr Stoff! VX-17! Ich gratuliere … Sie haben sehr erfolgreich gearbeitet!«

»Sie wollen sagen … dass Sie VX-17 … dort … freigesetzt haben? Es sollte doch nur zur Verteidigung …«

»Ja, wir haben London als erstes Testgebiet gewählt, denn die Briten mussten für ihre Feindschaft gegenüber Russland bestraft werden.«

»Aber … es gibt … doch noch … gar keinen … Impfstoff!« Kortyrow wurde nun zunehmend laut. Und scharf. »Ich will damit …«

»Sie wollen damit nichts zu tun haben? Haben Sie aber! Sie haben das Zeug entwickelt, und folglich haften Sie auch dafür wie die Väter der Atombombe für Hiroshima. Sie sind der Vater des Kampfstoffs von London, Herr Professor!«

»Leben Sie wohl, Herr Präsident. Ich kann dieses Gespräch nicht fortsetzen. Mir ist übel. Ich muss mich übergeben.«

Putin legte auf, nahm einen Schuck Wodka und ließ Wadulin herbeirufen.

»Wadulin, Sie wissen, was auf dem Spiel steht. Setzen Sie Himmel und Hölle in Bewegung, um Rykow, den Verräter, und Professor Kortyrow, den knieweichen Virologen aus Koltsovo, zu fangen. Die beiden sind brandgefährlich!«

KAPITEL 54

Die Karriere des Schießeisens hatte schon in der Sowjetunion begonnen. 1940 wurde die Tokarew TT-33 mit der Seriennummer XE484 in der Waffenfabrik Tula montiert und an die Rote Armee ausgeliefert. In die gerillte Griffschale war ein Sowjetstern eingearbeitet. Ein Politoffizier trug das Schätzchen in einer braunen Pistolentasche an der Seite. Im besetzten Ostpolen, widerstandslos erobert nach dem Pakt zwischen Stalin und Hitler, liquidierte er damit drei »bourgeoise Saboteure« durch Genickschuss in einem Hinterhof von Brest. Der Mörder musste ganz dicht an seine Opfer herantreten, denn die Ungenauigkeit der TT-33 hatte sich schon herumgesprochen bei den Offizieren.

Am Ende des Krieges, in der letzten großen Schlacht an den Seelower Höhen, keine hundert Kilometer vor Berlin, hatte die XE484 in den eigenen Reihen aufzuräumen. Ein Major mit den blauen Kragenspiegeln des Geheimdienstes NKWD wartete hinter der Front auf Deserteure, die die Nerven verloren hatten, als die deutschen Maschinengewehre durch die anstürmenden Reihen der Rotarmisten mähten und gewaltig Ernte machten. Er liquidierte in diesen Apriltagen, ohne Prozess, siebenundfünfzig Soldaten wegen Feigheit vor dem Feind.

1949 begann schon die Produktion der Makarow, die vom Kaliber neun Millimeter war statt sieben Komma zweiundsechzig wie die Tokarew. Sie eroberte sich Zug um Zug den Platz an der Seite der Offiziere, obgleich die Tokarew noch in Gebrauch blieb.

Sie war sogar noch dabei, als die Rote Armee 1968 in Prag

einmarschierte, um dem dortigen Frühling ein Ende zu bereiten. Sieben Tschechen, die in den Nachtstunden bewaffnet aufgegriffen wurden, bekamen den schon vielfach praktizierten Genickschuss. Die Tokarew schmatzte lüstern, mit heißem Lauf, hatte dann aber drei Jahrzehnte ohne Futter auszukommen.

Erst als 1989 in Deutschland der halbe Vasallenstaat zusammenbrach und die örtliche Filiale des inzwischen KGB genannten Geheimdienstes in Dresden bedroht war, wurde die Tokarew TT-33 wieder hervorgekramt und dem jungen blonden Offizier mit dem dünnen Haar und dem Gesicht eines Fuchses in die Hand gegeben, um heranstürmende Demonstranten aufzuhalten. Er trat vor sie, ganz allein, an der Tür der schäbigen KGB-Villa, und hielt die Pistole gesenkt, aber gut sichtbar, in der Rechten. Wer dieses Haus betrete, werde erschossen, rief er den plötzlich nüchtern gewordenen Revolutionären zu. Und die traten den Rückweg an.

Wladimir Wladimirowitsch Putin hieß der junge Mann, der bald in die Heimat zurückkehren musste und außer Mut auch noch das nötige Selbstvertrauen mitbrachte, um die Wirren der Auflösung des roten Reichs in Sankt Petersburg zu überstehen. An seiner Seite stand der, der ihm in Dresden seine Pistole ausgeliehen hatte und seit den Tagen an der Elbe sein treuer Diener war: Viktor Antonowitsch Wadulin. Der war nur ein Mitläufer beim Geheimdienst – ein wenig feige, politisch nicht sonderlich hell – und war deshalb selig, in dem Fuchsgesicht mit dem dünnen Haar einen verlässlichen Beschützer gefunden zu haben. Der wiederum schätzte seinen Wasserträger. Hielt seine Hand auch in Sankt Petersburg über ihn und rief ihn schließlich in den Kreml, als er dort Präsident der Russischen Föderation wurde. Als Sicherheitsberater war Wadulin von der Art, die dem Chef niemals gefährlich werden konnte.

Die Tokarew TT-33 überdauerte die Jahre, gut eingeölt und in ein weiches Tuch gewickelt, in einem tiefen Loch in der Wand von Wadulins Wohnung, unter dem Waschbecken im grünlich gestrichenen Badezimmer. Der Hausherr nahm sie am Jahresende gerne mal heraus, wog sie in seiner Rechten und träumte von den glücklichen Tagen in Dresden, als sich Wladimir Wladimirowitsch noch Zeit nahm für ein freundliches Wort an ihn, statt ihn nur kurz angebunden herumzukommandieren. Wadulin hatte den Eindruck, die Tokarew TT-33 mochte diese Zärtlichkeit.

Am 24. Oktober 2025 aber, einem Freitag, bekam die Waffe einen Auftritt, der wohl den Höhepunkt ihrer Karriere markierte. Wadulin zog sie früh, sehr früh, aus ihrer Höhle und schob sie auf dem Küchentisch ins Lampenlicht. Er setzte sich zu ihr, verspeiste in großer Ruhe zwei gebratene Eier und dachte über sein Leben nach, das an diesem Tag womöglich sein Ende finden würde.

Es tat ihm nicht weh, es machte ihn nicht melancholisch, aber auch nicht euphorisch. Er wusste seit Jahren, dass dieser Tag kommen würde, nicht in einem schäbigen Siechenheim, sondern im Kreml. Oder in der Lubjanka. Er spülte den Teller sorgfältig ab und stellte ihn wieder in den Küchenschrank. Diese Mühe wollte er keinem Kollegen bereiten, der den Auftrag hatte, seine Wohnung zu filzen und wieder in Ordnung zu bringen. Dann nahm er eine große Papiertüte aus dem Supermarkt um die Ecke und ließ die Schnipsel aller Dokumente und persönlichen Urkunden hineinfallen, die er nun zerriss, um die Welt, wenn es denn sein musste, wenigstens rückstandslos zu verlassen.

Ein paar persönliche Andenken folgten dem Papier, ein Salzstreuer mit dem Wappen Dresdens etwa. Wadulin trug die Tüte zur Mülltonne im Hof, zog sein bequemstes Sakko über, schob die Tokarew in den Hosenbund, fuhr mit dem Aufzug nach unten und ließ den Wohnungsschlüssel in den nächsten Gully fallen. Falls er zurückkehren sollte am Abend, hatte er noch einen Zweitschlüssel im muffigen Keller versteckt. Wadulin bereitete sich auf das Ende vor, doch er tat auch alles, um dieses Ende, wenn vielleicht doch möglich, zu vermeiden.

Im Kreml ging er gemessenen Schrittes zum Büro des Präsidenten, sagte kein Wort zu den Sekretärinnen, die ihn entgeistert anstarrten, und betrat Putins Büro, ohne anzuklopfen.

Der Präsident las etwas, blickte nur kurz auf und fragte dann: »Was ist, Wadulin?«

Der sagte kein einziges Wort, zog die Pistole und richtete sie auf Putins Kopf. Mit ausgestrecktem rechten Arm.

Der Ahnungslose wunderte sich über die Stille, hob den Blick und starrte Wadulin an, erst erschrocken, dann zornig. »Lassen Sie den Unsinn, Wadulin! Machen Sie einen Scherz, weil heute Freitag ist? Oder wollen Sie mich wirklich erschießen? Falls ja, würde ich wenigstens gerne wissen, warum.«

»Sie sind ein Verbrecher, Wladimir Wladimirowitsch. Das haben Sie im letzten halben Jahr bewiesen, zuletzt durch den Massenmord in London. Mehr als zweihundertsiebenundvierzigtausend Tote! Unschuldige, ahnungslose Menschen! Bloß, weil Sie Ihren Rachedurst stillen wollten.«

»Nein, sondern weil ich die Briten für ihre Feindseligkeit gegenüber unserer Heimat bestrafen wollte. Boris Johnson …«

»Geben Sie sich keine Mühe, Herr Präsident. Ich habe Ihnen sehr lange treu gedient, und ich kenne Sie inzwischen. Sie haben mich nicht weniger getreten, gedemütigt und verletzt wie die Menschheit, auf die Sie Einfluss hatten. Sie gehören von der Erde getilgt.«

Wadulins Rechte hatte zu zittern begonnen. Leicht, fast unmerklich zunächst, dann immer stärker. Die geladene Pistole in der ausgestreckten Hand wurde schwer und schwerer. Er zog den Arm kurz an sich, um die Muskeln zu entspannen, schoss ihn aber sofort wieder hervor und zielte auf Putins Gesicht.

»Das schaffen Sie nicht, Wadulin. Geben Sie sich keine Mühe. Lassen Sie es sein. Sie sind ein Schwachmat, wie man in Deutschland sagt. Eine ewige Nummer zwei oder Nummer drei. Aber niemals eine Nummer eins, noch nicht mal bei einer Liquidation. Ich habe Sie immer mitgezogen, ich habe Sie aufgerichtet und gehalten, ohne mich wären Sie ein Wurm in der Gosse Moskaus. Zeigen Sie Dankbarkeit, Wadulin! Verschwinden Sie, und lassen Sie sich nie wieder sehen im Kreml! Ich will Ihren Mordversuch vergessen …«

Putin erhob sich langsam hinter dem Schreibtisch, umrundete ihn und trat auf Wadulin zu. Langsam, ganz langsam. Und starrte ihm in die Augen. »Sie werden nicht schießen.« Noch drei Schritte. »Sie können nicht schießen.« Noch zwei Schritte. »Sie sind kein schäbiger Mörder an einem Freund.«

Nun stand er vor Wadulin. Die Pistole in der zitternden Hand war nur noch Zentimeter von seiner Stirn entfernt. Putin hob die Rechte, wie in Zeitlupe, und griff nach dem Lauf der Tokarew. Umfasste ihn mit den Fingern, drückte die Waffe nach unten und nahm sie dem anderen aus der plötzlich erschlafften Hand.

Blitzschnell drehte er sie nun um, drückte die Mündung an Wadulins Stirn und feuerte.

Der hielt sich noch einen Augenblick, dann wurden seine Augen trüb, und er sackte zusammen.

Zwei Personenschützer aus dem Vorzimmer stürzten herein und nahmen Putin die Pistole aus der Hand.

»Schaffen Sie den Mann weg! Und durchsuchen Sie seine Wohnung. Ein Protokoll wird es nicht geben. Wadulin wird bei der GRU verbrannt, seine Asche heute Nacht in die Moskwa gestreut.«

Putin kehrte an seinen Schreibtisch zurück, holte die Wodka-Flasche heraus und trank drei Schlucke. Aus der Flasche.

Die Personenschützer zogen Wadulin an den Füßen aus der Tür heraus. Eine dünne Blutspur blieb zurück. Einer hatte die Tokarew in den Gürtel geschoben. Er würde sie einfach behalten. Ohne Protokoll …

»Mich kriegt keiner«, murmelte Putin. »Keiner.«

KAPITEL 55

»Und du willst dir das wirklich antun? Mehr als tausendachthundert Kilometer mit dem Auto? Und das nur wegen dieser beiden dämlichen Katzen?« Matt schüttelte den Kopf, ein wenig theatralisch, dann klappte er den Koffer zu und schleppte ihn zur Tür.

»Matt, das hatten wir doch schon.« Sue schaute vorwurfsvoll. »Ich habe niemanden, der sie für zwei Wochen nimmt. Ich mach das gerne. Ich werde unterwegs zweimal übernachten und bin spätestens Dienstagnachmittag bei meinen Eltern in Norfolk. Sie freuen sich doch schon so. Auf Tom, auf Hanks. Und natürlich ganz besonders auf dich. Du wirst Dad mögen. Er hasst zwar die Republikaner und Trump. Aber wenn er jemanden hat, der mit ihm zum Angeln geht, dann ist er wie ausgewechselt. Du musst danach nur aufpassen, dass Hanks nicht wieder den gefangenen Fisch aus dem Eimer holt. Er ist doch so verrückt nach Fischen.« Sie gab ihm einen Kuss auf den Hals. »Und außerdem ist es besser, wenn wir dort ein Auto zur Verfügung haben. Da kann ich dich am Mittwoch vom Flughafen abholen, und wir können Ausflüge machen. Du wirst sehen, wie schön Nebraska ist …«

»Im November?« Matt schaute zweifelnd.

»Auch im November. Wenn wir Glück haben, dann liegt schon Schnee.«

Matt nahm Sue den Autoschlüssel aus der Hand, legte ihn auf den Tisch, umarmte sie und küsste sie innig. Die Welt war aus den Fugen. Die Bilder aus London waren schrecklich. Putin hatte nach dem Verlust seiner Schwarzmeerflotte bei einem Fernsehauftritt gewirkt wie ein weidwund geschossenes Tier und mit Vergeltung gedroht, er hatte dabei inmitten einer Gruppe von Militärs gestanden, eingeklemmt zwischen Verteidigungsminister und zwei Generälen, die Matt nicht kannte. Ihm war aufgefallen, dass Wadulin fehlte.

Teile der Altstadt von Jerusalem lagen durch den Beschuss der Hisbollah bereits in Schutt und Asche. Israel hatte mit dem Beschuss iranischer Atomanlagen reagiert, noch war unklar, ob bei den Angriffen größere Mengen an Radioaktivität freigesetzt worden waren.

NATO-Truppen hatten in Litauen den Suwalki-Korridor gesperrt und damit das Gebiet um Kaliningrad wieder zur russischen Exklave gemacht. Sie waren dabei von russischer Seite aus unter schweres Artilleriefeuer genommen worden.

Und in Pjöngjang faselte Rocketman mit seinen obskuren Allmachtsfantasien etwas von »Armageddon«, gerade so, als ob sein gesamtes Raketenarsenal nicht längst von den USA zerstört worden wäre.

Matt wähnte sich wie in einer Zeitmaschine, in der die Ereignisse an unterschiedlichen Punkten dieser Welt miteinander zu verschmelzen begannen. Es schien, als ob überall auf der Welt Feuer entstünden, die man nicht mehr so ohne Weiteres würde auspissen können.

Er drückte Sue noch eine Spur fester an sich. Die Aussicht, dass wenigstens sie ein paar Tage in einem gottverlassenen Nest in Nebraska zubringen würde, hatte für ihn etwas Tröstliches, ja, er spürte so etwas wie ein vorauseilendes Gefühl der Geborgenheit. Sue würde bei ihrem angelnden Dad und ihrer Apfelkuchen backenden Mom gut aufgehoben sein. In Sicherheit. Wenn es die denn überhaupt noch irgendwo auf der Welt geben sollte, dann dort. Das Böse würde einen Bogen um Norfolk machen. Und wenn nicht – dann käme es überallhin.

Matt zweifelte, ob er es am Wochenende überhaupt bis Nebraska schaffen würde. Aber das verschwieg er ihr besser. Diesmal würde er seine Abwesenheit vor Trump nicht verheimlichen können. Der Präsident hatte schon nach seinem London-Trip getobt.

Sue löste sich sanft aus seiner Umarmung. »Jetzt ist aber mal gut, du tust ja gerade so, als ob wir uns nie wiedersehen.« Sie griff nach den Autoschlüsseln und der Reisebox mit den beiden Katzen. »Ich melde mich von unterwegs. Wahrscheinlich mache ich den ersten Stopp in Cleveland und den zweiten dann in Des Moines.«

Matt nahm den Koffer. »Wenn du durch Illinois fährst, dann denk an mich.«

Sue drehte sich zu ihm um. »Das tue ich doch sowieso die ganze Zeit.«

*

Ihn fröstelte. Matt zog an seiner Zigarette. Er wollte noch warten, bis der Wagen mit Sue und den beiden Katzen um die Ecke gebogen war. Vielleicht würde er in Nebraska versuchen, mit dem Rauchen aufzuhören, wenn er es tatsächlich dahin schaffte. Sue zuliebe. Sie hatte ihn schon ein paarmal darum gebeten, und wo wäre der bessere Ort, damit anzufangen, als in ihrem Elternhaus, ja, gäbe es überhaupt irgendeinen Ort auf der Welt, der besser für einen kompletten Neuanfang wäre als Norfolk, Nebraska? Matt beschloss, am Abend mal zu googeln, wo genau dieses Nest überhaupt lag.

Wahrscheinlich rannten sie da alle die meiste Zeit des Jahres in karierten Felljacken rum, und vielleicht war es genau deshalb der ideale Standort für ein neues Leben. Der beste Platz für ehemalige Putin-Erklärer. Für jemanden, der erkannt hatte, wie abgrundtief falsch es war, sich mit Donald Trump einzulassen, dem siebenundvierzigsten Präsidenten der Vereinigten Staaten, der vor ziemlich genau einem Jahr seinen triumphalen Wahlsieg eingefahren hatte. Am kommenden Mittwoch würde es so weit sein. Exakt ein Jahr war dann vergangen, ein Jahr, das die Welt verändert hatte. In einer Weise, wie er es niemals für möglich gehalten hatte.

Matt warf die Kippe auf die Straße und ging zurück in seine Wohnung. Die nächsten Krisentreffen im Weißen Haus waren schon anberaumt. Gleich musste er los. Zuvor aber wollte er Sue noch eine Nachricht schicken, dass sie vorsichtig fahren solle.

Er hatte zwei Sprachnachrichten auf dem Handy. Eine war von Borchman, sie war fast drei Minuten lang, doch als Matt sie abhörte, waren nur Bar-Geräusche zu hören und, sehr gedämpft, Latino-Musik. Der CIA-Mann musste versehentlich auf die falsche Taste gekommen sein. Matt beschloss, ihm später zu antworten. Er war neugierig, was aus der Sache mit Wu Dan geworden war, doch so neugierig auch wieder nicht, als dass die Angelegenheit nicht noch warten konnte. Wenigstens in China hatten sich die Dinge vorübergehend zum Guten gewendet. Doch wie lange noch?

Die zweite Sprachnachricht duldete keinen Aufschub. Sie war von Rykow. »Matt, ich komme mit einer vertrauenswürdigen Begleiterin nach New York, fliege jetzt in Helsinki ab. Bitte besorg uns ein Hotelzimmer und unternimm was für unser Asyl. Ich habe euren Diensten einiges über London und Putin zu erzählen.«

Rykows Stimme klang gehetzt. Wie auf der Flucht. Matt schaute auf die Uhrzeit. Die Nachricht war bereits vier Stunden alt. Er musste sich beeilen, um alles in die Wege zu leiten. Er würde die beiden, Anatoli und seine unbekannte Begleitung, für ein paar Tage im »Riu Plaza« in der Nähe des Times Square unterbringen, wie zwei ganz normale Touristen. Wenn sein russischer Freund sich schon in den freien Westen absetzte, dann sollte er auch gleich bei seiner Ankunft die volle Dröhnung Big Apple bekommen.

Matt überlegte kurz, ob er im »Riu Plaza« besser zwei Einzelzimmer buchen sollte, verwarf den Gedanken aber im selben Moment. So wie er Rykow kannte, sah der auch in seiner neuen Freiheit keinen besonderen Sinn darin, seine Nächte allein zu verbringen.

*

Das Handy klingelte. Der Anruf erreichte Matt auf der Massachusetts Avenue auf dem Weg zum Weißen Haus. Herb Moffet war dran.

»Hast du es schon mitgekriegt? Trump hat unser Krisentreffen um sechsunddreißig Stunden verschoben, auf Dienstagabend zehn Uhr ›Eastern Time‹. Er will sich zum Nachdenken zurückziehen. Ich meine, was soll denn das? Mit wem will er sich beraten? Mit sich selbst?« Moffet war so aufgebracht, wie ihn Matt noch nicht erlebt hatte. »Wahrscheinlich hockt er die ganze Zeit vorm Fernseher und glotzt Fox News.«

Matt war wie gelähmt. Was hatte das zu bedeuten?

Am Handy redete Moffet weiter ohne Unterbrechung. »Die Vereinigten Staaten von Amerika sind sechsunddreißig Stunden ohne Führung. In dieser Situation. Putin droht uns. Der Rocketman droht uns. Und wenn wir nicht bald irgendein beschissenes Signal an die Welt da draußen aussenden, dann droht uns dieser chinesische Marschall demnächst auch wieder. Da kannst du die Uhr nach stellen.«

Matt schwieg.

»Was ist, Matt, hat es dir die Sprache verschlagen? Du hattest doch sonst immer auf alles eine Antwort.«

»Wir stehen an der Schwelle zu einem Atomkrieg, Herb, habe ich recht?« Matts Stimme war brüchig.

»War das eine Frage?« Moffet zog die Nase hoch. Am Handy war ein kratzendes Geräusch zu hören.

Wahrscheinlich, dachte Matt, kämmt er sich auch in dieser Situation noch akkurat seine Haare. Wenn schon Untergang, dann mit Stil.

Moffet holte hörbar Luft. Dann folgte die nächste Tirade. »War es eine Frage? Wenn es eine Frage war, dann habe ich einen Naivling in der Leitung. Wir müssen reagieren, Matt. Je eher, je besser. Wir müssen diesen wahnsinnigen Russen stoppen, der völkerrechtswidrig zu Bio-Waffen gegriffen hat. Großbritannien war immer unser engster Verbündeter. Unsere beiden Nationen haben eine gemeinsame Geschichte. Wir können nicht zusehen, wie Putin ein unschuldiges Volk vernichtet, einfach so, aus einer Laune heraus, aus weiß Gott welchen irrsinnigen Gründen. Das sind wir uns schuldig, Matt. Uns und unserer Verfassung, auf die wir einen Eid geschworen haben. Es ist leider, wie es ist. Wir klettern gerade alle die Eskalationsleiter hoch.«

Moffet hatte aufgelegt. Matt hatte das Gefühl, dass es nichts mehr zu sagen gebe. Er fühlte sich leer. Leer und alleingelassen. Auf der Massachusetts Avenue summte der Berufsverkehr. Nicht lauter und nicht leiser als an jedem verdammten Montagmorgen in diesem Jahr.

*

Das »Motel Six West Des Moines« lag in Sichtweite der Interstate achtzig. Sue war froh, ihr zweites Etappenziel noch vor Einbruch der Dunkelheit erreicht zu haben. Tom und Hanks mussten unbedingt noch einmal für eine Stunde an die frische Luft, sonst tickten sie völlig aus. Auf den letzten Kilometern war ihr Wimmern in ein regelrechtes Klagegeheul umgeschlagen. Die beiden Tiere waren das lange Reisen nicht mehr gewohnt. Das erste Mal seit Jahren dachte Sue darüber nach, ob es nicht eine gute Idee wäre, die beiden Katzen ihren Eltern zu überlassen.

Als sie auf den Parkplatz des Motels bog, zögerte sie kurz, wo genau sie ihr Auto abstellen sollte. Drei Plätze waren noch frei. Am liebsten hätte sie es direkt in der Nähe der Rezeption geparkt, doch die Parklücken dort schienen ihr ein wenig eng. Sie entschied sich für den Stellplatz ganz außen rechts, direkt neben einem hellblauen Buick »Skylark«.

Sue drückte den Rücken durch, nachdem sie ausgestiegen war. Dann stellte sie die Transportbox mit den beiden Katzen auf dem Autodach ab. Erst jetzt bemerkte sie, dass auf dem Rücksitz des »Skylark« ein Junge saß, der offenbar eingeschlafen war. Doch das stimmte nicht. Bei genauerem Hinsehen registrierte sie, dass er die Augen geöffnet hatte. Mit starrem Blick fixierte er die Transportbox, in der Tom und Hanks mittlerweile einen ziemlichen Radau veranstalteten.

»Er liebt Katzen.« Sue drehte sich um. Vor ihr stand eine Frau, vielleicht Anfang vierzig, die mit einer Jeans und einem orangeroten Anorak mit Fellbesatz bekleidet war und sich ihr unbemerkt genähert hatte. Sie hatte einen ausdruckslosen Blick, versuchte aber zumindest den Ansatz eines Lächelns, was Sue wiederum veranlasste, ihr einen kurzen Bericht über die Gewohnheiten der beiden Tiere zu erstatten. Auf dem Rücksitz des »Skylark« gab der Junge ein paar Laute von sich, die Sue nicht zu deuten wusste.

»Er möchte sie streicheln. Darf er?«, fragte die Frau, doch die Frage kam so tonlos, fast mechanisch, dass es Sue schwerfiel, aus diesen Worten auch nur irgendeine Gefühlsregung herauszuhören. Wahrscheinlich war es die Pflegerin, angeödet von ihrem Job. Der Junge war ihr egal. Und die ganze Situation war ihr unangenehm.

»Ich weiß nicht«, sagte Sue. »Die beiden sind strapaziert von der Fahrt. Wir waren heute fast den ganzen Tag im Auto. Ich komme aus Cleveland und mache hier Station. Morgen fahre ich weiter nach Norfolk. Die Katzen müssen sich erst einmal eine halbe Stunde bewegen.«

»Er hat Zeit.«

Sue zögerte, dann willigte sie ein. »Na gut. Ich checke schnell ein, dann lass ich die beiden auf der Rasenfläche da vorne ein paar Minuten toben. Und dann setze ich ihm eine Katze auf den Schoß, wahrscheinlich Hanks, der ist der Verträglichere. Er mag allerdings keine schnellen Bewegungen. In Ordnung?« Sue schaute die Frau an, die nun ihrerseits nickte und sich beeilte, ihren Blick abzuwenden, nicht schnell genug allerdings, sodass Sue glaubte, noch den feuchten Schimmer in ihren Augen zu erkennen.

Es wurde langsam dunkel. Hanks hatte sich eingerichtet. Zusammengerollt lag er nun schon fast eine halbe Stunde auf dem Schoß des Jungen, ohne auch nur die geringsten Anstalten zu machen, den Platz zu verlassen. Schweigend standen Sue und die Frau vor der geöffneten Tür des »Skylark«. Auch der Junge hatte sich die ganze Zeit nicht bewegt, zärtlich hatte er seine rechte Hand auf den Rücken der Katze gelegt, und nur die leisen Zuckungen des träumenden Hanks und der sich beständig verlängernde Speichelfaden, der aus dem linken Mundwinkel des Jungen floss, veränderten eine Szene, die in einer besseren Welt auch ein gutes Schlussbild abgegeben hätte.

»Hören Sie«, sagte Sue, »ich muss jetzt los. Es ist spät. Ich muss später noch meinen Freund anrufen.«

»Natürlich.«

Vorsichtig nahm Sue die Katze an sich. »So, Hanks, wir verabschieden uns nun von dem jungen Mann.« Sie sah die Frau an. »Wie heißt er denn eigentlich?«

»Sein Name ist Ji-min.«

*

Sie waren zu fünft. Donald Trump hatte die entscheidende Krisensitzung ins Oval Office verlegt, und als Matt Sandler dem innersten Zirkel der Macht an diesem Dienstagabend um kurz vor zehn Uhr »Eastern Time« zum mutmaßlich letzten Mal in seinem Leben beitrat, hatte er das Gefühl, als sei er zu einer Runde von Todgeweihten gestoßen. Niemand sagte ein Wort.

Die Geheimdienstkoordinatorin hatte für das Treffen ein eng anliegendes schwarzes Kostüm gewählt, dessen Rock sie mit einer ständig sich wiederholenden, glatt ziehenden Handbewegung versuchte, knapp über dem Knie enden zu lassen, erfolglos. Ihre Mundwinkel zuckten unablässig.

Der Verteidigungsminister starrte ausdruckslos vor sich hin, in seiner rechten Hand ein silberner Kugelschreiber, dessen Auslösemechanismus er in einem fort betätigte.

Herb Moffet schaute grimmig. Er hatte seine Ellenbogen auf den Konferenztisch gestemmt, die Hände ineinandergefaltet und sein Kinn auf der Spitze dieses Dreiecks abgelegt. Eine Position, in der er minutenlang regungslos verharren konnte.

Trump begann ohne Vorrede. Matt ertappte sich dabei, wie er versuchte, den Auftritt des Präsidenten mit jenem Auftritt zu vergleichen, den Trump keine zehn Monate zuvor bei seiner Inauguration auf den Stufen des Kapitols hingelegt hatte. Wieso war er damals nur so fasziniert von diesem Mann gewesen, dass er vor lauter Glücksgefühlen in jenem Lokal zwei Grand Cru getrunken hatte? Und warum stieß ihn nun derselbe Mann so ab? Matt machte sich Vorwürfe, die Welt nicht so gesehen zu haben, wie sie wirklich war. Aber noch größere Vorwürfe machte er sich, nicht gesehen zu haben, wohin sich diese Welt entwickeln würde. Wahrscheinlich hatte er nie eine reelle Chance gehabt, den Lauf der Welt tatsächlich verändern zu können. Das nicht. Aber es hätte definitiv eine Chance gegeben, auszusteigen. Oder gar nicht erst mitzumachen. Diese Chance hatte er vertan. Es war sein Fehler. Seine Schuld. Er allein hatte es zu verantworten: Matthew Gordon Sandler aus Bloomington, Illinois.

Jetzt war es zu spät.

Trump war aufgestanden. Wahrscheinlich war es seine Art, zu zeigen, dass auch er, der siebenundvierzigste Präsident der Vereinigten Staaten, sich der besonderen Bedeutung des Augenblicks bewusst war. Es dauerte eine Weile, bis er den obersten Knopf seines Jacketts zugeknöpft hatte.

»Ich habe beschlossen, dass die USA alles in ihrer Macht Stehende unternehmen müssen, um die Welt vor einer Katastrophe zu bewahren. Nach eingängigen Überlegungen bin ich zu dem Schluss gekommen, dass dies nur durch die vollständige Eliminierung des kompletten verbrecherischen Regimes in Moskau geschehen kann, einschließlich des Präsidenten der Russischen Föderation, Wladimir Putin. Dazu wird ein Akt von historischer Tragweite nötig sein. Er wird die Welt von einem Tyrannen befreien. Danach können wir wieder frei atmen. Noch heute wird daher mein Befehl an das ›Air Force Global Strike Command‹ ergehen, für morgen, Mittwoch, den fünften November 2025, einen atomaren Erstschlag vorzubereiten. Ziel des Angriffes: der Kreml in Moskau. Zeitpunkt: sechs Uhr abends, ›Eastern Time‹.«

Trump machte eine kurze Pause. »Der Termin des Erstschlags ist symbolisch gewählt. Es ist exakt der Zeitpunkt, an dem vor einem Jahr die Wahllokale an der Ostküste schlossen. Es war der Beginn meines grandiosen Sieges. Seitdem sind wir unter meiner Führung konsequent unseren Weg gegangen, Amerika wieder zu seiner wahren Größe zu verhelfen. Der Weg ist unumkehrbar. Er ist noch weit. Aber wir werden ihn meistern. Morgen steht uns ein entscheidender Schritt bevor. Gott schütze Amerika.«

Der Präsident straffte sich, wandte seinen Blick der US-Flagge zu, die rechts von seinem Schreibtisch stand, und begann, nur Sekunden später, allein mit der ersten Zeile der US-Hymne:

»O! say can you see
by the dawn's early light …«

Matt sah, wie die Geheimdienstkoordinatorin, der Verteidigungsminister und Herb Moffet aufstanden und schon im selben Augenblick mitsangen. In der dritten Zeile fiel auch er mit ein:

»What so proudly we hailed
at the twilight's last gleaming …«

Matt merkte, wie ihm dabei die Tränen in die Augen schossen. Doch er konnte und er wollte es in diesem Moment nicht deuten, ob aus falscher Rührung, aus Verzweiflung oder aus Scham über seine eigene Verlogenheit.

*

»Matt?«

»Sue.«

»Ich habe dich gestern Abend nicht mehr erreicht. Ich fahre hier jetzt gleich in Des Moines los. In gut dreieinhalb Stunden müsste ich bei Mom und Dad in Norfolk sein. Ich bin froh, dass ich es dann endlich geschafft habe, die Katzen sind die langen Autofahrten nicht mehr gewohnt. Stell dir vor, gestern Abend aber hat Hanks fast eine halbe Stunde bei einem Jungen …«

»Sue?«

»Was ist Matt?«

»Ich weiß nicht, ob ich morgen nach Norfolk zu deinen Eltern kommen kann. Mein russischer Freund Anatoli Rykow ist in New York. Er will Asyl in den USA beantragen. Er braucht meine Hilfe.«

Am anderen Ende der Leitung war es still, dann war ein Schluchzen zu hören. »Und das kann nicht warten? Das kannst du nicht um ein paar Tage verschieben? Bitte, Matt, was sollen denn meine Eltern denken?«

»Ich weiß nicht.«

»Bitte, Matt, überleg es dir. Wenigstens für zwei Tage. Du kannst doch auch heute Abend schon fliegen, dann kannst du Freitag oder Samstag immer noch nach New York. Ich hol dich auch ab. Matt …«

»Ich weiß es noch nicht, Sue. Ich weiß es wirklich nicht. Ich muss nachdenken.« Matt nahm einen tiefen Zug, dann machte er seine Zigarette aus. »Lass es uns so machen: Ich habe noch ein paar Sachen zu erledigen, dann melde ich mich heute Mittag vom Flughafen, okay?«

»Ja, Matt.« Sue seufzte. »Ich liebe dich.«

Er hatte das Taxi zum Dulles Airport für zwölf Uhr bestellt. Sechs Stunden noch – und diese Welt würde nicht mehr die Welt sein, die er kannte. Der Mann, dem er ein Jahr gedient hatte, würde eine Kettenreaktion in Gang setzen, deren Ende niemand voraussehen könnte. Den Kreml zu vernichten war militärisch sinnlos. Eine Demütigung Russlands. Der Gegenschlag würde nicht lange auf sich warten lassen. Das Inferno würde losbrechen. Sie waren ganz oben auf jener Eskalationsleiter angekommen, von der Moffet geredet hatte, und es sah so aus, als ob die Sprossen, die zum Heruntersteigen notwendig wären, bereits allesamt abgebrochen waren.

Er hatte Sue nichts von Trumps Plänen erzählen können. Und er hatte Rykow nichts von Trumps Plänen erzählt. Matt verbuchte sein eigenes Schweigen unter Rest-Loyalität zu einem Präsidenten, den er längst verachtete. Ein letzter Dienst, um nicht unnötig Panik zu verbreiten. Wenigstens das. Er wollte sein Wissen nicht teilen. Mit niemandem. Es war nutzlos. Die Welt da draußen würde es früh genug erfahren.

Irgendetwas in ihm sagte ihm, dass es besser wäre, um sechs Uhr »Eastern Time« nicht in der Luft zu sein. Er wollte mit beiden Füßen auf dem Boden der USA stehen, dem Land, das er liebte, wenn Tausende Meilen weiter östlich das Inferno begänne. Er hatte die Wahl. Er könnte den Flug nach Chicago nehmen. Nach Minneapolis. Oder nach New York. Alle Optionen lagen auf dem Tisch.

Das Taxi näherte sich der Ausfahrt Dulles Airport. Über den Rückspiegel versuchte der Fahrer Blickkontakt zu Matt aufzunehmen. »National oder international?«

»Es ist ein Inlandsflug.«

»Okay, Sir. Welches Gate?«

Matt schaute aus dem Fenster. Leichter Nieselregen hatte eingesetzt. In seiner Manteltasche versuchte er, eine Zigarettenpackung zu ertasten. Er spürte, dass sie leer war. Der Blick des Fahrers wurde drängender.

»Welche Destination, Sir? Wohin fliegen Sie?«

»Ich weiß es nicht. Lassen Sie mich einfach vor der Abflughalle raus.«

KAPITEL 56

Die Kiste kam zum Schluss. Der jugendlich wirkende Kommandant wartete mit zwei Matrosen neben dem Turm, die Crew war schon unter Deck und machte das U-Boot klar. Die Marineleitung in Pjöngjang hatte das neueste der gut zwei Dutzend dieselelektrischen Unterwasserfahrzeuge ausgewählt und den im Kopf frischesten Kommandanten.

Der Kapitänleutnant ließ den Blick über die Pier streifen und machte bald die kleine Kolonne aus, die sich in gemessenem Tempo näherte. Drei Militär-Lastwagen, dahinter eine schwarze Limousine. Die blieb zurück und parkte vor einer verschlossenen Halle, während die anderen Fahrzeuge zum Boot kamen. Aus dem Augenwinkel erkannte der Kommandant, dass ein kleiner, fast viereckiger Mann mit pausbäckigem Kindergesicht herauskletterte und sich neben dem Wagen aufbaute, um die Szene zu beobachten. Er kannte ihn. Jedes Kind kannte ihn in der Koreanischen Volksdemokratischen Republik. »Marschall« ließ er sich nennen und herrschte ganz allein. Mit Angst. Wenn er hierherkam, war die Fracht, die es nun zu verladen galt, nicht nur geheimnisvoll, sie musste auch militärisch von enormer Bedeutung sein.

Der Offizier wusste nicht mehr, als dass es eine Kiste sein würde. Das glänzend dunkelgrün lackierte Behältnis wurde von Soldaten aus dem zweiten Lastwagen gehoben und an Deck des U-Boots getragen, neben den Turm. Ein Seil wurde an einem der beiden Griffe an den Stirnseiten der Holzkiste befestigt, die beiden Matrosen stemmten sie hoch, kletterten hinterher und ließen sie dann langsam, ganz vorsichtig, mit der schmalen Seite voran, im Turm verschwinden. Unten nahmen sie zwei Offiziere in Empfang, noch ahnungsloser als ihr Kommandant, und trugen sie in dessen Kajüte.

Der Kapitänleutnant salutierte, drehte sich eigenmächtig sogar zu dem Viereckigen vor der Halle, der den militärischen Gruß verblüfft erwiderte, kletterte dann in den Turm, befahl das Ablegen und steuerte das Boot in zunehmend zackigem Tempo aus dem winzigen Hafen. Als die Küste nur noch als schmale Linie am Horizont zu erkennen war, stieg der Kommandant hinab, schloss die Luke über sich und ging zu seinem Befehlsstand.

»Genossen Offiziere, ich bitte um Aufmerksamkeit!« Die elf Offiziere formierten sich zu einem Halbkreis vor ihm und lauschten. »Unser Befehl lautet, den Pazifik zu durchqueren, das sind gut zehntausend Kilometer. Wir werden etwa auf halber Strecke Öl aufbunkern und dann zur amerikanischen Westküste fahren. Dort übergeben wir die grüne Kiste, die wir an Bord genommen haben, an eine Vertrauensperson. Wer das ist und wo wir sie genau treffen, werde ich sechs Stunden vor unserer Ankunft aus dem Brief der Marineleitung entnehmen, den ich verschlossen bei mir trage. Der Inhalt der Kiste und ihr Zweck haben uns nicht zu interessieren, so wenig wie die Person, die wir treffen. Und nun: Alle wieder auf ihre Stationen. Wir fahren unter Wasser und werden nur nachts auftauchen, um frische Luft einzulassen.«

Als sie sich der Insel Sagchudak näherten, einem unbewohnten Eiland etwa auf der Hälfte der Strecke, stank es an Bord wie in der Raubtierhalle eines Zoos. Sie tauchten im Dunkeln auf, öffneten die Luke und sogen die frische Luft gierig in ihre Lungen. Der Kommandant stand, die Mütze vorschriftsmäßig auf dem Kopf, ganz oben im Turm, gab mit einer großen Lampe rhythmische Lichtsignale und beobachtete den Horizont mit dem Fernglas. Die Insel war nur als schwarze Silhouette auszumachen.

Nach einer guten halben Stunde wurde das Lichtsignal erwidert. Es blinkte von Bord eines kleinen Tankschiffs, das um die Insel gebogen war. Das U-Boot hielt nun darauf zu und machte an der Seite des Versorgers fest. Von dort wurde eine Leine herübergeworfen, mit der sich schließlich das Kunststoffrohr für das Dieselöl herüberziehen ließ. Das Öl im Tank des U-Boots hätte auch die ganze Strecke gereicht, knapp, doch die Rückfahrt erforderte eine Reserve. Das Tankschiff kam aus Venezuela, sein Service wurde mit Kurzstreckenraketen für das linke Regime abgegolten.

Am Schluss, als die Schiffe schon wieder getrennt waren und sanft auf der ruhigen See schaukelten, warfen die Südamerikaner noch Ananas und Orangen herüber – für die Koreaner ein überaus seltener Genuss. Einige der Matrosen hatten bislang weder das eine noch das andere jemals gekostet.

Die Tauchfahrt wurde fortgesetzt, und je näher sie der amerikanischen Küste kamen, desto penibler berechnete der Kommandant den Kurs zum Zielort, den er dem Brief aus seinem Sakko entnommen hatte: Point Arena, nördlich von San Francisco. Er wusste nicht, dass im Büro des Pausbäckigen lange darüber diskutiert worden war, ob die glänzend grüne Kiste der Einfachheit halber von Point Arena nach San Francisco transportiert werden sollte – oder zu dem magischen Ort auf der anderen Seite des amerikanischen Kontinents, am Atlantik. Im Zweiten Weltkrieg, das wussten alle koreanischen U-Boot-Kommandanten, hatten dort deutsche Unterwasser-Kampfschiffe vor der Küste patrouilliert und den magischen Ort bei Nacht aus dem Sehrohr beobachtet. »Ihr versteht, Genossen, mit U-Booten kann man jeden Ort der Welt erreichen. Ohne Furcht.« Es war verlockend,

San Francisco auszuwählen, die Autofahrt dorthin dauerte nur etwa drei Stunden. Die zu dem magischen Ort hingegen fünfundvierzig. Die Risiken der Entdeckung oder sonstiger Komplikationen waren also enorm verschieden.

Der Marschall sank auf seinem Stuhl zusammen und legte den linken Arm über die Rückenlehne. Alle schwiegen. Die Chefs von Marine, Auslandsgeheimdienst und Spezialwaffen. Dann gab sich der Pausbäckige einen Ruck und verkündete: »Wir wählen den magischen Ort. Nur der kann die Kränkung unserer Nation heilen.«

Point Arena war bei Nacht extrem einfach auszumachen. Ein Leuchtturm wies den Weg, der höchste an der amerikanischen Westküste. Er sollte die Pazifik-Überquerer warnen vor den Klippen der Küste oder heranlocken, zum viel besungenen Mendocino County. Oder beides.

Als sie sich in Schleichfahrt der Küste näherten, es war gegen zwei Uhr in der Nacht, ließ der Kommandant auftauchen und neben dem Turm ein Schlauchboot klarmachen, getrieben von einem geräuschlosen Elektromotor. Dann wurde die glänzend grüne Kiste scheppernd emporgestemmt – so laut scheppernd, dass der Kommandant eine Disziplinarstrafe androhte. Das wertvolle Stück war zerkratzt, als es oben ankam und – nun extrem vorsichtig – an zwei Seilen in das schon auf den Wellen schaukelnde Schlauchboot herabgelassen wurde.

Der Kapitänleutnant folgte als Letzter. Sie fuhren in ruhiger See zweimal an der Küstenlinie entlang, um einen flachen Sandstrand inmitten der Steilküste zu suchen. Den gab es, das wusste der Kommandant sicher. Aus dem Brief, den er nach Lektüre verbrannt hatte.

Als sie zum dritten Mal gewendet hatten, sahen sie den flachen Strand im blassen Mondlicht. Sie fuhren das Schlauchboot auf den Sand und hoben die geheimnisvolle Kiste, auf nassen Beinen, an Land.

Hinauf nun zum Leuchtturm! Das war vergleichsweise einfach. Gleich würden sie ihren Auftrag erledigt haben. Der Kommandant stapfte voran, die Träger der schweren Kiste folgten schnaufend. Oben hielten sie sich nach links, in Richtung Leuchtturm. Der war nicht bemannt in dieser Nacht. Abgesehen vom Rauschen der Brandung war es totenstill.

Plötzlich leuchtete vor dem Turm eine Taschenlampe auf. Das musste sie sein, ihre Zielperson. Der Kommandant war verblüfft, als er erkannte: eine Frau, eine Asiatin, nicht mehr jung und mit verhärmten Zügen. Sie stellte sich auf Koreanisch als Yoon So-ra vor und machte nicht viele Worte, führte sie zum Parkplatz.

Dort war ein Buick »Skylark« aus den Siebzigern abgestellt, was die U-Boot-Fahrer indes nicht erkannten. Ihnen gefiel der Straßenkreuzer, obgleich sein hellblauer Lack stumpf war und die Kotflügel einige Beulen vorwiesen.

Yoon öffnete den Kofferraum des Oldtimers und ließ sie die Kiste hineinstellen.

Der Kommandant trat zu ihr und legte ihr ein Schlüsselchen an einem Band um den Hals. »Damit können Sie die Kiste öffnen …«

Sie ließ ihn unter ihr Shirt gleiten.

Der Kommandant und die Frau salutierten voreinander. »Grüße an die Heimat!«, sagte sie und drehte sich ab, um ihre Tränen zu verbergen, stieg in den Wagen und ließ den Motor an. So alt er auch war, der V8 bullerte Vertrauen erweckend.

Als er sich in Bewegung setzte, erkannte der Kommandant auf der Rückbank einen etwa fünfzehnjährigen Jungen. Der hatte seinen Kopf eigenartig unnatürlich auf die Seite gelegt, fast auf die Schulter. Dann glitt der »Skylark« davon, in die Nacht.

Sie kannte ihr Ziel seit zwei Wochen. Und sie wusste, was die Fahrt über dreitausend Meilen von ihr verlangen würde, welche Disziplin, welche Kraft. »Ji-min, mein Großer, nun musst du ein Held sein. Wir werden lange fahren, drei Tage, schätze ich. Und du wirst mir Kraft geben.«

Der Junge hatte den Kopf gehoben und ließ ihn nun wieder auf die Schulter sinken. Aus seinem rechten Mundwinkel sickerte Speichel.

Sie drehte das Autoradio an. Es gab Riesenaufregung um einen Angriff Trumps auf die russische Hauptstadt. Sie wechselte den Sender und hörte Johnny Cash, »I walk the Line«. Kriegerisches machte sie jetzt nur nervös. Sie brauchte ihre Ruhe. Es war ihr leicht ums Herz, nicht etwa bange. Sie wusste, sie näherte sich dem Tag der Revanche, dem sie so lange entgegengefiebert hatte. Nun endlich durfte sie es Amerika heimzahlen. Alles, was Amerika ihr angetan hatte.

Als sie vierzehn Jahre alt war, sie half den Eltern in Südkorea bei der Reisernte, war sie von vier amerikanischen Soldaten vergewaltigt worden. Sie hatten sie aus dem Reisfeld ins Trockene gezogen, auf einen Grasstreifen am Weg, und ließen erst nach fünf Stunden von ihr ab. Drei Weiße und ein Latino. Sie hatten an einem Manöver mit südkoreanischen Truppen teilgenommen. Als sie noch hätte schreien können, hielten sie ihr eine Pistole an die Schläfe. Die Waffe ging von Hand zu Hand, immer zu dem, der gerade zwischen ihren Beinen lag.

Als die Amerikaner verschwunden waren, lag sie noch eine halbe Stunde auf dem Rücken im Gras und schaute in die untergehende Sonne. Sollte sie sich das Leben nehmen – oder es den Amerikanern heimzahlen? Sie entschloss sich zu einer Anzeige bei der Militärverwaltung der USA. Am nächsten Morgen, wenn sie sich gefangen hätte. Als sie nach Hause kam, mit schleppenden Schritten und zerrissenen Kleidern, wussten ihre Eltern sofort, was geschehen war. Sie konnte kaum noch laufen, ihre Mutter badete sie sanft in einer Wanne vor der Bambushütte. Sie sprach kein Wort.

Am nächsten Morgen fuhr sie mit dem Fahrrad in die nahe Kleinstadt, zur Militärverwaltung der Amerikaner. Ihr Körper schmerzte noch, ihr Unterleib brannte, sie konnte nur mit Mühe auf dem Sattel sitzen. Doch sie zwang sich, erhobenen Hauptes an der Fahne vor dem Portal vorüberzugehen und das »Büro für koreanische Angelegenheiten« zu betreten. Ohne zu warten, ohne auf die zeternde koreanische Sekretärin zu achten.

Der Amerikaner hinter dem Schreibtisch blickte auf und erkannte an ihrem entschlossenen Gesichtsausdruck, dass es um eine ernste Sache ging.

Sie nahm vor dem Schreibtisch Platz, ohne auf eine Einladung zu warten, und schilderte ihre Vergewaltigung. Den Ort, die Dauer, die Täter.

Der Amerikaner machte sich Notizen und sagte am Ende nur: »Wir werden uns darum kümmern. Danke, dass Sie gekommen sind.« Kein Händedruck, kein Angebot für eine medizinische Untersuchung, kein Schmerzensgeld. Sie kümmerten sich nicht einmal. Sie verschleierten.

Am folgenden Tag wurden die vier Täter ausgeflogen. Ein Disziplinarverfahren wurde nie eröffnet, ebenso wenig ein Strafprozess. Die vier lösten sich in den USA auf wie vier Körner Salz in einem Liter Wasser. So-ras Hass reichte für ein Leben.

Als sie von den Amerikanern nichts mehr hörte, überschritt sie nach fünf Tagen die Grenze zu Nordkorea. Sie kam in ein Internat für Jugendliche aus dem Süden, betrieben vom Geheimdienst.

Neun Monate später brachte sie auf der Toilette, ganz allein,

ein Kind zur Welt, das sie voller Ekel auf der Fensterbank ablegte. Unversorgt, den Schleim der Geburt noch in der Nase, mühsam atmend.

Sie ging in ihre Klasse zurück und fühlte, wie ihr Blut an den Beinen herunterlief, innen in der Hose. Doch in der Pause begann ihr Gewissen sie zu quälen, und sie lief zurück in die Toilette. Das Baby lebte noch, es fuchtelte mit den Armen und wimmerte. Zwei Mädchen standen davor und waren vor Entsetzen gelähmt.

So-ra nahm ihr Baby auf, wusch und reinigte es im Waschbecken und beschloss, den Jungen anzunehmen. Sein Schreien stillte sie mit Milch aus ihrer Brust. Die Lehrer besorgten ihr ein Bettchen, das sie neben ihre Schlafstelle schieben durfte, und lauschten ihrer Geschichte.

Der Geheimdienst erkannte sofort das Potenzial dieser jungen Frau. Als sie achtzehn war und schon in der Küche des Internats arbeitete, drückte man ihr zwei südkoreanische Pässe in die Hand, für sich und ihren Sohn, den sie Ji-min nannte. »Wir schicken dich damit, über Seoul, in die USA. Du wirst dort leben und arbeiten, ganz unauffällig, bis wir dir die Gelegenheit geben, dich zu rächen für alles, was man dir angetan hat. Bist du einverstanden?«

Das war sie. Vier Monate später stand sie in New York zum ersten Mal auf dem Times Square und nahm den Trubel staunend in sich auf. Sie arbeitete um die Ecke in einem koreanischen Lokal und schnitt in der Küche Gemüse. Ji-min brachte sie tagsüber in einer Werkstatt für behinderte Kinder unter. Er sprach nicht, doch er hörte und verstand, mit seinem krumm gelegten Kopf. Wenn sie ihn am frühen Abend abholte, drückte er sie fest an sich. Und sie ihn. Sie hatte ihn lieben gelernt. Ihre Suche nach den vier Amerikanern indes verlief erfolglos. Sie kannte ihre Namen, doch das half nicht. Wenn sie bei Behörden anfragte – und den Grund für ihr Interesse angeben musste –, biss sie auf Granit. Sollte sich nicht so haben, die Koreanerin. Durfte doch in den USA leben.

In Salt Lake City war sie noch nie gewesen. Sie kam nach elf Stunden Fahrt an und war völlig erschossen. Stieg in einem billigen Motel ab, aß mit dem zappeligen Ji-min einen Hamburger mit French Fries und ging dann zu Bett. Beide waren im Handumdrehen eingeschlafen.

Die nächste Etappe führte sie nach Cheyenne, die dritte nach Des Moines. Dann hatte sie das Ziel vor Augen, jenes Ziel, das sie gut kannte. Sie bullerte mit dem »Skylark« zum Times Square, wo sie ihren Auftrag erfüllen wollte. Und wo Anatoli Rykow mit Alina ein Hotelzimmer bewohnte, das ihm die CIA spendierte. Das war das Herz Amerikas, das Herz des Kapitalismus und das Herz amerikanischer Brutalität. In dieses Herz wollte sie hineinstoßen. Dieser Stoß würde auch ihre vier Vergewaltiger treffen, egal wo sie lebten. Sie hatte einen Bekennerbrief geschrieben, den sie an der Brust bei sich trug und mit dem sie ihre Motive erläutern wollte. Diesen Brief wollte sie am Bahnhof in einen Postkasten werfen. Er sollte in die Geschichte eingehen. Einschließlich der vier Namen, die sie darin nannte.

Vor der riesigen Video-Wand am Times Square stauten sich Tausende von Passanten, gelähmt von den Bildern, die dort zu sehen waren. Bilder verheerender Zerstörung. »Trump nukes Putin«, lautete die Headline.

So-ra beachtete sie nicht. Sie stoppte den Wagen am Broadway, stieg aus, nahm das Schlüsselchen vom Hals und schloss im Kofferraum die glänzend grüne Kiste auf. Unter dem Deckel verbarg sich, exakt durch Holz-Verstrebungen fixiert, ein mächtiges Ei aus Edelstahl. Sie brauchte nur den Schalter zu betätigen, der ihr entgegenstarrte. Sie konnte nichts falsch machen. Sie würde zwei Stunden Zeit haben, hatte man ihr gesagt, um die Grand Central Station zu erreichen, in einem Taxi, und den nächstbesten Zug zu besteigen. Sie betätigte den Schalter, der rot aufleuchtete, schloss Holzkiste und Kofferraum und öffnete die hintere linke Tür, um Ji-min loszuschnallen und aus dem Auto zu ziehen.

Als sie ihn im Arm hielt, hörte sie das metallische Klicken aus dem Kofferraum. Sie begriff augenblicklich. Mutter und Sohn verdampften Arm in Arm. Das Letzte, was sie empfand, war Glück.